U0081719

飄零之島

秀霖 著

上｜臺灣史上第一位醫學博士杜聰明教授（攝於臺灣大學醫學人文博物館）

下｜臺北帝國大學附屬熱帶醫學研究所（原臺灣總督府中央研究所）（參見：村崎長昶《臺北寫真帖》，新高堂書店1913年出版）

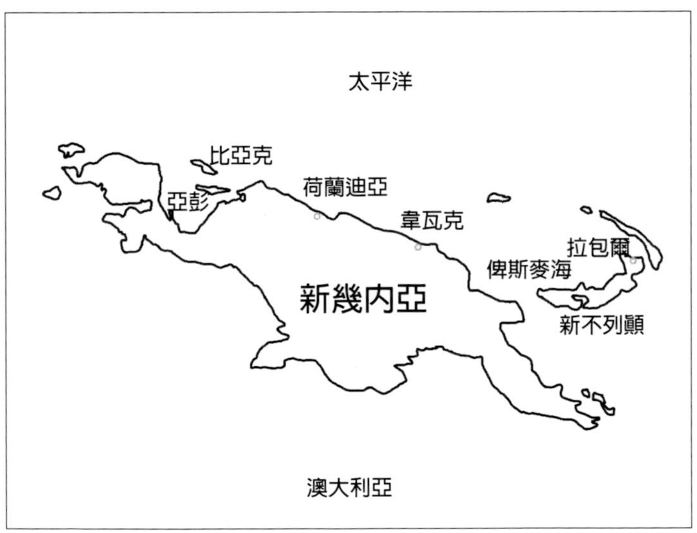

上｜二戰時期南太平洋地圖
下｜二戰時期新幾內亞地圖

上｜風光明媚的旅遊勝地帛琉，曾為二戰時期日軍重要軍事基地。
下｜帛琉日軍沉船遺跡。

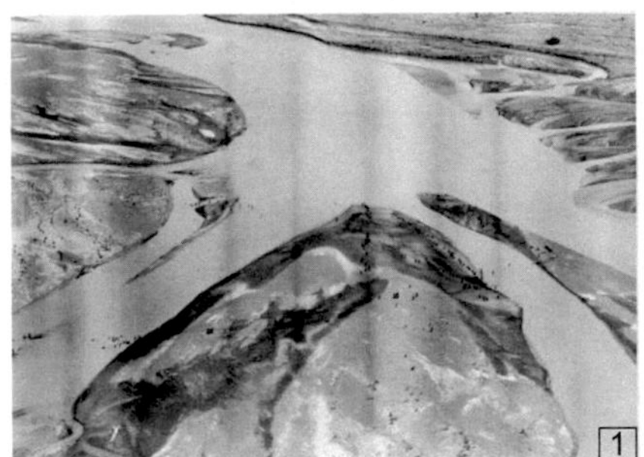

圖1｜二戰新幾內亞韋瓦克空軍基地空照圖（資料來源：美國國家檔案館）

(Wewak Airdrome, Northeast... (U.S. Air Force Number A26291AC),12/20/1943, Record Group 342: Records of U.S. Air Force Commands, Activities, and Organizations, Photographs of Activities, Facilities and Personnel, ca. 1940–ca. 1983 [online version available through the Archival Research Catalog (ARC identifier 204956946) at www.archives.gov; April 21, 2023])

圖2｜盟軍轟炸韋瓦克基地後的日軍軍機殘骸（資料來源：美國國家檔案館）

(Wewak Airdrome, Northeast... (U.S. Air Force Number 26295AC),10/25/1943, Record Group 342: Records of U.S. Air Force Commands, Activities, and Organizations, Photographs of Activities, Facilities and Personnel, ca. 1940-ca. 1983 [online version available through the Archival Research Catalog (ARC identifier 204957004) at www.archives.gov; April 21, 2023])

圖3｜新幾內亞原住民於韋瓦克協助運送盟軍傷兵。（資料來源：美國國家檔案館）

(Wewak Airdrome, Northeast... (U.S. Air Force Number 23264AC),2/15/1943, Record Group 342: Records of U.S. Air Force Commands, Activities, and Organizations, Photographs of Activities, Facilities and Personnel, ca. 1940-ca. 1983 [online version available through the Archival Research Catalog (ARC identifier 204956355) at www.archives.gov; April 21, 2023])

圖4｜新幾內亞荷蘭迪亞海灣。（資料來源：美國國家檔案館）

(Aerial view of Hollandia, Dutch New Guinea. (U.S. Air Force Number 59564AC),4/2/1946, Record Group 342: Records of U.S. Air Force Commands, Activities, and Organizations, Photographs of Activities, Facilities and Personnel, ca. 1940–ca. 1983 [online version available through the Archival Research Catalog (ARC identifier 204954774) at www.archives.gov; April 21, 2023])

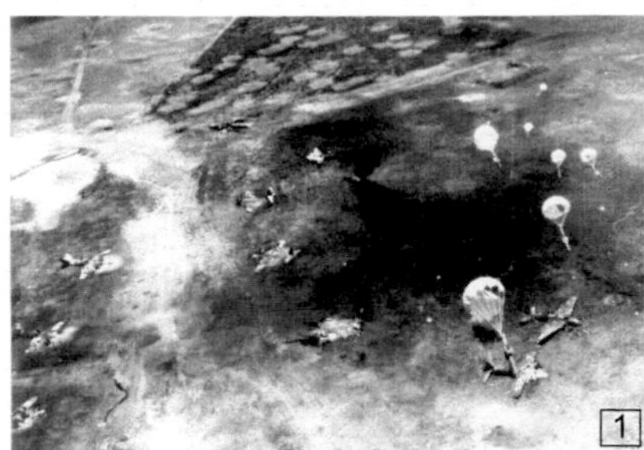

圖1｜1944年4月盟軍不斷出動大量戰機狂炸荷蘭迪亞日軍基地。（資料來源：美國國家檔案館）

(Bombing of Hollandia. (U.S. Air Force Number 50775AC),4/14/1944, Record Group 342: Records of U.S. Air Force Commands, Activities, and Organizations, Photographs of Activities, Facilities and Personnel, ca. 1940-ca. 1983 [online version available through the Archival Research Catalog (ARC identifier 204957307) at www.archives.gov; April 21, 2023])

圖2｜盟軍登陸荷蘭迪亞。（資料來源：美國國家檔案館）

(Coast Guard Landing Craft Hit Hollandia, Record Group 26: Records of the U.S. Coast Guard, Photographs of Activities, Facilities, and Personalities, Pacific (WWII) - Hawaii, Hollandia, Iwo Jima [online version available through the Archival Research Catalog (ARC identifier 205584983) at www.archives.gov; April 21, 2023])

圖3｜1944年4月22日盟軍坦克攻入荷蘭迪亞。（資料來源：美國國家檔案館）

(Landing at Hollandia in Humboldt Bay, New Guinea on 22 April 44. Tank rumbles inland to attack Jap positions. (U.S. Air Force Number A51480AC),4/22/1944, Record Group 342: Records of U.S. Air Force Commands, Activities, and Organizations, Photographs of Activities, Facilities, and Personalities, [online version available through the Archival Research Catalog (ARC identifier 204956169) at www.archives.gov; April 21, 2023])

圖4｜1944年6月盟軍麥克阿瑟將軍巡視已攻佔及恢復運作的荷蘭迪亞軍事基地。（資料來源：美國國家檔案館）

(Landing at Hollandia in Humboldt Bay, New Guinea on 22 April 44. General MacArthur accompanies his troops. By 28 April 44, they had seized last Jap strip and by 2 May 44 the base was operational. (U.S. Air Force Number C51480AC),6/6/1944, Record Group 342: Records of U.S. Air Force Commands, Activities, and Organizations, Photographs of Activities, Facilities, and Personalities, [online version available through the Archival Research Catalog (ARC identifier 204956175) at www.archives.gov; April 21, 2023])

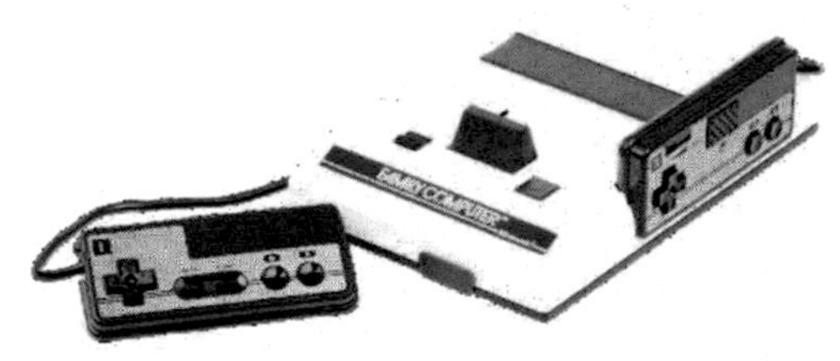

1 | 2
3

圖1｜國立編譯館版本歷史及地理教科書。（照片為高級中學史地教材）

圖2｜1994年中國時報及中時晚報舉辦職棒時報鷹隊球員卡三重大贈獎，隨報附贈球員卡，並以蒐集球員卡方式集點抽獎。隔年擴大球員卡數量，再度舉辦集點抽獎活動。

圖3｜日本任天堂公司於1983年所推出的初代電視遊樂器Family Computer (Nintendo Famicom)，為臺灣五、六年級生及七年級前段班的童年回憶，俗稱「紅白機」。而對著接觸不良的卡帶猛力吹氣，如今看來是噴入口水又相當莫名其妙的動作，卻是當時大部分玩家的共同回憶。其中的經典遊戲《超級瑪莉歐兄弟2代》（臺灣當時名為《水管二代》）、《超級瑪莉歐兄弟3代》、《小精靈》、《魂斗羅》、《馬戲團》、《影子傳說》、《俄羅斯方塊》以及《坦克大戰》等，均為當時相當耳熟能詳，以及小朋友們百玩不厭的名作。KONAMI《魂斗羅》的密技「上、上、下、下、左、右、左、右、B、A」，更是當年所有小朋友們都能琅琅上口的暗語。而南夢宮的《坦克大戰（Battle City）》，雖是當時較為少數的兩人合作闖關遊戲，但因為進攻敵軍的同時，又必須合力防守「老鷹基地」，而兩名玩家想要獲得隨機出現在地圖上的武器裝備，往往又會互搶或被新出現的裝備蓋過，或是因為隊友間互相射擊而無法移動自己操縱的坦克，使得此款遊戲美其名為「合作」，卻時常釀成兄弟姊妹或朋友之間的「爭吵大戰」，堪稱「破壞感情」的合作電玩遊戲始祖之一。（美國知名電玩遊戲機攝影師埃文・阿莫斯Evan Amos授權提供）

1	2
3	4

圖1｜左為卡式錄音帶，右為卡帶隨身聽，對於未接觸過此類機器的新世代來說，會是難以想像需要倒帶的播放模式，後漸為CD隨身聽所取代。

圖2｜左為日本公司SONY所研發的Betamax規格錄影帶，右為JVC所研發的VHS規格錄影帶，同樣對於未接觸過錄放影機的新世代來說，是難以想像需要倒帶，更還有專屬錄影帶倒帶機器的影音播放模式。

圖3｜左為5.25吋軟碟機磁片，容量為1.2MB；右為3.5吋軟碟機磁片，容量增為1.44MB。兩款已被淘汰的軟碟機，分別為電腦中早已消失的A槽及B槽。

圖4｜臺灣大宇資訊公司1995年震驚電腦遊戲市場經典名作《仙劍奇俠傳》及1999年再創國產電玩高峰另一名作《軒轅劍參：雲和山的彼端》，並稱國產電玩最知名的「雙劍系列」遊戲作品。

左上｜許昭榮前輩一生致力於替臺籍老兵們發聲，並為「戰爭與和平紀念公園」最重要的推動者。

右上｜置於「戰爭與和平紀念公園」內的《飛鄉》臺灣兵紀念碑，為阿美族雕刻藝術家希巨．蘇飛老師與鋼雕藝術家劉丁讚老師所共同創作。其三足基座的碑文，分別為「臺灣歷代戰歿將士英靈紀念碑」、「國共內戰殞身原日本軍、前國軍臺灣無名戰士紀念碑」、「二次大戰戰俘船紀念碑」。而基座上擁有長翅的臺灣兵造型，源自於阿美族古老傳說，當族人於異鄉不幸亡故時，祖靈會為他們安上一對翅膀，好讓這些客死異鄉的族人，無論多麼遙遠，都能飛回故鄉，為訴說臺籍老兵悲苦命運的感人紀念碑。2013年蔡政良老師、希巨．蘇飛老師、張也海．夏曼老師及高蘇貞瑋老師，共同前往新幾內亞，為魂斷異鄉的臺灣老前輩們，正式由臺灣人自己立下《高砂的翅膀》，這是另一座遠置於新幾內亞島上，永遠遙望故鄉臺灣方向，同樣動人的紀念碑。

下｜位於高雄市旗津區的「戰爭與和平紀念公園」，公園內紀念館為全國唯一紀念臺灣兵的主題館。

上｜位於臺北市衡陽路及懷寧街交叉口的老字號「公園號酸梅湯」，以酸梅湯及三色冰淇淋聞名，自1960年營運至今，為眾多臺北人的回憶。

下｜日治時期原置於「臺灣神宮」（現址為臺北市圓山）的一對銅牛，現置於臺北市228和平紀念公園，鄰近館前路的正門口兩側，為歷代許多不同臺灣人遊玩至此常會騎坐拍照的共有兒時回憶。

上｜2004年「228牽手護臺灣」活動臺北市公園路區段。（SY小姐提供）

下｜位於臺北市228和平紀念公園內的國立臺灣博物館，曾於日治時期1935年舉辦始政四十周年紀念「臺灣博覽會」。

自序

謹將此書獻給所有曾走過日本時代的臺灣前輩們——

這本發想改編自真人真事的《飄零之島》能夠完成，真的感慨萬千，因為確實是經過了非常漫長的歷程及歲月。

翻開臺灣的日本殖民歷史，臺籍日本兵的相關口述歷史資料，當初確實蒐羅不易，尤其是臺灣曾在結束日本殖民以後，又接二連三歷經了許多慘痛事件，使得不少曾走過兩個時代的老前輩們，未必願意開口講述過去那段歷史。這真的需要感謝許多臺灣歷史學者前輩們，當初不畏一些無形壓力的辛苦投入，將諸多珍貴的口述資料留存下來。

而隨著民主開放後，這段過去國民教育鮮少著墨的部分，也有愈來愈多相關史料及珍貴書籍問世，逐步填補這段曾經幾近空白的臺灣史。甚至近年來，本土歷史也逐漸成為小說創作及影視題材的熱潮，這都是以往有些難以想像的進程，也非常樂見這樣的蓬勃發展。

臺灣自古以來，除了原本就生於斯、長於斯，屬於真正臺灣人的原住民外，多半都是移民而來，只是時間先後的差別。但這樣的先來後到，卻也造成臺灣諸多族群的極大衝突，從原漢衝突、明清衝突、閩客衝突、清日衝突、日臺衝突、省籍衝突，甚至是後來政治選舉的藍綠衝突，整個臺灣延續下來的「記憶」，相當迥異及分歧。

只要有人說誰比較好，就會有人出來抗議；若有人說誰比較差，也是會有人出來反對。其實我們每個人對於所有事物的印象，都來自「親身經歷」及「記憶傳承」，不過因為恩恩怨怨的複雜糾結，再加上每個人本來就很難親眼看見同一件事物的所有面貌，也因此必然會讓每個人的「記憶」都不相同。

光是日本殖民時期的臺灣人「記憶」，就歷史事件及研究資料而言，日本人在臺灣曾有不亞於同期日本本島的工業及交通建設，但為了消弭臺灣漢人及原住民層出不窮的抗日行動，也有多次大量的血腥屠殺，如暴虐殘忍的「雲林大屠殺」，更還有「內臺不平」的統治狀況，故臺灣對於日本殖民時期的記憶，就會有相當不同的面貌。有人說日本人好，有人說日本人不好；有人希望當日本人，有人根本不想當日本人；有人一出生就是日本殖民時期，尤其是出生於「皇民化時期」，甚至是前往日本讀書或發展的前輩，理所當然認為自己是日本人；有人出生於清國，成長於日本殖民時期，自我認同因家庭環境及思想不同，可能會歷經諸多掙扎與矛盾，更不用說是突然變成被日本人統治的清國遺民。

這樣的不同面貌，到了臺灣脫離日本殖民以後，又再大大反轉一次。然而即便「記憶」位於天平最極端的雙方，往往也都能列舉出諸多充分證據，來證明自己的想法及觀感。其實這原本就很難單純以對錯認定，因為這就是大家發自內心的不同感受。

在研究相關資料之時，有時總是會想，其實這樣的意見分歧，恐怕並非臺灣獨有。相信世界歷史中，只要經過改朝換代都是如此，有的人曾經受惠，有的人曾經受害，更多的損益之間，就是殘酷的「零和遊戲」，因此更會加深兩者之間的落差與矛盾。

但歷史一直都是勝利者所撰寫，或許每個朝代理應都有不同的分歧「記憶」，只是隨著時間流逝、長者凋零，若又歷經「隔代」以後，更難有證人、證詞去捍衛歧異或錯誤，甚至是一些被官方壓抑所不能說出的「真相」，若是子孫輩也未必在意，不同的分歧就會漸漸被官方「正史」逐步消滅。

臺灣對於日本殖民時期，會有如此不同的「記憶」，或許也是因為我們都還曾經親耳聽過阿公、阿嬤輩的講古、傳承，無論是好的「記憶」或壞的「記憶」，都是極為真實的經歷。在臺灣，也有許多來自中國各省的爺爺、奶奶們，當初親眼目睹親友們如何飽受日本軍隊欺凌的殘酷暴行，甚至是親身經歷，都是刻骨銘心的悲痛。

每個人接收的「記憶傳承」都不盡相同，而來自親人的「記憶傳承」，可信度極高。因為這種並非公開於外，僅留存於家人間的「記憶傳承」，有時可能都比正式訪談的對外說法還要真實，故也會在無形之間，深深影響子孫輩的「傳承記憶」。

而臺灣自從進入民主選舉以後，或許是民主制度得來不易，也或許因為大家「記憶」不同，以及不同族群間的恩怨糾葛，逐漸形成了激烈對立。這也讓臺灣早期地方首長及總統剛開放民選時，臺灣民眾對於政治選舉的參與程度極度熱衷，甚至如此看似全民瘋狂的熱潮，還曾經被不少國際媒體嘖嘖稱奇。

然而因為政黨藍綠支持者大約各半，對於真實的臺灣選舉議題，往往會讓創作者有所顧忌及卻步，因為若是書寫了某一邊，就會馬上被另一邊砲轟、痛批，這確實會讓創作者望而生畏。

不過二〇〇八年的臺灣政治選舉，距今至少十五年，而一九九八年的選舉，更是二十五年前的一段往事。至少對個人來說，這些二十多年前，幾近全民瘋狂的政治選舉，已經是一段過往的「臺灣歷史」。

《飄零之島》這本書的創作，透過真人真事的發想改編，旨在希望透過文學作品，傳達及分享一些歷經二次世界大戰殘酷戰場的臺灣老前輩們，那些叮囑晚輩們「反戰」、「反侵略」及珍惜「和平」的重要精神及反思。因為臺灣不同族群的想法極為錯綜複雜，故個人也花了不少時間研讀臺灣史、政治史，儘量不帶預設立場，多方傾聽、觀察及搜尋藍綠支持者的觀點及看法，希望能夠稍微拆解已經緊緊糾結的各種情節。

正如前頭所述，因為在這片土地上，民主選舉是一股極為重要的熱潮及旋風，故若要拆解臺灣不同族群的情感，也必須直接將這段重要的臺灣歷史帶入創作之中。不過儘管如此還原，小說中還是僅挑選了在當時尚無投票權的學生族群，呈現較為溫和的對立觀點，並重現事後看來，當年真的很像「頂尖對決」的幾次政治選舉歷史事件，作為故事的陪襯背景。

這些故事片段，很多都是架構在臺灣社會及校園中曾經真實發生的點點滴滴，加以改編、揉合、修砌成為一段段的內容。不過在本書中只是做為歷史事件的背景回顧，政治選舉事件並非本書重點。本書中設計了來自藍綠不同原生家庭的故事人物，依循各自立場及觀點，還原當年部分藍綠支持者的部分看法。若有讀者朋友覺得書中那幾段不同立場的人物對話，因為和自己政黨傾向不同，閱讀起來會覺得不舒服，還請包涵並一笑置之。

因為這些觀點及對話，確實是個人曾經親眼看見、親耳聽聞或搜尋查閱到的不同聲音與看法，以及當時的相關報導、評論及研究，作為一小部分市井小民的「歷史」觀點，整理、還原及記載於小說創作之中。如今看來都已經是一段二十多年前的「臺灣史」，或許不同立場的朋友，都更能心平氣和看待、尊重及包容這些角度不同的「歷史」想法，甚至當作笑話輕鬆看待也無妨。

畢竟我們這些來自「未來」的人，對於書中那些過往時期的人物想法，若會覺得不可思議或諷刺，是因為我們這些「未來人」，知道後來發生了哪些大事，因而對於同一件事物的想法與觀感也會截然不同。當時的人，在當時的環境、條件及氛圍下，確實因為不知道後來發生什麼事，而會在當下擁有屬於那個時期的想法。同樣的道理，套用在日本殖民時期的臺灣人亦是如此，當時沒有任何一個臺灣人知道，臺灣會有因為日本戰敗而脫離日本殖民的一天，在國籍屬於大日本帝國下，多次血腥抗日無效後，遂衍生出「絕對派」、「超然派」及「妥協派」三種類型，故自然而然也會有專屬於那時那刻的不同思維及行為。甚至換作是「現在」的我們也是一樣，「未來」的我們，如果已經忘記此刻的感覺，可能也會訝異看待「現在」的我們。

因此每個人雖然原生家庭會賦予獨特的「記憶傳承」，但隨著環境或經歷差異，同一個人的想法都會改變，更遑論每一世代的想法一定不盡相同。歷史可以原諒，但歷史不能遺忘，這本《飄零之島》以真人真事經歷發想改編，還原二戰時期的部分臺灣史面貌，以及那段日本人也不大願意提及的南洋戰役真實慘況，輔以臺灣選舉史回顧，書中所有人物的不同觀點及看法，讀者完全不必認同，只希望能藉由文學創作，帶來不同的思考及觸發。

「和平得來不易，人類必須好好珍惜。」

這幾乎是每一位，無論是同盟國或軸心國陣營，在二戰血腥戰場中活著回來的老兵們，在不同的人物訪談之中，同樣想帶給晚輩們的重要訊息。曾經看過一些紀錄訪談影片，歷經二戰後，滿頭白髮、行動不便的美國老兵與同樣凋零的日本老兵，即便互不認識，但那發自內心的感慨萬千，以及最後相互擁抱哭泣的動人畫面，至今印象深刻，真的會讓所有人都鼻酸落淚。

這世上只有好人與壞人之分，沒有哪一人種是絕對好人，或絕對壞人。歷史上廣大的平民百姓，往往都是少數權謀者政治操弄下的受害及犧牲者。

個人與個人之間的恩怨可以分明，但是否要擴及無辜的關聯族群及毫無恩怨的下一代，形成壁壘分明的仇恨敵對陣營，攪進了永無止境的仇恨螺旋，確實是必須好好思考的議題。然而戰爭往往就是這樣發生，歷史上很多侵略國，動員到最後，一批又一批直接送往戰場的年輕人，往往只是一片茫然，完全不知為何而戰，進而產生極為強烈的厭戰、反戰情緒，以及往後難以擺脫的良心苛責。這些敵我雙方，很多都是本可以成為跨越國界、跨越文化，相互欣賞、相互交往的知心密友。但當被侵略國長居久安的家園無故遭受敵人入侵，基於天性一定會奮起抵抗。然而雙方一旦互相積仇結怨以後，一切的苦難、悲慟，卻又牽連彼此廣大的無辜者共同承受，形成了難以解開的仇恨死結。

從小就在臺灣不同族群間的紛紛擾擾之中長大，看著大人們常常如此激動吵成一片，內心總是有所感嘆，希望未來換成我們這一代，社會族群能更和諧一點。但隨著時間過去，自己也成為大人，有些矛盾已有所改善、前進，但大家吵吵鬧鬧的情況，看起來好像只是換成我們這一代，開始加入不同立場的激烈紛爭，情況似乎沒有太多不同。

也許這就是民主社會自由言論、多元開放的最佳體現吧？但看著看著，偶爾在無奈之中也會不覺苦笑，或許大家每次大吵大鬧完之後，即便有人因此互不喜歡，即便族群矛盾暫難改善，我們應該始終還是一家人吧？

目次

序章

婆娑大洋，美麗之島——

反清復明——

留頭不留人，留人不留頭——

要當「清國奴」還是「皇民」——

保密防諜，人人有責——

中華文化的復興基地——

不管是原住民、漢人、新住民，只要認同這片土地的都是臺灣人——

但，畬哥，我們到底是誰，難道都不曾覺得錯亂嗎？

序章 民國九十九年（二〇一〇年）十二月・臺灣・臺北市

雨夜花，雨夜花，受風雨吹落地，
無人看見，每日怨嗟，花謝落土不再回。
花落土，花落土，有誰人倘看顧，
無情風雨，誤阮前途，花蕊哪落欲如何。
雨無情，雨無情，無想阮的前程，
並無看顧，軟弱心性，乎阮前途失光明。
雨水滴，雨水滴，引阮入受難池，
怎樣乎阮，離葉離枝，永遠無人倘看見。

這首曲調淒美憂傷的臺灣民謠《雨夜花》，其哀愁清麗的旋律，在醫療器材單調運作聲的伴隨下，不停在醫院病房重複迴盪著。

一名二十四歲的中短髮帥氣青年，睜大渾圓的雙眼，直盯著那臺放在病床邊，不斷演奏《雨夜花》

的MP3手提音樂播放器，而右手則一直輕握著病床上沉睡的老人，那滿佈皺紋卻又插滿點滴針管的脆弱右手。

歌曲播畢後，隔沒一會兒，《雨夜花》的音樂前奏再次響起。青年依舊雙眼直盯著音樂播放器，但早已陷入沉思。

這名中短髮青年，雖然長袖長褲的衣著打扮帥氣俐落，但五官清秀、睫毛濃密，雖然已經二十四歲，不過由於天生一副清秀的娃娃臉，乍看之下像個還未二十歲的白皙書生男子。然而再仔細一瞧，卻是一名不折不扣的端麗女子。

——這名女孩叫做陳雅薈，而躺在病床上的，則是陳雅薈的阿公陳繼敘。

自從陳雅薈的阿公，因為治療肝癌住進臺大醫院已有一段時日。原以為這次肝動脈栓塞治療後，只要休養幾日，便可以像第一次栓塞治療那般，可以迎接阿公回家休養，聽聽阿公述說往事，不過這一切似乎已經太遲。

肝癌的肝動脈栓塞治療，是藉由從人體鼠蹊部深入患者體內的導管，將化療藥物注入腫瘤周圍，同時栓塞供應腫瘤養份的血管，藉此毒殺腫瘤。

陳雅薈光是想到人體從鼠蹊部到肝臟的距離，就覺得毛骨悚然。導管要先穿過股動脈、腹部大動脈，最後再延伸到肝動脈，如此漫長的路徑，儘管科技已經相當先進，但光是想像就很可怕。

記得幾個月前第一次栓塞治療後，臉色蒼白、高齡近九十歲的阿公，即使人還躺在臺大醫院的病床上休養，竟然還能忍痛對著陳雅薈笑說，這些治療過程真的沒什麼大不了，之後更還有說有笑，讓陳雅薈覺得相當心疼。但她很清楚自己的阿公，一直就是這樣既堅強又豁達的性格，畢竟參與過二次世界大戰的太平洋戰爭，是個見過大風大浪的人。

不過就陳雅薈所知，其實也僅止於此。因為陳雅薈依稀只記得阿公曾述說過極為零星的二戰片段故事，但在她印象之中卻是非常模糊。往後可以感覺阿公總是不大願意提起這段經歷，故對於阿公的二戰往事，竟有種說不出全貌的異常陌生之感。

這次進行第二次的肝動脈栓塞治療，陳雅薈原以為也能像上次一樣順利，甚至還幻想阿公日後搞不好會有戰勝癌細胞的奇蹟出現。想不到原本還在唸書的陳雅薈，突然接到家人的緊急電話。

阿公的手術出現狀況，不知道是哪個環節出了問題，化療藥物並沒有如期控制在栓塞治療的預定範圍。藥物反而跑滿全身，也因此讓阿公術後陷入昏迷。

陳雅薈還記得趕到醫院病房時，即使病床上的阿公已經失去意識，但可能因為化療藥物的關係，阿公的雙眼不時往上翻動，而雙腿更是不停猛力顫抖。連帶壓在鼠蹊部附近，用來冰敷手術傷口的冰敷袋也不時掉落，需要家人手動輔助施壓。

陳雅薈剛踏入病房見到此種恐怖情景，早已淚流滿面，而後接替家人協助壓住冰敷袋時，面對眼前不停抽搐的阿公，更是哭到無法自已。

手術失敗的阿公，儘管過了一段時間之後不再全身抽動，卻也就此陷入昏迷。中間雖只有短暫幾天突然甦醒，但腦部似乎受損而無法完整言語，更無法好好表達。原本還存有一絲日後慢慢恢復的期望，不過某天昏睡後，意識不但沒有好轉，至今也沒再甦醒過。

「阿公，我還有好多話想聽你說，也有好多話想跟你說——」

這是陳雅薈自從阿公陷入昏迷後，常常在心中重複出現的話語。

手術後的前幾日，來自各地的親朋好友還會前來探望，但是時間一久，除了直系至親以外，也不再有其他人前來探視。畢竟就算阿公曾短暫清醒過，但因為已無法言語表達，無論是昏迷或清醒，探視者也得不到病床上患者的明確回應。

而至親之中，就屬陳雅薈最有毅力，即使目前正在準備司法特考，每天都還是會抽出時間到病床邊陪伴阿公，至今也已過了兩個多月。

原本一直伴隨在阿公身邊照料的看護，今天見到陳雅薈來到病房以後，趕緊抓著這個寶貴空檔，前去用餐休息，因此病房中只剩下陳雅薈、阿公及不斷重複播放的《雨夜花》歌曲。

「雨夜花，雨夜花，受風雨吹落地——」

《雨夜花》的第一句歌詞又再次清晰迴繞，已經不知道是第幾輪的重複播放。這首《雨夜花》，便是阿公特別喜愛的臺灣民謠，有人建議在昏迷病患身邊重複播放喜愛的音樂或歌曲，或許對病患的甦醒會有幫助。

因為這段期間已經聽過不下上百次，陳雅薈不禁有些懷疑這種說法是否有任何科學依據。或許陷入昏迷的阿公，雖然無法表達，反而是不想再聽到這首已經重複播放到快讓耳朵長繭的歌曲。畢竟已經一連重複聽了兩個月，阿公如能表達，應該會很想叫陳雅薈趕緊關掉或換其他歌曲。

——想到此處，陳雅薈不禁露出苦笑。

看看病床旁的儀器螢幕不停跳動，並發出規律的聲響，而《雨夜花》的歌曲依舊持續播放，看著看著，陳雅薈又不禁陷入沉思。

不知道過了多久，陳雅薈輕握阿公的手，竟感受到阿公的明顯握力，這才讓陳雅薈回過神來。看了看病床上的阿公，還是那雙緊閉的眼。而蓋住口鼻的氧氣罩，除了不斷傳出供給氧氣的聲音，氧氣罩內霧氣水滴所分佈的範圍，則隨著阿公的勻稱呼吸，依循著一定的規律擴大縮小。

為了確認是否只是自己的錯覺，陳雅薈試著加重握著阿公的力道，隨即像是得到回應般，阿公反握了一下。

這種狀況也不是第一次發生，不過陳雅薈實在也無法分辨，這到底是阿公的單純生理反射，還是陷入昏迷的阿公，即使大腦已經無法輕易控制身體，還是努力想要表達些什麼意念。

——不過今天阿公這些動作所展現出的力道，似乎較為強勁，讓陳雅薈覺得有些不同。

陳雅薈還是握著阿公的右手，但她很清楚，阿公的左手中指及無名指，都各少了幾乎一節手指頭。左手的那兩根斷指，應該與二次世界大戰脫不了關係，阿公既不曾主動提起，就陳雅薈的印象之中，以前雖曾因好奇問過阿公，阿公也不願說明。或許那是一段阿公不堪回首的往事，當陳雅薈更為懂事以後，也就不再問起這些事。

沒多久，阿公的握力突然大增，讓陳雅薈也著實嚇到，下一瞬間，阿公睜開原本緊閉的雙眼，但眼神卻是非常空洞。而充滿霧氣的氧氣罩下，隱約可以看見阿公的嘴巴大開，彷彿想要說些什麼，卻又無法施展力氣。

「嗶——嗶——嗶——」

病床旁的儀器突然發出有些急促的「嗶、嗶」聲響，陳雅薈雖然看不懂儀器上的所有資訊，但一定是出了什麼異常狀況，使她莫名緊張起來。再回看病床上阿公的臉龐，眼神依舊空洞，不過氧氣罩上的霧氣，卻已逐漸沒有變化。

「嗶——嗶——嗶——」

儀器聲愈響愈大，陳雅薈急著想要尋找醫護人員求助，不過卻被阿公的右手緊緊握住，力道之大使陳雅薈也無法輕易脫身。

「嗶——嗶——嗶——」

聲響愈形急促，陳雅薈注意到阿公的心跳一直下降，但阿公緊握陳雅薈的手，始終沒有鬆開的跡象。

陳雅薈雖然早有心理準備，也並非不曾經歷過親友刻骨銘心的痛苦死別。儘管那是一段百般抗拒而努力塵封，也不願再次回想的痛苦回憶，但阿公畢竟還是陳雅薈人生中第一個直系血親的離別。而死別的這一刻恐怕就要突然降臨眼前，還是讓陳雅薈慌了手腳。

阿公不知道從何而來，竟能使出那麼大的力氣，即便陳雅薈想要求救也無能為力。另一方面，也不忍心使出蠻力掙脫阿公的手，畢竟這可能也是阿公最後一次的親手緊握。

更何況，也聽聞過往有高齡者的家屬始終不願放棄急救，最後病患因為骨頭早已老化，經不住急救中的重複按壓，讓胸骨硬生生斷裂。最後不但徒勞無功，更是對往生者的死前凌遲，故若阿公病況惡化，家族早已有放棄急救的共識。況且這些醫療儀器也有連線，察覺異狀的醫護人員應該也會趕來，自己實在對於眼前的狀況有些束手無策。

百般猶豫之下，陳雅薈竟也只能眼睜睜看著儀器上的心跳數逐漸下降歸零。

「阿公真的就要離開我們了嗎？」

陳雅薈思考至此，眼眶早已泛紅，下一瞬間，熱淚更是潸然而下。

「嗡——嗡——嗡——」

不知為何，四周突然傳來了一陣急促類似高音頻的電磁聲響，讓陳雅薈產生一陣相當不適的耳鳴。這也讓被淚水佔據的視覺，畫面變得更為模糊擾動，看起來很像病房內的燈光也在隱約閃爍。

就在儀器上心跳數接近歸零的那一刻，陳雅薈的手始終被阿公緊握住。不過陳雅薈不知為何，卻反而感受到阿公原先微冷的手，開始變得相當溫暖，而後更是異常發燙。

陳雅薈嗡嗡作響的耳鳴疼痛更為加劇，而病房內所有燈光的閃爍頻率也隨之加快，陳雅薈無法確定這一切是否只是耳鳴不適及頭部疼痛所造成的視野錯覺。

就在陳雅薈尚在驚恐訝異之餘，一股強大的暖流，從阿公的掌心強行湧入，直直貫穿陳雅薈被阿公緊抓的右手。而這股炙熱暖流一下便流竄陳雅薈全身，讓她感到異常不適，暈眩不已，甚至出現急速加劇的頭痛及耳鳴，自己的心跳更是快到彷彿就要爆裂。淚流滿面的陳雅薈不斷強忍疼痛，卻早已分不清這股熱淚，是源自於至親即將離去的悲傷，還是頭暈目眩的生理疼痛，而透過模糊的視線，只能看見儀器上的阿公心跳下降歸零。

——沒多久，這股異常流竄的暖流，竟讓陳雅薈完全失去意識。

Chapter 1

薈哥，知道嗎？

有位知名歷史學者楊雲萍教授曾說過：每件事情的發生都是由「偶然」和「必然」交織而成。

我想，不只過往的歷史事件如此，就連我們的相遇，應該也是上天巧妙的安排。

我不知道該怎麼說，有時候，我總覺得，雖然歷史上並沒有「如果」，但假如當初我們沒有相遇，不知道我還會是現在的「我」嗎？

我們的相遇到底是「必然」還是「偶然」，假如能夠回到過去，我們到底是否真的會再相遇？或是即便相遇，是否也會「必然」相識相惜？或許這一切真的只是一連串的「偶然」，如果不是上天如此巧妙安排，我想也不會有現在這種想法的「我」了！

第一章 昭和十七年(一九四二年)十二月・臺灣・臺北州

再次睜開雙眼,陳雅薈還是可以感到強烈的耳鳴嗡嗡作響,而頭部疼痛依舊絲毫沒有舒緩的跡象。這也讓陳雅薈即使勉強睜開雙眼,視線卻還是模糊不清。

「什麼!到底怎麼一回事?」陳雅薈百思不得其解,依稀只記得自己突然失去了意識。模糊的記憶之中,陳雅薈想起手中似乎緊握著什麼東西,卻又一時想不起來。

「啊!」

陳雅薈突然驚叫一聲,這下總算想起自己原本緊握的,並不是什麼物品,而是阿公那插滿點滴管線的右手。

而且與其說是握住,更該說是陳雅薈反被阿公牢牢抓住。

「阿公呢?」

陳雅薈回想起先前的情景,而如今眼前只是一片漆黑,等待視覺逐漸適應後,發現似乎是在某個空無一物的房間內,究竟發生了什麼事?原本躺在病床上的阿公又跑去哪兒了?

儘管很難接受事實,但陳雅薈心裡很明白,阿公恐怕已經離世。這對於身體飽受癌症之苦,及陷入昏迷的阿公來說,或許算是一種解脫。

但即便如此思考,陳雅薈還是忍不住默默流下傷心的淚水。

陳雅薈拖著搖搖晃晃的身體,扶著牆壁走向那透出微弱光線的房間門口,並緩緩將房門打開。

這不開還好，房門一開後，映入眼簾的，卻是一條相當陌生的長廊，卻又帶有莫名的熟悉感。

「為什麼自己會跑到臺大醫院的舊館？到底發生什麼事？」

分明自己原先還在臺大醫院新館的病房，為何會跑來舊館。是因為阿公離世的那一刻，自己深受打擊而昏厥，被後來趕到的醫護人員暫時安置在其他房間嗎？就算是這樣，和臺大醫院新館相較之下，也不該送來距離還不算近的舊館。

不過這長廊愈看愈奇怪，雖說很像臺大醫院舊館的日治時期洋式建築內部，但建築的裝潢明顯新了許多，彷彿就像過往記憶中的古蹟文物，經過重新翻修，上了全新的亮麗色彩及光澤。而走廊上偶有文字出現，儘管只是匆匆一瞥，卻不難發現全都是以日文書寫。

因為頭部依舊隱隱作痛，陳雅薈下意識手撫額邊，恍惚之中穿越了長廊，並緩緩走下了樓梯。

在這移動過程中，隱約與幾名陌生人擦肩而過，陳雅薈覺得這些人穿著有些奇怪，衣服款式有種說不出的復古設計。不過這些人看見陳雅薈的出現，都會先停下手邊的動作，接著投以更為異樣的眼光。

陳雅薈愈想愈奇，這棟陌生的洋式建築，很明顯不是臺大醫院舊館，但到底會是什麼地方？

好不容易來到一樓看似大廳之處，陳雅薈快步穿過拱形大門向外走去。

走出這棟建物後，抬頭一看，眼前雖然看起來已是天色昏暗的傍晚時分，但還是可以清楚看見斜前方，由紅磚及洗石子相砌而成的臺大醫院舊館。對面則是臺北賓館的圍牆，而更遠之處還有位於二二八公園內圓頂特色的臺灣博物館，更後方則還可望見總統府那高聳十一層的尖塔高樓。

「既然臺大醫院舊館就在前方，那這個位置確實是臺大醫院新館附近沒錯，只是——」

陳雅薈愈看愈怪，除了這些熟悉的建築物外，四周的道路有種說不出的詭異，一些熟悉的建築及圍牆也全都消失。

「電線桿！」陳雅薈內心暗自叫著，已經多久沒在臺北市市中心看過電線桿了，為何會出現這種場景？眼前的道路變得相當寬闊，兩旁不再有熟悉的紅磚道，而路面鋪設的，看起來像是瀝青，卻又與平時所見的柏油路有所出入。道路旁不但少了密集的交通號誌，沿邊更有整齊劃一的電線桿。而放眼望去的建物，大部分都只有兩層樓高，故也使距離還不算近的總統府尖塔，依舊顯得相當突出。

回頭一望，原先的兩層樓建物，外型很像幾乎天天路過的臺大醫學院舊館。但再仔細一看，建物結構卻不盡相同，更何況遠方臺大醫學院的位置，可以隱約看見坐落著另一棟，看起來更像臺大醫學院舊館的建物。

陳雅薈邊走邊想，這世界到底怎麼了？自己彷彿就像行走在既熟悉又陌生的夢境之中。想著想著，陳雅薈又看到路上有個奇怪的立牌寫著「左側通行」。

——臺灣什麼時候改成「左側通行」？還是只有臺北市突然下令更改？不過這一切都來得太過突然、太不合理。

由於陳雅薈思緒混亂，完全沒有留意到道路轉角處，出現一輛黑色汽車。這輛汽車原先行駛速度雖不算快，但完全沒料到會有行人突然「逆向」迎面而來。

「啊！」陳雅薈回過神來，這才發現汽車早已近在眼前。

儘管汽車駕駛發現後也緊急煞車，但迎面而來的汽車碰撞，還是讓陳雅薈一下便因受到撞擊跌坐在地。

這輛黑色汽車外型十分復古，有著類似金龜車的造型，線條卻又沒有那般圓滑。儘管外觀保養得宜，金屬光澤看起來相當閃亮，但在陳雅薈的印象中，這輛車絕對是二戰電影中才看得到的古董車。

汽車停下後，右邊車門隨即打開，竄出一位怒氣沖沖的中年男子。中年男子一頭厚重的黑髮後梳，鼻下留著一小撮方塊鬍子，一身穿著整齊俐落的復古西服。

中年男子一拐一拐走到車前，先是仔細檢查自己的愛車有無受損，發現沒有大礙後，這才看向坐在地上的陳雅薈。但見到陳雅薈雖然受到撞擊，似乎沒有特別傷勢，只是癱坐在地，讓中年男子更為勃然大怒：「混蛋！一定是清國奴，這就是沒有左側通行的天譴！」

——日語？為什麼說日語？

陳雅薈雖然聽得懂日語，甚至還通過日本語能力一級檢定，但這名盛怒的中年男子，明顯是這輛車的司機，裝扮看起來就像二戰電影中的日本人形象。而汽車後座隱約可以發現還有人影，或許那名乘客也是日本人。但即便如此，司機有必要特別用日語罵她嗎？

不對，陳雅薈很清楚「清國奴」的意思，是日治時期日本人對臺灣人極為輕蔑的罵人用語，甚至自己還極不得體這樣罵過。

汽車是右駕，現代的高樓大廈完全消失，放眼所及的只有舊式的日治時期建築。路人的服飾看起來不是和服，就是復古西服，還有沿路大量出現的日文，就連眼前忿怒的司機也都操著日語。

——雖然陳雅薈很難接受這個推論，但她恐怕真的是莫名其妙跑到了日治時期！

「清國奴！穿那什麼奇裝異服，這個『非國民』擋在這裡做什麼，還不快滾！」司機繼續用日語叫囂著，見到陳雅薈還是癱坐在地，更是抬手揮舞，作勢就要打人。

陳雅薈的思緒漸形混亂，或許因為這近在咫尺的叫罵推波助瀾，也或許先前的汽車碰撞儘管輕微，但還是讓陳雅薈受到傷害，頭部竟又開始劇烈疼痛。

——什麼奇裝異服，開車撞到人還敢理直氣壯！陳雅薈愈想愈氣，而且服裝分明就只是稀鬆平常的長袖、長褲打扮。

「哎呀！好痛喔！」

陳雅薈無法繼續思索下去，腦內的劇烈疼痛，讓依舊坐在地上的陳雅薈，痛得快要流出眼淚。

這時司機後方，出現一名年過六十的白髮男子。從黑色汽車的半開後車門，不難判斷這名白髮男子，便是這輛車的後座乘客。

男子頂著稀疏後梳的白髮，戴著厚重的圓框眼鏡，並留著銀白的八字鬍。一身筆挺的西裝打扮，拿著紳士手杖，與那嚴肅神情相襯之下，看起來就像個頗具威嚴及具有一定身分地位的長者。

儘管陳雅薈瞥見這名白髮男子的身影，但一陣前所未有的劇痛又再次強襲而入，讓陳雅薈不但蜷縮在地，更因生理疼痛早已不自覺流下淚水，接著緊閉雙眼全身顫抖苦喊著：「痛啊，怎麼會那麼痛啊！這一切到底是怎麼一回事！一定是在作夢，一定是在作夢啊——」

司機見到陳雅薈直接蜷伏地上，更是怒不可遏，儘管看得出來行動不便，卻還是高抬右腳準備重踹下去，並再次語帶威脅喊著：「清國奴，知不知道你擋到哪位大人的路，還在裝什麼，快給我滾開！」

「一定是在作夢！一定是在作夢！」陳雅薈還是繼續緊閉雙眼重複唸著。

「支那語？」白髮男子聽見陳雅薈不斷用中文嚷著，不覺雙眼微睜說著。

「混蛋！」司機怒吼著。

白髮男子眼見中年男子快要發作，趕緊向前揮舞手杖制止。

「安藤大人——」中年男子見到白髮男子的動作後，趕緊斂起怒容，並默默退了下去。

「你是在說支那語嗎？」

這名被司機稱作「安藤大人」的白髮男子微微彎身，用聽起來相當拗口的中文，對著倒在地上的陳雅薈發問。

支那語？日文中的「中文」不是應該是「中國語」，就算直翻中文說出來，不也應該是「中國語」？陳雅薈的頭痛這時總算稍獲舒緩，慢慢鬆開緊皺的雙眉。過沒多久，陳雅薈便會意過來，在這年代日本確實稱呼「中國」為「支那」，並非貶抑用語。

「我——」陳雅薈停頓了一下，改以日語說著。「我好像懂一點支那語——」

「嗯——」安藤沉默了好一會兒，扶了扶圓形眼鏡，上下打量陳雅薈，而後雙眼微睜喃喃唸著。「原來是女的！」

儘管安藤只是喃喃自語，陳雅薈還是微微點頭回應。

安藤聽見陳雅薈會說日語，繼續恢復日語說著：「不過妳的支那語聽起來很流利，服裝又很奇怪，妳該不會是支那人？為什麼會在這裡？到底有什麼目的！」

陳雅薈察覺安藤話剛說完，神情變得相當嚴肅，眼神間流露出一股難以掩飾的深深疑慮。陳雅薈雖然不知為何來到了日治時期，更不知道確切處於何年何月，但她知道彎有可能是在中國、日本開戰的非常時期，直覺這個問題不能輕易回答。

「我啊——我啊——」陳雅薈不覺輕皺雙眉，雖然通過日本語能力一級檢定，但畢竟口說日語也稱不上道地流利，因此許多用語還是需要反覆思索才能開口。「對不起，不知道是不是剛剛撞擊造成的，我、我真的想不起來我是誰，還有是哪裡人，也不知道為什麼會在這裡。對不起、對不起——」

原本陳雅薈只是假借先前的汽車碰撞裝模作樣，想不到說著說著竟又出現輕微頭痛，讓她弄巧成拙，看起來真的很不舒服。

「安藤大人——」司機這時又出現在安藤身旁皺眉握拳忿忿唸著。「看她穿成這樣，國語口音也很奇怪，會不會是敵國派來的——」

安藤聽了不以為意，只是向司機揮手制止，沉思了好一會兒，接著才又開口：「山田，這女孩臉色這麼慘白，你先扶她進研究所休息，畢竟是你開車撞到人的，總是要看看有沒有受傷。她看起來好像有些失憶，不知道頭部有沒有受傷，也想好好瞭解她的來歷！」

「什麼！」司機山田難以置信，接著小聲碎唸著。「這分明是她自己不左側通行的天譴——」

「快一點！」安藤見山田心有不服，以極為嚴峻的口氣命令著。

安藤話剛說完，便提著手杖朝陳雅薈原先走出的那棟洋式建物走去。安藤除了看得出來步伐穩健，挺直的背影更顯得相當威嚴。

研究所？原先倒在地上的陳雅薈，這時緩緩坐了起來，再次抬頭望向原先那棟兩層樓的建築物，安藤口中的「研究所」到底是什麼意思？

「起來！妳這騙子還發什麼呆！」司機山田目送安藤遠離後，轉身將倒在地上的陳雅薈用力一把拉起。

「哎呀！」陳雅薈面對突如其來的強拉，嚇得驚叫一聲。

司機山田見陳雅薈總算被他強拉站起，原想要繼續扶著陳雅薈，不過陳雅薈不是很喜歡這名頤指氣使的司機。儘管依舊昏沉不適，但評估自己還能自行走路，便揮手婉拒了司機山田的攙扶。

「哼！果然是騙子，根本沒事嘛——」司機山田狠狠瞪著陳雅薈。「算妳好運，想不到安藤總長竟然會相信妳的鬼話！」

「總長？」陳雅薈跟著山田語帶疑惑複誦了一次，難道是「參謀總長」，但看起來又不大像軍人。

「安藤正次總長妳不認識！」司機山田面露鄙夷說著。「臺北帝國大學總長安藤大人，女人，給我好好記住！」

「臺北帝國大學總長！」陳雅薈又跟著山田複誦了一次。

陳雅薈雖然精通日語，但因為日語中的各種職稱和臺灣不盡相同，更何況也不是真的在日本或日商工作，陳雅薈也一直沒有用心弄清楚這些職稱差別，僅留有模糊印象。原本單聽「總長」還沒想起是什麼意思，但這下聽完全名，她總算想起日語中的「總長」，便是指大學的「校長」。

——所以那位白髮長者安藤正次，是「臺北帝國大學總長」，相當於陳雅薈所就讀的「臺灣大學校長」。

司機山田見到陳雅薈陷入沉思，突然毫不客氣打斷說著：「女人，既然妳沒事了，就快滾吧，我還要把車停好——」

「啊？」

陳雅薈原本還在思索，既然安藤正次是臺北帝國大學總長，又表明對自己的來歷很有興趣，或許會有辦法幫忙解開穿越時空之謎。

不過由於司機山田始終頗不友善，讓陳雅薈又有些卻步遲疑。

「清國奴，快滾！」司機山田直接重重一推，讓毫無心理準備的陳雅薈，受力往前踏了幾步。

不知為何，司機山田的這個動作，又讓陳雅薈的頭莫名痛了起來，因而手撫頭部微微彎身。

「混蛋，還敢裝病！」

陳雅薈透過餘光，瞥見司機山田抬腳，作勢狠狠一踹。但不知為何，司機山田的動作看起來，就像電影特效一般，竟變成相當突兀的緩慢動作。不過陳雅薈更覺得是自己頭痛眼花，所造成的錯覺。

但司機山田的魯莽舉動，一下就被遠方的聲音所制止：「山田，你才是混蛋，安藤總長不是叫你帶女孩上來休息和診斷，這是在幹什麼！」

陳雅薈看到建物門口，出現一名身穿白袍的男子。不過昏昏沉沉的陳雅薈，原本就覺得眼前的這一切極不踏實，更是在一陣又一陣的劇烈頭痛後，冷汗直流、手腳發冷，身子也愈彎愈低。最後更還蹲了下去，接著突然重心不穩，竟再次倒地昏厥。

「還好嗎？還好嗎？」

一名男子以極為輕柔的聲音問著。

陳雅薈再次醒來，發現自己躺在陌生房間的大沙發上，但從室內的裝潢佈置，很容易使人和先前安藤總長口中那棟所謂的「研究所」聯想在一起。

「唉——」

陳雅薈內心不禁長嘆了一口氣，原本希望一切只是場奇怪的夢。不過先前那些痛楚感卻又那麼真實，一點也不像夢境。

讓陳雅薈的希望直接宣告破滅，則是在她身旁不斷呼喊她的白袍男子。

「還好嗎？還好嗎？」白袍男子繼續呼喚著。

這名白袍男子，便是陳雅薈昏倒前，在「研究所」拱形大門所看到，替她制止司機山田粗暴舉動的人。算起來他也幫了陳雅薈一個大忙，不過白袍男子的出現，更讓抱著只是一場幻夢的陳雅薈，粉碎了最後一絲希望。

「還好嗎？」白袍男子見到陳雅薈睜開雙眼後，只是不停望向四周陷入沉思，只好又再次輕聲叫喚。

陳雅薈這時總算與白袍男子四目相對，但一下便輕嘆了一口氣。

這名白袍男子年約五十，左梳的頭髮相當整齊俐落，臉上戴著和安藤總長相當類似的圓形眼鏡，不過面容清秀和善。

「妳是中國人嗎？」白袍男子特別改以中文低聲問著。

儘管白袍男子以「中國」而非「支那」稱呼，陳雅薈面對這樣的問題，還是面帶警色想了好一會兒。不待陳雅薈回答，白袍男子改以日語繼續開口：「先自我介紹一下，我是杜，本島人，是這間熱帶醫學研究所的所員。可以放心，就算妳真的是中國人，我也會想辦法幫妳，不會害妳的——」

「本島人？是指臺灣人嗎？」陳雅薈以中文喃喃自語，並緩緩起身坐在沙發上。

見到陳雅薈始終帶有警戒之色，白袍男子先是坐在陳雅薈對側的沙發，接著以更為和緩的口吻說著：「我是杜聰明，不知道妳有沒有聽過？妳可以放心，我是真的很看不慣有些內地人很愛欺負本島人，剛剛才會出面制止山田的粗暴行為。該怎麼說呢，日本人有好人、也有壞人，偏偏妳剛剛遇到的那個山田，就是個很自以為高人一等的內地人。希望妳能相信我，好好告訴我，妳是誰，還有到底怎麼一回事，我才能想辦法幫助妳！」

「杜聰明？」陳雅薈面露疑惑。

杜聰明微微一笑：「沒關係，不知道我是誰很正常。」

在臺灣老一輩的男子，蠻多名字叫做「聰明」，不過陳雅薈卻覺得「杜聰明」相當耳熟，好像在哪邊聽過。

「妳會說臺灣語嗎？」杜聰明先是以日語開口提問，接著竟又轉為臺語繼續說著。「雖然妳服裝很洋派，安藤總長說妳被山田開車撞到，好像受到撞擊造成失憶。他和妳簡單對談過，覺得妳可能是中國人，卻又像是內地人。但不知道為什麼，我反而覺得妳還蠻像臺灣本島人——」

「我、我似乎聽得懂臺灣語，也會說一些——」陳雅薈以臺語說著。「而且，我想不起來我是哪裡人，也不知道為什麼會出現在這裡，還有不知道為什麼會聽得懂，和說這些話。我一直很想問，現在是幾年幾月——」

杜聰明原本只是隨口一問，沒想到陳雅薈又以流利的臺語答出這段話，讓杜聰明著實嚇了一跳。而最後對於時間的疑問，更讓杜聰明覺得陳雅薈恐怕真的因為受到撞擊傷得不輕。

「今天是昭和十七年十二月八日——」杜聰明再次改以日語說著。

陳雅薈輕皺眉頭，她當然知道「昭和」時期，但是就算杜聰明說了昭和十七年，陳雅薈也沒有概念，究竟是落在什麼時候。

「請問昭和十七年是西元幾年？」陳雅薈語帶疑惑問著。

面對如此奇怪的提問，讓杜聰明更覺訝異。無論是日本內地人或臺灣本島人，怎麼可能不知道現在是昭和幾年。除了歷史學者外，一般人倒也不是很在意現在是西元幾年，更何況還是一個似乎因為受到撞擊而失憶的人，怎麼會一開口就想詢問西元年分。

「嗯，昭和十七年，相當於西曆的一九四二年——」杜聰明遲疑了好一會兒，才又繼續開口問著。

「妳、妳該不會還會說英語吧？」

陳雅薈默默點頭，杜聰明見狀後，改以簡單英語問答，陳雅薈也對答如流，更讓杜聰明驚訝不已。

像陳雅薈這樣原本就會中文，同時又會英語、臺語還有日語的臺灣人還不算少數，不過如果出現在幾乎只有單純使用日語及臺語的日治時期臺灣，確實馬上成為驚為天人的語言天才，或是經歷特殊的富家子弟。

「杜教授，下條所長到了——」

一名看起來還未滿二十歲的男孩，站在房間門口喊著，突然打斷了杜聰明的訝異神情。

男孩話剛說完，一名五十來歲的男子，便從男孩身後出現，快步走入房間，一下便開口笑著：「哈、哈，安藤說什麼他的司機撞到一名奇怪的女孩，看起來可能像幾年前歐洲傳出新種型態的『學者症候群』，叫我務必要來檢查看看——」

「啊，是所長——」杜聰明起身向下條所長微微鞠躬，接著側頭對陳雅薈低聲說著。「下條久馬一，這間熱帶醫學研究所的所長，快起身行禮——」

陳雅薈聽到杜聰明的暗示，趕緊起身向下條所長鞠躬行禮。

下條所長留著一頭黑白相間的後疏髮型，眼角微微下垂，而嘴上更留有同樣黑白夾雜的八字鬍。

「哎呀，不用那麼多禮！」下條所長笑眼瞇瞇說著。

陳雅薈這時注意到下條所長的右手掌心上，爬著一隻大型蝸牛，讓人很難不去注意到這隻緩慢爬行的物體，更何況這還是陳雅薈很害怕的黏滑生物。

下條所長發現陳雅薈面有難色，趕緊舉起大蝸牛笑著解釋：「哈，非洲大蝸牛，很好吃啊，我多年前從昭南島引進，想把這美味分享給大家，誰知道本島人竟然不愛。太浪費了、太浪費了！」

陳雅薈看著這隻平常只要雨天，就常出現在臺北市人行道或馬路上的非洲大蝸牛，腦中馬上又浮現一堆被行車、機車、自行車或行人碾碎的大蝸牛殘骸，耳邊彷彿出現蝸牛殼碎裂時的清脆聲響，不覺一陣噁心。

「女孩，妳好像很怕蝸牛——」下條所長依舊擺著笑容，不過把高舉的右掌慢慢垂了下去。

——下條久馬一！

陳雅薈想了起來，前陣子才在新聞報導中看過，非洲大蝸牛就是日治時期一位下條教授，為了食用目的從新加坡引進臺灣，但因為肉質不美才被隨意棄置。然而非洲大蝸牛繁殖力極強，這個外來種一下就造成臺灣生態的嚴重影響。

「呃——」陳雅薈原本想譴責一下，應該就是眼前這個下條所長引進這種可怕生物。但剛剛杜聰明已經解釋過，現在是西元一九四二年，就陳雅薈過去歷史課本所學，造成中日開戰的「七七盧溝橋事變」是發生在民國二十六年，也就是西元一九三七年。所以此刻不但早已爆發中日戰爭，更是美日戰爭時期，故先前自己若被懷疑為敵國間諜，應該是很嚴重的事。而她這個莫名其妙的穿越時空者，更不能沒頭沒腦就向這個時期的人物，說出之後會發生的任何事情。

「杜，你過來一下——」下條所長突然斂起笑容，將杜聰明叫到一旁。

下條所長壓低聲音和杜聰明交談，明顯不想讓談話內容被陳雅薈聽到。

看著交談中的兩人，杜聰明的一身白袍，還有這間名為「熱帶醫學研究所」的「醫學」兩字，總算讓陳雅薈想起杜聰明是誰。雖然過去歷史教科書上不曾提過，但她反而是在新聞媒體報導曾經看過，杜聰明教授便是那位鼎鼎大名，臺灣史上第一位醫學博士。

這兩位各有來頭的歷史人物，一下驟現眼前，真讓陳雅薈有種說不出的詭異。想想先前那位臺北帝國大學安藤正次總長，一定也是這年代的知名人物，只是自己沒有特別研究過。還有這個「熱帶醫學研究所」，到底是什麼樣的研究所，看到下條所長手中把玩的非洲大蝸牛，總不會是個研究特殊食材的研究所。

不過從名稱倒是不難推斷，應該與「醫學」有所相關。如果安藤總長會特別跑來這裡，或許這間研究所和臺北帝國大學，會有某種程度的關聯。

然而這些似乎並非重點，在這種情況下，陳雅薈先前都已撒謊失去記憶，目前看來也不是一時半刻就能回到自己所屬年代，還是得謹慎思考該如何應對。

「什麼！她至少會說四種語言！」下條所長不禁拉高音量，看了陳雅薈一眼後繼續說著。「幾年前歐洲確實有傳出案例，有人因為空襲頭部受傷，從那之後不但擅長的語言變了，竟然連口音也改變，這可能也是一種特殊的學者症候群——」

杜聰明微微頷首：「我也很驚訝，她國語算不錯的，雖然音調和用詞有些微不同，但都算流暢，可能比一些本島人的國語還要好。支那語、英語腔調好像很純正，應該都比我好很多。臺灣話腔調感覺有些不同，但溝通上都沒有問題，我是覺得同時精通四種語言真的太驚人！鑾可能真的是腦部受到撞擊的影響，應該不是什麼可疑人物，我覺得她可能是本島人！」

陳雅薈不覺暗自苦笑，雖然下條所長及杜聰明又再次壓低聲調，不過或許因為下條所長也稍微降低警戒，讓兩人的交談還是可以勉強聽見。

一直被說日語腔調怪，這點陳雅薈很能理解，畢竟日語不是她的母語，多年來所學的也是現代日語，當然不清楚這個年代精確的用字遣詞；而中文本來就是慣用語，英語則是從小開始學習，也是最熟練的外文；至於臺語是因為小時候曾在阿公家住過好一陣子，學齡前最常說的就是臺語，反而上小學後，因為北部校園環境的關係，臺語除了與長輩溝通外，隨著年紀增長，也愈來愈不「輪轉」。

以她這樣的語言程度，其實在臺灣還算相當常見，想不到出現在這個年代，竟成為驚人的語言天才。更還讓兩位專家傷透腦筋，嚴肅討論是否就是腦部受到撞擊，所產生的「學者症候群」。

下條所長試著用日語及英語和陳雅薈簡單對話，陳雅薈確實都能自然對談。當然，日語的腔調及用詞，確實如杜聰明所言，有較為奇怪的口音及語法。但英語腔調則與內地人及本島人大不相同，的確令人驚奇。

藉著簡單的交談，陳雅薈回答依稀記得自己是十八歲，而因為外表看起來也確實如此，竟還瞞過下條所長及杜聰明，讓謊報年齡的陳雅薈內心竊笑不已。

「嗯——」下條所長這下真的半信半疑輕皺眉頭，接著若有所思認真打量陳雅薈。

杜聰明先是看了陳雅薈一眼，而後轉頭對下條所長說著：「我覺得應該就是目前科學還無法解釋的新型學者症候群，非常值得研究，她應該不是什麼可疑人物——」

陳雅薈當然知道，杜聰明顯然是在幫她撇除嫌疑，但內心未必真的如此認為。

不過下條所長依舊還是有所存疑，只是他怎麼樣也想不透，為何會突然出現同時精通四種語言的疑似本島人。況且服裝也很怪異，完全不像內地人或本島人所會出現的穿著。

面對下條所長的疑惑，陳雅薈幾經思考後，突然驚叫一聲：「啊！我想起來了！」

「想起什麼嗎！」下條所長與杜聰明異口同聲問著。

「我——」陳雅薈向上看了一下。「我的名字、我的名字好像叫做東皇薈，姓東皇，名薈。」

「東皇——」下條所長滿臉疑惑。

陳雅薈拿起一旁的紙筆，將「東皇薈」三字寫了下來。

——這是陳雅薈經過深思熟慮後，所想出的姓名。

陳雅薈因為經過升學考試，當然還記得日治時期日本對臺政策，大略分為三個時期，後兩期為「內地延伸主義」及「皇民化運動」。雖然陳雅薈早已忘記確切年分，但如果現在是一九四二年，鐵明顯已經進入「皇民化運動」時期，日本政府用各種方式，大量鼓勵臺灣人更改日本名。

因此陳雅薈直接想了個日本名，不必回應究竟是臺灣人還是日本人，反正已經託言失憶，這也不必馬上釐清。就算之後被發現是臺灣人，原本在「皇民化運動」下，也有一些臺灣人，因為各種因素更改日本名，其實在這年代倒也還好。

而陳雅薈之所以會想出「東皇薈」，是因為曾經在哪裡看過或聽說，日本人當時為了切斷臺灣人與中國的所有關聯，就算更改日本名，也很不喜歡，甚至是反對讓臺灣人直接從舊的漢姓以「拆字」方式更改為日本名。

不過因為陳雅薈的「陳」姓，在臺灣的一般拆字說法為「耳東陳」，陳雅薈直接拆為「東阜」，或許日本人也很難發現這源自於「漢姓」的拆字，更何況也沒有人知道她的真名。

陳雅薈將寫在紙上的三字，向下條所長展示，並以更為篤定的口吻說著：「我、我應該是叫做東阜薈沒錯——」

儘管陳雅薈如此堅定說著，但不知為何，內心卻有一種說不出的苦澀。這日本名可不比一般現代人所取的英文名字，因為英文名字就算取得再怎麼稀奇古怪，至少姓還是會保留英文音譯。

過去陳雅薈即使從小就對日本文化相當憧憬，更可說是十足的「哈日族」，就算這日本名只像是逢場作戲性質，更何況她根本就不屬於這年代的人。但連名帶姓都更改為再熟悉不過的其他漢字，還是讓陳雅薈覺得彷彿突然之間，有種被迫與一脈相承的血脈直接斷聯。很難想像這年代的臺灣人，不管基於何種原因易名改姓的真實想法與內心感受。無論如何，至少陳雅薈也不想拋棄「姓」與「名」，尤其是「薈」這個字。陳雅薈從小就知道，是阿公特別幫她取的名，再怎麼樣也絕不會任意拋棄。

「報告，安藤總長來了！」

那名年近二十歲的男孩，又出現在房門口喊著。

陳雅薈先前對這名年輕男孩只有匆匆一瞥，這次又再現身，還是和第一印象相同，對這名男孩的面容，竟有種說不出的熟悉感。

不過陳雅薈還來不及繼續思考，那張板著嚴肅臉孔的安藤總長，已經慢慢走了進來。

「下條所長、杜教授——」安藤總長向下條所長及杜聰明點頭致意。「剛剛和三田教授討論完了，明年的那個計劃——」

安藤總長意識到陳雅薈也在一旁，話語戛然而止，一會兒才又看著陳雅薈繼續開口：「所以妳沒事吧？到底有沒有受傷？都是我那個混蛋山田惹的禍——」

陳雅薈本來還在思考該怎麼開口解釋，不過下條所長只是笑眼瞇瞇，搶先將陳雅薈寫在紙上的名字遞給安藤總長說著：「她看起來是沒什麼外傷，目前有想起來自己叫做東皐薈。但真的很驚人，她不只會國語、支那語、英語，國語和英語我也親自測試過。我是不懂臺灣語，不過聽杜說，她臺灣語也很好。我和杜有討論過，都覺得她可能真的是目前科學還難以解釋，腦部受到撞擊後，所出現的新型學者症候群，應該不是什麼可疑人物——」

一旁的杜聰明也趕緊補了一句：「我推測她可能是本島人，當然她剛剛想起她的名字東皐薈，甚至也可能是內地人。記得歐洲那個案例，腦部受傷後慣用語的口音也改變了，東皐小姐的國語口音是有些奇怪，但若有歐洲的那個前例，也很難排除她是內地人的可能性！」

陳雅薈聽完杜聰明的推斷，當然知道明顯是想幫忙，但還是不覺有些佩服。她很清楚自己在被山田駕駛的汽車撞到之前，就已經頻繁出現劇烈頭痛症狀，更何況她只是佯稱失憶。在陳雅薈的印象之中，確實看過新聞報導，國外有人因為腦部受傷，反而成為某些項目的天才，也包含突然會說多種語言的奇聞。想不到自己不標準的日語口音，竟還能和這年代真實發生過的案例有所聯結，還是讓陳雅薈大嘆驚奇。

安藤總長一連聽完下條所長及杜聰明的解釋後，這下總算微微點頭說著：「所以可能是本島人或內地人，反正至少不是什麼可疑人物就好。只是，她就算因為腦部受到撞擊失憶，也可能因此出現所謂新型學者症候群，但她身上那麼特別的服裝又該怎麼解釋？若真有問題，上頭也追究下來，還是會有責任的——」

下條所長不知道是否因為無法解釋，還是聽到「責任」兩字，只是對安藤總長的提問充耳不聞，逕自把玩著手上的非洲大蝸牛。

「呃——」杜聰明扶著眼鏡說著。「其實這服裝說奇怪，也不是真的那麼奇怪，可能就是很新款的洋服，只是我們沒看過吧？」

安藤總長聽完反而輕皺眉頭說著：「我是不想懷疑東阜小姐有什麼可疑之處，只是她的服裝確實很難解釋。就算是很新款的洋服，但她為什麼會有這樣的衣服？難道都不需要跟上頭通報這件事嗎？這件事沒確定好會有很重的責任啊！」

「總長，這樣不好吧——」杜聰明一臉正經說著。「東阜小姐只是打扮比較『摩登』，況且現在失憶，真的通報後被抓去審問，他們又未必能接受目前科學還無法解釋的新型學者症候群。要是問什麼都答不出來，再加上東阜小姐的國語口音確實比較不同，真的被當作是可疑人物怎麼辦？」

「這——」安藤總長顯得有些遲疑。

杜聰明看向下條所長，似乎是在尋求協助，不過下條所長依舊還是事不關己，繼續撫弄非洲大蝸牛。陳雅薈不知道自己要不要插話，但想想自己是被懷疑的人，實在也沒什麼立場。更何況自己已謊稱失憶在先，又已有杜聰明極力幫忙，還是選擇靜觀其變。

就在這個尷尬的場面中，房門口突然傳來先前那名年輕男孩的聲音：「抱歉、抱歉——」

沒多久，年輕男孩的身影，便出現在房間中。

「真的很抱歉——」年輕男孩向大家深深鞠躬，而後開口說著。「杜教授，我不是有意偷聽，只是因為幾次經過門口時，都有聽到一些談話內容。其實這個東阜小姐，該怎麼說，她身上的服裝並不特別奇怪，我曾經在老家附近的街道上看過，算是比較『摩登』的女性。我以前在滿洲國唸書的時候，也有見過蠻多類似打扮的女性，這種短髮在『摩登』女孩中還算常見，大部分家境都還不錯，甚至可能留洋過，英語才會那麼好。雖然我不確定先前看過的那女孩是不是她，但我好像真的在老家附近有見過這位東阜小姐，也曾經聽過這個姓氏，我想她應該不是什麼可疑人物——」

「什麼？穎三，你說的是真的！」杜聰明瞪大雙眼問著。

這名被稱作穎三的男孩，只是眼神堅定點點頭：「我想應該沒錯，穿著只是比較『摩登』，這麼短的髮型是很少見。但以前也有見過女同學，因為頭髮剪壞，乾脆直接修得很短補救，或許東阜小姐也是遇到這種特殊情況，只是她因為失憶才說不出這個簡單的原因——」

「哎呀——」下條所長突然像是活了過來，停止把弄手中玩物，大力揚起下垂的眼角說著。「安藤總長，既然這個男孩也這麼說，聽起來也很有道理。這是個重要人證，這下就沒有疑問，就算日後真有問題，我們是因為相信這男孩的證詞，也謹慎求證過，不會有責任的。所以先不用再向上通報，讓我們好好觀察，一起研究這個特殊案例！」

儘管下條所長說得眉飛色舞，而安藤總長似乎也不再堅持。不過針對這名年輕男孩的說詞，連什麼頭髮剪壞，如此看似荒謬卻又極為合理的推論都出現了，真讓陳雅薈有些哭笑不得。

然而陳雅薈本就是穿越而來，怎麼可能會有人認識她，更何況還說親眼看過她？

陳雅薈愈想愈糊塗，難不成這個年代真的有一名長得跟她很像的女性？

帶著強烈的疑惑，陳雅薈看向年輕男孩，不知為何，她一直覺得這個年輕男孩非常眼熟。

Chapter 2

薈哥，人一生對所有事物的看法及觀念，或許就是所謂的「人生觀」，主要源自於人的「記憶」。

我想人的「記憶」，則又來自於「記憶傳承」及「親身經歷」，也深深影響每個人對於所有事物的感受及感觸。

紛爭會出現就在於意見分歧，而之所以會出現分歧，就是因為每個人所「承載」的「記憶」並不相同。來自不同家庭、不同教育、不同資訊，當然每個人的「記憶」就不相同，沒有人是完全「對的」，或是完全「錯的」。

尤其是來自於「記憶傳承」，沒有一個被傳承者曾經親眼見過或親身體驗。這之間只要有一個人帶有別種目的加以扭曲或渲染，就會離真相愈來愈遠，但後繼者真的很難知道當初真的發生了什麼事。

第二章　民國九十七年（二〇〇八年）十二月・帛琉・柯羅

陽光普照，將海水照得波光粼粼、閃閃動人。這海水不只清澈，更是澄明到足以看見淺水裡悠遊的各種海底生物。

一望無際的海平面，如果不是天與海尚還有顏色差別，簡直就像一片美到極不真實的湛藍布幕。

帛琉是位於西太平洋的島嶼國家，也是臺灣人經常造訪的旅遊勝地，更是水上活動愛好者的珍貴天堂。

「哇！這裡簡直是天堂！」

一名滿臉笑容的年輕女孩，高舉雙手放聲叫著。儘管女孩身材嬌小，但姣好的體型線條，在比基尼泳裝的點綴下，更顯得耀眼動人。

「不愧是三八阿華，一朵花！」

一名穿著連身水母衣的中短髮青年，望向女孩冷笑著。

這名中短髮青年，正是今年剛考上臺大法律研究所的陳雅薈，而在她眼前那名女孩，則是她的多年摯友殷馥華。

其實說起陳雅薈及殷馥華的緣分頗深，不但國小曾經同班，到了國中更是再續前緣同班三年。高中又一同考上了臺北市北一女中，雖然高一並未同班，沒想到高二「社會組」與「自然組」分組後，兩人因為都選擇「社會組」，在機緣巧合下，又被編入同一班級。一直到了大學，陳雅薈考上臺大法律系，而殷馥華就讀政大社會系，兩人才總算結束了長達多年的同窗奇蹟。

殷馥華留著一頭秀麗長髮，眼睛雖然不大，但五官端正、雙眼有神。整體而言，清秀的面容相當具有親和力。

「哎喲，薈哥——」殷馥華從淺水中奔向坐在淺灘上休息的陳雅薈身旁，以挖苦的口吻繼續說著。「想不到在陸地上生龍活虎的大劍客薈哥，一到水中就變成一隻只能載浮載沉的浮游生物。高中時，妳常常穿著劍道道服，又拎著竹劍或揹著護具在校園瀟灑走著，那麼帥氣的模樣，迷死多少少女。妳這人稱北一『劍心』的風雲人物，可是我們女校裡多少同學、學妹的夢中情人啊！」

陳雅薈揮手輕笑著：「少來，那些往事別再提了。這次還不是妳硬拖著我來，我又不像妳那麼擅長水上活動！」

「拜託——」殷馥華躍到陳雅薈身旁坐了下來。「這可是機會難得，妳可知我跟明漢溝通多久，講到後來他明顯吃妳的醋。我可是很堅持一定要在邁向人生下一個階段前，和薈哥獨自出國旅遊，這可是我和薈哥最後的甜蜜時光啊！」

「少來，我記得明漢可是比我更慘，完全是隻旱鴨子——」陳雅薈突然變得有些落寞，停頓了好一會兒才又開口。「所以妳真的決定和明漢結婚了？」

「嘻——」殷馥華露出甜美的笑容說著。「妳怎麼跟明漢一個樣，是在吃醋嗎？明漢不喜歡水上活動是一回事，但我們國、高中是一對情侶才是重點。我總要做個了結，才能好好面對下一段戀情啊！」

「哪有這回事，還不都是同學瞎起鬨，我當然是衷心祝福妳啊！」

「嗯——」殷馥華點點頭。「這我當然知道，薈哥的性向我最清楚，妳只是為了方便練劍才中性打扮。薈哥喜歡貓，然後非常怕狗，最愛的男生類型就是像日本藝人『木村拓哉』那種大帥哥！因為太崇拜日劇『HERO』主角『久利生公平』以及、以及那個、那個——」

殷馥華欲言又止，而陳雅薈只是露出慘澹的笑容。

「唉——」殷馥華輕嘆了一口氣。「總之，因為種種因素，薈哥才會無論如何都要考上法律系，就是想要當主持正義的檢察官或是從政改變這一切——」

陳雅薈見到殷馥華面有難色，愈說愈小聲，趕緊開口說著：「唉，三八阿華，我沒事，都過去了，那些是年輕時的想法，只能說就是年經——」

「真的嗎？我看妳真的很難過，還哭了好幾天。而且什麼年輕的時候，我們年紀根本完全一模一樣，才都二十二歲，講得我們好像已經很老一樣——」

陳雅薈搖搖頭：「哭是哭了，但這世界並沒有因此毀滅，應該說我的想法反而有了很大的改變了。」

「嗯——」殷馥華點點頭。「薈哥想法改變就好，看薈哥意志那麼消沉，才想帶妳出國散散心。而且這是最後一次機會，以後我可就專屬明漢的人了！」

「真的不用太擔心我，政治在臺灣老實說看起來與生活息息相關，實際上卻又離我們太遠了，是我不對，過去太瘋狂了。倒是妳真的算很早結婚，簡直就像是我們爸媽那個年代的女生，才會大學一畢業就結婚。現在不管男生、女生，年過三十就結婚的，都算很早了，妳真的算很特別——」

殷馥華搖搖頭：「其實我會選擇較早結婚也不是多特別，妳也知道我家爸媽是超級老夫少妻，我很不喜歡。看到薈哥現在與其說是消沉，往好的方面想，也可以說是比較冷靜。藉著我們姊妹倆這次的單獨旅行，我有些隱藏多年的真心話，無論如何都要跟薈哥分享——」

「隱藏多年的真心話？」陳雅薈顯得相當訝異。

「哈，瞧妳驚訝成這種樣子。快到集合時間，趕快準備參加下午的行程吧！」

殷馥華一說完，便一溜煙跑向集合處，只留下陳雅薈依舊坐在沙灘上獨自思索著。

下午的行程，依舊還是搭船遊玩於帛琉各處的海上景點。對於熱愛水上活動的殷馥華來說，確實就像天堂一般，但對於不諳水性的陳雅薈而言，這裡的每一項水上活動，讓她感覺都很相像。就是不停從開往海中停泊的遊船上，跳入大海觀賞水中生物或海底奇景。

當初若不是高中學校要求，必須游完五十公尺才能畢業，陳雅薈那時可真的是卯足全身力量，和消磨掉將近半條命，才以超慢速度勉強完成。故自從高中畢業以後，不再被迫游泳的陳雅薈，就此沒再下水過。這次完全是因為摯友殷馥華的熱情邀約，才硬著頭皮跳入久違的水中世界。

——陳雅薈看著殷馥華雀躍的身影，一想到下午又要跳入海中浮潛，不覺輕皺眉頭。

「薈哥，再來這個景點妳應該會很有興趣吧？」

殷馥華從遊船的外側座椅探出船身說著，身上已穿上和陳雅薈同款的連身水母衣，並扣好上半身的浮力衣，而額上擱著面鏡，手上則拎著呼吸管及蛙鞋，即所謂的浮潛三寶。

遊船行駛於湛藍海水之上，將清澈的海面劃出一道亮麗的白色泡沫。而這條泡沫長河，彷彿遊船的絲質裙擺一般，緊貼在船尾之後，並隨波翩然起舞。

船上有一排排的座椅，而上頭則有一大片幾乎蓋住整艘船的藍色遮陽棚。

儘管殷馥華與高采烈開口問著，坐在一旁的陳雅薈卻置若罔聞。

殷馥華戳戳一旁的陳雅薈，這才讓面色僵硬的陳雅薈回過神來問著：「啊？什麼？」

「啊？」殷馥華雙眼微睜說著。「妳剛剛沒聽導遊介紹？等一下海中的景色，我想妳會有興趣吧？」

「呃，為什麼？」陳雅薈有氣無力問著。

由於陳雅薈若非本次帛琉之行，已經太久沒有下水，而海水屬於動態水域，並非風平浪靜的游泳池，來到帛琉後的前幾次浮潛，就算有游泳高手殷馥華隨侍在側，但海水的上下搖晃，還是一下就讓陳雅薈暈眩難耐。某次用過午餐後的浮潛，陳雅薈更是忍不住吐出了滿滿的「飼料」，成為魚群爭相搶奪的食物。

因為有著這樣不愉快的經驗，讓即便不至於完全不會游泳的陳雅薈，也開始對於浮潛活動有些意興闌珊。

「咦？薈哥——」殷馥華挑眉說著。「我記得妳說過妳爺爺有被日本人派到南洋打過二次大戰，我以為妳會很有興趣——」

「是說等一下要看日軍沉船？」陳雅薈這時總算想起，之前在旅行社的行程手冊中，有瀏覽到這個景點。

殷馥華搖搖頭：「果然薈哥剛剛都在發呆，沒有聽導遊講解！」

話剛說完，遊船逐漸減速，沒多久便在海中停了下來。

「到了！到了！」殷馥華早已套上蛙鞋，在船邊等著。

「唉，哪有沉船——」陳雅薈放眼望去，視野內除了一座看似環抱遊船的島嶼外，遠處偶有一些不知名翠綠小島，剩下的只有一大片美不勝收的湛藍海水。

「哈！沉船當然是在海裡面啊——」殷複華話還沒說完，看見導遊剛比出OK的手勢，早就噗通一聲從船邊跳進海裡。「薈哥，快下來啊，船停了以後會更晃啊！」

儘管陳雅薈千百個不願意，但遊船在海面上停止後，確實會比行駛中給人感覺更大的搖晃程度。領教過兩種差別的陳雅薈，趕緊穿戴好浮潛三寶，跟在殷馥華之後跳入海中。

帛琉的行程幾乎都是海上活動，其實在臺灣不管透過哪間旅行社安排，到了帛琉後，除了少數旅行社會有獨家行程外，其餘都是相同活動，因而都會併入當地幾間臺灣旅行社，由長住在帛琉的臺灣導遊帶領，一同包船出海旅遊。

這艘船的導遊因為已見識過殷馥華的高超泳技，所以很放心將陳雅薈交由她的個人「導遊」，自己則帶領著其他遊客在海中浮潛。

殷馥華領著陳雅薈游了一小段距離後，突然指向海底前方，興奮揮舞著。

陳雅薈朝著殷馥華所指方向望去，海底有著一艘側倒的船隻。不過由於鐵鏽色的表面，早已滿布珊瑚及干貝，若不是那十分突出的細長船桅，乍看之下，真像個船型的海底岩石。

儘管陽光普照，而沉船最高處，距離海面也不過一公尺左右，海底更在十公尺之內，但陳雅薈愈看愈覺不適，有種說不出的水中陰森。彷彿隨時都有可能從沉船遺跡中，飄出什麼奇怪的東西。

陳雅薈將埋在海中的頭抬出水面，重回了灑滿陽光的亮麗畫布。

殷馥華見到陳雅薈抬頭離開水中，也跟著浮出水面，拿下呼吸管說著：「薈哥，這個就是日軍的補給艦——」

「喔——」陳雅薈僅是冷冷回應著。

殷馥華看到陳雅薈有些冷淡，趕緊開口說著：「真是抱歉，我從小就知道妳很喜歡日本文化，日語又好，然後什麼日本戰國歷史之類的，我看妳可能都比臺灣史還要熟，以為妳會很有興趣！」

「哈——」陳雅薈苦笑著。「妳真好笑，幹嘛道歉！這其實不是有沒有興趣的問題，我過去確實很喜歡日本文化，也曾經為此深深著迷，但不知道該怎麼說，我的想法真的有些轉變了，彷彿一股純粹的衝勁與憧憬被硬生生澆熄了，變得相當迷惘。更何況、更何況——」

「什麼？」殷馥華急切問著。

載沉載浮的陳雅薈，在殷馥華的拉引下，穩住身體後繼續開口說著：「更何況是二戰遺跡的沉船，難道這艘船會是空船狀態直接沉下去嗎？其實不瞞妳說，我只知道我阿公曾被日本人派到南洋，死傷慘重，幾乎沒有多少人活著回來。然而在二戰時期那邊發生什麼事，我就近乎一無所知。自我懂事以來，每次好奇問我阿公南洋的事，我阿公臉色都會突然一下變得非常凝重，一下又變得極為複雜，最後總是用各種方式敷衍過去。我阿公左手還有兩根斷指，他一直不願跟我說發生什麼事。我可以想像當時一定發生很多悲劇，也知道我阿公明顯不大願意跟我說這些往事，我後來也變得不怎麼敢問。我覺得這艘船當初裡頭一定有人，也就是我懷疑這沉船應該有死過人，所以心情很沉重——」

「唉——」殷馥華長嘆了一口氣。「薈哥會這樣想，真的不一樣了。其實我看這些二戰遺跡的心情跟妳差不多，或許該說更為複雜。我一直覺得妳很迷戀日本文化，又長年修練日本劍道，因為妳是我最重視的摯友，有些話真心話，我真的一直不敢跟妳說，看來時機真的比較成熟了。」

聽到殷馥華再次提起「真心話」這件事，陳雅薈大概能猜到可能會是什麼內容，趕緊低頭說著：「對不起，一定是我過去太強勢，造成妳很多心裡不舒服的地方，是我才該反省！」

「哈——」殷馥華開懷笑著。「神經病，變得這麼溫柔，更該說是軟弱，一點也不像薈哥。都說我們是最好的朋友，道什麼歉，妳才三八阿薈，一根草！」

殷馥華說完後，突然放開原本帶領陳雅薈游泳所牽住的手，開始朝陳雅薈狂潑海水。陳雅薈雖然沒有殷馥華那麼高超的泳技，不過藉由浮力衣的輔助，還是可以輕鬆自行漂浮水中，因此也不甘示弱拍打回去，兩人只是開心嬉鬧著。

「哈、哈、哈——」殷馥華突然停下潑水動作，指著陳雅薈的臉大笑。「臉龐如此帥氣的薈哥，想不到戴上面鏡後擠壓的五官，竟變得如此滑稽！」

陳雅薈也反指回去叫著：「妳自己才是吧，一個美女變成搞笑藝人！」

兩人原先只是相視而笑，但過沒一會兒，陳雅薈發現殷馥華拿下面鏡稍作調整。陳雅薈見機不可失，反倒趁機發動潑水突襲，讓正在張口大笑的殷馥華一個不小心，吃進了鹹澀的海水。

這個挑釁一下就換來了殷馥華更為恐怖的強力反擊，陳雅薈沒兩下就高舉雙手投降。

「阿華大人，小妹知錯了，快饒了小妹啊——」陳雅薈側頭躲避攻擊，嘴裡大聲求饒，卻因為張嘴說話，也吃進了幾口海水。「咳——咳——咳——」

「啊，薈哥對不起、對不起——」殷馥華見到不諳水性的陳雅薈，因為吃到海水，和對海水鹹味習以為常的自己相較之下，顯得更為痛苦，趕緊停下潑水動作，並隨即向陳雅薈致歉。

「咳——咳——咳——」陳雅薈花了好一段時間，總算停止咳嗽，接著露出慘淡的笑容說著。

「我沒事、沒事，是我自己不自量力挑戰大水怪的錯！」

「什麼大水怪！」殷馥華掛著苦笑，不過看到陳雅薈還能說話，沒有真的嚴重嗆水，殷馥華這才放下心來。

「嗯，還是我們先回船上休息好不好——」陳雅薈儘管與殷馥華一陣嬉鬧後，還是覺得沉船遺跡令人渾身不適，想要盡快離開這裡，不過想著想著又突然開口。「啊，還是我先回去就好，妳應該還是很喜歡泡在大海中吧？」

「沒關係！當然就一起回船上休息啊——」殷馥華邊說邊脫掉面鏡及呼吸管，臉上掛著一副優游自在的神情。「我這個薈哥的專屬導遊，怎麼可能拋下客人自己繼續玩呢！」

「哎喲，我只是覺得一直泡在海裡蠻累的，不想破壞妳的興致啦！」

殷馥華輕搖伸直的右手食指說著：「不行、不行，我們也確實要多加保留體力，晚上還有夜釣活動呢！」

「什麼，今天晚上還有活動喔——」陳雅薈面露無奈說著。

不過殷馥華只是投以一抹微笑，便一溜煙轉往遊船方向迅速游去，只剩下陳雅薈留在後頭，望著逐漸遠離的「水中蛟龍」輕輕嘆氣。

「哇喔！真是太涼爽啦！」

殷馥華充滿活力的嗓音，在陳雅薈耳邊不停圍繞，陳雅薈只是微笑以應。

夜釣有別於大部分在帛琉的海上活動，屬於極少數不需要下水的行程，也因此殷馥華特別換上了短袖T恤及亮麗的裙子，而陳雅薈則穿上了短T及短褲，兩人終於恢復常見的日常穿著。陳雅薈對於總算可以不用再穿著泳裝及水母衣那個一副隨時準備跳下水的待命裝扮，讓陳雅薈好似首次感受到悠閒度假的愉悅氛圍。

黑夜中的大海，顯得格外靜謐。不過其實海風依舊，更多是與白日明亮景色反差極大的昏暗視野，所造成的聽覺感受。

雖然搭乘另一艘大小相近的遊船，不過由於夜釣的行程，並不是每個人都有參加，遊船上的釣客，比平時出航的人數少了將近一半。行駛在夜晚的海面上，四周沒有其他遊船，而原本可以見到許多不時浮現在遠方的青翠小島，不知道是夜釣航路上本就沒有經過島嶼，或是視線過於昏暗，以致放眼所見，只有一片暗沉沉的海水。這也讓陳雅薈不禁相當佩服，船長是如何在這一片黑暗中航行。

原本陳雅薈還很擔心吃完晚餐後，又要搭船出遊，深怕又會出現暈船想吐的不適症狀。所幸晚間海風徐徐吹來，又沒有白日的炎熱，乘著涼風出航，不知是否為自己錯覺，陳雅薈反而覺得相當舒爽。

等到遊船開到某處停泊後，導遊開始發給每人一副釣具。這釣具並非一般常見的釣竿，而是將釣線一圈一圈捲在滾輪上。釣線的最前頭，則有船長穿好釣餌的魚勾，屬於相當簡易的釣具。

由於隨行的臺灣導遊，在帛琉已長住多年，這個行程必然也帶過不下百次。雖然充當與帛琉當地船長的翻譯，不過看得出來臺灣導遊根本不需要特別逐句翻譯，就能直接講解船長想要表達的意思。

聽完船長及導遊的解說，陳雅薈及殷馥華選擇遊船上的一隅，均將掛著誘餌的魚鉤，沿著船邊垂入深海之中。

「奇怪，釣線好像在動——」陳雅薈雖然對於水上活動極不擅長，不過陸上運動還算不錯，仍然具備一定程度的運動神經。

說時遲、那時快，陳雅薈動作俐落，一下就將釣線藉由滾筒迅速捲回，不過原本釣線所吸附的重物感，沒一會兒便完全消失。陳雅薈心裡大概也有個底，等到收回釣線，發現魚鉤上空無一物，和預感相差不遠，獵物已順利吃走魚餌逃脫。

「哈——」殷馥華輕笑著。「薈哥的餌被吃掉了。」

不過殷馥華話剛說完，遊船的另一頭馬上傳來一陣驚呼，原來是同船有釣客已經釣上一條大魚。上鉤的魚在船板上亂跳，不過因為嘴巴被魚鉤牢牢穿破，所有掙扎也只是徒勞無功。

對從未釣過魚的陳雅薈和殷馥華來說，雖然釣到魚的不是他們倆，但這些場景還算相當新鮮，不過陳雅薈看著看著，卻有種說不出的怪異感。想著想著，總覺得還好剛剛自己放下的長線，沒有真的成功釣上獵物。

又過了好一陣子，儘管陳雅薈不斷掛上新魚餌，卻都被聰明的魚兒順利吃掉並全身而退。而這樣的成果，卻還是讓殷馥華羨慕不已，因為殷馥華的釣餌，從垂入深海之後，就沒有過任何動靜。期間雖然在導遊的建議下，認為誘餌可能因為不新鮮而不具吸引力，因此更換過，卻還是一樣得不到任何魚兒的青睞，只是靜靜沉在深海中漂蕩。

「唉——」殷馥華輕嘆一口氣。「原來我那麼沒有吸引力，不像薈哥的魚餌那麼有魅力。算了，我換個地方試試看——」

殷馥華才剛說完，便迅速收線，一溜煙跑到遊船的其他地方繼續嘗試。

陳雅薈只是露出苦笑，以她這種魚餌不斷被吃掉的情況，也不比殷馥華那種「魚不理」的狀況好到哪去。

再經過幾次嘗試後，陳雅薈的魚餌還是不斷被吃，到後來甚至是在釣線沒有拉引動靜下，悄悄被吃掉，這也讓陳雅薈決定放棄繼續嘗試。

就在陳雅薈決定這麼做時，這才發現原來殷馥華早已放棄釣魚，只是靜靜坐在遊船船頭。

陳雅薈手拿兩瓶船上提供的冰涼礦泉水，悄悄跑到殷馥華身旁，突然彎身將其中一瓶冰向殷馥華臉頰，並同時輕聲說著：「喂，幹嘛自己發呆！」

殷馥華雙眼微睜說著：「哇，幹嘛嚇我，我正在欣賞美景呢！」

「哈、哈、哈，我終於第一次成功了，實在是太開心了！」陳雅薈開心笑著，並將礦泉水遞給殷馥華。

「可惡，有夠無聊，幹嘛學我！」殷馥華儘管一開始輕皺眉頭，卻還是一下便擺出笑容，接過好友的手中物。

「啊，明明就一片黑，哪來的美景？」陳雅薈面露疑惑。

等到陳雅薈坐到殷馥華身旁後，由於船頭沒有遮陽棚擋住上方視線，陳雅薈這才發現殷馥華所指的美景，便是那滿天繁星。

在這幾乎可說是完全沒有光害的帛琉海域中，天空上滿布格外明亮的萬千繁星。儘管知道遠在天邊，但清晰程度彷彿就近在眼前，像是觸手可及的明亮光點。這也讓從沒看過如此美景的陳雅薈，不禁看得出神，那種震撼與感動，真是久久無法自己。

「看吧，就說是嚇死人的美景吧！」殷馥華滿臉得意笑容。

「這滿天星真的太美了，竟然不早點叫我來欣賞！」

「呵——」殷馥華輕笑著。「還不是怕打擾到薈哥的釣魚興致，我早就放棄了，才自己默默坐到船頭乘涼，意外發現這都市中絕對看不到的美景！」

陳雅薈聳肩說著：「哎呀，其實我也沒有那麼愛釣魚，這種活動體驗過就好了，我、我還怕真的釣到魚呢！」

「嘖嘖，原來薈哥跟我一樣也很怕真的釣到魚啊！看其他人把魚釣上來，然後魚又在船板上掙扎，光在一旁看也很痛苦。」

「哈哈——」陳雅薈輕碰殷馥華手臂說著。「其實我們幾乎可算是從小一起長大，有時候我也不是很懂妳，還以為妳很喜歡釣魚，才幫我們一起安排這個自費行程。我是不想破壞妳的興致，才不敢說破這件事，不過想想其實也沒什麼不好啊。以為不喜歡的事，嘗試以後反而意外發現更美好的事！」

陳雅薈抬頭望著滿天繁星，不覺又露出了滿足的笑容。

「喔，有意思——」殷馥華從隨身側包拿出一本封面相當可愛的口袋型筆記本，而後抽出插在筆記本上的短筆邊寫邊說著。「以為不喜歡的事，嘗試以後反而意外發現更美好的事！」

「妳在幹嘛？」陳雅薈雙眼微睜問著。

「當然是把薈哥的金句名言抄下來啊！」

「妳還真無聊耶！」

殷馥華高舉口袋筆記本笑著：「呵，這本裡面可是記了我們從小到大的很多事呢——」

「那給我看！」陳雅薈伸手想拿，但殷馥華一下就藏回隨身側包。

殷馥華搖手說著：「別急、別急！這本來就是準備要送給薈哥的特別禮物，時機也快成熟，所以才第一次讓妳知道這件事。」

「禮物？」陳雅薈顯得相當疑惑。

「還不是妳從小就超級政治狂熱，一副將來就一定會從政的樣子，才想把一些真心建議點點滴滴記下來，希望對妳之後從政有幫助啊！」

「這——」

殷馥華微微點頭後繼續說著：「我知道薈哥目前已經沒有想要從政的念頭，但誰知道以後會怎麼樣呢？我原本是打算在薈哥準備投入政治圈，或是我邁入人生下一階段，看哪一個條件先達成，我就會把這本筆記本送給薈哥，當作我們姊妹倆最特別的禮物。」

「唉，我真的沒有想從政了——」

「哈——」殷馥華笑著。「所以我說這無關薈哥從不從政，是因為我真的即將邁入人生下一個階段。就算妳以後是想要像『久利生公平』一樣，當一個主持正義的檢察官或是法官，希望這本筆記本對妳也有幫助，我是這麼希望啦！」

「唉——」陳雅薈聽見殷馥華愈說愈小聲，趕緊輕拍她的肩膀說著。「其實不瞞妳說，即使以前一心想要從政，也不過年少無知的傻勁，我覺得政治離我們好遠也好複雜。現在所能看到未來的路，就是努力通過國考，以後所想走的，不是律師就是檢察官、法官吧？但愈接觸才愈發現，電視上主持正義的法律劇是一回事，現實中卻不是這麼一回事——」

「什麼意思？」

「聽一些已經在執業或辦案的學長、姊分享，司法界也沒有那麼單純。比如理應伸張正義的檢察官，就算個性再正直，當狗屁倒灶的怪案，尤其是芝麻綠豆的爛訟小案不斷湧入，辦案又有上頭所訂的時限及績效壓力，怎麼可能有時間像電視劇一樣，整天在同一件案子花上一堆時間，鉅細靡遺調查釐清，可想而知很容易會變成什麼樣子——」

殷馥華輕皺眉頭說著：「哎喲，我是不清楚司法界會是什麼樣子，況且妳也只是聽學長、姊說的，總還是要自己體驗才是最真實的。不管如何，未來要作什麼樣的人，最終決定還是在妳自己，這也是我為何一直想跟薈哥說一些埋藏多年的真心話。畢竟我覺得以薈哥那麼優秀的能力，將來一定遠比我這種平凡的人有更大、更大的影響力，總是希望我們的下一代生活能愈來愈好吧？」

陳雅薈只是不懷好意看著殷馥華，接著以略帶戲謔的口吻說著：「哇！阿華還沒結婚，就已經有媽媽憂心下一代的母愛模樣，真是太偉大了！」

「可惡——」殷馥華輕挑眉毛說著。「我可是很正經的真心話啊！我會想那麼早結婚，就是過往看我爸媽老夫少妻那樣，妳也知道我爸是跟著逃難來臺的南京人，我媽是本省人。就我印象之中，我爸可是出名的難相處，很容易為小事激動。平時在家都講著南京話，還時常強調南京話才是中國明朝以前的正式官話，但我始終只聽得懂一點，最後當然也僅止於能聽而不大會說。而我爸有什麼想法和意見，都強迫我媽接受，我從小雖然多少都有些不以為然，但因為我爸太強勢，讓我很明顯從小就是在外省家庭長大。就連我外公、外婆分明都是本省人，我爸也強迫當我提到他們時一定要用南京慣用的公公、婆婆稱呼。我不知道該怎麼說，就是覺得夫妻年紀不要相差太大，我爸媽可是相差超過二十歲呢！就算我跟我媽也差了快三十五歲，妳也知道這樣的年齡差，造成我成長時期的多大衝擊，我可不希望我的小孩和我差太多歲，才會想要早點結婚！而且小時候我曾經偷聽到我爸媽面色凝重的交談，什麼醫生說我生育不易，我不知道是什麼意思，總覺得要生小孩得趁早努力，我是真的很喜歡小孩啊！」

陳雅薈只是看著殷馥華，接著又露出奇怪的傻笑，這也讓殷馥華面露不滿說著：「可惡，陳雅薈，我可是很正經思考這件事，妳該不會在想什麼色色的事吧！」

「唉，對不起——」陳雅薈像是突然想起什麼似地斂起笑容，接著低頭開口說著。「對妳來說，我大概也和妳爸差不多的感覺吧？」

殷馥華先是神情嚴肅看著陳雅薈好一會兒，接著突然大笑說著：「哈，薈哥跟我那超強勢的老爸比起來，可差得遠呢！我爸雖然很強勢，也不是要說他不好，可能因為是老來得子，我是真的可以深深感受到，我爸媽真的很愛我。其實有件事我埋藏心裡多年，一直沒說出來也有點難受，當年我爸對薈哥的印象有些先入為主，還曾經力阻我不要再跟妳往來或繼續當朋友——」

「啊，有這回事！」陳雅薈不禁瞪大雙眼。

「唉——」殷馥華輕嘆一口氣。「很久很久以前的事，是妳來我家玩的時候，我不知道妳還記不記得。不過我爸是在妳、我面前直接說的，我為此真的對我爸相當不滿，還起過激烈爭執！」

「直接在我們面前說？」

「我爸用南京話說的，所以妳一定聽不懂——」

陳雅薈儘管努力回想，卻也想不大起來，只好開口問著：「唉，我那時是否有作了什麼失禮的事？」

殷馥華搖搖頭：「沒有，其實沒什麼大不了，但在妳跟我的言談之中，妳不斷讚賞日本藝人『木村拓哉』，被我爸無意間聽到，是這點觸怒了我爸——」

「呃——」陳雅薈顯得相當疑惑。

殷馥華露出苦笑：「真的不是妳的問題啦，我爸很仇日，但這是有淵源和原因，實在也不能怪他。但他把仇日情節遷怒到妳身上，還叫我應該跟妳絕交，這我就真的不能接受了！」

「唉，我都不知道有這段往事——」

「呃——」殷馥華遲疑了好一會兒，才又開口說著。「其實不只這件事，不知道妳還記不記得高中的導師徐老師，薈哥當年公開在課堂上跟老師辯論的那件事，其實徐老師後來哭了——」

「哭了？」陳雅薈雙眼微睜，一股淚意突然湧了上來。「我真的不知道，當年老師後來跑來跟我道歉，我真的嚇到了，也覺得無地自容，但怎麼會這樣？」

殷馥華也跟著眼眶泛紅說著：「這個我當年也不知道，是畢業後我們有幾個跟徐老師很要好的同學，某年教師節有去找徐老師敘舊。那時徐老師已經退休，她看到我很高興，也馬上想起常和我膩在一起的薈哥。她說她當年真的很震撼，事後為此深自檢討，身為一名教育者，竟然多年來都不曾注意班上不同想法者的感受，覺得很對不起妳，所以後來這幾年也都很掛意妳是否安好。老師說她教書這麼多年，對妳印象最深，即便妳可能不喜歡她，她也還是非常欣賞妳，覺得妳日後大有可為——」

「我當年只是年少輕狂又無知，我其實沒有不喜歡老師啊！老師學識豐富，國學底子深厚，又對我們照顧、疼愛有加，怎麼可能會不喜歡老師。所以、所以妳說老師後來哭了，是指什麼時候的事？」

「唉——」殷馥華低頭說著。「就是那次我們去探望老師，老師說妳在課堂上跟她辯論後，事後她覺得她錯了，可是當她想到自己的身世及處境，夜深人靜時還是難過得哭了出來。老師那次在我們見面講這段話時，我印象很深，老師眼睛突然變得紅紅的。唉，那次也是我最後一次見到徐老師了——」

「嗯，我們下次在妳結婚前，再找個時間一起去看徐老師。老師可能誤會，我當時太過政治狂熱，可能真的傷過很多人，現在想法真的不同了，也想好好跟老師道歉。」

殷馥華原本強忍的淚水早已流了下來，略帶哭腔說著：「老師今年年初時已經過世了——」

「什麼，怎麼都沒有人跟我說過這件事！」陳雅薈再也忍受不住，也跟著落下眼淚。

「薈哥——」殷馥華輕拭淚水，而後開口說著。「說實在，我也跟其他同學一樣，以為薈哥很不喜歡老師，才沒有把老師年初過世的事特別告訴薈哥。老師當年事後會難過到哭，我因為算是出自外省家庭，我多少都能有些感同身受。可是我也不否認，我們家的政治傾向一直都支持國民黨，過去我們讀的教科書雖然鮮少提到，但我因為深受薈哥影響，確實也很想瞭解過去這塊土地上到底發生過什麼事，所以我有自己額外去查詢及閱讀過很多資料。當初國民黨來臺時，真的對本省人幹過很多極為恐怖殘忍、令人髮指的一堆壞事，更還有許多臺籍精英都被莫名冤殺。我知道我如果這麼說妳可能很難接受，也可能會很生氣，但我只是想說過去歷史發生過什麼事，就該去還原可能被竄改或掩飾的真相，而不是去規避事實，甚至也不能完全逃避，以為假裝看不見就沒這回事。」

殷馥華吞了口口水後，繼續說著：「但這些殘酷的過錯，都是前人所犯下的既成事實，相關後繼者確實是該誠實面對檢討，如果後繼者還是承襲或認同前人的邪惡，理所當然還是會繼續被人唾棄。但若要一再責怪後繼者，也要後繼者永遠一直承擔這一切，似乎可能也沒有太多化解仇恨的正面幫助。當然後繼者面對前人過錯的誠意及態度，對於其他受害後繼者的感受非常重要，這才有可能讓人改觀。我不只是指當初來臺一些掌權又迫害本省人的外省人，同樣的議題，也會出現在薈哥甚為喜愛及欣賞的日本人身上，無論是因戰爭而出現的殘忍屠殺、濫殺或是慰安婦議題。但像我爸當初因為諸多因素，我想只要薈哥知道因為我爸是南京人，應該不難理解為何他會極度仇日——」

「我、我——」陳雅薈不覺輕皺眉頭，本想開口說些什麼，卻又一時語塞說不出話來，整理思緒後，好不容易才繼續說著。「我雖然因為臺灣今年這件前所未有的政治大事，對民進黨極度失望，但並不代表我會因此反過來認可國民黨是更好的。雖然我先前也完全不相信總統府前的紅衫軍抗爭，總以為只是失去舞臺的政治人物和國民黨在藉故鬧事，直到前陣子前總統被起訴以後，儘管我自己是念法律的，也知道就算被起訴，在被定罪以前，都應該是無罪推論。但要我再繼續相信一切都是空穴來風已經愈來愈難，至少案情不可能那麼單純。或許更該說已經不是我要不要繼續相信前總統清白的問題，而是一股想來當初也是莫名其妙的一頭熱，整個被完全澆熄了。我不知道該怎麼說，我只想好好冷靜思考。我、我是真的對臺灣的政治徹底失望了，現在誰執政、誰當總統我都尊重，也不會再為此謾罵任何政治人物或任何政黨的支持者，因為一切都與我無關了。政治乍看與我們息息相關，卻是離我們非常遙遠，而且這些都是多數決的選舉結果，這就是民主吧——」

「唉——」殷馥華露出苦笑，趁著陳雅薈還沒說完前，搶先開口說著。「我真的不希望薈哥就此消沉，完全沒這必要，妳還是妳，妳也還有妳自己的人生理想抱負需要實現啊！就算薈哥真的決定往後都不從政，我也算是鬆了一口氣，總覺得不去碰政治也是件好事。我埋藏多年的真心話，就是想跟薈哥分享，現在因為臺灣政治發生這件大事，也讓薈哥想法有些改變，時機真的算是比較成熟。我深深覺得一個人的人生觀，也就是看待任何事的思想或概念，是源自於一個人的『記憶』。而『記憶』又可分為親身經歷或被傳承的記憶。親身經歷都可能因為僅為片段接觸而有誤解，更何況人的記憶還有一大部分來自於傳承者，就像是我爸會傳承我很多他自己的感受與觀感。這些可能來自於他自己親眼看到或親身體驗，也可能是傳承自他的父執輩或親友，但對我的記憶卻會造成很大、很深的影響。」

陳雅薈只是靜靜聆聽，殷馥華停頓了好一會兒，才又繼續開口說著：「我雖然是社會系，又是所謂外省家庭，但反而因為過往薈哥極度政治狂熱，偏偏和我們家的政治立場完全相反，如果不是因為薈哥是我這輩子最要好的朋友，我才能努力保持心平氣和的態度，去看待有像薈哥類似想法的各種聲音，盡可能跳脫原生家庭賦予我的記憶。翻了很多書，也上了一些政治系的課，就是想好好理解薈哥為何會有這些想法。研究到最後，甚至還幻想薈哥從政以後去當薈哥的幕僚，想要力圖化解一些臺灣長久以來的紛爭。因為從小和薈哥就是摯友，我小時候最大的夢想，就是過往歷史悲劇所造成的嚴重省籍情節，能夠在我們這一代終結。不過還好隨著時間過去，看起來確實可以在我們這一代有望逐漸消弭，至少現在，幾乎很少聽到有人在問我們這輩，像是什麼『你是本省人還是外省人』的問題。然而當我看得愈多，其實在臺灣這塊土地上的民族情節更為複雜，當本省人一再強調自己才是真正的臺灣人，其實完全忽略了才是屬於真正臺灣人的原住民。臺灣每次一到選舉，族群議題就會不斷浮現，甚至會被有心的政治人物操弄撕裂。真希望自己的下一代，不需要再面對這樣令人厭煩的政治紛擾——」

「唉——」陳雅薈輕嘆了一口氣。「阿華，我懂妳的意思，我現在都懂了。妳剛剛提到的『記憶』論點，我覺得蠻不錯的，每個人所承載的『記憶』真的都不一樣，所以重點是、重點是——」

殷馥華見到陳雅薈有些接不下去，趕緊開口說著：「所以重點是『尊重』每個人承載的『記憶』並不相同，況且教育也是人『記憶』的重要來源之一，所以每一代受到的教育及接觸的資訊不同，自然對同一件事的觀感也會有所差異。大家的『記憶』不同，就是要透過不斷『磨合』，才有可能愈來愈好，但先決條件就是雙方都要先能『尊重』不同『記憶』，才有可能讓雙方『記憶』之中的錯誤部分，有機會得到適當的『修正』。」

「天啊——」陳雅薈雙眼微睜，看著一旁的殷馥華。「阿華，妳什麼時候變得那麼有哲理，真是嚇到我了！」

「喂——」殷馥華輕皺眉頭說著。「怎麼可以這麼看不起我啊，不過這些雖然是我多年來研讀資料的一些心得，就像我先前說的，我的想法不可能全是對的，我也不會強迫別人去接受。臺灣人很喜歡一聽到跟自己不一樣的『記憶』聲音，就先跳起來大聲批判，然而每個人能接觸到的『記憶』，真的不可能涵蓋全部的面向。遇到不同的聲音，因為大家承載的『記憶』不同，都要『尊重』別人的『記憶感受』。如果想要一起將『記憶』導向正確方向，需要長時間在互相『尊重』的狀態下，才有可能進行『磨合』，而不是說話大聲的一方，直接用暴力來讓另一方閉嘴就可以沒事。無論是過去少數外省人掌權時音量極大，刻意壓抑其他聲音，或是後來所謂本省人崛起拿回話語權，不是大聲說話，發生過的事實就會因此改變，甚至還有妳、我之間也是——」

陳雅薈眼見殷馥華愈說愈激動，趕緊開口問道：「妳是指——」

「就是妳啊，薈哥——」殷馥華情緒有些激動，指著陳雅薈說著。「不知道薈哥這次參加帛琉之旅有何感受，我自己因為很愛水上活動，所以覺得就像天堂，我知道薈哥在陸地上雖然十項全能，卻真的不諳水性。不過還是想讓薈哥嘗試看看，但也不敢樣樣極力勉強，至少我也願意視薈哥的情況陪同調整休息，不是我自己高興就好，因為每個人感受真的不同。所以我還有另一個想說的真心話，就是我能從原生家庭，來自我爸從我懂事以來就不斷強勢灌輸，即便我真的不知道我媽是迫於我爸強勢而沒說話，還是心裡也是這麼認同，日本人都是邪惡、噁心的，到後來我也陪著薈哥欣賞一些日本文化的相關事物。不過老實說這之間一開始的掙扎、愧疚與心境轉換，是薈哥完全看不到，可能也無法想像。但我還是想說，雖然我的想法和理念，即便實際上很難做到，還是有想努力嘗試去擺脫仇恨螺旋。日本人當然很難將一些極為難堪的過去列入教科書，但我覺得視而不見未必對化解仇恨能有正面幫助。然而要是後繼者或是其他旁人，硬要跟我說南京大屠殺完全是假的，我是真的去查過相關資料，都有當年參與的日方或受難生存者出面證實，身為和南京血脈相關的後繼者，這我就真的完全無法接受！」

殷馥華停頓了好一會兒，而後繼續開口：「其實我們漢人也是一樣，教科書也從來不會去教過去漢人怎麼欺騙和虐殺原住民，更有所謂極為離譜的『番膏』這種事。我想世界各地都有這樣的現象，很多地方或許基於政治目的，還是難以面對在自己土地上曾經發生過的各種歷史事件。就我自己的想法，好的、壞的歷史都該列入教科書，才能讓後繼者記取及反省歷史的教訓及借鏡，這樣才是比較好的處理方式。當然，這只是我個人的想法。我知道薈哥可能顧及跟我的友情，從沒在我面前說過這樣極為詭異的言論，甚至也知道我家的政治立場，對我也盡可能避開激烈的政治言論。但我只是想說，我過去常常只是沉默不語，並不代表我都完全認同薈哥。政治在臺灣已經近似於宗教信仰，我跟薈哥除了政治立場不同外，也是會有一樣的共同記憶，一樣喜歡的事物。像是對職棒隊伍時報鷹的死忠支持，還有一同瘋狂熱愛的遊戲，有時候這種近乎感情的事，即便時報鷹後來解散，我們也很難再支持新的隊伍，感情的事確實就是很難輕易改變。但我們的堅定友情，若是因為政治、宗教不同而吵架、甚至鬧翻，那都是極為愚蠢的事。所以我對薈哥都能極度容忍及諒解，還有去設身處地站在妳的立場去想像——」

陳雅薈見到殷馥華罕見出現如此激動的言論，只是低下頭去說著：「唉，阿華，對不起，我過去確實——」

殷馥華突然想起什麼似地莞爾一笑：「哈，說到這個，薈哥真的改變好多！以前竟然還會為了政治立場不同而跟同學打架，真是太暴力、太帥氣了，而且——」

陳雅薈知道殷馥華說的是哪件往事，趕緊阻止她繼續提起：「哎喲，妳也知道事情全貌並不是那樣，但拜託不要再提起那件糗事了啦！」

「哈，我其實對那件事早已不以為意。好啦、好啦，真心話大冒險暫告一段落——」殷馥華突然開懷大笑，並向後方仰躺下去，並又從隨身側包拿出一張紙交給陳雅薈。「這是說完部分真心話後，想要送給薈哥可以作為驗證或思考的禮物。」

陳雅薈接過紙張後，見好友如此豪邁仰躺船頭，也跟著躺了下去。原來殷馥華是藉由平躺，以更舒服的方式，欣賞這在臺北市市中心根本不可能看到的繁星美景。

就在欣賞燦星的同時，殷馥華開口催著：「薈哥看一下這張紙嘛！」

仰躺船頭的陳雅薈，依據好友的指示，透過船隻上的燈光，勉強看了一下。這張紙上頭所印，是三本書的訂單，分別是喬治・歐威爾的《動物農莊》、《一九八四》及吳濁流的《亞細亞的孤兒》。

殷馥華見陳雅薈有些疑惑，開口補充著：「這三本書是特別要送給妳的禮物，我知道薈哥平時要啃一大堆法律條文已經夠枯燥、夠可憐，要薈哥再去看臺灣政治史或民族史的專書，更是不可能的事。雖然薈哥目前說不從政，但臺灣可是很多法官、檢察官或律師當一當又跑去從政。所以我特別精選了三本小說送妳，薈哥應該回國後就可以收到了，希望對薈哥往後無論是工作，甚至哪天想不開又跑去從政會有幫助。等薈哥看完後，我們可以一起討論我今天鬼扯的這些，未必正確的長篇大論！」

陳雅薈只是輕輕點頭，並將紙張摺好收入口袋，接著開口說著：「阿華，妳剛剛提到說，今天是『部分』真心話，是什麼意思？」

「當然就是還有一大堆真心話，就在我結婚典禮上要送給妳的小筆記本裡。」

「什麼，為什麼要拖到結婚典禮？」

「哈——」殷馥華笑著。「妳一定要來當我的伴娘，我只會找妳一人當我這輩子的唯一伴娘。當然，因為我還有一些話，還要等到完成一個重要的體驗後才能寫完。嘿嘿，到時候絕對要把妳拖到婚禮臺上領獎！」

「什麼啊！」陳雅薈儘管刻意裝出有些惱怒的神情，其實內心卻是非常開心愉悅。

能夠有像殷馥華這種從小就交往至今的真心好友，還會持續替對方著想，真是相當難能可貴。而且在聽完殷馥華埋藏多年的真心話，甚至言談中還帶有譴責自己過往一些行徑的意味，但陳雅薈不知為何，反而有種說不出的舒暢，或許這才是真正堅定的真摯友情。

儘管兩人突然沉默，只是靜靜欣賞天空中的繁星，但不知道過了多久，殷馥華突然小聲唱起了清末民初的知名藝術家李叔同，根據美國音樂家約翰·奧德威《夢迴故里》歌曲，所填詞創作的知名驪歌《送別》。

「長亭外——古道邊——芳草碧連天——晚風拂柳笛聲殘——夕陽山外山——」殷馥華開口唱著。

陳雅薈從殷馥華的側臉發現，她竟然邊唱邊哭，趕緊說著：「哎喲，不過是結婚嘛，人生下個階段，妳、我根本不算離別啊！」

不過殷馥華不為所動，還是繼續唱著這首有他們兩人共同「記憶」，也就是他們倆都很喜愛的歌曲。

陳雅薈聽著聽著，只好順勢跟著殷馥華唱了起來。

「天之涯——地之角——知交半零落——一壺濁酒盡餘歡——今宵別夢寒——」

不知為何，當唱起這多年前充滿回憶的熟悉旋律時，陳雅薈確實也突然湧上一股淚意。

「韶光逝，留無計，今日卻分袂。驪歌一曲送別離，相顧卻依依——」

「聚雖好，別雖悲，世事堪玩味。來日後會相與期，去去莫遲疑——」

唱完整首歌以後，陳雅薈再也忍受不住，也跟著流下眼淚。

不過殷馥華看到後，只是勉強擠出笑容，還是繼續重複唱著，兩人唱著唱著竟都笑中帶淚相互對望。

在這燦爛的星空下，兩人的歌聲，也讓陳雅薈想起，他們倆還有一首共同的回憶，也就是國中班上自選的畢業歌曲，張惠妹的《永遠的畫面》。

「芳草碧連天，永遠的畫面——當我想念閉上雙眼，你在心裡面——」

陳雅薈想起《永遠的畫面》這首歌中，這句經典歌詞。此刻的她，可以深深感受到，正如這兩首歌的歌詞意境一般，雖然眼前看到的不是「芳草碧連天」，但對這兩位好友來說，確實是「永遠的畫面」，這也讓陳雅薈更是淚流不止。

但這些眼淚，究竟是感動，還是感傷，陳雅薈也早已分不清楚。

Chapter 3

薈哥，如果走過兩個時代的人們，對前一個時代存在兩種相反的聲音，一種是統治者很好，另一種是統治者很糟，其實兩種聲音都有可能同時成立並不相違。

因為某些特殊關係或目的，成為統治者極力拉攏的對象，無論被拉攏的對象是否知情，大多數的人，本就多少都會擁有知恩圖報的天性，當然會對統治者保有良好的印象，進而將這樣的美好「記憶」傳承下去。

然而不是統治者所重視，或是無關緊要的市井小民，本來就無足輕重，甚至可能因為種種因素得罪統治者，而被統治者壓榨過，當然一定不可能對統治者會有任何良好印象，故也會深深影響相關後繼者所被傳承的「記憶」。

當然，很多時候，對於前一個時代的感受，也會受到後一個時代的好壞感受所影響，簡言之，就是兩個時代的差別與比較。如果前一個時代其實並不是那麼美好，但後一個時代更糟糕的話，即便是親身體驗過的經歷，或是「被傳承」的記憶，都有可能在「記憶」之中，不知不覺慢慢轉變。

第三章 昭和十八年（一九四三年）十一月・パラオ・コロール

自從陳雅薈莫名穿越來到了臺灣日治時期，經過了將近一年，陳雅薈總算較為適應這個年代的生活及語言。

陳雅薈曾經想過，既然莫名其妙穿越來到這個年代，理論上應該有機會再見到她已經逝去的阿公。不過自陳雅薈有印象以來，阿公已是上了年紀的人，究竟他年少時長什麼樣，陳雅薈也不得而知。

人的辨別能力，說實在還蠻奇特，只要是看過小時候樣貌，又一起長時間相處過的同學，不管多久沒再見面，還是有可能認出長大後的樣貌。但若是反過來，在成年或老年後才認識的人，就算幼年或少年時期的樣貌出現在眼前，也未必能夠反向認出。

搞不好陳雅薈之前在路上，就曾和自己的年少阿公擦身而過，自己可能也不知情。

也因為這樣的考量，她曾經相當注意，路上是否會有左手斷指的年輕男子。但印象中阿公左手手指可能是在二次世界大戰中受傷，此刻的阿公也許左手還完好如初。

但因為阿公左手斷指，也可能是兒時意外，因此陳雅薈仍舊以此為線索四處搜尋，然而始終一無所獲。而另一種更有可能的情形，搞不好此刻的阿公，早被派到南洋的某處，根本就不在臺灣。

這樣陳雅薈無論再怎麼留心，也不可能找到自己的阿公。

不過這段時日，還有件讓陳雅薈十分驚訝的事，是在這一年中，時常聽到一首耳熟能詳的旋律及口令。儘管是日語版本，但卻是陳雅薈曾經跳過非常多年的「國民健康操」。

而體操的內容令她更為訝異，竟然和她在自己所屬年代的動作，幾乎沒有太大不同。過去一直以為國小校園廣播中，那個高亢嘹亮、捲舌標準的男子口令，是國民政府遷臺後，一起帶來的古板軍訓教育。想不到竟是臺灣從日治時期就沿襲下來的國民健康運動，這點確實讓陳雅薈相當驚訝。

還有一件讓陳雅薈相當不解的事，便是陳雅薈的女性生理期，竟出現奇怪的變化。但因為觀察下來，卻又無病無痛，陳雅薈也不好就此求醫。拖著拖著，覺得可能和穿越而來有關，久了也就不以為意。

雖然依舊無法解開為何穿越，以及如何回去所屬年代之謎，不過由於自己曾經被懷疑為不明人士，又以失去記憶作為對於這個年代極不熟悉的理由。之後更在杜聰明教授及男孩穎三的力保下，也算是暫時消除眾人對她所產生的疑慮。

陳雅薈後來更因為同時精通中、日、英、臺四種語言，便以這項特殊專長，留在熱帶醫學研究所擔任翻譯，也讓幾名醫學專家就近研究，疑似出現在陳雅薈身上的新型「學者症候群」。當然，陳雅薈也很清楚，相關人士並未完全解除對於她的疑慮，某些程度上仍有種被就近看管的意味。

「呃，東皐小姐，妳在看什麼看得那麼專心？我只是來提醒該用晚餐了。」

出現在陳雅薈眼前，是一名身穿整齊日本軍官服裝，腰際還掛著日本軍刀的大男孩，正是之前初次來到這個年代，也算是替陳雅薈解決大麻煩的穎三。

此時陳雅薈及穎三正站在一艘雄偉的軍艦甲板上，海風拂來，陳雅薈的長髮也跟著隨風飄蕩。原本陳雅薈還很擔心會暈船，好在這艘軍艦夠大，航行中儘管還是有些顛簸，倒是沒有特別不適的暈眩感。況且現在軍艦停泊在一個海灣所環抱的港口岸邊，倒也真的不是特別搖晃。

儘管陳雅薈自從開始練習日本劍道後，幾乎都是留著較好整理的中短髮，甚至因此也被不少人開玩笑說像可愛的大眼男孩，但她始終不以為意。然而自從穿越到這個日治時期，一開始身分已被懷疑，為了不再過於顯眼節外生枝，陳雅薈也「入境隨俗」，留著這個年代較為普遍的女性長髮。

陳雅薈自從留著長髮以後，有次在熱帶醫學研究所的昏暗長廊偶然相遇時，穎三竟盯著陳雅薈看到有些出神，好似讓他想起誰一樣。雖然穎三回神後趕緊對自己的冒失致歉，但穎三這個異常舉動，還是讓陳雅薈留下了深刻的印象。

見到穎三特別前來提醒用餐，陳雅薈趕緊將原本正在閱讀的小筆記本匆匆收好。

「喔，好的——」陳雅薈向穎三點點頭，本來還在思考，若是穎三繼續追問，該怎麼解釋這本看起來不大像這個年代所會出現的小筆記本。更何況這本小筆記本，儘管封面可愛，上頭卻是滿布嚴重水漬與風乾折痕，看起來相當陳舊，恐怕還是很難清楚解釋筆記本的來歷。不過穎三話剛說完，早就掉頭離去，這確實很符合陳雅薈對穎三個性較為冷漠少話的印象。

陳雅薈望著穎三逐漸遠離的背影，想著自己截至目前為止，對男孩穎三的稀薄印象。這名二十出頭的稚氣少年，全名是穎三端建。在這將近一年間，雖然同屬熱帶醫學研究所，不過因為陳雅薈後來較常幫忙安藤總長及下條所長翻譯一些行政文件，而穎三則屬於杜聰明教授研究室的受訓學生。

兩人雖然偶爾在研究所碰面，卻僅止於點頭之交。只有一次陳雅薈出於尷尬無話，特別詢問穎三老家在哪，穎三只是簡短回答「東京」兩字，便結束兩人交談。不過穎三老家既然是在「東京」，他在日本曾經見過跟自己長得很像的人又是怎麼一回事？

儘管陳雅薈一直認為眉清目秀的穎三相當面熟，卻怎麼樣也想不起來究竟是在何處見過，總不會是神似哪個一時想不起來的現代日本藝人。況且陳雅薈就算很想詢問當初穎三為何會向眾人述說曾在老家看過長得很像陳雅薈的人，不過想想穎三也可能只是好心幫忙，並非真的見過，也就不好戳破這樣的善意謊言。

見到穎三的身影完全消失後，陳雅薈又將原先閱讀的那本小筆記本再次整理收好。這也是當初唯一跟著陳雅薈穿越而來隨身攜帶之物，在這將近一年的歲月裡，這本由陳雅薈摯友殷馥華親筆寫滿的小筆記本，是陳雅薈最珍貴的寶物。

「已經第二天了——」陳雅薈望著遠方昏暗的陸地，心裡默默念著。

這艘軍艦就這樣在離陸地尚有一小段距離的岸邊停泊了兩天，幾乎沒有人知道這裡究竟是哪兒，而真正的目的地又在何處。

回想當初之所以會登上這艘軍艦，完全出乎陳雅薈的意料之外。前陣子下條所長突然把陳雅薈叫去，表示目前大東亞戰事非常順利，大日本帝國精銳部隊的猛烈攻勢，讓所有敵人完全招架不住。

穎三原先就是受到大日本帝國徵召的軍官，本身就有醫學背景。儘管戰事順利，但東南亞戰場因為環境較為惡劣，當地瘧疾非常嚴重，許多士兵因此染病身亡。身為軍醫的穎三，在負責研究及改善瘧疾的杜聰明教授身邊已有一段時日，所以上頭決定派遣穎三前往中國海南島，即日本所謂的「瓊島」進行瘧疾研究，並加派精通多種語言的陳雅薈，擔任穎三助手一同隨行。

經由下條所長的說明後，陳雅薈才首次知道，原來看似略帶稚氣的大男孩穎三，明顯比自己實際年紀還小，竟已是一位醫師。不僅如此，儘管陳雅薈搞不大清楚大日本帝國的軍方官階，但從同船其他士兵對穎三的恭敬態度，不難推斷恐怕官階還不算小。

對於這樣的安排，陳雅薈儘管好不容易開始慢慢適應這裡的生活，卻又必須轉往新的陌生環境。面對這種無從選擇的上頭指示，陳雅薈即便想不通派遣她前往海南島的用意，實際上也無法抗拒，只能百般無奈接受這樣的安排。在熱帶醫學研究所舉辦簡單的歡送會後，陳雅薈便和穎三一同前往高雄港，登上了這艘雄偉的軍艦。

不過陳雅薈對於下條所長先前的說法，始終滿腹疑惑。就她的印象中，此刻大日本帝國的南太平洋戰事應該開始節節敗退，至少戰事也不可能如此輝煌順利，但在臺灣島內聽到所有關於戰爭的訊息，全都是一片大好前景。難道會因為陳雅薈的穿越亂入，而讓過去的歷史有了些許改變？但想想自己不過是一個如此渺小、名不見經傳，又不屬於這個年代的小人物，怎麼可能會有左右戰局的絲毫能力。

此外，雖然此行說是前往中國海南島進行瘧疾研究，但在茫茫大海中，根本不知道軍艦開往何處。況且整艘軍艦滿滿都是在臺灣島各處徵召而來，各個年紀看起來幾乎都是不到二十歲的青年士兵，更有外型明顯就是臺灣原住民，被稱為「高砂義勇隊」的士兵團，中國海南島為何會需要如此滿船士兵前往駐守？若是這些士兵的目的地另有他處，僅是順道經過海南島，讓穎三及陳雅薈中途下船，其實完全不必如此大費周章，還刻意安排他們兩人搭上那麼大艘的軍艦。

由於軍艦停靠在岸邊已有兩日，儘管遠遠就可以望見陸地，卻也不能上岸，更禁止向上頭詢問任何事情，一切只能等待聽令行事。一直不知道軍艦究竟停靠何處，昨晚才聽到有士兵私下討論說是「馬尼拉」。不過如果這個消息為真，倒是讓陳雅薈更難理解，若目的地是中國「海南島」，為何會往正南方航行，而到了菲律賓「馬尼拉」，整個地理位置有些不對勁。

在軍艦上，更還曾聽到有人低聲唸出「南海派遣軍第九艦隊」，不知道是否指的就是這艘軍艦的所屬艦隊。

準備前往船艙用餐前，陳雅薈轉身看向軍艦另一頭的風景，海灣缺口外，又是一望無際的大海，讓陳雅薈不禁想起在自己所屬年代的一些回憶。

又在軍艦上度過了一日，滿船士兵還是期盼能夠早日登陸，畢竟軍艦即使在風平浪靜下再怎麼安穩，還是沒有陸地來得踏實。況且自高雄港出發後，已在海上航行及停泊長達數日，所有人的活動範圍都只有空間有限的軍艦，眾人還是希望能夠趕快下船。

不過，出乎大家意料之外，在第三天整艘軍艦突然接到各就各位的集合命令後，軍艦無預警開始航行，並不斷遠離岸邊。究竟會開往何處，恐怕僅有最高階的軍官才會知道實情。不過陳雅薈心裡卻有個預感，再怎樣也恐怕不會是原本安排的「海南島」。

雄偉的軍艦在茫茫大海中繼續行駛，船上負責航行的軍官及士兵，面色時常顯得相當凝重，有時船艦還會突然停下，有時又會突然轉向，總讓人感覺有在刻意繞道。但因為相關航海人員堅不透露，故其他人也完全摸不著究竟要前往何處。

軍艦又經過好幾日走走停停的行駛後，眼前出現的景物，令陳雅薈覺得相當熟悉。

一座座青蔥翠綠的島嶼不時浮現，明顯就像南太平洋群島的熱帶景象，更讓陳雅薈想起曾經去過的「帛琉」。

軍艦繼續行駛，後來到了某座大島岸邊，船艦總算停了下來。岸邊有著一群皮膚較為黝黑的當地人，熱情揮手歡迎軍艦的到來。

原以為仍要在船上待個幾天，想不到這次卻是收到命令，請全員整理裝備依序下船。

踏上久違十多天的陸地，沿岸海水湛藍清澈，陽光閃耀明媚，而島上的植物更是青翠無比。這讓陳雅薈不但覺得景物熟悉，再加上先前在岸邊熱情迎接的當地人，都讓陳雅薈的腦海中，不斷浮現「帛琉」兩字。

整艘軍艦的搭乘者，多到遠遠超乎想像，甚至更遙望到十多名少女的下船身影。身處同艘軍艦長達十數日，卻也不曾見過其他女性，陳雅薈還以為整艘船可能只有她這一名女性。不知道這些女生是否也是和陳雅薈一樣，前來擔任行政或庶務類的工作。

「パラオ（音同：帕拉歐）！」一同行走的一名士兵小聲說著。

「パラオ——」陳雅薈跟著在心裡默念，突然會意這名士兵口中所指的，正是 Palau 的日語唸法。雖然不知道這名士兵如何得知，但此處可能真如這名士兵所言，確實就是陳雅薈在她所屬年代曾經來過的「帛琉」。儘管年代不同，但島嶼及海水的景象，依舊還是和陳雅薈的印象相去不遠。

「コロール（音同：柯羅魯）！」

聽到另一名士兵說出這個名稱，陳雅薈更能確定，這裡應該就是帛琉沒錯。因為在她所屬年代，帛琉的首都，便是她曾經去過的柯羅（Koror）。不過讓陳雅薈訝異的是，眼前的街道十分整齊，扣除南島植物外，確實看起來很像在臺灣一些城市的街道，只是這座柯羅城市的範圍及規模小了許多。

經過幾日的整頓，整艘軍艦的士兵，已逐一編入當地的軍事基地。雖然不知道為何，竟跟當初陳雅薈及穎三接到的派任命令不同，最後來到了「帛琉」。而穎三更非前往此處進行瘧疾醫療的相關研究，反而是臨時接到新的指示，擔任此處軍事基地的軍醫。

陳雅薈後來才知道，原來帛琉從第一次世界大戰後，就由大日本帝國接管統治，並作為南洋群島的統治機關，設有「南洋廳」，其地理位置對於大日本帝國南進策略的重要程度可想而知。因為建設得早，也難怪柯羅的城市建物及街道，雖然範圍不是很大，但在這個年代還是擁有相當明顯的「現代化」。

「軍醫大人（軍医殿）！」一名滿臉稚氣的士兵，面有難色走進此處軍事基地的醫療院所，不過僅是一棟由木頭所搭建的簡易木屋。

穎三面無表情聽著年輕士兵的敘述，過程中不時微微點頭。這已是今天上午第十一名前來看診的士兵，自從進駐軍事基地醫療院所後，連日前來求診者，最常出現的就是嘔吐、腹瀉、頭暈等症狀。看久了連在一旁擔任助理的陳雅薈，都知道可以開哪些藥物來舒緩症狀。

「嗯，軍醫大人，是要開這種藥吧？」陳雅薈在穎三身旁小聲說著，也跟著士兵們叫起穎三「軍醫大人」。

穎三一如往常相當冷漠，僅是點頭回應。

因為這些日子，早已見過穎三無數次的看診過程，大部分都不是什麼危急性命的急症。耳濡目染後，就連文科背景的陳雅薈，恐怕都可以充當密醫。

不過本來表情還有些痛苦的求診士兵，發現原來軍醫穎三身旁，竟然還有個眉清目秀、雙眼亮麗的女性助手，讓士兵不禁眼睛為之一亮。此後更是眼神飄移，不時偷瞄陳雅薈的身影。

對於這種情形，陳雅薈早已見怪不怪，或許因為軍事基地陽剛味太重，任何女性都很容易成為焦點。陳雅薈一開始還會覺得很不舒服，不過久了也只能裝作自己沒有察覺。相較之下，更常相處的穎三，儘管個性較為沉默寡言，至少不會出現這種失禮舉動，某種程度來說，反倒還比較正人君子。

等到士兵離去後，陳雅薈見到穎三隨手整理桌上的物品，便是陳雅薈先前在軍艦上，就時常看到穎三隨身攜帶的一種工具。那個乳白色，約有手掌大小，外觀相當光滑的「鐘型物」，上頭還連著兩條長長的黑色軟管，陳雅薈曾經相當疑惑，實在看不出是什麼用途。一直到了醫療院所後，見到穎三看診時拿出來使用，才赫然發現那是聽診器，和現代的聽診器形狀完全不同。原先光看外型，自然沒能直接聯想，後來再經由穎三解說，才知道那個鐘型聽診器，是由象牙所製成，也是大日本帝國軍醫都會使用的獸骨聽診器。有些獸骨聽診器則是由水牛角所製成，外觀會是不同於乳白色象牙的暗黑色，這讓陳雅薈覺得非常新奇。

經過一日的例行看診，穎三收拾一些隨身物品準備離去。不過在離開醫療院所前，竟一反往常對陳雅薈開口說著：「東阜小姐，軍事基地南側，就是我們醫療所對面的遠方，要盡量避免靠近那頭。尤其是對女孩子來說，感覺並不是很安全——」

「南側？南側那頭有什麼問題嗎？」陳雅薈顯得相當疑惑。

「呃——」穎三露出罕見的尷尬表情。「今天一早聽某個來看診士兵提到，那時東阜小姐剛好不在。因為那名士兵是有點私密的病狀，就算東阜小姐在場，我可能也會請東阜小姐暫時離開。總之，勸妳不要太靠近那頭，尤其如果又有一堆士兵在那邊排隊時，千萬不要靠近。」

陳雅薈本還想多問幾句，不過穎三說完後，只是揮手道別，接著攜帶隨身物品踏出醫療院所。

「什麼意思？有什麼恐怖的東西嗎？這樣怎麼還會有一堆人排隊？」陳雅薈喃喃自語，不過穎三早已離去。

雖然穎三休息的個人軍官房，距離這個簡易的醫療院所，只有一段還不算太遠的步行距離，甚至和陳雅薈的住宿處也很接近。更應該說，陳雅薈是受惠於穎三的官階，讓擔任軍醫助手的她，才能夠住在伙食及住宿條件均較為優渥的軍官及文官區域。

不過儘管兩者的住宿區距離相近，但穎三除了公務上與陳雅薈略有交談外，幾乎沒什麼其他談話內容。穎三更是避開和陳雅薈一同步行來回，彷彿就是想要展現公私分明，對此陳雅薈早有些習以為常。陳雅薈一開始因為擔任穎三身旁的打雜助手，而穎三的年紀又明顯比自己實際年齡還小，心裡多少有些不是滋味。不過待在穎三身旁好一段時日後，確實還是不難發現，年紀輕輕的穎三，在醫術上有其專精之處，這也讓陳雅薈不覺有些心生佩服。

不知道又過了多久，陳雅薈總算整理好院所內的各項事物。就在離開醫療院所後，卻在遠方看見一名身穿污損衣物，臉色相當慘白的女孩，躲在堆放雜物的角落，死盯著陳雅薈。

這名女孩看似蓬頭垢面，身上還有不少瘀傷，但其實面容還算相當清秀，年紀看起來大約只有十五歲左右，屬於東方人的臉孔，明顯並非帛琉當地皮膚較為黝黑的居民。恐怕也是從大日本帝國統治地區來到此處，只是光從外表也很難區分究竟是日本人或臺灣人，甚至陳雅薈也曾在此地看過朝鮮人。但因為各地的東方人外表上還是都有相像之處，也可能會是來自其他地區的東亞人。

由於女孩眼神中一直帶有怒意，即便讓人相當不適，但陳雅薈還是決定上前詢問是否需要幫忙。

不過就在陳雅薈接近前，竟聽見女孩率先開口說著：「平平是女孩，都被派來這裡，為何命差那麼多？我們又沒做錯什麼事，為什麼要被這樣懲罰——」

女孩話剛說完，早已淚流滿面。令陳雅薈驚訝的不僅如此，而是女孩用的是「臺灣話」，很顯然是臺灣人，只是不知為何會出現於此。

「四腳仔！」女孩繼續用臺灣話罵了一句。「什麼『挺身』，什麼『突擊』，噁心死了！」

陳雅薈雖然聽得懂臺語，儘管也已在這個年代生活將近一年，但平日接觸的幾乎都是日本人，並不知道這個「四腳仔」，便是日治時期臺灣人對於日本人高壓統治，將日本人比喻為四腳畜生的謾罵話語。而當時若是幫助日本人欺壓自己人的臺灣人，更被臺灣人罵為「三腳仔」，比謾罵日本人的「四腳仔」還少一隻腳，是更為惡劣的比喻。

儘管陳雅薈不大明白「四腳仔」的用意，但從女孩說話的口氣及憤恨的眼神，不難察覺是在罵她。不過能在異地遇到及聽見臺灣的相關事物，還是讓陳雅薈倍感親切。

然而女孩後一句雖然也用臺語繼續說著，但「挺身」及「突擊」，卻是特別使用日語。陳雅薈雖然也聽得懂這兩個詞的日語，但實在不明白指的是什麼意思。

陳雅薈繼續走到女孩面前說著：「小妹，有什麼需要幫忙嗎？」

女孩先前看見陳雅薈一身整齊的裝扮，原以為陳雅薈應該是日本人，才忍不住用臺灣話罵了出來。但聽見陳雅薈竟用流利的臺灣話說話，讓女孩不禁瞪大雙眼。究竟是會說臺灣話的日本人，還是原本就會臺灣話的臺灣人，女孩一時之間也完全無法思考，沒一會兒更是落荒而逃。

陳雅薈原本還想追上去，不過女孩奔跑之快，就像撞見邪靈似地急速遠離。然而儘管女孩使命奔跑，卻一下就被一名突然從路邊出現的中年大漢攔住，而一旁還有一名身穿和服的中年婦女。

「混蛋！這個愚蠢的非國民還敢再跑，不想活了嗎，畜生！」中年大漢以日語粗暴吼著，隨即用力甩了女孩兩個耳光，又一把扯住女孩的長髮。

女孩在強力拖行之下，只是沿路尖叫求饒，並向跟在一旁的中年婦女，用著日語苦苦哀求：「媽媽，救命！」

不過被女孩稱為「媽媽」的中年婦女，只是冷眼看著這一切的暴行。

陳雅薈見到如此殘暴冷血的舉動，也完全不知道該如何幫忙，若是家務事也不好插手，甚至見到狀況如此異常，更不敢冒然惹事。但陳雅薈並不覺得那名中年婦女會是女孩的親生母親，只是陳雅薈也搞不懂為何女孩會這麼稱呼。

眼睜睜看著女孩在尖叫聲中，被中年大漢持續拖行，陳雅薈只是一臉茫然呆立原地。沒一會兒，兩名看起來面容更為兇惡的年輕男子，出現在中年大漢及婦女面前，三名男子交頭接耳後，中年大漢及婦女，便硬拉著女孩繼續前進。

反倒是兩名年輕男子，雖然看得出來均不良於行，不過兩人並肩朝著陳雅薈緩步走來，臉上還掛著不懷好意的笑容，讓陳雅薈愈形不安。

「小姐——」青年男子跑到陳雅薈身旁搭話，不過陳雅薈只是臉色凝重，繼續快步向前。

另一名青年接著貼近陳雅薈側邊開口說著：「小姐，請留步啊，在醫療所薪資一定很低。有沒有興趣到我們這邊幫忙，薪資更高，而且高很多！」

陳雅薈看都不看，只是低下頭去逕自走著。不過第一名開口的青年，眼見陳雅薈始終沒有理會，突然拉住陳雅薈說著：「小姐，不然妳就只有晚上來我們這邊幫忙也可以，薪資很優渥的！」

「放開！」陳雅薈緊皺雙眉喊著，並使勁甩開青年男子的手，而另一名青年男子則快步走到陳雅薈面前，擋住她的去路。

就在前頭的青年男子想要伸手抓住陳雅薈之時，陳雅薈又再次感受到已有好一段時日沒再發作的劇烈頭痛。而恍惚之間，眼前的兩名青年男子，伸手想要抓住陳雅薈的動作，卻又開始突然變為彷彿電影特效的慢動作。這讓原本身手還算矯健的陳雅薈，即便頭疼欲裂，卻還是能靈巧閃過兩名年輕男子的襲擊。

「在那幹什麼！」一名身著軍裝的年輕士兵竄了出來，擋在這兩名年輕男子面前。

年輕士兵分別往兩名男子重重推了過去，這兩名男子原就步伐不穩，其中一名男子更因為重心不穩而跌坐下去。

「哼——」年輕士兵緊皺眉頭說著。「混蛋，穎三中尉的助手也敢騷擾，不想活了嗎！」

這兩名年輕男子看見孔武有力的年輕士兵出面，早已有些卻步，況且又聽到陳雅薈是中尉的助手，臉色更是異常慘白。儘管不良於行，這兩名年輕男子還是當作什麼事都沒發生般，趕緊轉身狼狽離去。

年輕士兵目送兩名騷擾者消失後，這才轉身對陳雅薈說著：「這裡的混混，到處招搖撞騙，應該不敢再來騷擾了！」

陳雅薈本想開口道謝，並詢問年輕士兵的姓名，不過年輕士兵話剛說完，便匆忙離去。就連先前和陳雅薈說話時，也盡可能避開所有目光的短暫接觸，羞怯的模樣和剛剛阻止兩名混混時的氣勢大相逕庭。

目送年輕士兵迅速離去後，陳雅薈突然又覺得這名年輕士兵有種說不出的熟悉感。不過這名年輕士兵，年紀不似在這個軍事基地，普遍見到未滿二十歲的少年兵，外表看起來反而和陳雅薈年紀相當，甚至還有可能超過二十五歲。但這名年輕士兵既屬這個年代的人物，陳雅薈更覺得這股和穎三給人一樣的莫名面善感不知從何而來，總不會又是很像哪位想不起來的現代日本藝人。

經過一夜的休息，陳雅薈又做了一個難以言喻的夢境。

自從穿越來到日治時期，在這將近一年的時間中，陳雅薈不時夢到自己所屬年代的場景。而說來更怪的是，這些夢境就像連載劇情般，彷彿就是陳雅薈當初假若沒有莫名穿越，會在所屬年代所發生的事情。陳雅薈曾夢到自己在殯儀館參加阿公告別式的片段，還有之後考上律師的場景。隔了一段時日，甚至還夢到自己結婚，而說也奇怪，在夢中的情境相當真實，甚至都會誤認為自己穿越日治時期僅是夢境。直到夢醒時分，夢中記憶一下就變得相當稀薄，僅存模糊的片段記憶。這時才會發現回到所屬年代的畫面，僅僅只是一場夢。

昨夜的夢，又延續先前的時序，陳雅薈夢到自己挺著大肚子在醫院產房等待生產。本應該是件很溫馨美好的夢，然而就在夢醒之時，陳雅薈一下便想不起夢境中的清晰全貌，反倒想起昨天在歸途中見到的那名女孩，不知道後來怎麼了。

就在陳雅薈快要忘記這件事時，反倒在前往醫療院所的路途中，看到昨天那兩名年輕混混，在路旁忙著鏟土掩埋東西。

兩名混混看見陳雅薈，當然不可能不認得，但或許因為知道陳雅薈是穎三中尉的助手，確實不敢再有輕浮的騷擾舉動，只是神色慌張繼續動著鏟子挖土。

不過當陳雅薈經過這兩人時，雖然也刻意避開目光，但僅是匆匆一瞥，還是在土堆一角望見了眼熟的布料花色。

這布料雖然經過砂土沾染，卻還是看得出來和昨天那名女孩身上髒污的衣服極為相似，讓陳雅薈不覺心頭一震。

兩名混混似乎也察覺到陳雅薈神色有異，但也只敢「嘖」的一聲，便趕緊將疑似從土堆中露出的布料以土掩蓋，隨後又繼續埋頭填平土堆。

陳雅薈不願多想，又往醫療院所方向快步走去。等到進入醫療院所後，穎三早已在診間內翻著一疊疊的文書資料。

穎三見到陳雅薈的身影，抬頭說著：「早安！」

「早安！」陳雅薈也跟著回應。

兩人的對話通常就此草草結束，但今天穎三卻有些反常繼續開口：「東皋小姐，今天前來這裡的路途，妳應該有看到——」

穎三說到此處便停了下來，反倒讓陳雅薈有些焦急問著：「是說看到有人在挖土——」

「嗯——」穎三點點頭。「一早有士兵來通報，昨天有兩名混混藉故騷擾妳，妳自己要小心。我不知道路上看到的那兩名男子，是不是昨天騷擾妳的混混，不過就算是他們，已經知道妳是軍事單位的助手，應該不敢再有騷擾。不過我昨天叮囑過的那個地方，真的不要太靠近，難保不會又有搞不清楚狀況的人再次騷擾——」

「所以軍醫大人先前來時，有看到那兩名男子在埋什麼東西嗎？我剛剛經過時，東西已經被土掩蓋——」

穎三沉默了好一會兒，才又開口說著：「他們在埋葬一名過世的女孩遺體，我有上前稍微詢問，不過他們說是意外病死。儘管外傷那麼明顯，我覺得根本不是如此，卻也無能為力，我們軍方單位和他們幾乎算是有合作關係，才會睜一隻眼、閉一隻眼。會選在這個地方埋葬，不知道是否自己多想，我看多少別有用意，但我們也無能為力。」

儘管穎三難得破例說了那麼多話，但因為過於隱晦，陳雅薈也不是很明白他想表達的意思。不過聽到那兩名男子埋葬的是女孩遺體，陳雅薈直覺昨天見到的那名女孩恐怕真的已經凶多吉少，一股難以言喻的心痛，突然湧上心頭。

那名女孩到底是招惹了什麼惡煞，才會遭遇如此悲慘的命運。想著想著，耳邊彷彿再次浮現女孩以臺灣話所說的那句：「平平是女孩，都被派來這裡，為何命差那麼多，我們又沒做錯什麼事——」

不過就算無法明白穎三的話語，那兩名混混應該和穎三特別交代不要靠近的地方有所關聯。但混混刻意選擇在此處埋葬女孩的遺體，雖然穎三沒有說得很直白，恐怕是帶有對穎三及陳雅薈的挑釁意味吧？

雖然此後陳雅薈確實沒有再遇到混混騷擾滋事，但這件事一直埋藏在陳雅薈心中，然而隨著時間過去，卻有逐漸淡忘的感覺。

——待在帛琉的日子，算一算竟然也過了一個多月。

陳雅薈每日陪伴穎三做著例行的看診工作，久而久之，竟也對於一些藥品、敷料以及常見疾病愈來愈熟悉，有時候竟還會出現或許自己也很適合唸自然組的錯覺。

而穎三每日例行的看診工作，幾乎都不是什麼危急重病，與原本被賦予的瘧疾研究任務相差甚遠，但也不曾聽到穎三抱怨。不過偶爾還是可以發現穎三拿出瘧疾的相關資料專心研讀，甚至有時還會看見穎三，彷彿煞有其事做著一些藥品試驗。或許因為穎三個性較為沉默寡言，陳雅薈也很難知道他到底在想些什麼。

不過就在幾天前，陳雅薈意外發現，儘管穎三個性相當冷漠，竟也會趁著長時間沒人上門的看診空檔提筆寫信，而且從一旁瞄到的幾段字句推斷，看起來就像問候家人及報平安的家書。隔天陳雅薈又瞥見信封上的地址，是一封寄回臺灣的信函，先前曾說過是東京出身的穎三，竟也會寫信寄往臺灣，不禁讓陳雅薈有些疑惑。當然即便是東京人的穎三，在臺灣也可能會有親朋好友，搞不好還是相戀已久的情人。況且這些訊息都是陳雅薈偷瞄到的，更不可能去和穎三確認這些疑問。

又經過了一段時日，陳雅薈除了原本所屬年代怪異夢境劇情，似乎又繼續延續下去外，現實中每日重複極為類似的助手生活也愈形平淡。有時甚至枯燥到連自己都已忘記不屬於這個年代的事，也不時浮現放棄尋找回去方法的念頭，恐怕得坦然接受就此莫名在這個年代終老下去的結局。然而如此平和的日子相當不真實，更該說在這軍事基地中，一點也感受不到戰爭的氣息。

在帛琉住久了，陳雅薈的活動範圍也愈來愈大，儘管還是依照穎三的叮囑，不去接近醫療院所遠方的另一頭。不過陳雅薈在這段日子，走得較往常遠，有些地方明顯就像新兵的訓練所，一群又一群的年輕士兵，每天都被嚴厲的日本軍官大聲斥罵、嚴厲操練。而在其他地方又會看到無數看似身著軍服的年輕士兵，還有一些皮膚黝黑的帛琉當地人，每天在一些空地搭造建築物的辛苦模樣。

後來更意外發現一些搬運重物的年輕士兵中，有人以臺灣話大聲聊天，才知道原來那群士兵其實都是臺灣人。之後陳雅薈從穎三那頭打聽才更明白，原來這群臺灣人，即便可能從事相同的事務，但並不算正規日本兵，性質上屬於支援後勤的「軍伕」或「軍屬」。在軍階分明的軍事體系中，地位當然會有很大差異，甚至還聽過被笑稱地位比「軍犬」還低。陳雅薈幾次經過時，更看到這群臺灣人被日本軍官大聲訓斥怒罵及毆打的場景。

撇開這些島上見聞，看著帛琉明媚的海島風光，時常讓陳雅薈想起過去曾和摯友殷馥華，一同來到帛琉遊玩的珍貴回憶。儘管都已成為難再觸及的往事，卻還是讓陳雅薈每次隨手翻閱小筆記本時，都會引發無限感傷。

「東阜小姐——」穎三難得在某天剛結束例行工作後，突然對陳雅薈開口說著。「不知道可否麻煩東阜小姐一件事？」

「啊？軍醫大人，有什麼需要幫忙嗎？」陳雅薈感到既疑惑卻又有些好奇。

「這個——」穎三將一袋沉甸甸的物品交給陳雅薈。「雖然有些不好意思，這袋有點重量的物品，想請妳幫忙帶給妳之前看到的那些本島人。呃，我指的是臺灣人——」

陳雅薈接過這袋物品後，確實有些重量，更發現裡頭裝的應該是一罐罐的罐裝物。

穎三繼續補充說著：「呃，這些都是罐頭食品，因為軍官的配給比較優渥，我一個人真的吃不了那麼多。我知道上頭雖然一直喊著『內臺平等』的宣導，但很多地方並非如此，妳看那些建造軍事基地的臺灣人就知道，配給的資源相差很遠。我因為軍官身分的關係，不是很方便直接拿去，其他軍官看到恐怕會說話。再說我這個軍醫只是掛著中尉的軍官階級，其實並無實權，地位和真正帶兵的軍官還是相差甚遠，還是低調一點比較好，才想託付妳私下幫我把這些罐頭分給他們——」

陳雅薈聽了穎三的解釋後，儘管內心十分訝異，表面上卻還是沒有太大的起伏，只是以平淡的語調回答「是」的一聲，便沒再多說什麼。

在結束一日的例行工作後，陳雅薈帶著這袋物資繞路來到正在搭造建物的軍事基地附近。出乎意料外，陳雅薈本還想說到底該將這袋物資交給誰，卻一下便見到先前被混混騷擾時，搭救過陳雅薈的那名年輕士兵。

這名年輕士兵會現身此處，難道意味著他其實並非正規士兵，而是支援後勤的軍伕，甚至還可能是臺灣人？然而壯碩的年輕士兵見到陳雅薈後，原本英挺的面容，竟一下就變得相當羞赧，更一再迴避陳雅薈的所有目光，讓陳雅薈也跟著感染了極為尷尬的氛圍。

「呃，上次真的謝謝你的幫忙——」陳雅薈將提袋高高舉起，並以日語開口說著。「我們這邊配給的食物較多，我一個人真的吃不完，所以想分給辛苦工作的大家！」

「這——」年輕士兵瞄了一眼便別過頭去，顯得有些不知所措，看起來正猶豫是否該收下陳雅薈的好意。

陳雅薈見場面愈形尷尬，趕緊繼續開口：「我知道這樣很奇怪，不過吃不完也蠻浪費的——」年輕士兵不待陳雅薈繼續解釋，突然以極為生硬的動作，將提袋一把拿去。

驚覺自己拿取提袋的動作有些粗暴，年輕士兵只好脹紅臉說著：「啊！謝謝、謝謝！」

不過年輕士兵話剛說完，又迅速轉身快步離去，在整個過程中，都不敢直視陳雅薈。

不知道是否為自己的錯覺，陳雅薈竟瞥見年輕士兵紅了眼眶，但因為極力閃避，也讓陳雅薈看得不是非常清楚。

陳雅薈本想藉此再次巧遇的機會，詢問一下年輕士兵的姓名，但年輕士兵卻像見鬼似地一溜煙逃離。見到年輕士兵如此誇張害羞的舉動，陳雅薈只覺又好氣又好笑。但在目送壯碩背影離去後，陳雅薈反而突然想到，難道年輕士兵是誤以為自己對他有好感，才會如此異常害臊？

其實陳雅薈會突然冒出這樣的想法，也並非沒有根據。因為對年輕士兵來說，某種程度上，確實算是當初幫陳雅薈趕跑混混的救命恩人，而陳雅薈突然出現此處，若非巧遇，確實會讓年輕士兵誤會早在這裡等待多時，當然會造成陳雅薈對他別有好感的誤解。

想著想著，陳雅薈竟也開始莫名臉紅心跳。但她始終覺得這名面容英挺的年輕士兵相當面善，這股強烈的親切感，想來想去應該也不大像是男女愛慕之情，但卻又說不上到底曾在哪兒見過。

幾天後，陳雅薈在工作快要結束之時，透過醫療院所的窗戶，無意間看見遠方一名神色慌張的年輕女孩，不停在附近東躲西藏。這名嬌小的女孩看起來僅有十來歲，儘管衣著污損破舊，但仍舊隱藏不了清秀的面容。雖然小女孩和殷馥華長得並不相像，不過清爽的氣質卻還是讓陳雅薈想起極為思念的摯友。

看見小女孩的驚恐模樣，更讓陳雅薈不禁想起先前已經遭遇不測的那名女孩。腦海中才剛浮現不忍回想的畫面，竟看到眼前的小女孩突然被一名中年男子抓住拖行，而一旁又是一名冷眼旁觀的中年婦女，這兩人便是先前見過的那對男女。

「媽媽，救命啊！」小女孩望向中年婦人苦苦哀求，不過中年婦人一如往常不動如山。

小女孩眼見被她稱為「媽媽」的中年婦人沒有任何反應，只好轉向硬拉她的中年男子苦求：「爸爸，對不起！」

——不過這對中年男女完全不為所動。

「嗚——」小女孩忍著痛楚，以臺灣話大聲哭喊著。「我明明是來應徵前線的洗衣和清潔工作，當初看在薪資很高可以補貼家用，在說服家人後答應前來。說好幫忙三個月就可以回家，為什麼要騙我？為什麼要這樣對虐待我，我又沒做錯任何事！我——」

中年男子不待小女孩繼續說完，只是面露凶光，直接狠狠用了小女孩兩個耳光怒罵著：「聽不懂啦！給我說『國語』，妳這非國民，別想用聽不懂的話來偷罵我！」

這與先前如出一轍的惱人場景，不禁讓陳雅薈深感痛惡，這次更能肯定這對中年男女，明顯絕非小女孩的親生父母。

儘管來自東京的穎三，可能聽不懂臺灣話，但因為久住臺灣，應當也聽得懂一些內容，只見穎三神情變得相當凝重。

原本陳雅薈打算走出醫療院所前去搭救，不過還沒走到門口，就先被穎三起身阻止。

只見穎三緊皺眉頭默默搖頭，但陳雅薈並不打算就此善罷甘休，穎三只好開口苦勸著：「唉，跟妳說過的就是這件事，這是軍隊默許的事，想幫忙也沒有用的——」

「為什麼！」陳雅薈緊皺眉頭說著。

穎三欲言又止，好一會兒才垂下雙眼說著：「我自己也有姊姊、妹妹，真的這種事每次看了都很難過、遺憾，卻也無能為力——」

陳雅薈儘管努力壓抑情緒，卻還是語帶激動說著：「我不懂，這是什麼意思？為什麼軍隊會默許這種當街欺負小女孩的殘暴行為！」

穎三輕嘆了口氣：「唉，這很難解釋，但真的是妳、我都無能為力的事。」

「這對男女怎麼可能會是小女孩的父母，上次也看過他們拉著其他女孩——」陳雅薈說到此處，突然明白為何軍隊會默許的可能性，還有剛剛小女孩的哭喊，以及那個所謂不要靠近有一堆軍人排隊的地方，讓陳雅薈整個人呆立原地啞然失聲。

「慰安婦！」

陳雅薈的內心突然竄出這個恐怖字眼，眼睜睜看著眼前這個才十來歲模樣的小女孩，被人如此施暴，遠比過去在相關資料的表面認知，來得更為震撼無比。

一股難以言喻的噁心強襲而入，更讓陳雅薈一下便不禁淚流滿面。

或許先後目睹到的這兩名女孩，當初就是和陳雅薈同船前來此處。如果上次不是遇到那名年輕士兵挺身搭救，或許今天被中年男子強拉的女孩不是別人，正是自己。怪不得上次那名女孩，看著陳雅薈會有

「平平是女孩，都被派來這裡，為何命差那麼多，我們又沒做錯什麼事——」的感嘆。——陳雅薈根本不敢再想下去。

就在內心極度煎熬之中，卻也只能眼睜睜看著小女孩被強行拉走，更讓陳雅薈心如刀割。

當小女孩及中年男女從窗口視野消失後，仍能聽見小女孩的哭喊。儘管陳雅薈及穎三兩人間不再言語，卻根本不可能假裝窗外沒發生任何事，但直到小女孩微弱的哭聲完全消失後，兩人還是始終保持極為詭異的沉默。

「東阜小姐——」穎三不知道過了多久，雖然開口打破僵局，但遲疑了好一會兒，才又繼續說著。「今天這邊應該差不多了，收拾好後，我想帶妳去個地方，不知道妳有沒有空？」

平時沉默寡言的穎三，竟一反常態開口邀約，倒真的勾起了陳雅薈的好奇心。

陳雅薈儘管淚痕未乾，卻還是故作鎮定說著：「啊？那，好的，有空——」

雖然陳雅薈如此爽快答應，但一想到在共同目睹小女孩被人當街施暴後，穎三究竟會想帶她去什麼地方？陳雅薈不覺有些擔心，該不會就是那個平常穎三一再勸阻不要靠近的「那個地方」吧？

不過陳雅薈的擔心只是多餘，儘管穎三帶她走往住宿區的相反方向，但走著走著，竟來到了一片相當熱鬧的空地。

「快！快！傳給我！」空地中傳來了大男孩的喊聲。

——是一群大男孩興高采烈玩著棒球，其中一名男孩將手中的棒球，快速傳向剛剛大喊的二壘手。

「OUT!」幾名男孩異口同聲大喊著，隨後又笑成一片。

「嗯——」穎三對著專注看向男孩們的陳雅薈，煞有其事說著。「這是『野球』，不知道妳有沒有看過？但妳也可能以前看過，只是想不起來而已——」

陳雅薈只是忍住不笑，她當然不可能不知道「野球」，甚至在自己所屬的年代，也曾和摯友殷馥華一同瘋狂過。不過言語之間，倒是發現穎三確實仍把她當作處在失憶的狀態。

繼續看向空地中的大男孩們，陳雅薈從外型不難判斷，他們都是這個營區的年輕士兵，趁著空檔玩起棒球。儘管球棒、手套看起來都相當老舊，兩隊隊員明顯湊不滿十八人，甚至連裁判都是由兩隊人馬直接目視判決，但這群大男孩還是玩得不亦樂乎。

看著看著，眼前如此歡樂的氣氛，讓陳雅薈都有種早已忘記自己身處二次世界大戰軍事基地的錯覺。等到再次回神時，卻發現穎三早已不在身旁。

驚覺穎三不見後，陳雅薈開始有些慌張，但沒多久便看見穎三從後方走了回來，手上還拿著先前沒有看過的東西。等到穎三愈走愈近後，陳雅薈才看清楚是兩盒物品，儘管猜得出來可能會是什麼東西，但還是讓陳雅薈有些難以相信。

「東阜小姐——」穎三將手中物品的其中一盒交給了陳雅薈，果然是陳雅薈預想中的那股冰涼觸感。「我不知道妳喜不喜歡吃甜的東西?不過說來或許有些可笑，我還蠻愛吃這東西，所以發現這裡有這東西，診療結束後常跑來這裡，邊看他們玩野球，邊吃這東西。這東西我不確定在妳目前記憶中有沒有吃過，也不確定現在的妳知不知道，叫做 ICE CREAM ——」

聽完穎三如此認真解說，陳雅薈更確定他真的認為自己是個失憶的人。

穎三話剛說完，就打開冰淇淋大口享用，並露出罕見的滿足神情。

吃著吃著，穎三竟輕嘆了口氣，並以極小的聲音喃喃自語著：「唉，有時候真的會很想回家，而東阜小姐雖然比我小一歲，也和我妹妹年紀相當，但相處起來感覺很成熟，總會讓人想起故鄉的姊姊——」

穎三的感嘆，儘管音量極小，卻還是讓陳雅薈聽到了。但感覺又像並非特別說給陳雅薈聽的話語，也讓陳雅薈不知道自己是否該有所回應。

雖然穎三說他比陳雅薈還大一歲，但陳雅薈因為當初謊報年齡，真實年紀確實比穎三還大，會有姊姊的感覺，並非穎三的錯覺。

面對穎三如此之大的反差，陳雅薈真的覺得穎三是個很奇妙的人。看著穎三挖冰的動作與神情，竟讓陳雅薈不禁想起了自己所屬年代的一個人。

不過就在陳雅薈尚在回想之時，突然傳來一名男孩的急促聲音。

「軍醫大人、軍醫大人——」男孩慌慌張張跑到穎三身旁說著。「四處遍尋不著軍醫大人，聽其他人說有看到軍醫大人朝這邊走來，原來真的是在這裡——」

「怎麼了嗎？」穎三一下就把原本拿在手上的冰淇淋藏到身後，並板著臉問著。「看起來有什麼急事，是哪邊有人出現急症嗎？」

「不是、不是——」男孩急忙搖頭，並把手中的文件遞給穎三。「是剛剛上頭傳令，深夜要登艦出發，要請軍醫大人趕快收拾！」

穎三接過文件後，只是稍微瞄了一眼，整張臉卻突然變得格外沉重。

薈哥，我們東方人有時候真的很奇妙！

儘管內心不是這麼想，但基於各種理由，或友誼、或情面、或和諧，並不會把真正的內心話直說出來。

相較於西方的思維，在日本社交文化中，有種很有意思的說法，叫做「建前」與「本音」。所謂「建前」就是為了大眾和諧、避免衝突以及符合社會，所以會迎合公眾場合的期望，而出現各種有違己願的行為與意見，而「本音」才是一個人的真實想法與期待。

這種現象或許在日本文化非常顯著，但我們這種以集體社會為重的東方人，也不能說沒有這種行為與現象。

或許過去像薈哥這種直來直往的個性，到底是好，還是不好，也很難說。有時候我也很羨慕像薈哥那麼有勇氣而直話直說的人，像我為了團體和諧，往往選擇的是，顧及大眾感受的場面話，但「本音」又並非如此。所以我時常都會覺得自己很窩囊、很不真誠，雖然出發點是為了對方著想，也不是什麼多大的道德瑕疵，但就像孔子批評過的那種「匿怨而友其人」，搞得自己也不是很暢快、很舒服。這樣究竟是好是壞，也真的很難直接比較。

但說真的，我想鮮少有人是天生喜歡與人吵架、爭執或唱反調，我知道薈哥不是這種人，只是想據理力爭、追求真相，但總有不瞭解的人會說一些風涼話，我聽了當然也很不是滋味。不過無論別人愛怎麼說，我相信薈哥都還是會堅持自己理念與想法大步前行！

第四章　民國九十三年（二〇〇四年）二月・臺灣・臺北市

「阿扁身為中華民國的總統怎麼可以這樣，太不應該了！中華民國最需要的是再次政黨輪替，還是國民黨的連宋配比較好啊！不管是連戰先生，或是宋楚瑜先生，兩位都是真正有實績、有豐富行政歷練的政治家，才是繼承國父孫中山先生及先總統蔣公的建國及治國理念，國民黨才是真的有豐富執政經驗的優秀團隊，而且——」

教室課堂中的講臺上，一名六十來歲的婦女，留著一頭黑白相間的短捲髮，儘管有一定年紀，但臉上白皙的膚質明顯保養得宜，而外表所展現的高貴文雅氣質，卻與她激動的言論有些不稱。

「受不了啦，徐老師真的有夠食古不化，這週六一定要挺身而出！」陳雅薈身穿北一女的招牌綠制服，留著那一頭在校園內相當顯眼而帥氣的中短髮型，對坐在一旁的殷馥華小聲說著。

臺上的婦女，正是為陳雅薈與殷馥華教授國文的高中導師徐愛華，每次只要談論到政治話題就會一反優雅常態。尤其是談論到當今的總統阿扁，更是激動不已。

「雅薈，妳有什麼問題嗎？」徐老師突然看向陳雅薈點起名來。

陳雅薈對於徐老師的這種言論本就相當不以為然，早已沒再注意高談闊論的內容。但她萬萬沒想到，因為自己和殷馥華竊竊私語，竟會被老師在課堂中直接點名。

「啊——」陳雅薈有些愣住。

「雅薈，請站起來——」徐老師輕皺眉頭說著。「有什麼想說的，可以直接說出來跟老師討論！」

「老師，我覺得——」陳雅薈欲言又止。

「雅薈，說出來吧！老師其實早就發現，老師每次只要跟同學宣導一些老師對政治的想法及理念，妳就一定會跟馥華竊竊私語，妳以為老師都沒有看到嗎？妳的表情老師在臺上看得一清二楚，有什麼不同想法，可以說出來看看——」

「我——」陳雅薈原先還有些舉棋不定，但一下便突然豁出去般開口說著。「我覺得老師在課堂中宣傳政治理念，似乎有些不妥——」

「什麼？」徐老師瞪大雙眼說著。

陳雅薈眼神堅定繼續說著：「現在是民主時代，言論是自由的，但老師藉由課堂中單方面的宣導，因為師生不對等，並沒有辦法讓不同的政治想法及理念得到充分的討論，容易成為偏離事實的誤導——」

「誤導？」徐老師喃喃自語唸著，神情顯得相當複雜，與其說是憤怒，更像是相當氣餒的模樣，停頓了好一會兒才又繼續開口。「老師知道雅薈妳很熱愛日本文化，不知道是否因為這樣而不喜歡國民黨。老師常常在校園中可以看到妳揹著日本竹劍走來走去，更還看過妳身穿日本劍道服，說實在老師看了很不舒服。當年日本鬼子怎麼屠殺、怎麼姦淫虜掠中國人的慘事歷歷在目，這點不得不說老師是真的很痛恨日本人。看現在那麼多年輕人如此不理性盲目『哈日』，什麼日本亂七八糟的動漫及節目充斥生活周遭。雅薈妳勤練的日本劍道，更是不禁會讓人和日本當年殘暴的軍國主義及殘忍屠殺有所聯想。我們老一輩看到這種文化侵略是相當痛心疾首，莫忘日本侵華屠殺的恥辱！」

陳雅薈先是輕皺雙眉，而後才開口說著：「老師對日本劍道似乎有所誤會，雖然我確實因為很喜歡日本文化，即使學校沒有劍道社，我還是自己去外面道館學習劍道。其實真的瞭解日本劍道以後，就我在道館學習到的內容，才知道劍道源頭是發源於中國唐朝，強調以禮為始、以禮為終的尚武精神，反而是和老師時常在課堂中極力推崇的中國儒學及禪學修煉息息相關。我們道館其實也有像老師一樣所謂的『外省人』在練劍，而且練得很勤，至少日本劍道傳承自中國唐代的武術精髓，我們道館的外省老前輩是能接受的，並且就是這樣告訴我們，而沒有像老師有這樣的聯結。因為老師不是第一個跟我說過這種想法的人，我也曾向我的老教練請教過這個長久疑惑，但老教練跟我說，我們要練的是『不殺之劍』，而且與其說是『練劍』，藉由練劍來『修道』才是最為重要，也因此這項武術才被稱為劍『道』。看起來老師可能有所誤解，不知道老師所指的是否為歷史課本一定會提到日本人的那些大屠殺事件，並非懷疑其真實性，但有時候這些教科書的其他章節，讀了也不知道是否為歷史的真正全貌，可能還需要多方比對驗證。日本劍道或許正本清源，更該說是中國儒學及禪學所衍生的武道，老師只因為我長年學習劍道，就有如此過分聯想，似乎是有些不妥——」

「這——」徐老師雙眼微睜。

「老師——」陳雅薈略有遲疑，但沒一會兒又繼續以略為和緩的語氣說著。「我們知道老師是三十八年隨著國民黨政府遷臺而來，對國民黨的感情不同，但國民黨來臺前就先發生過二二八事件，一開始確實本省人及外省人因為種種原因結怨已深，事發之初有很多外省人遭到殺害，但後來則是更多假借鎮壓之名而被無故濫殺的臺灣人。一些帶有強烈優越感的外省官員，更是把臺灣人當作次等公民欺壓，而後又有警備司令部的清鄉及後續的白色恐怖。無論是本省人或外省人，多少人未審先判，或者根本不經判決直接藉故槍斃或突然下落不明，而就算有經過審判，有太多都是刑求、栽贓。這些都是國民黨在極權時代，做過極為殘酷的眾多壞事，或許正如我先前所說的一樣，歷史的真相都需要多方驗證，才能還原真正的歷史，並非教科書或一方說法足以成為真相全貌。而老師從以前就隻字未提這些事件，僅一再宣傳國民黨好的一面，而課堂中學生又無法與老師就事論事充分討論，才覺得會有片面誤導之嫌。還請老師能諒解，並非覺得老師不能談論政治，這是憲法所賦予人民的言論自由，也可以是老師授課及傳承知識的內容。民主社會的言論自由，我想還是要架構在平等自由的討論，才能有公平互惠的交流，否則只是一面倒的一言堂，很容易偏離事實。若說得稍微極端一點，或許班上有同學可能是二二八事件或白色恐怖的受難家屬後代，老師一直單方面讚揚國民黨的好，是否想過曾受國民黨血淋淋迫害及虐殺過的遺族感受。個人認為，執政黨確實是有很多問題或做不好的地方，但現在的執政黨再糟糕，一部分原因是否為朝小野大，還可以再好好討論，但至少當初打破戒嚴時期的恐怖政治及邁向民主政治，都是一群黨外前輩，冒著生命危險的奮鬥與努力，諸如美麗島事件、刑法第一百條等。還有更多因為被冠上叛亂而判處死刑，卻仍不畏懼的烈士，就是為了爭取更美好的未來，這都是不可抹滅的偉大貢獻——」

「那個——」徐老師明顯想要說些什麼，卻還是無法言語，只見眼眶逐漸泛紅，讓場面變得十分尷尬。而陳雅薈見狀後也發覺自己可能說得太過頭，只是低下頭去不再言語。

「噹——噹——噹、噹——噹——」

一陣清脆的下課鐘聲及時響起，化解了師生間極度難堪的場面。

「好吧，今天的課就先上到這裡——」徐老師彷彿回過神來，努力保持鎮定說著。「雅薈，中午如果有空，來一下老師的辦公室，我們可以好好聊聊——」

陳雅薈還來不及回應，班長已率先喊出下課口令：「起立！立正！敬禮！」

「謝謝老師！」陳雅薈跟著同學們一同喊著，但內心卻覺得非常複雜，自己是不是對老師說得太過火，總覺得有些對不起老師。

「哇！薈哥，妳好嗆、好帥氣，不愧是大家尊敬的大姊頭，人稱正義使者的北一『劍心』！」一名同學特地從教室對角跑了過來。

「呃——」陳雅薈只是露出極為複雜的苦笑。

「薈哥，謝謝妳！」另一名同學也從遠處跑來搭話。「不瞞薈哥，我叔公確實就是二二八事件的受害者，當初死得好冤、好慘，我們家族真的都極度厭惡國民黨，從小就知道國民黨有多壞，謝謝妳幫我們發聲。老師常在課堂中發表政治言論，我們受害遺族聽了真的很不舒服！還是，難不成薈哥也是二二八事件或白色恐怖的受害遺族？」

「啊，不是的——」陳雅薈苦笑著。

「沒關係，還是謝謝薈哥仗義直言！」同學說著說著還點頭致意。

其實陳雅薈早已察覺，坐在一旁的殷馥華，從自己回嗆老師後，表情就一直相當複雜。甚至剛剛兩名同學前來致意及致謝的過程中，殷馥華的神情變得更為怪異，看起來彷彿帶有些許慍怒。

「阿華——」陳雅薈輕聲叫著。

「薈哥，我沒事，頭有點痛，不大舒服——」殷馥華凝視遠方說著，但話剛說完便起身離去走出教室。

不知為何，儘管透過殷馥華的背影，看不見她的真實表情，但還是讓陳雅薈覺得殷馥華的身影，帶有相當不滿的情緒。

到了中午，陳雅薈懷著忐忑不安的心情，走進了徐老師的辦公室。

「啊，雅薈，來、來，這裡坐——」徐老師一改先前在課堂上的沮喪神情，臉上帶著親切笑容，邀請陳雅薈坐到辦公桌旁的另一張椅子。

「謝謝老師！」陳雅薈向老師鄭重致謝後，以極為僵硬的動作緩緩坐下。

「雅薈，老師要鄭重跟妳道歉，也要跟妳道謝！」徐老師笑眼瞇瞇說著。

見到老師如此熱情，更還突如其來和陳雅薈致歉，反讓原本還在思考是否該跟老師道歉的陳雅薈，覺得既驚訝又相當無地自容，趕緊開口說著：「老師別這樣，我後來想想自己真的很失禮，才該跟老師道歉——」

「雅薈，別這麼說，老師是不會接受妳的道歉——」徐老師斂起笑容說著。「是老師不好，教書這麼多年來，總以為自己是在傳道、授業及解惑，但如果不是早上雅薈點醒，老師真的從沒想過，在課堂中宣導自己所認知的政治想法及理念是多麼不妥的事。老師也確實從沒想過，或許課堂上會有一些曾被國民黨迫害過的遺族，老師不是不知道這塊土地上曾經發生過什麼事，只是或許就像雅薈說的，老師因為當年跟著國民黨來臺灣，一定會有不同感情，確實也是會選擇站在自己的角度看事情，而刻意忽略一些事實，但因為立場不同，看起來大家都會這樣選擇。即使老師也知道這樣不好，感情上卻也很難理性看待一些事物。變得只聽自己想聽的，看自己想看的，或許這就是為何我們社會會呈現那麼非理性的混亂場面——」

說到此處，徐老師竟變得有些哽咽難語，陳雅薈趕緊開口說著：「老師，對不起——」

「是老師不好，老師不接受，也不需要道歉——」徐老師搖搖頭。「老師還是想跟妳私下分享一下，沒在課堂中說過的親身經驗。老師大概七歲時來臺灣，老家是在湖南省，老實說老師對於家鄉的記憶雖然有些稀薄，但對於當時戰亂逃難的各種片段印象卻很深刻。老家的祖父、祖母他們都曾被日本鬼子迫害過，還有很多親戚慘遭虐殺，這些都是他們親口告訴我的一些慘烈經歷，我到現在也還記得。因為戰亂沿路逃難，老師的兄弟姊妹出生省份幾乎都不相同，最後決定遷臺的前一刻，所有人都是在哭別之中的走與不走，或是這班飛機或下班飛機的瞬間決定下，自此親友分隔兩地。因為兒時生活流離，老師雖然在課堂上教的都是國家大義、盡忠報國，可是老師因為從小就沒有完整的家，當然會非常渴望，有時候內心最真實的自私自利想法，其實是『家比國還重要』！但因為人師表，當然不可能把這自私的人性，直接對同學坦白說出來。老師好幾年前終於有機會重返湖南老家探親，但說實在，跟印象中的完全不同，雖然都是有血緣的遠親，但卻有種莫名的生疏與隔閡，整趟探親之旅心情非常複雜，並沒有像長年期盼的那麼愉快。老師在臺灣從小就被稱作外省人，前幾年終於回到湖南老家，卻又被當地的親戚稱作從臺灣來的外省人，老師當下真的覺得自己『裡外不是人』——」

「老師，對不起！」陳雅薈突然起身說著。

「雅薈，老師已經說過別這樣——」徐老師揮手示意請陳雅薈坐好。「其實老師從其他同學那邊也有聽到，雅薈很喜歡日本文化，也很崇拜一些政治人物，甚至未來志向就是想當律師及從政。老師很期待也衷心祝福，更相信雅薈會是我們未來的希望！不過老師雖然很厭惡日本人，對日本歷史還是略有涉獵，不知道雅薈知不知道『太閣』？」

「啊？太閣？」陳雅薈一臉疑惑。

「嗯——」徐老師點點頭。「雅薈若有興趣可以去瞭解，日本戰國時代的風雲人物豐臣秀吉。他是貧苦農家出身，但從一介平民沿路運用機智才幹，後來當到了日本那時最位高權重的權臣太閣。前半段白手起家的故事很勵志，但掌權以後的很多事蹟卻是相當恐怖、殘酷，像為了鞏固政權，連自己的手足之後都能趕盡殺絕。雅薈以後立志從政，歷史的借鏡必須熟知，不僅豐臣秀吉如此，中國歷史上也有很多類似的歷史人物。善始者眾，能秉持理念從一而終者寡，一個人的評價必須看完完整的一生才能公允論定。人都不是完美的，有功有過都無法掩飾，最後到底是世俗眼中的好人，還是壞人，終究得整體觀察評斷。況且平心而論，一個人就算最後犯下滔天大錯，也不代表以前所做過的好事及功績都是假的、都不算數，而一個人最後做了件天大的善事，也不代表前面做過的諸多壞事、惡行，都可以因此洗白不算、功過相抵。因為每個不同事件的功與過，受害或受惠的人群必然不盡相同，都該好好分開逐一檢視，這並不是數學上的加、減法議題。老師承認自己基於感情因素，確實忽略一些事實不提，這是老師的不對。但相對的，雅薈如果有喜愛或崇敬的人物，或多或少都會有一些陰暗面，有時只是還沒顯現，但都必須蓋棺後才能全盤論定，這都是同樣的道理。老師只是希望雅薈未來從政以後，能持續秉持自己的理念造福群眾，老師也會投妳一票作為支持，我想這會是老師這一生最大的榮耀！」

「老師，我——」陳雅薈欲言又止。

「唉——」徐老師眼眶有些泛紅，但還是勉強露出苦笑說著。「不好意思佔用雅薈的午休時間，老師只是想跟妳分享一些想法。其實雅薈真的不要覺得過意不去，老師有個兒子跟妳年紀一樣大，看他個性非常莽莽撞撞，國中還曾跟同學起衝突，打架打到自己鼻青臉腫，回家也不敢跟老師說發生什麼事。老師的這些戰亂體悟，跟自己那不成材的兒子說過很多次，他看起來好像也無法理解，更不用說其他人了。真希望我兒子能有妳那麼懂事和有想法，老師是真心欣賞妳，但是真的很抱歉也很感謝，老師答應妳以後都不會在課堂上談到當今政治相關話題，確實像雅薈說的一樣，因為師生不對等，真的非常不妥！」

「老師——」陳雅薈本想說些什麼，不過徐老師只是面帶微笑揮手制止。

「雅薈——」徐老師擺著親切笑容說著。「真的不要覺得抱歉，是老師不好，我想這個話題就到此為止。以後有機會，如果妳願意，我們還是可以多聊聊，也可以分享更多教科書上沒有明講的中國歷史人物事蹟，甚至是課本上不會著墨的陰暗面，給妳作為將來從政的參考——」

徐老師話剛說完，便起身離去。但不知為何，徐老師的背影，讓陳雅薈不禁想起先前的摯友殷馥華。等到陳雅薈再次回到教室座位，卻沒有看見好友殷馥華的身影。

不過其實此時的殷馥華，左右手各拿著相同冰涼瓶裝飲料，趁著陳雅薈沒有注意，悄悄來到身後。

接著直接將手中一瓶飲料，冰向陳雅薈臉頰，同時唱著經典廣告歌曲：「Qoo 有種果汁真好喝，喝的時候 Qoo，喝完臉紅紅——」

「哇！嚇到我了啦！」陳雅薈驚叫一聲。

殷馥華看到陳雅薈的驚嚇模樣，露出了極為燦爛的笑容說著：「大笨蛋，幹嘛那麼沮喪，請妳喝啦！」

心有餘悸的陳雅薈，輕皺眉頭接過這瓶從二〇〇一年在臺灣開始販售，屬於可口可樂公司旗下新飲品。當年因為飲料包裝上藍色水滴狀的卡通人物酷兒（Qoo）極為可愛，一下便在女孩間迅速竄紅。

看著瓶裝飲料上可愛的 Qoo，又見到好友殷馥華恢復過往的活力，陳雅薈這才放下心來。

「薈哥——」殷馥華突然斂起笑容，關切問著。「妳跟老師談了嗎？」

「嗯——」陳雅薈微微頷首。「唉，想說我在課堂上那樣，感覺某種程度是在嗆老師，會讓老師很沒面子，我本來是打算去跟老師道歉的——」

「該不會反過來是老師跟妳道歉吧？」殷馥華雙眼微睜問著。

陳雅薈輕皺眉頭說著：「唉，所以我才覺得非常無地自容啊！」

「哈——」殷馥華突然輕笑一聲。「想想這也很符合徐老師的風格啊！老師是個很明理的人，也很關愛我們，撇開老師跟薈哥政治立場不同，老師有哪裡不好嗎？老師教書認真，也很關心每一個同學，就很有媽媽的感覺，難道因為政治傾向不同，薈哥就會因此討厭老師嗎？」

陳雅薈搖搖頭：「這倒也不能這麼說，徐老師確實是個好老師啊，只是——」

「只是什麼？」殷馥華好奇問著。

「先別談這個——」陳雅薈像是突然想起什麼似地說著。「阿華這週六有空嗎？」

殷馥華大概也猜得到陳雅薈是想要邀約什麼，不覺挑眉問著：「該不會是要找我去道館練劍吧？不過我以前只是陪薈哥去看看，真的不是薈哥這種天才劍客，完全不是練劍的料子啊！不過如果是純看薈哥表演還可以——」

「哈哈——」陳雅薈笑著。「我知道水中蛟龍阿華，以前特地陪我去陸地上的道館練劍，差點在陸地上乾枯而死，已經是非常有情有義了！這次是想邀阿華參加週六的遊行，先撇開老師的事不談，阿華常聽我說過很多被掩蓋的事蹟，應該也知道以前國民黨有多壞，要不要跟我一起站出來守護這塊土地！」

「我、我——」殷馥華顯得面有難色，低頭轉開手中的Qoo喝了一口，過了好一會兒，才又開口說著。「我對政治沒那麼狂熱，我們也還沒有投票權。但如果薈哥以後真的從政，我可以當妳最死忠的幕僚支持妳，希望到時薈哥能用心改變我們的政治亂象！」

不過陳雅薈並未死心，還是繼續說著：「阿華，來啦，是為和平祈福的大遊行，不分黨派與族群，一起來見證一下歷史嘛！」

「我、我再看看吧！」殷馥華說著說著臉色變得有些暗沉，再次低頭看向握在手中的Qoo飲料瓶。

「好啦，到時候再約啦！」陳雅薈依舊自顧自地說著。

不過殷馥華這次沒再回應。

幾天後，來到了二月二十八日當天，一早陳雅薈就接到殷馥華的電話。

「啊，阿華妳身體還好嗎？」陳雅薈顯得相當擔心。

「薈哥很抱歉，我今早一起來頭就很痛、很不舒服，可能跟那個來了有關，所以下午的遊行——」

「唉，沒關係，當然還是身體重要。我也覺得我這幾天不時拗妳來參加，會不會造成妳的困擾啊？這樣也好，還是好好休息吧！」

「啊——」殷馥華語帶驚慌說著。「薈哥真的很抱歉，我很清楚薈哥的政治理想，薈哥以後從政，也不可能不支持，只是這次真的很抱歉——」

陳雅薈聽到好友竟然為了這種身不由己的事不停道歉，直覺又好氣又好笑：「三八阿華，道什麼歉啊！養身才重要，快去好好休息，雖然不能一起參與遊行，還是很感謝妳，真的是一路支持我最好的朋友！」

兩人結束通話後，陳雅薈覺得有些失落。陳雅薈很清楚好友殷馥華來自所謂的外省家庭，家裡明顯是國民黨的死忠支持者。但因為從小和殷馥華一起長大，陳雅薈有很多機會可以和好友分享自己對政治的看法，以及許多教科書不會提到的臺灣歷史事件。陳雅薈覺得殷馥華相當明理，甚至即便出身於外省家庭，不知道自己長年的「洗腦」是否奏效，總感覺殷馥華的政治立場並不是那麼「藍」。

這次總算鼓起勇氣，第一次邀約好友參加相關遊行，經由一再邀請，最後總算說服殷馥華答應參加看看，卻恰好遇到好友身體不適。

陳雅薈想起幾天前，自己在課堂上與徐老師的對話，突然覺得與殷馥華之間的相處，自己是否也是過於強勢的一言堂，導致殷馥華未必敢說出真實感受。經由一再硬拗，殷馥華最後才勉強答應參加遊行，搞不好這也讓好友覺得非常困擾與不適，只是基於兩人友情的顧慮而不願說破。

想著想著，陳雅薈還是寧願選擇相信好友是因為身體不適，也不願再繼續多想下去。

不過陳雅薈的這股失落感，到了下午便宣告消失。

到了臺北市的遊行現場，早已聚集一大片人潮。

「薈，妳不是說妳有同學也會來嗎？不用跟她會合嗎？」一名年約五十的中年男子問著，而這名中年男子的臉型及五官，與陳雅薈有某種程度的相似，尤其是神韻的部分，而這人正是陳雅薈的父親陳義行。

「爸——」陳雅薈顯得有些無奈。「那個阿華你以前也見過很多次，常常來我們家玩啊！阿華原本答應要來，可是今天早上突然身體不適，就是女生的生理期啦！」

「是這樣嗎？」陳爸爸語帶疑惑問著。「經妳這樣一說，倒是想起來。我印象很深啊，你們兩個人很愛手牽手一起玩，真的好像親姊妹，就是那個很愛笑的女生嘛！薈，妳也該多學學那個同學，臉上時常掛著笑容才會人見人愛，或妳的頭髮至少可以再留長一點，不然妳這樣真的很像小男生耶！」

「爸，你少管我髮型怎樣，你們男人只愛長髮女生，我就偏偏不要這樣！」

「好、好、好，不管妳——」陳爸爸苦笑著。「不過話說回來，我記得妳那個同學好像是外省第二代，妳會不會太為難別人？我們公司因為高層一片深藍，所以公司上上下下泛藍的支持者講話聲音有夠大，在公司每天聽著泛藍激烈言論超不爽的，被問到都只能假裝對政治沒興趣。搞不好妳的好友也是，還是不要強人所難啊！」

「阿華是我最好的朋友，我知道她不是那麼藍，才不會這樣呢！」陳雅薈以略帶不滿的口吻說著，但內心卻覺得很不踏實。

「算了——」陳爸爸挑眉說著。「啊妳媽媽要不是今天有別的事，不然妳看她對政治有多狂熱，三天兩頭對著電視新聞狂罵，分明電視裡面的人，根本不痛不癢，還能激動成那樣。要是她今天沒被耽擱，一定也會衝來現場。妳弟倒是真的說不來就不來，這麼重要必須動員的場合，也不來見證一下歷史！」

「哼，那個阿呆整天只知道窩在家打電動，反正他也沒投票權，算了啦！」陳雅薈對於沒來參加遊行的弟弟陳雅蔚，顯得頗有微詞。

陳爸爸聽了以後不禁一笑：「啊妳自己還不是也沒有投票權，倒是妳阿公那邊，妳要不要再嘗試拉票看看？」

「真的有用嗎——」陳雅薈面露疑惑。「以前每次拉票都沒有成功過，真搞不懂阿公明明就走過日治時期，還當過臺籍日本兵，到現在都還愛聽日本演歌跟愛看日本 NHK 節目。分明就對日本懷有不同感情，卻會是國民黨死忠支持者，真搞不懂？」

「哎呀——」陳爸爸微微搖頭，並拿出手機繼續說著。「我是他兒子講都沒用，還可能討一頓痛罵，妳是他可愛孫女，可能還有機會拉票成功。這次選舉情況那麼危急，妳還是拉票看看，反正現在活動也還沒開始，不如就打電話問候一下阿公——」

陳雅薈點點頭，儘管滿腹疑惑，還是硬著頭皮接過父親的手機撥打，沒多久手機發出電話接通的響音。

「喂，阿公喔，好久不見！」陳雅薈以有些不大流暢的臺語說著。「今天天氣還不錯，有沒有出來走走？我跟爸爸在參加遊行，這裡人真的很多啊！」

手機的另一頭，傳來阿公陳繼敘慈祥的笑聲，陳雅薈繼續說著：「阿公，下個月投票，要不要考慮看看阿扁？副總統呂秀蓮是我們北一女學姊，就是阿公以前日本時代臺北第一高等女學校的校友。國民黨不好啦，以前都欺負臺灣人，臺灣人能執政不容易，應該要繼續支持啊！」

「哈哈——」阿公在電話另一頭爽朗笑著。「連宋配很好啊，我們臺灣需要的是安定生活，很不錯、不錯！」

「呃——」陳雅薈原本就知道很難撼動，只是她始終不解自己家族的政治支持型態，走過兩個時代的阿公，也見證過二二八事件，竟會一路支持國民黨。陳雅薈也搞不懂為何阿公總認為國民黨才能帶來安穩的生活，不管基於何種原因，看起來阿公確實像是這麼相信。

儘管陳雅薈內心如此疑惑，但因為早就知道與阿公的政治想法不同，故也從未問過阿公的真實原因及想法。平時祖孫間盡可能避開尷尬場面，若不是這次接近投票日，陳雅薈也不會主動提起這個話題。

而父親不知道什麼緣故，雖然在年少當兵時，因為軍中大部分同袍，幾乎都加入國民黨，在那個年代的軍隊，不加入的人反而突兀，更畏懼可能會有不良後果，所以還曾擁有過國民黨黨證。但後來父親不知道是否因為在日本短暫工作過，或於現在的工作環境中看到或遇過什麼事，反而成為民進黨的死忠支持者，大概也是這個緣故，讓陳雅薈也深受影響。或許因為自己身邊就有父子兩代明顯不同政黨傾向的例子，才讓陳雅薈想要努力嘗試影響好友殷馥華的想法。

「阿公——」陳雅薈突然笑了起來。「那不然這樣好了，我們下個月都不要去投票！反正國民黨以前欺負臺灣人，民進黨執政也做不好，兩黨都很爛，我們都不要去投票好了！」

手機另一頭的阿公，聽了孫子這段話後，先是停頓了好一會兒，而後只是放聲大笑：「哈、哈，好、好！兩黨都不好，能讓大家安定、安穩生活最重要！」

祖孫倆的通話，雖然以兩人的笑聲畫下了句點，這也和陳雅薈事先預測的結果一樣。不過收起手機後，陳雅薈還是忍不住露出苦笑小聲埋怨著：「真搞不懂，國民黨分明就長年欺壓臺灣人，難怪有人說臺灣人奴性很重。哼，清國奴！」

「什麼是『清國奴』？」一旁的陳爸爸顯得相當疑惑。

「沒、沒事啦！」陳雅薈面露驚慌，沒想到如此小聲的抱怨，還是被父親聽見。

「哈——」陳爸爸苦笑著。「果然出動可愛孫女拉票還是沒用，但妳阿公頭腦還很清楚，妳以為他會不知道妳還沒有投票權，祖孫倆竟然相約不去投票，真是服了妳，而且——」

陳爸爸話還沒說完，兩人就被一名中年男子的大嗓門所吸引。

「來、來、來——」中年男子對著人群大喊，身上背心印有「全民計程車」五字。「剛剛收到無線電通報，基隆那邊有個地方人太少，有沒有人想去基隆逛逛，我免費載，稍微擠一下，四個名額！」

現場因為中年男子的喊聲，讓很多人暫時停下或降低各自聊天的音量，不過大家只是面面相覷沒有回應，讓場面顯得有些尷尬。

「爸，還是我們去基隆支援？」陳雅薈認真問著。

陳爸爸微微搖頭：「什麼啊，這樣回來多麻煩，不要啦！」

「聽起來狀況真的很緊急，如果爸嫌麻煩，就我自己去好了！」陳雅薈挑眉說著。

「什麼話啊——」陳爸爸將準備走向前去的陳雅薈急忙拉了回來。「爸爸怎麼可能讓妳女孩子一個人，跟其他陌生人一起這樣出去！而且妳哪知道是不是真的免費，遊行活動要參與，最重要的，還是要注意安全，不要讓父母擔心，知不知道。我們可以參與活動，但還是不能過度熱衷！」

陳雅薈聽了，覺得自己的父親非常可笑。因為平時和媽媽每天一起看著電視政論節目，父親偶爾也會情緒激動、破口大罵，竟然還會苦勸自己不要過度熱衷。

計程車司機環顧四周，見到還是沒人回應，只好繼續喊著：「情況十萬火急，如果那邊人不夠多，場面會不好看，會被敵對陣營趁亂攻擊抹黑，我能載多少就多少。我們全民計程車全力配合動員，通通免費載來回，不用擔心回程問題！」

這次司機說完以後，又過了好一會兒，總算有兩名年輕男女站了出來。見到有人起頭，一下又跑出四、五名男女。

「哈、哈——」計程車司機見狀後開懷笑著。「沒關係、沒關係，大家踴躍是好事，你們先決定哪四個人要先去，等一下還會有其他計程車過來支援，免費載大家去基隆，不用擔心、不用擔心。無論如何，今天的活動一定要成功！」

等到計程車載滿四名男女駛離後，現場有不少民眾以熱烈歡呼聲送行。

環顧活動現場，是一片極為熱鬧的場景，而且人潮愈聚愈多。

到了預定時間，活動如期開始。

與父親併肩而站，陳雅薈原本多少還有些期待，除了父親的這一側外，自己另一頭站的會是一名年齡相仿的年輕帥哥，搞不好以後還會因此譜出一段特別的浪漫戀曲。因為等會兒的重頭戲，就是在場所有人儘管互不相識，為了遊行活動，全部都會牽起手來一同祈福。

不過陳雅薈的期待，一下便宣告落空。由於人潮眾多，人鏈隊伍的排列，因為不斷延伸而必須持續前後調整。但自從牽手隊伍差不多成型後，站在陳雅薈身旁的，是一名比父親至少年長十多歲，正抽著香菸的白髮阿伯。

除非哪個白馬王子及時衝進隊伍，硬是要佇立在陳雅薈身旁，否則陳雅薈的牽手對象，注定就是包含自己父親在內的兩位阿伯。

等到活動開始後，陳雅薈儘管內心百般不願，卻也只能和這位相鄰的阿伯牽起手來。這名陌生阿伯和陳雅薈牽起手後，發現陳雅薈似乎不喜歡菸味，趕緊把嘴中餘菸吐掉，並向陳雅薈投以略帶抱歉意味的苦笑。

陳雅薈不知道該說是噁心還是暖心，因為她確實很不喜歡菸味。

不過她的不快與失望，一下便因活動進行而宣告消逝。

眾人手牽著手，長長的人龍隊伍，源頭從臺灣北部基隆一路延伸到南端屏東。主辦單位不時回報，已有超過兩百萬人，參與今天「228 牽手護臺灣」的盛大活動。

現場原本就不斷播放著活動主題曲〈伊是咱的寶貝〉，是音樂人陳明章老師所創作的歌曲，先前經常成為許多社會運動的活動配樂。即便以前沒聽過這首歌，但到了這個時間點，也早已對這幾句歌詞耳熟能詳。

等到眾人牽起手後，又跟著旋律一同合唱，讓陳雅薈內心不禁悸動不已。一想到這場訴求和平的遊行活動，素不相識的兩百萬人，為了祈求和平而走上街頭，從基隆到屏東，一路綿延五百公里，確實是有史以來最大規模的活動。

「一蕊花，生落地，爸爸媽媽疼上濟。」
「風若吹，愛蓋被，毋通予伊墜落烏暗地。」
「未開的花需要你我的關心，予伊一片生長的土地。」
「手牽手，心連心，咱徛做伙，伊是咱的寶貝！」

陳雅薈跟著在場所有人一同大聲合唱，唱著唱著，不禁流下熱淚。抬頭望向一旁的父親，發現父親的眼眶竟也濕潤，感覺只是強忍淚水。

口中不斷跟著大家合唱〈伊是咱的寶貝〉，歌詞明顯就是父母呵護子女成長的真切心情。陳雅薈因為還沒為人父母，當然無法完全體會，只能透過自己的想像。

看著父親的側臉，陳雅薈實在不清楚父親的熱淚盈眶，是因為百萬人手牽手，共同為和平祈福的場面，還是父親掛念擔憂子女的真情流露。

不過就在此時，陳雅薈突然發現父親的身影比印象中老了許多，更猛然想起上次和父親牽手已是多久以前的陳年往事。

是國小三年級，還是二年級，陳雅薈就不曾再和父親牽過手。陳雅薈只記得那時覺得，被同學看到和父親牽手會覺得很丟臉，也怕被同學取笑，只覺得自己應該獨立，而拒絕再與父親牽手。

然而年幼時向父親討抱的片段畫面，此時浮現腦海的影像卻又相當清晰無比。

「家比國更重要！」

徐老師幾天前的這句話語，不知為何，突然出現在陳雅薈的心中，讓陳雅薈一時之間，真不知道自己為何身處此地，為何和另一名根本不認識的阿伯手牽著手。

這名陌生的阿伯，應當也有家人，甚至可能還有子女。大家為了和平訴求而走上街頭，但未來的路到底何去何從，儘管在街頭中可以聲嘶力竭吶喊，卻還是不免讓人相當困惑。

這世上應該沒有任何人喜歡戰爭，但陳雅薈相信，正當她在此處祈求和平之時，世界上的某個地方，一定同時也正在進行極為殘酷的戰爭。

不管是哪個民族，抱持著哪種理念，一群人拿著各種兵器，與另一群人互相殘殺、屍橫遍野，陳雅薈很難再繼續想像下去。

迷惘之中，陳雅薈只感到與父親緊握的那隻手，才是最為踏實、最有意義。陳雅薈還隱約可以感受一股微弱的刺癢，從掌心中慢慢流出，而且一下就愈溢愈多。這也讓陳雅薈不知不覺中，將握住父親的手抓得更緊，彷彿這就是年幼時期，父親那隻永遠都能帶給自己安心扎實觸感的大手。

口中持續跟著合唱，陳雅薈早已淚流滿面，但她心情卻是複雜無比，此刻只有身旁的父親才是最大的支柱。

薈哥，這麼多年來，只要遇到大大小小的選舉，我們的族群爭議就會一再放大。

或許透過撕裂族群，是凝聚群眾意識最為迅速、最為有效的方法，但難道真的只有這種方式嗎？

臺灣人很喜歡互貼「標籤」，而一些莫名奇妙的「標籤」，從來都不會是自己貼上。像薈哥因為喜歡日本文化、學習日本劍道，我就曾經聽過有同學說過薈哥的不是。但我只能說，他們不夠瞭解薈哥，薈哥除了喜歡日本文化外，其實對於中國古典文學、古典詩詞也很喜愛、也很精通，甚至比那些愛說薈哥的同學，功力還要厲害多了。只是喜歡日本文化的舉動，在他們眼裡看起比較顯眼，就被不瞭解全貌的人，直接貼上「標籤」。

誰說喜歡一樣東西，就不能同時喜歡另一樣東西；討厭一樣事物，也不代表就會喜歡對立的事物。

喜歡一樣東西，也不代表就看不到這樣東西的缺點；而討厭一樣事物，也不代表就完全看不見這樣事物的優點。

像我就很清楚，薈哥也曾經對學校的日本同學發怒過。

但在臺灣，不知道是否因為選舉，見到有人喜歡一樣東西，就先貼上一張「標籤」，看到有人討厭某項事物，就貼上此人一定喜歡某項相反事物的「標籤」。

然後，愈攪愈亂，讓族群愈撕愈碎。

在臺灣人中，所謂屬於漢族的閩南人（即福佬人）、客家人及像我父親來自各地的外省人，由於大家的親身經歷及被傳承的「記憶」均不同，或因各自利益、目標、理念也不同，必然會相當分歧。

只是，當我們漢族吵成一團時，過去曾經鮮少受到注重，才是真正的「臺灣人」，也就是所謂的原住民，反而才是最為弱勢的族群。在政治學的相關書籍上曾看過，真正的「臺灣人」，反而是在選舉中，成為各政黨或執政者帶有特殊目的利用，所想極力拉攏的對象，甚至上溯日治時期及清治時期也是如此。

不知道薈哥是否還記得，在我們很小的時候，「原住民」的官方稱呼是叫作「山地同胞」，確實很容易讓我們誤解，好似原住民原先就一直居住在深山之中一樣。其實真正的狀況，他們原先居住平地，是受漢人逼迫，才不斷往山地移居。後來因為逐漸重視，長期飽受多種不公平對待的弱勢族群，才改稱為「原住民」。

因此當屬於多數族群的閩南人，常常很大聲自稱為「臺灣人」時，是否有想過才是真正臺灣人的原住民感受？

第五章　昭和十八年（一九四三年）十二月・ニューギニア・ウェワク

「東皐先生（東皐さん）——」一名五官深邃、身著軍服的年輕士兵說著。「真的很謝謝軍醫大人跟你的協助！」

儘管日語中的「さん」，並無性別區分，但陳雅薈很清楚此時的年輕士兵，口中所指的「さん」是「先生」。並非這名外觀明顯就是臺灣原住民的年輕人誤會認錯，而是陳雅薈自從踏上新幾內亞後，已徹底改變對外宣稱的性別。

陳雅薈無論是在自己所屬年代，或是穿越來到日治時期後，真的從沒想過自己會踏上這個世界第二大島嶼「新幾內亞（ニューギニア）」。過去只是從地理教科書上得知，這座大島靠近赤道的約略位置，後來因為喧騰一時的「巴紐案」，才讓這座陌生島嶼在臺灣更廣為人知。但在此之前，根本沒想過曾有那麼多臺灣人，在日治時期被派赴位屬熱帶氣候的新幾內亞。

先前還在帛琉的陳雅薈，因為海島風光明媚，而自己只是軍醫助理，平時沒有太多繁忙的事，也不會參與任何軍事活動。儘管陳雅薈始終相當存疑，但仍舊不時傳來大日本帝國在東南亞及南太平洋各地的戰事捷報，有時甚至會出現感受不到戰地前線的錯覺氛圍。

不過就在穎三突然接到移防派遣令的那一刻起，陳雅薈也深深感染到穎三的沉重心情，因為上頭同時也有「東皐薈」的派令。

準備跟著穎三再次登上軍艦，穎三突然一本正經建議，要求陳雅薈在登船前改扮男裝，同時又拿出另一份「東皐薈」的身分文件。

「這應該是杜教授特別拜託安藤總長弄來的證明文件——」穎三將證件交給陳雅薈時說著。「杜教授在我們離開臺灣前，一直都很擔心，恐怕此行並非單純前往海南島進行瘧疾研究，往後很可能還是會被調派到吃緊的戰場前線支援。杜教授更擔心以妳女孩子身分，若是派往前線服務，一定會很不方便。」

接過證件後，陳雅薈發現上頭已將「東皐薈」改為直屬醫官穎三的男性醫務助理。看見證件上頭的照片，陳雅薈更才猛然想起，杜教授曾在他們離開熱帶醫學研究所的前夕拍照留念，並以開玩笑的口吻，說想看陳雅薈戴上穎三大日本帝國軍帽的樣子，而後更慫恿攝影師拍下作為紀念。現在回想起來，才知道原來杜教授早有準備。

穎三繼續補充說著：「當初突然指示要東皐小姐隨同我前往海南島，其實我和杜教授都覺得上頭對妳多少還是有些疑慮。但因為是來自上頭的命令也沒辦法，所以先前通信告知杜教授，我們後來是前往帛琉的軍事基地。這份文件有天突然出現在醫療院所的辦公桌上，信封內除了證件外，也沒有其他說明，我也不便再多問什麼。但我想一如先前規劃，應該是杜教授透過安藤總長弄來這份證件，我收到後只是先保留起來，不曾向東皐小姐透露過這件事。雖然就算真的是安藤總長幫忙，他也不會承認，但我想單靠杜教授恐怕也沒這個能耐，應該是安藤總長的暗中協助。這樣看來至少安藤總長，因為實際接觸過，還算信任東皐小姐。這次再登艦移防，雖然還不知道，也很難知道最終目的地為何，但我有預感會離戰場前線愈來愈近，甚至恐怕就是第一線。故希望藉由這次前往新的地點，也許看過妳的人不多，甚至到達新地點所屬單位後，根本沒人見過妳，希望妳願意改扮男裝，日後我也會盡全力幫忙隱瞞。改扮男裝對妳來說真的會比較安全，至少我和杜教授都這麼認為，還希望東皐小姐能夠諒解！」

陳雅薈想起那位向來照顧晚輩、溫文儒雅的杜聰明教授，但還來不及回應，穎三便草草結束這個話題。而且與其說是期望陳雅薈這麼做，更像是來自上級醫官穎三的指示，只是穎三以較為委婉的方式傳遞指令。

儘管先前已在自己所屬年代，因為練習日本劍道的方便起見，長年留著中短髮。但陳雅薈也不難想像，穎三所指的男裝，就是必須剪成像一般士兵的那種短髮，這也難怪穎三會以那麼委婉的方式勸導。

來到日治時期後，由於一開始的身分受到懷疑，為了不要在這個年代過於顯眼，陳雅薈反而一改平時的中短髮，留起了在這個年代比較常見的女性長髮。留著留著，就在已經相當習慣長髮之時，突然又要變為比以往更短的髮型，儘管一瞬間有些排斥，但在帛琉親眼見識過，那些大男人如何粗暴對待無辜小女孩。而且那只是在街道上能看到的部分，遠在另一頭看不見的一間間暗房中，殘虐的嚴重程度恐怕更難以想像，想想穎三的請求也並非沒有道理。

「真的謝謝東阜先生的幫忙！」臺灣原住民外型的年輕士兵再次鞠躬道謝，將陳雅薈從回憶中拉了回來。

「還請務必向救命恩人穎三大人轉達深深的謝意！」

「村正先生，這是應該的，不必那麼客氣！」陳雅薈趕緊點頭致意，對於村正一再以宏亮的嗓音熱情道謝，讓人有些不知所措。

這名叫做村正霧的年輕士兵，外貌約為二十來歲，天生骨架粗壯，有著濃眉大眼的深邃五官，更還有對極為結實的手臂。當然，因為外型明顯屬於由臺灣原住民所組成的「高砂義勇隊」，這個「村正霧」想必也是「皇民化運動」後所更改的日本名。

在村正住院療養期間，曾有其他也是原住民外型的年輕士兵前來探望，並以陳雅薈聽不懂的原住民語交談，又時常叫著他「巴力」，恐怕「巴力」才是他原來的名字。

而村正之所以會住院療養，則是因為染上了所有日本士兵均聞風喪膽的瘧疾，讓即便身強體壯的村正，也不禁癱軟病倒。

好在派駐此地的軍醫穎三，原先在「熱帶醫學研究所」，就是跟著杜聰明教授研習瘧疾，很快就知道該如何處理這種傳染疾病。或許穎三也因為這樣的專長，才會被派赴位屬熱帶氣候，亟需瘧疾專長軍醫的戰場前線，恐怕穎三自己也早就心裡有數。

放眼望去，這座以簡陋篷架所搭建的臨時野戰醫院，一整排行軍床上仍躺著數名尚未康復的年輕士兵。瘧疾的發病症狀，和感冒極為相似，但主要的病癥還是以發燒、畏寒及冒冷汗為主。這些醫學知識在帛琉駐守時，穎三就曾經和陳雅薈多次教授有哪些症狀及如何處理。

不過就在穎三及陳雅薈剛踏上這個位於新幾內亞中北部的最大空軍基地韋瓦克（Wewak；ウェワク），兩人還來不及放下行李，就直接被帶來這座臨時搭建的收容醫院。篷架內一整排行軍床上，滿滿都是染上瘧疾的年輕士兵，有的發抖、有的低聲哀嚎，更有面色慘白、不斷抽搐的患者，讓陳雅薈看了不禁大感震驚。

那時穎三見狀後，馬上放下手邊行李，接著拿起野戰醫院閒置的醫療器材，並同時囑咐在場的幾名醫務助理怎麼處理，再回頭從自己的行李中拿出藥品。

一陣手忙腳亂後，整間野戰醫院的滿滿患者，才總算稍微安靜下來。而整個過程中，陳雅薈只能配合穎三的指示行事，完全難以思考，更不得不佩服年輕的穎三相當冷靜沉著。

等到幾天後，穎三接手這間野戰醫院，就沒再看過原本的軍醫及醫務人員。聽說是接到命令，又被調派到新幾內亞的其他軍事基地。

儘管穎三掌管野戰醫院後，此處瘧疾病情看似有些改善，不過仍有幾名士兵原本只是輕症，病情卻突然惡化。就連穎三也束手無策，只能眼睜睜看著他們從重症中死去。

走出棚架後，陳雅薈稍微整理一下自己手臂上，應穎三要求所戴上的紅十字臂章。穎三認為此處是戰地前線，戴上軍醫臂章，或多或少在兩軍交戰時能有些保護效果。即使陳雅薈不是正式軍醫，但因為已有直屬穎三的醫務助理證明文件，戴上或許可以保命的醫護臂章也不為過。

稍作整理之後，陳雅薈先是深深吸了口氣，接著望向遠方的大海。就地理位置而言，這片大海便是連接南太平洋的俾斯麥海，海面上可以望見幾艘雄偉的軍艦，偶爾還有幾架戰機略過天空。而戰機機身上，與大日本帝國旗幟相同，擁有赤紅的太陽塗裝，儘管有些距離，依舊相當醒目。

聽這邊的士兵說過，那些是僅存不多而極為珍貴的「零戰二一型」戰鬥機。在今年三月，韋瓦克空軍基地外的俾斯麥海，就曾與盟軍的美、澳聯軍發生過激烈海戰。一開始還互有勝負，但在美、澳聯軍 B-17、B-25 轟炸機輪番猛烈攻擊下，原本停靠在韋瓦克海邊的軍艦幾乎全數殲滅，而日軍也損失了高達上千名士兵。

而前一個月，位於韋瓦克空軍基地外海東側，同樣緊鄰俾斯麥海的新不列顛群島，島上最重要的軍港拉包爾（Rabaul；ラバウル），也遭受盟軍猛烈空襲，幾成廢墟。

現在韋瓦克外海邊，還有零星軍艦及補給船來往，都是冒險突破南太平洋盟軍的層層封鎖，才好不容易到來。這些都是當初陳雅薈從帛琉搭乘軍艦前來時，根本就不知道的暗潮洶湧，還以為海上一切風平浪靜。

聽到這些由當地士兵親口說出的戰況訊息，陳雅薈雖然相當震驚，卻又反而覺得這應該才是逐漸接近一九四五年日本戰敗投降前，所該有的合理情形。陳雅薈原先就對之前在非前線之處，所聽到的各地捷報，感到相當存疑，果然實際戰況並非如此。

這也讓陳雅薈不禁想起，摯友殷馥華曾在自己所屬年代所贈送，喬治・歐威爾的著名小說《動物農莊》及《一九八四》，裡頭就有上位者如何操作資訊、情報，來控制部屬或民眾情緒的類似情節。

「唉，東皐先生，要死也該光榮戰死沙場，我是來『七生報國』，怎麼可以就這樣虛弱病死呢？這不是堂堂大和男兒該有的下場啊！」

陳雅薈想起村正先前在瘧疾病況相當嚴重時，曾對自己如此訴苦。不過一想到村正明顯就是臺灣原住民，卻會說出如此忠誠報效大日本帝國的話語，到底是因為認為陳雅薈是日本人，為了尋求救命或感謝照護，所說出的「建前」，還是發自內心的「本音」，也著實讓陳雅薈有些難解。

先前在自己所屬年代，摯友殷馥華曾分享過一篇文章，分析二戰時期臺灣原住民為何會投入高砂義勇隊的研究。

大致上和臺灣所謂漢人差不多，有強行徵召，也有自願投入，這些狀況其實在殷馥華曾送給陳雅薈的吳濁流小說《亞細亞的孤兒》中，可以瞥見一些當時的情形。

但在那篇文章有項分析，讓陳雅薈印象最為深刻，便是探討清治時期以來，主宰政權的漢人，時常只是將原住民視為可以拉攏利用，藉以鞏固自己政權的短暫合作對象。一直到日治時期的皇民化運動，才讓部分原住民感受到，相較先前漢人政權的態度差別與現實待遇，大日本帝國似乎才有相對而言的公平對待，也因此讓部分原住民更願意當日本國民。文章分析的論點看起來很有道理，不過因為屬於後世依據情境證據的事後分析，還是很難確定當時的實際原因為何。

再次眺望遼闊的俾斯麥海，屬於熱帶氣候的新幾內亞。雖然相較於臺灣，和帛琉緯度相差不遠，不過島上的熱帶植物，還是與帛琉有些差異，而氣溫更是溼熱難耐。幾乎每天午後都會突然來場傾盆的對流大雨，但往往下沒多久就驟然停歇，接著又馬上恢復高熱的溫感。

就連生長於亞熱帶臺灣的陳雅薈都很難適應，更何況是來自溫帶地區的日本人，更容易出現水土不服。在這裡瘧疾和各種熱帶地區病況相當嚴重，也是可想而知的事。

眼前的浪潮隨著海風忽大忽小，陳雅薈很難想像，幾個月前這片海上戰場，曾有高達上千名日本士兵殞命。當然，這上千名所謂的日本士兵中，一定有為數不少來自臺灣的子弟。

在這個野戰醫院，陳雅薈早已看過好幾名，就算穎三拚死拚活也難以挽回的年輕生命，更讓陳雅薈深深感受生命的不易與脆弱。但眼前的這片戰場上，你死我活之間，一下便有上千名性命含恨而終，陳雅薈只要一想到此處，內心總有股難以言喻的無限痛楚。

「這裡的瘧疾真的太嚴重，再這樣下去，奎寧一定不夠──」

陳雅薈想起穎三一早的焦急話語，雖然她並不清楚在自己所屬年代，「奎寧」是否還是瘧疾的特效藥。不過她因為在穎三身旁耳濡目染已久，早對這個從金雞納樹提煉出來，用作治瘧、防瘧的「奎寧」相當熟悉。

穎三那時看野戰醫院的病患狀況還算良好，便請陳雅薈代為看管，自己打算前往韋瓦克軍事基地，尋找高層反映藥品不足的可能危機。

「不知道穎三是否能順利──」陳雅薈望向茫茫大海喃喃自語，確實有些擔心穎三此行能否奏效。

說也奇怪，在穿越日治時期前，陳雅薈曾經相當迷戀日本文化、日本偶像。但在真的來到日治時期後，在臺灣一開始就見到如司機山田那般蠻橫無理，相當輕蔑臺灣人的日本人，當然也有還能持平對待臺灣人的日本人如安藤總長，更還有看不慣臺灣人受日本人欺壓的穎三。

這也讓陳雅薈內心相當複雜，雖然她並不屬於這年代的人，但身為臺灣人，她卻很能體會這個時期臺灣人的矛盾心情及精神上的複雜程度。

或許就像《亞細亞的孤兒》主角胡太明在故事中所看到一樣，有依舊持續以思想抗爭的反日「絕對派」；更多是表面順從，但內心未必如此，能過自己的生活就好，其實也代表著無能為力的中立「超然派」；更有為求在大日本帝國飛黃騰達，一心想當真正日本人的積極「妥協派」。

其實，就陳雅薈自己的觀察，在這個年代的臺灣人，還有一種是在「超然派」及「妥協派」家族「記憶傳承」下，即使日子過得順也好、苦也好，並沒有對於日本統治者有過多負面的著墨，下一代一出生所接觸的環境就是日式教育及日本文化，自然而然發展成為傾向認同自己是日本人的「天然日」。

由於陳雅薈來自「未來」，只有她很清楚知道，大日本帝國在二次世界大戰會慘敗，不過此時此刻的所有人，尤其是被殖民統治的臺灣人，根本就不知道自己會有因為日本戰敗投降而脫離殖民的一天。但不管如何，這一直以來都是臺灣人無從選擇的命運使然，所出現既無奈又悲哀的結果。不管自己內心想法如何，但看著這些年輕士兵，排除可以明顯看出是臺灣原住民外型的人，其餘所謂的日本士兵及後勤，如果沒有特別說出臺灣話或自己說明，也很難區別究竟是日本人或臺灣人，甚至還有朝鮮人也混在裡頭。但不管究竟實際人種為何，只要眼前有年輕生命流逝，都還是會讓陳雅薈無比痛心。

就在陳雅薈尚在沉思之時，突然發現好幾名士兵面帶慌張衝了出來。

「B-17！B-17！B-17！」

其中一名士兵邊跑邊吼著。

沒多久，一旁的軍事基地響起了高亢的空襲警報。

「敵機來襲！敵機來襲！」

在刺耳的警報聲中，陳雅薈似乎聽到了這樣的喊聲。

儘管陳雅薈在自己所屬年代，從小到大在臺灣每年都有「萬安演習」，對於這個空襲警報並不陌生，甚至聽起來也很相像。但陳雅薈從沒如此慌張過，因為她深知自己是在真正的戰場，這次絕非演習，而是貨真價實的空襲。

陳雅薈可以看見遠方幾座高射砲已有士兵就位，砲管朝向天空不停旋轉瞄準。

上空的轟轟巨響由遠而近，卻只能看見巨大的暗影逐漸靠近，彷彿在空中張大雙翅飛行的奇形怪獸。

「砰！砰！砰！砰！砰！」

幾座高射砲已朝向天空黑影開始猛烈射擊，但轟炸機的飛行高度很高，根本就看不清楚實體，恐怕也不是高射砲所能輕易擊中的目標。

不知為何，明知深陷危機，陳雅薈卻完全動彈不得，腦中開始劇烈疼痛，四周奔跑的士兵們，又開始呈現電影特效般的慢動作。就連持續射擊的高射砲，陳雅薈也能清楚看見，一顆顆砲彈射擊飛行的景象。

「東皐，快跑啊！」

一句宏亮的吼音，卻因為慢動作的關係，變得相當緩慢低沉。不知道村正從何處跑了出來，朝向陳雅薈這頭努力奔跑。

就在四周的慢動作視野中，高射砲依舊持續射擊，而村正賣力狂奔的身影，在他後頭甚遠之處，竟有另一名以相當不尋常的飛快速度，逐漸靠近的年輕士兵。遠方這個異常迅速移動的身影，雖然模糊又好似錯覺，卻還是讓陳雅薈不禁想起了某人。

「咻——咻——咻——咻——」

陳雅薈還來不及繼續思考，海灘前緣上空的巨型黑影之中，已出現重物劃破空氣的尖銳聲響。

一顆顆沉甸甸的炸彈從天而降，陳雅薈可以清楚看見那一連串的炸彈自天空緩緩落下。

「必須趕快跑啊！」

這次是陳雅薈的內心呼喊，儘管炸彈落點明顯還有一段距離，然而卻因為從沒親眼見過高空垂降的炸彈，陳雅薈驚嚇過度之餘，竟還是只能呆立原地。

「東皋！東皋！」

村正緩慢的吼聲愈來愈近，就在村正快要撲上前來壓倒陳雅薈之時，持續頭疼不已的陳雅薈這才驚醒。儘管知道村正是好意前來壓低自己，但陳雅薈還是因為長年習武的下意識動作，迅速移向一旁，直接閃過村正的飛撲。

因為村正使盡全力卻又撲了個空，讓整個人又緩緩翻滾出去。

然而就在此時，一顆顆炸彈已經落入灘邊淺水，炸起了慢動作特效般的大片水花及塵土。

大片塵霧之中，看似無害，卻有根被炸裂的特粗樹幹，直朝陳雅薈迎面而來。

儘管樹幹依舊呈現緩慢動作，就在陳雅薈準備閃避之時，整個人突然被強大的衝擊壓倒下去，就是那個先前疑似錯覺的熟悉身影。

而猛力襲來的樹幹，就在下一瞬間，便從臥倒在地的陳雅薈上方飛了過去。

「啊！」

沒多久，在持續的炸裂聲中，傳來了慘叫聲。

四周依舊還是一片緩慢動作，但輕壓在陳雅薈身上的年輕士兵，那張五官立體的臉龐，卻讓陳雅薈看得一清二楚。這名年輕人，便是先前在帛琉就曾經出手解救，使她免於混混騷擾的那名臺灣人，想不到也一同被派赴新幾內亞。

兩人對看好一會兒後，這名年輕士兵竟紅了眼眶，接著神情僵硬別過頭去。儘管如此，卻還是可以從年輕士兵的側臉中，發現不時出現的吃痛表情。又過了好一陣子，水花及塵土逐漸散去，就在陳雅薈感到危機解除後，四周的景像總算恢復了正常的速度。

「敵機跑了！敵機被擊退了！」

「我們擊退敵軍了嗎！」

不遠處傳來幾名士兵歡欣鼓舞的高聲吶喊。

高空中偌大的黑影，在投下數枚炸彈後，便揚長而去。

——這就是空襲嗎？不過陳雅薈內心相當疑惑，感覺這架盟軍的轟炸機，如果只是來丟幾顆炸彈，究竟有什麼用意，還是後頭還有更多轟炸機？

原本護在陳雅薈身上的年輕士兵，在確認四周沒有其他危險後，這才翻身爬了起來。

「你是——」陳雅薈原本想要與這位第二次解救的年輕士兵相認，卻猛然想起自己踏上新幾內亞後，早已改扮男裝。這種男子裝扮對方恐怕也認不出來，況且因為先前是以女裝相遇，若被認出來也相當不妥。

就在陳雅薈尚在猶豫是否要詢問姓名時，這名年輕士兵先是怯生生看了陳雅薈一眼，隨即以相當生硬的動作轉身離去。

不過就在年輕士兵轉身之際，陳雅薈這才發現他的背部上衣，有不少地方正滲出暗紅色液體。可以想見應該是先前掩護陳雅薈時，遭到其他碎裂硬物所波及。

「東阜！你沒事吧？」遠方一名陳雅薈未曾見過的士兵揮手喊著。

原本陳雅薈還納悶喊話的那人是誰，怎麼會特別前來關切，更努力回想是否會是哪位曾經去過野戰醫院的士兵。但一會兒陳雅薈便發現他所喊話的對象，是轉身離去的那名年輕士兵。

「原來他也叫做『東阜』？」陳雅薈內心喊著。

「東阜」這個日本姓氏，是陳雅薈穿越日治時期後，為了不與原本的「陳」姓切斷關係，所臨時想出的日本姓氏，想不到真還有人也姓「東阜」。

當然因為只聽到發音，或許漢字寫法不同，但和那名似乎也姓「東阜」的年輕士兵，卻是非常有緣。他總會在陳雅薈發生危機時刻，適時出現搭救，這讓陳雅薈只要一想起那名「東阜」，那張雖然有些呆滯卻又英俊的面容，總使陳雅薈也會有些臉紅。

不過說也奇怪，這種奇妙的感覺，要說是害羞，卻又明顯不是男女愛慕，讓陳雅薈自己也難以解釋。

就在目送「東阜」遠離時，陳雅薈背後卻隱約傳來了陣陣的痛苦哀號。

「哎呀！哎呀！」

聲音的主人，雖明顯壓抑自己的嗓音，卻還是忍不住低沉呻吟。

再仔細一看，這名倒地哀號者，正是先前衝過來，想要保護陳雅薈的村正霧。

村正的左前臂已明顯扭曲變形，更呈現皮開肉綻的慘狀。而緊鄰傷肢的，則有先前略過陳雅薈上空的那根特粗樹幹。

原以為村正的傷可能是在搭救陳雅薈時，因為陳雅薈的迅速閃避，撲空後的強大衝擊所造成；不過再看到一旁的粗大樹幹，恐怕才是導致如此嚴重傷勢的元凶。

見到躺在地上的村正，如此高大的身軀，因為吃痛而蜷縮在一起，又露出相當痛苦的表情，令陳雅薈深感愧疚。但或許即便陳雅薈當初沒有閃避，村正撲在陳雅薈上頭，就位置而言，恐怕也還是難逃樹幹的飛擊，甚至很可能是其他更重要的身體部位受到撞擊。

——不過這恐怕只是自己的推託避責之詞。

陳雅薈不願多想，趕緊前去探視村正的傷勢。

村正的左前臂，明顯已經因為樹幹的強大撞擊骨折，而上頭大片的皮肉傷，恐怕也是來自同一硬物的擦傷。

「東皐先生——」村正見到陳雅薈後，勉強擠出笑容說著。「看你可能第一次遇到敵軍轟炸機，好像被嚇到，不知道要壓低身體庇護，我才急忙跑來。但不知道怎麼搞得，我好像突然滑倒所以撲空，你和穎三大人都是我最重要的救命恩人。你沒事就好，你沒事就好！」

陳雅薈當然很清楚並非村正滑倒，而是自從穿越日治時期後，只要陳雅薈遇到可能危機，四周就會突然呈現彷彿電影特效般的慢動作。這才讓陳雅薈即便面對迎頭撲來的村正，還是得以從容閃過。

不過看到村正儘管左前臂傷勢不輕，依舊掛念自己的安危，陳雅薈之前不過是在村正瘧疾患病期間，像對其他病人一般，並沒有特別不同的照護。但感覺得出來，村正對於穎三及陳雅薈，是發自內心的感謝，這也讓陳雅薈相當動容。

村正的傷勢，後來經過穎三的確認，除了骨折較為嚴重外，其餘乍看之下有些恐怖的擦傷，經處理後發現並不嚴重。儘管村正於診察期間不斷咒罵敵軍，日後想要奮勇殺敵復仇，但因為左前臂的情況，還是讓村正掛上必須休養的傷兵牌。不過天性樂觀的村正，一下又將煩惱拋開，藉此機會再次大大感謝穎三及陳雅薈的照顧。

「還好妳沒事——」穎三在處理完村正的傷勢，待村正熱情道謝離去後，開口對陳雅薈說著。

見到陳雅薈點頭回應後，穎三繼續說道：「稍早有去反應奎寧存量的事，不過聽起來不只奎寧會有問題——」

「怎麼說？」陳雅薈問著。

「唉——」穎三輕嘆了口氣。「我們的戰況可能不是很好，現在處於更為緊密封鎖的緊急狀態。其實來到這裡後，我寫過很多封信回去，今早才聽到，現在連信也都寄不出去了。同樣地，外面的物資恐怕也暫時進不來。」

「那——」

「因為接近年底，不管是我們和盟軍，大家都想稍微休戰一下過個年。今天盟軍的空襲，轟炸機瞄準沿海海面投下少量炸彈就走，空軍基地那邊有人解讀為盟軍的警告，希望雙方過年時能短暫休戰。」

「是這樣嗎——」陳雅薈顯得半信半疑。

「日本人和盟軍一樣是過新曆年的——」穎三凝視遠方說著。「或許大家都想過個好年，雙方應該會有默契稍微休戰。這戰爭打到現在這樣，到底是為了什麼，我也真的不懂，雙方死傷都那麼慘重，唉——」

陳雅薈難得看到穎三露出如此哀傷的神情，過沒一會兒，穎三又繼續開口說著：「日本人是從明治維新後才改過新曆年，這跟臺灣人過舊曆年是不同的。儘管日本人來臺灣以後，雖推行新曆年，但也不禁止臺灣人過舊曆年，不過因為『內臺平等』政策，後來也強迫臺灣人只能跟著日本人過新曆年，很奇怪是吧？這麼長久的習慣一下子被禁止，臺灣人一定很難適應！」

「我想也是——」陳雅薈小聲說著。

只要想到從小篤信的宗教或習俗，突然被外力禁止而改變，如此並非發自內心的轉變，確實會讓人很難接受。

儘管陳雅薈帶著滿腹疑惑，而B-17轟炸機從高空投下炸彈的震撼場景，也久久揮之不去。不過確實正如穎三在空軍基地那頭聽到的分析一般，這幾天再也沒有敵軍來襲的任何蹤影，或許盟軍確實也很想好好過年。

就這樣，在這個戰場前線的野戰醫院，即使沒有與敵軍交戰，仍有不同染病士兵，不斷往來進出。就在每日的忙碌之中，早已忘了時日，竟也不知不覺悄悄來到了新曆年。

「啊，東皐先生啊——」村正特地在年尾最後一天的傍晚，挑了一個陳雅薈結束醫務的時段，來到了野戰醫院。「這是我們家鄉的特別料理，或許外觀不起眼，卻是我們祭典中才能吃到的珍貴料理。不過因為我也沒什麼特別物資，都是就地取材。雖然因為食材不盡相同，味道也不大一樣，但其他同袍吃了讚不絕口，這點小小的心意，就不知道合不合你和穎三大人的口味？」

在跨年前夕，即便村正仍懸吊著負傷的左前臂，還是特別前來再次道謝。

陳雅薈可以聞到包在層層樹葉中的料理，所飄出的陣陣香味，確實和她在自己所屬年代中，曾經接觸的原住民料理感覺有些相像。不過一想到村正左前臂因為想要搭救自己而受傷，即便村正就算對家鄉料理作法相當熟悉，還是可以想像在這種狀態下的烹煮，必然比平時還要吃力，不禁更覺這份禮物的情意深重。

接下村正好意的同時，陳雅薈趕緊說著：「謝謝村正先生，你真的太客氣了！我們不過是盡我們該盡的責任，真的不要太放在心上！」

村正笑眼瞇瞇說著：「哎呀，怎麼這麼說呢！老實說，以前我們只被當作『蕃』，根本不被重視，現在可以當好國民，怎麼可以不為國努力付出！在我們家鄉是很重視報恩的，你們都是我的救命恩人！」

陳雅薈原本還想說些什麼，不過村正只是帶著燦爛的笑容轉身離去，過沒一會兒，又轉頭說著：「對了，上次你問我的那件事，雖然他跟我不同單位，屬於後勤，但我有問到，他叫做『東阜翔』。沒想到非常巧合，你們『東阜』的寫法都一樣，『翔』是飛翔的『翔』，跟我一樣也是從臺灣來的，大概也只知道這樣——」

村正補充說明後，便熱情揮手道別，接著頭也不回離去。

陳雅薈看著提在手上的特製料理，不禁喃喃自語：「原來那名年輕士兵叫『東阜翔』——」

一想起東阜翔那張英挺的臉，陳雅薈總覺得有股說不出的微妙感覺。「東阜」這個陳雅薈臨時想出的姓氏，竟然在這個年代真有此姓，但想想當初也是由「陳」拆字而來，也不算非常特別，或許東阜翔在改為日本名之前，原本也姓「陳」，才會和陳雅薈一樣拆成「東阜」。然而就算如此，還是太過巧合，天底下竟會有那麼巧的事！

——如果東阜翔原姓也是「陳」，他可能和自己有什麼關係嗎？

陳雅薈想起自己彷彿連載劇情般的夢境，仍舊不斷延續。有與父母、弟弟相處的畫面，也有自己婚後的家庭生活片段，還有在法院看到開庭言詞辯論的片段場景。

不過這些夢境當下雖然感受非常真實，夢醒後卻又一片模糊，但總覺得東阜翔那張臉，尤其那個神韻，似曾在夢境之中見過。然而因為清醒後的記憶，幾近船過水無痕，故也無法確定是否確實如此，還是僅為自己的日思夜夢。

「東阜小姐——」穎三的呼喊，將陳雅薈拉了回來。「晚上有些士兵說想請我們吃點不同的東西，妳要一起來嗎？」

「呃，這個嘛，好啊——」陳雅薈顯得有些遲疑。

一想到盟軍是否真的會在過年期間休戰，還是不過就是兩軍交戰的一種欺敵謀略？這幾日的短暫寧靜，感覺相當不真實。

「穎三大人——」一名掛著笑臉的士兵，雙手抱著一箱物品迎面而來。「這是原本晚上大家想請軍醫大人的餐點，我就先送過來了。」

「這——」穎三顯得有些困惑。

見到穎三有些納悶，笑臉士兵趕緊解釋著：「哈，原本晚上要找穎三大人來偷偷慶祝的跨年晚會，不知道誰走漏消息，也可能我們大張旗鼓準備，終究還是被長官發現了。我們一群人因此被嚴厲斥責，長官覺得或許盟軍有詐，要我們絕對不能鬆懈，故禁止一切的慶祝活動。不過原本為了迎接新年準備的特別好料，就不在禁止範圍，算是對我們特別網開一面，我們也不敢再抱怨什麼了！」

等到笑臉士兵離去後，穎三將箱子打開，裡面滿滿的豐富菜餚。有日本人在所謂除夕「大晦日」的跨年「蕎麥麵」，細長的麵條象徵長壽與健康，易切易斷的麵條，更是暗喻切斷過往的災厄。除此之外，竟然還有在當時臺灣都未必能常吃到的牛肉片，更還有一大碗臺灣常見的紅白小湯圓甜品。

陳雅薈雖然不知道這一大碗小湯圓，是否為日本傳統，不過看起來更可能是營中臺灣人所帶來的臺灣傳統甜湯。果然這些不同平日伙食的豐富菜餚，是為了慶祝新年所精心準備的特別料理。

「東皐小姐，那就一起來吃吧！」穎三儘管依舊沒有太多表情，但卻不難感覺穎三看到這些菜色後心情相當愉悅。

先前不曾和穎三同桌吃飯過，但在這個年末的特別日子，竟能有不同於平日的特別佳餚。這讓陳雅薈不禁想起在自己所屬年代，每逢農曆新年的圍爐場景，更讓她想起了自己的阿公。

不知為何，儘管穎三只是埋頭吃著，兩人幾乎沒有交談，不過穎三還是三不五時幫陳雅薈夾了很多小菜及肉片，讓陳雅薈竟和穎三有種一家人一同圍爐的溫暖感受。

穎三大啖難得的牛肉片後突然開口：「現在我們物資非常缺乏，這牛肉真不知道哪裡來的？他們自己不知道有沒有得吃，可別把最上等的肉都給我們了——」

原本陳雅薈還以為穎三會繼續說些什麼，但看起來又像是在喃喃自語。不過確實在帛琉期間也沒吃過牛肉，在新幾內亞這裡的戰場前線，物資更為貧乏，到底這些士兵是怎麼弄到那麼珍貴的牛肉，也確實令人好奇。不過陳雅薈經由穎三這麼提起，倒也同樣擔心那些士兵自己沒得吃，而是刻意將最好的菜色留給他們。

「對了，東卓小姐——」穎三突然停下手邊餐具，看向陳雅薈。「這段日子，真是承蒙妳的大力幫忙，希望新的一年也都能順順利利！」

陳雅薈見到平時沉默寡言的穎三，竟在年末突然向自己道謝，總覺得相當彆扭，趕緊開口回應：「哪裡、哪裡！我才是承蒙軍醫大人的照顧！」

「哎呀，以後叫我穎三就好——」穎三只是揮手苦笑。「相處那麼久，別那麼客氣了，妳很細心，手腳也很俐落，真的幫了不少忙，而且妳總是會讓我想起家鄉那很會照顧弟妹的姊姊。唉，真希望都不要有什麼戰爭，祝福我們的家人朋友都平安健康，還有世界和平！」

儘管而後穎三沒再說話，只是專心吃著難得的佳餚，陳雅薈也沉浸在這難得的寧靜傍晚。聽見穎三再次提起了自己的姊姊，不知為何，看著穎三的身影，竟讓陳雅薈也想起了在自己所屬年代，那個只會沉迷電玩，又有點煩人的弟弟，更還有一些兒時與弟弟相處的片段。

今晚的穎三，即便陳雅薈知道他出身東京，但卻還是讓陳雅薈很有好似一家人的感覺。想著想著，一股難以言喻的思鄉之感，一下便湧了上來。

看著四周的南島風光，一切的景物和熟悉的臺灣相差甚遠。儘管莫名穿越日治時期，先前畢竟還是踏在同一塊土地，但離開臺灣至今也才不過數月，卻覺得家鄉的景物已開始有些模糊。

——難道這就是高中徐老師曾經向自己說過的思鄉之情？

陳雅薈思念的不僅僅是遠在北半球的臺灣，更是思念自己所屬年代的家人及朋友。當陳雅薈吃到臺灣常見的紅白小湯圓甜湯時，這個平時總是在拜拜或節慶時經常出現的小甜湯，或許因為吃起來太過甜膩，陳雅薈自小就有某種程度上的厭惡與排斥。但此時此刻的小甜湯，卻讓陳雅薈懷念不已。

晚來海風拂面，相當清爽宜人。一口又一口，咀嚼著黏膩的小湯圓，陳雅薈儘管還是覺得口感過甜，不知為何，卻吃得津津有味。

嚼著嚼著，陳雅薈竟不覺流下了思念的淚水。

薈哥，我不知道該怎麼說？其實我很喜歡大家不分你我、團結一致的那種美好感覺。是膩了，也算是反感，從小到大來自電視新聞及報章雜誌中，能看到的盡是不同黨派政治人物吵來吵去，當多方爭得面紅耳赤之時，到底誰才是真正為全民福祉在著想、在做事？當然也不能一竿子打翻一船人，我相信一定有認真、負責的政治人物，但真真假假難以看清，更無從準確識別，恐怕更多是努力作秀的政客。或許就像高中徐老師說過的，沒有人是聖人，人一生的真正評價，都是要等蓋棺之後才能全盤論定。

檯面上永遠都是紛紛擾擾、爭吵不休，每逢選舉更不時出現族群被撕裂的苦痛之感。不知道該怎麼說，有些情感、立場，乃至於來自父母、長輩的「記憶傳承」或是親身體驗的「自我記憶」感受，很難抹滅、很難遺忘，更也難以置換。應該說這些都是無法輕易改變或取代的不同「過去」，更像是一種後天深埋在體內的「基因」。就像我們曾經一同熱愛、一同流淚的棒球隊伍，即便煙消雲散後，也很難再有那種天時、地利、人和的無比感動。

過往無論是在新聞，甚至是周遭，只要看到有人因為政治立場不同，大吵一架甚至大打出手，真的完全無法認同。市井小民們因為自己的政治偏好大吵大鬧後，真的高高在上才有權力有所作為的政治人物，會因此變得更好嗎？還是他們看到後搞不好只是覺得好笑？臺灣會因此而變得更好嗎？或許真的有，只是目光短淺的我觀察不到。

也許所有紛爭均來自於每個人投入不同情感，或是意義深遠、難以撼動的自我立場，每次好似只有到了棒球國際賽，或許因為國手們成績夠亮眼，也或許可以說是我們臺灣人對於棒球的感情相當不同，只有在那時那刻，大家才有團結同心的感覺。

——但難道我們真的注定只能成為一盤散沙？

我好喜歡大家萬眾一心共同吶喊的感覺，但絕不是那種每逢選舉，各個黨派或各個陣營，似乎不單純是為民生、為長遠建設而努力，反而是互相攻訐謾罵的怒吼。

我所喜歡的，是所有人為了一樣的美好目標揮汗努力、揮舞吶喊！

薈哥，妳覺得這種奇怪的現象，當妳投入政治圈，換成我們這一代的年輕人主政後，未來有可能改變嗎？還是，當我們長大後，就算當初再怎麼有理想，還是一樣會腐化，成為下一代年輕人所唾棄的對象？

第六章　民國八十九年（二〇〇〇年）三月・臺灣・臺北市

「什麼啊？阿華，幹嘛那麼愁眉苦臉，要哭要哭的樣子？」陳雅薈挑起眉頭，並輕碰一旁同樣也穿著國中制服的殷馥華低聲說著。

由於尚在朝會期間，儘管臺上校長的道德喊話說得口沫橫飛，排在班級隊伍最後一排的陳雅薈，早就聽得很不耐煩。

「嗯——」殷馥華只是「嗯」的一聲，不過還是未改滿臉愁容。

「到底怎麼了啊？」陳雅薈還是繼續追問。「難道是李遠哲院長發表那篇，臺灣到底是〈向上提升或向下沉淪〉，終於讓對政治始終冷淡的阿華，有了不同的醒悟，開始思考在野黨逆轉選局，真正迎接政黨輪替的可能性？」

時任中央研究院院長的李遠哲，同時也是出身臺灣的第一位諾貝爾獎得主，在三月五日針對時政公開發表〈向上提升或向下沉淪〉，為三月十八日即將舉行的第十屆總統選舉投下震撼彈。

「唉——」殷馥華輕嘆了一口氣，並露出苦笑說著。「雅薈妳還是那麼熱衷政治，我是真的對政治沒有太大的興趣啊！就是因為現在整個臺灣的氛圍躁動，天天都是選舉新聞，才有個對我們來說，算是很重要的新聞竟被蓋了過去——」

「啊？是什麼？」陳雅薈顯得有些疑惑。

殷馥華停頓了好一會兒，才又開口說著：「唉，我們最敬愛的李瑞麟教練過世了。」

「什麼！」陳雅薈瞪大雙眼難以置信。

「我知道這是我們的傷心往事，也不想再去特別回憶，可是從報紙上知道這個消息，還是會——」殷馥華說著說著已經有些哽咽。

陳雅薈突然有種想哭的感覺，這時殷馥華又悄悄將一張原先緊握手中的小小剪報遞給自己。剪報上頭除了李瑞麟教練過世的訊息外，因為李瑞麟教練曾經長期擔任職棒時報鷹隊總教練，無論是球隊業餘時代，或加入職棒時期，更是親自教導出許多優秀的棒球子弟兵，甚至是成績優異、為國爭光的國手們。

報導內最後寫著李瑞麟教練直到離世前，還是始終掛念時報鷹隊子弟兵，因而留下最後一段話：「老鷹振翼向西飛，五里一徘徊，我身雖離去，我心永沉醉！」

陳雅薈和殷馥華，曾經都是時報鷹隊的死忠球迷，更因為時報鷹後來涉賭解散之事，兩人皆心碎不已。從此也不再碰觸曾經熱愛、瘋狂的棒球，即便有相關棒球新聞，也不再刻意關注。

看到李瑞麟教練所留下的這段話語，陳雅薈腦海中突然浮現過往在電視職棒轉播時，每當時報鷹隊賽況緊張或是隊伍表現不佳時，攝影鏡頭時常帶到場邊休息區的李瑞麟教練，往往會拿出隨身攜帶的大紅保溫水壺，倒出一杯水喝著。沉重的表情看似是在藉由喝水舒緩緊張情緒，也像是對子弟兵的表現或是落點球運不佳的打擊有所惋惜。

這個已經有些模糊的電視身影及畫面，一下就在陳雅薈腦中浮現出來，而且愈來愈清晰。就連過往倒背如流的時報鷹隊先發守備陣容及棒次，那個熟悉的播報音，也一一在耳邊開始迴響。

想著想著，陳雅薈不但能理解為何殷馥華心情如此沮喪，更也早已默默流下淚來。

殷馥華看到陳雅薈的淚水，原本強忍在眼眶內的熱淚，也跟著潸然而下。

一旁的幾名同學，發現陳雅薈及殷馥華兩人，竟在朝會中莫名哭了起來，想也知道不可能是校長極為冗長、無趣，又時常老調重彈的道德訓話，會如此感人落淚，但卻也不知道這兩位同學為何會突然哭紅了眼。

殷馥華因為無論個性或外型，均較為文靜柔弱，尚且可以想像。但個性向來堅強的陳雅薈，更讓同學們難以理解。不過由於還在朝會，大家也只是裝作沒有看見。

朝會結束返回教室後，有幾名同學前來關心詢問，不過更像是出於好奇，到後來又出現不懷好意的男同學前來挖苦。

「哈、哈、哈，愛哭鬼！」一名滿臉青春痘的男孩，眼神充滿狡黠說著。「你們說的那個人是誰啊？棒球既無聊又難看，動不動就弄得滿身塵土，球員到底是有多愛飛撲吃土喔！而且職棒又常打假球上新聞，你們竟然還看得下去，不會去看籃球啦，球員帥多了——」

男孩說完擺出一個投籃的動作，但見兩人始終不願意繼續說明，到底有什麼好哭的，因而臉上表情顯得有些不悅。就在一旁繼續瞎起鬨之時，發現眉頭深鎖、面露嫌惡的陳雅薈較不好惹，轉而鎖定個性溫和的殷馥華。隨後更對殷馥華扮起鬼臉，繼續挖苦追問。

聽見這名男同學如此嘲笑，殷馥華臉色一沉，看起來想要開口解釋，卻又把話吞了回去，只能一臉委曲輕皺眉頭。

陳雅薈見到這名男同學如此惡意取笑，即便現在已經不看棒球，但聽見曾經深愛的棒球被這樣嘲笑，卻還是覺得相當心痛。而這名男同學的後續動作，擺明是吃定殷馥華較好欺負，看不下去的陳雅薈瞪大雙眼，怒視這名男同學大聲吼著：「陳可凡，你真的很煩耶，不要欺負我的殷馥華！」

「啊，那個、那個——」陳可凡素知班上的陳雅薈外表看似清秀溫和，但個性必要時還是會非常強悍。親眼見到陳雅薈如此氣勢非凡，比想像中還要恐怖許多，一下便向後退了幾步，連話都說不清楚。

「咦？我的殷馥華？」殷馥華小聲唸著，儘管從小就和陳雅薈非常熟識，不過第一次聽到如此稱呼，不禁覺得有些可笑。

陳雅薈一想到陳可凡根本不瞭解自己與殷馥華兩人過去那段關於時報鷹既甜蜜又苦澀的珍貴回憶，竟被如此無情訕笑。況且班上的同學都知道，陳可凡對美國職籃 NBA 非常著迷，自己每天都會跑去打籃球，腳上穿得是名貴的 Jordan 籃球鞋，更時常幻想自己將來會成為 NBA 籃球明星，還曾多次發表過十分厭惡棒球的言論。所以跟眼前這名什麼都不懂的笨蛋，就算兩人再怎麼解釋，恐怕也是白費脣舌。

看到陳可凡那令人生厭的嘴臉，陳雅薈更是怒不可遏，氣勢凌人繼續說著：「陳可凡，你給我聽好，殷馥華是我的女人，敢再欺負我女人就試試看，看我會不會拿刀砍你！」

陳雅薈話剛說完，還擺出從腰際準備拔刀的動作，作勢就會向陳可凡拔刀相向，更讓陳可凡的嘻皮笑臉，一下便垮了下來，與先前極度囂張的嬉鬧態度形成強烈對比。

因為陳可凡個性好動強勢，更喜歡四處開同學玩笑或捉弄同學，但不知道是分寸時常沒有拿捏很好而不自覺，或是本就有心如此，讓被開玩笑或被捉弄者，心裡往往覺得相當不舒服。強加於人且自以為幽默的輕浮態度，讓一些文靜內向的同學不勝其擾。然而即便心裡不適，或許也對身材高大、四肢發達的陳可凡，帶有某種程度的畏懼，但大多只是回以苦笑不願衝突。不過長久下來，也早已累積一群對陳可凡有所不滿的同學。

這群同學見到好似四處「欺凌」同學的「惡霸」陳可凡，總算被陳雅薈大大修理，即便沒有拍手稱好，還是覺得有種大俠拔刀相助的大快人心之感。

班上的同學都知道，陳雅薈對於日本漫畫《神劍闖江湖》相當著迷，更是將故事中在日本明治時期行俠仗義的主角劍客「緋村劍心」視為偶像。

儘管《神劍闖江湖》整套漫畫的連載已於去年結束，不過因為陳雅薈從國小時便對這部作品相當著迷，早在一上國中便自己尋找外面的劍道道館學習日本劍道。因為這項武術還算特殊，更曾被同學拱為班上同樂會的表演節目，即便陳雅薈當時不過是初學者，但換上劍道道服後的銳利形象，再配上沒練過劍的外人也看不出熟練程度的揮劍動作，還有她那遠看很像小男生的俐落髮型，還是讓許多同學佩服不已。

而在班上尚未踢到鐵板，某種程度好似混混的陳可凡，先前並沒有真正見識過陳雅薈的強悍，即便從來沒有同學敢反抗他的各種嬉鬧，但還是對陳雅薈有所顧忌。這次總算親眼見識陳雅薈真的不好招惹，就算知道陳雅薈再怎樣也不大可能拿刀砍她，但面對盛怒的陳雅薈，明顯就是「欺善怕惡」的他，還是趕緊求饒說著：「大、大、大哥饒命，下次不敢了！」

陳可凡話剛說完，便相當懊悔，原本想要喊著「大姊」，竟不小心說成「大哥」，這下真不知道是否會再惹得陳雅薈更為生氣。

「哼——」陳雅薈盯著陳可凡好一會兒，接著瞪大雙眼喊著。「對，大家聽好，殷馥華是我『薈哥』的女人，以後誰敢欺負她，就要誰好看！」

不知道是誰開始起鬨，竟有人拍手叫好，緊接著竟在教室中響起熱烈的掌聲，讓原本氣焰囂張的陳可凡，頓時更是無地自容。

從此陳雅薈便成為班上眾人尊敬的帶頭大哥「薈哥」，而自然而然也和殷馥華成為大家半開玩笑的「班對」。

原本陳可凡經過這次事件後，應該對殷馥華和陳雅薈就此不敢再有騷擾，想不到事隔幾個月後，陳可凡又再次前來逗弄。

「哎喲，『我的殷馥華』、『我的殷馥華』啊——」陳可凡趁著中午休息，見到請假兩日的殷馥華回來上課，抓緊陳雅薈被老師派去幫忙公差不在教室的空檔，想要捉弄一下殷馥華，學起陳雅薈之前教訓他的說話方式，只是刻意演得更為誇大。「怎麼這幾天都跑去哪裡玩了，連請那麼多天假？別以為我真的會怕妳那剽悍的『薈哥』。我不過是禮讓女性罷了，真要打起架來，我怎麼可能會輸給陳雅薈那女人！」

陳可凡愈說愈急，難以掩飾內心的一股惱怒。這似乎也透露陳可凡對陳雅薈前些日子，讓他在所有班上同學面前出盡洋相之事，儘管事後絕口不提，卻仍舊懷恨在心，只是在等待機會伺機報復。

殷馥華只是輕瞄陳可凡一眼便沉默不語，不過後續表情顯得相當複雜。

「哎呀，我只是以同學立場關心、關心嘛，不要把我想得那麼壞啊！」陳可凡儘管說得好聽，卻是以相當輕浮的口吻說著。「到底是請兩天假去哪裡玩了，為什麼不分享一下好不好玩？」

面對陳可凡擺明找麻煩的態度，殷馥華不但依舊保持緘默，神情還變得格外沉重。

「陳可凡！你在幹嘛！」陳雅薈剛踏進教室，一眼望見殷馥華的表情，也不難判斷正被陳可凡騷擾，趕緊對著陳可凡大聲喊著。

陳可凡先是皺眉看了陳雅薈一眼，而後語帶不悅說著：「哼，我不過是好意關心好同學去哪裡玩啊！」

「你真的不要強人所難——」陳雅薈邊走邊高聲說著。「阿華連跟我這麼要好，都沒說明請假原因，只說不必擔心沒有關係，也謝謝關心。想也知道是有什麼難言之隱，之後適當時機她可能會主動跟我說，甚至就算都沒有說也沒關係。陳可凡你為什麼要這樣咄咄逼人，難道做人就不能體貼一點嗎！」

「陳雅薈妳還真敢講！」陳可凡這次看來已經下定決心有所反擊，眼神顯得相當堅定。「最愛強人所難的人，不就是妳！整天在那邊對殷馥華強灌輸日本多先進、民進黨多棒，然後詆毀國民黨多爛的不就是妳。妳以為妳講得很小聲，我就沒聽過妳的高談闊論嗎？有膽就大聲跟全班講出來，看有多少人會認同妳！」

「你在說什麼啊你！」陳雅薈瞪大雙眼說著。

「哼——」陳可凡瞪了回去。「我才不信殷馥華跟我一樣都是外省家庭，會受得了妳這種盲目哈日的花痴。我相信殷馥華一定跟我一樣也對日本人很反感，真正強人所難的，才是妳這噁心的假日本鬼子！」

「最好你會比我瞭解阿華，我跟她從小就認識，根本一起長大——」陳雅薈顯得氣急敗壞。「她絕對跟你這種自以為高人一等，從以前到現在，都只會欺負臺灣人的高等外省人好太多了！她是理性去看待我跟她討論的歷史事實好不好，才不會是你這種被黨國教育洗腦的笨蛋！」

陳可凡情緒激動說著：「聽妳在放屁！妳自己看看，現在換成妳最愛的阿扁當總統，我們政局有比較好嗎？沒有執政能力的政府，根本就是一團亂！」

「你還敢講，政黨輪替根本就是天大的好事，愈民主才會愈常發生，是好的正向循環。還不就你們這些泛藍輸不起在亂、在鬧。都找唐飛當行政院院長，根本就你們國民黨的人馬，你們竟然還會殘害自己人。只會仗著朝小野大，凡事都為反對而反對，而且還不明就裡反對到底，這樣扁政府最好是能有所施展！」

殷馥華見到兩人吵得火熱，臉色只是更為陰沉。

陳可凡繼續反擊說著：「執政黨沒能力就是沒能力，沒擔當就是沒擔當，還推托什麼朝小野大卸責。妳最好把妳荒謬的言論去跟殷馥華爸爸講講看，就連殷馥華我看也未必認可，我才不相信她爸爸會認同，尤其妳這種極度哈日的花痴，整天什麼『木村倒頭栽』的，噁心死了。還有，你愛罵國民黨多爛也跟我無關，我們全家早就已經改支持親民黨了！」

「你！」陳雅薈聽見自己的偶像木村拓哉被大大數落，一時氣結有些語塞，過了好一會兒才又繼續開口。「陳可凡你幹嘛有事沒事一直偷聽我和阿華的對話，你到底有什麼毛病啊！還有，說我哈日花痴，既然你那麼仇日，就不要再看《灌籃高手》。整天自己到處大聲嚷嚷，自比是天才帥哥『流川楓』，不要以為我不知道，你骨子裡才是噁心的哈日族，趕快把你家整套《灌籃高手》拿去丟了！你那滿臉痘痘的外表，根本連大猩猩『赤木剛憲』萬分之一也比不上，還不好好照照鏡子！」

「我、你——」陳可凡瞪大雙眼難以言語。「陳雅薈妳才噁心變態，為什麼連我有整套《灌籃高手》都知道，妳才是變態偷窺狂！」

陳雅薈猛搖頭說著：「神經病，天天到處跟人說自己是『流川楓』，全班都知道你超愛《灌籃高手》好不好，嘴巴罵日本罵成那樣，快把《灌籃高手》整套漫畫拿去丟掉，不然依你偉大的邏輯，你才是假日本鬼子！我記得你以前不是很自豪對同學說過，你爸爸還是媽媽是國文老師，怎麼會有你這種一點也不知書達禮的魯莽兒子！」

「妳！妳！妳！妳管我爸媽做什麼的，關妳屁事！」陳可凡被陳雅薈講得無法回應，轉而尋求殷馥華評理。「殷馥華，妳自己說說看，妳根本不認同陳雅薈的荒謬言論吧！不然我們一起去找妳爸爸評評理，我記得妳跟我說過妳爸爸也是外省人，我才不相信他會認可陳雅薈的所有言行！」

不知為何，殷馥華聽完陳可凡的這段話後，臉色更為慘白，還瞬間轉為一副快哭出來的模樣。

見到殷馥華沒有回應，陳可凡只好自己繼續說著：「哼，算了啦！妳跟陳雅薈那動不動就想拿刀砍人的泛綠暴民根本就同一陣線，妳爸要是知道妳被陳雅薈洗腦成這種模樣，不傷心才怪！還不都是妳，好好回答我連請兩天到底去哪裡玩不就好了。我不過是同學立場的好心關懷，妳跟陳雅薈真的都很蠻橫無理！」

陳可凡明顯就是因為講不過陳雅薈，轉而向殷馥華出氣。這個莫名其妙的遷怒舉動，看得陳雅薈隱忍已久的情緒快要爆發。

「我——」殷馥華滿臉委曲，接著眼淚竟潸然而下。

「哼，愛哭鬼就愛哭鬼，你們女生就只會裝得像是別人欺負妳一樣——」

陳可凡話還沒完，竟「啊」的一聲，向後倒退了幾步，接著竟跌坐在地。

原來陳雅薈因為與殷馥華長年熟識的好友默契，早已藉由陳可凡的話語及殷馥華的反應，察覺殷馥華連請兩日的可能原因。

見到陳可凡持續無理取鬧，終究還是忍無可忍，賞了陳可凡重重一拳。雖然陳雅薈已經有所節制，但畢竟還是練過好一陣子的劍道，所以出拳力道還是比一般人更為強勁，就連自己的手看起來也已腫了起來。

陳可凡雖覺鼻臉極為疼痛，但由於被陳雅薈一拳打倒顏面掃地，為求扳回一城，還是怒氣沖沖趕緊起身。

眼看怒不可遏的陳可凡，就要快步撲向陳雅薈反擊，陳雅薈見人高馬大的陳可凡來勢洶洶，早已擺好架勢準備位移閃避。但兩人的劍拔弩張，一下便被殷馥華的大哭所瞬間凍結。

「嗚、嗚、嗚，陳可凡，你真的太過分了！」殷馥華伴隨著抽咽，斷斷續續高聲說著。「我連請兩天假想也知道怎麼可能出去玩，我爸死了，你高興了吧！我沒有爸爸了，你高興了吧！你做人真的太過分了！」

殷馥華說完後便趴在桌子上泣不成聲，陳雅薈原以為可能是殷馥華家人生重病之類的，想不到竟是父親突然過世。

前些日子甚至還去過殷馥華家中，也和殷馥華父親禮貌性交談過。雖然殷馥華的父親確實看起來年紀非常大，身體也有些虛弱，但這麼突然的噩耗，真讓陳雅薈和陳可凡都震驚不已。

陳可凡儘管鼻孔已流出鮮血，只是輕摀鼻子並滿臉錯愕向殷馥華說著：「馥華——對不起——真的對不起——我——」

不過殷馥華仍舊嚎啕大哭，並揮手想要趕走陳可凡。

儘管殷馥華表達如此清楚，陳可凡整個人早已傻住，再也說不出任何話來。

「陳可凡，知不知道你有多過分啊——」陳雅薈大聲斥著，見到好友如此傷心，自己也感同身受紅了眼眶。「滾！你快滾！」

陳可凡聽到後，瞬間像顆洩了氣的皮球，接著竟乖乖轉身離去。

回頭望向仍趴在桌上大哭的殷馥華，陳雅薈其實也不知道該怎麼辦。

不過這段插曲並未就此結束，不知道是誰向老師告狀，儘管陳可凡有錯在先，因而被老師嚴厲斥責，但陳雅薈出手打人還是不對。最後兩人都被老師懲罰，在教室外罰站了一整節課。

陳雅薈受罰雖覺得難過，不過情緒激動中賞了陳可凡重重一拳，事後回想也覺得似乎有些過火。但陳雅薈受罰之時，其實更關心殷馥華的情況，經過一節課重返教室後，才發現殷馥華的座位空了出來。詢問之下原來又臨時請了假，想也知道和先前陳可凡逼問的那件事脫不了關係。

再看向同樣重回教室上課的陳可凡，陳雅薈一瞬間以為自己看錯，陳可凡一臉茫然，整個人看起來非常頹靡不振，就像換了個人似地。

帶著沉重的心情，返家後的陳雅薈依舊相當鬱悶。幾度拿起電話想要撥給殷馥華關心問候，卻又開不了口，更怕接起電話的是殷媽媽，也不知道該說些什麼話。就算一直認為自己該幫好友什麼忙，實際上即便能和殷馥華通上電話，也不知道能說什麼，或能做些什麼事，一整個覺得自己非常窩囊。

「姊！妳看、妳看！」一名國小高年級模樣的男孩，指著眼前的電腦滿臉興奮說著。

這名一臉稚氣的男孩，正是比陳雅薈小兩歲的弟弟陳雅蔚。

「看什麼啊？」陳雅薈尚沉浸在好友殷馥華的哀傷之中，見到弟弟這麼開心，心情很難一下轉換過來，只能有氣無力敷衍著。

「快來、快來啊！」陳雅蔚催促著。

看著沉迷電玩的弟弟，坐在電腦桌前一臉開心的模樣，想也知道一定又是和電玩相關的事。雖然陳雅薈常會覺得弟弟有些煩人，但弟弟時常出現一些令人哭笑不得的糗事，還是覺得有他可愛的一面。

等到走到電腦桌前，一看畫面果然又是弟弟已經沉迷好一段時間的PC遊戲《軒轅劍參》。

這部PC電玩《軒轅劍參：雲和山的彼端》，是臺灣資訊大廠「大宇資訊」，在去年十二月所推出，無論劇情內容或遊戲畫面，均震驚電玩市場的最新劍俠RPG大作。

「大宇資訊」DOMO小組的《軒轅劍》系列及狂徒小組的《仙劍奇俠傳》，這兩款中國風的劍俠RPG，向來為「大宇資訊」最為出名的「雙劍」招牌。如今《軒轅劍參》，是繼一九九五年《軒轅劍外傳楓之舞》後，睽違多年後的大作，也是「雙劍迷」期盼已久的最新力作。

陳雅薈面露無奈說著：「弟，你不是已經破關好幾次，到底在玩第幾次了！」

看著家裡配備已經有些老舊的電腦，弟弟還能玩得津津有味，著實覺得有些不可思議。

陳雅薈去年年底，在弟弟的百般硬拗下，竟帶著弟弟前往連她自己也覺得不是很喜歡的「光華商場」，以自己和弟弟的零用錢，瞞著父母合資買了這套剛上市的《軒轅劍參》。反正對父母而言，什麼遊戲看起來都像姊弟倆沉迷多年的《仙劍奇俠傳》，要瞞過父母的眼睛，真是一點也不困難。

而這個位於臺北市中山區及大安區交界處光華橋下的「光華商場」，一樓的店家主要販售電子商品及電玩遊戲，但地下室的店家除了販賣二手書籍外，就是成人書籍及光碟，這也是讓陳雅薈覺得每到「光華商場」，就會覺得渾身不適的主要原因。尤其是在商場內出沒的一些男性，有些人的眼神，真的讓陳雅薈覺得頗為奇怪。

「哎喲——」陳雅蔚苦笑著。「才玩第三遍而已，跟《仙劍奇俠傳》的次數還差得遠呢！妳看，今天聽同學說，把主角『賽特』和『妮可』取名為『古月聖』和『紋錦』，一開始的能力就超強，是真的耶，妳看！」

陳雅蔚說完，指著電腦螢幕上的人物狀態畫面，並露出頗為得意的笑容。陳雅薈仔細一看，遊戲人物的初始值確實非常不同，算是遊戲製作 DOMO 小組所隱藏的特別密技。

不知為何，陳雅薈即便覺得新奇，卻還是覺得有些興趣缺缺。自己趁著寒假，將《軒轅劍參》勉強玩完，故事豐富又有深度，遊戲音樂及畫面更是一流，但因為家裡電腦有些老舊，遊戲跑起來有些不順，更時常卡頓，玩起來相當痛苦。當初遊戲買回來後，才驚見這款遊戲有四片光碟，遊戲安裝後，電腦硬碟容量差點不足，還好遊戲還勉強跑得動，總算是鬆了口氣。

陳雅薈不知道是自己年紀大了，還是真的老了，也可能是煩惱的事也變得更多，無法像從前一樣那麼著迷。這可能也是還沒有升學及課業壓力的弟弟，尚無法體會的事。

從小時候第一次接觸的電腦作業系統 MS-DOS、Windows3.1、Windows95、Windows98，聽說今年年底還會推出 Windows Me 的千禧年版本。雖然 Win95 以後介面看起來好像都大同小異，老實說家中電腦幾乎都只是拿來打電玩和看 VCD 光碟。但光看以前遊戲大小幾百 MB，就已經快佔光硬碟容量，家裡電腦硬碟還因此花了大錢升級過。然而現在遊戲動不動就是上 G 的容量，也是幾乎佔光所有空間，而前幾年家裡裝了 56K 數據機，在電腦上點點按按，竟然還能連上國內外網站。不過因為上網的電話費很貴，要是忘記斷網，電話帳單就會暴增，這也是弟弟真的曾經發生過的糗事，因此家裡的數據機後來又被爸爸收起來管制。

但這種便利性真的都是過去難以想像之事，陳雅薈總感覺時代進步得相當快，歲月也是匆匆而過，難道有天真的會發展到隨時可以上網的便捷生活？陳雅薈真的有些難以想像。

而即便這款《軒轅劍參》與 DOS 版的《仙劍奇俠傳》相比，畫面及音樂真的是跳躍式的大進步。不過家裡電腦太老舊，炫麗的奇術畫面都變得卡卡，一場戰鬥到後面愈打愈久，弟弟竟然還能玩得樂此不疲，確實令人嘖嘖稱奇。

但即便無法想像，卻又好像不是完全無法理解，畢竟自己國小時也曾對《仙劍奇俠傳》相當著迷。如果是自己國小的時候，若從同學那邊知道這項密技，應該會和弟弟一樣興奮，甚至為此將遊戲再重玩一遍。

「姊，再給妳看個祕密，不要跟爸媽說喔！」陳雅蔚話剛說完，便直奔自己的房間。

等到再次出現，陳雅蔚的手中，竟握著一把木劍。

陳雅薈沒有看錯，弟弟將手中的木劍不斷來回揮舞，並滿臉得意說著：「這是同學送我的畢業禮物耶，超棒的！他們知道我將來會成為大俠，所以幾個同學特別合送我的！」

見到弟弟手中的那把木劍，陳雅薈並沒有覺得新奇，因為她在自己購買劍道用品的武具店也曾看過。這是中國武術「太極劍」的練習用劍，印象中比她自己練習日本「居合道」的木刀還要便宜，頂多一百五十元左右。

陳雅蔚見到姊姊沒有多大的驚喜反應，開始大喊著：「喝！妳這日本鬼子，看我的『御劍燎原』！」

「什麼啊！誰是日本鬼子！」陳雅薈輕皺眉頭說著，今天除了被陳可凡莫名其妙指為日本鬼子外，竟然連自己的親弟弟也要造反。

「當然就是妳啊！妳這劊子手、千人斬，殺人不眨眼的鬼子『劍心』，快拿起妳的倭刀來跟我這中國大俠對戰吧！管妳的『九頭龍散』還是『十頭龍散』，或是專治咳嗽的『天翔龍角散』都沒用的！」

陳雅薈聽見自己偶像「拔刀齋緋村劍心」被弟弟污衊，帥氣絕招的名稱還被亂改一通，心裡覺得很不是滋味。她雖然很清楚弟弟對於中國大俠非常熱愛，但去污衊弟弟的偶像作為反擊也很沒意義。某種程度上，陳雅薈喜愛中國仙俠的程度，也不亞於對於日本劍客的熱愛，濟弱扶傾、行俠仗義都是這類俠客的一致共通性。只是自己因為修習日本劍道，其實也不是第一次被旁人這樣嘲笑，早就見怪不怪。

「喝啊，鬼子，瞧我降妖伏魔的『軒轅劍法』！」陳雅蔚繼續沉醉在自己的仙俠世界中，朝著陳雅薈揮舞著亂七八糟的劍法。

見到姊姊陳雅薈依舊沒有反應，陳雅蔚竟然收起木劍，雙腳蹲起馬步，平舉雙掌朝左右兩側擺著，接著閉起雙眼，看起來還真像正在運功。

「神經病，我要回房間，不要擋路啊！」陳雅薈顯得相當不耐。

陳雅蔚這時突然睜開雙眼，將雙掌使勁向外用力一推，並大聲吼著：「喝啊！鬼子去死吧！」

見到陳雅薈根本不為所動，弟弟陳雅蔚喃喃自語著：「咦？這鬼子血量那麼多，竟然沒有一擊必殺，還是我『霸王崩山勁』還沒練成？」

這下陳雅薈總算看懂弟弟是在模仿《軒轅劍參》主角「賽特」的絕技之一「霸王崩山勁」，不過因為弟弟無論身材和臉蛋，都和電玩中極為帥氣的「賽特」相差太遠，一整個只能用「蠢」字來形容。

「神經病！」陳雅薈一下就閃過弟弟的阻擋進了自己的房間，更還趁機重重「巴」了陳雅蔚的頭頂。

「哎喲，這鬼婆好厲害！」陳雅蔚摸頭哀嚎著。

回看弟弟又跳去說起《仙劍奇俠傳》的開頭經典臺詞，一整個覺得沉迷電玩的弟弟著實令人擔憂。

不過陳雅薈的目光，一下便被自己書桌上的課本所吸引過去。

「陳——雅——蔚！」陳雅薈語帶不滿大聲叫著。「你是不是又偷翻我的課本，你還會常常偷拿我的『快譯通』去玩裡面的遊戲，對不對！」

陳雅薈說完還看向自己同樣擺在桌上，那個父親特別買給她，用來更方便學習英文的工具。那個看起來很像黑色長方型鉛筆盒的電子辭典「快譯通」，儘管因為使用頻繁，外觀已經有些老舊，是父親特別從「萊思康」、「快譯通」、「無敵 CD」及「哈電族隨身卡」中，所精挑細選那時最新也是最貴的型號。這也是對陳雅薈來說，極為珍貴及意義非凡的國小畢業禮物。

「哎喲——」陳雅蔚面帶賊笑說著。「我拿電子辭典是想學英文好不好。我一直不懂《仙劍奇俠傳》英文資料夾叫 PAL 是什麼意思，查電子字典竟然說是『伙伴』的意思，然後相關字 PEN PAL 是『筆友』的意思，真的好奇怪，不知道為什麼這樣取名。然後我翻姊的課本只是想知道天山在哪啊，我這麼好學，想先知道國中的內容，這樣有什麼不對，看我多好學啊！」

「一直偷翻我的課本幹嘛？你沉迷電玩的專注程度，能拿去專心唸書就好，你的未來真令人擔憂——」

「我、我以後想去中國的天山啊！」

「去天山幹嘛？」陳雅薈顯得有些疑惑。

「當然是去天山找軒轅劍仙學軒轅劍法啊！」

「哈——」陳雅薈突然想起弟弟幾年前的蠢事笑了出來。「你之前不是一直嚷著要去四川蜀山學『御劍術』？」

「都要學、都要學啊！」陳雅蔚一臉嚴肅說著。

見到弟弟的蠢樣，陳雅薈真的哭笑不得。

「對了，姊，妳為什麼那麼喜歡日本啊？這樣不會感覺很奇怪嗎——」陳雅蔚面露疑惑問著。「像我以後上國中或高中會想學中國國術及劍術，才不會想碰日本劍道。我玩《軒轅劍參》時，主角『賽特』雖然一開始是從我們很陌生的歐洲出發，但歷經歐洲、中東尋找所謂的『不敗兵法』之旅，最後才到了我們最熟悉的中國篇。雖然這個中國篇特別短，感覺故事突然變得有點匆促，但姊難道不會像我一樣，覺得主角橫跨歐亞，歷經那麼多事，最後終於來到中國，看到及聽到那熟悉的中國風場景及音樂，姊難道不會非常感動嗎？相較那時野蠻的歐洲，會為了宗教不同就殘忍殺人，甚至發動戰爭，主角最後到了中國，才體會到『王道』才是最好的不敗兵法及止戰之道。況且我們學校三、四年級時有位很老很老的老師，常講以前從大陸逃難來臺灣的悲慘戰爭故事，要我們好好珍惜食物、學校、父母，還有老師。然後又說曾親眼看過日本人有多壞，怎麼殘忍屠殺一堆中國人，還有後來國共戰爭互相殺害的悲劇，真心希望未來都不要再有戰爭。」

「嗯，歷史上是真的有這麼一段慘事——」陳雅薈若有所思，過了好一會兒才又繼續開口。「但你知道我們臺灣被日本殖民過，阿公、阿嬤他們當過日本人嗎？」

「知道啊——」陳雅蔚顯得有些疑惑。「可是我記得好幾年前學校的暑假作業有一篇，規定要訪問自己阿公、阿嬤臺灣光復的感想。在我訪問阿公時，他說二戰後臺灣光復，重回祖國懷抱，非常感動。」

「是這樣嗎？」陳雅薈輕皺眉頭思索著。

就陳雅薈所知，經歷過日治時期的阿公、阿嬤，時常聽著日本演歌，爸爸還特別幫阿公家裝了可以接收日本 NHK 頻道的「小耳朵」，讓阿公、阿嬤可以天天收看日本節目。如果阿公以前接受弟弟訪問時，確實是這麼說的，那到底是基於什麼考量，還是懷著一種什麼樣的心情？

「姊，我看妳這本地理課本，說是『本國地理篇』，裡面內容都是大陸各省，我始終搞不太清楚，是不是大陸各省也是我們的啊？以前三年級那個很老的老師說，我們是炎黃子孫、龍的傳人，是堂堂正正的中國人，大陸各省的壯麗山河都是我們的。可是看電視新聞，還有後來其他老師課堂說的，以及一些課本內容，怎麼好像大陸那邊分明就不是我們的啊？但老師以前為什麼要那樣騙我們？而且聽老師說，好不容易大家八年抗戰一起趕走入侵的日本人後，為什麼自己人反而開始吵架打起來？老師都沒有解釋這點，真是愈看、愈聽愈糊塗——」

「呃——」陳雅薈停頓了好一會兒，才又繼續開口。「弟，你知道爸爸、媽媽以前唸書的時候，在學校只能說國語，完全不能說臺語，如果不小心說了還會被罰錢，還有的人會被罰掛『狗牌』。這些都是學校課本和老師不會教的，還有很多、很多臺灣人怎麼被欺負的事，以前課本都不會寫上，現在頂多短短幾筆帶過，你如果慢慢知道細節會很驚訝。」

「啊，真的假的，要罰錢，好奇怪喔——」陳雅蔚顯得相當驚訝。「臺語超棒的，分明臺語就比較有氣勢，像我們同學之間要是有人吵架、打架，一定要用臺語罵三字經叫陣，才夠帥氣啊！就是那個、那個『幹你』——」

「喂——」陳雅薈雖然明白弟弟想說什麼，還是搶先揮手阻止。

弟弟陳雅蔚被姊姊止住以後，過沒多久，又繼續開口說著：「姊，可是以前大表哥不是有給我們很多空白作業本，說可以給我們亂畫或當計算紙。作業簿的封底，不是每一本都會印上『做個活活潑潑的好學生，做個堂堂正正的中國人』。所以怎麼每個人都說得不一樣，到底是怎麼一回事？」

「呃，這問題其實很複雜，真的不好回答，就算書本的同一段文字，每個人看了以後，在心中成型的『答案』可能都會不同。等你上了國中以後的歷史課，再慢慢尋找屬於自己的『答案』吧！」

陳雅薈想著想著，猛然想起好友殷馥華的事，決定對弟弟苦口婆心勸著：「弟，你馬上就要上國中，國中課業真的很重，以後最好收收心，少玩電動，爸爸、媽媽他們上班賺錢養家是很辛苦的！」

「啊？姐，妳今天為何那麼反常，突然變得像個聖人？不是常抱怨覺得爸爸很煩、很討厭、很噁心──」

「唉，一言難盡啊──」陳雅薈輕嘆了口氣，瞄了靜靜躺在書桌上的「快譯通」電子辭典後，才又繼續說著。「我們父母都健在，甚至是阿公、阿嬤也還在，就是一件很值得慶幸的事啊！」

弟弟陳雅蔚聽了只是一臉難以置信，想要開口卻又把話吞了回去。微微搖頭後便默默離開房間，接著直奔電腦桌前，想必又要開始遊戲主角的練功之旅。

對於弟弟陳雅蔚的疑惑，陳雅薈也非不曾困擾。難以想像歐洲過去有過多次打破民族界線的宗教戰爭，即便是相同種族，只要因為宗教不同竟會拿刀、持槍互砍，而即使宗教相同，但因為信仰教派不同，也曾發生大規模爭鬥。不過話說回來，確實學校教科書教的，尤其是本國歷史的部分，還有一些老師所傳授的內容，跟現實生活中的實際見聞有不少出入。

比如本國歷史的國共戰爭，國民黨節節敗退，迅速失去整片中國江山，國民政府無論是在抗日戰爭或國共戰爭的「轉進」路線，幾乎是歷史科目的必考題。但分明課文中的描述，看起來就是國民黨戰敗大逃亡，「轉進」這個詞不知道怎麼來的？聽說更早以前的教材叫作「播遷」來臺。而國民政府大敗遷臺以後的章節，是以臺灣作為中華民族的復興基地，除了提到一小段二二八事件，其餘幾乎都是一片欣欣向榮像是十大建設的美景，總讓人覺得有些疑惑。還有中華文化的聖人「道統」，這個所有考生都必須琅琅上口的必考題，後面銜接得更是令人有些錯愕，但為了升學考試，就算覺得匪夷所思，也是非背不可的萬年考題。

這讓陳雅薈不時想起國文老師曾經指定的課外讀物，魯迅的《阿Q正傳》，這難道不是一種「精神勝利法」嗎？

——直到現在，陳雅薈有時自己仍是會對各種疑點相當困惑，也只能自己慢慢尋找可能的「答案」，但即便找到現階段看似「答案」者，也未必就是真的「答案」。

就像自己為何會喜歡日本，想想是否可能是受到父親以前曾經短暫在日本工作過的影響，但好像也不全因為如此。至少自己家裡不像陳可凡家那麼排斥日本，陳可凡自己那麼喜愛日本漫畫《灌籃高手》，其實說起來也跟陳雅薈這一輩絕大部分同學沒有太大差別，都是看著日本動、漫畫，玩著日本電玩長大。在陳可凡口中聽起來像是反日的外省家庭，他要這樣收藏一套日本漫畫，恐怕會是非常辛苦的一件事，甚至更可能是瞞著他的父母親偷偷珍藏，也許陳可凡自己內心也是非常矛盾。

而不同於陳雅薈自己喜歡劍客「劍心」，父親那一輩甚愛日本劍客「宮本武藏」，更愛由日本演員「三船敏郎」所主演的系列電影。當初父親聽到陳雅薈想學日本劍道，父親還是第一個舉雙手贊成的人。

看著繼續坐在電腦桌前「練功」，如此沉迷電玩的弟弟，讓陳雅薈不覺還是有些憂心。

一想到好友殷馥華的遭遇，讓陳雅薈的心情又頓時格外沉重，看著桌上的「快譯通」電子辭典，突然很想見見自己還沒下班回家的爸爸、媽媽，還有已有好一段時間沒有碰面的阿公、阿嬤。

薈哥，有時候我自己也是很矛盾。我們這一輩看著日本動、漫畫長大，理所當然，和上一輩的人，無論是所謂的「外省人」或「本省人」，對日本的感受並不相同。

不過不知道薈哥是否還記得，在我們很小、很小的時候，看到的漫畫及錄影帶卡通《哆啦A夢》，是叫作《機器貓小叮噹》，裡頭的男主角「野比大雄」，還被改成「葉大雄」，女主角「靜香」被改成「宜靜」，現在叫作「胖虎」的孩子王，我們以前叫「技安」，「小夫」在我們的版本叫作「阿福」，還有就是從來都不知道原來叫作「出木杉」的「王聰明」。

其實我是不知道為什麼，在我們很小的時候，看到的日本漫畫，幾乎都被改成和我們一樣的中文名字。有些電視卡通也是，電視臺還會自己編出改名後的中文自創卡通歌曲。是有什麼特別目的或考量，我到現在是還沒有找到可能「答案」。

但是因為這樣的改名，在我小時候發生過一件不曾跟薈哥說過的事。那時也沒有特別蒐集漫畫，只是零食「乖乖」中都會附贈小玩具，有時候就是小本漫畫。從小我爸媽就很疼我，只要我很乖，就會買一包「乖乖」給我，也讓我認識了《機器貓小叮噹》。後來我外公、外婆知道我很喜歡《小叮噹》，也曾買了很多本《小叮噹》長篇漫畫送給我。

「乖乖」附贈的小本漫畫還好，但我爸發現我有好幾本《小叮噹》長篇漫畫後，有天爸爸突然跟我說這是不好的日本漫畫，要我全部丟掉。我跟我爸爭執半天，一直跟他說，分明裡面的人物都跟我們一樣，街道、學校也一樣，怎麼會是日本漫畫，但我爸竟然勃然大怒，還是把漫畫全部丟了。

我爸甚至氣到脫掉上衣，要我看清楚他背部的一些嚴重傷痕，說是日本人以前毒打他遺留下來的，要我無論如何，此生莫忘日本侵華的暴行。

我為此痛哭好幾天，那時我還無法理解及體諒我爸的情結，也因此很恨我爸，有好一陣子都不願意跟我爸碰觸。雖然自從那次強烈抵抗後，我爸可能看我很難過，或是根本擋不住周遭環境就是如此，當然也可能是真的很疼我，對我後來觀看日本動、漫畫，算是有些睜一隻眼、閉一隻眼，也不曾再有強烈禁止。

其實珍藏的漫畫被丟掉是一回事，最重要的是，這些漫畫是外公、外婆送給我的。對我來說，我根本就不在乎是不是日本漫畫，那是帶有外公、外婆慈祥笑臉印記，不是其他一模一樣的漫畫本所能取代，是內含不同意義及記憶的珍貴禮物。

不過現在想來，真的覺得很微妙，如果當初我爸沒有跟我說那是日本漫畫，就我那時的認知，會認為裡面人物及場景全部都在臺灣。然後最近查資料才赫然發現，當時因為沒有版權觀念，其實我們那時候看過很多本《機器貓小叮噹》漫畫，並不是日本作者藤子・F・不二雄的原著，是出版社請臺灣漫畫家自行創作的內容。所以想想我那時會有那是臺灣漫畫的感覺，或許並非單純只是我的錯覺吧？

現在回想這件事，其實還蠻可怕的，在當時的回憶及認知確實如此，而隨著漸漸長大，當然不可能不知道《小叮噹》是日本漫畫。但釐清真相僅止於此，一直到最近，我才知道當時流通的漫畫，甚至我們應該也看過，竟然有很多本是臺灣漫畫家所自行創作。

因為我早已脫離閱讀《小叮噹》的幼童時期，對我來說不過是個兒時回憶，更也不會再去特別關心或更新《哆啦A夢》的背景資料。要不是最近心血來潮查了相關資料，我想我會永遠都以為兒時記憶中的《小叮噹》，全是日本作者的創作，只是曾被我們臺灣人亂改人物姓名。

所以薈哥，妳不覺得人們只會選擇「相信」自己所「相信」的，即便不是「真相」，如果沒有被人點醒且願意接受修正，或是經由自行察覺，即便是自己曾經親身經歷過的年代，也還是會就此對於自己並非「真相」的「記憶」，永遠「深信不疑」。

但難道這世間的許多紛爭，除了被有心人士操弄以外，不都是源自於每個人自己早已根深蒂固及內化的「記憶」嗎？

我不知道我這樣的想法是否正確，或許是兒時那段記憶的緣故，如果將來我的小孩喜歡什麼東西，是日本的也好、美國的也好、中國的也好、韓國的也好，甚至是東南亞文化都好。只要本質是好的，不是什麼不好的東西，我絕對不會以國族或文化為由，告訴我的孩子，這是不好的人、事、物。

這世上沒有什麼人種就一定是好人，什麼人種就一定是壞人，也沒有什麼文化就一定是好文化，什麼文化就一定是不好的文化。

好壞沒有人種及文化之分，都要回歸人或物的本質，難道不是這樣嗎？

第七章　昭和十九年（一九四四年）四月・ニューギニア・ホーランジア

「東皐小姐，妳還好嗎？」

穎三見到陳雅薈陷入沉思已有好一段時間，特意上前關切。

「啊，沒事、沒事！」陳雅薈回神後連忙解釋著。

環顧四周，還是熱帶地區較為矮小的翠綠植物，而每天也依舊是時常下起短暫暴雨的炎熱天氣，手邊忙碌的醫療事務也沒有太大的改變。不過陳雅薈已隨著軍醫穎三，在前一段時日，一同從軍港韋瓦克搭乘軍艦，調往同樣位於新幾內亞島的另一個軍事基地荷蘭迪亞（Hollandia；ホーランジア），穎三也併入當地的部隊繼續擔任戰地軍醫官。

軍港韋瓦克雖然在新曆年期間，兩軍確實好似已有默契並未交戰。但過沒多久，盟軍便開始猛烈空襲，而且規模一次比一次還要擴大，完全不是陳雅薈第一次所遇見，那種帶有警告意味的示威空襲所能比擬。

接連不斷的空襲，讓韋瓦克的物資愈來愈貧乏。而一批又一批送進野戰醫院的傷兵慘狀，也一次比一次還要可怕，尤其是被轟炸機投下燃燒彈炸傷後的傷患，全身皮膚都會有大面積燒傷、灼傷，就算當下沒死，其實也很難救治。直到後來，陳雅薈竟開始對斷肢殘軀逐漸不再畏懼，甚至還有些麻痺，也讓陳雅薈對自己的冷血感到相當不可思議。

而當地駐軍的凝重氣氛，不用明說，陳雅薈也能深深感到士氣愈來愈低落。

儘管傷兵佔滿了病床，但染上瘧疾的士兵有增無減。穎三雖然還是不定期向基地高層反應瘧疾藥物的缺乏，但始終沒有下文，不過這也是可以想像到的結果。

在當地傷亡人數，隨著盟軍空襲愈趨頻繁而不斷增加之時，醫療人手及資源亦愈趨疲乏，卻又突然接到調派荷蘭迪亞的軍令，是否意味著長期戰略還是會有棄守韋瓦克的決定，陳雅薈也不敢多想。

當然，搭著軍艦前來荷蘭迪亞的陳雅薈，下船後發現四周的景物其實看起和韋瓦克相去不遠，也根本不知道荷蘭迪亞是在什麼位置。是後來在某次交談中，才從一名士兵口中得知，這是個位於韋瓦克西邊的另一個軍港。

陳雅薈又從其他士兵那頭聽說，今年三月開始，盟軍除不斷進行空襲轟炸外，因為此處距離盟軍的軍事基地較遠而補給不易，故盟軍也較難執行登陸作戰。況且就算盟軍登陸成功，因為補給線太長，此處又有超過上萬名日本軍隊堅守，盟軍也很難輕易建立據點，所以此處是一個必須好好死守的重要軍港。不知道陳雅薈所聽到的消息是否正確，她和穎三原本所屬的「南海派遣軍第九艦隊」司令部，也已移防到荷蘭迪亞，或者更正確的說法，他們應該算是跟著司令部一起調移此處增援。不過由於消息一直非常封閉，陳雅薈也始終搞不清楚究竟實情為何。

這座由棚架所搭設的臨時野戰醫院，和先前在韋瓦克的相去不遠，都是為了瘧疾患者隔離治療所特別搭建。但在前些日子裡，可能一般的醫院已經不敷使用，竟開始和韋瓦克的野戰醫院後來的情況一樣，顧不及可能經由瘧蚊叮咬病患交互傳染健康者的風險，陸續把非瘧疾傷者也直接塞了進來。

野戰醫院的不遠處，有時夜晚還會燃起帶有異味的熊熊烈火。陳雅薈後來才知道，那是燃燒死亡士兵遺體的簡易火葬場。

看著火起火滅，更是一條又一條的年輕生命已然逝去。陳雅薈穿越日治時期至今，早已迷惘不已，不知為何會有這樣的命運安排，更對能否在回到自己所屬年代，已有愈來愈強的放棄念頭，早不敢再有如此奢望。

前陣子還可以明顯觀察到，由東邊飛來軍港停放的戰機愈來愈多，不曉得是否為大日本帝國想要集結軍隊進行反擊，還是東邊的韋瓦克基地發生什麼事情。不過因為陳雅薈僅是醫務助理人員，完全不可能知道這種軍事機密。

陳雅薈想著想著，稍微抬頭看向遠方，不知為何，遠方的軍隊可以感受到明顯的躁動。

今天陳雅薈和穎三，都身穿正式軍裝，除了全副武裝的配備及紅十字臂章外，穎三更還在腰際佩掛象徵軍官的軍刀。不僅是他們兩人，所有醫務人員都是如此。因為上頭早早就通知今天會有階級非常高的將領前來野戰醫院巡視，卻也不知道何時會來，但已搞得整個野戰醫院的所有醫務人員全都忐忑不安。

原本陳雅薈看到遠方的騷動，以為高官總算就要來了。雖然不知道高官為何要突然巡視，看著這陣子大量集結的日軍戰機，是否與準備向盟軍發動反擊有關。不過因為日本天皇誕辰日將近，也不知道是否會和祝禱儀式有所關聯。然而陳雅薈一直有聽到一個傳聞，儘管這裡有上萬名士兵駐守，看似相當穩固，但因為海運補給早就被盟軍嚴厲封鎖，這裡所剩的步槍、子彈和軍刀根本遠遠不敷使用。究竟實情如何，陳雅薈也不得而知。

但下一瞬間，高亢的空襲警報突然響起，接著此起彼落四處擴散，一下便響徹整個軍港。

「敵軍來襲！敵軍來襲！」

慌亂之中，陳雅薈仍舊可以在高亢的空襲警報中，聽到不少人喊著同樣的話。

原以為不過是已經逐漸習慣的空襲日常，尤其因為一直身處野戰醫院中，這個不大會受到空襲的區塊，每次或多或少都有種隔岸觀火的罪惡。但這次當陳雅薈抬頭仰望之時，感覺有些不大對勁。

空襲警報持續響著，遠方先是傳來炸彈自高空墜落劃破空氣的高頻聲響，緊接著地面也傳來劇烈震動。

原本龍罩大地的亮光，竟被盟軍滿天的戰機有所遮蔽。一眼掃去天空中的黑點，儘管皆有保持一定距離，可以明顯看出，所有戰機以二、三十架為一個隊伍迅速前進。

目測之下，這綿延不絕的戰機，恐怕有接近百架直撲而來，不，應該遠遠超過百架。這讓以為早已身經百戰，不會被空襲嚇倒的陳雅薈，直覺恐怕難熬此劫，竟頓時有些腿軟。

「東阜！快作緊急避難，快點躲進防空壕啊！」一穎三儘管臉色慘白，還是故作鎮定趕緊催促。

野戰醫院的所有醫護人員，緊急先將不能移動的傷兵安置到安全位置。理論上儘管屬於「臨時」的野戰醫院，但棚架的最上方，還是擁有醫護標誌，不該成為敵軍戰機的轟炸目標。

不過這次盟軍估計至少超過百架的戰機來勢洶洶，畢竟炸彈落地後的碎裂物不長眼睛，野戰醫院還是非常危險。

「咻——咻——咻——砰！砰！砰！」

「咻——咻——咻——砰！砰！砰！」

「咻——咻——咻——砰！砰！砰！」

數十架戰機已近距離呼嘯而過，即便刻意避開野戰醫院，但投下的大量炸彈威力驚人，早就將野戰醫院周遭全都炸得塵土飛揚。而迷茫的視線中，更可以聽見戰機的機槍掃射，還有不時伴隨出現的淒厲慘叫。

天空中呼嘯而過的盟軍戰機儘管迅速飛離，卻是源源不絕，好似永無盡頭，現在看來恐怕應該超過兩百架。不用多想也可以明顯看出，盟軍一定發動總攻擊，緊接在後一定是可想而知的登陸作戰，必定對於奪下荷蘭迪亞軍港勢在必得。

隨著漫天塵霧的籠罩，視線已幾近完全矇蔽，但爆炸及掃射聲響卻愈來愈近。陳雅薈突然感到一陣高音頻的刺耳聲響，接著又是劇烈頭疼。儘管渾身不適，但她很清楚，因為她並不屬於這個年代，似乎因此擁有某種時空相關的特殊能力。依據過往經驗，這種感覺暗示恐有重大危機就要來臨。

眼前儘管仍是一片迎面而來的滾滾塵霧，但陳雅薈可以清楚看見飛動的塵土及碎裂物，所有東西的速度瞬間慢了下來。沒多久，陳雅薈驚見一顆龐然大物從天而降，緩緩穿破野戰醫院棚頂，露出了暗沉的尖端。

——從形狀不難看出是盟軍戰機所扔下的炸彈。

陳雅薈回頭看向一旁的穎三，根本尚未逃去防空壕避難，仍專心安置醫院內的病患，完全不知大禍即將臨頭。儘管炸彈還尚在屋頂棚架上緩緩而落，但陳雅薈毫不猶豫使出渾身力氣，直接強拉還在彎身查看病患的穎三，準備向醫院外頭的防空壕方向狂奔而去。

等到炸彈緩慢墜地爆炸後，陳雅薈雖已拉著穎三逃離醫院，但緊接在後仍是迎頭追擊的大量碎裂物。陳雅薈見這次情況完全不對，一來時間及距離的考量，恐怕根本來不及躲進防空壕掩護，二來也沒有任何猶豫空間，只好繼續強拉穎三往後頭的叢林中狂奔而去。不知道跑了多遠的距離，也不知道越過多少棵樹木，等到陳雅薈回頭瞧見塵土已然迫近，這才在隨機應變下，將穎三一同壓倒在地尋求遮蔽。

「砰！砰！砰！」

「砰！砰！砰！」

「砰！砰！砰！」

一陣轟炸之後，趴在地上的陳雅薈，早已上氣不接下氣，只能眼睜睜看著零星碎片不時從一旁緩慢呼嘯而過。

又經過好一段時間後，這才發現前方視野內的事物，又恢復了正常速度。

透過叢林內樹木及草葉的間隙，還是可以看到高空中的盟軍戰機，依舊成群結隊呼嘯而過。這來來去去綿延不絕的戰機，恐怕少說應該遠遠超過三百架以上。

塵土飛揚之中，見到零星幾架日軍戰機才剛起飛，一下便機身冒煙，接著出現無數成排彈孔，沒一會兒又墜落下去。還有許多日軍戰機才剛開始移動，就直接被炸彈擊碎，更不論停機場一堆還沒動作的戰機，直接淹沒在炸開的塵土之中。

「我們——我們——」穎三儘管臉上滿是塵土，但看得出來臉色極為慘白，先是查看自己及陳雅薈的身體，接著斷斷續續說著。「我們是不是——是不是——被炸彈炸飛了？妳——妳——有沒有受傷？」

陳雅薈微微搖頭，並稍以手背擦拭眼眶四周遮蔽視線的灰泥。

見到穎三安然無恙，陳雅薈總算稍微鬆了口氣。還好在千鈞一髮之際，使出所有力氣強拉穎三，其實嚴格說來更像拖行。由於先前只要遇到危機，進入慢動作之時，陳雅薈只有閃避，這次過於危急，直接一把捉住穎三，意外發現自己在這段慢動作的期間，力氣似乎也變得奇大無比。

不過對穎三來說，陳雅薈的強拉前行速度之快，可能讓穎三完全摸不著頭緒，直覺兩人是被炸彈威力波及所炸飛。

「砰！砰！砰！」

「砰！砰！砰！」

「砰！砰！砰！」

不知道又過了多久，從樹葉縫隙中所瞥見的天空，已沒有盟軍戰機蹤影。四周除了叢林草葉摩擦聲外，突然一反往常，呈現異常寂靜的詭異狀態。海風強灌叢林，卻隱約帶有一股難聞的腥臭及焦味迎面而來。待塵土稍微散去後，遠方只能看到無數的凹地坑洞及斷壁殘塊，根本找不到原本應當存在的防空壕。而其中一片凹陷凌亂的空地上，出現四散各處的暗紅色液體，更伴隨著一片片隨風晃動的布料碎片。看了很久，陳雅薈這才意識到那片下凹的空地，不久前還稱為「野戰醫院」，而那一灘又一灘的暗紅色，是曾經名為「人類」的液體。

陳雅薈想起今天照料過的病患，那一張張仍帶有稚氣的年輕面孔，總讓自己想起逐漸在腦海中難以清晰浮現的弟弟陳雅蔚。

幾名傷口嚴重感染的傷兵，儘管身染重病，卻還是擁有極為強烈的求生意志。陳雅薈更想起今天與他們曾經有過的簡單對話，其中有一名傷兵，是從日本鄉下被徵調過來，農家出身的男孩，相處起來非常親切、淳樸，還和陳雅薈哭訴自己很想回家，所以印象特別深刻。

——想著想著，耳邊彷彿又出現那幾名傷兵的低沉哀嚎。

儘管紅了眼眶，陳雅薈淚水卻怎麼樣也流不出來。

「噠！噠！噠！噠！噠！」

「噠！噠！噠！噠！噠！」

「噠！噠！噠！噠！噠！噠！」

遠方傳來一陣猛烈機槍掃射，打破了短暫的寂靜。

原來是灘頭碉堡內的日軍，開始向逼近的盟軍登陸艇進行瘋狂掃射。

由於海岸平坦，即使身在遠方也能看得非常清楚。兩艘登陸艇已駛進遠方沙灘上，接踵而至，還有十數艘登陸艇先後到達，整個漫長的海岸線，已滿布盟軍的登陸艇。

沒多久，所有登陸艇陸續放下閘門，一下便湧出一群又一群身材精壯的盟軍士兵。

儘管日軍碉堡內的機槍依舊持續掃射，但一湧而上的盟軍士兵好似源源不絕。幾座碉堡突然熄了火，更有幾座還從內部爆出了猛烈的火花，幾名全身著火的日軍士兵，瘋狂揮舞上肢跳了出來，跑沒幾步路便又倒了下去。

一名懷中緊抱炸藥的日軍士兵，從壕溝中爬了出來，即便身中數槍，還是奮勇衝向盟軍。但還來不及觸碰盟軍，這名士兵突然應聲炸裂，肢體一下四散，彷彿根本不曾存在，直接從戰場上瞬間消失。

緊接在後，幾名年輕士兵也從戰壕中爬了出來，拿著裝有刺刀的步槍，向盟軍狂奔。但盟軍士兵炮火猛烈，這些年輕士兵只是一個接著一個向前、向後相繼倒下。

後續又有一排日軍士兵衝向前去，不過盟軍隨即回以猛烈機槍掃射。這些日軍士兵先是像觸電般跳起，接著全身抖動不止。沒多久，便又一一倒地。

——這不是電影，而是活生生的殺戮場景。

陳雅薈整個人看傻、看僵了，卻也不知道該如何是好。

遠方的海面上，兩艘大型軍艦的身影，已然逐漸浮現。而幾近只剩殘骸的軍事基地，東邊陸續出現成群盟軍，更有隨著一輛坦克緩緩移動前進的大批部隊。恐怕盟軍的軍事行動早有縝密規劃，就連東邊的陸地防線也已順利突破。

不知為何，看到那輛不斷往前移動的坦克，陳雅薈腦海竟詭異浮現一段遙遠的兒時回憶，那個與眼前場景呈現極度諷刺的任天堂紅白機電玩名作「坦克大戰」遊戲畫面。不過這詭異的念頭，僅是一閃而過，置於眼前的真實殘酷情景，完全不是遊戲中的可愛畫面所能比擬，一下就把陳雅薈拉回現實。

盟軍人員眾多、武器精良、彈藥充足，一輪又一輪的猛攻，彷彿摧枯拉朽般，在這裡駐守的日軍根本完全招架不住。

「撤退！撤退！籐田軍曹下令，我們這邊的先往後方撤退！集結後再反擊！」一名士兵大聲喊著。

經由這名士兵的大喊，陳雅薈這才回過神來，原來在這座叢林中，早已滿布應該也是當初躲避盟軍轟炸的日軍士兵。

靜下心來仔細聆聽，原本一直以為是叢林內的動物聲響，這才猛然驚覺是周遭幾名士兵的低沉哀嚎及啜泣。

「兩位軍醫大人，快點往後撤啊！」一名士兵跑向看到出神的穎三身旁呼喊著。

陳雅薈望向一旁，發現向來表現極為冷靜的穎三，似乎也被剛才盟軍輕易擊潰日軍的猛烈攻勢嚇到了。

由於各個部隊早已四散，陳雅薈更明白平時熟識的士兵及醫護人員，早已在先前的盟軍轟炸中，成為大地上的一灘灘液體。這名士兵見到自己及穎三，掛著紅十字臂章，自然也會把陳雅薈認作是軍醫。所有士兵開始往叢林深處快步前進，有的甚至跑了起來。陳雅薈和穎三並肩走著，沿路上沒有任何交談，而且大家心裡似乎都深怕盟軍追來，即使用走的人，也愈走愈急。

走著走著，陳雅薈回頭一望。遠方的海岸似乎只剩零星槍火聲響，而透過樹林縫隙，可以看見四散各處的黑煙冉冉而上。

——盟軍會深入叢林追擊嗎？

儘管陳雅薈的疑惑，也是所有撤退士兵的顧慮，但沒有一個人能知道答案。

數十名士兵，有的人手持步槍警戒，有的人緊握短刀，不斷向叢林深處前進。不過也有像陳雅薈一樣，手中空無一物的人，只能緊緊跟隨隊伍。

整座熱帶雨林高木叢生，樹根錯綜複雜。因為地上滿是接近膝蓋高度的翠綠矮草，很難看清地面上的實際情形，只要一不小心，都很容易被交錯的粗大木根絆倒。沿路上早有幾名士兵，不慎被樹根纏住，摔得鼻青臉腫。

儘管外頭還有日照，但愈往深處前行，樹叢愈形茂密，若非不時尚有透過縫隙灑落的光線亮點，會有種宛如突然踏入黑夜的錯覺。

陳雅薈渾身冒汗、氣喘吁吁，眼前是幾乎完全相同的高木雜草，愈看愈翠綠。就連一根根高竄而上的粗大樹幹，全都滿布著翠綠的藤蔓植物，攀爬纏繞樹幹的密集程度，好似這些樹木天生就是綠色樹身的模樣。

雨林內的溼熱，不僅是身體上的感覺，就連視覺上的溼熱程度，映入眼簾的翠綠植物，彷彿眨眼間就會滴出綠色汁液。

眾人雖然持續前進，但看起來好像也沒有人知道目的地究竟是在何處。由於四周都是相近的植物，在沒有工具的輔助下，要想不迷失方向也很困難。這座深不見底的熱帶雨林，好似通向死亡深淵，其所蘊藏的未知恐懼，恐怕遠遠超過盟軍的追擊。若不是因為被盟軍擊潰逃難，根本不會有人想要靠近。

「各位，第九艦隊司令長官遠藤中將已經身負重傷，我們必須更為堅強戰鬥下去——」一名走在最前頭的士兵開口說著。

這名士兵滿臉是傷，由於軍服破碎，已然裸露上半身，就連下半身的褲子及綁腿也已殘破不堪。

「你怎麼可能會知道——」後頭的士兵回應著。

滿臉傷痕的士兵繼續開口說著：「我先前聽我的通訊兵通話時有提到，不過他話還沒說完，下一秒就在我眼前被炸碎了。在此同時，我自己也莫名其妙被噴進叢林裡昏了。等到醒來後才發現，應該是被大片樹葉及樹枝層層擋住，我這才大難不死——」

「如果遠藤中將都死了，那這仗還打得下去嗎？」

「混蛋，說那什麼喪氣話！」滿臉傷痕的士兵停下疾行腳步，緊皺眉頭轉頭大聲說著。「大和男兒豈可如此，不再奮勇殺退鬼畜美、澳復仇，這樣對得起天皇陛下嗎！」

儘管滿臉傷痕的士兵，身材看起來相當瘦弱，但卻說得相當起勁。不過陳雅薈察覺，四周的其他士兵並沒有多大反應。

到底是疲累、驚恐、心有餘悸，還是並不認同，陳雅薈也不得而知。

不過因為這名士兵開口說話，打破了沿路的無聲行軍，倒是讓原本緊繃的氣氛，總算稍有舒緩。

「請問——」一名雙手空無一物的士兵微舉右手問著。「我們到底要去哪裡集結？」

經由這名士兵的提醒，大夥兒這才驚覺整個行進隊伍，好像沒有一位明顯的帶頭者。眾人恐怕因為滿懷對於盟軍追擊的恐懼，只是全憑感覺，持續不斷向雨林深處逃離避難。

「最一開始，不是有誰喊說哪位軍曹下令撤退到後方集結？」一名士兵說著。

「好像什麼籐原軍曹嗎？」

「我記得是籐本軍曹吧？但我不知道這位長官是誰，是哪個部隊的長官？」

「所以當初到底是誰喊的？可以出來說明一下確切指令嗎？」

眾人停下腳步，想要等待答案，但久久沒有回音。只是你看我、我看你，始終沒人出面說明。

確實，陳雅薈只記得有人如此喊過。但因為當時所有人的臉上滿是塵土灰泥，更有斑斑血跡及傷痕。若不是穎三的臉龐及身影早已熟識，來自不同部隊的避難士兵，恐怕誰也不認識誰，根本也沒人記得當初是誰傳達的軍曹命令。

「到底是誰！快出來說明啊！」一名因為身上軍服還算完整，可以看出是二等新兵的年輕士兵，看起來大概只有十五、六歲，眼珠不停轉動，渾身顫抖說著。「我們、我們這樣會不會變成擅自逃離戰場的逃兵，這會被正法的啊！」

「嘖！混蛋，誰是逃兵！」滿臉傷痕的士兵勃然大怒，並朝發出疑問的年輕士兵猛踹一腳。「我是來自九州的兵長佐佐木春介，在場有沒有更高階的長官來帶領我們！」

由於在場的數十名士兵，許多人的軍服早已殘破不堪，更有赤裸上身者，根本看不出原來的軍服模樣。幾名士兵看向腰際掛著軍刀的穎三，能佩戴軍刀，明顯就是更高的軍官階級。

發現這些注目眼神後，穎三趕緊指著自己的紅十字臂章，好似暗示自己雖然官屬中尉，不過並非帶領軍隊的軍官，而是軍醫官。

穎三會有這樣的舉動，陳雅薈也並非不能理解。穎三曾經跟她說過，他雖然是掛著中尉的軍官，但是並不帶兵。雖然一般士兵會很敬重，但比他官階還低的帶兵軍官或士官，即便嘴上未必會說，實際上表現出來的言行，似乎都很輕蔑他這種比他們官階還高的軍醫。只有在這些軍官、士官身體不適前來看診求藥時，才又擺出客客氣氣的模樣。

「好吧！」佐佐木帶著狂傲的目光，向四周緩緩掃了一圈，更在看向穎三之時，盯著穎三的軍刀看了很久，而後才露出了戲謔般的詭笑，再轉身對所有人精神抖擻喊著。「如果沒有比我更高階的長官，這支部隊就理所當然暫時由我帶領！」

眾人經由先前在雨林崎嶇之路的快步前進，早已精疲力盡。很難理解為何這名佐佐木兵長，聽起來還曾經歷轟炸噴飛的昏厥，竟還能如此精神飽滿。

陳雅薈看向臉上滿是傷痕的佐佐木兵長，幾道傷痕流淌的血，看起來還相當濕潤。陳雅薈看著看著，一下便別過頭去，因為佐佐木兵長帶有並非常人的怪異眼神，始終讓陳雅薈非常不適。他的目光，簡直就像在自己所屬年代，曾經在電影中所看過，那種令人極度厭惡的好戰狂熱分子。

「你，二等兵，給我站好！」佐佐木兵長對著先前被他一腳踹倒的年輕二等兵大吼。「我懷疑你是真的逃兵，剛剛才會那麼說的！你是不是不想效忠天皇陛下，對天皇陛下有異心！」

「報告兵長大人，我沒有！」二等兵滿臉驚恐說著。

「啪！」

佐佐木兵長直接賞了二等兵一個響亮的巴掌。

二等兵儘管吃痛，還是趕緊回復立正姿勢，並低頭大喊：「謝謝兵長大人！」

陳雅薈見到佐佐木兵長如此殘暴，都已經什麼節骨眼，竟還在大耍官威。不過儘管心有不滿，陳雅薈和大家一樣，全都不敢出聲講話。

佐佐木兵長皆目怒視，上下打量眼前的二等兵，接著又開口大喊：「把衣服和褲子都脫下！」

「啊？」二等兵儘管還是維持挺直的立正姿勢，但完全掩飾不住驚訝的神情。

「還懷疑嗎！」佐佐木兵長瞪大雙眼吼著。

二等兵即便無奈，還是聽從佐佐木兵長的指示，迅速脫去還算完整的上衣和褲子，一點也不敢有所怠慢。

佐佐木兵長接過後，開始脫去自己身上幾乎已不成形的衣物，接著換上二等兵的軍服，穿著穿著又再補了一句：「鞋子也要！」

待到佐佐木兵長穿到鞋子時，口中還唸唸有詞：「混蛋新兵，看到長官衣服破成這樣，自己還敢穿那麼好，都不會感到羞恥嗎！」

不過等到佐佐木兵長換到鞋子時，發現不合腳，又把鞋子朝二等兵扔了回去。

待佐佐木兵長整理好全身軍服後，用力將二等兵標誌扯掉，接著又把換下的破爛衣物，再次扔在二等兵面前，而後挺直背脊轉身離去。

「謝謝兵長大人！」二等兵撿起破爛衣物前，還向佐佐木深深鞠躬行禮並大聲喊著。

一名士兵見到佐佐木兵長繼續大步前進，趕緊跟在後頭。這名士兵跟著跟著，還主動將手中的步槍，呈現警戒的狀態隨伺在側，戒護意味非常濃厚。

其他士兵見狀後，也依序跟上。不僅如此，儘管在場的士兵來自各個不同部隊，看起來幾乎互不認識，竟還自動排成行軍隊伍。因為陳雅薈及穎三並非正規士兵，屬於醫護人員，故只是默默跟在隊伍後頭。

陳雅薈並不清楚佐佐木兵長的用意，看起來除了大耍官威外，佐佐木兵長是否想給所有來自四面八方的士兵們下馬威，陳雅薈也無法確定。但看到連同自己及穎三在內，全都自動自發、整齊排列的隊伍，陳雅薈也很難否定這樣的猜測。

然而佐佐木兵長近似瘋狂暴虐的眼神，還是始終讓陳雅薈相當不適。

「東阜——」穎三走著走者，以極為細小的聲音在陳雅薈耳邊說著。「這個佐佐木兵長感覺有點奇怪，甚至是有些瘋狂，不知道還會有什麼脫軌行為。妳可千萬別被發現妳的真實身分，我指的是什麼，妳應該清楚。我們之後如果看到什麼事，儘管難忍，都還是盡量低調不要說話，太危險了！」

陳雅薈當然知道穎三指的是什麼意思，甚至穎三也預想到自己可能會有挺身而出的衝動，因此小心提點。對於穎三的好意，陳雅薈只是小心翼翼微微頷首，兩人接著有如早已說好般，各自恢復目視前方的模樣，以免被佐佐木兵長盯上。

不知道又走了多久，見帶頭的佐佐木兵長，始終沒有使用輔助工具，他在這宛如迷宮的雨林中，到底如何辨識方向。

至少陳雅薈早已在這茂密的雨林中，失去了東南西北的所有方向，若又接到指示，須要他們再循原路回去軍事基地，更是難以完成的艱難任務。如此險惡的雨林，想必盟軍也未必敢輕易深入。

「兵長大人，請問我們會去哪裡集結？」隊伍中的一名士兵沿路上極度不安，鼓足勇氣後怯生生提出疑問。

佐佐木兵長停下腳步，一臉不可置信，接著搶過身旁護衛士兵的手中步槍，大步走向發問士兵。士兵還來不及反應，佐佐木直接反轉手中步槍，以槍托往士兵臉上重重揮去。

臉部受到重擊的士兵差點倒地，穩住身子後趕緊站好，嘴角及鼻孔下方滿是鮮血，低頭大喊著：「謝謝兵長大人！」

佐佐木兵長依舊怒氣未消，連賞士兵兩個巴掌後，才又開口說著：「我剛剛整裝完出發前不是說過，我們要藉由密林的掩護，往韋瓦克軍港方向集結！待我們和駐守韋瓦克部隊一起集結完畢後，就可以殺退鬼畜美、澳！」

儘管又再挨了兩個巴掌，士兵迅速恢復立正姿勢低頭大喊：「對不起兵長大人，是我這笨蛋該死沒聽清楚！」

佐佐木兵長緊皺眉頭，「嘖」的一聲後，又對這名士兵吐了口水，這才轉身重回隊伍前頭，把步槍塞回原本的士兵手中，並對隊伍高舉雙手大喊：「天皇陛下萬歲！萬歲！萬歲！」

「天皇陛下萬歲！萬歲！萬歲！」

所有士兵，全都跟在佐佐木兵長之後高聲呼喊。儘管陳雅薈並不屬於這個年代，更也清楚日本天皇是人，不是神。在她穿越來到這個年代後，即便知道這個實情，卻也不可能和任何人訴說，因為就她觀察，至少表面上大家都得不時呼喊「天皇陛下萬歲」，她也不敢拒絕從眾，而引來他人的起疑。

同樣呼喊「萬歲」口號，陳雅薈覺得這個年代的臺灣人和日本人，內心想法應當大不相同。日本人從小就被教育天皇是「萬世一系」的神，即便陳雅薈從以前就覺得有些不可思議，但可能對這時的日本人來說，就像從出生就認知為理所當然之事。而臺灣人突然從最常祭拜的媽祖、觀世音菩薩，又多了一位降臨人世間的神，陳雅薈相當懷疑，大家真的有那麼容易就能接受嗎？

即便經常呼喊著一樣的口號，雖然無法得知每個呼喊者的想法，但陳雅薈至少很確定，她內心是完全不服氣及不認同。不過為了在這環境中生存，她也不得不經常跟著高喊。

每次跟著大家呼喊「萬歲」之時，陳雅薈偶爾會聯想到在自己所屬年代，也曾在政治選舉的造勢活動中，跟著懷抱相同信念及想法的支持者們，一同激情搖旗吶喊，還有口中不斷高喊的「凍蒜」。

佐佐木兵長見到大家賣力呼喊萬歲後，這才轉身繼續大步前進。

隊伍繼續向前移動，陳雅薈回想剛剛的整個荒謬過程，著實非常訝異，卻也只能壓抑這股強烈的疑惑。她印象中佐佐木兵長似乎不曾說明，要帶大家去哪裡集結，不過因為自己一直在忽亮忽暗的密林中小心翼翼行進，也讓陳雅薈早已暈頭轉向，很難確認是否也可能跟那名發問士兵一樣，真的是自己沒有注意。

不過就在又走了一段路後，前方隊伍中有個從背影就能明顯看出，身材極為魁梧的士兵，不時左顧右盼，顯得相當不安。

又再持續走了一段時間，這名魁梧士兵仍舊不時東張西望，引起了陳雅薈的好奇關注。從英挺深邃的側臉，可以明顯看出臺灣原住民的外型，應當屬於所謂的「高砂義勇隊」。儘管這名魁梧士兵沒有攜帶武器，但行進之間可以觀察到腰際掛著所謂的「蕃刀」，確實是只有「高砂義勇隊」所能佩帶的光榮象徵。

魁梧士兵似乎已經忍耐到一定極限，突然微舉右手發問：「報告兵長大人，請問是說要去韋瓦克，方向應該是在東邊，但我們好像是往南邊走去——」

「混蛋！」

佐佐木兵長搶過一旁士兵步槍，直接朝天空「砰」的開了一槍。叢林內各處發出了「啪噠、啪噠」的飛鳥聲響，完全想不透佐佐木兵長的舉動，這樣不會招來盟軍的注意嗎？

「是誰！敢這樣懷疑長官的！」佐佐木兵長放聲喊著，走向魁梧士兵面前又用槍托打了下去。

儘管魁梧士兵幾乎比身材矮小的佐佐木兵長高了快要一個頭，但也只能默默挨打，立正站好後繼續說著：「兵長大人，我們家鄉有從植物辨識方位的方法，我知道這邊是南半球，可能會是相反的方位。雖然我不確定是否如此，但看起來我們走的方向並不是東方或西方。因為已經遠離基地，應該會是南方——」

「混蛋！」佐佐木兵長拿起槍托又是一陣猛打。「你這『蕃人』敢來指導我嗎！你真的知道什麼是南半球，你有讀過書嗎？」

魁梧士兵儘管默默挨揍，但聽見「蕃人」的瞬間，神情顯得相當不悅，但還是只能咬緊牙根回答：

「兵長大人，不敢、不敢！謝謝兵長大人！」

「砰！」

佐佐木兵長又朝天空開了一槍，接著對著眾人大喊著：「知不知道皇軍為什麼可以所向無敵！」

見到眾人沉默，佐佐木兵長皆目厲聲吼著：「混蛋！就是絕對服從，知不知道！這支部隊，我說的話就是軍令。我說哪裡是東邊就是東邊，誰敢違抗軍令就斃了誰！」

無聲無語的行軍隊伍又繼續向前邁進，儘管陳雅薈確實跟先前幾名士兵一樣滿腹疑惑。眾人幾乎不曾看過佐佐木兵長有拿出工具確認方位，即便覺得這個佐佐木兵長言行舉止都非常詭異，看起來更像早已失去方向，只是帶領大家在原地打轉，大家卻還是只能默默跟著隊伍。

更何況所有人都親眼看見，也親身經歷日軍已被盟軍打得兵敗如山倒，而佐佐木兵長竟然還能說出如此匪夷所思的精神喊話。

什麼「皇軍天下無敵」、「支那的暴行」、「大東亞共榮圈」、「聖戰」之類的美化宣傳，而各種軍歌歌詞中，均不斷強調這戰爭是為了「守衛東洋和平」。

就連為了侵略及併吞中國東北，也都能說是為了協助建立「滿洲國」。想想在各國歷史上，哪個為了侵略及併吞他國的不義戰爭發動者，不會想出各種堂而皇之的理由加以美化、加以宣傳？況且一定不只大日本帝國如此，敵我雙方陣營為了各種目的，應該都會進行類似的不實宣傳。

雖然不知道其他人的想法，但陳雅薈因為不屬於這個年代，很清楚絕大部分都是虛假的戰爭宣傳。原本就打從心底完全不認同，現在慘敗之後的這些話語，只能說聽起來更是極大的諷刺。

陳雅薈想起，在吳濁流的《亞細亞的孤兒》中，有一段讓她印象深刻的描寫，中日開戰前夕，中國的許多人們也被煽動戰爭，認為國力遠勝日本，完全不必畏懼。或許兩軍交戰前，確實一切都是未知數，就像日本侵略中國的「三月亡華」狂言也是如此。

但歷史一直都是勝利者所撰寫，到底陳雅薈在自己所屬年代的國民教育教科書，是否所有資訊都是百分之百正確，因為沒有再深入研究，她也無從得知。更何況同一件事實，只要切入的史觀不同，會讓資訊接收者，所得到的感受也會完全不同。

在喬治・歐威爾的《一九八四》中，更有一句名言：「所有的戰爭宣傳、所有的叫囂、謊言和仇恨，都來自那些不上戰場的人。」

陳雅薈如今身處無情戰場，更是覺得這句話的精確與諷刺。

「是誰！」佐佐木兵長不知道過了多久，停下腳步後，手持步槍轉向後頭隊伍吼著。「是誰在說我壞話！」

眾人儘管一頭霧水，根本沒有聽到任何人說話，也只能立正站好直盯前方，沒有人敢輕舉妄動。

「是不是你！」佐佐木兵長舉槍瞄準先前那名魁梧士兵吼著。「你竟敢偷罵我是不是！」

魁梧士兵先前臉上挨揍的血痕未乾，這次佐佐木兵長雖然沒有打人，但直接將槍口指向魁梧士兵，看起來也沒比挨打好到哪去。

「呃——」魁梧士兵想要開口解釋，又把話吞了回去，接著眼睛直視前方立正站著。

佐佐木兵長見魁梧士兵只是目視前方，一直沒有反應，又往前走了幾步。

「你們都不想承認是不是！」佐佐木兵長繼續大喊著。「全部給我倆倆相對站好，然後開始互打巴掌！」

佐佐木兵長一臉盛怒的模樣，眾人早已見過各種莫名其妙的瘋狂舉動，感覺真的隨時都會扣下扳機。沒多久，佐佐木兵長一聲令下，在這不知身處何方的雨林之中，竟傳出此起彼落的巴掌聲響。

「都給我用力打，大和男兒就是要有鋼鐵般的意志！」佐佐木兵長邊繞隊伍邊喊著。

接到口令後，雨林中不合時宜的詭異巴掌聲，竟愈傳愈多、愈響愈亮。

陳雅薈及穎三因為屬於醫務人員，雖然不在佐佐木兵長連坐懲罰的範圍內，但看到士兵們兩兩互打的使勁力道，各個臉龐都已浮現明顯紅腫，看著看著也不覺跟著痛了起來。

——有必要在這種分明就是逃難的關鍵時刻，惡整自己的士兵嗎？陳雅薈實在難以理解。

佐佐木兵長持槍漫步繞行，邊走邊點頭，好似愈看愈滿意，嘴角竟還微微上揚。

眼看佐佐木兵長尚無停止懲罰的意思，不過陳雅薈卻發現，遠方的樹叢之間草木晃動，似乎有著什麼物體正在迅速移動。

不知道是不是陳雅薈的這個動作或是什麼表情，引來了佐佐木兵長的注意，佐佐木兵長突然轉身拿槍對準最後頭的穎三吼著：「什麼！你這軍醫自以為官掛中尉就了不起嗎？你們那什麼表情，竟敢瞧不起我，到底有什麼好不滿的？以我的能力，往後我還會升上大佐，知不知道！你，把軍刀交出來，我才配得上這種榮耀！」

穎三面對佐佐木兵長的無理要求，只是將左手緩緩移向腰際軍刀，而後看起來相當猶豫，並沒有繼續任何動作。

見到如此場面，陳雅薈真的深怕幾近瘋狂的佐佐木兵長，會突然朝穎三開槍。想要上前說幾句話，卻又想起穎三叮囑不要任意開口說話的勸戒。

耳邊還是此起彼落的巴掌聲響，部隊在佐佐木兵長尚未下達停止口令前，也沒人敢擅自結束。

但佐佐木兵長見到穎三尚在猶豫，依舊沒有後續動作，而穎三手撫軍刀的左手，看起來又像準備蓄勢拔刀的動作。佐佐木兵長看著看著，早已擺好步槍瞄準穎三胸口快步接近。

心跳不斷加速的陳雅薈，原本還在思考，是否該直接拔起穎三的腰際軍刀，攻向這名狂暴的佐佐木兵長，否則穎三可能真的會有生命危險。

正在陳雅薈思考之際，周遭的所有景物，尤其是落葉及動草更為明顯，一瞬間突然變得極度緩慢。儘管那股熟悉的劇烈頭疼再度強襲而入，陳雅薈早已意識到情勢恐怕並不樂觀，無法再有任何模糊的猶豫空間，直接忍著頭痛奔至穎三身旁，並迅速拔起穎三軍刀做好準備。

「砰！」

「砰！」

儘管子彈飛行緩慢，陳雅薈還是相當訝異佐佐木兵長竟然真的開槍射擊穎三，而且還聽到了兩聲槍響。陳雅薈高舉軍刀，看準緩慢移動的子彈，不知為何，迎面而來的只有一顆慢速飛行的子彈。

手起刀落揮出了俐落的漂亮刀型，陳雅薈長年修習的精湛劍術，一下便準確砍中行進間的子彈，更直接將子彈硬生生劈成兩半。

見到分成兩半的子彈分別轉向落地，原本陳雅薈還在猶豫，是否趁著這個慢速期間攻向佐佐木兵長，卻驚見佐佐木兵長的胸口，出現一顆緩慢貫穿而過的子彈。

緊接著在那胸前瞬間成型的孔洞之中，一下便緩緩湧出向外綻開噴發的大量鮮血。

沒多久，周遭又恢復原本的正常速度，佐佐木兵長一下便應聲倒地。

聽到槍響之後，眾人發現佐佐木兵長倒了下去，原本還在互擊巴掌的士兵們，這才停下手邊動作。大家儘管驚訝，卻完全沒人想去關心佐佐木兵長的死活，好似整個部隊早已期待他的死去。

「巴力！」

魁梧士兵掛著罕見的笑容，對著遠方草叢揮手大喊。

朝著魁梧士兵呼喊的方向望去，正是陳雅薈先前所看到似有動靜之處。

陳雅薈再仔細一看，草叢之中所出現的，竟是完全意想不到的村正霧。

村正手中還緊握一柄步槍，直直瞄準先前佐佐木兵長所站的位置。

蒼哥，我常在想，「念舊」會不會是人的一種天性？

常常聽到有人說：「過去總是美好的！」是回憶中的場景，隨著時間過去，在我們腦海中有所改變，還是過去的美好回憶，真的就是如此美好嗎？

遙想各代的《仙劍奇俠傳》和《軒轅劍》，都是蒼哥和我學生時代極度熱愛的電玩遊戲。尤其是第一代《仙劍奇俠傳》DOS版，更是蒼哥與我國小時極度瘋狂的仙俠遊戲。

雖然我們也都很喜歡《軒轅劍參》及《軒轅劍參外傳天之痕》的動人故事，不過或許《仙劍奇俠傳》，作為我們人生第一款PC仙俠遊戲，其所帶來的回憶及感受，絕對難以輕易取代。

還記得當年我們常常一起討論《仙劍奇俠傳》的劇情，兩位女主角到底是可愛內斂的趙靈兒比較好，還是個性刁蠻真誠的林月如比較好。雖然我們意見並不完全相同，不過我們都一致很愛瀟灑行俠、有情有義的男主角李逍遙。

因為這款遊戲故事內容淒美感人，也帶給我們非常美好的回憶。甚至因為就是同時伴隨著那個無憂無慮的年代及其他回憶，不是後來任何時期所能取代，故也是我們心目中，沒有其他同類遊戲可以超越的經典作品。

從錄影帶、VCD、DVD，再到藍光光碟，影視的畫質及音訊品質一直飛躍式進步。常常在想，以後我的小孩可能根本不會知道，其實就算他們將來有機會接觸到歷史資料的文字與照片，終究也無法體會我們兒時那種需要倒帶的錄音帶和錄影帶，還有更多我們那時經歷過的日常事物。

我們當下都覺得自己所接觸的科技是最新最好的，以往覺得VCD雖然畫質沒有錄影帶好，但相較錄影帶不需要倒帶的便利性，隨時想看哪一段，就能直接點選，還是相當驚人的科技進步。

結果後來又推出了結合高畫質及便利性，更驚為天人的DVD。誰知道後頭還有畫質及音訊更為精細的藍光光碟，更何況現在又演進到了4K畫質、串流影音及隨選視訊，這些相信未來都會成為相當普及的日常科技。

演變到現在的這種精細程度，有時候都很懷疑自己的肉眼是否有問題，其實已經看不出影視畫質的進步有多大差異。

但，薈哥，妳知道嗎？當十多年前，那個DOS版的《仙劍奇俠傳》，早已成為我們心目中不可動搖、永遠的經典。想不到我前些日子在YOUTUBE上，剛好看到有人放上《仙劍奇俠傳》DOS版的遊戲影片，我真的有點嚇傻了。

在我回憶之中如此扣人心弦的仙俠愛情經典，李逍遙、趙靈兒及林月如三位主角的人物圖像，還有那一首首動人的遊戲音樂，甚至故事的部分劇情、場景及對話，到現在我都還記得，印象中都是相當完美亮麗。

但因為我們早已不知不覺習慣現在極為精美的聲光畫質或遊戲圖像，突然回看十多年前的遊戲畫面，其實人物圖像或場景，以現在的角度檢視，會是有些慘不忍睹的顆粒點陣圖。

我一度相當懷疑這YOUTUBE影片是否有問題，當年看到的遊戲畫面真的是這樣嗎？

然而靜下心來仔細反覆觀看及回想，這確實就是當年的遊戲音樂、當年的遊戲畫面。不過是我自己因為當年留下了良好的印象，正負方向在心中決定成型以後，這段美好的記憶，也不知不覺隨著歲月的流逝，在我腦海之中，以自己後來接觸的事物，修補成更為完美的形象。

要不是這次偶然在網路上看到《仙劍奇俠傳》DOS版的遊戲影片，我還真不知道我腦海中的回憶畫面，已經隨著時間過去，被我自動「修補」及「升級」過了。

薈哥，我是不知道其他人為什麼會「念舊」，但我自己最近的這個體悟，似乎真的是一個「自我美化」回憶的最佳證明。但不是每個回憶中所有人、事、物的所有階段，都留有完整影像或照片，可以在十多年後回顧，以及證明當初的真正原貌。

我的經驗如此，但每個人的回憶，無論是「念舊」或「懷恨」，在心中正負方向決定後，難道不會出現類似我這種「自我美化」或「自我醜化」的情況嗎？

第八章　民國八十七年（一九九八年）六月・臺灣・臺北市

「送七粒！送七粒！你是送七粒！」一名國小五年級男童，在下課鐘聲剛響之時，即興高采烈邊跑出教室邊喊著。

「錯了、錯了！你這只有兩粒的不要吵，我有十粒，叫我送十粒！」另一名男童追出教室，還刻意伸手遮在褲襠前，挺腰後仰上半身大聲嘻笑著。

一名留著長髮、綁著公主頭，同樣也是五年級的清秀大眼女孩，當然知道這兩名班上男同學在嬉鬧些什麼低級無聊的玩笑。

那是一年多前在全臺喧騰一時，幾乎無人不知、無人不曉的宗教案件「宋七力顯像分身事件」。這個疑似宗教詐欺案件，即便仍未定案，故還不知真相為何，不過這個「宋七力」的「本尊」及「分身」，已成為這一年來國小孩童時常出現的玩鬧流行用語。

校園廣播的音樂還沒開始，這名長髮女童的所有班上同學，早已在教室前的走廊散開排好。剛剛還在玩鬧的兩名男同學，也已就定自己的排列位置。不過今天全班的氣氛顯得相當輕鬆，兩名男同學即便排好以後，還是沉醉在「送七粒」遊戲。

沒多久，學校廣播系統，放出了極為輕快的音樂。

一聽到音樂，這名長髮女童表情一下就變得極度無奈。

——這名女童正是就讀國小五年級的陳雅薈。

「一二三、三二一、一二三四五六七——」

來了！又來了！已經聽了快一學期的新曲調，卻還是讓人非常抗拒。校園的廣播音樂才剛播出前奏，陳雅薈早已感到渾身不適，卻不得不跟著音樂及歌曲全身擺動。

「我們是快樂的好兒童，身體好，精神好，愛清潔，有禮貌，人人見了都喜愛！」

喇叭傳出的輕快音樂及歌聲，依舊持續播送著。

——才不過跨了一年，好似整個世界都變了！

原本只是從幾名老師口中耳聞，以後可能會換新的健康操，但總以為和自己無關。舊版的國民健康操，儘管跳起來也很無奈，但早已習慣多年，而這新版的國民健康操，竟然說換就換。

陳雅薈相當懷念去年還是舊版的國民健康操，當時所有同學都覺得是愚蠢老土的動作，想不到跟今年被迫更換的新版健康操比起來，突然覺得老土有老土的好。

相較之下，新版的非常活潑，但很多動作，對於低年級的小學生可能還好，但對像高年級又即將升上六年級的陳雅薈來說，做起來還是讓人覺得相當害羞難受。

還記得當初剛開始學新動作的時候，只要有同學做得不是很好，還會被老師懲罰，要全班留下來繼續重做。而好動又愛搞笑的男同學，邊做新版動作還邊嘲笑其他同學像「低能兒」，不過陳雅薈反而覺得，這位同學說出此話之時，自己的動作其實看起來更像。

「國民健康操，兩手叉腰，預備，起——上肢運動——內外繞圈——敲肩伸展——挺胸運動——左右彎體——前後彎體——四肢運動——轉體運動——調節運動——緩和運動——」

這個多年來耳熟能詳的國民健康操，在陳雅薈腦海裡都還能清晰響起，那個高亢嘹亮的男子口令廣播，就這樣突然從每日的校園生活中完全消失。

儘管以前也很排斥，總覺得很像死板板的軍人教育，想不到被迫更換新版後，竟覺得非常懷念。突然覺得能有些理解爸爸、媽媽喜歡看懷舊臺語老歌節目的原因。

陳雅薈浮現這種想法後，又想到自己不過即將升上國小六年級，難道真的是老了嗎？想想竟有這種可笑念頭，自己都覺得有點誇張。

即便現在新版的國民健康操，動作也已熟悉，況且這次算來也是這學期最後一次的健康操。緊接在後，是即將到來漫長又快樂的暑假，但陳雅薈內心始終還是很抗拒這項改變。

其實不僅是國民健康操的改變，就連原本每週六的上班上課日，也改變為隔週休二日。也就是一週星期六維持原本的上班上課日，下一週的星期六則放假，與隔天的週日合在一起，等於該週休息兩天的「週休二日」，是為了未來全面實施「週休二日」的預備過渡期。

這原本應該對學生來說，是非常開心的事，不過陳雅薈總覺得這項改變，好像每個月突然少了兩個與同學相約下午一同遊玩的機會。畢竟週六半天課，下午放學後要約什麼活動，還是比放假日要從家裡再出門容易。

好多事情都在發生改變，就連過往瘋狂支持的職棒隊伍時報鷹隊，因為簽賭醜聞，也在去年十一月被聯盟停權一年。而年底的臺北市市長選舉也不知道會是怎麼樣的結果，難道也會改變嗎？

打著「魄力、認真」，尋求連任的阿扁市長，四年前上任臺北市市長以後，大力改革臺北市市政及強力掃蕩各項弊端，讓大家確實非常耳目一新。而阿扁市長又曾經是名辯才無礙的律師，陳雅薈這學期也在臺下看過同學們在班上辯論比賽中，那滔滔不絕的帥氣模樣。這一直都是陳雅薈所欠缺的才能與勇氣，確實很希望自己也能擁有那麼好的口才。阿扁市長這次競選連任最強力的競爭對手，正是人氣也非常高的前法務部長馬英九。

說也奇怪，陳雅薈的媽媽很愛對著電視政論節目激動痛罵，印象中好像是從四年前的臺北市市長選舉開始。而原本形象清新的法務部部長馬英九，過往記得還曾聽媽媽讚美過很帥，甚至陳雅薈以前也覺得「小馬哥」確實帥氣。但自從「小馬哥」投入參選臺北市市長後，也開始成為媽媽的痛罵對象，連帶陳雅薈對於「小馬哥」以往的帥哥印象，也不知不覺跟著轉變。

——會不會另一邊的國民黨支持者或家庭也是這樣呢？因為自己選擇支持了某一邊的參選者，就會開始愈來愈討厭另一邊的競爭對手，所以不難想像會有人極度討厭阿扁市長。然後全家選擇收看立場相近的政論節目，再全家一同痛罵討厭的候選人。

——怎麼搞得大家好像都跟「阿扁市長」或「小馬哥」很熟的樣子？想起來大家應該都不會真的有那麼多機會認識這兩位候選人吧？

陳雅薈想起，阿扁市長之前曾綜合了搖滾巨星「麥可傑克森」、分身事件宗教人士「宋七力」及內褲外穿「超人」，合體裝扮成「麥可傑克森超人」。阿扁市長更強調是以「本尊」而非「分身」，現身大家面前，但因為阿扁市長凸出的小腹有些明顯，還被一旁的隨行幕僚提醒必須縮小腹。阿扁市長那個滿臉塗白的搞笑模樣，至今令陳雅薈一想起都還是覺得非常好笑。

在校園中，同學們時常出現到底該支持「阿扁市長」還是「小馬哥」的爭吵。而愈接近選舉，這兩位火紅的候選人，儘管大家好像也只是懵懵懂懂，卻還是時常成為熱門議題。

陳雅薈很羨慕那些敢在校園中說出自己家裡支持誰的同學，因為即便她聽到有同學痛罵阿扁市長，聽起來有點道理，卻又好像不完全如此，要她自己說點什麼話來反駁，自己好像也沒這口才與能力。儘管知道自己很難做到，但成為辯才無礙的律師，卻是陳雅薈曾經想過的目標。

但想必同學們也是和陳雅薈一樣，都是父母所告訴他們的想法。不過陳雅薈自己無論如何，也只是靜靜聽著，既不敢也沒有勇氣去和同學討論。

陳雅薈想想，大家對於選舉真的非常熱衷，而且不知道是不是因為選邊支持以後，就會大量投入感情，更造成全力支持就不易轉變的狀況。

不過其實到底是不是這個原因及現象，大人的世界聽起來非常複雜，就像早已習慣多年的「國民健康操」，還是一樣說變就變。

而每件事到底誰好誰壞，也看得不是很懂，每個同學好像也只能相信自己的父母長輩，畢竟父母沒必要欺騙自己的小孩吧？有時候只要問得更多，想要知道為什麼，大人就會回答，長大以後就會慢慢瞭解，自己去尋找屬於自己的「答案」。

但其實就是不懂、不明白才會想問，而老師在學校曾經教過《禮記・禮運大同篇》，「大道之行也，天下為公，選賢與能，講信修睦」。難道一場選舉就不能兩個都是很好的參選人，各憑實力一較高下嗎？

這確實是一個不易理解的難題，好像自己也無法那麼理性，用高尚的理論去看待每一件事。反正對陳雅薈來說，每逢選舉一到，跟著父母走上街頭搖旗吶喊「凍蒜」，父母也允許自己可以跟著大人縱聲痛罵，就是一件很好玩的事。

而自己過往和好友殷馥華，一同瘋狂過的時報鷹隊也是如此，當知道時報鷹隊被停權以後，短時間內根本無法再去支持其他球隊。兩位好友因此一同決定暫時不看棒球、不碰棒球，直到時報鷹隊回歸球場為止。

想著這些往事，今天這個有些惱人的健康操，竟也在老師不怎麼管制的凌亂隊伍中，不知不覺結束了。

這學期最後的半天課，也在近乎同樂會性質中吵吵鬧鬧度過。

「雅薈！太棒了！」一名綁著馬尾的女童，極為熱情跑來陳雅薈身邊說著。「這學期終於結束，暑假、暑假來了！我們可以一起玩了！」

這名女童正是三、四年級與陳雅薈同班過的好友殷馥華。

兩人升上五年級時，分到不同班級，但因為是非常要好的朋友，所以還是時常保持聯絡。由於陳雅薈與殷馥華兩人住得並不算遠，有時放學不期而遇，還會順道一同相伴，再各自返回家中。對於兩人來說，即便分屬不同班，卻也沒有那麼強烈的分別感。

陳雅薈投以熱情的笑容說著：「阿華，等一下要去妳家玩，下星期就是換妳來我家玩喔！」

兩人一同走了一段路後，便到了殷馥華家。

一踏進家門，陳雅薈就看到殷馥華家中客廳牆壁上，掛著一面大大的國旗，還有一旁的竹筒擺飾內，插著兩面一模一樣的方型小旗。

在這小旗上，可以看到印有「一路走來，始終如一」，是臺北市市長候選人馬英九的競選旗幟。

這讓陳雅薈想到，自己家裡也有類似的競選小旗，只是上頭最底排印的是「有夢最美，希望相隨」。

「雅薈，怎麼了嗎？」殷馥華雙眼微睜問著。

「啊，沒有啦——」陳雅薈擠出笑容說著。

客廳的書櫃裡，有著陳雅薈以前就看過的空白錄影帶，不過卻未曾仔細看過。因為感覺和以前的印象相比，數量愈排愈多，這也引起了陳雅薈的好奇。

這些空白錄影帶上的標籤，都有很工整的筆跡寫上不同日期，以及相同的「大陸尋奇」四個大字。

這是中國電視公司所製作的長青社教節目，每週日晚間在無線電視臺中視播放，專門介紹中國各地的風景、古蹟以及人文等內容，是相當有名的知性節目，還曾獲得金鐘獎的教育文化節目獎。

「哈，雅薈，妳也有看『大陸尋奇』嗎？」

「有啊、有啊，我會跟爸、媽一起看，節目內容蠻有趣的，很多風景好壯觀、好漂亮喔！我爸還說節目開頭的主題曲，詞寫得好優美！」

陳雅薈說著說著，腦海內彷彿響起了《大陸尋奇》片頭曲，由藝人張琪所主唱，那首聲調高昂的《江山萬里心》：「風雨千里路，江山萬里心——秦關月，楚天雲，無處不是故園情——」

「是啊、是啊，節目是很好看，我也很愛看——」殷馥華點點頭，不過接著輕皺眉頭說著。「但是我有點討厭這個節目！」

「啊，為什麼？」陳雅薈顯得有些驚訝。

「因為每次這個節目片頭曲的『風雨千年路，江山萬里心』一出來，就代表星期天放假要結束了，感覺很討厭。另一個更討厭的是，同時段別臺有我想看的卡通，我爸都硬要看《大陸尋奇》，害我都不能看卡通。」

「喔，這麼說來我也是耶，會變成看不到別臺的卡通——」

「不過，後來我爸妥協了，改用錄影機錄下節目，讓我有時可以看卡通。但如果是這樣，我爸規定，我之後還是必須陪他補看錄影帶。」

「原來如此——」陳雅薈點點頭，原來這些錄影帶是這樣來的。

穿過客廳來到殷馥華的房間，可以瞥見沿路牆上掛有很多獎狀及勳章。雖然以前就曾經看過，但現在的陳雅薈，更能明白那些都是殷馥華爸爸辛苦得來的一張張獎狀及一枚枚勳章。

——殷爸爸是一名不苟言笑的軍人。

這也是陳雅薈的唯一印象。

殷馥華將書包放置後，就先離開房間。陳雅薈靜靜參觀殷馥華房間內的書櫃，上頭有一整套中國歷史故事及世界歷史故事兒童叢書，還有整排十二本的漢聲小百科。甚至連論語、孟子，這些對陳雅薈來說感覺相當深奧的書，想不到都陳列在殷馥華的書櫃上。真不知道這些架上書，殷馥華是否都有看過。

而殷馥華離開房間，原來是到廚房冰箱拿出兩瓶鋁箔包飲料，隨後靜悄悄回到房間，將冰涼飲料貼在正專注看著書櫃的陳雅薈臉上。

「哇！嚇死我了！」陳雅薈轉頭瞪向殷馥華，但一下便笑了出來。

等到陳雅薈接過這瓶「統一麥香奶茶」後，殷馥華一下便插好吸管，大喝一口後，才繼續說著：「快幫忙喝啦，我家好多，看了都覺得超可怕的！」

「啊，為什麼？」

「哎喲，還不就我爸說什麼限定軍公教才能購買的『軍公教福利中心』，之後要全部改成什麼『全聯福利中心』，開放給所有民眾。他說誰知道改制以後福利社會變成什麼鬼樣，於是瘋狂買了一堆東西，還搬了好幾箱麥香奶茶回來了——」

「啊，是這樣喔——」陳雅薈聽完後，覺得今年真的很多東西都已改變或即將改變。

「別管這個了，妳看！」

殷馥華說完，便坐在電腦桌前。開啟自己的電腦，下達了一些指令，一下便進入了陳雅薈也不算陌生的 MS-DOS 黑底白字畫面。

看來殷馥華家裡電腦和自己的一樣，都是 MS-DOS 配上 Windows 95。

眼看殷馥華又再敲打一些指令，畫面一下便有了轉換，明顯進入了某款電腦遊戲。

螢幕接著呈現了圍繞雲霧的深谷，而後還有幾隻展翅白鶴緩緩飛過，讓看慣任天堂紅白機畫面的陳雅薈，不禁有些讚嘆這遊戲畫面和音樂怎麼那麼漂亮及動聽。

「哈哈！看傻了吧！」殷馥華拿著一本粉色系的書籍，封面上頭有對極為漂亮的古裝男女。「我找妳來我家玩，主要就是想推薦妳這款電腦遊戲《仙劍奇俠傳》！」

「呃，這是言情小說嗎？」陳雅薈見到粉色系的遊戲說明書，以及上頭的俊男美女，直覺這麼問著。

「哎喲，不是啦——」殷馥華笑眼瞇瞇說著。「這款遊戲是我表哥之前寒假時借給我的，我玩完以後真的太喜歡了，後來也用壓歲錢跑去買了一盒，又重複玩了好幾次！」

「啊，有那麼好玩嗎？」

陳雅薈半信半疑，不過就在殷馥華的暗示下，試著在電腦畫面「新的故事」及「舊的回憶」中，選了第一個選項。

遊戲一下就進入開頭，逗趣的場景音樂及人物對話，讓陳雅薈驚艷不已。過往陪著弟弟陳雅蔚玩著任天堂紅白機，盡是些看不懂的日文，只要遊戲中用的是日文選項，幾乎只能都用猜的。而眼前電腦中的除了遊戲人物動作靈活靈現，所有介面及文字還是再熟悉不過的中文，竟然連人物拿鍋子敲頭的響亮音效都有，真讓陳雅薈感動不已。

殷馥華就這樣帶著陳雅薈玩起《仙劍奇俠傳》，兩人還不時隨著遊戲劇情對話一同大笑。

不知道過了多久，大門傳來了開啟及關閉聲響，原來是殷馥華的爸爸回來了。

「殷爸爸好！」陳雅薈見到殷爸爸後，趕緊離開電腦桌前，和殷馥華一同走到客廳，向殷爸爸點頭問好。

印象中殷馥華曾說過她母親沒有上班，而父親已經退伍閒居在家，並不像陳雅薈自己的雙親都在上班。

殷爸爸只是「喔」的一聲，轉頭向殷馥華用了陳雅薈聽不懂的方言說了幾句，便逕自往客廳沙發坐了下去。

——果然還是像以前一樣嚴肅。

不過殷爸爸臉上滿布的皺紋愈來愈深，而後梳的斑白髮型，似乎也愈來愈少。儘管看得出來殷爸爸努力維持挺直的姿勢，但還是藏不住微駝的身形，整體看來好像比之前的印象老了許多。殷爸爸隨手拿起沙發旁的報紙看著，臉色卻是相當沉重，讓臉上的橫紋愈形顯著。

不知道殷馥華到底像誰？陳雅薈也看過殷馥華的母親，總覺得殷馥華兩者都不像。不過也可能是父母親的綜合體，只是殷爸爸年紀太大，皺紋太多，變得有些看不出來。但殷馥華的外表，並沒有非常明顯像爸爸或媽媽，硬要說得話，殷馥華的眼睛雖然不大，還比較像陳雅薈自己媽媽，扣除媽媽會對政論節目大罵以外，外表屬於那種氣質順眼的類型，這讓陳雅薈有些羨慕。

因為陳雅薈長得和父親很像，從小和父親一同出門，常常就會聽到別人說「像爸爸」這三個字，久而久之，都讓陳雅薈覺得非常厭煩。

不知道為什麼，殷爸爸總是沉著一張臉，讓陳雅薈一直對於殷爸爸的威嚴，帶有某種程度的畏懼。見到場面有些尷尬，陳雅薈突然有種是否打擾到殷爸爸的感覺，很想趕快離去。

「別管我爸啦，他就是那樣古怪！」殷馥華在陳雅薈耳邊小聲抱怨著，一下又拉著陳雅薈進入自己的房間。

「阿華——」陳雅薈看了看時間，儘管也覺得這款遊戲非常好玩，但還是不得不開口說著。「這遊戲應該很長，我也不可能玩完，我在想我是不是該回家了——」

「放心、放心！」殷馥華略帶得意說著。「我早就想好了，會推薦妳這款遊戲，就是要在妳試玩以後，若也覺得好玩，當然是借給妳在暑假好好玩玩啊！」

殷馥華話剛說完，早就把《仙劍奇俠傳》的遊戲說明書及十片磁碟片放入遊戲盒子，整理好後直接交給陳雅薈。

陳雅薈語帶遲疑說著：「可是、可是阿華那妳自己呢？感覺這遊戲真的很好玩，阿華暑假都不用玩這遊戲嗎？」

「哈——」殷馥華滿臉笑容說著。「孫叔叔說，好東西當然要跟好朋友分享啊！別擔心我，早就玩過超多遍，我才超希望雅薈妳也玩過，我們還可以一起哀愁呢！」

「啊？什麼意思？」陳雅薈滿臉疑惑。

殷馥華只是一抹淺淺的微笑，便沒再多說什麼。陳雅薈見狀後，只好將遊戲盒收進書包，但同時又從裡頭拿出一盒光碟。

「哈哈，換我回禮了！」陳雅薈邊說邊把一整盒硬殼光碟盒交給殷馥華，盒子封面上頭是一對俊男美女的照片。

陳雅薈繼續補充著：「這是我託我們班上同學買的，想要送給阿華的暑假禮物！」

殷馥華看了看光碟盒封面的那對男女，上頭男的正是陳雅薈非常喜愛，才二十來歲的帥氣日本偶像團體 SMAP 人氣歌星，同時也是新銳演員的木村拓哉。

「阿華——」陳雅薈靦腆笑著。「之前在衛視中文臺看了日劇《愛情白皮書》，就有注意到飾演男配角的木村拓哉。這是他第一次擔任男主角主演的《長假》VCD。雖然臺灣電視還看不到，不過我同學竟然還買得到，好東西就要和好朋友分享啊！」

「咳——咳——」

房間外傳來殷爸爸清喉嚨的聲音，不知道殷爸爸為何經過此處，手拿紅白相間塑膠提袋，駐足房門之外。

背對房門的陳雅薈沒有多想，只見殷馥華神情有些怪異，不知道是否因為不好意思，而不敢直接收下這份禮物，只好再繼續補了一句：「我覺得木村拓哉好帥喔！在劇中是很會彈鋼琴的帥哥，真的好帥喔！」

殷馥華看到房門外的父親，臉色變得更為暗沉，連帶自己的心情也跟著凝重起來。

「怎麼樣？」陳雅薈難掩興奮之情。「這部日劇故事超棒的，我已經用電腦看過兩遍。阿華應該也可以用電腦 Win95 的多媒體播放程式看 VCD 吧？我同學也覺得木村拓哉很帥、很喜歡，也是木村拓哉迷，不知道我那同學是在哪裡買到的。反正我就是拜託同學幫忙買了兩份，一份就是要特別送給阿華的暑假禮物！」

殷馥華依舊沉默不語，陳雅薈繼續說著：「還是我下次來玩時，把我收藏的整套《神劍闖江湖》借給妳，可以利用暑假慢慢看？劍心行俠仗義的故事真的很精彩，可惜這套漫畫聽說這個段落的故事結束後，可能就會完結了——」

「千萬不要啊！」殷馥華不待陳雅薈說完，直接雙眼微睜搶了一句。

陳雅薈實在有些無法理解，平時也常跟殷馥華分享《神劍闖江湖》主角劍客「劍心」的諸多帥氣事蹟，殷馥華看起來也很有興趣，感覺應該也會喜歡「劍心」。怎麼只是提議要借她整套漫畫，她的反應竟會如此之大。

「爸——」殷馥華突然走向房門。

陳雅薈轉頭見到殷爸爸臉色不是很好，也著實有些嚇到。

不過接下來殷爸爸和殷馥華用著陳雅薈聽不懂的方言對談，只見兩人講著講著，都是一臉生氣的模樣，完全不知道發生了什麼事。

見到父女倆似乎快吵起來，陳雅薈原本就想離開，就順著這個情勢，背起書包準備離去。

殷爸爸看到陳雅薈就要離去，突然停止與殷馥華的激烈交談。接著只是眉頭深鎖不發一語，將手中的紅白塑膠提袋舉起，靠向陳雅薈。

陳雅薈瞄向提袋內，似乎是裝著一塊五顏六色，看起來很像蛋糕的東西。然而殷爸爸的意思到底是要送給陳雅薈，還是有什麼別的用意，陳雅薈也搞不清楚。

不過由於殷爸爸的嚴肅表情，看起來很恐怖，陳雅薈也不敢多問，只是下意識擠出笑容揮手婉拒：「殷爸爸，不用、不用，真的很謝謝！」

「雅薈，這是『梅花糕』，很好吃的！」殷馥華見到好友臉色有些難看，趕緊上前特別解釋。

「殷爸爸、阿華，真的不用，我其實還有點飽。非常謝謝，不好意思如此麻煩大家，我就不再打擾了，再見、再見！」陳雅薈完全不敢看向殷爸爸，只是低頭說著。

不知道殷馥華到底和他父親發生什麼爭吵，搞不好是什麼已經吵了好幾天的家務事吧？陳雅薈身為外人，本就不該介入，只想趕緊逃離這個尷尬場面。

就在陳雅薈轉身離去之時，又聽到殷爸爸用方言說了幾句，而後又聽到殷馥華氣憤回著：「爸，你說那什麼過分的話啊！」

掩上大門後，聽見兩人愈吵愈兇，陳雅薈慶幸自己所下的決定，因為他們父女倆果然還是吵了起來。好在自己已經離開，否則還真不知道該怎麼面對他們父女倆的爭吵場面。

回家後，陳雅薈趕緊將殷馥華借給她的《仙劍奇俠傳》安裝好。不過由於陳雅薈對電腦操作不是很熟，尤其是遊戲的環境設定，什麼設定電腦喇叭聲霸卡的 IRQ 值之類的，更是陳雅薈完全看不懂的東西，只好再打電話去請教殷馥華。

好在透過殷馥華的幫忙，總算成功設定完成。不過電話中殷馥華完全沒提到她與父親爭吵的事，陳雅薈也總算放下心來，恐怕真的是殷馥華與她父親的家務事。既然殷馥華也沒主動提起，想必也已經沒事了。

就這樣，陳雅薈完全進入了《仙劍奇俠傳》的仙俠世界無法自拔。

經過了多日的連續遊玩，故事劇情、畫面、音樂，及四十五度角的立體遊戲視圖，真的就如殷馥華所言，好到實在令人讚嘆不已，也難怪好友會如此極力推薦。陳雅薈萬萬沒想到，臺灣人也能做出如此精美的遊戲，完全不輸給日本遊戲廠商，感動之餘，更還帶有一股榮耀。

而已經對於任天堂紅白機玩到有點膩的弟弟陳雅蔚，自從日本任天堂公司後來又推出了「超級任天堂」，就開始一直吵著父母親買給他。不過由於父母親沒有同意，弟弟這場持續多年的抗爭，到現在，目標早已變成更新一代的「任天堂 N64」。

不過家中本來只被陳雅薈用來看日劇 VCD 的電腦，自從有了《仙劍奇俠傳》以後，弟弟竟再也沒有吵鬧，反而開始會和陳雅薈搶電腦。

「弟，你很煩耶！」陳雅薈瞪著弟弟陳雅蔚說著。

「哪有！該我玩啦！」陳雅蔚持續鬧著。

看著國小三年級的弟弟，又開始胡鬧，陳雅薈真的覺得相當煩人，緊皺眉頭說著：「分明現在是我玩的時段！你暑假作業寫完了嗎？還不快點去寫！」

「哼，只剩下訪問阿公的作業，星期六爸爸才會帶我去找阿公、阿嬤！」

「啊？那是什麼作業？」

「訪問阿公阿嬤二戰結束後，臺灣光復的感想——」

陳雅薈語帶疑惑說著：「阿公會要給你訪問喔？以前怎麼問都不大願意說——」

因為就陳雅薈的印象，阿公確實就是如此，怎麼這次會答應弟弟的暑假作業。

「哈哈哈！」陳雅蔚放聲笑著。「姊，妳就是『顧人怨』，阿公當然比較疼我！快換我玩，不要賴皮！」

「你才賴皮！」

儘管弟弟陳雅蔚在身旁不時吵鬧，陳雅薈還是持續她的仙俠練功之旅。過了好一陣子，陳雅蔚總算停止吵鬧，只在一旁靜靜看著。

好不容易玩到了「鎖妖塔」底層，人物等級也苦練到了非常高，主角們也陸續學會炫麗的新奇術，讓陳雅薈覺得很有成就。

由於《仙劍奇俠傳》的關卡迷宮，對於初次接觸這種遊戲的陳雅薈來說，真的太困難了。上週還是趁著殷馥華來家裡遊玩，在殷馥華逐步帶領下，費了好一番工夫，才走出怪物非常恐怖且路線超級複雜的迷宮「將軍塚」。

等到玩到時間差不多以後，陳雅薈自己的雙眼其實也有些疲累，這才讓給一直在旁緊盯的弟弟。見到應該還有很多字可能不認識的弟弟，又接續讀檔玩起自己的記錄，分明就還對劇情一知半解，卻跟著自己進入仙俠世界，想來就是好笑。

不過弟弟雖然也玩了有一段時日，進度卻還一直停留在遊戲剛開頭的漁村。之前本想提醒弟弟該怎麼讓主角走出一開始的漁村，想不到竟反被弟弟兇了一頓，讓陳雅薈決定再也不要好心幫忙，讓他自生自滅。

「啊！」陳雅蔚不知道過了多久，突然慘叫一聲。

聽到慘叫後，陳雅薈從自己的房間走出，到了擺在客廳的電腦旁問著：「怎麼了？」

「姊——」陳雅蔚突然變得一副要哭要哭的模樣。「我、我——」

陳雅薈看著電腦螢幕，遊戲場景還是開頭的漁村，看不出發生什麼事。

「沒事、沒事——」陳雅蔚說著說著竟哭了起來。

就在陳雅薈摸不清發生什麼事時，只看到正在哭泣的弟弟，一直重複讀取遊戲記錄的動作。

再仔細一看，陳雅薈這才發現弟弟讀取的位置，正是兩姊弟說好，屬於自己的第一個遊戲存檔位置。

「陳——雅——蔚——」陳雅薈已近乎尖叫放聲嚷著。「你！你！你！」

這下換陳雅薈快要哭出來，原來是屬於自己的遊戲記錄位置，被弟弟還困在開頭的遊戲進度覆蓋過去了。

陳雅蔚放聲大哭：「嗚——嗚——姊——對不起——對不起——」

快要昏倒的陳雅薈，一想到多日來的練功全都白費，而那滿布恐怖僵屍的「黑水鎮」和「將軍塚」還要重玩一次，真希望能像女主角林月如一樣，用拿手兵器「金蛇鞭」，痛扁眼前的糊塗弟弟。

就這樣，陳雅薈突然失去繼續遊玩的動力，停了好一陣子，才總算撫平嚴重受創的心靈，在暑假的後半段玩完這款《仙劍奇俠傳》。

到了十二月，臺北市市長選舉結果揭曉，陳雅薈全家支持的阿扁市長競選連任失利，由國民黨參選人馬英九當選。果然不出陳雅薈的預感，之前就覺得今年很多事情都會改變，但這樣的結果，還是讓陳雅薈失落不已。

「唉——」陳雅薈輕嘆了一口氣。

「哎喲，雅薈，怎麼了啊？」殷馥華一臉擔心問著。

兩名好友剛好在放學時不期而遇，並肩一同走路回家。

「呃——沒什麼——」陳雅薈搖搖頭。「話說，謝謝阿華介紹給我《仙劍奇俠傳》這款那麼棒的遊戲，真的太好玩了！其實不瞞妳說，暑假結束前，雖然將遊戲還給阿華，不過後來我和弟弟又合資買了這款遊戲，本來對去年推出新版仙劍 Win95 很心動，不過看起來我家的舊電腦可能跑不太順。我爸說等我上國中才會升級電腦配備，順便換 Win98，所以還是買了確定可以玩的 DOS 版。而且因為有新的 Win95 版本，舊的 DOS 版也在特價。不過我們最後選了 DOS 光碟版，光碟裡頭還有八首遊戲音樂，可以當音樂 CD 聽，每一首都超好聽啊！下次再借給阿華聽聽看，那一首首音樂配上遊戲淒美的劇情，真是太動人了，我常常沒事就會放來聽！」

「是喔、是喔——」殷馥華眼睛一亮。「我當初也想買光碟版，店家老闆還一直推薦去年新出仙劍 Win95 版，說畫面更好一些，但我爸就說什麼東西都一樣，幹嘛不買最便宜的 DOS 磁碟片版本就好。店家老闆本來想再推比較貴的 DOS 光碟版，大概是看到我爸那嚴肅的表情很恐怖，也馬上改口東西一樣，買最便宜的就好。我知道仙劍 Win95 版畫面好像有些不同，還以為兩個 DOS 版本真的一樣，原來還是有這樣的差別！」

「阿華，妳知道嗎——」陳雅薈說著說著竟然笑了起來。「我暑假玩這遊戲時，有發生過一段悲劇。那就是我當初玩到『鎖妖塔』的遊戲記錄，竟被我那愚蠢的弟弟，用自己玩的開頭漁村記錄覆蓋過去——」

殷馥華不禁雙眼微睜說著：「啊，那不是應該已經超過一半進度的遊戲記錄——」

「是啊！我那時真的氣炸了，超想痛扁我弟！」

「結果？」

陳雅薈露出得意的笑容說著：「我根本無力重玩、重練，當然是罰我弟補練回我之前在『鎖妖塔』的等級啊！但妳知道嗎？我弟他竟然——」

「怎麼了嗎？」

「噗——噗——」陳雅薈想要憋住，卻還是笑了出來。「我因為太過傷心，好一陣子沒去碰這款遊戲，弟弟知道我很生氣，也不敢再跟我提起遊戲的事。結果有天我弟很得意叫了我，我去看時真的有點看傻了眼。」

「怎麼說？」

「我弟還真的補練到我當初的遊戲人物等級，但是——」

「快說怎麼了——」殷馥華催促著。

「我弟始終走不出遊戲開頭的漁村，也不敢問我，竟然在那邊的『十里坡』練到了二十多級。李逍遙都學會奇術『天劍』，真是嚇死我了！」

「啊——」殷馥華聽了以後真的愣住。

這個遊戲初期的場景，怪物經驗值都很低，這要有多大的毅力跟耐心，還要克服枯燥乏味，才能在開頭場景練到那麼高的等級，簡直是難以想像的艱鉅任務。

「哈，妳不覺得我弟很笨嗎！」

「呃，不會啦，我看過妳弟很多次，我覺得很可愛啊！」

「哪有，他有時候真的煩死人了——」陳雅薈苦笑著。「而且他真的超級笨的，對《仙劍奇俠傳》簡直走火入魔。雖然我當初玩到結局，看到天空中飄下藍絲帶的動畫，我真的難過到想哭，但我弟後來自己玩到遊戲中段，重要角色死掉時，他竟然哭到死去活來，我看到的時候嚇到，還以為發生什麼大事，更不用說他玩到結局的反應也是如此。我一直很懷疑他根本沒辦法完全看得懂故事劇情，想不到反應如此劇烈。然後最近學校什麼『我的夢想』的作文，他老兄竟然寫夢想以後要當行俠仗義的蜀山劍俠，老師看了應該會搖頭吧？不過竟然沒給他零分，這也是奇蹟！」

「哈！」

「何止如此，我那笨老弟，老師出作業要抄寫喜歡的古詩詞，他竟然突發奇想抄了遊戲說明書上的四首遊戲人物古詩。老師看了以後竟批改，『詩境優美，不知出處為何？比武招親是何典故？』想不到我弟竟然跟老師說，這是家中一本古書上抄來的，更可怕的是，老師竟然還相信，還給我弟很高的分數！」

「呃——」殷馥華確實有些啞口無言。

「還有更扯的，我弟之前為了上網查『地窖』網站的《仙劍奇俠傳》攻略密技，用數據機連上網後忘了斷網，就這樣擺了一整天，電話費被收了好幾千元。我爸一氣之下就把數據機沒收，現在我家電腦變成完全不能上網了——」

「哈哈——」殷馥華苦笑著。「雅薈，妳雖然聽起來像在抱怨，但他畢竟還是妳的親弟弟，其實我有時候都很羨慕妳有弟弟，你們感情應該是愈吵愈好啊。像我沒有兄弟姊妹，從小就很渴望有弟弟或妹妹，老實說我很多時候都很孤單。要不是後來遇到了妳，才有不同的改變，所以我非常非常珍惜我們的友情！」

「呃——」陳雅薈停頓了好一會兒，才又笑了起來。「三八阿華，有什麼好孤單？我們那麼要好，即使五年級後分到不同班，還不一樣常常一起玩，還是超級好姊妹，不要覺得自己孤單嘛！」

「唉，真的嗎？可是我聽說很多好朋友，到了不同階段就會一直變換——」殷馥華凝視遠方說著。

「我很不希望變成那樣，但其實我還蠻擔心一件事，因為我大概知道雅薈為什麼會心情沮喪。我原本以為是我們曾經最愛的時報鷹解散的事，但停權後會走到解散這步也早有預感，我們傷心之餘也早已約定以後不看棒球了。我覺得是之前去雅薈家玩，我有注意到，插在你們家裡的競選小旗子，還有很多『扁帽工廠』的扁帽、娃娃、貼紙文具那些東西，明顯跟我們家相反，所以應該是臺北市市長選舉的事吧？」

「唉，果然是好姊妹，真的知道我的心事——」陳雅薈想起阿扁市長落敗後的敗選感言，不禁脫口而出。「『對進步團隊的無情，是偉大城市的象徵。』」

「啊？」殷馥華顯得相當疑惑。

「沒什麼，很多事不管我現在怎麼努力思考，真的還是不大明白——」

「可是，雅薈，在我家裡，只要談到阿扁市長幾乎都是負面的，有時候聽到我也會覺得有些奇怪。我雖然對政治沒有興趣，但我家就是這種狀況，我爸批評政治起來，非常強勢、非常強硬，我媽都不敢說話，這反而讓我對政治議題其實還蠻反感。不過我真的很擔心妳會不會因此討厭我啊？即將上任的馬英九市長不好嗎？」

「啊？」陳雅薈停頓了好一會兒，突然眼睛一亮拍手說著。「對的，阿華，就是這個現象，我也非常非常疑惑。在我家跟妳剛好相反，聽到另一頭競爭對手的評語，幾乎都是不好的。有時候我媽媽看電視，不小心轉到TVBS的『2100全民開講』，如果又正好遇到立場不同的民眾CALL-IN，我媽媽就會對著電視一直痛罵外省人，我也覺得是不是太過火，為什麼本省人和外省人一定要有互相討厭的『省籍情結』，到底曾經發生過什麼事？我真的不希望我們這一代還有這種問題。難道我們不能都簡簡單單，就像阿華和我一樣，有一樣喜歡的事物，然後當好朋友？不管如何，這就是我往後想努力找尋的『答案』！」

「咦？什麼意思？」

陳雅薈微微頷首說著：「阿華，我覺得今年雖然快要結束，但太多人、事、物都改變了。我們現在國小六年級，明年的這個時候，就已經上國中，算是另一個新階段，所以我也想要改變——」

「改變？」殷馥華雙眼微睜問著。

陳雅薈突然斂容說著：「阿華，儘管我覺得弟弟的夢想很好笑，但反觀我自己，在這之前雖然也曾想過很多事，卻也一直沒有什麼堅定志向，或將來想做什麼事。不過看了這次的選舉現象，阿扁市長明明施政滿意度很高，但還是落選，我是覺得這個結果，應該還有一些可以找尋、研究的背後原因，以及更為深入的可能『答案』。其實嚴格來說這次市長選舉我也是霧裡看花，像我們不同老師在課堂上講同一件事的說法，也都不盡相同，有時真的不知道誰對誰錯、誰好誰壞。我會喜歡阿扁市長，想想好像也只是單純從我父母口中聽到，阿扁市長從三級貧戶，如何成為律師、民意代表，還有後來的市長，我覺得很勵志。但經過這次選舉，讓我想了很多事情，幾經思考後，我決定未來想要從政。因為我很嚮往各種行俠仗義的故事，也討厭不公不義的事，或許聽起來很可笑，也過於理想化，但我有一些想要找尋的『答案』。我不喜歡傳統社會的重男輕女、男尊女卑，覺得女性應該要更強勢，所以也有一些長大以後想要改變的事。」

見到殷馥華只是靜靜聽著，陳雅薈繼續開口說著：「我知道我在大家面前的口才不好，但我想要努力改變；我知道我不大敢對大家表達自己的意見想法，我也想要改變；我知道我時常表現得有些懦弱，我也想要改變。不只未來以從政為目標，聽說修練武術的刻苦耐勞，可以讓人變得更有信心、意志堅定，所以我決定上國中後，要像大劍客『緋村劍心』一樣，開始練劍道！」

「從政、練劍？」殷馥華先是瞪大雙眼難以置信，緊接著面露擔憂說著。「但、但不管怎麼樣，雅薈我們永遠都是好朋友吧？」

「那當然了！」

「即便我們家支持的政黨和雅薈家明顯相反，即便我們現在都是拿香拜拜，哪天我突然變成基督教徒，或是我們以後上了不同的國中，我們也還是好姊妹嗎？」

「那是當然啦！我媽媽曾跟我說過，就算喜歡不一樣的東西，只要相處起來內心非常舒適，就是真正的好朋友。我知道阿華很明理，未必會全盤接受父母的想法，至少我父母的一些想法，我自己也還在一直思考。我之後想要慢慢找尋各種奇怪現象的『答案』。老實說，看到互罵得這麼紛亂，我很不舒服。我之後會將我所能找到的可能『答案』，全部分享給阿華判斷，我們可以一起研究討論。」

「嗯——」殷馥華只是低頭「嗯」了一聲，看起來心情還是相當沉重。

「打勾勾約定啊，我們永遠都是好姊妹！」陳雅薈見到殷馥華還是有些放不下心，主動翹出拇指及小拇指說著。

殷馥華這下總算露出笑容，並翹出同樣的兩指緊勾陳雅薈的手說著：「哈，那我們誰是姊姊、誰是妹妹？」

「我們的狀況根本分不出來吧？好姊妹就好姊妹，哪須分誰大誰小？不是嗎？」

兩位好友勾完手後，直接手牽著手，繼續一同踏上回家的路程。

「唉——」陳雅薈突然輕嘆了一口氣。「阿華，妳會不會覺得我的想法很幼稚？還有我講得這麼好聽，或許未來也做不到吧？我從來沒跟任何人說過這些奇怪的想法，妳是不是其實很想嘲笑我啊？」

「呃——」殷馥華若有所思，停頓了好一會兒才又開口。「不會、絕對不會啊！我是真的對政治沒興趣，但如果雅薈將來的夢想是要從政，身為好朋友，我一定也會全力支持，甚至可以當妳的助手。妳以後是不是想當臺北市市長？那我可以當妳的副市長幫忙妳啊！」

陳雅薈聽了以後不禁笑了出來，而殷馥華也是開懷笑著。

走著走著，陳雅薈只要瞄到好友笑容，內心就覺得相當舒坦。因為她總算把這陣子埋藏心中的話語及疑惑，一口氣向好友全部傾吐完畢，一掃所有的沉悶。

雖然不知道自己往後能否做到，但陳雅薈告訴自己，無論如何都至少要堅守住與殷馥華的珍貴友情。

薈哥，不知道妳是否還記得，國小有次妳來我家玩，要準備回家時，我爸曾經想給妳「梅花糕」的事。

因為已經過了很多年，薈哥恐怕也早已忘記，但那天我和我爸大吵一架，卻是我永生難忘的事。

我爸當時對於薈哥喜歡日本藝人木村拓哉，本就懷著很強烈的偏見。後來我爸又在妳沒有收下「梅花糕」時更不高興，竟說像薈哥這種滿腦子想當日本鬼子的笨蛋，一定瞧不起我們外省人，才會跟著瞧不起外省糕點，如此暴殄天物不知珍惜，日後一定會有報應。

我不知道為何薈哥當時沒有收下「梅花糕」，是不是因為太客氣，或因為沒看過而不敢吃，還是什麼別的原因，我想一定沒有任何惡意。但不管如何，我覺得我爸說這種話真的太過分，再加上又一直勸阻我不要再跟薈哥來往，才讓我那次真的受不了，跟我爸激烈爭吵。我爸因為我完全聽不進去，還氣到直發抖，這也是我第一次看到我爸如此生氣。但因為薈哥是我最珍貴的朋友，我也不可能讓步。

過往回想起這件事，或多或少還會覺得很氣。不過在我爸過世後，每當想起時，憤恨是愈來愈少，但心裡反而感到更多酸楚。

當我愈長愈大，接觸愈多事情，更慢慢瞭解我爸曾經歷過什麼樣的戰亂，什麼樣的痛苦回憶，反而愈能理解我爸的言行反應。當然我並沒有認同我爸那時的言行，但他自從那次跟我大吵以後，雖然看到我持續跟薈哥來往，儘管我多少都可以感受到他的不悅，但他確實再也沒有說過類似的話語。

在我爸離世後，有天我在電視上，剛好轉到中視的《大陸尋奇》節目，聽到片頭主題曲那高亢嘹亮的歌聲：「風雨千年路，江山萬里心。秦關月，楚天雲，無處不是故園情。」

這首歌真的充滿了我與爸爸的滿滿回憶，一下就讓我想起，以前和爸爸每週日晚上，一同觀賞《大陸尋奇》的所有情景。

聽著聽著，以前小時候，因為象徵週日放假結束，隔天必須上課，因而很討厭的這首歌，而今聽來卻是淚流滿面。

我真的很想念我爸爸！

每當想起我爸時，想著想著，總覺得我爸有我爸的經驗、我爸的記憶、我爸的立場，自己當初真的沒必要跟著他用那麼激烈的方式，表達我的想法與不滿。在我覺得他深深傷害我之時，其實我同時是不是也深深傷害了他？

是我當時還小，還不懂事，也還不會想。我一直都知道我爸很愛我，但我爸當年走得太突然，那時根本來不及跟我爸爸說聲謝謝與表達愛意。到現在每次上香時，才在心裡訴說這些話，但他真的聽得到嗎？這也是我一直非常遺憾的事。

這也讓我最近時常想起，小時候和爸爸一起看電影的回憶畫面。

薈哥，不知道妳是否已看完我送給妳的經典臺灣小說《亞細亞的孤兒》？想當初會與這本經典名著相遇，也是一段很巧妙的經歷。

小時候對於朱延平導演的電影作品《異域》印象非常深刻，還是爸爸特別租錄影帶回家，少數要我陪他一起看的電影。其實那時也不大了解電影中的歷史背景，連主角群的敵我是誰，也根本看不懂，但還是不時跟著裡面的人物劇情哭泣，然後我也注意到我那嚴肅的父親，竟也會不時紅著眼眶強忍淚水。然後自己很喜歡王傑所唱的電影主題曲〈亞細亞的孤兒〉，尤其是那句最經典的歌詞：「亞細亞的孤兒，在風中哭泣。沒有人要和你玩平等的遊戲，每個人都想要你心愛的玩具，親愛的孩子你為何哭泣？」

這句歌詞當年琅琅上口，但其實自己並不是很明白其中的深意。等到愈長愈大後，才知道當初作曲填詞的羅大佑老師，真正的創作靈感來源，並不是來自處境極為悲苦的泰北國民黨孤軍，而是臺灣人的處境。據說當時是為了規避政府的審查壓力，才在官方宣傳特別加上「紅色的夢魘——致中南半島難民」的副標題。發現這個緣由後，我也開始對同名的經典名作《亞細亞的孤兒》小說，產生濃厚的興趣。或許因為從小和薈哥就是好朋友，至少讓我不會排斥去理解過往臺灣發生過什麼事，因而特別找來這本書細細研讀。這不讀還好，看了以後，雖然我不像薈哥一樣，擁有四位都歷經日本時代爺爺、奶奶、外公及外婆的血脈及記憶相承，但我對於書中主角「胡太明」的苦悶，真的也能感同身受。

看完這本經典名著後，我心情相當苦悶，也想起以前大二時有位教授，就當時臺灣所發生的社會棄兒、虐兒案件，曾經對我們說過的話。教授說，依據處理社工案件的真實經驗研究，一個被生母狠心拋棄過的孤兒，內心所受的椎心重創，永遠都不可能復原，那股永不可逆的孤兒感，會持續一輩子，永遠都無法再輕易相信任何人。而沒有受虐及被狠心拋棄過的人，永遠都無法真正體會那股痛徹心扉的苦楚。

我可以想像，臺灣人當年被遙遠的生母拋棄後，已成為內心永遠難以復原的受創孤兒，而後續接手的後母，因為並非親生兒，對待方式有好有壞，也有不少高壓施虐之處，在後母有需要的時候，又改口說這位孤兒是視如己出的愛子。然而長久下來一直得不到真心愛護的臺灣人，那股難以抹滅的孤兒感，永遠烙印在內心最深之處，自然而然會形成另一種極度孤苦無依的強烈自我防衛意識，還會成為一代傳承一代，永遠延續下去，宛如內建基因的長久「記憶」。

而這個後母有天離開以後，來了一位遙遠以前的生母，孤兒見到曾經朝思暮想的生母歸來，其實也不能決定什麼，只能被動接受。即便曾被狠狠拋棄，也只能不計前嫌，放下一切心防，以為可以重回母親的溫暖懷抱，而後卻又再次遭遇施暴受虐。等到這位生母後來發現離不開這個家，也意識到自己似乎也成為另一位孤兒，不得不和原本的孤兒融為一體。然後也漸漸成為這受虐孤兒的另一個「記憶」，在不同「記憶」的相互交融下，這名孤兒又產生更多不同類型的複雜「記憶」。這不禁讓人聯想到，好似同一個身體，卻擁有不同人格的「多重人格障礙（multiple personality disorder; MPD）」，即現今醫學上所稱的「解離性身分障礙（dissociative identity disorder; DID）」。如此交互影響下，那股根深蒂固的孤獨、不安及不信任感，對於始終不斷受虐的孤兒來說，真的會有能夠消除的一天嗎？

當然，我這個比喻聽起來應該很奇怪，也可能是不當聯想，而且還是從所謂「漢人」觀點出發。我想同樣類似的孤獨、不安及不信任感，對於原本就是長久居住的「臺灣原住民」來說，更是比「漢人」還要沉痛百倍的苦楚。

唉，不說那麼沉重的事，說到食物，我覺得我們臺灣因為複雜的歷史緣故，族群雖然時常紛紛擾擾，但其實在食物上，真的很難找到像我們擁有這麼多元料理的地方吧？

因為荷蘭人、西班牙人來過，而後的明清，再來就是日本人，後來還有中國各省，再加上原本的臺灣人、各族原住民，以及近年來愈來愈多的新住民。

在臺灣可以吃到好吃的臺灣料理、港式料理、中國各省料理、日本料理、韓式料理、東南亞料理、原住民料理以及西式料理。

這些在臺灣都是相當普遍的餐飲，有來自全世界各地的料理，而且真的非常好吃。相較於各地特色料理的原始價格，在臺灣都還不算非常昂貴。

單就料理而言，少了太多太多意見分歧、互相攻訐的紛紛擾擾，只有更多更多兼容並蓄、五顏六色的豐盛食堂。

光是吃的方面來說，我們臺灣人，真的很幸福，不是嗎？

第九章　昭和十九年（一九四四年）五月・ニューギニア

「在這個戰亂年代，為了生存，誰不會說謊保護自己呢？但真正發瘋的不是瘋子本人，而是相信瘋子的人，才是真正的瘋子，這場戰爭不就是如此嗎？」

陳雅薈在這段叢林中躲避盟軍的日子裡，不時想起穎三這句耐人尋味的話語。

當初村正霧開槍射殺佐佐木兵長後，大家驚訝之餘，才從村正口中得知更為驚人的事實。原來這個佐佐木兵長，壓根兒就不是兵長，而是一名早就發瘋的二等兵，穎三才會有如此語重心長的感嘆。

而佐佐木其實並非日本人，雖然不知道他的原名，但他是一名臺灣人。他是韋瓦克基地，某部隊出了名的瘋子，後來成為不知去向的逃兵。

佐佐木當初是在早期臺灣尚未全員徵召時，就一心想當皇軍志願兵，甚至激昂到咬破手指，以鮮血寫下效忠天皇的誓書，深深感動上頭破例錄取。好不容易成為皇軍，被分派到新幾內亞的韋瓦克，因為屬於正規士兵，並非大部分臺灣人所從事的軍伕、軍屬，地位明顯不同。不過佐佐木平日在部隊中，即便屬於正規軍，但因為大部分的日本士兵，還是知道他是本島人，再加上他自己能力不足，總是搞砸很多事情，因而其他日本兵對他總是頤指氣使、拳腳相向。後來因為佐佐木在部隊內早已成為眾矢之的，即便比他更晚入伍的新兵，也是毆打他的參與者。

佐佐木將這份怨氣，完全轉移到同樣來自臺灣的軍伕、軍屬們，有事沒事就會跑去眾人面前，強調自己是來自九州的大和男兒，擺出不可一世的模樣，動不動就痛打臺灣軍伕、軍屬。也因為佐佐木對臺灣軍伕、軍屬的行徑過度囂張，給同鄉的臺灣人認出，這才被人起底他的真實身分。但當佐佐木發洩完後，一轉身回到部隊，又成為大家欺凌的對象。

如此長久惡性循環，佐佐木最後發瘋了。

他開始在臺灣軍伕、軍屬們面前，不斷聲稱自己已經升上一等兵。一開始還有一些軍伕、軍屬被他唬到，以為真有其事。但過沒幾天他又說自己升上上等兵，這些軍伕、軍屬們才發現他瘋了。

到後來佐佐木已經瘋到搞不清楚狀況，對日本正規士兵也是繼續這樣誇口。當然這只是換來一陣又一陣的猛烈毒打，打到後來佐佐木不知去向，顯然已經成為被追緝的逃兵。

因為村正知道這件事也看過這個人，先前在叢林中聽見發瘋的佐佐木又自己升官到兵長，眼看整支部隊都被他唬過去，只好在救命恩人穎三性命危急時，直接毫不猶豫開槍射殺。

「真正發瘋的不是瘋子本人，而是相信瘋子的人，才是真正的瘋子，這場戰爭不就是如此嗎？」

陳雅薈覺得穎三的感嘆真的太貼切了！

雖然很清楚日本之後會戰敗投降，但她在此沿路的所見所聞，確實還是可以感受到不少人相信大日本帝國天下無敵，或是解放大東亞的聖戰宣傳。

即便內心深處或多或少都該有些疑惑，甚至可能已經發現明顯問題，但眼見所有人表面上都還是相信，好像也只能跟著相信，或是裝作深信不疑。不要說這個年代的人會有如此言行，就連穿越而來的陳雅薈，雖然非常清楚這些宣傳絕非事實，卻也完全不敢說出真相。

——極為荒謬的「佐佐木兵長事件」，不也是如此嗎？

而陳雅薈想想自己又好到哪去呢？自從穿越而來，為了自我生存及防衛，直到現在，依舊假裝是失憶的日本人。不但隱瞞自己是臺灣人，更還有是未來人的事實。

就在「佐佐木兵長事件」落幕後，卻已造成所有士兵無法相互信任，誰也不相信誰。在沒有人可以帶領下，整支臨時湊組的部隊，一下便宣告鳥獸散。

「韋瓦克已經淪陷了——」村正如此說著。

原以為在佐佐木「兵長」的規劃下，大家目標相當明確，是要前往韋瓦克集結。一聽到村正他們幾人，在韋瓦克被盟軍摧毀後，接到的上頭指示是「現地自活」。不過槍枝彈藥根本嚴重不足，完全只是等死，於是村正等人在一名軍官的指示下，決定帶隊投靠荷蘭迪亞，準備集結後再對盟軍反擊。沒想到西行的路途上，遇到美澳盟軍強力追擊，整支部隊全都潰散，大家都往叢林深處胡亂逃生。

村正以及剩下幾名一同逃難的士兵，就這樣沿路往西邊前行。滿懷希望的村正等人，得知荷蘭迪亞也早已淪陷，眾人只是一陣靜默。

聽到這樣的情報，連最後一絲的希望都沒了，兩邊的軍隊，簡直都是被遺棄的孤兒士兵。陳雅薈這頭的所有士兵聽聞後全都洩了氣。有的人驚慌之餘還是表明不信，有的人當場崩潰大哭，更還有一名士兵直接在沒人注意之時，大喊一聲「天皇陛下萬歲」後，便舉槍自盡。

看著這名士兵腦袋碎裂的遺體，彷彿就像是每個人的最終下場。

接著「砰」的一聲，又有一名士兵高喊「天皇陛下萬歲」後，引爆手榴彈自殺。

陳雅薈並不覺得訝異，因為她早聽過，當初發給每個日本士兵的兩顆手榴彈，一顆是用來殺敵，另一顆是拿來自殺的。

引爆手榴彈自殺的士兵，遺體更是慘不忍睹，但完全沒人想要特別過去察看。

——或許他們的決定並不是什麼壞事。

如此沉悶的氣氛下，幾乎沒人再有交談，也不需要有人再說出「逃難」兩字，已經開始各走各的逃難路線。

「我們，都早已被大日本帝國所拋棄——」

有人曾經勇敢說出如此感嘆，雖然沒人回應，但想必大家對於這句話，都只是心照不宣。

在叢林之中，需要翻山越嶺，更時常有密布的溪河需要渡過。為了避免槍械弄溼，所有人都會將重要物品高舉頭上渡河。

午後大雨每日不斷，即使躲在大樹底下，身上的衣物還是會被淋濕。有的人乾脆脫掉上衣等待雨停後再穿上，當然這對於扮成男裝的陳雅薈來說，是不可能的事。

不過由於當地氣候炎熱，即便陳雅薈衣物因為大雨淋濕，等待雨停之後的炎熱天氣，也讓衣服沒多久就會自然烘乾。但還得感謝每日的大雨，才能在深林中接到可以拿來飲用的雨水。

陳雅薈曾經想要直接飲用河水，卻被穎三強力阻止。因為穎三認為河流上游的一些段落，恐怕已經累積很多屍體，這樣河水蠻高機率會帶有一些屍體所引發的傳染疾病。結果同行士兵真的有人因為不聽穎三勸阻，時常直接飲用河水，而後真的病倒在地。

雖然那名士兵經過休息後，總算稍有恢復，但陳雅薈從那之後，真的深深覺得，還是乖乖依照穎三的建議，只喝雨水就好。不然難保不會染上其他疾病，到時嚴重的話，可能真的會無藥可救。

如此反覆循環，身體濕了又乾、乾了又濕，雖讓陳雅薈非常難受，一開始也很不習慣，尤其每晚被迫直接睡在草叢之中，全身皮膚也愈來愈多地方出現潰爛。蚊蟲叮咬久了，不知道是不是自己的肉質已不鮮美，竟也開始麻痺。而在此處更有很多比人還高的草叢，雖然裡頭時常有蛇類出沒，卻是可以用來躲藏的極佳掩蔽。而陳雅薈原本還對蛇類有所畏懼，到後來發現蛇可能還更怕人，見到人類的蹤影，一下就會溜走。就連陳雅薈本來過去最害怕的蝸牛類，現在即便從一旁滑行而過，陳雅薈也根本沒有多餘力氣去理會。

況且還有一個更大的難題，幾乎成為是否能生存下去的關鍵。

——吃，才是最大的問題。

要不是有村正帶領就地尋找食物，恐怕「吃」的問題根本無法解決。村正和先前那名被佐佐木「兵長」痛毆過的魁梧青年，屬於不同期的「高砂義勇隊」，在家鄉部落原就認識，日本名叫作長島雅夫。

由於所有人身上糧食早就吃光，儘管大家四散，但村正及長島始終與穎三及陳雅薈一同行動，這樣至少還有一些經由兩名專家判斷，吃了無害的草葉、根莖、蕈類，甚至兩人還會挖出一些昆蟲餬口。

有時他們還會設立簡單的陷阱，捉到一些珍貴的「山珍」。更還曾經捉到過一種外型既像火雞，又像鴕鳥的動物，體型也是介於兩種動物之間，不過顏色非常鮮艷，肉質更是鮮美不已。不過，他們也就只有捉過這麼一次，一下就被搶食完畢。

除了每日的降雨以外，如果遇到飲水不足時，他們還會從樹藤或草類的莖，弄出少量可以飲用的水。偶爾還有他們兩人不知道怎麼生火，分享一些燒烤過，但已看不出原來是什麼昆蟲、或那種蜥蜴及鼠類的熟食。

嚴格說來，應該算是穎三及陳雅薈緊跟兩位叢林專家才得以維生。

走到後來，即便如村正的高砂義勇隊，可以藉由植物辨識方向，但已經沒有人知道自己身處何處。好不容易走出密林，卻又會發現草木稀疏之處，會有盟軍的蹤影，嚇得大家也只能繼續躲回叢林之中。

其實到底身在哪裡，似乎也不是那麼重要，因為除了躲避盟軍之外，他們也沒人知道究竟該何去何從。

另一個與「吃」相對的難題，就是「拉」。

因為處於高度緊張環境，根本很難排泄，但又因為吃得粗劣不足，似乎也沒有太多東西可以排泄。儘管如此，還是不時會有腹脹之感，甚至突然腹瀉，但由於大家幾乎早已很少交談，甚至在草叢之中，大家也各自保持一段距離。就算看得出來誰正在排泄，每個人都已經自顧不暇，也沒有人會有特別反應。

陳雅薈一開始對於需要在野外排泄相當不適，並不是怕被人看見，逃難至今，大家早就渾身髒兮兮，根本沒人會想關心其他人在做什麼。而是等待排泄之時，相當容易招致蚊蟲叮咬，方便之後，也只能隨地拿樹葉清潔。但為了生存，再怎麼奇怪的事也不得不適應。

「哎呀，東阜先生，這兩件雨衣給你和穎三大人，別一直淋雨，對身體很不好——」村正拿著兩件軍用雨衣給了陳雅薈，自己則在午後大雨之中淋濕了全身。

「這——」陳雅薈顯得有些遲疑。

陳雅薈知道這兩件軍用雨衣，應當就是早先在路途中，由村正及長島兩人發現的日軍軍官遺體身上脫下來的。陳雅薈瞄到雨衣上頭還有明顯的彈孔破洞及暗色血漬，更足以證明自己的推測。

當然，陳雅薈並非對於雨衣來源有所嫌棄，而是如此珍貴的物資，村正自己不用，竟然還是先給陳雅薈及穎三。儘管陳雅薈心底當然希望能有雨衣遮蔽，但這等同於村正及長島的「禮讓」，讓她反而會覺得相當難受。

「哎呀——」村正開懷大笑。「你看看我跟長島，壯得跟牛一樣。別小看我們，在家鄉中我們也很常淋雨，甚至喜歡淋雨的感覺！你跟穎三大人是我這一生最重要的救命恩人，沒有你們，我早就死了，能再遇見你們真是太高興了，長島也很喜歡你們、敬重你們。他常說有你們兩位大人在，讓他知道還是有好的、善良的內地人，真是謝謝你們！穎三大人一直堅持不收，我才想拜託東阜先生轉交給穎三大人，請東阜先生務必幫忙。要是你和穎三大人身體有什麼狀況，是我們照料不周，我們一定會一輩子過意不去！」

村正說完，也不管陳雅薈仍在遲疑，直接將兩件雨衣硬塞給陳雅薈，之後便滿懷笑容轉身離去。

儘管村正身形魁梧，但這些日子消磨下來，還是明顯瘦了一大圈。

陳雅薈握著兩件雨衣，回想自己當初在韋瓦克野戰醫院，不過如同照料一般傷兵，並沒有對村正有何不同之處。然而村正至今仍對穎三及自己滿懷感激，確實並非虛情假意，更讓陳雅薈對於村正的有情有義，深深感動與佩服。

當陳雅薈將軍用雨衣轉交給穎三之時，陳雅薈也看得出來穎三相當動容。一開始穎三仍舊拒絕，陳雅薈只好將雨衣放在穎三身旁，自己就在穎三面前將村正的好意穿上。

儘管雨衣對陳雅薈來說有些大件，但當強勁的雨勢被雨衣遮蔽於外，身體不再有雨水拍打之感，陳雅薈的淚水，竟隨同原先淋在臉上的雨水潸然而下。

穎三見狀後，終於不再堅持，也將雨衣穿上，並向不遠處的村正及長島揮手致意。

只見兩人總算一改擔憂神情，均露出燦爛笑容，並向穎三及陳雅薈兩人行舉手禮。

這場大雨，不久後便又一如往常突然歇止。脫去雨衣後，陳雅薈身上原先已被淋濕的衣物及雨衣，沒多久又恢復原先的乾爽。

陳雅薈儘管非常厭倦這種逃難日子，卻也無能為力。想著想著覺得非常疲倦，便找了乾燥的樹下陰影，倚著樹幹閉眼休息。

「東皐小姐——」穎三在昏暗的夜晚，突然現身陳雅薈身旁，並將一袋封好的厚紙信封交給陳雅薈，外觀明顯已有多次乾溼循環的水痕。「這個東西我想麻煩妳！」

儘管視線昏暗，陳雅薈還是可以看到穎三面容憔悴，因為光影交錯，讓雙頰顯得更為凹陷。不過看到穎三的面貌，陳雅薈不難想像自己也好不到哪裡去。

——飢餓、飢餓、還是飢餓。

儘管來到這個年代，飲食明顯簡約許多，但就算後來進入軍隊擔任軍醫穎三的助理，或許真的是受惠於穎三官掛中尉，飲食再簡單，也不至於過於挨餓。到後來物資明顯減少時，伙食也跟著少了許多，但無論如何，都不會比現在吃草過活的日子還差。

陳雅薈時常想起自己所屬年代的美食，那些美味的炸雞排及珍珠奶茶，彷彿就像上輩子的事。

「東皐小姐——」穎三又叫了一聲。

「呃，這個是？」陳雅薈回神以後，接過這信封問著。

「這是——」穎三輕皺眉頭說著。「這是我的遺言，還有一小撮頭髮，如果我之後遭遇不幸的話，而東皐小姐能順利活著離開，請幫我轉給我的家人。」

「這——」陳雅薈顯得有些沉重。

穎三輕輕搖頭說著：「別擔心，我會努力活著，我們這群人都有自己的家人，都該努力活著。這只是以防萬一，之前在韋瓦克發現信件都寄不出去時，早已有所準備。如果東皐小姐有什麼東西，或想起什麼家人，有想託給我也可以，這種狀況真的不知道有誰可以活著離開。」

陳雅薈想起這陣子逃難路上，不時看到沿路上的日本士兵屍體，幾乎都沒有明顯外傷，應該是在逃難途中餓死或病死。

更曾經有人因為只是口乾舌燥，趴在地上想要舔取積在地窪中的雨水。見到久久沒有起身，後面的人才發現，這人因為無力起身，竟被淺淺的小水窪活活溺死。

「唉——」穎三嘆了口氣。「東皐小姐，還有一件事我憋了很久，怕以後未必有機會，所以還是決定告訴妳。不瞞妳說，我是真的曾經在我家鄉，見過一個跟妳長得很像的人，我很怕那人可能是妳的母親

——」

「啊？」陳雅薈瞪大雙眼，覺得相當不可思議。

「當初在『熱帶醫學研究所』，第一次見到妳時，我真的嚇到了。不過妳因為失憶，所以可能連自己的父母也有所遺忘。」

「所以是真的在家鄉見過長得很像我的人？」陳雅薈一直以為當初穎三只是為了消除大家疑惑，所做出的善意謊言，沒想到會真有此事。「那、那個人到底是？現在又在哪兒了？」

「唉——」穎三搖搖頭。「其實我也不知道她是誰，但她是我的救命恩人，所以我永遠不會忘記。」

「救命恩人？」

「唉——」穎三輕閉雙眼好一會兒，才又再次睜開說著。「是的，在我小的時候，我因為還算會游泳，夏天常會在家鄉鄰近地區的深潭玩。不過有次遇到一個年紀和我差不多大的小孩溺水，我想都沒想就游過去救人，不過救溺和會不會游泳真的是兩回事，結果我反而被意識不清的溺者不斷揮擊，又突然被猛力拖下水去，他的力氣大到可怕。就在我抵抗不過，不斷吃水快要昏厥，以為自己也要一起溺死之時，岸邊出現一個跟妳長得非常像的大姊姊。事後聽因為不會游泳而留在岸邊乾焦急的幾名同伴轉述，大姊姊發現在水中溺水的兩人以後，先是愣住，後來向岸邊同伴詢問在水中掙扎的我是誰。聽到我的名字後，突然像是想起什麼事一樣表情大變，接著毫不猶豫直接跳下水中來救我們——」

穎三吞了口口水後，才又繼續開口：「但其實我看得出來她並不擅長游泳，不知為何會有這樣的勇氣，搶救過程中她頻頻吃水，卻還是極為努力。結果她雖然把我們都救到接近岸邊的淺灘，自己卻似乎耗盡體力，也可能在解救過程中，同樣被那名慌亂的溺水者多次重擊頭部受傷，反而自己暈眩無力，沒有力氣站起，又被潭水暗流帶走。我當時已經奄奄一息，幾乎完全動不了，只能眼睜睜看著大姊姊愈漂愈遠，最後在潭水中沉了下去。我到現在都還記得她的長相，跟妳真的非常相像。因為已經是至少十年前的事，事後我只知道她為了救我們，自己反而溺水身亡。我在那之後身患重病臥床，其實就算我身體狀況良好，應該也沒有勇氣再去看她遺體的最後一面。而大家不管怎麼追查詢問，只聽說是來自非常南方的島嶼，也不知道這名大姊姊的姓名、家人及來歷，好似真的只是剛好路過。以年紀推算，我覺得蠻有可能是妳母親，但我真心不希望她是妳母親——」

陳雅薈聽著聽著，想起了極為傷心的塵封往事，雖然努力告訴自己必須面對現實，但還是早已淚流滿面，哭到無法自已。

穎三見到後也早已紅了眼眶，語帶哽咽說著：「對不起，我是不是讓妳記憶有所恢復，想起什麼事了？難道妳真的就是我當年救命恩人的女兒嗎？我因為不知道是否自己印象及推測有誤，一直不敢對妳說這件事，也擔心推測未必屬實而誤導妳的記憶，但又怕將來未必還有機會述說，今晚好不容易才下定決心。也許我的預感可能沒錯，對不起，如果妳母親沒來救我，也不會這樣。甚至我真的不該不自量力下去救人，反而害死妳的母親，真的對不起！」

陳雅薈當然很清楚，穎三說的這段故事，不可能是自己的母親，但到底那人是誰？難道就真的單純只是個長得很像的女生嗎？雖然陳雅薈知道若不好好解釋，穎三一定會有所誤會，但因為自己的傷心往事，根本也完全無法思考。

「對不起，真的對不起！」穎三儘管跟大家一樣，身體都很虛弱，還是使盡力氣立正站好，向陳雅薈深深鞠躬，仍掛在腰際的軍刀也隨著搖晃擺動。「我這條命可能真的是妳母親犧牲生命救回來的，所以我後來才很努力成為醫師，只希望能救更多更多的人來彌補。然而我似乎又害了妳，讓妳跟著我一起來到戰場前線，我真的很對不起你們母女兩人。無論如何，我一定會好好照顧妳，就算我死了，也一定要讓妳活著回去！」

見到陳雅薈依舊流淚不語，穎三不禁長嘆一口氣說著：「唉，就像我曾對妳說過的，我們在這戰亂年代，為了生存，都會不斷說謊，或隱藏一些事情，以保護自己及家人，過著言不由衷的生活。其實我還有件事真的不是有意隱瞞，妳可能真的是我恩人的女兒，又是我信得過的人，下次等妳心情平復一些，再跟妳好好解釋——」

穎三說完後，又再次深深鞠躬，隨後轉身移到不遠之處，卸下軍刀後，才坐在地上休息。

雖然陳雅薈並不知道當初救了穎三的人是誰，但這件事似乎也不能完全算是穎三的過錯，不過看得出來穎三對此深感愧疚。然而更令陳雅薈無法明白，怎麼會有那麼相似的事。

帶著這樣的疑惑，陳雅薈揮之不去的痛苦回憶不斷湧現，儘管知道身體虛弱，必須努力克制，卻還是淚流不止。

不知道過了多久，陳雅薈始終在半睡半醒之間輾轉難眠。

「砰！砰！砰！」

「砰！砰！砰！」

「噠！噠！噠！噠！噠！噠！噠！噠！」

遠方傳來劃破寂靜的連續槍響。

「JAPS! JAPS!」

「KILL FUCKING JAPS!」

盟軍的高聲大喊愈來愈近，讓陳雅薈已從朦朧意識中驚坐起身。

「噓——」

不知道什麼時候，村正早已手持步槍，長島緊握蕃刀，一同蹲在陳雅薈身旁警戒，而提著軍刀的穎三，也在兩人之後蹲著。

「快跟我來——」村正壓低聲音說著。

不僅是穎三及陳雅薈，眾人見到已經宛如領隊的村正有所行動，也早就跟上腳步。大家這些日子，除了陳雅薈等人原先就已認識外，其他人幾乎誰也不認識誰，既不願也沒有多餘力氣彼此交談。

陳雅薈回頭望去，儘管他們這群殘餘的逃難士兵沒有真正的領導者，但可以看出這段時日，除了早已個別自行離去或停留原地，還有不願相信村正的話，堅信日軍還沒完全潰敗，而堅持前往韋瓦克方向者，其餘願意一起行動的二十幾名士兵，也如同往常般全都跟了上來。

就連在白天時都很難看清楚的叢林路面，黑夜之中，更是昏暗不清。似乎只有帶頭的村正及長島，不知道透過什麼方式，還能辨識方向及路面狀況。

儘管大家因為幾乎沒吃上什麼正常食物，身體都極為虛弱，一想到留在原地恐怕凶多吉少，還是緊緊跟著村正時走時停的飄忽步伐。歷經了好一段路程，最後來到了另一頭的叢林邊緣。

蹲在地上觀察好一會兒後，村正這才比出手勢，暗示危機暫時解除。

「這個『巴布亞』部落，我前年似乎曾經來過——」一名士兵指著眼前的部落，壓低聲音說著。

而這名士兵口中的「巴布亞」，即日軍對於當地其中一種原住民的稱呼。

陳雅薈曾在軍事基地看過，這些原住民相當溫和，受雇幫忙一些軍事基礎勞力工作。

「他們屬於我們領地內的土著，向來非常聽我們日軍的話，根本不敢反抗，我去跟他們要一些水跟食物——」

「這——」村正及長島均面露警色，原本想要說些什麼，但還是把話吞了回去。

「哼！我這些日子跟著你們兩人，並不代表你們管得了我，我就算要死，也要吃得飽飽再死！」

這名士兵話剛說完，不知道是否因為過於飢餓，早已提著步槍，小心翼翼走向蓋有數間木屋的部落裡。幾名士兵見狀後，可能覺得真有食物可吃，提著應該早已沒有彈藥，但上頭綁著刺刀的步槍，也使盡力氣跟上，算一算加起來共有七名士兵。

村正原本想要伸手阻止，但這幾人早已遠離，只好作罷。況且想想村正就像那名帶頭士兵所言，他也無權指揮，只好向穎三及陳雅薈揮手，好心暗示繼續躲在樹林中，不要冒然靠近部落。

沒多久，部落的其中一間木屋，先傳來激烈爭吵，而後又是接連好幾聲日語的「混蛋」怒罵，緊接著又傳出女性尖叫及孩童哭泣。

「砰！砰！」

接連兩聲槍響及後續慘叫，讓待在樹林邊的所有人都嚇壞了。

透過部落中央燃燒的柴火，可以清楚看見木屋走出三名士兵。原本帶頭的那名士兵，儘管手上染著看似鮮血的液體，卻還是難掩興奮之情，向樹林揮手喊著：「有很多食物、水果！木薯、香蕉都有，還有很多肉，大家快來、快來！」

陳雅薈不用靠近察看，大概也可以想像剛剛發生了什麼事。這七名士兵該不會因為討取食物不成，可能直接槍殺了木屋主人。

一想到此，陳雅薈只覺得內心無比沉重。

在樹叢邊緣的士兵，有的聽到有食物和肉，早已心動不已。但想必也很明白這些食物一定是搶奪而來，更可能有人已被殺傷，因而無法下定決心踏出第一步。

幾名皮膚黝黑的巴布亞村人，從相隔不遠的別間木屋探頭出來，但一看到這幾名手中持槍的日軍士兵，儘管枯瘦如柴，卻各個手持兵器。帶頭士兵更還舉槍一一瞄向探頭村人，作勢就要開槍，嚇得趕緊又紛紛躲回自己的木屋。

一名五、六歲的巴布亞小男孩，從疑似被士兵劫持的木屋走出。頭髮捲曲的小男孩，赤裸的上半身，儘管膚色黝黑，還是看得出來染有紅色液體。小男孩緊抓一根不知道是什麼的木枝，黑白分明的渾圓大眼，流露著無比憤怒。一會兒又突然嚎啕大哭，跑到帶頭士兵身旁，先是丟出了幾張紙，接著用力拍打帶頭士兵。

那幾張散落一地的紙，看起來很像大日本帝國的鈔票。日軍潰敗至此，恐怕那些鈔票在此地，也早已不怎麼值錢。

「混蛋！這裡本來就是我們大日本帝國的領地，是被鬼畜美、澳入侵，我們是要保護你們，跟你們用錢徵用聖戰軍糧，有什麼好反抗的，你還想反抗嗎！」帶頭士兵對小男孩大吼著，小男孩想必聽不懂日語，面對帶頭士兵的怒斥，只是毫無畏懼繼續用力拍打。

陳雅薈聽了以後，既覺憤怒又感到莫名其妙，大日本帝國攻佔中國及南洋各島，又偷襲美國珍珠港，以軍事武力入侵別人家園，卻又打著聖戰及解放的宣傳名號。如今被盟軍擊潰而節節敗退，這名士兵卻反而說是大日本帝國領土被侵略。

說來說去，真正被入侵受害的，是這些「巴布亞」原住民。當世代相承及守護的家園，不管被什麼人莫名入侵，誰不會起身反抗。就連五歲小孩儘管勢單力薄，也知道要奮力抵抗。

不過小男孩的舉動，還是讓陳雅薈極度膽顫心驚。帶頭士兵看起來為了食物，已經殺紅了眼，不知道會不會對小男孩也做出什麼殘忍的事。

村正見狀後也快要隱忍不住，握住步槍的手有些顫抖，卻也不敢出言勸阻，而一旁的長島更是咬牙切齒。

好在帶頭士兵憤怒歸憤怒，只是把小男孩手中的樹枝奪去，並向遠方扔去。

小男孩的木枝經這麼一扔，剛好不偏不倚落在陳雅薈前方不遠處。

儘管這個木枝看起來有些簡陋，看得出來是用細線將不同樹枝捆綁成型。小男孩見到自己心愛的寶貝被扔得遠遠，隨即轉移目標，往木枝的落點跑去。

原本陳雅薈還有些無法理解，為何小男孩會如此在意，這個看不大出來是什麼東西的普通木枝。但再仔細一看，才發現這幾根木枝所捆成的模樣，很像人的形狀，應該是有人做給小男孩的玩偶。

一想到此，陳雅薈只覺得非常痛心。這個巴布亞部落，當然無法與大日本帝國的科技相提並論，或許先前也曾被西方殖民壓榨過。但不管如何，他們一直都有自己的文化、自己的生活、自己的喜怒哀樂。甚至這個被無情士兵隨意奪走扔掉的木枝，在巴布亞小男孩心目中，是相當珍貴的玩偶。或許還是小男孩可能已經慘遭不測的父母親，親手製作的玩偶。

小男孩跑到陳雅薈前方不遠處，急忙撿起木枝玩偶，但因為幾根木枝已被折斷，小男孩看到以後直接坐在地上大哭。

那幾名入侵部落的士兵，根本一副事不關己的模樣，手中早已拿起肉塊大口啃咬。而原先還在叢林邊緣猶豫不決的士兵，可能看到真有垂涎已久的食物，竟還是禁不起誘惑，紛紛朝部落方向走去。

見到眼前小男孩仍坐在原地大哭，陳雅薈真不知道是否該前去安撫。但一旁的村正，面色極為凝重，又察覺到陳雅薈一直關注小男孩，隨即揮手示意不要前進。

就在下一瞬間，陳雅薈突然感受到高音頻的聲響，頭又開始隱隱作痛。

只見前方的帶頭士兵，原本仍在享受美食，沒一會兒，胸膛突然出現一枝穿透而出的尖銳細箭。帶頭士兵瞪大雙眼，口中的食物盡數吐出，緊接著嘴裡噴出一口又一口的鮮血。

「快逃！」村正瞪大雙眼說著。

村正急忙拉起陳雅薈，而一旁的長島及穎三，還有鄰近的士兵，也跟著往叢林深處狂奔而去。

陳雅薈回頭一望，部落內湧入一群手持弓箭、長刀及長矛的巴布亞人，各個神情極為憤恨。儘管幾名士兵將殘存幾顆彈藥放盡，根本沒有任何一發擊中目標，巴布亞人沒一會兒就將那幾名入侵部落的日本士兵全部殺死，其中一人還是直接被長刀砍頭落地。

然而巴布亞人的憤怒，明顯無法平息，又追上先前禁不住食物誘惑，進入部落的其他幾名士兵。儘管這幾名士兵努力狂奔，卻還是抵不上巴布亞人的快腿。

陳雅薈很清楚村正的考量，因為家園無故遭受入侵的巴布亞人，絕不可能輕易放過在場的所有日軍士兵。

跑著跑著，陳雅薈感到劇烈頭痛。再次回頭望去，遠方竟有數根長矛，以極為緩慢的速度飛了過來。其中幾根長矛的飛行軌跡，看起來明顯就會擊中穎三。

陳雅薈再次看向前方，所有人都進入了慢動作的狀態。

面對即將發生的可能危機，陳雅薈突然渾身湧現極大的力量。迅速奔向穎三身旁，將他腰際軍刀抽出，接著轉向後方，將迎面而來的數根長矛一一砍落。

然而更多的飛箭及長矛迎面而來，陳雅薈雖然將眼前的飛行兵器一一擊落，卻看到後頭一群異常憤怒的巴布亞人，已然出現在視野之中。

見到如此來勢洶洶，回頭看見逃難的一行人早有一段距離，陳雅薈當然不可能獨自一人對抗所有的追兵。正當不知道該如何是好之時，再次看向巴布亞人，卻發現他們像是踏到什麼禁忌邊界，突然停下追擊腳步，只是站在原地怒瞪陳雅薈。

陳雅薈根本無法多想，趕緊轉身追上自己的逃難隊伍。

就在她重回隊伍之時，卻發現長島竟背著村正賣力奔跑，不知道村正發生了什麼事？

跑著跑著，陳雅薈的頭痛感逐漸消失，周遭所有人的動作也恢復了正常速度。

陳雅薈感到全身力量頓時消失，竟一個踉蹌不穩，所幸以軍刀插地支拄，不然早已直接跌倒在地。

「對不起！我對不起大家！」村正神情痛苦說著。

長島聽見背在身上的村正，發出了痛苦呻吟，回頭一望，進入眼底的，除了陳雅薈撐地喘息外，已不見巴布亞人的蹤影，似乎已經放棄追擊。長島眼見警報稍微解除，這才停下狂奔腳步，將村正緩緩放下。

陳雅薈儘管氣力放盡，還是努力爬起，搖搖晃晃走向村正身旁。這才發現村正背上插著三支箭，腹部更有一個不斷冒血的大洞，看起來應該曾經被長矛深深刺入。

「哎呀——」村正強忍痛苦說著。「是我不好，怎麼會帶大家跑到巴布亞部落。」

「巴力！不要再說話，先休息要緊！」長島即便自己氣喘吁吁，有些說不上話，背著村正跑了那麼遠的路，恐怕也是體力耗盡，卻還是勉強苦勸。「這絕對不是巴力的問題，我也沒想到那個帶頭闖入巴布亞部落的山村，怎麼會做出這麼殘忍的事。我記得前幾天聽到他跟別人交談，他自己說被徵召前，在內地是當小學校老師的人，很懷念以前在家鄉教導孩童的日子。想也沒想過他怎麼會為了吃，變得這麼殘忍

——」

「唉——」村正長嘆了一口氣。「我們來荷蘭迪亞的路上，也曾經受過其他巴布亞部落支援過食物和水。以前我們軍隊很強，巴布亞人自然會聽我們的話，現在局勢逆轉，本來就不一定會再像往常那樣，一定支持我們，這也是我非常擔心的原因。真不知道剛剛山村在木屋中，和巴布亞人發生什麼衝突？」

陳雅薈回想，確實不知道木屋中發生什麼事。不過如果山村最後其實也沒有對巴布亞小男孩做出什麼身體傷害，難道山村等人身上的紅色液體，未必會是鮮血，而可能是當地某種水果的汁液嗎？難不成山村真的只是單純想要好意幫所有逃難士兵們找尋食物和水，卻因為要不到才心急發狠？只不過這樣奪來的食物，陳雅薈吃得下去嗎？

然而山村強硬到近乎搶食的方式，確實已讓雙方起了衝突，一行人也因此喪命。無論雙方是否有誤解，確實已經結下難以解開的仇恨。

不知為何，陳雅薈想起了去年年底的大晦日，她和穎三在韋瓦克所吃到的珍貴牛肉，難不成也是有人向當地原住民搶奪而來？

一想到此，陳雅薈只覺得心情相當複雜難受。

「軍醫大人，怎麼辦？」長島原本還四處搜尋穎三的身影，不過不待長島呼救，其實穎三早已來到村正身旁檢視。

陳雅薈很清楚，自己和穎三的隨身醫藥包，經由漫長的逃難過程，沿路偶爾會遇到有人呼喊「軍醫大人」請求急救，但其實藥品早就已經空空如也。

穎三先簡易處理村正背部的箭傷，而後又將自己身上的雨衣脫下，蓋在村正身上，並使盡力氣想替村正腹部止血。

「對不起，是我不好，害了大家。對不起，是我害了大家——我應該先射殺山村那混蛋，就不會有這樣的慘事——不，他跟殘害同袍的佐佐木不同，就算他濫殺巴布亞人，我心裡再不認同，他好像也只是想幫大家找食物，我也不能隨便殺了沒有傷害我們的自己人——我不知道，我真的好混亂，為什麼我們一定要殺人——」

村正臉色愈形慘白，重複說了幾次後，感覺已經有些神智不清，過沒多久，竟昏了過去。

經過一日的原地休息，村正的傷勢始終沒有好轉。這段時間，全靠長島一人，四處找尋可以吃的食物。長島也會不時拿來一些不知名的草類，反覆壓碎後，敷在村正的傷口上充當藥草。因為近乎沒有醫療用品，儘管穎三再厲害，也束手無策，這也讓穎三只能眼睜睜看著村正病情不斷惡化，因而心情極度沮喪。

「東阜先生，請您不要生氣——」村正躺在地上，氣若游絲，四肢極為冰冷，但身體異常發燙。「我其實也沒有真心想做日本人，做什麼人好像都沒差。只是相對長輩口中的本島漢人，日本人對我們部落比較有信用，漢人很常『一口兩舌』。我們原本生活無憂無慮，聽長輩說，自從漢人來了以後，很多事都變成不是我們能決定，還會不時欺負我們，想盡辦法佔我們便宜。我很懷念小時候唱歌跳舞、無憂無慮的日子，雖然日本人常常稱讚我們『高砂義勇隊』比他們還勇敢，但其實我一點也不喜歡殺戮，卻還是殺了很多人。我始終搞不清楚大家說的那些事，鬼畜美澳怎麼可以那麼可惡、那麼殘忍，隨便殘害、屠殺我們？他們為什麼可以那麼邪惡？我好想家，我們家鄉好山好水，很希望能帶東阜先生及穎三大人去看看，嚐嚐我們家鄉的美食，我想再親手做一些好吃的料理給你們吃。我也想唱歌跳舞給你們看，為什麼大家不能一起手牽手唱歌跳舞，這是多麼快樂的事啊！我好想我的媽媽，我好想媽媽，好想媽媽，媽媽、媽媽——」

陳雅薔本想說些什麼，不過泛著淚光的村正，沒多久又昏睡過去。

這已經是意識模糊的村正，不知道重複第幾次的片段話語。

看著身型魁梧的村正，整個人蜷縮在一起，突然有種身型縮小的錯覺。

村正身上蓋著原先分享給穎三及陳雅薈的兩件軍用雨衣，不過還是難敵高燒的痛苦狀態，不時瑟瑟發抖。

「媽媽——媽媽——」村正儘管意識不清，還是會不時說著囈語，有時用的是陳雅薈所聽不懂的語言。很可能是村正所屬族別的原住民語，陳雅薈也只聽得懂可能是「媽媽」兩字。

午後大雨再度來臨，儘管已經特別挑選茂密的大樹底下，仍是有強勁雨水滲透下來。陳雅薈坐在村正身旁，拿著大片樹葉替村正裸露在雨衣之外的臉龐遮雨，而也在一旁看護的穎三，只是神情凝重，看向自天空不斷落下的雨水。

「東皐小姐——」穎三突然看向擺在一旁的軍刀說著。「謝謝妳每次都好心幫我撿起軍刀，不知道為什麼，這軍刀明明卡得並不算太鬆，甚至還有點緊度，卻常常掉了出來。這讓我也覺得有些困擾——」

陳雅薈當然很清楚，穎三所指的掉刀，都是她在進入慢動作時期，直接從穎三腰際強行拔出。不過可能對於穎三來說，這一瞬間的動作太快，感覺就像他自己不小心讓刀掉了出來。

穎三繼續開口說著：「唉，我也不知道該怎麼說。我知道這把配給軍官的軍刀，是個榮耀的象徵，但老實說我也不會什麼劍術，可能手術刀還更熟練，這軍刀對我來說只是裝飾品。希望東皐小姐別覺得好笑，我並非因為很在意這把軍刀的榮耀象徵，而是我聽說弄丟這把軍刀會是非常非常嚴重的事，才會至今都如此戰戰兢兢守護這把軍刀。但想想大日本帝國已經潰不成軍，這些軍規真的還那麼重要嗎？這仗打到現在到底是為了什麼？為什麼就連對我們那麼好的村正，他根本算是從佐佐木手中救了我們的恩人，我竟然也救不了，難道就只能眼睜睜看他一直惡化！」

「這——」

陳雅薈還來不及說些什麼，就先聽到一旁的村正發出類似「媽媽」的囈語，打斷兩人的對話。

「穎三大人、東皐先生，我還活著嗎？」村正沒多久竟突然清醒，不過眼神有些渙散，只是瞇眼望向看護他的兩人說著。「我夢見我長了一對翅膀，無論多遠，都要飛回去我的故鄉。飛啊！飛啊！飛啊！天空好美，沒有戰機和戰火的天空好藍、好美——」

陳雅薈及穎三聽著聽著，都不覺紅了眼眶。

「我們祖靈——」村正閉上雙眼，以極為微弱的口氣說著。「會給我們死在異鄉的族人，安上一對翅膀，好讓我們死後可以飛回我們最摯愛的故鄉。穎三大人和東皐先生都是非常善良的日本人，等我見到祖靈後，我會向祖靈介紹你們的救人事蹟，祈求祖靈也借翅膀給你們——呃，不對，希望你們用不到——」

村正說到此處，眼角早已滲出淚水。

沒多久，村正只是緊閉雙眼不再言語，又過了好一陣子，村正再次陷入昏睡狀態。

看著日漸虛弱的村正，意識愈趨模糊，讓穎三相當氣餒，神情一下變得沉重無比。陳雅薈原本強忍的淚水，也早就默默流了下來。

穎三先是長嘆一口氣，又盯著手臂上的醫護臂章好一會兒，接著竟氣憤地將掛在手臂上的醫護臂章拿下說著：「救不了人的軍醫，只是個混蛋，還算得上什麼軍醫！」

穎三說完，帶著滿是憤恨的情緒，原本作勢就要扔出醫護臂章，想了好一會兒，還是將臂章收了起來。

陳雅薈見狀後，當然也只能比照辦理，收起臂章。

不過就在此時，陳雅薈覺得遠方的草叢之中，竟有一閃而過的白色人臉。那白臉看起來不像人類，一雙異常的紅眼，看起來更像鬼臉，等到再次確認卻又完全不見蹤影。

——這已非陳雅薈第一次出現這種詭異的錯覺。

環顧四周，原先二十幾名逃難士兵，已被巴布亞人殺掉一大半。剩下的人，有好幾人可能因為看到村正倒下，不願被拖累，已自行組隊離去。

願意留下來陪伴村正的人，除了陳雅薈、穎三及長島外，算一算也不到十人。

「咦？」

陳雅薈不知為何，自從脫離巴布亞人追擊，時常出現背脊發涼的莫名恐懼。

這股莫名恐懼，好似正被無數雙眼睛死盯，所產生的極度不適。

難道會是死神準備要來帶走村正？

帶著這樣疑惑，陳雅薈似乎又在遠方草叢堆中，看見了異常慘白的紅眼鬼臉，那可疑的鬼臉竟然還咧嘴一笑。不過鬼影依舊一閃而過，下一瞬間即完全找尋不到蹤跡。

但儘管鬼臉消失，草叢堆裡仍有動靜，而且並非陳雅薈的錯覺。幾名坐在地上的士兵，也已起身戒備，就連穎三也拿起一旁的軍刀有所準備。

遠方草叢堆愈動愈快、愈動愈亂，不一會兒，竟出現好幾個人影。

仔細一看，原來是大約十來名的日本士兵，各個臉型削瘦、枯瘦如柴，全身骯髒無比，明顯也是從別的地方逃難而來。

「東皐翔！」

陳雅薈瞪大雙眼難以置信，這十多名日本士兵中，竟出現了很像東皐翔的身影。

Chapter 10

薈哥，在出社會工作以後，有時候都會相當懷念我們學生時期的無憂無慮。

我常常想，要是我們一開始相遇之時，不是因為有很多一樣喜歡或一樣討厭的東西，我們會不會只是在生命中，相互擦身而過的一般同學？

如果我們初次相遇，正好適逢選舉，因為我們出身的家庭環境不同，恐怕一開始的印象就大大不同。搞不好年紀還小的我們，並不會多想，只會因為家裡對於選舉的支持及從小的認知大相逕庭，可能還會因此大吵一架。自此對於雙方的印象均極為負面，根本沒有機會成為那麼要好的朋友。

是什麼樣的珍貴緣分，才能造就如此錯綜複雜的巧妙時序？有時候，我總覺得很多事情的大方向，就像命中註定一樣。所有的「必然」，無論怎麼努力改變，都還是會發生，僅有「偶然」才會在人為控制下，發生微妙的小變化。

我這麼想，並不是對於命運的註定，產生消極的想法。反而是人的一生，即使命運已定，但我們沒有人可以知道未來的劇本，還是會好好扮演自己的角色，盡可能往好的方向去走。

不過很多人、事、物，即便在長大或懂事以後，能有很多時間或機會不斷接觸及認識，縱使全盤理解後，卻也未必能夠認可、認同。

曾經，我很天真以為，以前學校所教的思想和行為，就是應該處處與人為善，自己也應該朝這高尚的目標努力。但出社會工作後，卻發現職場還是會有一些極度不欣賞的人物。並不是說學生時期就沒有這種感覺，而是工作上的感覺會更為強烈。因為學生時代的各種不平，到了職場只是更為擴大、更為真實，或許這也是不適感更為深刻的主要原因吧？

有些工作中的同事或主管，一些行為明顯就讓人看了非常不適，尤其是很多雖不至於犯法，卻是超越道德底限的怪事。更何況基於不同目的或利益，真的就是會有喜歡挑撥離間、搬弄是非的怪人，再怎麼認識瞭解，也絕對是讓人不可能欣賞或喜愛的對象。

其實我們過去的教育，以儒家思想為主，不知道醬哥是否還記得，高中徐老師常常說「以直報怨」非常重要。我想儒家思想有儒家思想的迂腐之處，但也有良好、實用的一面。

「以德報怨，何以報德？」

其實我覺得「以怨報怨」才是最為直接、最為符合人性的方式，但要做到「以直報怨」，都需要非常努力，更何況是根本很難存在的「以德報怨」？

在職場上，因為我親眼看過、體驗過很多鳥事後，我是真的有很討厭的同事。或許總歸一句，就像職場前輩曾勸過我的，搞不好對方也覺得妳是冥頑不靈又惹人厭的小人，就當作跟他們「磁場不合」吧！

雖然我是在非營利組織工作，外人看似大家應該都很有愛心、很有理想，但其實不然。只要有「人」的地方，就會不時出現各種衝突，更何況其他需要亮眼業績或快速升遷的競爭職場，我想亦是如此。我曾在職場上被我極度討厭的人陷害過，但我想了很久以後，也不打算報復回去。或許就像徐老師說過的，和他們保持距離，「以直報怨」吧！

這也讓我多多少少都能想像我爸爸以前的一些激烈言行，還有那些過去在二二八事件及白色恐怖慘遭殺害的遺族或受迫害者的憎惡心情。

假設一個人在我面前殺了我的親朋好友，我一定一輩子都不可能原諒他的惡行！就像曾經在職場上陷害過我，言行超越道德底限的那名同事，我完完全全打從心底討厭那名同事。我唯一能做的還是「以直報怨」，但我絕不會假裝我是聖人而選擇原諒她，甚至假裝自己還能欣賞她的其他長處。沒有被那人陷害過的人，老實說也沒有資格勸我放下或原諒她。

而這名同事的直屬主管，或許是真心喜愛她，還是有什麼事被她拿翹之類的，也可能是因為歸類為同一個利益團體，竟然還可以「睜眼說瞎話」，護著他部下如此不道德的言行。假裝沒事就算，竟然還可以幫她找更多愈描愈黑的可笑理由護航。其實想想，社會上很多不滿與紛爭，不也就是來自於有人就是要違背事實「睜眼說瞎話」，這種狀況對於親身經歷的知情人士而言，怎麼可能不會憤怒呢？

不喜歡就是不喜歡，討厭就是討厭，這就是一種感覺，一種優缺點相抵之後的「感覺的總和」。然而不過是在職場上討厭一個人，自己就很難受，更何況是長久憎惡一個人？

我帶著這樣的複雜心情，總覺得哪裡怪怪，有時都會檢討反省，是否是我自己太過小心眼，而不努力去當一個包容萬物的假道學聖人？

直到有一天，那名我極為討厭的同事，可能有些特殊狀況，帶著她就讀幼兒園的小孩來辦公室等她下班一起回家。

她的小孩很可愛，身為辦公室阿姨的我，還把剛好買來想要自己吃的巧克力，送給這名可愛的小孩。

那名小孩拿到巧克力後，還跟我這名阿姨極為開心說了謝謝。

就在那一刻，我終於深刻明白，我還是很討厭他媽媽。但這名可愛的小孩，既沒陷害過我，也與她媽媽種種不道德言行無關，我不會也不該討厭她的小孩。只要她的小孩知書達禮，沒有不道德的言行，我還是會喜歡她的小孩，甚至未來欣賞他的為人。不過如果將來她的小孩懂事以後，全盤否認或認同他母親的不道德，或是承繼了他母親那種令人厭惡的言行，我就很有理由，可以名正言順將我自己的「討厭名單」，擴及到這名小孩。

薈哥，不知道妳覺得我這樣的想法和行為是否正確？還是其實妳會覺得我這樣很幼稚？

唉，其實我有時候也很迷惘，或許這也是一種另類的「精神勝利法」吧？只是在我思考出目前這種可能「答案」前，我的內心對於自己厭惡別人的行為或多或少有些不安，至少目前自己找到的「答案」，能讓我安安心心討厭一個人，但也不至於覺得自己這樣的厭惡有何不妥就是了。

或許未來我能有更好的體悟或想法，到時再跟薈哥分享。

不過上述的一些事，現在薈哥可能還無法完全體會，等以後妳也出社會工作，或許就能明白我看似雞毛蒜皮，卻是非常認真謹慎的體悟。

我想就算薈哥以後在司法界工作，只要有同事和長官，都會遇到類似的情景、類似的怪事。

希望到時候可以再跟薈哥深入討論！

第十章　民國八十四年（一九九五年）八月・臺灣・臺北市

「哇！妳也喜歡廖敏雄喔！」一名綁著馬尾的大眼小女孩顯得相當興奮，拿著自己的時報鷹吉祥物徽章說著。

「對啊，棒球王子超帥的！」另一名留著長髮、雙眼細長，不過面容相當清秀的小女孩，指著自己掛在書包上，一模一樣的時報鷹吉祥物徽章附和著。

這兩名小女孩，其中綁著馬尾的，正是剛升上國小三年級的陳雅薈，而另一名則是分到同一班級的同學殷馥華。

兩人趁著新學期開學第一天的放學時間交談著。

陳雅薈從書包拿出一張卡片，遞給殷馥華說著：「『鷹』馥華，妳看，我有廖敏雄的球員卡耶，送給妳好了！」

球員卡上頭的照片，正是中華職棒時報鷹隊的帥氣強棒，外號「棒球王子」的人氣球星廖敏雄。

殷馥華顯得有些遲疑說著：「真的可以嗎？」

「哈——」陳雅薈露出得意的笑容。「我有超多、超多、超多張的，這些都是去年中國時報的抽獎活動蒐集來的。」

「什麼？有這種抽獎活動，我都不知道？」

陳雅薈點點頭：「去年中國時報的活動，我爸爸本來還不願意，說比較喜歡看自由時報。我跟爸爸說可以抽獎抽中汽車，我爸爸才讓我偶爾可以幫忙改買中國時報，我真的超想抽中全套時報鷹的雷射球員卡。」

「結果？」

「當然什麼都沒有抽中，但我也因此拿到好多球員卡，都多到快要變成撲克牌了！」

陳雅薈所指的，是去年中國時報及中時晚報，在中華職棒五年所舉辦的抽獎活動。只要購買中國時報或中時晚報，都會隨報附贈一張時報鷹集點球員卡。

「陳雅薈，可是妳怎麼知道有這個抽獎？」殷馥華問著。

「我啊，是我大表哥跟我說的，他也支持時報鷹，還要我叫爸爸多買中國時報幫忙時報鷹。我會喜歡時報鷹也是我大表哥影響我的，因為他帶我去臺北棒球場看過好幾次時報鷹的比賽，每一場都好好看！」

「哇——」殷馥華顯得相當興奮。「我也是、我也是。雖然我爸爸說棒球賽不好看，我後來發現根本就是他自己討厭棒球，還一直想騙我去看籃球比賽。但我表姊很愛棒球，去年暑假還帶我去看時報鷹的棒球賽，雖然那時還看不太懂，不過那場比賽廖敏雄有打全壘打耶！從那以後，我就愛死廖敏雄，常常要我表姊帶我去看比賽。有一次買不到票，還要買什麼『黃牛票』，她後來還教我怎麼用收音機聽職棒轉播呢！」

「對啊，我大表哥也有教我耶！不過廖敏雄真的又帥又厲害，以後不知道可不可以嫁給他！」

「那我也想、我也想，我們長大以後一起嫁給他——」殷馥華露出了靦腆的笑容。「而且去年廖敏雄差點拿到全壘打王，都是味全龍那個什麼『怪頭』好討厭喔！」

「是不是那個像『天龍特攻隊』的『怪頭』，叫『坎沙諾』的那個外國人？」

「對啊，討厭，就是他！去年最後一場比賽打三支全壘打，最後比棒球王子多一支，搶走廖敏雄的全壘打王，超生氣的！我表姊也超討厭他！」

「哼！沒關係，廖敏雄今年會拿到全壘打王！」

兩人話剛說完便相視而笑，而後殷馥華瞄到陳雅薈的學生證，突然驚叫一聲：「哇！陳雅薈，妳的生日跟我同一天耶！」

陳雅薈看到殷馥華剛拿出的學生證，也驚叫起來：「哇賽！真的耶，那我們這樣是不是雙胞胎啊！」

殷馥華突然牽起陳雅薈的手開心說著：「陳雅薈，我們都喜歡時報鷹，也都喜歡廖敏雄，又同一天生日，以後都要一起嫁給廖敏雄，那我們當好朋友好不好？我從小就好希望有姊妹喔，一直吵著我媽媽，就是都不再生一個妹妹給我！」

「啊？『鷹』馥華妳沒有兄弟姊妹喔？我有一個討人厭的弟弟，真的很討厭。我比較希望有妹妹或姊姊，所有我們不止是好朋友，我們同一天生日，應該是雙胞胎才對！而且妳姓『鷹』真好，我最喜歡老鷹了！」

「不是啦！」殷馥華拿出學生證的姓名欄指著。「是『殷商』的『殷』、『殷勤』的『殷』，還有『殷紅』的『殷』。」

陳雅薈面露疑惑說著：「什麼是『音傷』？什麼是『音親』，什麼是『音宏』？我聽不懂耶——」

「哎喲，我爸爸教我這樣說，結果每次這樣講，都沒有人聽得懂，就只有老師聽得懂。我的姓好怪喔，像妳只要講『耳東陳』大家就都知道，好好喔。反正我不是老鷹的『鷹』就是，但我也跟妳一樣，最喜歡老鷹了！」

「那好，我們都喜歡一樣的東西，又同一天生日，所以我們是好朋友加雙胞胎！」

「對啊！不管那麼多，從今天開始，我們就是最好的朋友！」

就這樣，兩人在三年級開學第一天，便相約要當最好的朋友。

兩人又發現返家路程非常順路，便手牽著手一起走路回家。

「什麼，陳雅薈，妳家跟我家好近，才差一條馬路耶！」殷馥華語帶興奮說著。

「真的耶，殷馥華，那妳要不要先到我家玩？我再給妳幾張不同的球員卡，我真的太多張了！」

「我們是好朋友！當然好啊！」

陳雅薈帶著殷馥華走回家，等到陳雅薈用鑰匙打開家門時，殷馥華突然開口：「陳雅薈妳好厲害，自己帶鑰匙、用鑰匙開門回家耶！」

「啊？」陳雅薈雙眼微睜說著。「我爸爸、媽媽都在上班，很早就要我學會自己放學回家，說我這樣是很厲害的『鑰匙兒童』。殷馥華妳爸爸、媽媽不用上班嗎？」

「我爸爸是空軍，我媽媽沒上班，所以我回家都按門鈴就好。」

「空軍？會開飛機嗎？」

「嗯——」殷馥華面帶得意點點頭。

「砰！砰！砰！好帥的感覺！」陳雅薈開懷笑著，還用手指做出手槍的模樣，向四周掃射。

然而，就在兩人踏入客廳之時，突然出現一個壯年男性人影。

「叔叔好！」殷馥華向陳爸爸點頭問好。

「爸爸，你今天怎麼不用上班？」陳雅薈一臉疑惑問著。

不過陳雅薈的父親陳義行，對於兩名孩童的話置若罔聞，只是睜著渾圓的大眼，盯著手牽手的兩名女童看得出神。

「爸爸，妳很討厭耶，一直盯著我們看幹嘛，討厭的變態！」

「啊？」陳爸爸回神過來以後，雙眼竟有些泛紅說著。「沒事、沒事，妳的新朋友嗎？」

「對啊，殷馥華——」陳雅薈介紹著。「從今天開始，就是我最好的朋友，我們是同一天生日的雙胞胎！」

「雙胞胎啊——」陳爸爸輕皺眉頭說著，臉色卻變得有些陰沉。

「哎呀，薈薈，妳回來了！」一名女性聲音從主臥房傳了出來。

沒多久這名年約三十五的女性，從主臥房走了出來。

這名女性正是陳雅薈的母親方怡寧。

陳媽媽眼睛雖然沒有陳爸爸那麼渾圓，甚至還有些細長，不過因為五官端莊，還是顯現出不同的優雅氣質。

「阿姨好！」殷馥華向陳媽媽點頭問好。

陳媽媽看著兩名孩童手牽著手，竟也如同陳爸爸先前一樣看得失神，看著看著竟還紅了眼眶。

「媽媽，為什麼妳跟爸爸今天怎麼都不用上班？」陳雅薈問著。

「唉——」陳媽媽回神以後，輕嘆了一口氣說著。「你阿公不小心跌倒，要帶他去醫院看醫生。我跟爸爸下午請假，午餐就跟原本一樣，妳自己用電鍋熱一下，晚一點蔚蔚下午的輔導課結束，媽媽會再趕去接他回來。」

「那阿公還好嗎？」陳雅薈面露擔憂問著。

陳爸爸點點頭：「姑姑說他狀況還好，但妳阿嬤怕他骨頭受傷，勸妳阿公去醫院檢查，妳阿公說他自己很清楚狀況，也會自己處理，所以沒事不需要。但妳阿嬤還是很擔心，一直打來叫我們去勸勸阿公，順便帶阿公去一趟醫院，看檢查怎麼樣再說。反正妳這星期天本來就要去看一下阿公、阿嬤，妳到時候再探望阿公就可以了。」

「薈薈，妳自己在家要乖喔——」陳媽媽接著看向一旁的殷馥華開口問著。「咦，這是妳的新朋友嗎？」

「對啊，她叫殷馥華——」陳雅薈再次指著殷馥華介紹著。「我們同一天生日，所以我們不但是好朋友，還是雙胞胎！」

「雙胞胎啊——」陳媽媽聽了以後，竟也有些愣住。

「好啦、好啦，媽媽，我們趕快先出門——」陳爸爸站在門口催促著。

經由陳爸爸這麼一叫，陳媽媽這才轉向殷馥華問著：『小妹妹，是姓『殷勤』的『殷』吧？」

殷馥華猛力點頭：「哇，阿姨好厲害喔！」

「薈薈——」陳媽媽轉向陳雅薈說著。「今天有朋友來玩沒關係，那妳可以拿零食櫃的零食請好朋友吃。爸爸、媽媽有事得先出門，記得要乖喔！」

「媽媽，快一點啊！」陳爸爸走到門外繼續催促著。

等到陳媽媽走到門口，陳爸爸突然輕嘆一口氣，並小聲說著：「怡寧，妳該不會跟我想到同一件事吧——」

「唉，別再說了——」陳媽媽說完，又回頭看了陳雅薈及殷馥華一眼，接著也是壓低聲音繼續說著。「姓『殷』的話，應該是外省人吧？」

「嘖，妳又來了！」陳爸爸顯得有些不耐。「就算妳在辦公室受了那一堆高高在上外省主管的鳥氣，也都和討厭的人的小孩無關吧？」

「哎喲，我只是合理判斷姓氏省籍，又沒說什麼！」陳媽媽緊皺眉頭說著，一會兒便推著陳爸爸出門。

就在陳爸爸及陳媽媽匆匆出門以後，陳雅薈突然開口說著：「我好討厭我爸爸，妳自己看他，剛剛像變態一樣，一直看著我們，好噁心喔！上次他還想牽我、抱我，我都覺得好噁心、好討厭！」

「我也是、我也是。我是說我也討厭我爸爸，他對我和我媽媽都好凶，還會限制東、限制西，又會亂丟我的漫畫！」

「哈哈——」陳雅薈笑著。「我們有一樣喜歡的東西，也有一樣討厭的東西，我們果然是好朋友！」

沒一會兒，陳雅薈跑進自己的房間，拿出一大疊時報鷹球員卡，還有兩支黑色的時報鷹加油棒。

「殷馥華，看妳喜歡哪幾張，都送給妳！」陳雅薈拿起其中一張繼續說著。「這張『李瑞麟』總教練，是我時報鷹隊第二喜歡的人，妳一定也要拿！」

「哇！我也超喜歡『李瑞麟』總教練，也是我第二喜歡的耶！」殷馥華難掩興奮，開心收下陳雅薈拿給她的「李瑞麟」球員卡。

殷馥華看著眼前幾十張時報鷹球員卡，雖然大部分都是重複，還是有如發現珍貴寶藏般眼睛一亮。

「廖敏雄，全壘打！廖敏雄，全壘打！」陳雅薈拿起黑色加油棒邊敲邊喊著。「這個加油棒也是我大表哥送我的，我好喜歡跟我大表哥一起在球場大喊『廖敏雄，全壘打！』」

「好好喔，我都沒有自己的加油棒，我爸爸如果看到我那麼愛棒球，一定會很不高興。我也很喜歡跟著大家喊來喊去，那我們以後可以一起去看棒球——」殷馥華把陳雅薈手中的加油棒拿走，也接續喊著。

「廖敏雄，全壘打！廖敏雄，全壘打！安打、安打、全壘打！」

不過敲著敲著，殷馥華突然大叫一聲：「啊，完蛋了！」

「怎麼了？」

殷馥華面有難色說著：「完蛋了、完蛋了，我本來以為只是陪妳回來看一下妳家在哪，想說以後可以找妳玩。沒想到拖太久，我媽媽不知道我在妳家，看我晚回家，一定會很擔心！」

臉色發白的殷馥華說完後，隨即拿著「李瑞麟」球員卡，匆匆忙忙離開。

「要再來玩喔！」陳雅薈在殷馥華臨走前，還補了一句邀約。

事後陳雅薈才知道，當天因為較晚回家，殷馥華真的被媽媽罵得很慘。

不過他們兩人因為都很喜歡時報鷹，一下便成為無話不聊的好朋友。

陳雅薈後來也把自己一堆重複的時報鷹集點球員卡，整理一整套送給殷馥華，讓殷馥華更是樂不可支。殷馥華也回贈很多自己看著時報鷹吉祥物，所親手畫的老鷹圖案，讓陳雅薈也是愛不釋手。

兩人因為太有話題可聊，有時候聊到忘我，甚至在課堂中還是忍不住繼續交談，兩人更還因此被老師罵過。

到了週日，預定下午要去探望阿公、阿嬤。

「陳——雅——蔚——」陳雅薈尖叫著。「你這樣亂鬧怎麼玩啦！」

陳雅薈對著電視畫面大叫，不過一旁才剛上小學一年級的弟弟陳雅蔚，只是扮著鬼臉回應。

姊弟倆趁著上午的空檔，拿出媽媽特別允許的任天堂紅白機玩著。

「姊姊喜歡老鷹，我就偏偏要討厭老鷹！打爆老鷹！打爆老鷹！」陳雅蔚愈說愈得意，還不時哈哈大笑。

只見電視畫面的正下方，看似堡壘的老鷹方塊，被弟弟陳雅蔚所操作的綠色坦克打爆，接著畫面慢慢浮現往上移動的「GAME OVER」大字。

兩人玩的正是任天堂紅白機的經典遊戲「坦克大戰」，陳雅薈使用1P，操縱的是黃色坦克，而弟弟使用2P，操縱的是綠色坦克。

理論上這兩名玩家所操縱的兩輛坦克，應該要通力合作，打爆地圖上不斷出現的敵軍白色坦克，並一同守護畫面正下方，代表我方基地的老鷹方塊才能過關。

不過弟弟陳雅蔚，一心只想打爆老鷹的遊玩方式，一下就讓遊戲判定基地失守，直接「GAME OVER」結束，這也是為何陳雅薈會如此激動的原因。

「媽媽妳看啦，陳雅蔚一直故意打爆我們的老鷹基地，這樣怎麼玩啦！」

不過陳媽媽並沒有理會陳雅薈的抗議，讓弟弟陳雅蔚又繼續重複他的自爆老鷹基地行動。

「哼！那都不要玩了！」

陳雅薈說完，直接把紅白機的電源開關切掉。

這下換弟弟陳雅蔚大叫：「姊，妳怎麼可以輸不起！」

「什麼，誰才輸不起！」陳雅薈抗議著。

弟弟陳雅蔚試著把紅白機開關再次切上，但電視上只有定格不動，有如雪花般的怪異畫面。

「吼！姊姊弄壞了！」陳雅蔚指著姊姊陳雅薈嚷著。

陳雅薈看到怪異畫面也有些慌了，趕緊自己嘗試切換。除了雪花般的靜止畫面，在每次嘗試開啟時略有改變，但主機依舊還是無法正常讀取卡帶內的遊戲。

這下一旁的陳媽媽總算開口：「喂，你們兩個怎麼搞得，阿翰表哥借你們『任天堂』玩，怎麼可以把它弄壞！」

弟弟陳雅蔚擺出一副不以為然的表情說著：「反正阿翰表哥有『超級任天堂』，才不會想再玩『任天堂』了。媽媽，我也想要『超級任天堂』，阿翰表哥的超級瑪莉有恐龍可以騎，好好喔，為什麼都不買給我，我也要、我也要！」

「不准！通通不准！」陳媽媽緊皺眉頭說著。「你阿翰表哥國中才玩『超級任天堂』，等你上國中再說！媽媽現在有給你們玩『任天堂』已經很好了，再給我吵，媽媽就收起來拿去還給阿翰表哥！」

「哪有等那麼久的啦！我不管、我不管！」陳雅蔚哀嚎著。

陳雅薈在弟弟與媽媽爭吵的這段期間，不斷嘗試切換任天堂主機開關，卻還是無法正常遊戲。這下陳雅薈真的有些不知如何是好，該不會真的把阿翰表哥的任天堂弄壞了。

「姊，妳很笨耶！」

陳雅蔚把姊姊的手推開，並把插在任天堂主機上的卡帶退出拔起。

「你要幹嘛？」陳雅薈面帶疑惑問著。

只見弟弟陳雅蔚把卡帶倒了過來，並舉到嘴邊，朝著卡帶底部的一整排金手指猛力吹氣。

陳雅薈看了不覺相當吃驚說著：「神經病，你這樣連卡帶也被你口水噴壞！」

不過陳雅蔚並沒有理會姊姊的勸阻，重複吹了幾次以後，再將卡帶重新插回主機。

等到再次開啟主機開關，電視畫面竟奇蹟似地出現正常的「坦克大戰」遊戲標題畫面。

「為什麼？」陳雅薈瞪大雙眼無法置信。

「哼，就說姊姊很笨嘛！」陳雅蔚得意笑著。「阿翰表哥上次教我的卡帶密技，誰叫姊姊那麼笨，才會不知道怎麼弄！」

兩人對於好不容易重新正常開啟的「坦克大戰」，皆是相當珍惜，弟弟陳雅蔚總算不再胡鬧。

經過一番坦克大戰，陳雅薈發現才國小一年級的弟弟，認真玩起來似乎還比自己厲害，幾乎都是靠著弟弟橫衝直撞殺敵通關。

「姊姊好笨喔，都不把老鷹基地守好！」陳雅蔚嚷著。

「哪有，我明明就守得很好！」陳雅薈反駁著。

不過電視畫面過沒多久，還是浮上了「GAME OVER」的大字。

「都是臭姊姊啦，害我們輸了！」陳雅蔚抱怨著。

陳雅薈不甘示弱回應著：「才不是呢，是你自己不回來救基地，只會往前亂跑，我們才會輸的！」

「才不是，是姊姊太笨才會輸的！」

「以後都不跟你玩啦，輸了就怪東怪西！」

陳雅蔚學著姊姊講話：「以後都不跟你玩啦，輸了就怪東怪西！」

「你不要學我講話，很煩耶！」陳雅薈瞪大雙眼說著。

「你不要學我講話，很煩耶！」陳雅蔚繼續學著。

「你是笨鸚鵡喔！」

「你是笨鸚鵡喔！」

「你是笨蛋嗎？」

「你是笨蛋嗎？」

陳雅薈對於弟弟不斷模仿非常厭煩，這次緊皺眉頭大聲說著：「陳雅蔚是大笨蛋！」

弟弟陳雅蔚沒有多想，也開口學著：「陳雅蔚是大笨蛋！」

「哈——」陳雅薈這下總算一改怒容，放聲大笑說著。「陳雅蔚，知道自己是笨蛋就好！」

陳雅蔚發現差別後，極為生氣大聲叫著：「哼，才不想跟笨姊姊玩！」

「你才笨蛋！」

「姊姊才是笨蛋！」陳雅蔚說完，把紅白機的遊戲手把用力丟到桌上。

一旁的陳媽媽，見到姊弟倆快要吵起來，終於看不下去厲聲說著：「兩個都不要吵，也都不要玩。玩很久啦，趕快收起來了！」

弟弟陳雅蔚相當不服氣說著：「才不是，是姊姊太笨！」

「明明是你！」

「你們兩個還吵，以後都不要玩了！」陳媽媽大聲罵著。「蔚蔚，你怎麼可以亂摔阿翰表哥借你們的『任天堂』，為什麼不好好愛惜別人借你們玩的東西，摔壞怎麼辦？」

「又不是我的錯——都是姊姊太笨——」陳雅蔚愈說愈委屈，眼淚竟一下就湧了出來。「嗚——嗚——我最討厭姊姊，最討厭媽媽了！」

陳雅蔚說完，邊哭邊跑回自己的房間。

「薈薈——」陳媽媽看著陳雅薈說著。「妳比弟弟還大，應該要更懂事，怎麼可以這樣，不能稍微讓妳弟弟嗎？姊弟倆怎麼那麼愛吵架，為什麼不能相親相愛！」

「不公平！」陳雅薈覺得相當無辜。「分明是陳雅蔚在鬧，為什麼是我要讓他！」

「你們都是媽媽生的親姊弟，為什麼那麼愛吵！不能好好相處嗎？」

「媽媽每次只會這樣偏心弟弟，從以前就這樣，不公平！」

「薈薈，媽媽沒有偏心，弟弟從小就比較瘦弱，妳當姊姊的就多讓他一點，又不會怎麼樣。然後妳這是跟媽媽說話的態度嗎？」陳媽媽的耐心似乎快要消失殆盡。

陳雅薈當然知道這是媽媽即將爆發的警訊，但還是忍不住繼續說著：「媽媽自己講得那麼厲害，還不是常常對著電視激動大罵，憑什麼管我！自己就可以那麼討厭電視裡的那一群人，又很討厭外省人，討厭這個、討厭那個，憑什麼就要我們相親相愛？我也可以跟媽媽一樣討厭別人，我就是討厭弟弟啊！」

「薈薈——」陳媽媽有些愣住，停了好一會兒，突然激動說著。「陳雅薈，妳講那什麼話，妳給我進房間好好反省！你們兩個都不要再玩『任天堂』了，我之後會拿去還給阿翰表哥！」

「明明就是媽媽才要好好反省！」

「陳雅薈，妳敢再頂嘴試看看——」陳媽媽再也無法忍受，高舉右手手掌，大聲怒罵著。「是不是要媽媽打妳、揍妳，妳才會乖呢？怎麼可以這麼不乖，大人講話，小孩不要意見那麼多，妳給我進去房間好好反省！」

陳雅薈並不覺得自己有錯，只覺得滿腹受屈，更早已淚眼汪汪。只要再被罵任何一句，淚水一定潰堤。看到媽媽作勢就要打人，陳雅薈即便心有不甘，也只能乖乖聽從媽媽的威嚇命令。

不過這場姊弟吵架的家庭風波，戰火延續到了阿公、阿嬤家。

「薈，長好大了！」

一名年近七十、戴著方框大眼鏡的慈祥老翁，露出極為和藹可親的笑容，以「臺灣國語」說著。

——這人正是陳雅薈的阿公陳繼敘。

阿公家裡客廳雖然不大，但老式物品的擺設相當多，還有一臺和陳雅薈家裡錄音機明顯不同，體積還不算小的卡拉OK伴唱機。這臺外型四四方方的黑殼機器，除了擁有一般錄音帶卡槽外，最特別的是，另一個長方形的凹槽，是用來插上比錄音帶還要大上許多的匣式伴唱帶。

另外在阿公的古董收藏中，還有一臺只要放下唱針，配上不斷旋轉的唱盤，就會發出美妙聲音的黑膠唱片機。陳雅薈還記得在更小的時候，有看過阿公用這臺神奇的機器放過美妙的音樂。

不過現在阿公也跟陳雅薈家裡一樣，用錄音機聽錄音帶，錄放影機看錄影帶。但阿公家的錄放影機其實有兩臺，分別是機型及錄影帶尺寸均較小，由日本公司 SONY 所研發的 Betamax，另一臺則是較大的

VHS，由另一家日本公司 JVC 所研發的規格及機型。不過陳雅薈聽爸爸說過，小的錄影帶已經要被淘汰，以後都會換成比較大臺的 VHS。

而自從大表哥教會陳雅薈使用錄音機附帶的收音機功能後，陳雅薈現在更常使用收音功能，聆聽「中國廣播公司」的中華職棒時報鷹比賽現場轉播。

「阿公亂講，明明暑假才剛看過我，又沒過多久，我怎麼可能突然長很大！」陳雅薈發出異議。

「呵呵——」阿公只是笑而不語。

「而且我的名字叫作『薈』，不是『廢』！阿公每次都發音不標準，很討厭耶！」

「好啦、好啦，『薈』、『薈』、『薈』——」阿公開懷笑著。

不過阿公的「臺灣國語」腔，儘管經過孫女的指正，聽起來還是很像「廢」的發音。

陳雅薈不再當起腔調「糾察隊」，睜著渾圓的大眼問著：「那阿公跌倒受傷，腳有沒有好一點啊？」

「哈、哈、哈，阿公當然沒事，是妳阿嬤大驚小怪，阿公那麼厲害，怎麼可能會痛！」

「可是——」

「阿公很厲害喔，阿公曾經作夢，夢到阿公跑到古代清朝，還從臺灣渡海去大陸跟太平天國作戰！阿公很厲害喔，在夢裡面是超人，可以到處飛奔，速度快到沒有人可以追上！」

「哎喲，怎麼阿公每次都只跟我講作夢的事，什麼夢到自己變成古代人，好奇怪的夢喔。爸爸說，阿公以前有去南洋作戰，那阿公怎麼都不說到底是去做什麼？南洋到底在哪裡，爸爸說很遠，應該是在南部哪個縣市吧？這樣坐火車不知道要多久？」

「呵呵——」阿公雖然還是掛上微笑，但笑著笑著，笑容變得有些僵硬。

陳雅薈看向阿公的左手，輕皺眉頭說著：「阿公，你左手的兩根指頭有些不見了，是不是去南洋作戰受傷的，每次看到都覺得好痛——」

「哎呀，不痛、不痛！沒事、沒事！」阿公還是笑著。

「阿公每次都不跟我說，到底在南洋作戰有什麼好玩的事！」

阿公微微搖頭，停了好一會兒才又開口：「薈，一點也不好玩啊！」

「那阿公怎麼都不跟我說！」

「薈啊——」阿公突然改變話題問著。「妳跟弟弟今天發生什麼事啊？阿公發現你們都不說話耶？」

其實不必特別說明，任誰都看得出來姊弟倆一定大吵一架。弟弟陳雅蔚一到阿公、阿嬤家，就跑去阿嬤房間，纏著阿嬤玩，完全不想理會姊姊陳雅薈。

「才沒有什麼事，反正弟弟很討厭就是了！」陳雅薈轉轉眼珠說著。

「你們姊弟倆不能相親相愛嗎？阿公以前在南洋，真的會一直很想念家人，想念阿公在中和的爸爸、媽媽，還有阿公的兄弟姊妹們。」

「哎喲，大人都只會說一樣的話，反正弟弟就是很討厭——」陳雅薈不想繼續這個話題，顧左右而言他。「阿公，你知道身分證字號M開頭是在哪裡出生的嗎？像我A開頭，爸爸說過，就是代表臺北市出生的。」

「M啊？是哪裡呢？」阿公微微歪頭想著。

「南投啊！」陳媽媽邊說邊緩緩走進客廳。「薈薈怎麼會突然問這個？」

陳雅薈對於媽媽上午嚴厲指責自己，還是非常生氣，並不打算再和媽媽說話。但聽到媽媽解答了疑問，同時又拋出新的提問，陳雅薈想了好一會兒，還是忍不住開口，不過是看向阿公說著：「阿公，我這學期在學校有交到一個新的好朋友，叫作殷馥華。我們都喜歡一樣的東西，也討厭一樣的東西。我們真的就像是好姊妹，還是姊姊、妹妹比較好，都怪媽媽為什麼要生弟弟，而不生妹妹。我比較喜歡殷馥華，我討厭弟弟。跟殷馥華比到現在，大概只有身分證字號不一樣，原來殷馥華是在南投出生的啊。不知道阿公以前去的南洋，是不是在南投裡面啊？還是南投比南洋還遠啊？」

「哎呀——」阿公苦笑著。

「薈薈啊，妳可不可以好好聽媽媽說——」陳媽媽知道陳雅薈怒氣未消，走到身旁苦口婆心說著。「好朋友是好朋友，弟弟是弟弟，血親是永遠不會改變的。朋友再好，都可能隨著不同求學階段而有不同的好朋友。像媽媽國小也有好朋友，但最要好的朋友，是初中時的好朋友，到現在都還有聯絡。媽媽不反對妳跟殷馥華很要好，媽媽也覺得殷馥華很乖巧，妳可以多跟她一起學習很多事。媽媽是想告訴妳，好朋友最重要的是，不管發生什麼事，不管你們未來怎麼改變，不管多久沒有見面，只要相處或聯絡的時候，內心永遠都是非常舒適，那才是真正的好朋友。並不是要喜歡一樣的東西，或討厭一樣的東西，才是好朋友啊。」

陳雅薈只是低頭不語，想跟媽媽回話，卻又因為依舊還是有些氣不過，把話又吞了回去。

「薈薈——」陳媽媽繼續說著。「媽媽只是擔心，妳現在覺得跟殷馥華很多東西一模一樣，因此覺得很棒、很好玩。但好朋友還是會有很多不一樣的喜好，這點妳必須慢慢學習如何包容。媽媽知道自己有時候看電視真的會很激動，這點媽媽會努力改進。但這社會中長久下來，就是有很多不公不義的事，媽媽因為看過，甚至親自體驗過，才會對一些人和事那麼生氣。不過很多事，可能要等妳漸漸長大以後，才會慢慢知道、慢慢理解。」

不知道陳媽媽的話，對於陳雅薈是否太過深奧，只見陳雅薈還是不願看向媽媽，不過至少以極為戲謔的口吻喊著：「不要、不要，媽媽說的，我都聽不懂！」

陳媽媽見到陳雅薈至少口氣已經有些轉變，但明顯依舊怒氣未消，只好對著阿公露出苦笑。不過阿公自始至終不知道上午發生過什麼事，也只是回以一樣的微笑。

「阿公——」陳雅薈跑去阿公放在卡拉OK伴唱機旁的櫃子。「你這邊有沒有《送別》的錄音帶？我想聽、我想聽！」

「啊？」阿公顯得有些疑惑。「是『長亭外，古道邊，芳草碧連天』那首歌嗎？」

阿公邊唱還邊輕拍自己的大腿打起節奏，儘管阿公滿口的「臺灣國語」，陳雅薈聽到後還是滿臉興奮、猛力點頭說著：「對、對、對，就是這首《送別》！」

「嗯——」阿公點點頭。「阿公知道《送別》這首歌，非常有名、非常好聽。不過阿公這邊的錄音帶，幾乎都是日語歌跟臺語歌啊！」

陳雅薈沒有馬上回應，只是繼續翻著一整排的錄音帶，而後才又開口說著：「對啊，阿公好奇怪喔，日本演歌聽起來好好笑，都不知道在唱什麼，常常就是『唉矣』、『唉矣』，不知道在『唉』什麼，阿公還那麼愛聽！」

「薈薈——」陳媽媽插了一句。「這就是媽媽想要告訴妳的，每個人喜歡的東西都不一樣，不要這樣說阿公喜歡的日本演歌啊。」

不過陳雅薈置若罔聞，繼續翻著一整排的錄音帶。那一卷卷翻出來又放回去的錄音帶，盒子上頭的封皮，一部分寫著陳雅薈還看得懂的漢字，其餘都是完全看不懂，看起來有點像蝌蚪的日文。每首歌的歌名，就算看得懂前後漢字，還是不知道在說些什麼意思。

「薈薈——」陳媽媽好聲好氣問著。「怎麼會突然想聽這首歌呢？這首歌媽媽也很喜歡，可以跟媽媽說嗎？學校音樂課教的新歌嗎？」

陳雅薈還是自顧自地繼續翻弄，已經將目標轉移到阿公另一櫃黑膠唱片及匣式卡帶的收藏。陳雅薈翻出一些封面看起來很好笑的唱片，還會分享給阿公看，並大聲嚷著「好好笑喔」，然後祖孫倆再一同哈哈大笑。陳媽媽知道陳雅薈還是暫時不想理她，覺得現階段再繼續耗下去，也只是自討沒趣。更也知道自己的女兒，和自己一樣脾氣都不算小，轉而摸摸鼻子默默離開了客廳。

只留下了陳雅薈與阿公兩人，繼續一起翻著滿櫃的錄音帶、黑膠唱片及匣式卡帶。

在這之後，又過了好幾週，陳雅薈趁著週六中午放學後，跑去殷馥華的家裡玩。

陳雅薈一進殷馥華的房間，就收到了殷馥華特別送給她的新禮物。那是一盒封面上頭，有著手寫「送別」兩個大字的錄音帶，最角落還有「殷馥華送陳雅薈」七個整齊的小字。

殷馥華露出得意的笑容說著：「這是我爸爸特別幫我錄好的《送別》錄音帶，送給妳！」

「哇賽！好厲害喔，兩卷錄音帶要怎麼對錄啊？」陳雅薈接過錄音帶後，覺得相當新奇。

「呵、呵——」殷馥華笑著。「我爸爸開著一臺錄音機大聲放出歌來，又拿另一臺錄音機在喇叭旁邊錄音。還叫我媽媽和我，在錄音的時候都不准發出任何聲音，害我都差點不敢呼吸了！」

「哈哈，那妳不就變成『殭屍的咚咚』了！」陳雅薈邊說還邊學著電視及電影常看到的「殭屍」，伸直雙手擺在殷馥華面前「咚咚」搖擺。

殷馥華看到以後，只是跟著陳雅薈放聲大笑。

這是在陳雅薈及殷馥華的校園中，小朋友們相當流行的一種剪刀、石頭、布遊戲，叫作「殭屍拳」。

「殷馥華，我也有一個東西要送妳！」陳雅薈邊說邊將一張印有漂亮花色的小紙，遞給了殷馥華。這張漂亮的紙張，正面寫著「送別」兩個大字，而底下還有「陳雅薈送殷馥華」七個小字。

殷馥華小心翼翼將紙張打開，上頭有著極為工整的筆跡，抄寫的正是《送別》的歌詞。

「哇，陳雅薈，妳的字好漂亮喔！」殷馥華讚嘆著。

「哈，我可是練了很久喔，特別挑這張最滿意的送給妳——」陳雅薈隨後指著錄音帶盒子封面笑著。「妳的字也很漂亮啊！」

殷馥華邊笑邊走向自己的書桌，拉出抽屜從裡頭拿出相當小巧可愛的錄音機，並指著陳雅薈手中的錄音帶，暗示陳雅薈將錄音帶放進去。

「陳雅薈，妳聽聽看，我爸爸錄得很好，跟原本的錄音帶聽起來差不多喔！」

陳雅薈接過殷馥華交給她的錄音機後，接著打開錄音帶盒子，準備將裡頭的錄音帶放進錄音機卡匣。

「這首歌是我爸爸最喜歡的歌曲，我從小聽到現在。再偷偷告訴妳一個祕密，妳不能跟其他人說喔——」殷馥華等到陳雅薈點頭答應，才又繼續小聲說著。「有幾次我還偷偷看到我爸爸聽這首歌時，在偷偷擦眼淚。我問我爸爸，他不但不承認，還很生氣罵我不能亂說。雖然我爸爸一直不承認，但如果我那嚴肅又恐怖的爸爸，都可以聽到哭了，可見這首歌有多好聽啊！」

「是啊！真的超級好聽！」

殷馥華用力點頭表示贊同：「反正雖然我爸爸覺得我們選這首歌很奇怪，但他還是幫妳錄好了，要給妳帶回家邊聽邊練習。」

「可是我不會覺得這首歌奇怪啊，不是在描寫美麗風景跟友情的歌嗎？妳第一次放給我聽這首歌的時候，我就愛上《送別》這首歌，真的超級好聽的！」

「哎喲——」殷馥華露出苦笑說著。「我爸爸是說，我們一定是看不懂歌詞。雖然我也覺得這是描寫風景跟友情，還有好朋友們一起吃吃喝喝的歌。但我爸爸卻說這是離別的歌，拿去當我們兩個人音樂課，組隊合唱的期末自選歌曲，感覺有點奇怪。」

「可是離別好像也沒什麼啊，像我們每天都說『再見』，然後分開，但隔天就又見到面了啊。算了啦，反正大人都只會管東管西，不會跟我們說為什麼，也不想跟我們解釋清楚，我覺得這首歌超級好聽就好！」

「我也是、我也是！歌好聽就好，才不管大人怎麼說，這就是代表我們兩個人永遠都是好朋友的專屬歌曲！」

殷馥華話剛說完，已經按下陳雅薈剛放進去的錄音帶。優美的前奏，自錄音機的喇叭流洩而出。沒多久，又傳來了動人的歌聲。

「長亭外，古道邊，芳草碧連天。晚風拂柳笛聲殘，夕陽山外山——」

「天之涯，地之角，知交半零落。一壺濁酒盡餘歡，今宵別夢寒——」

「韶光逝，留無計，今日卻分袂。驪歌一曲送別離，相顧卻依依——」

「聚雖好，別雖悲，世事堪玩味。來日後會相與期，去去莫遲疑——」

陳雅薈及殷馥華兩人，跟著錄音帶的歌曲大聲唱著。唱著唱著，兩人不時對看、對笑，歌曲結束後，又重複按下倒帶鍵。等到錄音帶迴轉至最前頭，按鍵自動跳起時，兩人輪流按下錄音機的播放鍵，就這樣一起唱了一遍又一遍，絲毫都不覺得厭倦。唱到後來，兩人手牽著手，陳雅薈只覺得手心有些微微發癢，但內心卻覺得非常舒適。

不知道這是否就是媽媽之前在阿公家，曾經對自己說過，真正的好朋友，就是無論何時何地，相處起來都是非常舒適的意思。

繼續唱著、繼續笑著，兩人手牽著手，跟著歌曲的節拍前後搖擺。

隨著曲調的抑揚頓挫，兩人不時相視而笑。沒有什麼其他雜想、雜念，兩人都只是單純希望，不管將來發生什麼事，這份友情都能夠長長久久。

Chapter 11

蒼哥，不知道妳是否還記得，我們高中時班上的交換學生，那位來自德國，金髮碧眼的可愛女生艾瑪。

我想妳一定不會忘記，因為在艾瑪結束短暫的交換學生體驗時，我們班上那個「建寧公主」的失禮舉動，真的讓人覺得相當傻眼也相當難堪。

那時學校特別為艾瑪舉辦離別的心得分享會，還由校長親自主持。記得當時因為很新奇，別班的同學也一同共襄盛舉，整個場面相當熱鬧，合起來的聽眾應該遠遠超過百人。

艾瑪用英文分享了她的體驗、她的想法，也介紹了很多德國風情，還有德國的一些知名文物。老實說，因為事隔太久，我幾乎已經忘記她分享了什麼。

別班的同學，因為不像我們有過相對較長的相處時間，每個人都顯得非常好奇。最後開放給大家的交流時間，都很踴躍提問及發言祝福。

就在最後一個提問機會時，校長特別留給我們班，是由我們班的「建寧公主」自己主動舉手發言提問。

誰也沒想到，「建寧公主」的最後提問，竟然問了艾瑪：「請問你們德國人，對『希特勒』的暴行有何看法？」

我不知道蒼哥是否還記得，那一瞬間在臺下的所有同學，幾乎全是罵聲一片。

我還記得艾瑪當下愣住，臉色頓時沉住，湛藍的眼眸，流露著極度不安與難堪。

其實多年後回想，「建寧公主」當年提問的用意及目的，到底是為了什麼？我們始終無法明白。但她的失禮提問，確實已經造成艾瑪在超過百名同學面前難堪不已。

不過艾瑪愣住歸愣住，還是很快就板著臉，譴責希特勒的不對，並為德國人過去發動戰爭之事，向大家鞠躬道歉。

唉，其實至今回想，都還是為艾瑪感到心疼。

艾瑪是德國人，希特勒也是德國人，但艾瑪不是希特勒。

發動戰爭及屠殺猶太人的，是希特勒，不是我們班那可愛的交換學生艾瑪。

我有時候也會思考，假設今天換成是來自日本的交換學生，被問到類似尖銳的問題呢？

我想，日本女學生一定也會當場愣住，但恐怕會完全不知道該怎麼回答。因為在他們從小的教育中，可能並不知道那些令人髮指的諸多暴行，恐怕根本無法明白在問什麼事情。

但即便我身為與南京息息相關的後人，我常常思索，如果是我，我會這樣提問嗎？想來想去，若是私下好奇，對於頗有交情的異國朋友，這樣詢問或許還好，但我不希望有任何人在大庭廣眾之下，像公審一般對他們提出這樣的問題。

我只能說，對於我們班上「建寧公主」當年的魯莽舉動，或許「建寧公主」自己沒有意識到有多麼失禮。但我深深覺得，她那樣的提問，真的大大丟了我們臺灣人的臉，而且到底會讓艾瑪最後留下什麼樣的臺灣印象？

不過或許「建寧公主」始終不這麼認為就是，也許是我們自己思想太過保守、太過迂腐也不一定。

對了，說到討厭的人，薈哥，相信妳也還記得，我們國中時都最討厭，後來沒再說過任何一句話，簡直形同陌路的那個男同學陳可凡吧？

其實，我想說，人是會改變的。

也許我們高中班上的「建寧公主」，後來也已有所成長及有所改變。

我後來事過境遷，有時回想，其實好像也沒那麼厭惡陳可凡。

他當年會對我做出那麼誇張的事，或許只是他沒意識到自己有多過分。

當然，我不覺得他當年在我喪父的傷口上撒鹽沒有任何不妥。但我記得發生那件事以後，他整個人似乎有些改變。

我還記得在我們國中畢業典禮結束後，他曾經一個人心事重重，走得離我們很近、很近。但當他看到薈哥的怒目以後，整個人又突然轉身離去。

我常常在想，會不會他當年是在鼓足勇氣後，才慢慢一步一步靠近我們，其實是想來跟我們道歉？但因為就只有那麼稍縱即逝的瞬間，我們也不得而知了。

前陣子，我突然很想念也很懷念我們高中導師徐老師。我們幾個以前跟徐老師很要好的高中同學，有人之前就有特別向徐老師的家人，要過老師的塔位位置。這次透過徐老師的兒子陳先生，帶著我們幾名相約好的同學，一起去老師的塔位拈香致意。

結果，薈哥，妳知道嗎？

到了現場時，我真的嚇呆了，就連陳先生也當場傻住。

因為徐老師的兒子陳先生，竟然就是我們兩個國中時最討厭的那個陳可凡。

事隔多年，陳可凡極為慎重跟我親口道歉了！

我哭了，陳可凡也哭了。

不但如此，陳可凡還跟我說了很多徐老師以及他自己的往事，還有他當年為什麼會常常找同學麻煩。

至於那天陳可凡到底說了什麼，我就先跟薈哥賣賣關子，等以後有機會，再慢慢跟薈哥說說這奇妙的緣分。

不過知道這些事後，怎麼好像在我的記憶中，彷彿突然浮現，我們真的曾經在國中畢業典禮，見過徐老師的樣子？只是因為當時我們和老師還不認識，再加上和陳可凡極度交惡，自然也沒留下什麼太深的印象。

想想如果是這樣，真是太可怕了！

薈哥，妳不覺得人的緣分真的很巧妙嗎？巧妙到有時想想都會令人不寒而慄。

曾經自己最為討厭的人，竟是自己曾經極為敬愛對象的兒子！

人與人之間，似乎冥冥之中，都注定有許多巧妙的線絲，即便再渺小、再細微，到頭來都還是會連結在一起。這些錯綜複雜的細線，交織到最後，幾乎會把全世界的所有人，都用隱形的線絲串聯在一起。

我們周遭每個人，極為巧妙的命運羈絆，不也是如此嗎？

第十一章　昭和十九年（一九四四年）六月・ニューギニア

「東皐先生，穎三大人，我一定會向祖靈介紹你們的救人事蹟。然後請祖靈也借給你們日本人一對翅膀，讓你們以後還是可以飛回你們在內地的故鄉。」

這是村正臨死前，在朦朧意識中，曾重複說過很多次的一段話語。

在幾近完全沒有醫療用品的情況下，村正的傷勢本就不輕，再加上傷口感染，即便村正體格曾經非常健壯，長島也不斷努力找尋可以使用的草藥，但最後還是難以熬過這道難關。

村正死了。

長島放聲大哭。

陳雅薈也忍不住哭了。

然後她注意到穎三也在隱忍。

一個曾經存在過的開朗大男孩，熱心幫助所有同伴，就這樣遠離大家而去，成為大地上的一份子。

直到最後，還是一直掛念救命恩人能否順利返回故鄉。

長島找了很多像芭蕉的大片葉子，將村正遺體覆蓋包裹。

見到村正死去，所有人彷彿失去了最後一絲希望。村正的死，不過就是所有人接下來的必經之路，只不過方式可能略有不同。

「請問你是東皐先生嗎？」

陳雅薈一直很想和東皐翔交談，卻又不知道該如何開口，更怕自己因為曾經以女兒身接觸過東皐翔，讓他認出自己的真實性別。

先前突然現身草叢堆的十幾名日本士兵，陳雅薈並沒有看錯，那人確實就是東皐翔。他們也是從韋瓦克沿路逃難、沿路彙集而來。當然，這一路上，不用細問也能推測，一定有不少同伴，早已成為黃土上的枯骨。

這群人之中，有正規士兵，也有屬於後勤的軍伕、軍屬。不過大日本帝國都已經潰敗到這種地步，到底原先屬於什麼編制，其實也已經沒有多大的差別。

儘管沒有人說破，但大家心裡應該非常清楚，殘存在新幾內亞島上的所有日本士兵，恐怕早已被大日本帝國狠心拋棄。

自從這十幾名日本士兵彙集以後，說也奇怪，陳雅薈再也沒有見過「白臉鬼影」。

難道先前真的都只是自己的錯覺嗎？或真的是為了接引村正的死神？

倒是陳雅薈有注意到，同行的東皐翔，雖然一直和陳雅薈保持距離，卻又不時瞄向自己。東皐翔有時還會看到忘我，彷彿陷入某種沉思，就連陳雅薈發現這久視的目光以後，都覺得有些怪異。

難道東皐翔已經認出陳雅薈，也發現自己的真實身分？

還有，東皐翔的那張臉，為何愈看愈眼熟，到底是在哪裡見過？

諸多疑點，確實讓陳雅薈難以理解。

這一行人，合起來約有二十多名士兵，在簡單向村正遺體致敬後，又開始漫無目的集體移動。

自從村正死去以後，長島變得非常消沉，彷彿連求生意志也已大打折扣。

在明顯沒人帶領下，大家真的不知道該何去何從。

「噠——噠——噠——」

「砰！砰！砰！」

遠方傳來機槍及步槍的聲響，那清脆的槍聲並非錯覺。但想也知道，日軍早已彈盡糧絕，所剩下的，只有被盟軍屠宰的份。

有人說，逃難之初，幾名士兵見大勢已去、全無戰意，想向盟軍投降，但才走沒幾步路，所有人就被後頭的軍官一槍一槍斃掉。這名軍官還跟所有留下的士兵嚴厲訓話，曉以效忠天皇陛下的大義。然後這名開槍的軍官，後來自己也逃走了，但在逃難過程中，被盟軍一槍斃命。

有人說，當初有的部隊軍官下令全員「玉碎」，直接衝向盟軍，但手上沒有多少像樣武器，幾乎等於送死，而有的部隊則是下令向山地撤退。結果下令「玉碎」的部隊軍官，對其他撤退的部隊極不諒解，最後激動到想對別的部隊撤退士兵開槍。

但既為「全員玉碎」，為何下令的軍官還能活著開槍打人？

或許這軍官是打算開完槍後，就自殺也不一定，只是沒人知道後來的結果。

不過這大日本帝國所剩不多的子彈，到底是要拿來打美澳盟軍，還是拿來打自己人？看到後來，在場的人都快精神錯亂。

還有人說，逃到後來，曾親眼看過日軍同伴高舉雙手，向盟軍投降，但也是走沒幾步路，就直接被盟軍當場亂槍擊斃。

這樣的說法，也讓眾人對於向盟軍投降產生疑慮。

有人則回應，那是必然的結果。因為日軍曾在早期勢力強大時，大量屠殺、虐殺澳大利亞人，即日本所謂的「濠洲」士兵及後勤。他不但在現場親眼目睹，後來更還被迫參與，手法真的非常殘忍。這些澳軍之中，只要有親人被日軍屠殺過，自然會想在神不知、鬼不覺的情況下，根本管不著什麼國際公約，只想一一復仇回來。日後就算自己被澳軍開槍殺死，這種因果循環，他也早已認命。

接著有人附和，這也難怪澳大利亞人會恨透他們，自己曾經躲在叢林深處親眼看過，叢林外一群被澳大利亞軍隊猛烈砲轟慘死的日軍屍體，明明一看就已經死透，澳大利亞士兵還是一個一個補槍確認，就是不想留下任何活口。

「噠——噠——噠——」

「砰！砰！砰！」

儘管近在耳邊的槍聲又再次響起，就地休息以後，也沒人想要理會，甚至移動。但有人提議既然盟軍已經近在身邊，不如直接去偷盟軍營地的罐頭、糧食。然後，他們竟然真的去了，還偷到非常多的罐頭。

「東阜小姐——」穎三儘管因為借出軍刀供人開罐，也有分到一些罐頭，但還是一臉憂心說著。「我想此地不宜久留，妳應該知道我的意思。」

儘管陳雅薈與穎三、長島等人，相約隔天一早趕緊遠離此地，卻還是慢了一步。

「FUCKING JAPS!」

「砰！」

黑夜之中，盟軍還是尋線搜查到了潛伏在叢林之中的殘存日軍。

陳雅薈驚醒後，發現頭部隱隱作痛，想必危機恐怕近在眼前。

「轟——轟——轟——」

天空出現隆隆之聲，抬頭望去，雖然透過密林縫隙，什麼也看不到，但沒想到盟軍竟在深夜之中，出動了轟炸機。

「咻——咻——咻——砰！」

「咻——咻——咻——砰！」

沒多久，叢林內火光四射，幾棵巨木，還被連根炸起。

見到盟軍如此大規模突擊，不知道是否與日軍前去偷取盟軍罐頭有關。

陳雅薈根本無法多想，盟軍想必因為不時受到殘餘日軍侵擾，也常有傷亡，一定很想夷平這片叢林，將流竄在內的殘存士兵一網打盡。

「東皐！快逃啊！」穎三提著軍刀喊著。

儘管盟軍轟炸範圍，還有一段距離，所有日軍士兵早已拔腿就跑。尤其經過前晚久違的飽餐一頓，每個人彷彿更有力氣，也因為早已適應叢林環境，眾人只是拚命向叢林深處逃竄。盟軍的轟炸機雖已駛離，但緊接在後，卻又是盟軍的接連槍響，想必盟軍已開始深入叢林掃蕩。

眾人還是奮力逃向叢林深處，但逃著逃著，身邊的同伴卻逐一減少。就連原本一直以為跟在陳雅薈身旁的穎三及長島，竟已不見身影。

陳雅薈大口喘息，就在伸手不見五指的黑暗之中，天空中飄下片片白色物體。很多白色物體，卡在密林樹梢之上，但其中一片落到了陳雅薈的腳邊。

撿起白色物體，陳雅薈發現是一張上頭寫著日文的紙張。

透過極為微弱的光線，陳雅薈看到紙張上畫著極為醜陋落魄、小鼻小眼的日本人，一旁還有被折斷的太陽旗。後頭是一個時鐘背景，每一個刻度都有一座島嶼的名稱，旋轉指針的最後目標，就是日本本島。除此之外，還有特別用日文寫下的勸降文字。陳雅薈非常明白，這是盟軍軍機所灑下的大量勸降傳單。

陳雅薈看著看著，突然出現極為劇烈的頭痛。

下一瞬間，遠方先是出現發散的火光，接著有個極為細小的不明飛行物體，自遠方緩緩飛來。再仔細一看，是一顆迎面而來的子彈。恐怕陳雅薈撿起白色傳單的動作，引來遠方盟軍的注意。

少了穎三在身旁，陳雅薈手中根本沒有任何武器可以抵抗，直覺就往子彈飛行方向外進行閃避。

不過閃過一顆子彈以後，由於視線過於昏暗，等到飛行物體距離縮短以後，才發現接踵而至的，竟然還有數十顆子彈。

就在陳雅薈拔腿而跑之時，草叢中竟突然躍出極速移動的黑影，將陳雅薈壓在地上。

「東皇——」

陳雅薈還來不及繼續開口，就已被黑影輕摀嘴巴。

這個黑影不是別人，正是那位面容英挺的東皐翔，不過臉頰已明顯非常削瘦。

「噓，跟我來──」東皐翔壓低聲音說著。

眼見第一波子彈自上頭飛越以後，東皐翔突然強拉陳雅薈起身，以極為迅捷的速度，拉著陳雅薈向前狂奔。

沒一會兒，兩人竟一同奔跑越過，先前那數十發仍在緩慢飛行的子彈。

看來東皐翔恐怕和自己一樣，擁有讓周遭進入慢動作的超能力。

「你怎麼也會──」陳雅薈本想發問，但被東皐翔的伸手暗示所制止。

等到兩人跑了一段很遠的距離以後，東皐翔在草叢堆中看到了一個隱密的洞窟，忽然神情驟變，接著慢慢停下腳步。

「原來是這裡啊──」東皐翔喃喃念了一句。

而說也奇怪，原本陳雅薈的劇烈頭疼也慢慢消失，暗示著危機暫告解除。

東皐翔先是左顧右盼，表情顯得相當複雜，隨後拉著陳雅薈進入洞窟內躲藏。

洞窟比想像中還要大，雖然洞長不會太深，但要容下兩人綽綽有餘，看起來搞不好先前可能還有當地原住民住過。

兩人隨地坐下後，陳雅薈發現東皐翔的神情非常奇怪，變得一副要哭要哭的模樣。

看來看去，東皐翔似乎也沒有受傷，陳雅薈終於還是忍不住開口，打破兩人之間的詭異沉默：「你是東皐翔，是嗎？」

不過東皐翔並沒有回應，反而只是低下頭去。

等到東皐翔再次抬起頭來，竟已淚流滿面，突然抱住陳雅薈，還使用陳雅薈已經很久、很久沒有聽到的中文低聲喊著：「媽！我好想妳、我好想妳！我真的好想妳喔！」

陳雅薈完全愣住，她當然聽得懂東皐翔的中文在說些什麼，但為什麼東皐翔會突然叫她「媽」呢？她怎麼可能會有一個比自己還要大的兒子？

東皐翔是不是瘋了？是不是因為太想家人而陷入瘋狂？在這戰場上發瘋的人，除了親眼見識過佐佐木「兵長」外，也聽過更多、更多其他人的瘋狂事蹟。

不過就算東皐翔發瘋，他的中文怎麼會說得那麼流利？難道他才是真正的「學者症候群」？

東皐翔鬆開原本緊抱陳雅薈的雙手後，依舊邊哭邊用中文說著：「媽，妳真的完全不認得我嗎？」

陳雅薈看著如此高大，外表又比自己年長的東皐翔，剛剛竟抱著自己痛哭，這種感覺確實相當詭異。原本東皐翔相當成熟穩重的面孔，竟突然看起來就像是個向母親撒嬌的孩童。

但不知為何，陳雅薈的腦海之中，竟浮現自己手中捧著嬰孩的畫面，好似曾在夢中出現的場景。

「媽，我是陳中翔——」東皐翔繼續說著。「『中庸』的『中』、『飛翔』的『翔』，因為媽懷我的時候，很愛吃某個牌子的蘇打餅乾，我才會被你們取名為『陳中翔』。」

陳雅薈聽到「陳中翔」三字，不知為何覺得非常耳熟，彷彿是相當熟識的名字。

「呃，陳中翔是嗎？你可否冷靜一點，到底是怎麼一回事？」陳雅薈特別以許久未用的中文說著。

「媽——」陳中翔稍微整理情緒後，才繼續開口說著。「媽，我就是被妳傳送到這個年代的！我們再次相遇時，數度想要開口與妳相認，但周圍一直有人，我也找不到機會說明。但再不跟妳相認，恐怕就沒機會了——」

「什麼意思！」陳雅薈一臉難以置信。

但一想到眼前這名自稱陳中翔的男子，跟陳雅薈一樣擁有超能力，似乎也意味他應該並非這個時代的人，想來想去聽起來好像也很合理。

「媽，妳叫作陳雅薈，不是嗎？」陳中翔說出陳雅薈已經很久沒聽到的名字，讓陳雅薈不禁又驚又喜。

「蔡英文、賴清德、蘇貞昌、柯文哲——」陳中翔又一口氣唸出了四個人的名字。「媽，妳這樣可以相信我不是這個年代的人吧！」

陳雅薈瞪大雙眼問著：「你、你到底是——」

「蔡英文是總統、賴清德是副總統、蘇貞昌是行政院院長、柯文哲是臺北市市長，這樣媽媽可以相信了吧？如果我是這個年代的人，怎麼可能知道這些臺灣未來的人？」

「等一下，你說蔡英文是總統？」陳雅薈雖然已經逐漸相信陳中翔的所有言語，但還是顯得非常詫異。「所以馬英九執政之後，民進黨後來又再次政黨輪替？怎麼可能，不是已經被打趴了，真的假的？到底後來發生什麼事？蔡英文是以前那位陸委會主委和行政院副院長嗎？」

「我不知道耶，我只知道她是總統。」

「所以是女生當總統，還蠻令人驚訝。等等——」陳雅薈的神情顯得相當認真。「你說你是我的兒子，叫作陳中翔。我是從二〇一〇年被傳送過來的，那你是從哪一年？」

陳中翔一下便脫口而出：「二〇二二年——」

「所以二〇二二年民進黨又執政嗎？那柯文哲到底是誰啊？」陳雅薈喃喃自語。

「媽，拜託妳不要那麼政治狂熱好不好，爸常常偷偷跟我唸妳這樣真的很煩、很無聊，有時還會激動到對著電視破口大罵。我可是對政治一點興趣也沒有，也真的覺得妳這樣很煩人。還有妳跟爸各自喜歡的政治人物，老實說，我一點都不喜歡，只要你們愈喜歡，我就偏偏更覺得討厭——」

陳雅薈覺得有些驚訝，對著電視狂罵，那不是她媽媽才會做的事，難道自己也是這樣？

「等一下，我再確認一下，你是不是有一個舅舅？」

「是啊！」陳中翔點點頭。

「那叫什麼名字？」陳雅薈像在過濾詐騙集團一樣，詢問私密問題確認。

「舅舅就舅舅啊！我從小就叫他舅舅，妳從來沒跟我說過他的名字，我怎麼可能會知道？但他真的很照顧我，我很喜歡舅舅。他因為很愛打電玩，常常會帶著我一起玩很多好玩的遊戲。」

對於陳中翔的回答，陳雅薈覺得聽起來很有道理。因為她自己確實也只知道自己的舅舅姓方，然後也不知道他的確切名字。

至於陳中翔若有個很愛電玩的舅舅，那應該就是她的弟弟陳雅蔚無誤。

「等一下，那你為什麼姓『陳』？從母姓嗎？」

「不是啊，因為爸爸也姓『陳』。爸爸還常笑說你們是同一個姓氏的同『姓』戀。我被媽傳送到這個年代，不得不改日本姓名時，有想起媽媽曾跟我說過的夢境，所以才會自己取名為『東阜翔』。」

「夢境？」

「媽媽以前常會跟我說，夢到自己跑到日本時代，改名叫作『東阜薈』，『東阜』就是我們『陳』的拆字，因為妳不想斷根，才會採用『東阜』這個姓氏。然後媽媽又說，某次作了一個在海灘和一群外國人浴血奮戰的惡夢以後，就再也沒有作過類似的夢了。」

「是這樣嗎？」陳雅薈顯得有些疑惑。

「媽，妳說妳是從二〇一〇年過來的，也就是我出生前不久的事囉。我是二〇一一年出生，也難怪那時候的妳，也就是現在在我面前的妳，會認不得我啊！但，媽，老實說妳現在的長相，跟三十六歲的妳，沒有多大的改變！所以當我之前發現，在這個年代出現一名叫作『東阜薈』的女性，第一眼就認出妳是我媽媽！」

「等等，你說你二〇一一年出生，然後二〇二二年被我傳送過來——」

「是啊，我十一歲左右被傳送過來，現在二十一歲，在這個年代已經待了快要十年了！」

聽到這樣的答案，陳雅薈有些驚訝，一直以為陳中翔外表看起來至少有二十五歲。

不過陳雅薈又想到另一件事，臉色整個暗沉下來。這彷彿就在訴說，對於回到自己所屬年代的最後一絲希望，近乎等於宣告完全破滅。

「媽，那妳是被誰傳送過來的？」

「呃，我？我是被阿公，不，我是被你的『阿祖』，也就是外曾祖父傳送過來的——」

「媽，唉——」陳中翔重重嘆了一口氣。「如果妳有被傳送過的經驗，我猜方式可能一樣，那妳應該知道，在我那個年代，妳已經——」

陳雅薈突然意識到陳中翔的意思，頓時覺得心情相當沉重，而後開口說著：「所以在二〇二二年，我發生了什麼事？」

「媽，你可能很難想像——」陳中翔臉色顯得相當凝重。「二〇二〇年全球發生了一個致命性的大災難，持續了好多年，病毒名稱叫作『新冠肺炎』。那時全球感染人數超多，也有超多人因染病而過世，感覺全世界都快要毀滅。然後幾乎全世界的人，出門都要隨時戴著口罩防護。大家上課、上班都是上上停停，後來我們超常在家用視訊，但用視訊真的沒多少人會認真上課——」

陳雅薈想起在二〇〇三年，曾經出現過，在流行區域也需要掛戴口罩的致命病毒，叫作「SARS」。但那時「SARS」大約半年，就銷聲匿跡，聽起來這個「新冠肺炎」，也是很類似的病毒，只是更為可怕。

「然後呢？」陳雅薈問著。

「唉，新冠疫苗很快就研發出來，但一開始新冠疫苗短缺，臺灣在二〇二一年有爆發過一次大流行，後來有把疫情守住。可是病毒卻一直變種，變到後來的OMICRON，傳染力變強，致命率變較低。最後全世界的大部分國家，都改成當作類似流感的疾病，決定與病毒共存。我們家的人，雖然都有打過很多次疫苗，但在二〇二二年，臺灣決定與病毒共存後，又爆發一次大流行，病毒真的很難擋，然後我們全家都不幸染上新冠肺炎。」

陳中翔神情變得相當複雜，停頓了好一會兒，才又繼續開口說著：「原本七天的隔離期間結束後，我們全家也都順利康復，可是媽媽在解隔第一天，卻忽然變得非常不舒服。後來躺在床上休息的媽媽，緊緊牽著我的手，就在我面前因為不明原因突然不幸斷了氣。然後我感到牽著媽媽的手異常發熱，自己的頭部劇烈疼痛，最後痛到昏厥。等到再次醒來以後，人就跑到這個年代了——」

見到陳中翔說著說著，再次流下了傷心的淚水，陳雅薈也紅了眼眶，隨即上前抱住陳中翔。

儘管再次聽到自己已經死去，陳雅薈的內心相當複雜。但她可以想像，對於當時小小年紀的陳中翔來說，那會是多麼震撼的場面。

「媽媽——」陳雅薈遲疑了一下，繼續緊抱陳中翔說著。「是媽媽，對不起你！」

「媽，我真的好想妳，根本就沒想過，還能再見到妳！」陳中翔也緊緊抱了回去。

「呃，不對——」陳雅薈突然想到什麼事而鬆開雙手，一臉嚴肅說著。「如果說我在二〇一一年還能生下你，不就代表我應該之後還是會回到自己所屬的年代，才能生下你啊！」

「唉，媽，與其說是『傳送』，更正確的說法應該是『分裂』！」

「什麼意思？」

「媽，妳知道嗎？」陳中翔雙眼一亮說著。「我原本也以為我是被妳傳送，但實際上並非如此。不知道媽媽是否跟我一樣，來到這個年代以後，還是會不斷夢到在自己所屬年代的往後生活？」

陳雅薈點點頭。

「這就對了——」陳中翔看向洞口說著。「其實現在的你、我，不過都是『分身』而已。」

「分身？」

陳中翔點點頭，而後繼續說著：「我在這個年代，見過我們在海山郡中和庄的祖先。我是不知道他應該算是我的誰，但他確實應該是我的祖先才是。」

「祖先？」陳雅薈喃喃自語說著。陳中翔所指的祖先，應該就是陳雅薈的阿公吧？不對，也可能是她的阿祖。

陳中翔繼續開口：「我當初穿越過來，真的無法適應，我曾經自殺過——」

「什麼？為什麼要這樣？」

「唉，說來有點慚愧——」陳中翔搔搔臉頰說著。「我實在受不了這個世界，竟然、竟然沒有手機、網路、手遊，這樣誰不會想死啊——」

「這樣就要鬧自殺！怎麼搞得！」陳雅薈像個緊盯孩子的媽媽，以責備的口吻說著。

「哎喲，媽媽妳不懂啦！像我們這一代，一出生就有手機跟網路這種東西，隨時隨地都能上網。而且媽媽自己還不是超愛『滑』手機，『滑』到常常不理人，竟然還敢說我。這裡什麼都沒有，真的會讓人想死啊——」

「呃——」陳雅薈顯得相當傻眼，後面的世代到底發生什麼事，怎麼那麼不堪一擊。不過隨時隨地都能上網，這真的有點難以想像，讓陳雅薈不禁開口問著。「為什麼手機是用『滑』的？聽起來很奇怪耶——」

「手機跟平板本來就是用『滑』的啊！不是一直都是這樣，媽媽這問題好奇怪喔。」

「呃——」陳雅薈聽到平板電腦，倒是想起，在她那個年代，確實有蘋果電腦公司新推出，不需要鍵盤，可以直接用手觸控的平板電腦iPAD。雖然她自己是使用按鍵式手機，但確實好像也有類似平板可以觸控的智慧型手機已經問世。只是這類新型手機可能在那時尚未非常普遍，至少她自己還未實際接觸，不過這樣倒是可以理解「滑」的意思。

「還有媽真的很奇怪，從頭到尾只會用『LINE』跟『FACEBOOK』那類好老、好舊的APP。爸還給我看過你們很愛用的『PTT』原始樣貌，天啊，那是什麼工程師在寫程式的原始簡陋介面，有夠醜的。我們這一代早就在用其他更新、更好用的APP。然後你們明明就是無法接受新科技，一直說我們用那些APP不好，還想不斷設法阻止——」

「APP？LINE？FACEBOOK？這些是什麼東西？」陳雅薈聽了真的只是一頭霧水，不過她確實從學生時代就很常使用BBS論壇「PTT」，想不到竟然會被下一代嫌成這種樣子。

「算了，好難解釋喔，反正就是手機用的通訊軟體啦！」

「呃，大家不是都用『MSN』嗎？」陳雅薈非常訝異，就她的認知，最紅的通訊軟體，應該是微軟的MSN Messenger，簡稱MSN。

在陳雅薈自己所屬的年代，男女同學之間，只要能夠順利要到MSN，並互加好友，通常都是能否有進一步交往機會的重要指標。

不過當然也有那種順利互加好友後，聊一聊發現話不投機，女生的狀態就會永遠停留在「忙碌」，或是每次都說跑去「洗澡」，然後洗了一整晚的那種軟釘子。這樣就代表想要再更進一步交往的機會，愈來愈渺小，但如果還是不識相繼續丟訊息，就會被對方直接「封鎖」。陳雅薈會這麼熟悉，是因為她也曾經這樣「封鎖」過讓她覺得困擾的人。

「媽，MSN 是什麼？」

「唉，沒事、沒事，這我也很難解釋——」陳雅薈可以想像，恐怕她在二〇一〇年還相當火紅的通訊軟體 MSN，搞不好在往後的十年內已經消失，被後續的新軟體取代。

想想如此，她更不敢跟陳中翔提起，自己以前在更早的學生時代，還短暫玩過 ICQ 那類更舊的通訊軟體。

「哈、哈，媽媽每次都這樣，好懷念啊！以前有次問媽媽，為何電腦硬碟都是從C槽開始，那A槽、B槽到底跑哪去了。媽媽就說什麼以前有一種超小容量，只有幾 MB，像隨身碟功能的東西，只是不管怎麼講，都解釋不清楚。最後也講沒事、沒事，這我也很難解釋，然後就繼續『滑』自己的手機——」

「呃——」陳雅薈當然知道A槽、B槽，就是她以前小時候用過的大片、小片電腦磁碟機。

大的是五．二五吋的軟碟機，磁片只有 1.2 MB，小的則是後來推出三．五吋的新款軟碟機，磁片容量擴增為 1.44 MB，可以讓片數用的更少，體積也小了不少，攜帶更為便利。

然後這兩款軟碟機，就是對於後面的世代來說，從未見過的古董A槽、B槽，也難怪他們會有電腦硬碟，為何要從C槽開始的疑惑。

陳雅薈覺得，或許未來的自己，應該不是解釋不清楚，而是這種對後面的世代來說，容量那麼小的產品，在他們那時還算先進的科技，真的會有種難以解釋清楚的感覺。

不過聽起來，可能未來的自己，當時手邊在忙什麼其他的事吧？

本來想幫未來的自己解釋一下，但陳雅薈想想，還是作罷。

「唉——」陳中翔顯得有些無奈。「反正，我因為受不了沒有手機跟網路，也懷疑這是不是跳脫不出的夢境，就跳進碧潭自殺。然後跳下後發生什麼事其實也不太記得，但就是被我們的祖先救了起來。他似乎知道我是他來自未來的後代，所以非常照顧我。他會說中文，所以我們可以溝通，但他要我儘量別在大家面前說中文，所以還找人教我日語，我才慢慢在這個年代生存下來。他還送給我一個護身平安符呢——」

陳中翔說著說著，還把掛在脖子上，用紅線綁著的護身符拿出來展示，看起來很像臺灣廟裡常見的保平安護身符。

「你說的祖先到底是誰？」陳雅薈好奇問著。

「我也不知道——」陳中翔搖搖頭。「我們的那位祖先，是在臺北州的中和庄教漢學，叫作陳漢天，『漢人』的『漢』，『天空』的『天』。」

「漢學？」陳雅薈突然想起吳濁流《亞細亞的孤兒》小說中，主角胡太明的爺爺也非常喜歡漢學，還特別在日治時期，送胡太明去學習當時非主流的漢學。

不過因為陳雅薈真的不知道自己的阿祖叫什麼名字，這個陳漢天到底是不是自己的阿祖，陳雅薈也無法得知。

「媽，妳應該知道，在這年代堅持教漢學會怎麼樣嗎？而且還是抗拒日本官訂，用來宣揚大和精神和日本歷史的官方『漢文』。祖先說臺灣人不能被日本人抹煞文化意識，不知不覺變成日本人，而且還是次等日本人，所以堅持要用以前的清國教材私授漢學——」

「嗯——」陳雅薈點點頭。

「所以我們的祖先就被日本特高警察不斷找麻煩，但因為祖先的爸爸當過清朝遺民，也是教漢學，以前還是秀才，所以祖先也被深深影響，也跟著持續教清國漢學。聽祖先說，更遠的先祖，還曾有人在明朝當過福建舉人，要不是後來在北京貢院發生一些事，為了風骨情操得罪朝廷高官，甚至應該早已進士及第光宗耀祖。所以家學的傳承，一直很注重漢學和氣節，就算為了生存，表面可以勉強裝作『內臺和諧』，但思想上絕不能跟日本人妥協。不過老實說，我真的難以理解，這些遠祖以前怎麼樣或做過什麼事蹟，看都沒看過，真的有那麼重要嗎？做自己和過好自己的生活，不是更為重要，祖先怎麼會對這些根本沒見過面的遠祖，感情那麼深厚。在我那年代，根本沒聽過有人會去強調這種那麼遙遠的祖先觀念，至少爸媽都不會這樣，但在這個年代就我所見所聞，似乎很多人都有類似想法，還有很多非常嚴重的重男輕女，這我真的覺得非常不可思議，大大顛覆我過往所屬年代的生活經驗。但因為祖先如此堅持對抗日本人，然後有一天就被日本警察藉故打死了──」

「死了！」

「嗯，不過這名祖先後來又復活了。」

「什麼？」

「嗯──」陳中翔微微頷首。「祖先過世之前，是由弟弟親手救回家中。弟弟原先就對於哥哥堅持教漢學很不以為然，搞得自己不但一直被找麻煩，就連家裡經濟狀況也不是很好。弟弟認為已經改朝換代，應該跟日本人交好，於是刻意和哥哥保持距離，甚至不時惡言相向，以向日本人效忠。但弟弟看到哥哥被日本警察打成那樣，還是透過自己和日本人的關係，將哥哥搶救回來。就這樣兄弟兩人握手和好，但祖先無法負荷嚴重傷勢，最後還是在兄弟倆緊握著手的狀況下斷了氣。弟弟雖然很傷心，還是只能將哥哥下葬。但是過了幾天，哥哥又完好無恙重返家中，嚇得大家不知如何是好。日本警察知道後，當然又過來找麻煩，還把原本下葬的棺材挖出來──」

「結果？」陳雅薈問著。

「結果棺材內哥哥的遺體雖然已經有些腐化，但還是看得出來是哥哥沒錯。但全身毫髮無傷，活著回來的也是哥哥沒錯，所以哥哥馬上又被日本警察，以棺材內另有他人的謀殺嫌疑逮捕。祖先說他完全不知道發生什麼事，只是在家中不遠處的郊外沉睡了好幾天。但還是因此被關了好一陣子，之後罪嫌不足，被日本警察放了回來。不過因為祖先還是堅持傳授漢學，又繼續被日本警察找麻煩，直到祖先的大兒子去了滿洲國讀書後，才有了些許變化。」

陳雅薈聽到滿洲國，想到穎三似乎在進入「熱帶醫學研究所」前，也曾在滿洲國念過醫科，搞不好兩人會認識。想來想去，該不會這名祖先的大兒子，就是陳雅薈的阿公陳繼敘吧？

陳中翔繼續說著：「祖先的大兒子，不顧祖先的強烈反對，跑去滿洲國發展。不過大兒子前去滿洲國就讀，原本預計畢業後回臺灣發展，後來卻直接被日本人徵召，不得不投入大日本帝國的軍隊，也在此之後改了日本名。祖先對大兒子改名非常生氣，而祖先的其他兒子們知道哥哥被日本人強徵入伍也心生極度不滿，處處和日本人作對。原本祖先和日本警察的衝突又要一觸即發，但自從家中掛上大兒子的軍服照片後，日本警察再也不敢找麻煩，甚至只要經過祖先家附近時，還會特別對著大兒子的軍服照片敬禮。之後更對祖先待之以禮，還時常送食物給祖先，但都被祖先斥退。不過這可能算是祖先大兒子被徵召入伍的唯一好處吧？竟誤打誤撞提升地位保護到祖先——」

「這——」

「媽，我想說的是，祖先因為曾經死而復生，才想起陳家祖先曾經一代一代口耳相傳的古老故事。祖先也因為重生，才會突然明白很多事，可能也是因為這樣，才知道我是他未來的子孫吧？我想之後媽也會親眼看到，這是一個長達一千多年的家族詛咒。」

「詛咒？」

「媽知道中國的南北朝嗎？」

「知道啊！」

「嗯——」陳中翔點點頭。「不過我對中國歷史一無所知，以前國小時也還沒教那麼多，是祖先告訴我的。在南北朝的陳朝之中，有個陳後主，就是陳朝最後一任皇帝，聽起來他好像非常糟糕，反正就是兄弟鬩牆的血案，造成我們家族的千年詛咒。」

「所以我們是陳朝的後代？」陳雅薈雖然這麼問著，但她似乎記得，爸爸以前曾經給她看過家族族譜，印象中好像真的是從陳朝開國皇帝陳霸先開始記載。

不過這也讓她想到，在她那個年代的知名電玩遊戲《軒轅劍參外傳：天之痕》的主角陳靖仇，正是設定陳朝遺族的復國故事，想不到其實陳朝也和自己息息相關。

「是的，雖然我不知道陳朝的歷史，反正祖先是這麼說的。媽，祖先說，這個家族詛咒，就是會在特定條件下，觸發我們後代以分裂的方式，往前穿越到祖先的世代，進行『逆向傳承』——」

「什麼是『逆向傳承』？」

「一般傳承是長輩犧牲奉獻，養育兒女，藉以順利傳承給後代，血脈才得以綿延不絕。但因為我們家族受到千年詛咒，必須反過來由後代犧牲奉獻，才能讓整個家族延續。」

「嗯，不是很懂。」陳雅薈輕皺眉頭說著。

「總之，因為我們都被觸發了，以『分身』方式穿越來到這個年代，但我們的『本尊』其實都一直還在原本的時代。所以我們與原本年代的『本尊』，記憶還是相通的，有點類似不同裝置使用同一個『雲端』硬碟的概念。因此我當初穿越過來，一直以為是夢境的部分，其實在祖先點醒我以後，才知道那是我『本尊』在所屬年代，真實發生的事。自從被點醒後，本來很模糊的夢境，突然變得清晰起來，至少不會一覺醒來後幾乎全忘光光，因為那些都是我『本尊』的真實記憶。我這『分身』分裂過來以後，和原時代的『本尊』還是以相同時間速度，繼續向前延續。」

雖然這下陳雅薈總算明白，一直以為自己只是單純莫名穿越而來，想不到自己竟是分裂而來的「分身」，知道這樣的真相，陳雅薈突然有種難以言喻的失落。

不過聽著聽著，陳雅薈還是忍不住想要發問：「等等，請問什麼是『雲端』啊？」

「咦？難道二〇一〇年還沒有『雲端』這個名詞嗎？我們二〇二二年的小朋友都知道這東西。反正就是共有資料庫的概念啦！其實我在想，人有時候會突然靈機一動想到什麼事情，會不會是自己的『分身』穿越到哪個年代的共享記憶，還有『既視感』及一些『前世今生』的記憶，或許也是如此。只因為像我們這種無論『本尊』或『分身』，再還沒被點醒前，根本不會意識到自己曾經分裂過啊！」

「唉——」陳雅薈嘆了口氣。「聽起來很複雜，感覺也很可怕，但想想好像也有些合理。」

「媽——」陳中翔突然面色凝重說著。「其實我們被分裂傳送到祖先的時代，都有我們必須完成的任務。在我們依據劇本完成任務前，我們也死不了，所以我們才會擁有一些超能力可以保護自己。但像我一開始穿越而來就自殺，感覺是不被這詛咒所允許的，還會被懲罰，我那樣反而會害了其他人白白犧牲。」

「任務——」

「媽，反正只要完成任務，我們『分身』就可以回去了。唉，說是『逆向傳承』，有時候覺得這詛咒所安排的劇本，根本就是在讓血脈之間一再重複相救、相害的地獄輪迴——」

「什麼意思？」

「媽到時候就會知道了——」

「啊？」

陳中翔話鋒一轉繼續說著：「媽，老實說，這十年真的過得有些痛苦。在我那個年代，日本動畫《鬼滅之刃》非常紅，我也非常喜愛。我當初剛穿越過來，根本就不大會日文，在這裡說中文還很容易被日本人當成有問題的人。而我以前最愛聽 K-POP，韓語可能都比日語好，日語因為愛看《鬼滅之刃》，只會說『炭治郎』和『禰豆子』的日文，所以曾經想過取名為『東皐炭治郎』。後來想想這個『翔』字，是媽媽特別幫我取的，我一直很想念媽媽，所以也不想就此捨棄。」

「炭、炭治郎？那是什麼？」

「哎喲，就是很好看的動畫，維護正義、斬妖除魔的熱血主角啦！動畫主題曲《紅蓮華》真的很好聽，我一直很懷念，很想再聽一次，可惜在這年代根本聽不到。我那時候還不會日語，所以也不知道歌詞在唱什麼，到現在也只記得曲調。」

陳中翔說完，還從口袋中拿出一支圖案已經模糊不清的自動鉛筆。上頭依稀印有「鬼滅之刃」四字，還可以看出印有一名紅頭髮，穿著綠黑相間的格子衣服，手拿日本武士刀的卡通人物。

「媽——」陳中翔突然眼眶濕潤說著。「我分裂穿越而來，身上剛好有這支自動鉛筆，是媽媽以前特別送給我的禮物。我很珍惜，我一直很珍惜，所以一直隨時帶在身上。這十年來，只要很想媽媽時，就會拿出這支自動鉛筆——」

陳雅薈看到陳中翔紅了眼眶，自己也快隱忍不住，但陳中翔突然擠出笑容說著：「反正媽媽整天只會推薦《神劍闖江湖》，那種好老好老的漫畫，看都不想看！」

「啊！」陳雅薈瞪大雙眼難以置信，《神劍闖江湖》竟被陳中翔說得好像有如從陳雅薈自己眼裡，看到阿公輩熱愛《暴坊將軍》的那種感覺。

「還有妳跟爸都很奇怪，老愛跟我推薦《仙劍奇俠傳》，那種畫面很醜的古老遊戲，我剛玩開頭就玩不下去，手遊的畫面漂亮多了。連舅舅也一直推薦，說那是經典中的經典。舅舅很愛說什麼，《仙劍奇俠傳》這遊戲對他一生的影響太大了，讓他知道『為山九仞，功虧一簣』的飲恨悔悟，說什麼當年他只要再更努力一點點，就可以成為聞名世界、名留青史的『十里坡劍神』，這是他這一輩子的最大遺憾。反正，我常常聽不懂你們這些老人在說些什麼——」

「老人啊——」陳雅薈被這麼一說，真的感覺自己跟眼前這名年紀相仿的兒子，有著很深很深的代溝。

「對啊，這個年代的日本健康操好可怕，滿滿死氣沉沉的老人味，尤其那令人崩潰的口令音。然後這年代的音樂跟歌有些真的慢到會讓人發瘋。我來到這個年代，突然能夠理解你們這些老人為什麼會那麼念舊，我變得非常非常懷念 K-POP、抖音洗腦神曲，還有我們國小跳的『LUCY 健康操』！」

「咦？什麼 LUCY？所以後來國小健康操又改了？抖音又是什麼？」陳雅薈真的愈聽愈不懂，怎麼好多完全沒聽過的新名詞，真的覺得自己突然老了很多。

「聽說 LUCY 時常做運動——身體健康精神好—— LUCY 妳怎麼會那麼厲害——」陳中翔隨意開口唱了一句，手還擺出陳雅薈沒有看過的體操動作。

陳雅薈有些驚訝，因為體操歌的歌詞，竟是使用臺語唱的。

「唉——」陳雅薈輕輕嘆氣。「其實不瞞你說，這個年代的日本健康操，媽在自己年代的國小，也曾經跳過一模一樣的。」

「天啊！媽這樣還跳得下去！」

「嗯。」陳雅薈只是默默點頭。

「唉，媽，我覺得在這年代真的好辛苦，也好抑鬱。其實我個性很愛唱歌跳舞，從小就希望以後長大可以上歌唱比賽的選秀節目。有時候在這年代心情很好或當軍伕作粗活無聊時，真的會很想要大聲唱唱

《如果可以》、《熱愛105°C的你》、《飛鳥和蟬》、《孤勇者》，這四首我在我以前所屬年代最愛的中文歌，我都只敢在四下無人的時候，唱得非常非常小聲，非常非常壓抑。我邊唱還邊擔心有人聽到我唱中文歌，會被當作敵國間諜，根本就是這年代的禁歌，真是太痛苦了！連《Baby Shark》這種那麼歡樂的簡單歌曲，因為是英文，節奏又快，有次做粗活真的一時忘記，不小心唱得太大聲，還被經過的日本軍官聽到，我當下真的覺得自己完了、完了、完了，『芭比Q』了！真的完蛋了，真的『芭比Q』了——」

「然後呢？」陳雅薈顯得有些擔心，儘管因為陳中翔說的這些歌，她都沒聽過，應該是後來十年的新歌曲。還有陳中翔突然以很像唱歌的語調，說出「芭比Q」的意思與用意，陳雅薈也不是很明白，但她更擔心兒子所闖下的禍。

「我當下急中生智，想起以前親眼見過，有臺灣軍伕受不了日本兵的苛刻對待和歧視言語，和日本兵發生肢體衝突，我們那時都想說那個臺灣人死定了。但後來我們有人突然立正站好，高唱日本國歌《君之代》，日本兵聽到只好跟著我們立正站好一起唱完。唱完後帶頭的那個臺灣人，激動高喊天皇陛下說『內臺平等』，天皇陛下萬歲，然後那名被扁的日本兵，跟著一起高喊天皇陛下萬歲後，才摸摸鼻子走人。所以我不小心忘情唱了《Baby Shark》，我只好騙日本軍官說，我是在唸曾有高人教過我的梵文佛經，為天皇陛下祈福，但那名日本軍官還是有些起疑——」

「那怎麼辦——」

「我、我只好，硬著頭皮，雙手合掌胸前，擺出一臉正經的模樣，把這首《Baby Shark》，用著極為莊嚴肅穆音調，唸完整首歌，最後再加上一句天皇陛下萬歲，然後那名日本軍官才放過我——」

「呃——」陳雅薈雖然不知道這首《Baby Shark》是什麼歌，可能是節奏很快的現代歌吧？不過至少陳中翔聽起來應變得很好。

「媽，反正我小時候因為很愛《鬼滅之刃》，還有更愛這部作品的同學，會開玩笑說當初如果日本沒有發動戰爭，我們臺灣就會成為日本的『南海道』，我們也會變成日本人。所以我們嬉鬧之間，也常會幻想自己有一天也能到日本大正時代，加入『鬼滅隊』，跟『炭治郎』一同斬妖除魔。媽媽因為一直有練日本劍道，也答應等我上國中以後會讓我跟妳一起練劍。但當我真的穿越到這個年代，被迫成為日本人後，其實一點也不開心。這裡當然也有很善良、很不錯的日本人，但還是有很多高高在上的日本人，根本把我們臺灣人當次等公民。日本人為了推行日語『國語』，只要有臺灣人在學校不小心說了臺語，就會被懲罰，我還親眼看過不少其他的差別待遇。來到這裡以後，我才深深發現，我一點也不想當日本人，我還是覺得在我那個年代，當自由自在的臺灣人比較好。以前舅舅常常帶著我玩很多第一人稱射擊的電玩遊戲，像是經典的《決勝時刻》。總覺得在電玩中跟舅舅一起衝鋒陷陣、殺敵無數很爽、很酷，結果到了真正的戰場，看到的只有無限的血腥與殘酷。而這個年代的武士刀，不是拿來斬妖，而是拿來斬殺和我們一樣的人類。看斬殺妖怪的故事，我覺得很熱血、很好看，但——」

陳雅薈其實也有一樣的感觸，尤其她自己更還長年練過日本劍道，學習鍛鍊的過程中，也時常遇到類似的困惑。

陳中翔繼續說著：「我曾在拉包爾俘虜營當過一陣子後勤軍伕，那時不止日本人會欺負我們臺灣軍伕和朝鮮軍伕，就連想極力和日本軍官攀上關係提升地位的臺灣軍伕，還會仗勢虐待我們自己人，有時候比日本人更殘暴，我們都叫這種人『三腳仔』。大家一直等待機會想痛扁這種混蛋，他們比用四隻腳走路的日本『四腳仔』更惡劣。我聽同伴說，在臺灣不管到了哪裡，都一定會有一兩個這種『三腳仔』，就連這邊也是，只會仗著日本人的勢力欺負自己人，聽說朝鮮人那邊也有這種『三腳仔』。後來又被調配到其他俘虜營，有天我們竟還被日本士兵強迫，通通拉去看他們日本士兵拿著和日本武士刀刀型相近的日本軍刀，說什麼澳大利亞的軍俘罪大惡極，已被判刑確定，接著就將矇眼跪地的白人俘虜行刑斬首。從那之後，惡夢連連，我看到武士刀都有很深的陰影，我當然還是很愛《鬼滅之刃》，但某種程度卻變得有些奇怪。媽，斬妖除魔的故事，我們都能接受，但他們試圖把澳大利亞人，說成是屠殺亞洲人的妖魔鬼怪，不過我很清楚事實不是如此。這場戰爭到底是為了什麼？想必雙方陣營都說對方是妖魔鬼怪，但我們都很清楚，大家都是一模一樣、有血有肉的人類，但為什麼日本一定要對外侵略，人類之間一定要這樣互相殘害嗎？」

「唉——」陳雅薈看向遠方，這也是她穿越而來，親身參與了這場二次大戰的深深感觸。「媽也不知道，第一次世界大戰後，因為國際間戰後沒有處理好，竟埋下這場第二次世界大戰的遠因。媽知道以前日本幕府後期，相較於西方先進國家，也曾經非常積弱不振，還被美國培里艦隊的『黑船』，逼到打開鎖國政策。但等到日本變強盛以後，又開始欺負鄰近國家。這真的好比以前曾被遠方不善來客霸凌過的人，分明知道被欺負有多痛苦，等到自己身體練得強壯以後，卻開始想霸凌隔壁無冤無仇的鄰居，確實非常令人匪夷所思。而且其實我很懷疑，在我們現在周遭參與這場戰爭的人，應該也沒多少人真正知道意義何在吧？更何況這個年代的臺灣人，到底是為誰而戰？為何而戰？」

「媽，妳知道嗎？在我那個二〇二二年，即便全球已經因為『新冠肺炎』災情慘重，但俄羅斯還是和烏克蘭大規模開戰——」

「什麼？為什麼會這樣？真的無法想像，那結果呢？」陳雅薈雙眼微睜問著。

陳中翔搖搖頭：「我只知道雙方死傷慘重，並不知道結果，因為我被媽傳送過來了——」

「可是照理說，你跟『本尊』的記憶相連，應該會有後十年的記憶吧？」

陳中翔再次搖頭說著：「媽，記憶相連歸相連，但就像我們正常的記憶一樣，也很容易遺忘。如果不是很特別、很深刻的印象，在沒有看到相關資料或事物，我們也不會特別想起啊。」

「你的意思是，你也不知道後十年發生什麼事？」

「是的，因為很多都是日常瑣碎的事，或像看過就忘的新聞，並不會特別記住。況且過了十年，很多我在這年代的記憶都未必全部印象深刻，更何況是『本尊』這十年的所有記憶。但像媽媽的告別式，以及最後繞著媽媽棺木的畫面，因為太過深刻，我與『本尊』的共通記憶，就會非常清晰。誰知道，或許後十年的記憶，很多持續發生的事，都是浮光掠影，根本難以記住。況且我在夢中看到的一些畫面，我也不認識那些人是誰，其實看了也不知道是什麼場面。而且也許、也許我根本在後十年之中已經死去，我也會跟現在的媽媽一樣，並不會知道自己『本尊』已經死去的這件事。」

「唉——」陳雅薈再次聽到自己已經死去，還是覺得非常奇怪。

陳雅薈看著陳中翔英挺的面容，明顯和自己不是那麼相像，想必結婚對象，顏值應該不差，因此開口問著：「不說這些傷心事，媽很好奇，你爸爸到底是誰？」

「嗯，爸爸叫做『陳可凡』啊！」

「幹！媽的！」陳雅薈因為過度驚嚇，脫口而出以前極少說過的中文髒話。

不過經陳中翔這麼一說，他的長相，確實有點像陳雅薈記憶中的陳可凡。難怪陳雅薈一直覺得陳中翔有些眼熟，但絕對比陳可凡帥氣多了。

「啊？媽媽跟爸爸不是從很久以前就認識嗎？你們是國中同班同學啊！」

陳雅薈聽到此處，原本懷抱「同名同姓」的最後希望，也已宣告破滅，輕皺眉頭說著：「是這樣沒錯啦，那我們到底為什麼會結婚，媽是不是瞎了眼，才會跟你爸結婚啊——」

「哈，好懷念喔——」陳中翔大笑起來。「媽每次跟爸吵架都說這句話！爸跟我說，你們畢業很多年以後，是在一同祭拜某個對雙方來說都是很重要的人，才會偶然再次相遇，然後陷入熱戀結婚的——」

「嘖，搞什麼啊！」陳雅薈難以接受未來的這個事實。

「然後，爸有偷偷跟我說，你們是『奉子成婚』的。以前還聽不懂什麼是『奉子成婚』，後來總算知道是什麼意思。」

「太噁了，真是瞎了眼、瞎了眼——」陳雅薈愈聽愈噁心，激動抱怨著。

「媽，別這樣嘛，爸真的長得很帥，妳才會喜歡他吧。像我就很喜歡爸爸，他很溫柔，都不會像媽媽一樣兇巴巴的！爸還偷偷跟我說，他以前在國中時，有一位很暴力，會毆打同學的恐怖女同學，造成他一輩子的人生陰影。要我以後上國中要小心，最好跟媽一樣練武術防身，然後以後絕對不要跟律師和女權鬥士結婚，因為會動不動就搬出法條恐嚇告人！」

「呃，是指我後來當律師嗎？」

「是，但也不是。媽媽雖然有律師資格，也曾在律師事務所做過一陣子，但最後是在臺北內湖科學園區的科技公司當法務。」

「是喔！」陳雅薈顯得有些失望，和自己所認知的夢想有些落差，但畢竟夢想和現實，還是會有不少差異。或許之前夢中看到的開庭場景，只是實習期間的法庭見習。

「Tyrant!」

「啊？」

「我很小的時候，在幼兒園就學會的英文單字，爸爸很早就教我『Tyrant』這個字。他常常跟我說，必須早點學會這個單字，因為媽媽就是 Tyrant!」

「呃——」陳雅薈想起來，這是「暴君」的英文單字。

不過雖說是個負面的字詞，但如果是在婚姻中被稱為「暴君」，至少代表她在家中的地位崇高，感覺也沒什麼不好。

「爸常偷跟我說，他為我的性別感到悲哀。他說在我們家庭中，男生沒地位，男卑女尊，也沒有言論自由，已經實行多年的戒嚴和文字獄。爸要是說了什麼讓媽不高興的話，媽動不動就會搬出一堆法條威脅提告。爸說臺灣以前有國民黨的『白色恐怖』，但我們家有一位曾經穿過綠制服的『綠色恐怖』，所以不能亂說話。爸爸說，媽媽對他的人生來說，簡直就是帶有綠色斑點的明亮燈塔——」

「咦？什麼意思啊？」

「啊，我哪知道，你們兩個好多戀愛密碼，我都聽不懂。像爸爸很喜歡柯P，但你們兩個當初結婚的山盟海誓，是家裡不准談論政治，也約定往後所有選舉都不再投票，直到我成年後，我自己決定投給哪個政黨，誰就贏了。每次選舉，你們都好像諜對諜，相互監視行蹤，超級好笑的。有一次選舉最好笑，媽說要出門買菜，爸就跟我唸說，媽一定是想出門偷偷投票，嘴裡雖然也會開始東罵西嫌，但一定還是會含淚投給某黨，那他也要偷偷跑去投給韓國瑜。所以爸就拉著我沿路跟蹤媽媽，想要當場抓包。那次超搞笑的，爸分析推理媽當天出門前的各種異常言行，講得跟真的一樣，結果媽媽只是單純出去買菜，爸也就沒跑去投票了，但要我死也不准跟媽說出跟蹤的事！」

「柯P、韓國瑜他們是誰啊？」

「反正啊，爸有次只是轉述新聞上柯P說『兩岸一家親』，他覺得聽起來不錯。然後媽就很生氣回說『4%』什麼的，然後爸也很生氣，但只敢在妳背後小聲碎唸『1450』之類的，我只記得這些數字。你們雖然看起來都很生氣，但我覺得又有點像是在打情罵俏，反正你們的山盟海誓本來就很不正常。爸有偷拿給我看過你們簽署的婚約事項，內容真的就是那麼扯，而且還是由『陳律師』，也就是媽媽主筆的。

爸常感嘆說，都怪他自己不夠船堅砲利，當年才會簽下這種喪權辱國的不平等條約，希望我長大以後能夠鬧家庭革命，然後驅除暴君，恢復男權，創立新的平權家庭。我有時候隱約猜測你們可能在為政治立場不同而吵架，但因為兩人有過愛情約定，所以在我面前從來沒有為此明著吵過，只是都講得很隱晦。各種奇怪的戀愛密碼聽多了，久了也見怪不怪了。」

「4%？1450？到底是什麼意思？」陳雅薈小聲唸了一句，接著又繼續對陳中翔說著。「你爸怎麼一直在背後說我壞話，聽起來很討人厭耶！」

「媽別這樣說嘛！爸說他因為很愛妳，所以也改變很多，以前完全不看棒球，但被媽影響，也覺得棒球超好看，後來都改看棒球。爸常帶我去看現場比賽，說現場才是最好看，然後只要媽媽沒有一起去看的比賽，每次都硬推著年幼的我，到一群超漂亮的大姊姊們面前，讓我非常害羞，只是爸都對他們說小弟弟很想跟啦啦隊姊姊們照相。然後爸就會猛拍照，一拍就是十幾張，我到後來都習慣爸的這個例行活動了。有時還會在拍完照後，跟我感嘆說什麼，『有容乃大的人，才是正義的人』，還說這是媽媽這種女權鬥士，一輩子不會懂的人生真理。不過我是一直聽不太懂這句話的意思——」

「呃——」陳雅薈不知為何覺得有些惱怒。「你們這些男人，真的太可惡了！誠實跟媽說，你現在這個年紀血氣方剛，該不會在帛琉時有去過『慰安所』吧？那些小女孩多可憐啊，你敢去媽就打死你！」

「媽——」陳中翔搖搖頭，接著語重心長說著。「唉，其實在拉包爾也有『慰安所』，聽說還會逼著我們一些軍伕，跟著日本兵去抓當地的華人女生。還好我不曾被派過這樣的任務，不然我真的不知道該怎麼辦，內心會有多痛苦。不過媽媽還請放心，或許媽媽沒有察覺，這可能也是這千年詛咒本身就設計好的，同一個時間不會有兩個重疊出現的『本尊』和『分身』。還有，我很確定並非我『本尊』身體有問題，而是身為『分身』的我們，並沒有繁衍後代的生育能力。想想也是如此，不然我們這個被詛咒的家族分支，不就會在全世界滿街跑——」

經陳中翔這麼一說，陳雅薈這才明白，為何自從穿越來到這個年代，竟會離奇停經。原以為自己恐怕生了什麼嚴重的婦女疾病，但因為一直沒有特別病痛，久了也就不以為意。想不到竟然是身為「分身」，根本就沒有生育能力。

「唉，沒有就好——」陳雅薈點點頭，但又突然輕皺眉頭說著。「都怪你爸那個色鬼，聽起來真的很討厭，媽真的是瞎了眼，才會跟他結婚！」

「媽，其實妳現在討厭爸也沒關係，不知道是不是這個年代媽媽的體驗不同，所以想法也不同。我總覺得現在眼前的媽，好像比我那個年代的媽還要溫柔。或許在這個年代經歷一些事物之後，媽媽的一些不同思維，搞不好也能傳遞給遠在未來的『本尊』，而讓未來『本尊』的想法有所改變。不過想想雖然我們都是『分身』，但也未必要和『本尊』的思想完全相同。老實說，以前媽跟爸，兩個人都很明顯試圖把我教育成你們個別的『分身』，但你們再怎麼灌輸我任何想法，我絕對不可能是你們的『分身』，因為我會思考，然後自己辨別、自己判斷。我的思想是不受限制的，就算在這年代，大日本帝國想灌輸我很多思維，我因為來自未來，所以很清楚是錯誤的想法及觀念。我表面上沉默不語，也沒有出聲反對，在這種氛圍下，只要有不同聲音馬上就會被打成不愛國甚至叛國的『非國民』。我根本完全無法理解，被入侵家園的人，一定自然而然會被激起守護家園的愛國之心，但對於侵略他國的大日本帝國來說，難道不認同、不配合侵略他國就是不愛國嗎？完全是狗屁不通的歪理，或許在這樣的宣傳下有人深信不疑，但我想更多的人們，或許只是因為恐懼而不敢出聲或反抗，但他們再怎麼義正嚴詞洗腦，始終無法箝制我腦海中的自由意志——」

「嗯，也是有道理啦！」陳雅薈對於兒子想法比自己聽起來還要成熟，不覺有些訝異，卻也有些引以為傲。

「媽，我不知道為什麼現在的妳，感覺很討厭爸。可是就我以前看來，你們雖然時常吵吵鬧鬧，但感情還是很好，尤其是爸爸在媽媽的告別式上，哭得好慘、好慘，那畫面在我夢中非常清晰。」

陳雅薈聽到此處，儘管此刻的她，還是相當厭惡陳可凡，聽著聽著竟有些動容。

「媽，爸在妳過世後，傷心欲絕，痛苦度日。應該是為了緬懷對媽媽的真摯感情，常帶我去棒球場。在我有次夢境中，爸爸在棒球場上觸景生情，傷心到情緒失控，拉著一位很漂亮的啦啦隊姊姊雙手放聲痛哭，口中一直不斷喊著『雅薈，我好愛妳，我好想妳！』。這感人的夢中畫面，對我來說印象真的太深、太深。記得那名啦啦隊姊姊，眼睛很大、很漂亮，確實跟媽媽長得有一點像。然後大姊姊跟我一樣，都對爸爸的深情舉動相當動容。」

陳雅薈聽著聽著，原本好像是極度思念亡妻的浪漫故事，儘管看得出來陳中翔非常感動，但為何聽到後來，令陳雅薈極度惱火，讓她不禁咬牙在內心怒罵：「幹，陳可凡這垃圾——」

母子倆繼續在洞窟內天南地北聊著，聊到很多這時代的各自經歷，還有他們各自所屬年代的故事。

聊著聊著，彷彿所有的飢餓、戰亂，都已拋諸腦後。

不知不覺中，洞口已經漸漸出現天明的微光。

「媽，妳以前有帶我去參觀過高雄旗津的『戰爭與和平紀念公園』，雖然那時我還小，但我印象超深的。在那邊小小的展場上，媽跟我說，我們臺灣人，曾經有『臺籍日本兵』，以及很多被迫成為『慰安婦』的可憐前輩。在國共戰爭中，還有分屬國民黨和共產黨兩方的『臺籍國民黨軍』及『臺籍解放軍』。在臺灣，這幾段悲慘的歷史，好像都不怎麼受到重視，甚至還曾被刻意忽略。而曾致力於為這些人發聲的臺灣老兵許昭榮先生，才會憤而在公園內自焚抗議，犧牲了寶貴的生命。然後在公園內，有一座背上長著翅膀的『臺灣兵』雕像，媽媽在雕像前停留很久。看著看著突然放聲大哭，說這些臺灣人的命運很苦，而媽媽過去對於自己阿公在日本時代受過的苦，都一無所知。只能在阿公過世後，透過親朋好友拼湊出極為瑣碎的片段，覺得非常非常難過。」

「唉，是這樣沒錯，都是大時代的悲劇——」陳雅薈低聲說著，也不禁紅了眼眶，她確實不知道自己的阿公在二次大戰期間到底發生了什麼事。

不過陳中翔所說的那座雕像，也讓陳雅薈想起村正曾說過的話。

「媽，我會想起這件事，是因為之前在這年代的臺灣時，我曾經遇過一位教書的吳老師。吳老師知道我是臺灣人，又會說寫中文，還懂一些唐詩，便很熱情跟我說了很多事。因為他以前在學校教書時，常看到臺灣人被欺負，就連自己也不例外，所以非常不平。在他去中國以前，對於被割臺前的祖國，也就是後來的新中國，懷抱著無限憧憬。但他後來真的有機會去中國遊歷，結果中國那邊他原以為應該是同胞的人，即使知道他是屬於同一個種族的臺灣人，但只要聽到他來自臺灣，都會刻意保持距離，還遇過有人更直接，大罵他是日本走狗。等到他再次回到臺灣，日本人知道他去過中國，也對他另眼相看，數度懷疑他是中國來的間諜，經過長久監視才放過他。吳老師非常感嘆，覺得我們臺灣人很命苦，在臺灣被日本人稱作『臺灣人』，而有明顯差別待遇及輕蔑，即便到了朝思暮想的『祖國』中國，也被稱作『臺灣人』，然後依舊還是被排擠歧視。臺灣人不管到了哪裡，都被當作次等人，處境上根本裡外不是人，真的就像亞細亞的孤兒——」

「啊——」

陳雅薈聽到後來，突然意識到這名吳老師可能是誰。

不過她的驚訝，很快就被洞外傳來的隆隆聲響所打斷。

聽到洞外傳來轟炸機的飛行聲響，陳中翔像是意識到什麼事一般，突然露出極為慘澹的笑容，站在陳雅薈面前，擋住洞口視線說著：「媽，看來時間差不多了。我真的很珍惜這個夜晚，我等了整整十年，其實今晚我很累、很想睡。不僅如此，這十年下來，看盡那麼多殘酷的事，完全不解人類的愚蠢戰爭，但我真的累了，不管怎樣，我不是孤兒，我絕不是孤兒，至少在我所屬年代，我有真心愛我、疼我的爸爸、媽媽。而現在的我，也很珍惜跟眼前的媽媽，能夠再次相逢及相處的每一分、每一秒。」

「什麼意思！」陳雅薈儘管察覺有異，還是不明白陳中翔的話語。

「媽，妳有妳必須完成的任務，在這個年代有妳必須保護的對象，或許等妳日後回臺灣就能和這對象相遇，像我都等了快十年才遇見妳。但我的任務就要結束，這是我必須完成的宿命，是我們家族的千年詛咒，也是詛咒早就寫好的劇本，我們根本無力抵抗。除非我們家族能有人經由不斷往前分裂傳送，傳送到中國陳朝阻止那段悲劇，才有可能破除詛咒。我想這宿命很難擺脫，我之前已在這個年代遇過一位來自未來的人，也有跟我講過一些事，然後我也經歷過媽媽等一下會遇到的事，只希望媽媽不必過度悲傷。我能再見到曾經在我面前死去的媽媽，我已經心滿意足——」

「到底什麼意思？」

陳雅薈瞪大雙眼，不過陳中翔早已緊緊抱住陳雅薈。

「咻——咻——咻——砰！」

「咻——咻——咻——砰！」

「咻──咻──咻──砰！」

洞外傳來無數炸彈落地的聲響，就連地上碎石也跟著接連跳起、彈離地面，陳雅薈頓時感到頭痛不已。

緊接著洞口滿滿的碎裂物與塵土，慢慢向洞內一湧而入。

即便飛行的碎裂物以異常放慢的速度緩緩而入，但身處洞窟內的兩人，根本無處可逃。

「媽──」陳中翔淚流滿面說著。「即便我們都是『分身』，但我還是想代替『本尊』說，真的好想妳、好想妳。以前我還來不及說，來不及抱妳，但我這次一定要說──」

陳雅薈儘管努力掙扎，還是掙脫不掉陳中翔的強力手臂。

「媽，我愛妳，謝謝妳。無論如何，我永遠都愛妳，永遠都感謝妳！」

陳中翔的一字一句，深深刺入陳雅薈耳膜之中。

然而瞪大雙眼的陳雅薈，只能眼睜睜看著，滿天飛舞的塵土與碎裂物，在淚眼模糊的視線中，一步步朝向擋在前頭的陳中翔後背襲捲而來。

薈哥，人總是會習慣改變，也很容易因習慣新事物而逐漸遺忘。

其實我們從小，幾乎都是很早就認識總統府前那條極為寬廣的大馬路名稱。

我們現在當然都知道，那條大馬路叫作「凱達格蘭大道」。

但是薈哥，妳是否還記得，這條算是在臺灣相當知名的一條馬路，改名前的名稱嗎？

我想薈哥有可能只記得曾改過名稱，也可能會稍微愣住，而後才慢慢想起。甚至像我一樣，一時之間竟想不起舊名。

但那條馬路改名前的名稱，在我們過去國小時，幾乎都是琅琅上口，我們也曾使用過非常多年。

這條大馬路改名也才十多年的時間，老實說，如果我不是事後查詢，也只記得有改過名稱這回事。但我真的忘了這條大馬路，以前曾經叫作「介壽路」。

當然，對薈哥來說，舊名稱充滿濃厚的黨國意味，本就是該改掉的舊名。

但我想說的是，曾經以為理所當然的記憶，曾經以為不可能遺忘的簡單事物，隨著時間過去，還是會漸漸淡忘。

不過說到遺忘，最近和明漢聊天，我們聊到一個以前自然課就學過的簡單定理，叫作「虎克定律」。

這個定律是力學的彈性理論，大意是，當彈簧的一端，用力壓向另一端，彈性壓力愈大，另一端就愈會彈開；而當彈簧的其中一端想要遠離另一端，另一端反而還是因為彈簧特性，會出現想要相互靠近的拉力。

其實這是我們學過，相當簡單易懂的定律。但我不禁聯想到，世上很多東西，不也是依循著相當類似的簡單道理。

當有人想要強力施壓推行什麼，對被施行者來說，是未必認可的事物時，有時反而會適得其反，引發極大的反彈，然後兩者愈推愈遠；而當有人想要強力禁止或刻意去除什麼事物時，就跟彈簧一樣，反而可能產生更強大的吸引力。

其實一代一代間的傳承也是如此，當上一代的長輩強烈推行或禁止某些言行，往往下一代可能會出現相反的舉動。或是下一代的人，親眼看過上一代有哪些自己無法接受的言行，或是親眼看過上一代所吃過的虧，儘管一直默默觀察，但當下一代能夠自主以後，自己也會出現基於自我思辨與體驗，修正自己所走的路線。

基於種種因素，人的表裡可以不一，可以表面服從，但因為人的意志是自由的，所以內心卻未必真的認同。

翻閱很多相關資料，臺灣過去那幾段悲痛的歷史，儘管很多耆老還在，卻也漸漸凋零。很多受難的長輩或遺族，至今仍有極大的痛苦及陰影，更是不願受訪及回憶，甚至說出當年的真相。所以即便是同住，或曾經同住的後代晚輩，也未必會知道當年發生什麼事。

有些事會漸漸遺忘，有些事卻是終生難忘。

不知道萶哥有沒有玩過這樣的拼圖？

我曾經玩過一種拼圖，沒有完成的圖像可以參考，就是全靠自己一步一步推敲、思考、摸索。

就在好不容易拼出幾大塊分裂的圖像後，餘缺尚未拼完的部分，透過自己的想像、自己的認知，會出現自我合理的推測，自行去補足比如像是圖中人物拿著什麼東西，或是在做什麼動作。

但當整張拼圖完成時，才發現事實上圖中的人物動作，和自己當初想像的完全不一樣。

其實，很多事情的真相也是如此。

我聽過有人說，親身經歷或親眼見證恐怖政治的長輩，有的人因為那種一輩子的沉痛陰影，即便臺灣進入民主開放後，仍舊不相信主政者，還是會擔心事後遭到清算、報復。因為他們當年就親眼看過一些人，可能是隔壁鄰居，可能是住在一起的親人，也可能是前一晚還一起吃飯喝酒的朋友，就這樣無緣無故消失，再也沒有出現過。

所以，出現了一群又一群噤聲的人們。

然而還是有勇於說出當年事實的人們，甚至不畏強權或曾被官方試圖掩蓋的事實，成為一塊一塊珍貴的真相拼圖。

但人有時候為了自己，或為了保護家人，甚至是所愛的其他事物，都會說謊，都會修飾，都會有所保留，甚至做出虛偽舉動。然而有時候被守護、被呵護的對象也未必知情，甚至還可能毫不領情，進而惡言相向。

於是我們所謂親眼見到、親耳聽到的事物，是否還會是一片片完美的「真相」拼圖呢？

更何況事過境遷後，我們後人也只能看到每個人自己腦海中，自己覺得「合理」的拼湊全貌，並就此深信不疑。因此很可能再也看不到，也不會想再探尋「真正」的全貌。

但即便我們真能穿越時空回到事件當下，恐怕也還是只能親眼見證事件的其中一隅。而且還有可能隨著歲月流逝，遺忘一些看似稀鬆平常，卻可能是相當關鍵的事物，難道不是嗎？

第十二章 民國七十九年（一九九〇年）十一月・臺灣・臺北市

「阿公，『天天開心』開始了，快來看啦！」

一名年約五歲的小女孩，坐在電視前面大聲叫著。這名小女孩綁著雙馬尾，睜著一雙天真無邪的大眼睛，模樣非常可愛。

電視上傳來了非常歡樂的歌聲：「天天開心，天天開心，天天笑到歸下晡——阮的笑虧是滿倉庫，劇情趣味是一幕又一幕——來呀來呀——」

小女孩儘管應該還不知道歌詞含意，還是跟著電視主題曲一字一句哼唱起來。

電視上的《天天開心》，是由臺灣電視公司，每週一至週五中午所播放的臺語綜藝節目。主要由石松、卓勝利、司馬玉嬌、黃西田、大目仔等藝人輪流主持，除了歌曲演唱之外，還有穿插時裝及古裝的搞笑短劇。

「薈，阿公午餐快煮好了，再等一下，妳叫阿嬤先陪妳吧！」

不過坐在電視機前的陳雅薈，已被電視內容深深吸引，對於阿公陳繼敘的話置若罔聞。雖然陳雅薈也不是很懂節目主持人在說些什麼，卻還是跟著罐頭笑聲哈哈大笑。

「薈，吃飯囉！」

過沒多久，一名六十多歲的老婦，端出碗筷，還有盛好炒飯的小碗，放在已經擺好幾道菜的餐桌上，這名老婦正是陳雅薈的阿嬤陳李玉鳳。

「薈，該吃飯了！」阿嬤又再催了一次。

這次陳雅薈總算有了回應：「阿嬤，阿公煮太快了啦。我們以前都一起看完『天天開心』，才會吃飯。不管啦，我在看『天天開心』，要不然在客廳邊看電視邊吃，好嗎？」

「哎喲，妳爸爸、媽媽說不能這樣耶。」阿嬤顯得有些困擾。

「阿嬤，那看完再吃！」

「薈，不能這樣啦，飯菜都會涼掉了！」阿嬤還是沒有同意。

「沒關係啦，義行他們又不會知道。」阿公在阿嬤耳邊小聲說著。

阿嬤只是相當無奈看了阿公一眼，便轉身夾了一些菜到小碗裡，接著走到客廳放在陳雅薈面前的小茶几上。

「哈、哈、哈——」陳雅薈坐在小椅子上縱聲大笑，依舊目不轉睛看著電視，根本沒有動手吃飯。

「你看，薈根本就沒在吃。」阿嬤在阿公耳邊唸著，兩老已經坐在餐桌邊吃起午餐。

「唉，沒關係啦，小孩子就是這樣，放她去吧——」

「義行這次去歐洲出差半個月，好久喔！他老婆就這樣把工作放掉，請假跟他出去一起玩。哪有媳婦這樣，放著兩個小孩不管的！」

「年輕人有年輕人的想法，管那麼多。義行的機票、飯店都是公司出的，怡寧跟著去也只要再加點自己的錢就好。歐洲飯店很貴，這樣可以省很多錢，誰不會這樣做。今天如果換成是怡寧公司派她去國外出差，然後義行順便請假跟她一起去玩，妳會在這邊唸嗎？」

阿嬤聽完只是默默低頭吃了幾口飯，但過沒多久又繼續說著：「啊，怡寧也很奇怪，都要把小孩丟給我們，那薈的弟弟，蔚，怎麼也不給我們一起帶？而且如果一定只要給我們帶一個，要也應該男的給我們帶吧？」

「嘖，義行不是說過，他老婆覺得蔚是早產兒，怕比較難帶，就說要給親家母帶。而且孫女那麼可愛，妳是有什麼好嫌的！」

「是不放心給我們帶吧！這款媳婦，每次生小孩都有問題，怎麼搞的？我以前生過那麼多小孩都不會這樣——」

「老仔，妳真的很囉唆，不能好好吃飯嗎？」

看到阿公聽得相當不耐，阿嬤只好不再說話，兩人只是靜靜用著午餐。

不知不覺中，電視傳來了《天天開心》節目尾聲的經典臺詞：「三十分鐘『咻』一下就過去了，又要跟你說『再見』囉！」

「哎喲，沒了！」陳雅薈顯得相當失望。

「好了、好了。」阿公聽到節目結束的經典臺詞，趕緊走到客廳，準備將電視關掉。

「不要、不要，阿公不要，我還要看！」陳雅薈大聲叫著。

「薈，不行這樣，已經給妳看完《天天開心》，妳爸爸、媽媽說不能讓妳邊吃飯邊看電視，已經對妳很好了。但是妳之後不能跟爸爸、媽媽說喔！」

「不要、我不要！」

「後面節目沒東西好看了啦！」阿公輕皺眉頭說著。

「阿公，不管啦，那我要看『史豔文』啦！」

「現在電視又沒播，看不到啦！」

「我要史豔文、史豔文啦，我要看他打壞壞的藏鏡人！」

阿公邊切換電視頻道邊開口說著：「妳自己看，沒有一臺有史豔文啊！」

「阿公騙人，上次有給我看錄影帶。錄影帶餵那臺機器吃進去，再按三角形按鈕，電視就有史豔文，阿公教過我！」

阿公沒想到陳雅薈還算精明，竟然還記得以前曾經放過《雲州大儒俠》的錄影帶，給他們姊弟倆看過的事。

這《雲州大儒俠》史豔文，便是在臺灣家喻戶曉的布袋戲人物。是由黃俊雄改編其父黃海岱《忠孝義勇傳》而成，在臺灣一九七〇年左右，曾在臺視播出，更曾創下收視率超越百分之九十的空前轟動。儘管曾被政府以必須使用國語播出，但後續劇本怎麼修改都無法通過審查，因而停播。不過這股布袋戲的熱潮，還是難以永久阻擋，大約十年後，還是重回無線三臺的電視節目。

阿公想著想著突然想到一個妙招，趕緊和陳雅薈說著：「薈，不然妳趕快乖乖吃飯，阿公下午帶妳去『新公園』玩好不好——」

陳雅薈聽到以後，突然雙眼一亮說著：「好啊，溜滑梯，我要溜滑梯！新公園的溜滑梯好長、好好玩！」

話才剛說完，陳雅薈彷彿一下就忘記先前吵鬧史豔文的事，竟乖乖拿起湯匙，大口大口吃著已經有些涼掉的午餐。

這下阿公總算可以順利將電視關掉。

陳雅薈吃著吃著，突然開心說著：「阿公煮的都好好吃，我最愛阿公的豆乾跟蛋炒飯！」

「呵呵——」阿公只是看著陳雅薈，露出相當滿足的笑容。

不知道是阿公煮的菜色太好吃，還是陳雅薈很想更快去新公園玩，一碗炒飯竟一下就吃得精光。不僅如此，又很快吃完第二碗。

下午，連綿細雨的冬日之後，久違的豔陽高照，路上可以發現多了許多民眾。

阿公陳繼敘帶著小小的陳雅薈，來到位於臺北市博愛特區的「臺北新公園」，也就是後來於一九九六年改名的「二二八和平紀念公園」。

「臺北新公園」座落於襄陽路、介壽路、懷寧街及公園路之間，是臺北市至今還存在大部分原始樣貌格局、歷史最悠久的公園。當初落成於日治時期的明治四十一年，原名「臺北公園」，但因為晚於臺北第一座大型公園圓山公園，故又改名為「臺北新公園」。

公園地點緊鄰介壽路上的總統府，公園內更還有一樣歷史悠久的「省立臺灣博物館」，也就是一九九九年更名的「國立臺灣博物館」。

「阿公，你看我——」陳雅薈一溜煙就爬上鄰近介壽路那側灰色的磨石子溜滑梯。「哇喔——」一瞬間，陳雅薈就從這座對她來說，是非常高大的溜滑梯上滑了下來。

「薈，外套小心不要磨壞——」

阿公還不及跟陳雅薈叮囑，穿著大紅外套的陳雅薈，那個嬌小可愛的身影，早就又往溜滑梯的樓梯奔跑而上。

沒多久，陳雅薈又爬上溜滑梯頂部。

這座磨石子溜滑梯，除了正中央的樓梯外，以此為中心，兩側分別各有兩道滑梯，加起來共有四道。

陳雅薈想了想，這次選擇了左邊最外側的滑道。

「哇喔——」陳雅薈再次滑行而下開心喊著。

一趟又一趟，到底重複滑了多少次，阿公早已計算不清。

不過這個有別前陣子連日下雨的難得好天氣，讓阿公覺得心情非常舒暢。看著孫女天真無邪的笑容，更有源源不絕的暖意湧上心頭。

等到陳雅薈玩夠溜滑梯，又跑去玩著由輪胎為底，在上頭釘上銀白色的圓形鐵片，再接上堅固的鐵鍊，所製作出來的盪鞦韆。

「阿公，幫我推！」陳雅薈自己盪著盪著，覺得不夠高、不夠過癮，趕緊催促阿公前來幫忙。

阿公對於可愛孫女睜大眼睛的期盼，完全招架不住，一下就移到陳雅薈身旁。

「哇喔！好好玩！」陳雅薈在阿公的推動下，隨著更大的擺盪幅度開懷大笑。

又接連玩了幾個兒童遊戲設施後，陳雅薈總算感到累了，自己主動跟阿公說著：「阿公，我口渴！」

阿公看到陳雅薈不再四處亂竄，這下總算像是完成一項消耗孩童體力的艱鉅任務。

「阿公帶妳去買酸梅湯好不好？」阿公問著。

「耶！愛死阿公了！」陳雅薈高興到跳了起來。

阿公帶著陳雅薈前去新公園鄰近懷寧街及衡陽路的側門，對街的三角窗，就是知名的「公園號酸梅湯」。

這間「公園號酸梅湯」，招牌上的正中央寫著「老牌公園號」五個橫字，而左右兩側分別有著「冰淇淋」及「酸梅湯」兩行縱字。

「阿公，我也想吃冰淇淋——」陳雅薈看到店面還有冰淇淋冰櫃的擺設，抬頭望著阿公。

「不行啦，已經要買酸梅湯了——」

「阿公，拜託、拜託，那我不要酸梅湯了！」

「薈，妳不是說口渴，吃冰淇淋會更渴，要喝酸梅湯才會解渴——」

「那我口不渴了！」

「唉——」阿公露出無奈的苦笑，結果最後兩樣東西全都買了。

祖孫倆隨後帶著買好的滿滿戰利品，再次回到公園內。不過這次是前往露天音樂臺，在那一排又一排的長椅上坐著。

坐在長椅上的陳雅薈，上半身還不及椅背高度，若從背後望去，根本看不到她的小小身影。

陳雅薈手拿透明塑膠袋所裝盛的酸梅湯，塑膠袋上頭有著紅色繩子將袋口綁束。不過透過被紅繩束住的微小洞口，一根吸管就這樣筆直插入。

「哇！」陳雅薈大口吸入酸酸甜甜的桂花酸梅湯後，不禁發出了極為滿足的感嘆。

沒一會兒，陳雅薈又將手中物換成小杯子所裝盛的三色冰淇淋。

裡頭分別是紅色的紅豆、紫色的芋頭及白色的牛奶三種口味，其實看起來就像是將三球傳統「叭噗」冰品，放在半透明的小杯子裡。

「哈——」阿公看著猛挖冰淇淋的陳雅薈，分明覺得很冰，眼眉都有些擠了起來，卻還硬是要一口接一口，不禁笑了出來。「薈，阿公跟妳一樣，從年輕時就超愛吃冰淇淋——」

不過陳雅薈並沒有回應，還是在跟冰淇淋的冰冷與甜滑不停奮戰。

在露天音樂臺扇形觀眾席外，不遠處的某個角落，突然傳來一陣狂亂的狗吠。

阿公轉頭望去，可以看到聚集著五、六隻流浪狗。不過每隻流浪狗無不拱起背脊，又不時露出尖牙，均顯得相當憤怒。

再仔細一看，原來是有一群頑童，正拿著石塊之類的東西，不斷朝著這群流浪狗用力丟擲，更還邊丟邊發出訕笑。

不過頑童們成群結隊，幾名比較高大的，甚至還拿著長長的棍棒威嚇。這讓流浪狗們儘管吠叫，也很清楚可能敵不過這群頑童，故始終不敢上前反擊。

阿公看了只是搖搖頭，這群流浪狗，當被人類侵犯時，理所當然會起身抵抗。其實所有動物都是如此，這是動物的天性，包含人類也不例外。

只要一方被侵害，另一方必然就會守衛或反擊，然後雙方都會負傷，嚴重的甚至死亡。然後如此循環下去，仇恨螺旋愈結愈大，永遠難以解開。

雙方開始互視對方為殺親大敵，仇恨永結難消，互擊範圍就會擴大到一群又一群，根本毫不相干的無辜者們，戰爭不就是如此嗎？

雖然流浪狗有礙市容，也可能會有一定的危險性，但這應該是捕狗大隊的任務，牠們不該成為頑童們無故攻擊及玩弄的對象。

看著看著，這種在殘酷戰場上常見的恃強欺弱，阿公也看不下去。接著只是回頭望向前方半圓造型的露天音樂臺，看著看著不覺脫口而出：「以前舞臺不是長這樣的，以前是很多層的半個同心圓——」

再次看向一旁的陳雅薈，還是埋頭吃著冰淇淋。阿公只好再次凝視音樂臺，想起過往諸多回憶，不覺陷入沉思。

等到冰淇淋吃到快剩一半時，陳雅薈總算抬起頭來，打斷阿公的思緒說著：「阿公，一直吃好無聊喔，可不可說故事給我聽——」

「啊——」阿公雙眼微睜，小孩子真是精力無窮，在體力耗盡前，一刻也不得閒。

「阿公，很無聊耶，跟我說故事啦！」陳雅薈伸手輕拉阿公催著。

「好啦、好啦，阿公跟妳說個很特別的故事，別人都不知道，阿公只跟妳說，以後也不會跟弟弟蔚說，是我們兩個人的小祕密喔——」阿公等到陳雅薈點頭答應，這才繼續開口說著。「阿公年輕時去過很多國家，很久很久以前，被日本人派去很遠很遠的南洋，參加第二次世界大戰。然後日本根本打不贏美國盟軍，打輸以後，我們當初一起去的同伴，最後根本沒幾個人活著，阿公後來就被抓到澳大利亞的盟軍俘虜營——」

陳雅薈因為從沒聽過這種故事，聽到不禁停下手中的挖冰動作。

阿公繼續說著：「那邊的盟軍軍官，以為阿公和同伴們都是日本人，就算跟他們解釋，他們因為分不出來，大家也都登錄日本名，所以還是一直不相信。後來有個軍官還拿槍恐嚇阿公，說敢騙他就會直接把阿公『砰！砰！』，但阿公還是堅持自己不是日本人。最後盟軍軍官沒辦法，只好拿出臺灣的空照圖，一張一張問是臺灣哪個地點，阿公都一一回答出來，盟軍軍官才相信阿公是臺灣人。」

陳雅薈聽得有些緊張，手中那片用來挖冰的木片，都差點掉了出來，而木片上頭的冰淇淋也已有些融化。

「之前逃難時幾乎沒東西吃，俘虜營真的吃得很好，阿公反而在俘虜營才胖回正常的樣子。然後，我們俘虜營同時有日本人、臺灣人和朝鮮人。阿公當過俘虜營的幹部，要負責調解裡面吵架的人。因為朝鮮人真的很凶悍，就算自己人跟自己人也會常常吵架。盟軍軍官後來覺得很難管，才把日本人、臺灣人和朝鮮人都分開。有一次裡頭的一名盟軍軍官，時常對我們俘虜都很不客氣，常常像在叫狗一樣，都用吹口哨方式使喚人，我們有個臺灣同伴有天受不了，氣到直接朝盟軍軍官一拳打下去。原本我們都很緊張，想說完蛋，結果後來那個盟軍軍官，可能知道自己那樣不對，才不敢再這麼囂張。不過盟軍也有很好的軍官，像是 Mr. Richard，跟阿公那時年紀差不多，因為阿公會一些英文，常常跟他聊天，他也會吹口琴給我們聽，然後我們大家一起唱歌，後來他調離俘虜營前，還把他的口琴送給阿公。」

「口琴，有看過，感覺很好玩！」陳雅薈聽到熟悉的東西後開心說著，接著總算再次拿起木片繼續挖著冰淇淋。

「等到日本戰敗投降以後，我們這些俘虜經過一段時間才移到新幾內亞的拉包爾，最後才在那邊被釋放，後來排隊輪流搭船回臺灣基隆。不過我們有同伴，一個很健壯的『山地同胞』，好不容易跟阿公一起捱過戰火，也好不容易等到從俘虜營釋放，卻在踏上故鄉臺灣的前一刻，在船的航行途中病死了，唉——」

聽到阿公嘆氣，陳雅薈輕皺眉頭問著：「阿公，其實我聽不太懂，你一直說『哺乳』、『哺乳』是什麼意思？跟鯨魚有關嗎？學校老師有教過，鯨魚和人類一樣，是『哺乳』類動物。還有我很喜歡老鷹，但『哺乳鷹』是什麼？記得老師說過，老鷹是下蛋的吧？」

原來因為阿公的「臺灣國語」，讓陳雅薈一直將「俘虜」聽成「哺乳」。

不過阿公想想，就算自己發音再標準，或陳雅薈聽得再清楚，大概也很難理解「俘虜」的意思，因而補充著：「俘虜就是被敵人抓走，然後就像在監獄被關起來，盟軍不給阿公回家。」

「吼！阿公，你很奇怪耶！你是不是做錯事，怎麼會被關起來！學校前幾天臺灣光復節的活動，老師有教我們唱《臺灣光復歌》。學校的老老老園長說，日本人壞壞，會欺負中國人，還好臺灣已經光復。阿公為什麼以前要當壞人，一定跟『藏鏡人』一樣討厭，所以才被外國人抓去關起來，對不對！」

阿公當然知道那首每逢「臺灣光復節」，都會到處播放的《臺灣光復歌》。

「張燈結彩喜洋洋，勝利歌兒大家唱——唱遍城市和村莊，臺灣光復不能忘——不能忘，常思量，不能忘，常思量——國家恩惠情份深長，不能忘——」

然而，張燈結綵喜洋洋，勝利及光復歌曲唱完之後，所有滿心期待的臺灣人，之後真正迎來的又是什麼？

「唉——」阿公凝視遠方的半圓形舞臺長嘆了一口氣，想著想著不禁眼眶濕潤，接著使用日語喃喃唸著。「政府口口聲聲都說已經解嚴，以前的教育就算了，現在的教育怎麼還是這樣？要我們這一輩怎麼面對子子孫孫？政府根本就永遠不能相信，為了避免連累家人，也為了保護家人，永遠不要違抗。還有幾個朋友一直勸誡，必須拚命表現忠黨愛國才能避禍，才能避免成為被追捕的對象。以前又不是沒親眼看過愛講話、敢講話的朋友，怎麼一個一個消失不見的。真的消失以後還僥倖回來的，也幾乎都變得疑神疑鬼、精神異常。我們這一輩的人，最好一輩子都別講真話比較好，不，我們根本就沒有說話的權力，也不應該講任何話——」

「阿公，你在念什麼經，都聽不懂啦！快告訴我，為什麼阿公要當壞人，我不想要壞人來當我阿公！而且老師說，日本人欺負中國人的方式，就是『砰！砰！』。阿公你是不是有當過壞人去『砰！砰！』別人，才會被關起來？阿公好可怕喔！阿公為什麼要當壞壞的日本人，討厭！」

陳雅薈講著講著，汪汪大眼裡打轉的淚珠，都快掉了下來。

看著陳雅薈天真無邪的直接反應，阿公雖然知道孫女並非有意，是學校就這麼教的。但孫女的稚嫩話語，還是深深刺痛了阿公，讓阿公覺得心情相當鬱悶，甚至非常受傷。

「好、好、好，薈，阿公答應妳，從今以後阿公都不會再說這樣的故事了。剛剛的故事都是阿公騙妳的，阿公不會再去當壞壞的日本人，好不好！」

「真的？阿公只是騙我的？」陳雅薈睜大雙眼問著。

「對啊，都是阿公編的故事。而且阿公最疼薈了，怎麼可能會是壞人！」

阿公儘管擠出笑容哄著，自己卻不禁紅了眼眶，真有股難以言喻的心酸。

陳雅薈聽了以後，這下總算露出可愛的笑容拍拍阿公說著：「嗯，太好了，阿公這樣才乖，才不會被警察抓去關起來。」

「薈，那妳也要答應阿公一件事，有個祕密不能跟妳爸爸、媽媽說喔——」

「好啊、好啊！什麼祕密？」陳雅薈笑眼瞇瞇問著。

「嗯——」阿公思考了好一會兒，才又開口說著。「薈，雖然今天天氣比較好、比較熱，但妳不能跟妳爸爸、媽媽說，阿公有在冬天帶妳吃冰淇淋的事，不然妳媽媽知道會很生氣喔！」

「喔，好啊，這是我跟阿公的祕密！」

吃著吃著，陳雅薈還是剩下大約三分之一的冰淇淋，不知道是因為吃到身體太冷，還是膩了，終究還是吃不完。

這原本就在阿公的預料之中，阿公接過陳雅薈剩餘的冰淇淋吃了起來，也想起很遙遠的回憶。看著露天音樂臺，有著幾名年輕男女在舞臺上，辛勤練著重複的舞步動作，看起來非常青春洋溢。阿公知道自己老了，就像手中小杯子裡的冰淇淋，已經逐漸融化。即使之後什麼也沒做，沒多久，所有形體也會消失，化作一灘液體。

不過阿公原本沉悶的心情，轉頭看見陳雅薈的側臉及嘴角，上頭沾滿了冰淇淋，而且還交融了三種顏色，模樣看起來真的非常可愛。

阿公嘴角不禁微微上揚，一掃所有的陰鬱。

等到阿公吃完剩下的冰淇淋，陳雅薈又開始吵鬧覺得無聊。阿公知道孫女已經坐不住，只好帶著她前往公園的其他地方逛著。

走著走著，在池塘邊停留了好一陣子，看看游魚、看看烏龜。等到小孫女喊著無聊，兩人又一起穿過小橋。

漫步在公園步道上，兩旁邊的樹木，不過只是輕風吹拂，一片又一片的老枝枯葉，全都緩緩散落而下。阿公牽著小小陳雅薈，微微抬頭便望見這滿天飛舞的落葉，這景象好美、好美。

但這些被掃落的枯黃飛葉，讓阿公很難不聯想到自己。

阿公微微低頭，看到同樣盯著飛舞落葉的陳雅薈，不禁露出微微苦笑喃喃著：「老樹發新枝，反正明年還會有新一代的嫩葉——」

最後祖孫倆散步來到了面對館前路的公園正門口。

公園的大門口，一左一右分別有著兩隻歷史悠久的銅牛。兩座銅牛都是坐臥在地的姿勢，無論晴天或雨天，都是那樣兩兩對望著。

其中一座銅牛，有個家長正抱著開心大笑的小嬰孩上去騎坐。

陳雅薈看到後，指著另一座銅牛，對阿公喊著：「阿公，抱抱，我也想騎、想騎牛牛，看起來很好玩！」

阿公知道這對銅牛，其實原本是擺放在臺灣神宮。而這個臺灣神宮，則是日治時期，位於現在臺北市劍潭山上的神社，用於祭祀死於臺灣的能久親王。

「好、好、好！」

阿公帶著陳雅薈走去空著的銅牛邊，抱起陳雅薈時，發現小小的身軀，還是比之前重了不少。

陳雅薈坐上銅牛以後，笑著大喊：「好玩、好玩，之前都沒這樣玩過！」

看到陳雅薈坐在銅牛上的小小身影，不禁讓阿公回想起幾十年前，自己的兒子陳義行，那時小小的身影，也曾騎在同樣的銅牛上拍照過。

這兩座銅牛，時常有人帶著小孩騎在上頭玩著，銅牛的色澤，早已不復當年的光彩。不過因為太多小孩騎坐，反倒磨出了另一種光澤。

「這時間過得真快啊——」阿公不禁如此感嘆著。

看著陳雅薈如此開心的表情，阿公像是想起什麼事，突然開口問著：「薈，妳以前不是也這樣騎過？」

「哪有，阿公亂講！」

「薈，妳應該是忘記了！爸爸有給阿公看過，妳和弟弟一起騎在銅牛上拍照，妳媽媽也在你們身旁扶著啊——」

「哪有、哪有，沒有印象。不公平，爸爸、媽媽都對弟弟比較好，一定只帶弟弟騎牛牛，都不帶我來玩！」

「呃——」阿公不知道該怎麼回應，因為他確實看過那張照片。

「不公平，爸爸、媽媽都很偏心，每次都對弟弟比較好。只要弟弟大鬧，都說他身體不好，不然就說他比較小，都要我讓他，我最討厭弟弟！」

「薈，妳怎麼可以這樣，蔚是你的親弟弟耶！阿公小時候跟阿公的姊姊、弟弟、妹妹也都相處很好耶！」

「不管，我就是討厭弟弟！」

「好啦，好啦！阿公先抱妳下來，再跟妳說個故事，好不好？」

「好啊，我要聽故事！」

抱下陳雅薈後，阿公本想帶著陳雅薈爬上那座園頂博物館前的階梯上休息。不過甫一轉身，就看到博物館側邊遙遠的一隅，又是那些頑童，還是繼續欺負同一群流浪狗。

不過由於頑童人數少了一些，幾隻流浪狗不再只有挨打的份，數度衝出鎮守範圍想要反擊。但拿著長棍的高大頑童只是猛力揮擊，讓流浪狗又退了回去。如此反覆下來，頑童倒是看起來更為興奮起勁。

阿公還是搖搖頭，如果不是帶著孫女，真想過去教訓一下那群以大欺小的頑童們。

牽著孫女的手，祖孫倆一步一步爬上博物館的臺階，最後阿公就和小小的陳雅薈，一起倚著同一根石柱席地而坐。

阿公看向館前路，又看向另一側的臺大醫院，看著看著，不禁感慨著：「薈，阿公很久很久以前，也會常常來這邊，以前這裡不是這樣。」

「那是怎麼樣？」陳雅薈問著。

「呃——」阿公回想了好一陣子，接著只是微微笑著。「以前這裡非常熱鬧，比現在還熱鬧喔。很久很久以前，這裡舉辦過『臺灣博覽會』。阿公那時也有來，場面真的非常非常熱鬧，阿公家裡還有幾個當時在博覽會攤位買的東西——」

陳雅薈聽得不是很懂，但只見阿公看著前方廣場，彷彿進入什麼時光隧道般，陷入深深的沉思。見到阿公久久沒有說話，陳雅薈忍不住催促著：「阿公，你不是要說故事，快講啦！」

「好啦、好啦，那阿公講一個很久以前在中國的故事，是阿公的爸爸跟阿公說的，跟書上寫的不太一樣，外面都聽不到的故事喔！」

「咦？阿公也有爸爸，怎麼聽起來好好笑！」

「薈，就是妳爸爸的爸爸的爸爸，就是你阿祖。」

「哈、哈、哈，好好笑喔。」陳雅薈聽到阿公的饒舌話語，不禁大笑起來。

「忘祖艱，先人捐軀業，後世不知昔——」阿公才說沒兩句，就自己停了下來。「啊，不對，這樣應該聽不懂。」

「啊？阿公又在念什麼經啊？」

「好啦、好啦，這個故事就是，從前從前，在中國有個陳朝開國皇帝叫作陳霸先，就是你們常常聽到故事裡面的國王，是中國河南穎川陳氏的老祖宗。皇帝一直住在建康，也就是現在的南京，但傳到某一代，哥哥叫作陳叔寶，弟弟叫作陳叔陵，但是兄弟倆感情非常不好。弟弟個性嚴謹認真，不過一直有拜著某個很神祕的神明，所以有做過一些奇怪的事，像是去挖了別人的墳墓。但他看不慣哥哥非常奢侈浪費又荒廢政務，雖然知道哥哥以後會當國王，還是常勸哥哥不能那樣壞壞，浪費揮霍祖先們辛辛苦苦建立的王國。可是哥哥陳叔寶不但不改進，反而很生氣，照樣過著亂七八糟的生活。就在他們爸爸死翹翹後，哥哥在守靈夜裡，趁著都沒有其他人在場，發動一件很奇怪的事。他想把弟弟陳叔陵抓起來，所以和其他弟弟聯合對外說弟弟陳叔陵想當國王，趁著沒有外人在場的守靈夜，拿刀殺他謀反，刺了他好幾刀，還砍中他的脖子，還好都沒有傷得太深。結果弟弟雖然被設計受冤，卻因為沒人能證明，只好逃走——」

陳雅薈聽了有點生氣說著：「這哥哥怎麼可以那麼壞，還好我是姊姊，不是哥哥——」

「哈——」阿公露出苦笑，停頓了好一會兒，才又繼續開口說著。「結果弟弟最後還是被哥哥的手下抓到，被哥哥『砰！砰！』。不只如此，弟弟的所有家人也全都被哥哥抓起來『砰！砰！』。因為弟弟受冤太重，覺得自己雖然分家，將來可以在地方當個小王、小諸侯，因為也無意王位，只希望大家都可以過得很好，所以還是會全力支持哥哥的國家大業，當哥哥最好的小幫手。但哥哥卻怎麼樣也不放過他，還是想把他除掉。其實陳朝的王國，國土本來就已經不大，卻因為自己家族內不合，國力愈來愈弱，所以最後哥哥的王國，還是被外面的人趁虛而入滅亡了。而當初弟弟死翹翹前，透過他一直祭拜的神，詛咒將來所有陳家子子孫孫，只要有不知體恤先祖辛勞，或是兄弟姊妹不合的，都會受到神的詛咒懲罰！」

陳雅薈聽著聽著不禁脫口而出：「哎喲，好可怕喔！」

「對啊，薈，那個陳朝的第一個國王陳霸先，是我們很久很久以前的祖先，後來的哥哥陳叔寶和弟弟陳叔陵，也是我們很久很久以前的祖先，所以這個詛咒是真的。陳叔陵千年前臨死時，所留下的詛咒文字，在我們家族一直都有流傳下來，妳要小心喔。如果妳不跟弟弟好好相處，會有魔法師跑出來施魔法，妳會被詛咒懲罰喔！搞不好妳會被變成一隻呱呱叫的青蛙！」

陳雅薈小小臉龐上的大大眼睛，神情突然變得相當不安，隨即激動喊著：「騙人！阿公你一定是騙人的，又編故事騙我對不對！阿公好討厭！」

看到陳雅薈反應如此之大，阿公不禁莞爾一笑：「好啦、好啦，又是騙妳的、騙妳的。不然阿公來說個以前三國時代，『煮豆燃豆萁』和『本是同根生』的故事好不好？」

「好啊、好啊！是吃的東西嗎？」陳雅薈雙眼發亮說著。

阿公想了一下，隨即開始念起三國時代曹植的名詩：「煮豆燃豆萁，豆在釜中泣，本是同根生，相煎何太急。」

「阿公，聽不懂啦！」陳雅薈發聲抗議，不過沒多久竟打了一個大哈欠，打完以後還是繼續催著。「阿公，快說故事啦！」

「好啦，阿公開始說了喔——」

不過阿公才剛講不到幾個段落，卻一直沒有得到陳雅薈的回應。等到低頭一望，才發現陳雅薈竟然倚著博物館門口的石柱睡著了。

阿公看著孫女陳雅薈安祥的睡臉，只覺得非常可愛。阿公脫下自己的外套蓋在陳雅薈身上，陳雅薈依舊睡得相當甜美。

遙望遠方，冬日灑落的陽光，讓人格外溫暖。館前路上的轎車來來往往，一臺又一臺的機車，也是伴隨車陣之間鑽來鑽去。路上行人有的帶著小孩，有的自己走著，或笑或怒，看在阿公眼裡，都是一片看似平常，卻又相當珍貴的午後祥和圖景。

仰望天空，幾隻鳥兒在蔚藍的天空中，自由自在飛翔。

飛啊！飛啊！飛啊！映入眼簾的湛藍天空真的美極了。

沒有戰火和戰機的天空好藍、好美！

這殘酷戰爭之後，所得來不易的和平，恐怕是沒有經歷過戰亂的後輩，完全難以體會及想像。

阿公拿起陳雅薈先前剩下一半的酸梅湯喝著，不知不覺中，透過一口又一口的吸取，也把那又酸又甜的酸梅湯全都喝完了。

酸梅湯這種既酸又甜的口感，彷彿就像每個人回憶年少時的感觸滋味。

「和平得來不易，人類必須好好珍惜——」

這是阿公時常和很多人分享過的真實感觸，不過到底又有多少人聽得進去，又有多少人能夠理解呢？

發動侵略者為了併吞別人，永遠都有自己精心塑造的正義大旗，無論有多荒謬，都還能義憤填膺，說得頭頭是道。然後被侵略者為保衛家園，理所當然一定會死命防衛對抗，兩方從此只剩下永無止境的殘酷、仇恨與悲傷。

然後兩方交戰的統治者，說你是什麼，就是什麼，要你做什麼，就是什麼。除了真心相信瘋子的人以外，其餘大部分都只是無力掙脫殘酷命運的俎上魚肉。

時代變了，但人類真的會記取血腥戰爭，勢必會讓多少無辜人們家破人亡的血淋淋教訓嗎？

阿公看向一旁的陳雅薈，依舊還是沉浸在甜美的夢鄉之中。看著手中已然被自己吸乾的酸梅湯塑膠袋，阿公彷彿就像看到一代傳承一代的必經歷程。自己也曾這樣吸取過上一輩人的奶水長大，而今為了後面的晚輩，就算被吸乾也是理所當然的事。

看著看著，儘管有些同情這袋乾扁的塑膠袋，畢竟現實中已經成為垃圾，還是不得不丟棄。

阿公靜悄悄起身，深怕驚動仍在熟睡的陳雅薈。拎著已然成為垃圾的塑膠袋，阿公看到不遠處有著可以丟棄的公園垃圾桶。

步下博物館的階梯後，阿公朝向垃圾桶前進，卻也不時回望孫女陳雅薈的狀況。

不過陳雅薈的小小身軀，覆蓋在阿公大外套之下，依舊像個可愛的娃娃般熟睡著。

等到阿公走到垃圾桶邊，儘管感觸良多，還是不得不將被吸乾的塑膠袋，丟入垃圾桶中。

像他們這一輩，因為當過日本兵，明顯是被噤聲的族群。先被戰敗的日本國引用《中日和約》捨棄，稱他們是戰勝的中國人。一些因為曾為大日本帝國犧牲奉獻，戰後生活亟需照顧或補償的臺籍日本兵或遺族，也一併被日本政府援此條約卸責，而之後這些人及遺族向日本政府的求償，又是另一段漫漫長路。

然後脫離日本殖民以後，幾乎大部分的人，因為只會日語，卻又在一夕之間成為敵國語言。突然失去了熟悉的文字、失去了熟悉的聲音，變得再也無法言語，只能重新學習中文。

又因為留下效忠敵國的記錄，只要曾有軍籍，都先被放入觀察名單，更何況是實際遠赴海外參戰的倖存者，更容易成為被列管的對象，還有很多人都成為後來「清鄉」的追捕目標。接著又是在往後的國民教育中，不但成為官方史料上消失的一群人，更還因為片段的教育立場，讓他們可能會被旁人及後世子孫另眼相看。

然後，緊接而來，在臺灣發生的種種事件及悲劇，彷彿就是告誡他們，最好一輩子都不要再說話，也不能說真話。

以前就算即便內心並未認同日本統治下的種種，但為了生存、為了保護家人，必須有所偽裝、有所虛言。然而脫離殖民以後，大家以為可以重新做回自己，滿心期待卻還是落空，這種狀況某種程度還是一樣沒有改變。

看著被吸乾的塑膠袋，落入暗不見底的垃圾桶之中，阿公很明白，這也是他們這一輩臺籍日本兵，絕大部分人的命運。

阿公轉身準備走回博物館，原本看到陳雅薈依舊熟睡，還算放心。但匆匆一瞥卻發現，博物館的臺階下，有成群的流浪狗聚集，應當就是先前遭受頑童攻擊的那群狗。在這群流浪狗的眼中，恐怕也很難分得清楚誰是敵人，誰是無辜者，這讓阿公的內心不禁大喊不妙。

果不其然，這群流浪狗發現臺階上有著身形嬌小的陳雅薈，就像看到可以攻擊報復的脆弱對象，紛紛一湧而上。

本來還在熟睡的陳雅薈，聽見低沉嘶吼，又感到一群什麼東西圍繞過來，覺得非常厭煩。

等到突然驚醒以後，眼前所見，是一群露著尖牙的流浪狗靠了過來。

陳雅薈四處遍尋不到阿公的身影，又看到眼前滿是兇惡的流浪狗，早就縱聲大哭。

淚眼之中，陳雅薈總算發現阿公的身影。

——阿公遠在另一頭的公園垃圾桶旁邊。

但下一瞬間，陳雅薈發現阿公的身影，一下就消失不見。

就在其中一隻流浪狗張嘴準備攻擊陳雅薈之時，阿公的身影突然出現眼前。

接著場面只是一片混亂，陳雅薈根本看不清阿公的身影，但在陳雅薈的大哭之中，所有流浪狗只是突然夾著尾巴一一散去。

「嗚哇、嗚哇，阿公，好可怕、怕怕——」陳雅薈依舊大哭不止。

「薈，乖，阿公會保護妳，阿公永遠都會保護妳！」阿公用右手臂抱起陳雅薈，而陳雅薈馬上伸手緊緊繞住阿公的脖子繼續哭著。

「阿公，你到底跑去哪邊，好討厭喔！」

「乖，阿公一直都在妳旁邊，那些狗狗被其他壞壞的小朋友欺負過，才會搞不清楚狀況想攻擊妳。阿公已經把牠們都趕走了，別怕、別怕！」

阿公用左手拿起自己仍靜靜躺在地上的外套，接著將左手塞進外套裡，再用左手臂撐著抱在身上的陳雅薈。

抱著陳雅薈走下博物館的階梯，阿公的表情顯得有些不適。不過緊抱阿公的陳雅薈並未察覺，反而因為面向先前的博物館平臺，看著看著，突然發現地上有鮮紅的斑斑血跡，這下總算停止哭泣。

「薈，今天也玩累了，我們回阿公家好不好？」阿公問著。

「嗯——」陳雅薈「嗯」了一聲，但過沒多久又開口問著。「阿公，你是不是受傷了啊？」

「沒什麼，只是小傷而已。」阿公儘管臉色有些慘白，還是擠出笑容說著。

等到阿公抱著陳雅薈走出新公園，來到了公園路上的公車站牌邊，小小年紀的陳雅薈，始終覺得阿公的說法還是很怪，主動要求著：「阿公，我沒事了，不要再抱我了，阿公你自己真的沒事嗎？」

「沒事、沒事——」阿公說著說著，也把陳雅薈放了下來。

祖孫倆坐在一旁等著回家的公車。

阿公穿上外套，接著又用右手拿出褲子口袋內的手帕，壓住左手手指。

陳雅薈這才發現外套上，有著一大片紅色血痕。而阿公剛覆蓋在左手手指上的手帕，才沒一下便又染成紅色。

「阿公，你真的受傷了啊！」陳雅薈瞪大雙眼說著。

「薈，阿公沒事，被剛剛那些壞壞狗狗咬到，應該是小傷，阿公很厲害，回家後可以自己處理。」

「可是阿公——」陳雅薈看著阿公的左手手指，儘管覆蓋著染紅的手帕，還是可以看出中指和無名指之處，似乎比食指的地方還要短小一節。「阿公的手指頭怎麼變短了——」

「薈，阿公真的沒事，阿公左手手指頭本來就比較短，是假的手指頭被狗狗咬走了，所以阿公一點也不痛，不用擔心啊！」

「阿公騙人，明明手指頭之前看就好好的！」

「薈，妳記錯了，阿公有的手指頭，本來就有少了一點點——」

「騙人，是不是阿公為了救我，手指頭被壞壞的狗狗咬走了，不然怎麼會流那麼多血！」

「薈，阿公真的沒事，只是以前裝在上面的假手指頭不見而已。最重要的是，妳平安就好，阿公永遠都會保護妳，不會讓妳被任何人或任何動物欺負！」

「真的嗎？阿公不要騙我喔！」陳雅薈輕皺眉頭問著。

「是的、是的，阿公很厲害，會變魔術喔，這是薈和阿公的另一個小秘密！爸爸、媽媽和阿嬤都不知道喔！」

「嗯，是我跟阿公的祕密！」陳雅薈用力點頭。

祖孫倆坐在公車站牌旁的花圃石階上等著，阿公伸出右手牽起陳雅薈小小的左手。

不知道過了多久，陳雅薈突然抬頭望著阿公說著：「阿公，那阿公的手指頭，會不會跟我的牙齒一樣，之後還會再長出來？」

阿公聽了以後，停頓了好一會兒，接著只是露出極為慈祥的笑容點頭說著：「會啊，所以薈不用擔心喔！」

「太好了，那阿公要吃營養、睡飽飽，手指頭才會快快長大喔！」

陳雅薈說完以後，只是露出了燦爛的笑容。

阿公看著天真無邪的陳雅薈，又望向馬路對面，那個充滿不同人生回憶的臺大醫院，接著只是將孫女的手握得更緊。

無論如何，都要保護眼前這個可愛的小孫女，也無論如何，都不能讓將來的子子孫孫，再次面臨無情的戰火。

只要能保護所有的家人，無論何種痛楚、何種沉默，這一切都不算什麼！

Chapter 13

蒼哥，我們不過都是歷史洪流之中的滄海一粟，個人的力量根本微不足道。

身為平民百姓的我們，從來不能決定自己要做什麼人，完全只能被動接受。

統治者說你是什麼人，就是什麼人。儘管外表與內在完全一模一樣，下一刻，馬上就會變成統治者口中所定義的什麼人。

想想很可悲，不是嗎？

翻開世界各國的歷史，不也是如此。

只要歷經改朝換代，前朝正直的忠臣，都可能成為後世史書的奸臣，前朝忠貞的遺民，也可能成為後代眼裡的奸人。尤其在國祚很短的朝代，這種反反覆覆的混亂立場，在我們的教科書上，只是簡簡單單的年代數字，但我很難想像，身處頻繁改朝換代的人民，那種無所適從會是多麼痛苦的心情。

然而一個改朝換代，通常都是經過流血流淚，很難不結下長遠的深仇大恨。

不知道蒼哥是否還記得，以前我們的歷史老師曾經說過，歷史課本上所謂的「民族融合」，很多都是燒殺虜掠的美化說法。改朝換代，多少無辜者全被牽連，所結下的仇恨螺旋，需要經過多少世代交替，才能隨著時間過去逐漸消弭、淡忘？

這幾年關於「釣魚臺」的保釣行動，也讓我有很深的感觸。

即便像蒼哥，因為過去家庭政治立場與我不大相同，又曾經很喜歡日本文化，但遇到「釣魚臺」事件時，一樣會非常憤慨。

記得畬哥曾跟我分享過，以前在學校劍道社裡，有來自日本的同學會一起練劍。那時剛好發生我們的「保釣運動」，結果日本同學反而很生氣說，那是他們的「尖閣群島」，我們臺灣人真的蠻奇怪，結果畬哥差點跟他吵了起來。

儘管最後雙方被其他人勸和，終究還是忍了下來，但當天練劍的氣氛異常詭異，還記得畬哥說兩人練習對打時的場面異常劍拔弩張。

其實就在畬哥跟我說了這件事以後，我才在好奇心的驅使下，第一次認真查閱了「釣魚臺」的相關資料。

翻開資料可以發現，就我方立場，清朝時早有正式將釣魚臺劃入臺灣噶瑪蘭廳的官方記錄，依據一八九五年的《馬關條約》，清廷將臺灣及包含釣魚臺在內的所有附屬島嶼，一起割讓給日本。而順著日後一九四三年的《開羅宣言》，則必須將先前清廷割讓的部分，全部還給我們。因此「釣魚臺」理所當然，就是我們的領土。

而日本所謂的「尖閣群島」，日本主張在簽訂《馬關條約》前，因為是無主地，所以早就佔領。另依據一九五一年《舊金山和約》，日本的琉球群島交由美軍託管。等到一九七一年美國歸還琉球時，竟將釣魚臺也視為琉球群島的一部分合併歸還，結果就日方的認知，一直理所當然視「尖閣群島」為日本的領土。

當然，這前前後後還有很多重疊的國際合約，造成至今仍舊難解的領土爭點。

其實我想說的是，我以前聽畬哥轉述那位日本同學聲稱「尖閣群島」，也就是我們的「釣魚臺」是日本的，對於畬哥的憤怒，我完全可以感同深受。

但我後來靜下心來想想，其實薈哥的那名日本同學激烈反應，跟我們的直覺憤怒並無差別。所有的問題都出在，大家所受的教育不同，當然從小被不斷灌輸，那種根深蒂固的認知也完全相反，衝突才因此產生。

先撇開這件事的對錯，或是將來如何解決，其實很多時候，一個人真的就有如空白的載體。因此所接受的教育，和被灌輸的觀念，真的非常重要。

這常讓我想起古龍的經典名著《絕代雙嬌》，從小血脈相連的兩兄弟，因為都是空白的載體，在仇人與非仇人家庭教養及觀念傳承下，若再經由人為操弄，即使是親兄弟的兩人，還是會成為互相傷害的深仇大恨。

同樣的道理，我們因為和對岸相隔已久，姑且不論正體中文及簡體中文的差別，即便我們說著一樣的語言，用著一樣的文字，但大家從小接受的教育和認知，都有很大的出入，很多觀念也會不同。尤其是兩岸的一些教育及傳承，都有各自的歷史淵源，甚至是政治目的，有時兩岸一些不必要的誤會及摩擦，都可能因此產生。

其實換個角度思考，我們跟全世界各國的人，除了膚色、髮色以外，我們到底有什麼不同？

我們都一樣會有自己喜歡的事物、自己討厭的事物，而我們也可能都會經歷生、老、病、死、苦。願意延續下一代的人們，也要歷經犧牲奉獻，才能將兒女拉拔長大。

回歸「釣魚臺」的爭議，不知道當初老美是因為一時疏忽，還是有意如此，竟在東亞埋下了「釣魚臺」，這長年來的不平靜。

想想其實還蠻可悲的，為什麼我們亞洲人的事務，一直都是西方人說了算？

我曾在施正鋒教授的政治及民族學書上看到，年輕人因為有理想及抱負，都會較同情弱者。看到這段文字敘述，我直覺想到了喬哥，我想喬哥最初也會因此容易傾向支持那時的在野黨。

然後就像我們以前瘋狂支持過的時報鷹隊，當慢慢累積感情之後也愈來愈難動搖。即便有天因為種種強力因素不得不改變想法，卻仍是一段因為曾經投入深厚感情，而永遠無法取代的「記憶」。

其實，現在雖然是我們家所支持的馬英九總統執政，因為臺灣是民主政治，從早期剛開放全民選舉的熱潮，幾乎全民為此選邊瘋狂參與。到後來，民眾如果對兩大政黨都不滿意，應該會對政治愈來愈冷淡吧？

觀看國外民主制度實施已久的國家，大部分投票率都非常低。

就我自己的想法，一個人過去幹盡壞事，但後繼者只要不認同，甚至譴責前人，也不去承繼前人的邪惡言行，後繼者才有機會讓人改觀，讓人真正感受到不等同於前人；然而一個過去為大眾利益奮鬥的好人，後繼者不能承繼前人的好，那麼後繼者也未必就能常保前人留下的美名，畢竟後繼者也不等於曾經奮鬥努力過的前人。

當然，我並不知道喬哥的想法會是如何。其實想想，因為我爸爸是外省人，媽媽是本省人，嚴格說來，我應該算是所謂的「半山」。不過因為過去在我的家庭中，爸爸非常強勢，他一直很努力想把我教育成「外省」第二代。想想如果我的原生家庭，當初是媽媽比較強勢，搞不好我的原生政治立場，也可能變得跟喬哥比較接近。

但，無論如何，我不會是我爸爸一模一樣的「分身」。或許因為從小和立場完全相反的喬哥一起長大，才讓我會想要找尋「答案」，也因此自以為看了很多，也想了很多，思想及觀念都會愈來愈朝向所謂的彈簧中端靠攏。

因此，很多來自我爸爸強力灌輸的想法及觀念，我也不會全盤接受，因為我有我的想法。

我想以後我的小孩，應該也是如此吧？

每個世代，來自「記憶傳承」及「親身經歷」，或出於對上一輩及旁人的觀察，都會加以思辨、修正及融合，產生自己獨有的思想和觀念。

「以為不喜歡的事，嘗試以後反而意外發現更美好的事！」

薈哥應該還記得，這是薈哥在我們至今算來，最後一次見面的帛琉之旅，曾經跟我說過的話。

我不知道該怎麼說，我之前在帛琉跟薈哥說過，在我結婚前，還有一件想做的事。其實那就是我想去對岸中國，我想去看看我爸爸生前所一直惦記的故鄉。

很多時候，渺小如我們這種一般民眾，即便臺灣很多事務或是政務，都是透過民主選舉，然而還是有很多事，我們似乎也無從選擇或無力改變。

但我真的很好奇我爸爸的故鄉，所以想在步入人生下一個階段前，一個人去慢慢觀看、去細細品味。

雖然明漢一直很反對，但我只想一個人前去中國，然後一個人慢慢旅行、一個人細細品嘗。我可是花了很多時間，才好不容易說服明漢，讓我一個人前往中國旅行。

之後如果有發現什麼新奇事物，或新的想法，等到回來以後，都會再跟薈哥分享。

希望之後這趟旅行所見所聞的心得分享，對薈哥日後如果還是想不開跑去從政，能有所幫助！

第十三章　昭和十九年（一九四四年）七月・ニューギニア

忘祖艱，先人捐軀業，後世不知昔，鋪張奢華連；
同根殘，父執養育辛，昆強欺弱仲，兵刃自毀園。
血脈連，生者分前越，親體先輩苦，傳宗須犧牲；
手足合，分家亦相助，往者雖離去，縱死他處生。

這段文字，是陳雅薈從陳中翔掛在脖上的護身符，那紅色袋子內所拿出的一張折疊小紙，用極為漂亮的毛筆小字，所寫出的內容。

不知道陳中翔是否有發現這張，可能是祖先刻意藏在他護身符內的祕密紙條。

然而，陳雅薈已經無法知道答案。

因為陳中翔死了。

這個才和陳雅薈相認一晚，來自二〇二二年的未來兒子，就這樣在陳雅薈面前慢慢死去。

陳中翔彷彿事前就知道自己的宿命結局，在盟軍轟炸機狂擲炸彈以後，刻意以自己的肉身護住陳雅薈。而後更是將陳雅薈壓倒在地，繼續以身掩護。

在滿是塵土的灰霧中，所有的碎裂物，全都插在陳中翔的後背。就連陳中翔的後腦杓，也早已被碎裂物重擊到殘破凹陷。

等到轟炸機駛離，塵土漸漸散去後，周遭的所有事物又再次恢復正常速度。奄奄一息的陳中翔，這才突然失去雙臂的強大力氣，整個人癱軟下去。

待陳雅薈翻身見到陳中翔的慘狀，儘管淚流不止，卻也只能緊握陳中翔的手，眼睜睜看著陳中翔死去。

直到陳中翔斷氣的那一刻，陳雅薈感受到來自陳中翔手心的異常熱度，接著這股來自掌心的炙熱，又倏地流竄陳雅薈全身。

強大的痛楚，讓陳雅薈昏了過去。

等到陳雅薈再次甦醒，眼前慘死的陳中翔依舊靜靜躺在一旁。但陳雅薈知道昏厥前的那個痛感，很像複製及分裂的撕裂過程。恐怕又有一個陳雅薈「分身」，因為千年詛咒而往前傳送過去。

不過因為一直沒有與可能新「分身」的記憶連結，或許只是陳雅薈推測錯誤，並沒有新「分身」的產生。然而即便有新「分身」，也可能只會和「本尊」有記憶連結，這點陳雅薈就真的不得而知。

「恐怕我們家族得不斷有人接力向前分裂穿越，阻止千年前的那場兄弟鬩牆悲劇，才有可能結束這千年詛咒！」

陳雅薈不時想起陳中翔不只一次，說過的類似猜測。

不僅如此，當初陳中翔臨死前，可能也同時將一股神祕的力量，「逆向傳承」給陳雅薈，讓陳雅薈覺得精神及力量均異常充沛。

當然，陳雅薈也想過，這股力量，有可能是來自陳雅薈，對於盟軍的殺親憎恨。

陳雅薈不管再怎麼哭吼，卻也喚不回死去的兒子。

低頭看向腿上皮膚不斷冒出，那一大群奇癢無比的癬，病況看起來愈形惡化，如今卻變得好似沒有任何感覺。

等到情緒稍微穩定以後，陳雅薈將陳中翔遺體，以許多大片草葉覆蓋。但在陳雅薈完成以後，也只是呆坐一旁，完全不知道該何去何從。

「這個千年詛咒，猶如讓骨肉間重覆相救、相害的地獄輪迴──」

陳雅薈還記得，陳中翔生前曾經說過類似這樣的話語。

看向一旁的大片葉堆，陳雅薈漸漸能夠明白，為何會是「相救、相害」的地獄輪迴。

如果陳中翔不是為了救自己，他也不會慘死。但他又像是事前就知道一般，他這趟長達十年的「分身」任務，終點就在此處。

「因為劇本內容，都是千年詛咒早就寫好的，在到達任務終點前，自己也很難死去。」

難道現在自己這個陳雅薈的「分身」，就算想死也死不了？

失魂落魄的陳雅薈，早已六神無主。除了陳中翔以外的同伴，也都在叢林中失去蹤影。

陳雅薈走出洞窟，洞外除了滿目瘡痍外，只有灑落一地的勸降傳單。

獨自一人在叢林內繼續躲藏，陳雅薈愈想愈恨，就這樣親眼看著自己的兒子，被盟軍轟炸慘死。這股恨意，恐怕永遠都無法消除。

這些日子，陳雅薈時常思考，到底陳雅薈這個「分身」，所需保護的對象是誰？兒子陳中翔在這年代，花了將近十年，才終於遇到自己，那麼自己這趟任務的對象到底身在何處？

其實想想，這任務不僅是要「逆向傳承」，以保護先祖。更可能需要藉由保護及犧牲，再將某位先祖接力往前分裂傳送，才有可能經由不斷傳送，阻止千年前的詛咒。

會是在這年代被派到南洋某處的阿公？還是遠在臺灣的阿祖？甚至可能也經由分裂穿越而來，不知道是哪個時期的年輕爸爸陳義行？

而在這些日子裡，經由陳中翔點醒以後，陳雅薈和自己所屬年代的「本尊」記憶連結，突然變得相當清晰。

一些諸如對於弟弟陳雅蔚、先生陳可凡以及嬰幼兒時期的陳中翔，所有記憶慢慢浮現，至少不會夢醒後就忘得一乾二淨。

但因為這些親子回憶的浮現，更讓陳雅薈對於盟軍轟炸的喪子之痛，倍感痛苦不已。每天因為這些記憶的出現，都會在大夢初醒時分淚流滿面，哭到久久無法自已。

「咦？」

雖然經過一段漫無目的、東躲西藏的日子，儘管陳雅薈已經完全不知道身處何方，甚至有種一直在相同區域繞路的錯覺，但她彷彿又不時瞥見遠方開始出現若隱若現的「白臉鬼影」。

陳雅薈原本倚著大樹，翻閱那本來自未來的珍貴小筆記本。現在又多了一枝，也是來自未來的卡通自動鉛筆，就一直小心翼翼夾在筆記本之中。

自動鉛筆上的卡通人物，聽陳中翔說，叫作「炭治郎」，是在他所屬的二〇二二年代時期，相當火紅的日本動漫《鬼滅之刃》的男主角。

雖然陳雅薈並不知道《鬼滅之刃》是什麼樣的故事，但她非常確定，自己的兒子很喜愛這部作品。或許這就是陳中翔珍貴的兒時回憶，還有兒時親情的連動象徵。因為這枝自動鉛筆，聽陳中翔說，還是在他那個年代，陳雅薈所贈送的寶貴禮物，故陳中翔也一直帶在身邊。

筆上的卡通人物圖案愈形斑駁不清，現在又沾上了陳中翔的血漬，讓陳雅薈每次看到，都心痛不已。

一想到已經沒有什麼好再失去或畏懼，陳雅薈收起這兩樣珍貴物品後，直接往草叢深處走去。

沿路上，又看到一些已經見過很多次的人類內臟高掛樹上。即便早已發黑、發臭，陳雅薈很清楚那長長的模樣，應該是人類的腸子，可能是有人在被轟炸或是自爆時所飛散的屍塊。

還有看到身著日本軍服的遺體，但遺體早已「白骨化」。這不可能是非常久遠的遺體，反而是近期的死者。但在這片神秘的熱帶叢林中，似乎存在很多詭異的微生物，經過數月、甚至數天，就能將遺體分解成白骨狀態。這也讓陳雅薈想起，曾有逃難同伴，稱呼這個奇奇怪怪的恐怖熱帶叢林為「魔境」。

走著走著，前方的草叢堆出現異常動靜。

「啊！」陳雅薈驚聲叫著。

還好草叢堆出現的，是二十多名日本士兵，各個都是枯瘦如柴。而絕大部分的士兵，頭上的毛髮已經七零八落，更有一些人的頭髮早已掉光，而露在衣物以外的四肢，幾乎都是皮包骨的狀態。

陳雅薈很明白，這是長期營養不良所造成的結果。摸摸自己的後腦，陳雅薈這才發現，原來自己的頭髮也早已光禿，只是自己一直沒有察覺。

一名面容陌生、臉頰凹陷、皮膚黝黑的士兵，走到陳雅薈身邊，上下打量很久以後，才突然驚聲叫著：「東皐！還活著真是太好了！」

陳雅薈覺得眼前這名士兵，給人相當陌生的感覺，但怎麼會知道自己的名字。

不過再仔細一看，這人腰際掛著軍刀，這才發現，正是先前的軍醫搭檔穎三。

這下陳雅薈也總算認出，站在穎三身後的，正是來自「高砂義勇隊」的長島，怎麼整個人感覺突然縮水變小。

「真的是東皐先生耶！」長島認出陳雅薈以後，也難掩興奮之情。

陳雅薈不難想像，自己的面容與外貌，一定也和他們相差無幾。

眾人再次相聚，長島也相當高興，四處找尋食材，也讓陳雅薈再次吃到了比較像樣的食物。

聽穎三說，他們當晚逃離盟軍轟炸後，所有人又四散各處。但不久後，一部分的人又再次相聚，只是他們不管怎麼找尋，一路上只有一具具，全身圍繞蒼蠅、蚊蟲的慘死遺體，但就是找不到陳雅薈的身影。

穎三和長島都相當難過，以為陳雅薈已經遭遇不測。

而聽長島說，他們這些沿路集結的士兵，除了他們陸軍以外，也有一些後來從其他地方零星戰役中，逃到叢林躲避的海軍士兵，陸續與他們合流。

聽這些海軍說，有人曾於躲在叢林之時，遠遠看到盟軍大陣仗的高官將領巡視，不知道會不會就是那名傳聞中非常厲害的「麥克阿瑟」將軍，他們從沒想過盟軍的高階將領會來到這裡。

不過對於一般士兵來說，就連自己日軍的高階將領，到後來時常不斷陣亡更換，到底上頭的那群人是誰，恐怕也未必人人清楚。他們絕大部分的人，就連活命都有問題，根本也不想關心盟軍的「麥克阿瑟」是誰。

而這些海軍士兵，手上的武器還算堪用，更有一些從盟軍那頭奪取的槍枝。整支逃難隊伍混合後，因為逃到現在，大家也不得不適應叢林生活。雖然大家都是虛弱不已，竟還是讓人感覺這支隊伍，比以往都還壯大。

但因為缺少食物，有些海軍早已開始吃起人肉。

所謂人肉的來源，因為不忍食用自己的日軍同伴，主要都是來自一些零星遭受伏擊，所死去的美、澳士兵，他們屍體上頭的大腿肉。

不過，聽說也有人見過，一群逃難士兵已餓到會去搶食自殺的日軍同伴屍體。在聽見「砰」的手榴彈爆炸聲響後，披頭散髮、衣衫不整的飢餓士兵們，對於慘死的同伴並沒有任何同情，反而露出難以壓抑的欣喜，紛紛跑去搶著割下遺體肉片，或是找尋四散碎裂的殘肢，塞進軍用鐵製飯盒。

儘管有軍官強力禁止吃食同伴屍體，但還是擋不住極度飢餓的強烈驅使。在日軍早已潰散到如此地步，更聽過有新兵及一等兵，直接聚眾毆打平日嚴苛虐待部下的軍官，還有因此被活活打死者，所有軍紀及軍階早就蕩然無存。

「人類其實沒什麼肉，大概就大腿最多肉——」

「在極度飢餓的狀況下，早就失去吃人肉的感覺。其實灑點鹽吃，吃起來還是不錯！」

「吃人肉，後來想想也沒什麼。一開始無法接受，還會良心不安，但愈來愈多人一起分食時，罪惡感竟然完全消失，吃起來就像在吃山豬肉一樣吧！活都活不下去，哪還有良心問題需要考慮！」

這是長島從那幾名海軍士兵聽到的討論。

儘管長島相當排斥這種食物來源，不過很多時候，所有可以吃的肉類，全都和其他捕獲的叢林動物如昆蟲、蟒蛇、鳥獸、鼠類等混在一起。

長島相當懷疑自己曾吃過很酸的肉類，恐怕就是那些美、澳大兵的大腿肉。不過他的這個懷疑，一直不敢告訴穎三，當次的奇怪肉類，也不敢分給穎三，以免害他嚇到都不敢再吃任何肉類。

「這裡，根本就是人吃人的人間地獄！」長島說，他曾聽過一名正在吃著人肉的海軍如此感嘆。

聽到此處，陳雅薈只覺得有股難以言喻的噁心、殘忍與悲哀。但為了存活，似乎也莫可奈何。

在戰場之外，常人覺得極為荒謬的事，到了殘酷的戰場上，什麼荒謬都不再荒謬。

重回逃難隊伍後，陳雅薈即使對於兒子陳中翔的事，一直相當難過，很想向在這年代最為熟悉的搭檔穎三傾訴。然而這種分裂穿越的事，實在很難和這年代的人解釋清楚，陳雅薈只好作罷。

然而她一直惦記著陳中翔告訴她的事，原來找尋阿公的重要線索，可能就在她的身邊，因而還是決定對穎三開口問著：「穎三大人，我記得，你好像曾在滿洲國念過書？」

「是的，滿洲國的滿洲醫科大。」

「不知道穎三大人是否認識一個叫作陳繼敘的臺灣本島人？」

「這，妳怎麼會——」穎三聽到這個名字，突然雙眼微睜，顯得相當驚訝。

陳雅薈見到穎三的反應，看來恐怕真的和自己的阿公有所認識。陳雅薈有些懊惱，原來線索一直近在咫尺，之前卻未曾察覺，因此趕緊繼續追問：「陳繼敘是『漢名』，但我知道他有改過『和名』，也在滿洲國念過書，後來回臺灣後也投入軍隊，不知道穎三大人在滿洲國是否有遇過？」

「呃——」穎三的神情還是顯得相當奇怪。

從這反應不難發現，穎三一定認識陳雅薈的阿公陳繼敘，只是這種反應到底是熟識，還是雙方曾有過節，從穎三的複雜表情，實在很難判斷。

「穎三大人？」陳雅薈顯得有些心急，不禁開口催著。

「唉，沒什麼，我想起以前唸書時的一些往事——」穎三輕皺眉頭說著。「以前在會有冰天雪地的滿洲國求學，是個很不錯的回憶。妳也在臺灣待過，應該知道在臺灣，內臺差別待遇是很明顯，但在滿洲國因為強調『五族協和』，基本上內臺才算是相對真正平等。不過我真的萬萬沒想到，日後還會再來到這個悶熱潮濕的熱帶叢林。」

「嗯——」陳雅薈點點頭，一想到穎三南北移動幅度如此之大，確實是兩個天差地遠的氣候及景色，就連呼吸的空氣都大相逕庭。

「唉——」穎三又再嘆了口氣，先是凝視遠方，沉默了好一會兒，才又開口說著。「東阜小姐，妳是否記憶有所恢復，因而想起什麼事？我是認識陳沒錯，而且非常熟識，但我想確認一下，他跟妳是什麼樣的關係？妳怎麼會認識他？」

「這──」陳雅薈突然被穎三這樣反問，一時之間卻不知道該如何解釋，想了好一會兒，才又開口說著。「陳是我很重要、很重要的人，我很想知道他在哪裡。我目前只想起他應該也被派到南洋參戰，只是不知道被派到南洋何處。他是我非常重要的人，我很想跟他再見一面！」

陳雅薈大概可以想見，穎三經由她這樣不明不白的解釋，恐怕很容易將這個年代，年紀應當與陳雅薈相差不遠的陳繼敘，聯想成陳雅薈的情人。所以陳雅薈才會在片段記憶回復後，想與情人見面。

不過只要能知道阿公的下落，陳雅薈根本不在乎是否會被穎三誤會。

但穎三聽完陳雅薈的解釋，不知為何，反而突然面露警戒之色。

見到這種狀況，陳雅薈不禁懷疑，穎三所謂過去在滿洲國就和自己的阿公陳繼敘熟識，到底是正面的熟識，還是負面的熟識，陳雅薈也搞不清楚。

不過這也讓陳雅薈更加懷疑，穎三和自己的阿公之間，似乎曾經發生什麼過節，該不會穎三剛剛所指的美好回憶，會不會是和阿公喜歡同一個女生的事吧？

「東皐小姐──」穎三輕瞇雙眼說著。「妳到底是內地人，還是臺灣本島人？不知道這部分的記憶是否有恢復？」

見到穎三的反應確實有些奇怪，陳雅薈也不敢隨便回答，只好有些敷衍說著：「這部分我倒是真的不知道了──」

穎三聽到這樣的回答，神情顯得相當疑惑。陳雅薈總覺得穎三，可能真的跟自己的阿公有什麼細故，不覺有些低下頭去。

「唉──」穎三過了好一會兒，總算輕嘆了口氣，雖然警戒眼色已然散去，但神情依舊極為複雜。

陳雅薈因為長期待在穎三身旁擔任助理，非常清楚穎三是相當正直的日本人。以穎三的為人來說，若是自己的阿公與他有什麼恩恩怨怨，恐怕理虧的一方，蠻高的機率，錯的可能不是穎三，這讓陳雅薈想來心情極為複雜。

「東阜小姐——」穎三看向遠方，然後神情嚴肅說著。「我知道陳在哪裡，如果我們都能活著回去，我一定會帶他到妳面前，讓你們再見一面！」

「謝謝穎三大人！」陳雅薈特意起身向穎三鞠躬道謝。

儘管陳雅薈覺得穎三的反應，有種說不出的詭異，但陳雅薈知道自己的阿公，蠻高機率不在此處，也只有活著回去才有機會見到。況且若穎三過去真和自己的阿公有所過節，實在也不便繼續多問。

但是，他們真的能活著回去嗎？這似乎才是最大的難題。

不過就在此時，陳雅薈又看到遠方草叢堆中，突然出現「白臉鬼影」。而且這次不再只是一張，還一次出現至少五張「白臉鬼影」，每張白臉上的雙眼，均是恐怖的暗紅血色。

穎三發現陳雅薈神情有異，也循著她的目光轉頭掃視。然而下一瞬間，從穎三的驚恐表情看來，也明顯被那一張張紅眼白臉所嚇到。

果然不是錯覺，那些白色鬼臉真的存在！

那一張張白色鬼臉，這次總算不再躲藏，只是死盯著他們這群落難的日軍士兵。看著看著，還露出了極為詭異的笑容。

風吹草動後，這些白臉鬼影的身體，總算露了出來。除了重要部位外的所有裸露肢體，全都是詭異的慘白之色。

再仔細一看，原來這些鬼臉，是當地的另一種原住民，原本應該是棕色皮膚的人種，只是全身上下都抹滿不知名的白色塗料。

但這都還好，讓人看了最為不適之處，便是這些原住民的雙眼，均相當詭異。應當是眼白之處，竟全是紅的。

在場的所有士兵，也都發現這些可疑原住民。

這六名全身塗抹的白臉原住民，只是拄著手中的長矛，站在原地不動聲色，看著看著甚至還會不時咧嘴笑著。

這種詭異的場景，儘管尚不知這幾名原住民的來意，卻還是讓所有士兵都不寒而慄。

「我們還是快點移動——」

長島眼見有些不大對勁，乾脆如此提議。

不過長島的提議，大概說出了大部分士兵的心中想法。所有的逃難隊伍，一下便起身移動。

但不管他們走到哪裡，每當以為擺脫這些原住民，卻又在草叢堆裡不時出現惱人的鬼影。經過幾日以後，跟著他們的原住民數量，竟漸漸增加到了十多人左右，而手中除了長矛外，也陸續出現弓箭及長刀。

儘管這些原住民，只是一直靜靜跟著逃難隊伍，截至目前為止，都還沒有什麼過於奇怪的動作。不過日軍士兵見來者不善，也不敢大意，各自將手中殘存的日軍兵器，無論是還有子彈或是已無彈藥的步槍，以及零星幾把從盟軍那邊奪來的衝鋒槍，均拿在身邊隨時戒護。

或許因為日本士兵們尚有兵器在身，這些土著也不敢輕舉妄動。陳雅薈很清楚，若是從巴布亞部落反擊的那夜開始，她就陸續見到這些「白臉鬼影」，這不就代表他們這支逃難隊伍，早就被這群原住民緊盯多時。

況且當初憤怒的巴布亞人，追到某處時，突然停下腳步。恐怕他們這群人，搞不好已經踏入連巴布亞人也不敢擅入的禁忌之地，卻渾然不覺。

不知為何，陳雅薈總感覺他們這支隊伍，好似這群原住民的眼中獵物。

「前田跑去哪邊？怎麼不見了？」一名士兵在大家早已就地休息的深夜中，起身四處詢問。

「有啊，剛剛有看到他。大概他怕屎太臭，臭醒大家，跑到草叢裡拉屎吧？」

「是這樣沒錯，可是也拉太久了吧？」

「唉，沒什麼正常東西吃，我們一下腹瀉、一下便秘，不是早該習慣了，有什麼好大驚小怪。」

不過等到天明以後，還是不見前田的蹤影。

由於白臉原住民始終還是僅在遠方靜靜盯著，整支逃難隊伍決定繼續移動。

但過了幾天，長谷川、野中、齋藤也陸續離奇失蹤。

直到某天夜晚，才有人發現恐怖的真相。

「啊！」一名士兵在夜晚驚聲大叫。

等到所有被吵醒的士兵，一同手持武器過去一探究竟，這才發現這名大叫的士兵，胸口直直插著長矛，嘴裡吐著鮮血，倒在血泊之中。

更令人驚駭的，這名士兵只有上半身，兩隻手臂以及兩條大腿以下的部位，全都憑空消失，傷口看起像被利刃砍斷。

「食人蕃——」這名可憐的士兵，講完這最後的幾個字，便吐血斷氣。

所有人環視四周，發現周圍有著十數名白臉原住民，有的人在自己的左右鼻孔上，還插著不知道是什麼獸類的尖牙，模樣看起來相當恐怖。而其中兩人的手上，還各拿著應當屬於死去士兵的兩隻手臂及兩條大腿，切口處還滴著鮮血。

食人蕃！這個在部隊曾經流傳過的恐怖傳說，有人宣稱曾在新幾內亞的叢林看過，也有聽得懂簡單巴布亞語的人，從巴布亞人口中聽過。但因為過於離奇，大部分的人並不相信，頂多只是被其他人當作笑話。

或許當初日本部隊軍火還算穩定，即便這個叢林傳說是真的，只要大量精良武器在手，也不怕打不過使用原始武器的原住民，大概也沒人會有畏懼。

——但現在情況已大不相同。

「砰！」

見到如此驚駭的場景，有人已經忍不住開槍了！

不過換來的卻是，一枝殘酷的利箭，直直插入開槍士兵的眉心。

緊接著又有一名士兵被長矛貫穿身體，整個人有如插在地上的人體烤肉串，只是不停抖動四肢。掙扎好一會兒後，舞動的雙手只是無力垂下，而狂顫的下肢也突然停止擺動。

這群食人蕃雖然使用原始兵器，但力道及準度，實在強悍到令人膽顫心驚。

在場所有日本士兵，全都慌了手腳，趕緊聚集在一起。有槍的舉槍，有刺刀的拿出刺刀，所有人都進入備戰狀態。

陳雅薈的那股劇烈頭痛又再次強襲而入，一旁抽出軍刀的穎三，持刀的手也開始進入慢動作。

不過因為剛剛的短兵交接，食人蕃也有折損，他們的人數明顯比逃難的日本士兵還要少了一些。但因為已經親眼見識過他們，遠遠超乎巴布亞人的強悍，根本沒人敢掉以輕心。

——吃或被吃，這是過去人們對於弱肉強食的描述。

但陳雅薈壓根兒沒想過，這世界真的有「吃人」的種族。不過先前落難的日本士兵，因為沒有食物，有些也開始吃起美、澳大兵的人肉，甚至是自己日本士兵的遺體。想想和眼前這些食人蕃，某種程度上，又有什麼太大差別？

長島手中緊握蕃刀，聽他說過，其實蕃刀和日本軍刀相比，因為長度較短，若距離拉得稍遠一點，攻擊性並不算太強，主要拿來劈荊斬棘之用。但現在情況危急，也不得不拿來當作防身武器。

儘管看得出長島也相當惶恐，不過他還是強作鎮定，並吩咐大家先不要繼續開槍，必須將寶貴的子彈省下。

在頭痛之中，不知道是否為自己錯覺，陳雅薈竟感到一股比往常更為強大的力量。好似當初陳中翔臨死之前，真有把存在他身上的超能力，也一併傳給了陳雅薈。

陳雅薈不知道是否該運用這股超能力進攻，但就在猶豫之中，雙方一直都只是靜靜對望。對峙到最後，兩邊完全沒有進退動靜，就連陳雅薈的超能力也逐漸消失，暗示著或許暫時沒有危機。

就這樣，日本士兵這邊，在輪番守衛之下，總算平安熬到天明。

待到天亮以後，所有逃難隊伍，繼續往叢林深處移動。當然，這群食人蕃還是靜靜保持一定距離跟在後頭。

在長島的帶領下，所有人來到不知名的河流邊。由於這條河流還算寬敞，河水也有些湍急，面向河流的那一側，敵人應不至於有辦法從河水中繞道而行。

逃難至今，他們都很清楚，在新幾內亞叢林內密布的河流之中，存在著一種致命的褐色浮木。這種致命浮木，一旦不小心靠近，就會慘死。因為這恐怖的浮木，不是別的東西，正是活生生的鱷魚。

這樣倚著河流守備，戰略上會較有優勢。因為駐守之地距離河水還有一段距離，即便出現鱷魚，也應當不至於來不及發現。

幾人討論後，決定在河邊留守。

由於經過連夜折騰，陳雅薈也相當疲倦。

這剩下不到二十名的逃難日本士兵，依舊與遠處那十多名食人蕃對陣。在輪流守衛下，陳雅薈沉沉睡去。

在睡夢之中，陳雅薈再次與原本所屬年代的「本尊」記憶有所連結。

夢醒之後，陳雅薈總算明白，之前自己詢問陳中翔，自己為何會和陳可凡相遇，陳中翔所轉述的答案。又是那段陳雅薈努力塵封的悲傷記憶，所延伸出來的另一段極為難以言喻的命運安排。

陳雅薈在阿公過世後，傷心之餘，前去祭拜同時對陳可凡及陳雅薈來說，都相當重要的人，才會與陳可凡再次相遇，進而相戀結婚。

倚著大樹，陳雅薈拿出那本小巧可愛的筆記本，裡頭還緊緊夾著陳中翔一直相當珍愛的卡通自動鉛筆。

陳雅薈翻著翻著，覺得身體有些顫抖發涼，而將村正生前所給予的軍用雨衣穿上。穿上那件稍嫌有些大件的雨衣，陳雅薈總算覺得身體不再莫名發冷。但儘管稍微整理情緒以後，陳雅薈還是沒有勇氣翻到有寫上文字的最後一頁。

繼續隨意翻閱，陳雅薈又看到了她當初目睹村正離世後，自己代替村正，在筆記本所記下，恐怕會是大部分被派赴南洋的臺灣人，同時也是陳雅薈自己的心聲：「無論多麼遙遠，無論是生是死，我們都好想回去，那最摯愛的故鄉，臺灣——」

看著看著，陳雅薈又想起了村正生前那相當爽朗的笑容，心頭不覺又是一陣極為強烈的酸楚。

再次整理思緒，陳雅薈卻還是難以翻閱到筆記本內容的最後一頁。

小筆記本記載文字的最後一頁，上頭寫的那首詩，對身處戰場的陳雅薈來說，只有無限痛苦與嘲諷。

陳雅薈直接翻到小筆記本的最末，頁尾封皮的書套內，夾著一張折疊好的小紙。雖然紙張上頭印有漂亮的花色，但紙張不但明顯老舊，看起像泡過水一般凹凸不平，甚至上頭的一些原子筆字跡都已有些暈開。

即便陳雅薈沒有勇氣，拿出夾在封套底部的小紙，卻還是可以瞄到，上頭有著自己很久很久以前的字跡。小紙上寫著《送別》兩個大字，一旁還有「陳雅薈送殷馥華」的七個小字。

看著看著，因為思念故友，陳雅薈的淚水都快落下。

不過就在此時，突然有人慌張大喊：「混蛋！怎麼會這樣！」

就在大家還沒轉頭望去，已聽見從河面上傳來恐怖叫聲。這叫聲彷彿就是一種魔音般的鳴唱，一種完全聽不懂的詭異歌調。

等到看向聲音源頭，那個大家背部所憑恃的河流屏障，河面上竟然出現形狀看起來很像獨木舟的小船。船上或站或坐，滿滿都是全身塗白的食人蕃，各個手持長矛、弓箭或長刀，船邊的人努力拿槳划著，目視下來恐怕接近十五人。

令人驚嚇的還不僅止於此，這小船好似綿延不絕，一共接連來了八艘。算起來這食人蕃大軍，恐怕遠遠超過百人。

「混蛋！」

「畜生！」

在一片混亂的罵聲之中，所有日本士兵全都迅速起身進入備戰狀態。

「砰轟！」

不知道是誰，在慌亂之中，朝河面扔出了極為珍貴的手榴彈。

河面炸開了高達數尺的水花，但當水霧散去後，只見一艘小船因而傾覆，但似乎沒有任何食人蕃因此受傷。

落水的食人蕃，各個明顯深諳水性，背著弓箭、拿著長矛，照樣在湍急的河水中快速游動。

幾名士兵朝河中狂亂開槍，雖然打中了食人蕃，但開槍的這幾名士兵，卻一下又被弓箭及長矛射中，沒多久便應聲倒地。

此時就連後頭草叢堆中，原本只是靜靜死盯的那十幾名食人蕃，也配合援軍到來，一同發動總攻擊。

陳雅薈頭疼欲裂，所有畫面又進入慢動作狀態。

這次不用長島帶頭，所有日本士兵看到超過百名食人蕃的恐怖夾擊，再加上幾名同伴已在面前慘死。即便不少人手中還握有先進武器，但早就各個魂飛魄散。

一名士兵看來可能嚇到腿軟或體力耗盡，一個踉蹌後，根本爬不起來。緊接著，直接被狂奔而至的食人蕃一刀砍下。

「新幾內亞，簡直人間煉獄！」

一名士兵崩潰式地放聲哭喊，拿出手榴彈想要引爆，卻在拉開引信前一刻，就先被長矛直接插入身體。

剩下的士兵，儘管都是枯瘦如柴，但面對強大的恐懼，一個跑得比一個還快。

對他們來說，這宛如未知境界的食人蕃，絕對遠比美、澳盟軍還要恐怖太多、太多！

遇到美、澳盟軍，最壞狀況就是被亂槍打死，或被炸彈、手榴彈炸死。但落入食人蕃手中，不但會成為食物，更可能還要歷經生吞活剝的凌遲酷刑。

所有士兵全部豎起全身毛孔，通通往唯一可逃的叢林深處狂奔而去。

儘管陳雅薈已進入超能力狀態，也渾身充滿力量，但上百名勇猛無比的食人蕃，就算她再厲害，恐怕也難以一擋百。

就這樣，即便陳雅薈速度明顯比眾人快上許多，卻還是只能跟著剩下殘存的十多名逃難隊伍，一同前往叢林深處避難。

不過跑著跑著，食人蕃依舊窮追不捨，所射出的弓箭及擲出的長矛，依舊強勁精準。

眼看一把極為尖銳的長矛，就快要射中奔跑中的穎三，陳雅薈早已衝向穎三身旁拔起軍刀，接著轉身揮刀斬斷緩慢飛行的長矛，身上的軍用雨衣也跟著這些迅速動作飛舞飄起。

陳雅薈看到其他同伴也有迫切危險，也趕緊前去將飛箭或長矛一一砍落。

「不能再重蹈村正的死亡覆轍！」陳雅薈如此叮囑自己。

在陳雅薈的沿路護送下，殘餘的十多名日軍士兵，不知不覺中，被食人蕃百人大軍，追趕出叢林以外，來到了遼闊的海岸線。

見到眼前一望無際的大海，陳雅薈腦海突然有種詭異的感覺一閃而過，但卻又說不出究竟是什麼。

後頭的食人蕃追兵，將所有人逼到海岸線後，突然全停在叢林邊緣整齊排列，各個彎弓舉矛，作好隨時進攻的準備姿勢。

這殘存的十多名日軍士兵，經過這段遙遠路途的狂跑亂奔，原先身體就已虛弱無比，現在更已精疲力盡。

所有人見到已無前路，全都跌坐在沙灘上大口喘息，根本再也沒有絲毫力氣站立。

儘管如此，手中還有槍械的士兵，仍舊勉強舉槍，對準叢林邊緣的食人蓄。

——此處恐怕就是所有人的生命終點站。

在場的日軍士兵，無不如此想著。

「媽媽——媽媽——」

一名臉龐極為稚嫩的士兵，儘管依舊喘息不止，突然轉向大海放聲哭喊，而且愈哭愈喘，哭到最後癱倒在地，整張臉都已皺在一起。

其他士兵受到感染，也有幾人再也忍受不住，跟著掩面啜泣。

然而整個逃難隊伍，只剩陳雅薈舉刀挺拔站立，而身上的軍用雨衣，斗篷邊緣隨著海風飄舞。

陳雅薈儘管頭疼欲裂，卻還是努力壓抑這股劇痛，穩穩擺出劍道的中段架勢，站在所有人的最前頭。

儘管大家都看得出來，只剩陳雅薈還有體力，也只剩陳雅薈還想保護眾人。大家都不知道，這沿路上是靠陳雅薈在隊伍後頭，以超能力清除所有飛行利刃，否則早已全軍覆沒。

雖然陳雅薈的握刀姿勢相當標準，但大家光看陳雅薈那極為瘦弱的身形，恐怕一個人也難以逆轉頹勢。

長島想要努力爬起，和陳雅薈一同站在前頭。但經由多次嘗試後，依舊無法順利站起，只能繼續癱坐在地。

穎三上氣不接下氣，知道自己的軍刀又被陳雅薈撿走，但因為非常擔心擋在前頭的陳雅薈，還是非常努力斷斷續續說著：「東、東皐，不、不要逞強——」

不過陳雅薈完全沒有理會穎三的叫喚，只是死盯著前頭百名食人蓄的一舉一動。只要有任何利刃飛來，陳雅薈就會馬上前去擊落。

雙方對峙多時，食人蓄完全沒有動靜，只剩下眾人後頭的沿岸浪潮，不斷發出間歇性的拍打聲響。

「FUCKING JAPS!」

「KILL THEM ALL!」

遠方傳來一陣不懷好意的大吼聲。

陳雅薈轉頭望去，海岸沿線的遠方，竟出現了手持槍枝步行而來的美、澳盟軍士兵，數量恐有五、六十名。而更遠之處，竟還有若隱若現的盟軍船艦。

這支隊伍中，愈來愈多眼尖的盟軍士兵，發現前頭癱坐在地的日軍士兵。

幾十名盟軍士兵動作一致，紛紛迅速拿起手中槍枝瞄準，進入備戰狀態。

癱坐在地的日軍士兵，也看到逐漸逼近的盟軍，有的人已經閉上雙眼仰天而嘆，有的人乾脆「砰」的一聲直直倒下，彷彿宣告直接躺在沙灘上等死。

長島用力將蕃刀插在沙灘上，接著只是露出極為慘澹的笑容，臉上就像已經寫上「認命」兩字。

穎三的眼神相當迷惘，凝視著陳雅薈挺直的背影，還有隨風擺盪的雨衣披風。

看著看著，陳雅薈這下總算明白，原來食人蕃突然停下腳步，是因為他們早已發現遠方盟軍的蹤影。

依照過往的交手習性，這群食人蕃擅長觀察獵物或敵人，在沒有十足把握前，絕對不會躁進。

或許食人蕃也分不清楚，這些來自海岸遠方的盟軍，對於眼前這些追捕已久的人肉獵物，究竟是敵是友，因此也不敢冒然行動，

過沒多久，食人蕃紛紛將手中武器垂下，只是站在原地靜靜觀察。

面向盟軍方向的幾名日軍士兵，見到敵軍士兵如此之多，早已直接高舉雙手投降。

不過看來盟軍士兵對於日軍的投降，根本毫不領情。

「砰！砰！」

「噠——噠——噠——噠——」

「砰！砰！」

「噠——噠——噠——噠——」

陳雅薈可以清楚看見，來自海岸線遠方，所有迎面而來的子彈群。

見到遠方那些逐漸迅速逼近的盟軍，陳雅薈變得勃然大怒。

這股憤怒，甚至壓過了陳雅薈持續的劇烈頭痛。

迅速手起刀落，陳雅薈將緩慢飛來的數十顆子彈一一擊落。

儘管盟軍根本看不清楚陳雅薈的動作，只有行蹤飄盪不定的飛舞披風，不斷往來移動於日軍士兵的所在位置。

百名食人蕃大軍，依舊原地站立沒有動靜。

陳雅薈怒瞪逐漸靠近的盟軍士兵群，腦海不斷浮現陳中翔被炸彈轟炸後的慘死模樣。不僅全身後背插滿碎裂物，就連後腦杓也完全凹陷變形。

「媽，我愛妳，謝謝妳。無論如何，我永遠都愛妳，永遠都感謝妳！」

陳中翔的這段話語，言猶在耳，更讓陳雅薈怒不可遏。

一股前所未有的強大怒氣，流竄陳雅薈的全身上下。

這些人就是讓陳雅薈兒子陳中翔慘死的殺人兇手！

或許是憤怒的加乘效果，讓陳雅薈渾身充滿前所未有的力量，四周所有東西的速度，均變得更為緩慢。

如果要在一瞬間，殺光這支將近六十人的盟軍部隊，甚至是另一頭的百名食人蕃，對此刻渾身充滿力量的陳雅薈來說，恐怕並非難事。

所有逃難的日軍士兵，受到盟軍及食人蕃的夾擊，已經進入動彈不得的死棋。

如果不把這些圍住他們的敵人通通殺光，大家都是死路一條。

更何況前頭的所有盟軍士兵，都是陳雅薈的殺親死仇！

想著想著，陳雅薈一瞬間就衝向盟軍士兵的最前頭，所有盟軍士兵根本看不見陳雅薈跑去哪兒。

等到再次出現，這個面目可憎的披風惡魔，竟已近在眼前。

隱藏在披風之下的，竟是一把鋒利的日式軍刀。

最前頭的盟軍士兵，嚇到瞪大雙眼說不出話來。

陳雅薈高舉散發冷光的軍刀，怒瞪眼前的盟軍，只要運用自己熟練多年的居合道招式揮刀橫劈下去，這名最前頭的盟軍士兵，也就是兒子陳中翔的仇人們，就能瞬間人頭落地。

最前頭的盟軍士兵，見到眼前這個陳雅薈，禿髮瘦弱的嚇人模樣，宛如一具斗篷之下的惡魔骷髏。凹陷的眼窩，讓陳雅薈的怒目更為渾圓可怖。即便枯瘦如柴，卻有超乎常人的速度及力氣，還有那猶如地獄魔鬼般的猙獰神情，任誰看了直覺就想閃避。

但盟軍士兵努力躲避的動作，看在陳雅薈眼裡，卻是極為緩慢。

陳雅薈可以清楚看見，這名盟軍士兵相當年輕，湛藍的雙眸非常漂亮，卻逐漸透露出極為恐懼的眼色。

看著看著，陳雅薈想起在自己所屬年代的高中同學，那名來自德國的可愛金髮女孩。交換學生艾瑪，也擁有一樣湛藍的漂亮眼珠。

陳雅薈腦海中，出現在帛琉見過，那兩名被無情施暴及不斷哭泣的臺灣女孩，又突然浮現，在巴布亞部落所看到，那名大哭不止、極為無助的巴布亞小男孩，更還有他手中由木枝所做成的人形玩偶。

眼前的年輕盟軍士兵，流露著和臺灣女孩以及巴布亞小男孩，一樣無助、惶恐的眼神。

陳雅薈眼看軍刀就要砍向年輕盟軍士兵的脖子，腦海又突然竄出陳中翔嬰兒時期，最天真無邪的呀呀笑容。

笑著笑著，陳中翔突然又變成一名金髮碧眼的可愛嬰孩。

陳雅薈很努力說服自己，這群盟軍就是殺害自己兒子的仇敵，甚至比會殘忍吃人的食人蕃還要可惡，全部趕盡殺絕不為過。

但陳雅薈沒有殺過人，也從來沒有想過要殺人，她根本下不了手。

其實陳雅薈一點也不喜歡殺戮，就算長年修練日本劍道，練的是「劍」、修的是「道」，是不殺之「劍」及修己之「道」，老教練一再強調，絕對不是殺戮。然而有時自己也相當迷惘，自己真的喜歡練劍嗎？

團體活動及組織就是如此，一旦參加、一旦投入，還會長期持續，未必是真心喜歡那件事物的本質。更多時候，是從事這項活動所產生的友情或人情羈絆，會讓人無法輕易割捨或退出。

「我們大日本帝國，早期軍隊還很強盛時，曾經大量殘忍屠殺、虐殺澳大利亞士兵及後勤，哪天被他們其他親人尋仇射殺，也是因果輪迴的報應，自己應該認命。」

已經忘記當初是誰說過的話，突然在陳雅薈耳邊響起。

腦海中又再次浮現，陳雅薈手中抱著大約兩歲的陳中翔，騎坐在臺北市二二八公園館前路正門口，其中一座銅牛上，那個母子兩人一同合照的開心模樣。

小小陳中翔學會自己穿鞋後，雙腳竟非常不安分，踏進一旁媽媽大大的高跟鞋中，「叩、叩、叩」走著，臉上堆滿了尋獲新玩具，因而充滿喜悅的呵呵笑容。

還有陳雅薈牽著走路還不是很穩的小小陳中翔，在他的小手之中，總是緊抓著那個愛打電玩的舅舅所送，一隻非常可愛、笑口常開的「皮卡丘」玩偶，然後只要聽到四周有任何音樂節奏，都會跟著唱歌跳舞的可愛模樣。小小陳中翔很愛在臺北市大安森林公園，滑著一次又一次的溜滑梯，搖著一回又一回的盪鞦韆，那個最為真誠、最為開心的無邪模樣，讓陳雅薈更是飽受撕心裂肺之痛。

這些都是陳雅薈「本尊」所擁有的真實記憶！

而這千年詛咒，所賦予陳雅薈的超能力，恐怕真的足以毀滅所有敵人。

只要一刀一刀砍下去，所有的仇恨就能結束！

眼前的年輕盟軍士兵，即便人高馬大，但湛藍眼眸中所滿布的恐懼，絲毫無法掩飾。

但眼前的他，是投下炸彈的盟軍士兵嗎？

「啊！啊！啊！」

陳雅薈思緒極度混亂，來回掙扎之間，不覺仰天長嘯。

熱淚自陳雅薈的眼眶中，潸潸流洩而下。

就在刀鋒即將削過盟軍士兵脖子之際，陳雅薈突然止住軍刀。

——一定還有別種不殺人的方法，可以解救大家！

「人類難道真的不能停止愚蠢的自相殘殺嗎？」

陳雅薈聲嘶力竭怒吼著。

淚流滿面的陳雅薈，只是咬牙思索。緊接著只見陳雅薈猛力一揮，將這名年輕士兵手上的步槍斬斷，而後又把一旁士兵的手中武器砍斷。所有站在部隊第一排的盟軍士兵，槍枝全都瞬間斷裂。

陳雅薈發現，並非穎三這把軍刀韌性堅固，而是在她揮刀之際，似乎也將自己渾身充滿的氣力灌注刀身。否則這些堅硬的槍枝，不可能那麼容易一刀兩斷。

就在這些士兵手足無措之際，又看到陳雅薈宛如披著斗篷的鬼影，早已回到那群癱坐在地的日軍士兵身旁。

「FUCKING SUPER SOILDER!」

盟軍士兵原以為只是自己錯覺，但手中的槍枝確實已經斷裂，不覺大聲驚呼。

更後頭的幾名盟軍，由於手上槍枝還是完好如初，跑到部隊最前頭，瞄準前方的陳雅薈連開幾槍。只見陳雅薈迅速揮舞軍刀，但沒有任何一顆子彈打中目標。

「CEASE FIRE! CEASE FIRE!」

一名盟軍軍官大聲喊著，接著伸手指向遠方某處。

「They have another enemy!」

盟軍士兵們朝著軍官所指方向望去，這才看到更遠之處的叢林邊緣，有著上百名全身塗白的原住民，各個手持兵器，躲在密林之中。

「FUCKING!」

「LET THEM DIE! LET THEM DIE!」

盟軍發現這群日軍士兵，原來背後還有敵人，因此決定看好戲般袖手旁觀，讓這群日軍士兵自生自滅。

在看到盟軍士兵們，全都垂下槍枝站立原地，不再前進，食人蕃的表情出現微妙變化。

過了好一會兒後，站在叢林邊緣的食人蕃，又紛紛將手中武器舉起，瞄準癱坐在地的日軍士兵。

日軍士兵儘管已經放盡氣力，但全對陳雅薈看傻了眼。尤其是向來和陳雅薈比較熟識的穎三及長島，更是對眼前不斷迅速閃爍的陳雅薈身影難以置信。

「我們這種『分身』，在完成任務前，想死都很難——」

陳雅薈想起陳中翔說過的這句話。

這詛咒所賦予的超能力，就算不把眼前的敵人全滅，也絕對足以讓陳雅薈自己一人，安全逃離現場。

不過，身旁的這些同伴，又該怎麼辦呢？

如果詛咒所安排的任務，是在陳雅薈撐到日本戰敗投降回臺灣後，才能遇到自己阿公或其他祖先，以她身上的超能力，或許應該不成問題。

雖然不知道阿公究竟被派去南洋何處，但他至少日後會平安回到臺灣，不然也不會有他們這些子子孫孫。

而每次只要陳雅薈陷入危機，周遭的速度都會變慢，身上也會充滿力量，真的想故意尋死都有一定難度。

就算將來沒有穎三幫忙尋人，日後回到臺灣，已經有阿祖住在中和庄，叫作陳漢天的重要線索，應當也還是能循線找到返回臺灣的阿公陳繼敘。

拋棄這些日軍士兵，然後自己閃避嗎？

天空滿布烏雲，又快到每日降下對流大雨的時刻。

這些殘忍的食人蕃真的就那麼可惡嗎？

人類是他們的食物，是他們自出生以來就根深蒂固的自然觀念，就像猛獸也會吃人一樣。然而會獵食鳥獸的人類，不也一樣嗎？

陳雅薈看向一旁癱坐在地的日軍士兵，每個人的眼神，只有無助與心死，所能看到的只剩下絕望。

長島該死嗎？穎三該死嗎？

如果不是陳雅薈分裂穿越而來，他們應該早在先前的叢林追逐中，就已經被食人蕃全滅，成為他們的美味食物。

要是沒有陳雅薈的話，穎三和長島他們本來就會死在新幾內亞。然而陳雅薈此刻如果不想殺人，根本不可能有解救他們的方式。

一邊是把他們視為獵物的食人蕃，另一邊則是互相殺害、結怨已久的盟軍，早對他們恨之入骨。長島該死嗎？或許他身為「高砂義勇隊」，驍勇善戰，可能真的曾經殺敵無數。但身為被派上戰場的士兵，和敵對的盟軍一樣，他能不殺嗎？他若不殺就會被殺。真的該殺的，難道不是發動無情戰爭，侵略別人家園的惡徒嗎？

在這裡，陳雅薈聽到很多「高砂義勇隊」、臺籍士兵、軍伕及軍屬，確實有不少因為不同「記憶」因素，認為自己是日本人，自願選擇報效國家展現愛國情操，但仍有因為大日本帝國戰事後期吃緊，許多男丁不是直接被徵召，就是在不斷被連番遊說或各種威脅強迫手段下，被迫成為「志願軍」。更還有向來被一些日本軍人極為輕視的臺籍後勤軍伕、軍屬，在日本正規軍隊被擊潰後，又被「現地徵召」，成為臨時軍人推上前線。從來不是對外侵略者的臺灣人，也無端被捲入二次世界大戰的軸心國陣營，成為一批又一批根本不知道為何而戰、為誰而戰，直接送往戰場上的犧牲品。

像他們一些非自願派赴戰場的，根本連棋子都稱不上，充其量不過都是政治與權謀角力遊戲的陪襯點飾。只要輕輕擦拭，便來去不留痕跡。

但陳雅薈當然也很清楚，在中國戰場上，有一群濫殺平民百姓的日軍暴徒，在歐洲戰場上，也有一群屠殺猶太人的德軍暴徒。

這些令人髮指的惡行，絕對都該死！

那麼穎三真的該死嗎？陳雅薈再次問了自己。

陳雅薈很清楚，穎三是個心地善良的日本人，從沒殺過任何人，只有救人無數。甚至這些年來，穎三儘管個性沉默寡言，真的有如把自己當作妹妹般細心照顧。無論是在帛琉，或是新幾內亞，穎三一直都是如此。

然而在戰場上，沒有人會管你是不是好人，一樣都是該殺、該死的敵人。

就像陳雅薈和長島，都是臺灣人，但在盟軍眼中，所有出現在日軍陣營，就算是臺灣人或朝鮮人，在他們的認定，都是該殺的「日本鬼子」。

天空開始落下雨滴，雨勢一下便迅速加大。

在陳雅薈身後的長島及穎三，早已呆坐原地，根本連呼吸的力氣都快耗盡，完全無法動彈。而更多更多的其他士兵，已然放棄，早將手中的槍械，全都棄置沙灘上。

「咻——咻——咻——」

「咻——咻——咻——」

食人蕃還是忍不住動手了。

數十枝利箭，全都朝向陳雅薈飛了過來。

陳雅薈抬眼望去，這數十枝飛箭，劃破垂直落下的雨水前行，在大雨中的行進軌跡，依舊相當精準，全往陳雅薈身上迅速移動。陳雅薈可以選擇輕鬆閃避，但當她閃過之後，這些飛箭可能就會插進後頭的日軍士兵身上。

幾個轉身揮刀，只見陳雅薈身邊，激起了無數水花，身上斗篷更是將雨水甩出了數道水痕，而後這些利箭卻在下一瞬間，都斷裂落地。

看在盟軍眼裡，這個宛如惡魔骷髏的陳雅薈，簡直就是駭人怪物。如果不趁機和食人蕃聯手除去，之後對盟軍來說，絕對會是相當難纏的恐怖威脅。

盟軍軍官再次下令，所有盟軍士兵全都動作一致，舉槍瞄向遠方的陳雅薈。

叢林邊緣再次飛出了利刃兵器，這次除了飛箭以外，還有一根又一根的銳利長矛。

「東阜，快逃啊！妳可以輕易逃走的，根本不用管我們了！」穎三在陳雅薈後頭使力大喊。

大雨淋身的穎三，在雨聲的伴隨之下，這非常緩慢的聲音，儘管聽起來相當奇怪，但這一字一句，還是逐一傳入陳雅薈的耳中。

劇烈疼痛依舊強襲著陳雅薈，但她仍咬牙在雨中揮刀踏步。在沙灘上激起一陣又一陣的水花，又將來自食人蕃的飛行物一一擊落。

不過才剛化解一番攻勢，側邊的盟軍就已接連開槍。

「砰！砰！砰！」

「噠——噠——噠——噠——」

「砰！砰！砰！」

「噠——噠——噠——噠——」

來自兩側的合力夾擊，儘管看起來速度再慢，陳雅薈還是開始有疲於奔命的感覺。

食人蕃這頭，見到陳雅薈奔往側邊，直接毫不留情，對著癱坐在地的日軍士兵發動攻擊。

陳雅薈才剛解決盟軍的數十顆子彈，又隨即奔向另一頭抵擋飛箭及長矛。

「東阜，求求妳快逃啊！」穎三苦苦哀求著。

一旁的長島，雖然還說不出話來，但看到陳雅薈不斷揮刀守護眾人的身影，也為之動容、紅了眼眶。

盟軍士兵見側邊有隙，也轉而攻擊其他日軍士兵。

如此來回奔跑揮刀，陳雅薈在大雨之中的模糊身影，可以明顯發現，俐落的動作已有逐漸變慢的趨勢，身上軍用雨衣的擺盪幅度也愈來愈小。

打著打著，無論是盟軍的子彈，或是食人蕃的飛刃，始終無法突破陳雅薈的堅守防線。

見到陳雅薈就像惡魔一般迅速移動，兩邊的人都很清楚，這些遠距武器恐怕難以攻擊。但不知道陳雅薈究竟還身懷什麼絕技，也都不敢冒然接近。

兩方連番攻擊，陳雅薈儘管一一抵擋，疲累的狀態愈形明顯。

「東阜先生，我們已經沒救，請你自已快逃啊！」

長島經過一番努力，總算說出話來。

陳雅薈根本沒有絲毫猶豫空間，還是努力來回奔波。

驟雨持續下著，只見陳雅薈仍在槍林彈雨中努力奮鬥。

難道這個海灘就會是自己的葬身之處？

「在沒有完成『分身』任務前，很難死去——」陳中翔是這麼說的。

不過也許陳雅薈因為打破詛咒規則，沒有自行逃離，硬要救下這些應該在叢林追逐中，早已死去的穎三及長島，恐怕已有違反詛咒所訂下的條件。

「去你的詛咒！難道人類一定永遠只能互相殘殺嗎？」陳雅薈大吼著。

陳雅薈覺得好累、好累，不停來回揮舞的雙臂也早就痠痛不已，而穎三的那把軍刀也變得愈來愈沉。

不過因為久攻不下，食人蕃儘管各個身強體壯，但因為使用需要消耗體力的原始武器，攻擊力道及頻率也明顯降低，甚至百人大軍的手頭武器也已消耗大半。

「啊！」

一名日軍士兵，因為陳雅薈已無力負荷如此大範圍的移動，不幸中箭倒地。

「啊！」

另一頭有名日軍士兵，也因為陳雅薈回防不及中槍斃命。

陳雅薈覺得全身劇痛，尤其是頭部更像快要炸裂般的持續疼痛。

「嗯——」

這次是陳雅薈自己也身中一箭，但她還是忍住痛楚繼續奮戰。

由於邊緣的日軍士兵陸續中槍中箭，使得守護範圍縮小，讓陳雅薈更能專心移防。

她最想守護的，還是身後的穎三及村正的好友長島。

儘管食人蕃的攻勢明顯變弱，然而看在盟軍眼裡，陳雅薈真的太過危險。

如此駭人怪物，非除不可！

盟軍一名手持火箭筒的士兵，已在隊伍最前頭半蹲半跪，緊盯陳雅薈的出沒位置不停左右擺動。

就在下一瞬間，火箭炮筆直朝向陳雅薈所在位置發射過去。

「NO!」

一名盟軍的年輕士兵高聲喊著。

火箭炮朝目標炸裂以後，在沙灘炸起一片高達數尺的塵土。

待塵霧散去後，眼前所見，仍是陳雅薈那骷髏般的身形，依舊屹立原地。

不過滿身是血的陳雅薈，改以右手單手持刀。而身上的軍用雨衣左半邊變得明顯破損。再仔細一看，這才發現原本藏在斗篷之中的左臂早已消失不見，斷臂之處還不停滴著鮮血。

「噠——噠——噠——噠——」

先前高喊的那名年輕盟軍士兵，朝天空連開數槍。

「Stop! I said stop! Now, you see? He doesn't try to fight us. All he does is protect his men. There is no need to fire!」

這名年輕盟軍士兵高聲喊著，湛藍的雙眼，早已被淚水所盤踞。

其他盟軍士兵聽見以後，也漸漸垂下手中武器，而帶頭的軍官竟也沒有阻止的意思。

陳雅薈大口大口喘息，依舊單手提刀擺好架勢，身後僅剩下不到五名存活的日軍士兵。

即便陳雅薈已經非常努力，甚至犧牲了一隻左臂，卻還是難以阻擋如此強大的火箭炮。

保護長島及穎三安然無恙，恐怕已經是她最大的極限。

長島看到陳雅薈儘管渾身是血，甚至斷了左臂，依舊還是守護他們，早已哭到泣不成聲，而穎三則是強忍淚水。

不僅是身上的軍用雨衣，陳雅薈的自身衣物經由轟炸，也已有些殘破不堪。

原本擺放在上衣口袋中的小筆記本也掉了出來。

「身體髮膚，受之父母，不敢毀傷，孝之始也。」

這句《孝經・開宗明義章》經典字詞，是大家從小就一直被教導及告誡的至理名言。

陳雅薈當然知道隨著時代的進步，頭髮並沒有關係，但自己的左手臂現在卻已被炸斷。除了肉體疼痛外，即便知道自己不過是個「分身」，但陳雅薈的內心深處，還是深深感到對不起父母的沉痛傷悲。內心的悲傷甚於肉體的痛楚，陳雅薈的淚水，又不自覺在眼眶內打轉。

儘管覺得全身好累、好累，傷口好痛、好痛，陳雅薈還是努力撐著。

不能倒下！只要一倒下，身後的所有人，一定會被食人蕃或盟軍殺害！

難道真的沒有任何方法可以解救大家，停止人類間的自相殘殺嗎？

瞥見自己渾身是血，陳雅薈這才猛然想起陳中翔，曾轉述自己「本尊」所跟他說過的夢境，突然有如大夢初醒般，完全明瞭了夢境的含意。

見到躺在沙灘上的小筆記本，已被炸得有些缺角，一旁還有兒子陳中翔最愛的卡通自動鉛筆，也已明顯碎裂。

但陳雅薈並不覺得難過，因為這些她所珍愛的東西，跟她自己即將面臨的命運，已經沒有太大的差別。

對流雨逐漸轉弱，不久又驟然止歇。

烏雲散去後，天空又露出耀眼的光芒。

沙灘上的小筆記本，被海風吹拂，竟剛好停在記載文字的最後一頁，那首陳雅薈一直不敢再次閱讀，即便是自己非常喜愛的新詩。

食人蕃原本被盟軍的火箭炮所懾服，因而暫時停下攻擊。但眼見盟軍又沒有動靜，開始將最後所剩不多武器全數放盡。

陳雅薈持續頭疼不已，但那股疼痛竟逐漸轉弱，而左臂的斷臂傷口，反而變得愈來愈痛。

——四周所有人的速度漸漸加速。

「咻——咻——咻——」

「咻——咻——咻——」

陳雅薈速度已經明顯跟不上飛箭，吃力打落幾支後，卻還是身中數箭。

「If there is no war, we can still play a breathtaking, head-to-head ball match together even though we have different playing styles. After the match, we can give a heartfelt embrace to each other because we admire the impressive skills showcased by the other side.」

吃力揮舞手中的軍刀，陳雅薈放聲大喊，然而抑止不住的淚水，早已劃過臉上的血痕。

「If there is no war, we can still have a cup of aromatic coffee together even though we have different choice in flavors. After the drink, we can smile to each other because we appreciate our differences in culture.」

盟軍士兵有人聽見陳雅薈的哭喊，不禁有些動容。

「If there is no war, we can stare at the same massive and magnificent ocean even though we have conflicting points of view. Under the blue sky, we can have an open-minded conversation because we hold no hard feelings toward each other.」

那名擁有漂亮湛藍眼眸的年輕盟軍士兵，聽到已經抿嘴強忍，不覺低下頭去。

「If there is no war, we can look up to the same shiny and starry night sky even though we stand on different grounds. After exchanging ideas, we can hum the same rhythm because we respect our difference in preferences.」

陳雅薈的哭喊還沒結束，雖然努力舉刀揮擊，卻因為動作變得太慢，儘管披風再次大幅飛舞飄起，但卻還是撲了個空，被食人蕃所射出的飛箭擊中。

一枝利箭深深插入陳雅薈的上半身，陳雅薈雖然看似佇立原地，但斗篷之下，卻是將握在右手中的軍刀反轉，插入沙灘之中。靠著軍刀的支撐，陳雅薈半跪在濕潤的沙灘之上撐著。

「Holly Shit! He really just want to protect everyone, including you and me!」

遠方那名擁有湛藍眼眸的年輕士兵，已經按捺不住大聲喊著。

喊著喊著，這名年輕盟軍士兵，也不禁流下熱淚。

盟軍士兵開始向半跪在地的陳雅薈靠近，眼見遠方的叢林邊緣，食人蕃依舊還是駐立原地，死盯即將成功捕獲的獵物企圖回收，沒有想要離去的意思。

眼看陳雅薈還沒倒下，幾名食人蕃又彎弓搭箭，準備再次射擊。

湛藍眼眸的年輕盟軍士兵見狀後，直接朝著叢林邊緣連開數槍，食人蕃因為遭受攻擊，也很明白盟軍士兵不好招惹，這才開始慢慢往叢林深處撤退。

陳雅薈的頭漸漸不疼了，但意識愈來愈模糊，四周早已恢復原本該有的正常速度。模糊的淚眼之中，陳雅薈彷彿見到了思念已久的阿嬤、父親、母親，以及有點煩人的弟弟。原本躺在沙灘上的小筆記本及卡通自動鉛筆，早已不見蹤影。陳中翔的幼兒身影，以及長大後的模樣，分別逐次出現眼前。而這輩子最要好的摯友殷馥華，原本已經逐漸淡忘的面孔，彷彿再次出現眼前，以她的招牌笑容迎接著自己。

看到如此清晰的殷馥華，陳雅薈非常開心，同時也知道這名好友的現身，代表自己大限已至。這段塵封往事，已經再也沒有努力壓抑的必要，終於可以和極為思念的摯友殷馥華再次見面。陳雅薈這一生最為要好、一同長大的摯友殷馥華，在二〇〇九年前往中國南京尋根之旅，途中見到有人落水，奮勇下水救人。雖然把人救起，自己卻不幸溺斃。最後一次見到好友殷馥華，就是二〇〇八年兩姊妹的帛琉之旅。闊別以後再次見面，殷馥華卻只剩下一罈骨灰，還有那本一同落水的小筆記本。

罷了，自己不過是個微不足道，本就不該存在這個年代的「分身」，這趟分裂穿越真的好累、好累！遙遠的另一個陳雅薈「本尊」，在二〇二二年已經死於新冠肺炎，結束了三十六歲的一生。陳雅薈很清楚，這一定會讓她的阿嬤、爸爸、媽媽、弟弟、先生及兒子等所有家人極度悲慟。她在自己所屬年代已經親眼看著阿公逝去，而這個年代，又親身經歷了兒子陳中翔的慘死。

「和平得來不易，人類必須好好珍惜！」

陳雅薈記得阿公常常這樣感嘆。

但人類真的會珍惜嗎？

好累、真的好累！

什麼「分身」、什麼「本尊」，還有什麼「詛咒」，真的一點都不重要了！

罷了、真的罷了！

早就已經咬牙苦撐，遠遠超過極限了！

——披風向上拂起，陳雅薈往後倒了下去。

只剩下穎三的那把軍刀，依舊筆直插在沙灘上。

天空好藍、好美。

沒有戰火和戰機的天空，真的好藍、好美。

穎三使盡所有力氣，努力爬向陳雅薈。

倒地後的陳雅薈，可以看到脖子上露出掛著的一條紅線，紅線的一端還連著一個紅色小袋子。

這正是兒子陳中翔，生前戴了將近十年，由先祖送給陳中翔的護身符。

爬著爬著，穎三哭了，口中止不住一直大聲喊著：「薈！薈！薈！」

陳雅薈第一次看到穎三大哭，而且真的哭得非常傷心。

穎三用盡殘存的所有力氣，努力爬到陳雅薈身邊。

但陳雅薈的右手即使沒了軍刀，卻有如維持著握刀的僵硬姿勢。先前握得太緊太緊，儘管緊握的手已經鬆開，但併攏半彎的四指，彷彿像個已經凍結凝固的半開拳頭。

穎三好不容易撫平了陳雅薈右手緊握軍刀的姿勢，隨即以自己的手緊緊握住陳雅薈的右手，並持續哭喊「薈」的名字。

然而陳雅薈空洞無神的雙眼，早已失去焦點，視線彷彿已經飄向遙遠、遙遠的蔚藍天空。

陳雅薈覺得穎三的手好暖、好暖，而自己的全身突然感覺好冷、好冷。

穎三在耳邊哭喊大叫「薈」的嘶吼，儘管直直刺入耳中，陳雅薈卻覺得愈來愈小聲。

慢慢地，陳雅薈什麼也聽不見了。

盟軍士兵圍了過來，發現陳雅薈已然死去，而緊握陳雅薈右手的穎三，還有後頭的長島，雖然都還活著，兩人卻都昏了過去。

湛藍眼眸的年輕盟軍士兵放聲大哭，緩緩舉起抖動不已的右手，對著陳雅薈的遺體行舉手禮。

過沒多久，所有圍著陳雅薈遺體的十多名盟軍士兵也全都跟著敬禮。

「He is such a brave boy!」

一名士兵感嘆著。

「Goddam! It's Her. A girl.!」

另一名士兵從陳雅薈破碎的上衣中，發現蹊蹺，因而如此糾正。這讓眾多盟軍士兵，聽了更為難過。

天空好藍、好美。

沒有戰火和戰機的天空，真的好藍、好美。

陳雅薈知道自己已然死去，卻突然覺得身體非常輕盈，全身無病無痛，就連光禿的頭髮，還有斷掉的左手臂，也都長了回來。

「『分身』任務完成後，就能回去！」陳中翔曾經這麼說的。

陳雅薈非常思念自己的故鄉臺灣，或許真的因為自己打破詛咒規則，在還沒完成「分身任務」前，便遭受懲罰提前死去。

即便沒有完成，不知道必須為哪位先祖犧牲的任務，但陳雅薈真的很想念爸爸、想念媽媽、想念所有家人，也想念自己的家。無論如何，都還是很想回家。

穎三，對不起，沒能一起活著回去！

原本還希望若能一起回去，不知道穎三和自己阿公可能曾有什麼過節。希望能透過自己，解開兩人之間的誤會，或許他們兩人真的曾是非常要好的朋友，這樣的彼此誤解，不知道會不會是阿公往後人生的一大缺憾。

不知道他們能不能成為像自己和殷馥華那樣，一輩子的好朋友？

然而這趟分裂穿越之旅，沒能再次見到曾在自己面前死去的阿公，也真的非常遺憾！

從地面輕輕坐起，陳雅薈發現四周都是向她敬禮的盟軍士兵。其中那名眼眸最為漂亮、哭得最為傷心的年輕士兵，她很清楚，就是她自己生前差點揮刀殺掉的大男孩。

轉頭瞥向自己的後背，雖然看不到全貌，但不知道什麼時候，竟已長了一對大大的翅膀。

陳雅薈低頭半跪在地，雙手合握置於胸前，祈禱著或許相當不切實際的世界和平。

默禱片刻，背後的翅膀開始緩緩拍動。

拍著、拍著，陳雅薈的輕盈身體，慢慢向蔚藍的天空翱翔而去。

飛啊、飛啊、飛啊！陳雅薈好想飛回自己遙遠的故鄉臺灣。

「祖靈會給我們死在異鄉的族人，安上一對翅膀，好讓我們死後可以飛回我們最摯愛的故鄉。我會向祖靈請求，也借給你們一對翅膀——」

——原來村正的話是真的，他也履行了他的諾言。

陳雅薈低頭看見穎三那把軍刀，還是靜靜插在沙灘上。軍刀刀柄及刀刃上，沾滿了鮮血。

她很清楚，上頭的紅漬，全都是自己生前所流出的鮮血。這是一把從沒殺過人的不殺之劍，甚至還多次救了很多人，最多、最多，就只有拿來開過罐頭。

然而後世看到沾染鮮血的恐怖樣貌，一定會一口咬定，這是把殺人無數的邪惡凶刀。

愈飛愈高、愈飛愈高，陳雅薈腳底下的新幾內亞島愈來愈小。

往遠方望去，已經可以看到那位於北半球，魂縈夢牽的故鄉臺灣。

遠眺歐洲大陸，可以清楚看到依舊戰火不斷，而中國大陸也是如此。

陳雅薈很清楚，這場荒謬、殘酷的第二次世界大戰，而後就會隨著兩顆慘絕人寰的原子彈，劃下慘烈的句點。

然而，到了一九四九年，會有另一場悲慘的生離死別。來自中國各省的人們，歷經錐心痛苦的骨肉分離，來到了臺灣。

而早在臺灣脫離日本殖民之後，原本滿心期待、喜迎王師的臺灣人，換來的卻是恐怖統治。

先於一九四七年，發生「二二八事件」，原以為應該比日本人還要善待自己人的「同胞」，卻對臺灣人進行大規模的血腥屠殺，從此埋下了難解的血仇。

而後的「白色恐怖」，更讓所有臺灣人必須乖乖噤聲不語。但儘管表面不能說話，所有傷痛卻早已一刀一刀，深深刺刻在內心的幽暗底淵。

歷經一次又一次的民主選舉，卻伴隨著舊恨新仇不斷翻掘、不停互轟。攪到最後，往往只是一次又一次的痛苦撕裂。

飛啊、飛啊飛，自由自在的陳雅薈，終於離美麗的故鄉臺灣愈來愈近。

但不知為何，陳雅薈俯視而下的臺灣島，一下漂向北方，一下漂向西方，一下又漂向東方。

反覆東漂西流、南推北拉，完全無法定止。如此漂泊不定，正如從沒扎根的小小浮萍。

曾被狠狠拋棄，曾被無情背叛，承載諸多撕裂慘痛與流離，這座小島早已傷痕累累。

這些都是無法改變的歷史淵源及難以扭轉的記憶傳承，卻也因為這樣錯綜複雜的愛恨情仇，造成了這座小島上紛亂無比的情感羈絆與恩怨糾結。

孤苦伶仃，宛若飄蕩在東亞間的棄子孤兒——

當風吹起時，又如風中殘絮，只能隨風擺盪、盤旋迴繞——

在蔚藍天空中自由翱翔的陳雅薈，看著看著，默默流下了既喜又悲的複雜淚水。

她並非近鄉情怯，而是她非常清楚，這個她所朝思暮想的摯愛故鄉，確實一直都是名符其實的「飄零之島」。

終章

薈哥，我終於踏上我爸爸魂縈夢牽的故鄉南京。

我的心情真的非常非常複雜。

這是我這輩子第一次來到中國，途中有遇到一名年紀相仿的可愛女生。

她聽到我從臺灣來，想都沒想，就極為熱情喚了我一聲：寶島來的「好姊妹」！

我和這名可愛女生素昧平生，雖然我們說著一樣的語言，但口音明顯不同。我知道我們從小所受的教育和被傳承的觀念也不相同，甚至應該還有很多相反之處。

她是出於什麼樣的想法，或什麼樣的印象，作出這樣的第一直覺反應。

或許她的個性本身就很熱情，或許她的作風本身就很好客。

但老實說，我當下真的非常動容，馬上回以熱淚盈眶的微笑。

薈哥，我今天心情很舒暢，但也感觸良多。

之後這趟中國之旅，會遇到什麼好玩的人，或發生什麼驚奇的事，其實我也不知道。

但我興之所至，隨意作了首新詩，還請薈哥日後看了不准取笑我，絕對不准喔：）

＊ ＊ ＊

《無聲的悲慟》

殷馥華

如果沒有戰爭，我們雖然球風不同，
還是可以一起打場轟轟烈烈的拉鋸球賽，
然後因為敬佩彼此精湛球技，
在賽後好好互相緊緊擁抱。

如果沒有戰爭，我們雖然口味不同，
還是可以一起喝杯濃郁氛芳的香醇咖啡，
然後因為相互欣賞文化差異，
在杯罄之際互投暖心微笑。

如果沒有戰爭，我們雖然觀點不同，
還是可以遠眺相同波瀾壯麗的遼闊大海，
然後因為雙方心中沒有芥蒂，
在青空之下兩人暢聊心事。

如果沒有戰爭，我們雖然位置不同，
還是可以仰望相同閃閃耀眼的滿天繁星，
然後因為你我喜惡有同有異，
在交流之後哼唱同一旋律。

我們不是聖人，也不當聖人，
所以可以愛人，也可以恨人，
但愛恨不必完全傳承。
不必因為愛恨牽連廣大的無辜百姓，
不必因為情仇犧牲眾多的兄弟姊妹。

在歷史的洪流之中，
我們每個人都渺小至極，
無足輕重到僅如滄海一粟。
然而亙古至今，渺小的我們，
所想要的微薄希望，
不過都是自由、公正與安居樂業。

這世界，可不可以告別愚蠢的人類相殘？
可不可以杜絕被瘋人所挑起的血腥戰爭？
生老病死苦，你我皆如此，不是嗎？
大家一起開開心心當朋友，不好嗎？

終章　民國七十五年（一九八六年）・臺灣・臺北市

「殷先生，麻煩了，謝謝！」

一名白衣護理人員，將一張單據，交給了一名年紀有些大的男子。

男子接過單據後，只是緊皺眉頭，一旁的同行婦女，臉色也跟著相當暗沉。

這對夫婦離開臺大醫院裡的婦產科門診部門後，兩人只是沿路沉默不語。走著走著，兩人來到了醫院某處的樓梯間，見四下無人，男子壓抑已久的情緒終於爆發：「他媽的什麼意思！什麼叫做無法生育，還不都是妳害的！」

「醫生明明就說不是我的問題！」

「你他媽的，妳是想說我有問題嗎？」男子怒不可遏。

一旁的婦女滿臉委曲，想要開口，卻還是把話吞了回去。

男子重重踹了樓梯間的牆壁吼著：「他媽的，我就是想要有小孩，是男是女都好，我殷家就是得有人傳承我的意志，都怪妳不好！」

婦女只是低下頭去沉默不語，不過男子看了更氣，眼看就要舉手打人，男子卻突然停下動作。

原來男子在樓梯間下方轉角，看到一名放在牆角的嬰孩，而且看起來很像剛出世的新生兒。

小小的嬰孩全身赤裸，身上還有若隱若現的斑斑血跡。但嬰孩不哭不鬧，男子無法確定是否受傷，急忙狂奔而下。

抱起嬰孩，這才發現嬰孩正沉沉睡著，是名相當可愛的女嬰。而身上的那些血痕，看起來確實就是才剛出生的痕跡。

男子彷彿喜獲至寶，趕緊把身上外套脫下，並將這名女嬰層層包好。

「太好了！太好了！我殷家有後人了！」男子一掃先前的憂鬱，開心叫著。

婦女一臉擔憂問著：「可這是誰家小孩，怎麼會在這裡？看起來才剛出生——」

「他媽的，妳管那麼多！會丟在這裡就是不知道哪個媽媽狠心拋棄，但這是上天賜給我殷家的至寶！」

男子將女嬰極為輕柔抱在懷裡，神情相當滿足。

「可是，要怎麼報戶口？」婦女一臉疑惑問著。

「去南投，我們去南投報戶口。當初和我一起來臺灣的老黃，在中興新村那裡當官的，一定會有辦法幫忙！」

「這樣好嗎？」

「就是這樣，我早就想好小孩的名字。不管是男、是女都可以用，就叫作『殷馥華』！」

男子說完，帶著仍在懷中沉睡的「殷馥華」快步離去，而婦女只是緊跟在後。

走著走著，這對夫婦和一名神情緊張的男子擦身而過。

男子看見那懷中的可愛嬰孩，睡臉非常甜美，還特別看了一眼。

不過匆匆一瞥後，男子還是自顧自地朝著醫院產房區的方向急忙趕路。

這名行色匆匆的男子，正是年近六十五歲的陳繼敘。

陳繼敘趕到產後病房，儘管聽見新生兒的大聲哭啼，但只見眾人面色凝重。尤其是躺在病床上的媳婦方怡寧，更是掩面而泣。

「阿爸，沒想到會變這樣。」陳義行一臉沮喪說著。

陳繼敘知道自己今天當上阿公，原本是開開心心的事，卻還是突然傳出噩耗。

一旁的妻子陳李玉鳳，懷裡抱著一名新生嬰兒不停哄著。不過這名嬰孩只是不住大哭，而且哭聲非常嘹亮。

「阿爸——」陳義行大大的一雙眼，只是強忍淚水說著。「醫生說什麼兩個異卵雙生的雙胞胎姊妹，剖腹一起出來時，兩名姊妹手牽著手，都在沉睡沒有哭泣。但其中一名嬰兒，生命跡象微弱，出生不久後就過世了。還說什麼嬰兒過世的時候，醫院電力供應剛好不穩，產房的電燈不停閃爍不止。但他們很擔心另一名小嬰兒，最後他們拉開兩姊妹緊緊牽在一起的手，剩下的小嬰兒才開始大哭不止，一直到現在還是如此。不過醫生是說小嬰兒有大哭，才比較放心——」

陳義行看向抱在自己母親陳李玉鳳懷中的小嬰兒，依舊還是放聲哭泣。

阿公陳繼敘走向妻子，並朝著小嬰兒伸出雙手。阿嬤陳李玉鳳原以為自己經驗豐富，但卻因為久哄不止，也有些不知所措。見到先生想來討抱，就像見到救兵般，一下就把小嬰兒交給陳繼敘。

就在陳繼敘抱起孫女之時，陳李玉鳳在一旁念了一句：「唉，女的，怎麼會是女的。沒關係，姊姊很會帶弟弟！」

「嘖！」陳繼敘怒瞪一眼。「都什麼時候，還講這什麼話，妳就不能安靜一點嗎？女的有什麼不好，我就是更喜歡孫女！」

雖然陳李玉鳳因為受到先生斥責，因而沒再講話。不過陳李玉鳳先前的那句話，聽在病床上的方怡寧耳裡，既無奈又痛心。原本默默流下的淚水，一下就變得更多、更急。

阿公陳繼敘抱起小孫女走著，不過小孫女還是繼續放聲大哭。

抱著抱著，小孫女揮舞的雙手，碰觸到了阿公哄弄她的手掌。阿公試著把手指頭移向小孫女，就在小孫女碰到阿公手指頭之時，哭聲突然變小。

儘管小孫女依舊看起來很像緊閉雙眼，但一下便精確抓住阿公的手指頭。

就在緊抓之後，小孫女好似抓住什麼救命浮木，原本的嚎啕大哭竟突然止住，面容一下就變得極為祥和，看起來就像瞬間安心睡去。

這下病房總算恢復寧靜，只剩下媽媽方怡寧的低聲啜泣。

陳繼敘覺得病房內氣氛有些低迷，決定抱著小孫女走出房間。搖著搖著，小孫女依舊緊抓阿公的手指頭安祥沉睡。

阿公看著小孫女的可愛睡臉，不禁露出極為滿足的笑容。

「不怕、不怕，阿公永遠都會保護妳，永遠、永遠都會保護妳！」阿公以極為輕柔的聲音說著。「阿公很喜歡『薈』這個字，『薈萃』的『薈』，就是草木茂盛、生生不息的意思。妳名字要有個『薈』字，但應該叫什麼名字呢？」

阿公想著想著不覺有些歪著頭。

「啊——」阿公突然想到自己最喜歡的臺灣經典民謠「雨夜花」，因而大叫一聲。「對了，就是『雨夜花』，妳就叫作『陳雅薈』。『雅薈』，非常好，就是『雅薈』。阿公『有』了妳這個至寶『雅薈』，就是『有』『雅薈』，跟『雨夜花』的臺語一模一樣！」

阿公輕搖懷中的小嬰兒，小小的陳雅薈，睡夢之中依舊緊緊抓著阿公的手。阿公搖著搖著，竟忘情唱起了臺灣經典民謠「雨夜花」。

雨夜花，雨夜花，受風雨吹落地，
無人看見，每日怨嗟，花謝落土不再回。

花落土，花落土，有誰人倘看顧，
無情風雨，誤阮前途，花蕊哪落欲如何。

雨無情，雨無情，無想阮的前程，
並無看顧，軟弱心性，乎阮前途失光明。

雨水滴，雨水滴，引阮入受難池，
怎樣乎阮，離葉離枝，永遠無人倘看見。

阿公唱了一遍又一遍，到最後總算暫時停下了輕柔的嗓音。

「薈，阿公跟妳說個我們兩人之間的小秘密——」阿公突然改以日語輕輕說著。「阿公雖然以前被日本人徵召派去南洋參與了二次世界大戰，很多人都誤以為阿公殺過人。阿公這輩子清清白白，從沒殺過人，只有救過人。但一些在戰場上無法救回的同伴，也是阿公一輩子的夢魘和遺憾。阿公一定會盡全力保護你們後面的世世代代，不能再有愚蠢的戰爭。戰爭只有殘酷，還有永無止境的仇恨。沒有戰火和戰機的天空，才是最藍、最美的天空！和平得來不易，人類必須好好珍惜！」

阿公看著陳雅薈的睡臉繼續說著：「阿公以前身處戰亂年代，很多事都身不由己、言不由衷，但現在可能某種程度上，或許也沒改善多少。阿公希望你們以後都不要談論政事，順應局勢當個上善若水的人就好。阿公知道每一代的經歷不同，想法也會不一樣，就算是同一代人，大家也都會有很大差異，像妳爸爸就常常聽不進阿公的話，但想想阿公自己以前也和阿祖想法不同。無論如何，大家平平安安長大最重要，阿公一生最想守護的，一直就是我們家族。阿公曾經改過日本名字，在教授的建議下，必須在戰場上裝作自己是日本人，才能保護自己、保護家人。」

小小的陳雅薈依舊緊緊抓著阿公的手，阿公愈看愈可愛。看著看著，阿公又再開口說著：「阿公曾經認識一名很勇敢、很勇敢的女生，才會想把妳的名字叫作『薈』！阿公當時要改日本名，妳的阿祖非常不能諒解，但阿公就是看過阿祖抵抗日本人吃過的大虧，所以阿公的想法就是想守護我們家族。不過阿公改的日本名，跟很多那時的臺灣人一樣，還是不想和父祖輩斷連。但日本人又說，不能直接用原本漢姓的拆字，也不能保留過去漢姓痕跡，所以阿公就取我們祖先潁川陳氏的變體，來瞞過日本人——」

阿公看著陳雅薈的睡臉又是微微一笑，過了好一會兒，再度開口輕柔說著：「對了，薈，阿公那時改的日本姓氏，只是引了些水、種了點米，再把河流稍微改了方向，就叫作『穎三』！」

寫在書後

和平得來不易，人類必須好好珍惜

※此後記因涉及小說劇情及部分謎底，建議閱畢本書故事內容後再行閱讀。

「和平得來不易，人類必須好好珍惜。」

這不但是許多親身參與二次世界大戰，從殘酷戰場活著回來老兵們的諄諄勸導，同時也是本書所想傳達及分享的一句老話。

不過人類是否真的會好好珍惜？

人們常說：「歷史可以原諒，但歷史不容遺忘。」

歷史上一樁又一樁的慘痛悲劇，到底又告訴我們後人什麼樣的重要反省與反思？

過去在國民教育的教科書上，對於臺灣二戰時期幾乎甚少著墨，也曾讓少部分人誤以為臺灣不曾遭受二次世界大戰的戰火。

隨著本土歷史的重視，也有愈來愈多臺灣二戰時期的相關史料及真實故事逐漸問世，讓我們可以更能瞭解當初這片土地上，更為接近還原真相的真實樣貌。

在《飄零之島》的小說中，因為主角設計為如同不少現在的我們，對於過往臺灣日治時期的歷史印象有些模糊，而對於當時的人們來說，訊息也非常有限，還有許多戰時敵我雙方的不實宣傳。另外對於在戰地的一般士兵，更是資訊近乎全面封鎖。

以歷史為發想，試圖想像當時的處境及感受，透過主角之眼的所有觀察，部分歷史背景並未完全清晰說明，在書中的設計上，是以較為模糊及茫然的方式呈現。故針對那段時期的臺灣歷史背景及相關資料，一併整理及分享於後記之中。

被遺棄的臺籍日本兵

臺灣在日本殖民時期，先後約有八萬名臺籍軍人，及十二萬名臺籍軍伕、軍屬，總計約二十萬名臺籍日本兵，而戰死者約有三萬人，並有超過兩萬人下落不明。

這些臺籍日本兵的來源，有的是應募而來、名符其實的「志願兵」，有的是日方運用各種威脅騙誘手法，使人半推半就或直接強迫簽下，到後來還有只要家中有男丁就很容易被強徵的說法。這些招募或徵召過程，都可於各個臺籍日本兵的口述歷史資料中看見。

在戰爭初期，由於「軍人」一職屬於日本人專有榮耀，殖民時期被視為二等公民的臺灣人，只能擔任軍人後勤，便是所謂負責後勤戰備物資的「軍伕」及軍中處理勤務的聘僱人員「軍屬」。而因為臺灣人主要以漢人居多，和中國原本就曾經同屬清國，有一說日方不信任臺灣人，認為臺灣人有陣前倒戈的可能，因此將大部分的臺籍日本兵都送往南洋戰場，但事實上也曾有臺灣人以軍伕身分前往中國。

在歐洲戰場的日裔美國人，也有很類似的情形，美國對於種族血統也有所顧慮，在美日開戰後，所有日裔美國男性，都被歸類為敵國僑民。而後又將願意效忠美國而投入二戰的日裔美國人，主要編入四四二步兵團，送往歐洲的義大利、法國及德國戰場。另外就是擔任一些無法碰觸軍武的後勤支援如情報或翻譯，但如果要將願意效忠美國的日裔美國人送往太平洋戰場，則是絕不可能的事。

從臺籍日本兵的訪談之中，不難發現，前往戰場的前輩們，無論是後勤或是軍人，會與尚在臺灣受訓但還未出海便宣告戰爭結束的前輩們，對大日本帝國的印象大不相同。

在戰場上的臺灣後勤軍伕、軍屬，因為有些日本人抱持「內臺不平」的言行，到了戰場或許差別待遇更為嚴重，可以看見不少飽受日本正規士兵欺凌的口述回憶。當然，就如同本書故事中所探討的「記憶」議題，每個人的遭遇並不相同，因此「記憶」也會不同。不過就在日本南洋戰事吃緊以後，這些常被日本人有所輕視的臺籍日本軍伕、軍屬，有的又被「現地徵召」，一下又成為直接推上戰場的軍人。

在南太平洋戰爭中，由於大部分島嶼屬於熱帶氣候及有覆蓋茂密叢林，對於身處亞熱帶的臺灣漢人都是一種考驗，更何況是來自溫帶地區的日本人。然而諸如熱帶叢林的嚴苛環境，對於臺灣原住民的強健體魄及韌性來說，相較之下展現了極強的適應能力。就連許多將殖民地臺灣人視為「次等公民」的日本人，也不得不對臺灣原住民肅然起敬，更是普遍認為由臺灣原住民所組成的「高砂義勇隊」，不但熟知熱帶氣候與叢林，還比日本人勇敢，更是幫助許多戰敗逃難的日本軍隊，得以在嚴苛叢林環境殘存的重要關鍵。

「高砂義勇隊」的組成，主要源自日本人於臺灣霧社抗日事件中，見識過臺灣原住民的驍勇善戰及叢林生存能力，從一九四二年開始，先後派遣八次。不同於臺灣漢人主要作為後勤，「高砂義勇隊」成為可以碰觸武器的正規軍隊。而「高砂義勇隊」的招募，如同一般漢人的臺籍日本兵，有「志願」，有「半志願」，更有直接近乎強迫而被拉去的「非志願」。還有以短期後勤支援名義徵召，直到載至南洋後，突然被分發武器及推上戰場，才知道根本就是騙局的案例。

除一九四二年三月第一批約五百人送往菲律賓的「高砂義勇隊」戰事告捷、聲名大噪外，其後六次多數被遣往日軍與美澳聯軍對峙的最前線新幾內亞島。最後則是在一九四三年十月起，約有一千人送往菲律賓呂宋島，前後總計超過五千人。而送往新幾內亞戰場的「高砂義勇隊」則可能超過三千五百人，在激烈戰役中的犧牲者，則有三千多人戰死。

然而作為大日本帝國南洋戰場所相當倚重的「高砂義勇隊」，日本人在諸如新幾內亞的戰場上，於二戰結束後，曾為自己的日本戰亡士兵立碑，美、澳方也在戰場位置立碑紀念。不過在南洋戰場中所戰死的上萬名臺灣前輩們，不但不曾被人立碑記載、紀念，長期下來遭受漠視，更在無形中成為有些難以開口的禁忌。就算殘存歸來的臺籍日本兵前輩們，無論是遺族或殘存者，在爭取賠償方面，也曾有一段很長的時間，被日本政府完全漠視。就連最後所能爭取到的賠償，也和「皇民化運動」表面上所提倡的「內臺平等」大相逕庭，臺籍日本兵的補償，始終和日本人天差地遠。不僅如此，在國民政府方面，亦並未積極處理相關議題，也讓臺籍日本兵前輩們，成為同時被兩個時代政府所遺棄的一群人。

至於古戰場上的紀念碑，意旨並非宣揚為人極度詬病的侵略行為或軍國主義，而是帶有對好的事蹟加以宣揚，不好的壞事加以檢討的反省、反思意味。若能透過公允記載在各個土地上，曾經發生過什麼好事或什麼慘劇，是相當重要而意義深遠，總是希望這些歷史事件能帶給後世一些反省及反思。

而在諸如新幾內亞戰場上，曾有成千上萬的臺籍日本兵魂斷異鄉，因為不曾立碑記載，就各種訪談或相關資料顯示，看起來多數被大日本帝國無端捲入的臺籍日本兵，甚至不少前輩的心裡是極為抗拒。然而在外國人眼中這群臺灣前輩，與其他同樣被牽連、為數不少的朝鮮人，卻全都一概被視為邪惡侵略他國的「日本鬼子」，這對抱持著不同「記憶」及「想法」，甚至是被迫推上戰場犧牲的臺灣及朝鮮前輩們，或許也算是相當不公不義之事。

直到二〇〇九年，從客家人成為「新阿美族人」的人類學家蔡政良老師，因為阿美族乾爹之父「洛恩阿公」的緣故，蔡老師與乾爹及乾爹兒子，一同親自前往當年洛恩阿公身為「高砂義勇隊」一員，曾經出生入死的新幾內亞戰場。而後更是促成了臺東都蘭雕刻藝術家希巨．蘇飛老師，於二〇一三年與蔡政良老師、張也海．夏曼老師及高蘇貞瑋老師，共同前往新幾內亞，為魂斷異鄉的臺灣老前輩們，正式由臺灣人自己立下《高砂的翅膀》，這座遠置於新幾內亞島上，永遠遙望故鄉臺灣方向的感人紀念碑。

而希巨．蘇飛老師早在之前，就有另一座與高雄鋼雕藝術家劉丁讚老師，所共同創作的《飛鄉》紀念碑，坐落於臺灣高雄旗津的「戰爭與和平紀念公園」。這座紀念碑，取材於阿美族古老傳說，祖靈會為魂斷異鄉的臺灣原住民老前輩們安上翅膀，好能飛回摯愛的故鄉。這不但是意義深遠的動人創作，同時也是《飄零之島》這本書部分故事情節的重要靈感。

在此真的非常感謝如此有心的老師前輩們，對於曾被極度漠視的臺籍日本兵努力發聲。

真人真事的改編

回歸《飄零之島》這本小說，為何會在自序中提到，本書創作歷程極為漫長，又為真人真事的改編發想。除了指各段故事內容，架構於臺灣各時期的歷史背景事件外，其實還有另一段真實故事。

遙想十多年前，高齡近九十歲的阿公，因為癌症住進了臺大醫院，發現腫瘤時已是末期。從那段日子起，阿公反反覆覆進出醫院，我也開始與阿公同住就近幫忙照顧，更也時常去醫院病床過夜相伴。而自己前一次與阿公、阿嬤長時間同住，已是很小、很小的幼年回憶。

從小就時常聽到阿公述說以前被日本人徵召到南洋的故事，但都僅限於各種片段，就算聽了也不知道事件全貌。即便是阿公周遭的親人及朋友，可能也僅知道相當瑣碎的軼事。由於知道阿公時日不多，身為孫子的我，覺得有義務做一些極為重要的事，這種最後機會稍縱即逝，便下定決心要好好幫阿公整理這段珍貴的臺灣口述歷史。

當時因為已有撰寫《考場現形記》這種須以大量史料為底的長篇小說，更也因此知道蒐集及消化背景史料的曠日費時。更何況自己對於臺灣日治時期的背景資料，除了過往教科書短短幾段描述就結束的淺薄認識外，可以說是相當陌生。

但因為知道時間有限，壓力也非常大，開始自己搜尋研究及四處向人請教。經由不同朋友介紹，包含當時曾麻煩也很感謝繪製過日治時期精緻故事《北城百畫帖》的知名漫畫家AKRU老師。在這些朋友的建議下，一些當時可找到的日治時期參考書籍，尤其是臺籍日本兵的參考書單，才得以在幾天內迅速成型。

但因為這類書籍在那時還算有些冷門，儘管擬得出書單，能直接在書店買到的書竟相當有限。有些自己覺得更為重要的口述歷史書籍，如透過一般書店訂書，都需要十多天的工作時間才能收到。

考量每分每秒都很珍貴，白白浪費十多天也很可惜，後來透過電子郵件，直接聯絡中央研究院的許雪姬老師。許老師的助理得知我的情形後，非常好心讓我匯款購買直接寄送，才沒幾天，就收到了好幾本厚厚的臺籍日本兵歷史書籍。

當時由於考量時間有限，於是邊消化歷史書籍，邊開始向阿公進行訪問。在訪談的期間，由於阿公病情嚴重，也擔心太過消耗阿公的體力，每日利用晚餐後不到一小時的休息時間，進行聊天式的訪談。從一開始漫無目的閒聊及隨筆記載，到後來隨著自己相關史料愈看愈多，也逐步依據史料一同與阿公釐清整理南洋的時間軸及路線，甚至找到了究竟是遇到了哪幾場歷史戰役，而後逐步從閒聊轉變為較有系統的訪談及記錄。

即便當時迅速在短時間內消化完上千頁的史料，不過由於每個臺籍日本兵的南洋經歷並不相同，也很難看到與阿公完全相同的路線，而大部分漢族為主的臺籍日本兵，送往新幾內亞是以軍事基地拉包爾為主。因為當時自己有些日文閱讀能力，開始上網查閱大量日文資料，才有更多、更豐富的新幾內亞戰役文獻及記載。因為阿公為醫科背景，由於大日本帝國前線戰事早已吃緊，就直接以軍醫身分被徵召入伍，更因而被編入正規軍隊。出發前原本是以瘧疾等熱帶疾病研究為徵召名義，故也曾在臺北帝國大學附屬的「熱帶醫學研究所」受訓數月。直到搭上軍艦之前，大日本帝國一直都以醫學研究人員徵召，預計前往中國海南島進行熱帶疾病研究，而後實際上卻被直接送往新幾內亞戰場，行經的路線反倒是和部分「高砂義勇隊」的口述經歷非常相像。

經由連續幾十天的晚餐餐後訪談，中間阿公也歷經過危險的手術，因為身體虛弱，也曾因為往來醫院及住院而中斷幾日，最後總算一點一滴完成阿公這段二戰經歷的口述經驗初版。在這幾十天的時光之中，不僅是阿公的經歷，更是透過祖孫間的連日閒聊對談，得知更多阿公的想法與人生觀，及解開許多困擾我二十餘年的疑惑。而諸多對於二戰時期、人生經歷的反思及處事態度，彷彿就像是最後數十堂對我個人來說最為珍貴的人生歷練分享課程。

當我某日將上萬字的口述經驗簡歷初版，列印裝訂成冊分享給阿公閱讀，阿公邊看也邊指正一些誤打錯字。陪在一旁的我，可以明顯感到，阿公對於我蒐集各項中、日文史料、地圖及照片，所整理出來阿公專屬的口述經驗及人生經歷甚為感動。就連我自己這種非歷史本科系的素人，也不禁對於能在與生命倒數計時的賽跑中，短時間內消化完上千頁的中、日文史料，工作之餘還在往來醫院與住家的每日訪談中，拖著貼身照顧長輩的疲憊身心，逐步理清這段歷史時間軸及口述記錄、一步一步跨越這道當初深感難以越過的高牆，感動不已。

然而像自己這種非本科系的記錄者，還是存在非常大的缺陷，因為沒有完整臺灣歷史基礎，太多事情無法觸類旁通，只能說是相當簡單的口述記錄整理。比如阿公曾在述說「熱帶醫學研究所」受訓的那段軼事時，曾有提過「杜聰明教授」，但才疏學淺的我，當時真的完全不知道鼎鼎大名的「杜聰明教授」是誰。因為當初主要設定目標著重在新幾內亞戰場上，自己當時對於「熱帶醫學研究所」及求學過程，所蒐集的資料及理解也不是非常多。一直到阿公離世後，才偶然得知「杜聰明教授」是誰，事後再去查閱「熱帶醫學研究所」的更多史料，才發現阿公當年在「熱帶醫學研究所」受訓數月的時間點，「杜聰明教授」便是研究所專攻熱帶疾病的研究員之一，推測恐怕應該就是當時阿公在研究所內指導熱帶疾病研究的教授之一，故當年進行口述訪談之時阿公才有提到。事後回想，如果當時能探詢到更多「熱帶醫學研究所」及「杜聰明教授」的軼事，或許可以蒐羅到很多有趣的故事，但如今看來，也只能算是個缺憾。

不過當年會以素人身分急就章上陣進行口述記錄，也是有不得不如此的重要原因。當時查閱上千頁的中、日文資料之時，也一直有個很大的疑惑，以阿公的特殊經歷，竟然在臺籍日本兵的口述史中都沒有任何關於他的記載。不僅如此，翻遍當時所能找到的相關資料，後頭的行進路線，竟連類似經歷的記載也很難找到。自己從小到大，也一直很疑惑，為何都沒有歷史學者想要採訪記錄阿公的二戰經驗。

就在阿公當年閱畢我所製作口述記錄，阿公儘管開心又感動，但最後竟對我特別叮囑了一句，令我極為驚訝的話，但也解開了我長年的疑惑。那便是阿公希望這份我辛苦整理的口述資料，只在家族之內流傳就好，因為部隊番號及路線均屬「軍事機密」，所以不適合直接整份外傳。經由阿公的補充說明，我才知道，原來這麼多年來，因為有心的歷史學者們不辭辛勞，致力於填補這段空白的臺灣史，一直有在訪談臺籍日本兵。透過口述內容的不斷連結，當年南洋戰場的倖存者，不少人都會直接或間接提到阿公，也因此先後有一些歷史學者前來探訪，都非常想要製作阿公的口述歷史。不過因為阿公的想法是歷經諸多生死關頭的大風大浪，人生就是如此，就該淡泊寧靜及知足常樂，也不想出風頭，雖然對家人及好友都會分享，但對於不認識的學者們正式訪談就會婉謝。其實在翻閱一些相關資料，確實也有很多臺籍日本兵前輩，因時代因素的顧慮，會婉拒受訪，甚至即便受訪以後，也不願公開姓名。

或許因為我是孫子，而我當年除了輪流在病床旁貼身照顧起居生活外，又有心蒐集研究上千頁的中、日文資料，還和阿公一同整理當年的點點滴滴。再加上我整理出當年南洋群島各地點的中、英、日地名也相當重要，因為對我來說，自己所能找到的中文資料，幾乎都是中、英文地名，但對阿公來說，在他的記憶之中這些地名都是日文，如果沒有一一還原成當時的日文，確實難以喚起阿公正確的地名記憶。當我拿著地圖說出當年的日文地名時，阿公的記憶便能一下喚醒湧入。在諸多祖孫的共同努力之下，或許很多都是兒女輩聽過的片段，卻是阿公首次就著正確的歷史時間軸及地點，以中、日、臺語交錯，完整述說出的口述經歷。

後來在完成口述記錄初版後，阿公非常高興，甚至將他一張珍藏近七十年、古老泛黃的黑白照片親手送給了我。阿公當年以軍醫身分受召，因為屬於軍官，雖然實際上僅是醫事人員並無軍事實權，還是配與軍刀。那張照片是登上軍艦出海以前，身著軍服、佩掛軍刀所拍攝的個人照片。父親事後知道阿公特別送我那張阿公最為珍貴的照片，還忍不住跟我呢喃，身為阿公的兒子那麼多年，都沒送過他那張最為珍貴的照片，竟然是送給了孫子。雖然父親這個看似吃味的言語非常好笑，但我想，因為我辛苦製作了口述經驗，阿公當時應該真的非常感動吧！

其實阿公的南洋二戰路線紀錄，到了後頭，算是非常罕見，是一般臺灣口述歷史所看不到的，甚至可能在日本的史料中也較少見到。因為走上這條逃亡路線的近百人，在叢林中長達數月、不斷移動的逃亡，最後只有三人活著。原以為應該算是一段非常重要的臺灣口述經驗，而且因為阿公屬於軍醫，除了後頭幾經瀕死的逃難經歷外，都是一些醫療疾病、手術救人的軼事。由於阿公屬於軍官，在部隊中使用日本名，日語又很流利，曾經在被一般日本士兵詢問出身時，只是半開玩笑回答來自日本內地，但這卻讓一般日本士兵往後都一直誤以為阿公確實是來自日本的醫事軍官。也因此後來還有阿公在軍隊中，時常瞞著日本人暗助其他臺籍日本兵的一些經過。整個二戰經歷，在我看來並沒有什麼見不得人的事，不過既然阿公有這樣的希望與叮囑，我當下只能答應。

原本自己規劃，還會進行第二階段的口述經歷補強。當時後知後覺的自己正好發現，人類學家蔡政良老師有出版過阿美族「洛恩阿公」的臺籍日本兵口述歷史書籍《從都蘭到新幾內亞》，還有《從新幾內亞到臺北》的 DVD 紀錄片，準備作為之後與阿公一同觀賞及研究的新幾內亞珍貴資料。不過，阿公後來病情轉重，狀況也一直非常不好，故第二階段的資料，始終沒有機會一同觀賞。在那不久以後，阿公還是擺脫一切病痛離世。

然而因為阿公臨終前的這個約定，也曾讓我困擾很久。既知道這是相當珍貴的臺灣口述經驗，卻又因為這個祖孫約定而無法將那份資料直接分享於家族之外。後來想想，自己既然有撰寫創作小說的能力，而阿公當年的行進路線，除了最後不斷移動的叢林逃亡，所有人四散後實際地點難以考據外，其餘路線都和部分「高砂義勇隊」的口述經歷非常類似，故也已經不是什麼軍事機密。幾經思考後，決定基於阿公的真人真事經歷，以虛實交錯，及揉合其他臺籍日本兵前輩們的經驗及相關資料，加以改編發想，撰寫成為小說《飄零之島》，向大家分享這段二戰時期的南洋戰場臺灣歷史故事。

長達數十年的深深疑惑

從小由父執輩及阿公口中，就時常聽過阿公的南洋戰場極為瑣碎的片段故事，以及僅僅知道阿公曾有滿洲國的經歷。不過因為過去國立編譯館的國民教育，對於臺籍日本兵不但隻字未提，教科書上也僅以「偽滿洲國」的傀儡政權描述帶過，而以往一般民眾所能接觸的相關史料更是少之又少，總讓自己對於阿公的過去經歷，會有種說不出的矛盾與疑惑。

不過一直以為理所當然的故事片段，雖然在近三十年的歲月，儘管時常出現於祖孫對談閒聊之中，一直到阿公臨終離世前，才驚覺原來這些耳熟能詳的片段，卻是阿公不曾也不願意對家族及好友以外，尤其是學者們分享的內容。

到了後來漸漸長大，知道阿公經歷過的戰爭有多血腥、殘酷，甚至因為小時候也曾看過阿公佩戴日本軍刀的照片，再加上國民教育對於這段臺灣歷史完全以空白的方式呈現，又在學校老師教學中，聽聞過二戰時期的日軍，在中國東北曾有７３１部隊大量泯滅人性、令人髮指的活體實驗惡行。而自己的阿公不但曾去過滿洲國，又有醫科背景，學生時代搞不清楚狀況的自己，不免曾經出現過恐怖聯想，會不會這些去過滿洲國的臺籍日本兵或臺籍醫科學生們，也是電視、電影中，看過二戰時期恐怖殘忍的「日本鬼子」一份子。

雖然因為阿公年少時接受日式教育，對於兒女輩的行事風格，會有非常嚴厲之處。不過自有記憶以來，因為阿公一直都是對孫子輩掛滿慈祥笑容，自己幾乎不曾感受過阿公的日式嚴格教育。對於自己學生時期曾有這樣的恐怖聯想，有時也會覺得自己既好笑又奇怪。畢竟那些犯下惡行的暴徒，除了少數逃脫審判的日本人，絕大部分都有受到制裁，以及就算有人再怎麼否認罪行也無法逃避的良心苛責。

後來因為慢慢將阿公的片段故事組合整理，相關可以參照時間軸的史料也愈來愈多，一知半解的自己，才漸漸知道阿公的滿洲國經歷，僅是去滿洲醫科大學就讀的臺籍學生，而當初更是透過與大家一同競爭的考試，才好不容易考上的醫科教育機會。在當時臺灣人對於不少帶有優越感的日本人，那些差別統治也是非常不服，可以從許多口述歷史看到，有不少臺灣少年為了爭一口氣，而與日本人在校園中展開各項競爭與不服輸的優異表現。

經由這些史料的查證，才發現阿公的滿洲國求學期間，與731部隊時間軸幾乎完全錯開。瞭解當時歷史背景及參照其他滿洲國醫科大學的臺籍學生經驗，再加上日本人或許始終對於臺灣人有種族疑慮，幾乎不大敢讓臺灣人直接去碰觸會和中國產生矛盾的事，這才確認臺灣人與日本軍方視為極高機密的731部隊暴行沒有關連，也算是鬆了一口氣。

然而當自己愈來愈懂事，也接觸到愈來愈多描寫二次世界大戰的電影或故事，反倒出現另一項深深疑惑，長年下來卻又一直難以開口詢問。

既然阿公當年被日本人徵召直接送往戰場，被迫參與了二次世界大戰，自己雖然只是看過電影中的激烈場景，都是一幕幕令人震驚的血腥畫面，那麼阿公是否曾經在戰場上殺過人呢？電影中的軍醫，手中沒有武器，最大特色就是紅十字臂章，要面對及處理的都是斷肢殘軀。不過因為過往沒有查閱相關歷史資料，一直不明白阿公身為軍醫，手中握的應該是救人手術刀，為何老舊照片上卻是握著日本軍刀。這真的很難不和過往國立編譯館歷史課本上「南京大屠殺」，那張斬殺無辜平民的日本軍官照片有所聯想。當然，身為臺灣人，就種族上正常來說，應該也不會願意參與日本軍隊屠殺中國人的暴行，這也是日本人對於臺灣人始終抱有疑慮之處。

不過因為阿公派赴新幾內亞，面對的是美澳盟軍，手邊有著日本軍刀，而在殘酷的戰場上，因為日軍彈盡糧絕，人吃人的情景時有所聞。最恐怖的，則是阿公叢林逃難路線的最後階段，整個沿路不斷更換及集結的上百人，遇到了新幾內亞島上的「食人族」，而被「食人族」盯上沿路跟蹤，之後一個又一個同伴接連被「食人族」活抓宰殺成為食物。經過與上百名「食人族」長達數週的多次大戰與逃難，互殺到最後，倖存者僅剩三人。原以為已經窮途末路，恐怕難逃一死，最後卻是在巴布亞人的救助及護送下，獻給盟軍成為俘虜，而後送往澳大利亞俘虜營，這才脫離了宛如地獄般的叢林逃難，那時距離日本戰敗投降還有一年的時間。

在這樣的艱困環境之中，日本軍刀因為曾被軍隊交代屬於軍官榮耀，絕對不能丟失，始終握有軍刀的阿公，就算是軍醫，難道真的不曾殺過人，或是吃過人肉嗎？

一直以來，我始終懷著這樣的深深疑惑，但一想到在此絕境，若曾因此殺敵或吃過人肉，也是逼不得已之事。難道因為阿公曾被推上戰場，因而殺過敵人，或因身處絕境，吃過人肉，阿公就會因此不愛我，或是我就會因此鄙視，或甚至不愛和我血脈相連的阿公嗎？

這個問題想都不用想，答案相當肯定，我還是會很敬愛及感謝我的阿公。畢竟沒有阿公，也不可能會有我的父親，以及後來的我。

我曾經一直思考，假如我的直系先祖之中，曾出現過大壞蛋，身為後代的我，又該如何自處？想了很久，最終當然也僅能想到：「我依舊還是我。」

如果真是如此，若一再聽到旁人咒罵先祖，任誰第一反應都會非常難過，甚至出於身而為人的天性，會直覺想要否認或防衛。但若被龐大的眾人不斷咒罵，靜下心來想想，或許事出必有因，甚至恐怕確實先祖就是有違反人性的重大錯誤。後世子孫若要坦然自處，儘管遠祖之事或已難以查明，但還是得自己好好檢視，無論是真實抑或被塑造出來的先祖行為，然後當然也不能認同先祖的錯誤部分，而後更該以自己的言行，來證明自己與先祖的錯誤完全不同。

同樣的，來自好人好事，對於地方或國家有極大貢獻的後代繼承者，是不是也該證明自己可以和先祖一樣，為地方或國家無私奉獻。否則再怎麼樣的光榮事蹟，都是屬於先祖或前輩的榮耀，後世若無法承繼發揚，甚至是走向歪路，恐怕只會成為更強烈的對比與諷刺。

即便思考至此，但人是感情的動物，似乎言行上也很難如此直接將理性與感性一刀兩斷。自己也曾在棒球推理小說《國球的眼淚》的續作《台灣好「棒一！」》中，以故事的方式探討過類似的議題，書中有著相同境遇的人物們，卻有著截然不同的反應。而主角最後在這樣的陰影之下，勇敢活出了自己的價值。

不過，那畢竟也只是個人所創作的棒球故事，現實中的人們又該如何自處？過往只要一想到阿公若是真的不得已在戰場上殺過人，甚至吃過人肉，對他來說，一定是極為痛苦的回憶，故即便自己長年有著這樣的疑惑，也始終不敢開口詢問這種殘忍問題。

然而好在自己當年有扛下與時間賽跑的口述記錄任務，經由最後數十堂阿公的人生分享課程，總算一解這些長年疑惑。原來阿公在戰場上不但不曾殺人，基於軍醫職責還要不停救人，即便自己的專長及後頭所受的主要訓練是熱帶疾病研究，但在新幾內亞戰地上，因為先後被派遣至當地的臺籍軍醫，與日本人相比，普遍擁有更快速俐落的手術動作，因此都成為戰地中的外科手術醫生。阿公自己也曾在戰地被傳染過瘧疾，因為醫療資源缺乏，還險些撐不住。後頭的叢林逃難，即便阿公離開臺灣前，也曾受過基礎軍事訓練，但對於文官軍醫來說，逃都來不及，更不可能會有想與任何敵人對峙的念頭。

而那把配給軍官的日本軍刀，因為阿公既不曾練過劍術，也沒有武術基礎，就只是一把裝飾用的軍官象徵。因為被叮囑過不能丟失，即便在叢林中長達數月的逃亡，也不敢將顯得有些累贅的軍刀丟棄。不過這把片刻不離身的軍刀，對於不會劍術的文官來說，在叢林逃難中還有個不錯的唯一用途，就是在缺水口渴及飢餓時，拿來剖椰子取汁解渴及挖肉止餓。這把隨身攜帶的剖椰子神器，一直到阿公最後被巴布亞人獻給盟軍，成為俘虜後才被沒收。

至於吃人肉的疑惑，也在一系列的訪談中得知，長達數月的叢林逃難，阿公對於其他同伴所抓到不知名動物或是蟒蛇的肉都不敢吃，完全都是吃草葉和各種植物過活。但也因為營養極度不良，身體出了不少問題，之後幾乎是在皮包骨的瀕死狀態中逃亡，頭髮到後來也全部掉光。

雖然經由完整訪談，解開了長達數十年的一些疑惑，不過卻也因此更能想像阿公的逃難過程，不斷眼見同伴病倒、餓死或是被殺，身為軍醫又因為醫療用品早已耗盡，完全無能為力，並又需要時常與滿地屍體相伴，這些都是極為煎熬與痛苦的回憶，可能也是其他臺籍日本兵前輩，無論是否活著回來的類似經歷。自己也因此更能理解，為何阿公直到臨終前，長達數十年的所有物質生活，在我的印象中都是極為惜物與簡約。

那些還不及親口確認及當面討論的相關資料

雖然從小就時常聽過阿公最後逃離「食人族」追擊與對峙的片段，年幼時完全搞不清楚歷史背景，一下美國盟軍，一下又是「食人族」，偶爾會覺得半信半疑。對於人類會以同類作為食物有些不可思議，聽起來更像童話故事中的妖魔鬼怪，想想可能會是大人騙小孩的鬼故事。但在完整釐清口述記錄與佐證資料後，新幾內亞島確實一直存在「食人族」，更證實了這段經歷的真實性。

在阿公離世後，自己又去查詢更多新幾內亞的「食人族」資料。新幾內亞因為種族及部落眾多，目前已知至少有八百個以上的不同部族，即便至今，熱帶叢林內恐怕可能都還有人煙杳至之處，故也常被稱為地球最後的秘境。而新幾內亞的「食人族」，一直到二次世界大戰結束的多年以後，才逐漸改變吃人的習慣。在「食人族」沿襲下來的「記憶傳承」中，有一說吃掉敵人是一種獲得與敵人對戰力量的來源，還有一說則是藉由吃掉死去的人類來對付邪靈惡魔避禍，或是生食親屬遺體視為追思親人的部落習俗。

因為新幾內亞島上族群眾多，仍有許多未知領域，雖然不知道阿公當初逃難所遇到的「食人族」，是否就是後來科學家及人類學家所報導揭露，具有食人傳統的科羅威人（Korowai），不過自己從小就對阿公常常提起當年在新幾內亞遇到的「食人族」印象非常深刻。

阿公口述中的「食人族」，在叢林逃難的後期，原先都只是在叢林中遠遠觀察逃難隊伍，還會不時露出詭異的笑容，而這些「食人族」的眼白，很多都是看似充血的暗紅。

從小因為這樣有點不像人類的描述，聽起來很像童話故事「桃太郎」裡的魔鬼，細思下來有些詭異，才會曾經短暫懷疑。但在查詢更多資料後才發現，普遍出現在「食人族」的一種特殊疾病，便是朊毒體所引發的庫魯病（Kuru）。這種無法治癒的傳染病，是由人吃人所引起，人類在吃到帶有病體的腦髓後，食用者也會受到感染而入侵腦部，這種疾病的潛伏期更會長達十年以上。受感染者會逐步出現許多自己無法控制的病況，其中無法抑止的詭笑，就是最大的病徵，而後經過很長一段時間，又會一再惡化，甚至無法控制大小便。到最後旁人看起來，就像是在自我的便溺失禁中大笑而死，在尚未發現庫魯病成因之前，都會以為是中邪身亡，因此又被稱為「笑死病」。

庫魯病一直到一九五七年，才由美國籍的科學家丹尼爾・卡爾頓・蓋杜謝克（Daniel Carleton

Gajdusek），深入新幾內亞仍有食人傳統的法雷部落進行研究，才逐步發現這種在當地被視為邪靈詛咒的諸多疑點。直到一九七六年，除了丹尼爾・卡爾頓・蓋杜謝克以外，另一位同樣也致力於庫魯病研究的是美國籍科學家巴魯克・塞繆爾・布隆伯格（Baruch Samuel Blumberg），由於兩人對於庫魯病的重大貢獻，共同獲得當年的「諾貝爾生理醫學獎」。

當然，因為這些事證自己是在阿公離世後才查詢到的，不過由於阿公一直沒有使用電腦及網路，也查詢不到這些後來才陸續出現的相關資料。儘管當年阿公親眼看到沿路追蹤的那一大群「食人族」，究竟露出的詭笑及暗紅充血的眼白，是否和長期吃人的「庫魯病」有關，或是僅為「食人族」見到獵物而難以壓抑的欣喜，如今也很難加以查證。不過，個人覺得如以科學角度解釋，恐怕「庫魯病」會是其中一種相當合理的可能解釋。

另一個疑惑，反而是在阿公離世後，開始陸續創作《飄零之島》之時，因為需要構思及處理許多細節，希望劇情背景能夠盡量貼近現實及人性，才突然浮現了一大疑問。一九四四年四月，美澳盟軍在新幾內亞島上所展開的「荷蘭迪亞戰役（Battle of Hollandia；ホーランジアの戦い）」，是大日本帝國軍隊在新幾內亞完全潰散的關鍵戰役之一。盟軍光在四月二十一日便出動大約六百架戰機進行大規模空襲，其後更是直接搶灘登陸。由於日本海軍及補給，早前已經遭受盟軍全力封鎖，在彈盡糧絕下，使日軍空有戰機及士兵，不但戰機缺油無法起飛，士兵也缺少武器。參與此戰的日軍兵力約有一萬四千名，戰死者超過一萬人。

當年身為軍醫的阿公，也在這場戰役以後，所有部隊幾乎潰散，陷入長達數月的叢林逃亡。雖然看過其他臺籍日本兵前輩，於新幾內亞戰地的口述史，一些部隊即便潰敗，還是在軍官的帶領下，相當有組織逃至深山中躲藏，甚至有的還能對盟軍進行游擊突襲。還有一些部隊軍官下達「現地自活」命令，有的則是「全員玉碎」，原地自盡或向盟軍發動自殺式反擊。不過當年的「荷蘭迪亞戰役」，算是盟軍在新幾內亞之戰中，所發動可算是最大規模的總攻擊，阿公當時能逃難躲過盟軍綿延不絕的猛烈空襲及機槍掃射，已是天大奇蹟，並直呼這一切都是神明的保庇。但經由如此猛烈的攻擊，逃向叢林的近百名殘存者，都已潰不成軍，來自各個部隊的逃難者，幾乎誰也不認識誰。

自己後來創作《飄零之島》之時，不覺浮現了一個極大的疑惑，難道這些戰敗逃難的人群，除了極為激進的日本殉國派，就一般士兵來說，潰敗到如此離散程度，早已沒有發號司令的指揮官，更沒有「全員玉碎」的指令，可說已到了沒有「軍紀」束縛的程度。為了活命及為了遠在日本、臺灣或朝鮮的家人，這群士兵明顯已被大日本帝國拋棄，難道都不會有人想向盟軍投降嗎？更何況這些潰敗逃難的士兵，包含支援後勤的軍伕、軍屬在內，其中還有許多臺灣人及朝鮮人，對屬於非自願類型，無論是「半強迫」，或是直接被強拉上戰場者，我想內心不可能每一個人都會為了與自己不同種族的大日本帝國殉死。

不過實際上在自己所曾經搜尋閱讀的日軍資料，當然在潰敗部隊還有軍官指揮的情況下，若冒然向敵軍投降，為了維持軍紀，自己人確實也會向想投降者直接開槍射殺。也有看過其他南洋戰地的臺籍日本兵前輩口述資料，日本軍官會恐嚇他們只要向美軍投降，就會被美軍凌遲虐待致死，藉以嚇唬想投降者，果然也讓他們嚇到不敢輕易投降。但印象中卻沒看到在潰散無主的人群中，有士兵直接向盟軍投降的描述，反而全部都在叢林內死命移動逃難，而後幾乎全都失去方向。即便日本士兵對大日本帝國忠誠度再高，也有不少人因此自殺殉國，但逃難隊伍中混雜了眾多臺灣人及朝鮮人，這種情況似乎還是有些不合常理及人性。突然浮現了這樣的疑惑，自己反過來從盟軍方面的資料著手調查，也參考一些相關歷史介紹影片比對，這才發現了一大可能關鍵。

早在一九四一年十二月，大日本帝國向美國發動「珍珠港事變」後，日本一下又速迅攻向菲律賓及馬來西亞，並俘虜了七萬名英軍，其中包含一萬五千多名澳大利亞士兵。經由日軍的勞動逼迫及非人道虐待，最後澳大利亞僅剩七千餘人存活下來，這埋下了澳大利亞人痛恨日本人的起始點。

一九四二年二月，大日本帝國為了站穩在新幾內亞的控制權，直接向位於新幾內亞南方的澳大利亞本土達爾文港發動空襲。此舉為澳大利亞史上首次被外國軍隊發動的最大空襲，由於本土遭受入侵，完全激怒了所有澳大利亞人，直接要求向日軍作戰復仇。

同年三月，澳大利亞與大日本帝國開始在新幾內亞島發生激戰，日方投入約二十萬名軍力。到了一九四三年，兩軍依舊僵持不下，日軍為了報復，屠殺了新幾內亞島上，依據國際公約不能殺害的上百名澳大利亞醫護人員，再次讓澳大利亞人完全無法忍受。在美軍武器的支援下，澳大利亞進行了最為殘酷的報復反擊，由於盟軍麥克阿瑟將軍「跳島戰術」奏效，日軍送往新幾內亞的物資幾近完全斷援，也使得日方開始節節敗退。然而澳大利亞軍隊傳聞中，為了血債血還，無論日軍投降與否，一律使用大量武器射殺、砲轟，故也幾乎沒有俘虜的問題，因為完全不留活口。

一九四三年十月，澳大利亞陸軍西佛利特等三名軍人，被日軍俘虜，而後被日本軍方直接莫名下罪斬首，而斬首過程除了拉了一堆日本士兵觀看，處決西佛利特的日本軍官，竟還下令要求其他士兵替他拍照。這張殘忍不勘的照片，日後輾轉流出，更於隔年登上澳大利亞的報章雜誌。雖然還有許多盟軍軍人也遭受類似命運，但這張被認為是唯一一張留存，西方戰俘被日本軍官處決的照片，更是徹徹底底激怒了所有澳大利亞人，繼續貫徹不留任何日軍活口的軍事報復行動。傳聞中，憤怒的澳軍即便遇到同時較多日軍一起投降，也會集中後一併掃射殺害，甚至對於倒地的日軍，就算看似死屍，也會進行補槍射擊，避免留下任何活口。

一直到了後期，澳大利亞軍隊的強硬態度，才有了些許改變。不過到最後，在新幾內亞的二十萬名日軍，僅剩一萬名士兵存活下來，是二次世界大戰大日本帝國戰況最為慘烈的戰場，新幾內亞也成為倖存日本軍人口中的「人間煉獄」。當然，這其中主要還是以餓、病死者居多，但澳大利亞軍隊不接受投降及不留活口的報復猛攻，應當也是促成日軍大量餓、病死的一大原因。澳大利亞人對日本人恨之入骨，到了戰後更是嶄露無遺，不但處決大量日軍戰犯，為盟軍之最，甚至還曾要求處死日本天皇。

搜尋閱讀這些過往所不知的相關資料，不禁非常驚訝，但也更能明白，為何當時與阿公同樣在叢林內四散逃難的日軍，即便遇上聽起來更為恐怖，以「凌遲」方式追捕獵物的「食人族」，卻也沒人想向盟軍投降。因為依據阿公的口述記憶，在叢林逃難的人群中，幾乎互不交談，如果沒有開口說話，只從外觀根本分不出是否為日本人、臺灣人或朝鮮人。而這群人在盟軍的眼中，因為都是身著日本軍服的東方人，故也全都是該死的「日本鬼子」。

不過，因為這些相關資料，自己是在阿公離世後才瞭解的歷史背景，也當然沒有機會再向阿公確認。或許還原想像當時場景，身為軍醫的阿公，一般而言醫事人員比較遠離戰場最前線，在戰地的訊息幾乎都是封鎖的情況下，也未必能知道澳大利亞人與日本人間的深仇大恨。依據其他「高砂義勇隊」的口述史，同在新幾內亞戰地現場的前輩，也會出現很難釐清當時戰況的情形，在前輩的記憶中看過英軍，若依據歷史資料考據，實際上應該是和英國國旗相近的澳大利亞部隊。當然不能如此以偏概全，也可能就是純粹搞混或看錯，不過對於無故被推上戰場的臺籍日本兵前輩來說，如果就連敵人是誰，日本軍方可能也沒向一般士兵及後勤有所透露，真的不難想像有些人會出現不知為誰而戰、為何而戰的茫然痛苦。

在閱讀相關資料才恍然大悟，為何沒有看到日軍直接向盟軍投降的描述，因為向盟軍投降者，在前期恐怕都直接被澳大利亞軍隊射殺，故日軍方面也沒有人能活著說出投降的經歷。雖然在戰地訊息相當封閉，但或許日軍真的有人曾經看過同伴投降後直接被盟軍射殺的情景，故相關訊息也會在逃難士兵中散播，才會變得眾人只敢繼續在叢林中逃亡的窘境。這也是自己在《飄零之島》故事劇情中，所架構的個人推測。

在看到戰後的盟軍軍事法庭審判資料，臺籍戰犯共有九十五人遭到澳大利亞法庭判刑，其中更有二十一名臺籍戰犯判處死刑。閱讀到此處，想到阿公的口述經驗，在被俘虜後，阿公因為身為醫事軍官，又在戰地使用日本名，也歷經盟軍極為嚴格的長時間審問及調查，甚至多次以死相逼威嚇。但阿公認為清清白白沒有任何犯罪行為，如果盟軍不能明辨是非，死則死矣，故也無懼盟軍審問中的各種死亡威脅。後來經由嚴格審查，盟軍是非分明，在調查清楚阿公沒有任何犯罪行為後，對於無端被迫捲入戰事的臺灣人及朝鮮人相當善待。當然俘虜營中，還是有一些臺灣人與朝鮮人的衝突，甚至臺灣人也會和負責管理俘虜營的盟軍軍官發生爭執。不過依舊也有人性光明面，如盟軍與臺灣俘虜間，因為年輕士兵們年紀相仿，儘管言語溝通不是那麼順暢，還是逐漸在互相理解之中，交織出難得的友情。架構在這些真實事件上，也改編於《飄零之島》的劇情對話之中。

從小到大，一直以為盟軍的軍事審判，都是嚴懲無情發動戰爭及非人道虐待他國人民的日本軍閥，應該與臺灣人無關。不過查閱資料發現，其實還是有臺籍日本兵也被判刑甚至處死。就連應該看似與虐殺戰俘無關的臺籍軍醫，也有人因為日本人非人道的報復性軍令，限制所有醫療戰俘行為，盟軍最後還是以該名臺籍軍醫沒有好好治療戰俘的罪名判刑，也有臺籍軍屬在日本軍官的命令下，打了戰俘巴掌而被判刑。

細究遭到判處死刑的臺籍日本兵案例，其中有為非屬正規士兵的後勤軍屬，因為日本軍方在管理中國戰俘遇到翻譯問題，將懂得如何翻譯中、日文的臺灣軍屬調去支援。如同之前所述，由於種族關係，臺灣人在充當翻譯時，應當還是會處處暗自幫助中國戰俘。甚至也確實有曾在拉包爾的中國戰俘，倖存歸來後回憶提及，臺籍監視員或許因為是被殖民地者身不由己，也或許因為種族相同，除了相交甚歡外，亦經常給予他們很多協助。而在一些擔任戰俘監視員或翻譯的臺籍日本兵前輩口述經驗中，也有一些瞞著日本人暗助戰地華僑的經歷。不過在此案中，該名軍屬最後因為在日本軍官的命令下，以翻譯身分將中國戰俘帶往事發現場，盟軍的軍事審判認為，該名翻譯也有參與謀殺，故也和其他日本兵，一同遭到判處死刑。

在查閱相關資料之時，總不覺令人唏噓，有在戰地暗中援助華僑及中國戰俘的臺籍日本兵前輩，也有因犯罪而判刑處死者。即便遭受判刑者的比例計算下來雖屬少數，或許這當中存在冤屈的可能，但如果是罪證確鑿的惡意犯罪，到底是戰地的暴戾氛圍，讓人的善性泯滅，還是犯罪者本身就存有壓過善性的惡意？無論真相如何，這確實都是曾經在戰場發生過的軍事法庭記錄。

而在查閱相關資料之時，也有發現在一些盟軍戰俘的證詞中，覺得俘虜營的臺灣或朝鮮監視員，比日本人還要殘暴。個人在閱讀到這些相關資料時，是聯想到鄭清文老師的小說〈三腳馬〉。在〈三腳馬〉的小說之中，日治時期的主角曾吉祥，從小因生理缺陷不斷受人欺負，之後反而因為利用效忠日本警察，經由不斷藉故告發臺灣人犯罪，來發洩他的孤獨及自卑，最後也成了殘暴的警察，並不時壓迫臺灣人，比起日本警察更為兇惡。不知道在一些飽受日本士兵欺壓的臺灣及朝鮮軍伕、軍屬中，是否也有人將這份累積已久的不滿，完全發洩在更為弱勢的盟軍戰俘身上，因而出現了比日本人還要殘暴的臺灣及朝鮮監視員。這似乎也和「受虐兒往後易成為施虐者」之說，不能說相同，只能說某種程度上有些類似，即所謂的暴力行為「代間傳遞」。

而在李喬老師以訪談數十名臺籍日本兵為基礎的經典大作《寒夜三部曲—孤燈》中，也很生動描繪了在菲律賓戰地中，幫著日本人欺壓臺灣人的臺籍「三腳仔」，並提到在當時的臺灣，不管到了哪裡，都一定會有一、兩個這種令人痛惡的「三腳仔」。或許「三腳仔」出於想要攀附日本人的緣故，也想要表現給日本人看，對待臺灣人往往比日本人更為殘暴、更為可惡，這也是盟軍出現這類證詞的可能原因之一。

在阿公離世後，又閱讀了許多二戰時期的相關資料，這才更驚覺，當年阿公如果不是在機緣巧合下，為了閃避「食人族」長達數週的死命追擊，最後經由巴布亞人護送，而後獻給盟軍，才有機會接受盟軍的公平審問與調查。若非如此，恐怕真的很高機率，會被當作「日本鬼子」，在戰場上由澳大利亞人直接射殺。我想，澳大利亞人與日本人之間，在整個二戰中所累積下來的血恨血仇經過，當時身處戰場之中的阿公，無論事前事後，恐怕也未必知情。

或許這一切近乎奇蹟的經歷，在看過更多相關資料及歷史背景後，更發現是一連串機率極低的命運安排。要不是阿公曾經非常善待巴布亞人，也一直覺得時常幫忙各項事務的巴布亞小孩非常乖巧可愛，更還因此學會簡單的巴布亞語，才能在逃難的最後關頭，與巴布亞人進行簡單溝通。也因為從未作過反人類的犯罪行為，經由嚴格的審問調查後，更才有後來倖存回到故鄉臺灣的寶貴機會。這之間只要哪個環節出了一點差錯，命運一定極不相同。或許這所有的一切，套句信仰虔誠的阿公，生前時常和我述說的結論，這是神明的保庇吧！

極為錯綜複雜的中、日、臺情節

與吳濁流老師的經典名作《亞細亞的孤兒》，真可說是相見恨晚。過往因為興趣使然，最常大量閱讀的作品，幾乎都是歐、美及日本的推理小說，還有為數相當的中國及日本歷史小說。一直到阿公離世以後，才疏學淺的自己，才真正接觸了吳濁流老師的這部臺灣經典名作。

從小就從阿公、阿嬤口中，耳聞不少日本時代的片段，又在阿公離世之前，查閱大量相關史料，更與阿公一同整理口述經歷。故在此後閱讀到《亞細亞的孤兒》時，非常能夠融入及體會吳濁流老師所想表達的故事內容。在閱畢這部作品以後相當苦悶難耐，因為這恐怕真的就是阿公、阿嬤所歷經那個年代的臺灣人部分真實寫照。

另外陳千武老師以自身戰地經驗所改編的經典小說集《獵女犯》，還有李喬老師架構在數十名臺籍日本兵真實經驗的經典大作《寒夜三部曲—孤燈》，以及宋澤萊老師以臺籍日本兵父親的婆羅洲經驗，所改編的另一部臺灣太平洋戰爭經典小說〈最後的一場戰爭〉，三部作品對於當時臺灣二戰氛圍的描述內容，也和《亞細亞的孤兒》相當一致。

雖然沒有機會和阿公確認及討論《亞細亞的孤兒》等的故事內容，不過因為吳濁流老師的這部作品，當年是尚在日本殖民期間，幾乎可說是冒著死亡風險，先以日文創作，並於戰後出版，過了很久以後，才又翻譯成中文問世。我想如果《亞細亞的孤兒》的故事內容，並非當時的真實寫照，而以虛構方式醜化日本殖民時期的在臺日本人，以及同一時期臺灣人前往中國及日本遊歷經驗，恐怕這本書會很難在日本出版。

況且，在日文版《亞細亞的孤兒》的序中，日本籍的中國研究者村上知行也有描述到：「《亞細亞的孤兒》是日本據臺期間，生於臺灣、長於斯土的臺灣人所描寫紀錄性質濃厚的創作。」、「在當時，不但日本人，就連中國方面也稱他們為臺灣人，而加以歧視。這篇作品是在那時那地臺灣青年的自傳式小說，而且還是以日文構思、日文寫成的特殊文學。」、「《亞細亞的孤兒》是在這樣的臺灣環境，而且是在可怕日本人虎視眈眈之下，遠在戰時開始冒險執筆的作品，這不啻是從不容絲毫自由思想的砂礫中，萌芽而生的抵抗文學微弱幼苗。」

而在吳濁流老師的自序中提到，會寫這本小說是想給有心的日本人看看，並且留給我們後代的人知道，臺灣人在殖民時期的精神痛苦。另外序中也提到當年在臺灣擔任過皇民奉公會宣傳部部長大澤貞吉的讀後感，大澤對於臺灣在日本統治下的歪曲之苦深表同情，完全就像小說內容一樣真實。大澤雖不知道那些當初在臺灣的日本官吏，看了該書以後會有何感想，因此也甚感興趣。不過大澤對於自己也曾擔任如此官吏作風的一員，藉由閱讀該書也感受到了反省的機會。

不僅如此，因為故事內容與自己阿公口述經歷某些地方相當吻合，故自己非常相信故事內容背景的真實性。尤其當時臺灣人由清國遺民，進入日本殖民時期的各種內心掙扎，因為自己家族中的阿祖，就和《亞細亞的孤兒》的開頭故事場景，以及《寒夜三部曲—孤燈》的其中人物相當類似。

原先自己僅知道阿祖當年在地方是夙負盛名的風水師，精研卜卦及陰陽五行之術，更為地方廟宇進行開光儀式而留名碑文，在家族中也傳下幾本阿祖用毛筆撰寫，字體極為細小的風水學天書。在聽過阿公臨終前的口述經歷，才首次知道阿祖還一直有教授「漢學」。當時對於阿祖的印象也僅止於此，並沒有特別的其他想法。

直到看了《亞細亞的孤兒》之時，才不覺相當驚訝。原來阿祖在日治時期還是傳授「漢學」，並非現在開設美語補習班一樣單純，某種程度是帶有另類「反日」意識的活動，可能會像《亞細亞的孤兒》的故事描述，受到日本人，甚至是完全心向日本的臺灣人，不時投以輕蔑與刁難。查閱相關研究資料，在日治時期日本人為消滅臺灣人種族及文化意識，將「漢學」官方內容改為宣揚大和精神及日本歷史的「漢文」教材，這也引起不少持續教授「漢學」臺灣人的極度不滿。除了私授清國政府官訂教材作為對抗外，也在各地集結了維護傳統「漢學」的「詩社」。表面上即便會有一些「內臺和諧」的詩文，但骨子裡卻常常為維護傳統「漢學」及「漢文化」，而與日本人作長期的思想奮戰。

當然，因為阿祖及阿公都已不在世上，也不可能再有機會確認，阿祖是否類似研究中的這群文人意識。雖然已經無法查證當時的真實狀況，或許至少可以說，在「漢學」的源淵下，阿祖會始終保有某種程度上的「漢人」意識，並將這種意識傳承下去，也會讓阿公在耳濡目染下，產生某種程度的類似想法。但自己在《飄零之島》的作品中，是採用前述「詩社」文人反日的推論與極端的故事設定。

其實想想，在《亞細亞的孤兒》中，故事人物出現和阿祖一樣的職業，恐怕並非巧合。在清國時期，臺灣文人也相當盛行參與科舉考試。從清康熙三十三年至光緒二十九年的兩百多年間，臺灣也前後出現過三十三名文科進士，更不用說還有更多足以傳授「漢學」的一大群秀才，故在日治時期各個地方上依舊傳授「漢學」者，應該不在少數。但這個日本官方所鄙視的職業，尤其是私授非官訂的傳統「漢學」者，在當時應當收入微薄甚至容易斷炊，也可能會像《亞細亞的孤兒》劇情被迫關閉。而在李喬老師《寒夜三部曲—孤燈》中，故事人物楊火生「阿火仙」，原本也為「漢書先生」，直到被迫禁止後，以一身的漢學底子，轉職成為處理法事，可以唸誦艱難漢字經文的「和尚」。當時讀到這樣的故事內容，也覺得相當巧合，因為自己的阿祖，就是「漢學」和「風水師」並存。

閱讀《亞細亞的孤兒》以後，這才更能理解另一個相為呼應的內容，便是阿公曾跟我說過，當年會想去滿洲國，一部分原因也是對於「故國」的憧憬，另一個重要原因，則是可以依親在那邊經商的姊夫，所以才會想去帶有「故國」味的滿洲國念書。或許因為阿祖身為清國遺民下的第一代，甚至本身也算出生於清國，成年後又持續教授「漢學」，對日本人的統治可想而知可能會有些思想上的抗拒。在這樣的影響下，由於阿祖可能會比較偏向《亞細亞的孤兒》裡的「絕對派」，故來自阿祖的「記憶傳承」，也會對阿公的「記憶」造成不小的影響。所以阿公在小時候，除了學習日語及臺語外，也同時學習「漢文」及「北京話」，兒時的心中，一直希望有天能到中國遊歷。

其實阿公年幼時的這種想法，在臺灣人的滿洲國經驗研究中，也不算少見。由於在日本殖民時期的臺灣，「內臺不平」是時有所聞的現象，在當時的臺灣，諸如從事相同的職業項目或工作內容，臺灣人和日本人的薪資明顯就有差異。

在滿洲國因為強調「五族協和」，無論動機是否出於日本的政治宣傳目的，臺灣人至少在滿洲國就像被視為內地人般，能與日本人平起平坐，領有相同的薪資與待遇。也因此，在不想被日本人差別待遇，也想為臺灣人爭一口氣，更因為滿洲國帶有「故國」味，因而成為當時許多臺灣年輕人想要前往打拚的夢想之地。

除此之外，在阿公被徵召入伍下部隊後所改的日本名，雖然僅在部隊中使用，也特別和我解釋取自遠祖所在的哪個地名，就是希望即便易名換姓，也不要與遠祖脫離關係。事後查閱日治時期的相關研究資料，當時日本人為了希望臺灣人能徹底與「故國」斷連，嚴格限制直接採用原姓拆字的改名方式。不過大部分不希望與「故國」脫離關係的臺灣人，還是取自許多和中國遠祖相關的地名，來瞞過日本人的限制。

或許對於我們追求便捷、迅速、從簡的現代人來說，可能愈來愈難理解，不過在當時，慎終追遠的祖先觀念，即便並非所有家族皆是如此，但普遍而言，愈是往前的世代，此類觀念會愈為深重，這恐怕會是往後不同想法的年輕新世代，很難理解之事。當年不少臺灣人會對此出現抗拒心態，其實也不難想像，即便是現今社會，突然要一個人改名易姓，而且必須改成與父母或自己毫無血親、姻親關聯的姓氏，相當於直接要與父祖輩，甚至是母親那頭完全斷連。

因此對於那時許多臺灣人，無論基於何種因素，若需要改為和名，尤其對於非屬所有家庭成員一同改名，而是個人改名者來說，先不論是否有與遠祖斷連的掙扎，最直接的衝擊，就是不願和自己的父母親、祖父母等一同長期生活及伴隨成長的血脈，在姓氏上完全斷絕，自然而然所會出現的直覺想法與抗拒心理，這種反應確實相當合情合理。

而另一方面，一八九五年清國依據「馬關條約」，將臺灣割讓給日本，在臺灣的清國遺民，幾乎是對漢人來說人人無法接受的噩耗。當時臺灣出身的官員，更曾聯名上書北京：「臺人驟聞之，若午夜暴聞轟雷，驚駭無人色，奔走相告，聚哭於市中，夜以繼日，哭聲達於四野。」當然，這並不能證明當時所有臺灣人的想法均是如此，但對於異族統治的抗拒，更展現在後續許多臺灣人的流血抗日行動之中，故此說法應該還是相當有其真實性及代表性。

有的家族因為不想受日本人統治，若有能力移動，會選擇渡海遷往距離最近的福建，但也有支系基於不同原因留在臺灣，故也形成許多同一家族，分居兩地的情形。在這種型態的家族中，會在日治時期很可能屬於「絕對派」，也是相當可以理解之事。

然而依據《亞細亞的孤兒》的故事內容，因為創作者吳濁流老師，幾乎可說是架構在自身前往中國遊歷的經驗加以改編，而日本籍的中國研究者村上知行，在該書的序中也有提到。在那時的中國，以及日本內地，當中國人遇到臺灣人時，無論是在中日開戰前夕或是開戰以後，往往會因為臺灣屬於日本殖民地，而容易將臺灣人視為日本人的間諜或走狗，部分中國人更會對臺灣人極度排斥及厭惡，也讓許多海外臺灣人，不得不選擇隱藏這個難以開口的臺灣出身。

其實不難想像，對當時的中國人來說，看到臺灣人會說流利日語，也能和敵國的日本人溝通無礙。無論是為了取得皇民地位往上攀爬或想要積極發展的「妥協派」，或是僅為養家餬口度日的「超然派」及持續反日的「絕對派」，看在中國人的眼裡，都是在日本人統治下的臺灣人，心中很難沒有這樣的疑慮，甚至是憤怒。但這對身在臺灣，卻是「心繫故國」，一心想要前往「故國」遊歷，甚至發展的臺灣人來說，會是非常大的打擊。這也是吳濁流老師透過《亞細亞的孤兒》這部作品，所展現出臺灣人的強烈孤兒感。

在消費者心理學中，所謂「顧客滿意度」的定義，有一說就是「現實」與「期望」的差距。當兩者的「正差距」愈大，滿意度愈高，而當兩者的「負差距」愈大，不滿意度則會急遽升高。甚至當這個「負差距」大到一定程度，或是那個「期待」醞釀愈久，任何脾氣再好的顧客，都有可能出現跳腳拍桌的直接反應。

這或許可以拿來解釋，部分滿懷「故國」期盼的臺灣人，當遊歷中國歸來以後的強大落寞。而緊接在後，因為去過中國，即便回到臺灣，反過來又會受到日本政府的起疑及監視。

同樣的「顧客滿意度」理論，也可以套用到一九四五年八月，大日本帝國戰敗投降後的臺灣人。其實在日本投降前夕，有些臺灣人早已察覺日本可能戰敗，對於即將脫離異族統治，而重歸中國懷抱充滿殷殷期待與盼望。

當然，因為在當時的臺灣，也有許多前輩出生於日本殖民的「內地延伸主義」後期，並成長於「皇民化運動」，若原生家庭屬於「超然派」或「妥協派」，在家族的「記憶傳承」中，即便日子過得再好再苦，甚至即便時常受到部分日本人輕視或欺凌，可能也不會將這些負面「記憶」，以一再強調的方式傳承下去。對於這樣的下一代來說，至少會是不排斥日本的成長環境，故很可能一出生所接受的就是日式教育及日本文化。在這樣的情況下，不少人後來前往當時「內地」日本讀書或發展，對這些前輩們的「記憶」來說，他們的內心確實會比較認同自己是日本人，尤其對孩童或少年時期就在日本求學的臺灣前輩而言更是如此。

過去在日治時期的文學作品中，對於這種類型，往往會以中「皇民化」之毒最深者來描述。但個人反覆思考及研究，若以社會學及心理學的「自我認同（self-identity）」概念及相關實驗作為參考，覺得任誰誕生及成長在這樣的環境之中，恐怕很高的機率都會是如此結果。也因此過往文學作品中以「中毒」作為描述，或許稍微有失公允，故自己在《飄零之島》中，新增了有別於「絕對派」、「超然派」及「妥協派」，另一個從「超然派」及「妥協派」所衍生出來的「天然日」，個人認為或許這樣的中性描述，會是更為貼切妥適的方式。正如在《飄零之島》故事中的某位角色，「血統」上其實屬於所謂的「本省人」，但從小在那樣的家庭環境成長下，接觸到的資訊與「記憶傳承」，也會使這名故事人物的「記憶」、思想及政治傾向，都與主角大不相同，自始至終都認為自己是所謂的「外省第二代」。這種渾然天成的思維與認知，也展現及反映在其劇情言談及行為上，這樣的故事人物設計，正是在詮釋類似「天然日」這種類型的成長過程。至於還有其他無論原先屬於何種類型，但因為受惠於日本人的臺灣人，則會對於日本人的「記憶」偏向美好，更不用說，對於臺、日通婚的家庭來說，「記憶」也會與其他臺灣人不同。

其實平心而論，我們這些「未來人」，必須好好思考，若是易地而處，自己在那樣的環境及「記憶」下，是否也會有同樣或類似的思維及行為，故也不必急著以對錯論定，因為這些都成為已然過去的歷史事實。而最重要的一個關鍵點，當時的每個臺灣人，根本沒有人能知道，臺灣會有因為日本戰敗而脫離殖民的一天。在國籍屬於大日本帝國，殖民狀態也看似難以脫離的情況下，每個臺灣人基於家族的「記憶傳承」及「親身經歷」，都會生成自己獨有的想法，這也都是難以比較的「個案」。

即便自己在《飄零之島》中的劇情，依續一脈相承的「記憶傳承」設計，所編織出來的「個案」，並不代表所有日本殖民時期臺灣人都是如此。儘管在那個時代的前輩們，可能會和我們這些後代，因為自身經歷不同而想法有異，但在《飄零之島》中屬於那個年代的人物及對話，只能說是依循一部分史料背景所設計、發想出來當時的一種樣貌。

不過無論如何，在當時臺灣的氛圍中，臺灣人對於能夠擊敗日本人的中國軍隊，充滿了極高的期盼。尤其是在日本統治下，若是曾受日本人欺侮過的臺灣人，更想喜迎比日本軍隊還強大的「王師」到來。

然而因為中國經過八年對日抗戰，物資極為缺乏，派來接收臺灣的部隊，部分軍紀又出現問題，依據不同前輩的「二二八事件」口述經驗，後續接收臺灣的部分外省官員，除了姿態非常高、作威作福以外，索賄情形也非常嚴重，可想而知都和臺灣人的期盼落差太大。因為雙方隔閡日久，又有「中日情結」及「臺日情結」的交錯影響，兩相比較之下的失望之餘，臺灣民間遂出現「狗去豬來」的感嘆，並開始不斷出現省籍衝突。

而依據「二二八國家紀念館」的研究，戰後臺灣行政長官軍政合一的集權統治，亦出現不少營私舞弊、貪贓枉法之事。再加上民生經濟物價飛漲，以為可以迎向戰後和平新時代的臺灣人，卻反過來是民眾陷入失業及飢餓的困境，種種原因下，造成了慘痛的「二二八事件」。而後續又出現抹去一切聲音的「白色恐怖」，在這些接連的歷史傷口上，為數眾多的無辜人民慘遭殺害。而一個人的無故失蹤或慘死，更代表一個家庭及家族的破碎，自此臺灣不同族群之間，也結下難以化解的仇恨。同樣都是被殘殺的慘痛經驗，但被期盼已久的「同胞」殘害之恨，可能更遠勝於被「異族」虐殺之痛，或許因為如此，更讓部分臺灣人被猛力推往懷念「前朝」的方向。

一幕幕的血腥畫面與恐怖氛圍，不難想像真的會讓當初在日治時期，屬於「心繫故國」的臺灣人，徹底絕望心死，此後選擇再也不說話。從一些臺籍日本兵前輩的口述史中，可以看見一些對於當時「二二八事件」及「白色恐怖」的回憶，以及對於後代子孫的期待。經由二戰結束後的國籍逆轉，這些曾經為日本人作事的臺籍日本兵，在屬於非自願類型，無論當初是「半強迫」的志願兵或被「強迫」徵召者，通通成為國民政府眼中的敵國舊軍人，不但在往後的國民教育課程中消失，更是近乎被迫噤聲的一群人。

在前面所提到，一些其實屬於「心繫故國」，懷抱追尋「故國」味而前往滿洲國發展的臺灣青年，許多人在滿洲國落地生根。自一九三二到一九四五年日本戰敗為止，超過五千名臺灣人前往滿洲國發展。因為國籍的逆轉，這些被視為替日本人作過事的臺灣人，就算只是普普通通，僅僅想要安居樂業的士農工商，即便也不曾幫過日本人欺壓任何漢人，反而開始容易被人不明就裡扣上「漢奸」的罵名。這些前輩們的心中苦悶，實在不難想像，而後就算返回臺灣，不少人也開始選擇沉默不語。

而那些同樣被迫消音的臺籍日本兵前輩，有的會跟家人訴說戰場軼事，有的選擇從頭到尾保持緘默，但有個明顯的共通特點，會盡量避免對外正式說出這些往事。如果遇到不得不說的場面，也會準備當時政府所能接受的「官方」版本說法。這樣的噤聲陰影，即便幾十年後臺灣社會步入民主，政府宣告「解嚴」，有的前輩仍會告誡子孫不要參與政治及批評時事。

臺灣人的分歧記憶

另外換個角度思考，不管我們喜不喜歡自己現在所處的年代，假如自己是個極度厭惡這個年代，無論是對政府、制度及文化，什麼都極度憤恨的偏激份子。有日突然天降外星人統治整個臺灣，並宣布中文、臺語全部都是舊敵人的語言，此後所有人都要使用外星語文。

好的，這確實很像日本漫畫《銀魂》的設定，但面對這樣的驟變，身為極度痛恨前政府及不認同前政府諸多行為的偏激份子，由於滿城盡是外星語及外星文字，時間一久，還是會很懷念以前生活中，尤其是成長環境中的點點滴滴。若能取得這些懷舊事物，即便再痛恨過往的統治者及成長年代，確實還是會想聽聽自己再熟悉不過的中文歌曲或觀看臺語節目。更不用說是對於前朝抱持中立或是「記憶」偏向美好者，自然更會懷念。然而這樣的行為，看在出生於外星人統治時期的新世代眼裡，即便激進份子是極度痛恨前政府之人，還是會馬上成為新世代眼中，熱愛前朝一切事物的「遺毒」，而忽略了不管在哪個朝代，都一定會有不同想法者的合理事實。

雖然這樣的極端比喻看似誇張又荒謬無理，但卻是所有臺灣前輩們，曾經歷過的驟變，而且還在五十年之間，接連反轉了兩次。一次是一八九五年清國割臺，另一次則是一九四五年臺灣脫離日本殖民。短短五十年之間，至少足以出現兩代兒女，儘管父母都會賦予子女「記憶傳承」，但由於每一世代還是會依據各自親身經歷，發展出屬於自己的「記憶」，故也開始出現相當截然不同的分歧「記憶」。在《亞細亞的孤兒》的故事中，這樣的紛亂記憶，也造成了主角胡太明掙扎到最後的悲劇結局。或許，現實中的內心掙扎還沒讓人發瘋，但臺灣前輩們五十年內歷經兩次轉換的痛苦，相信絕對會有程度不小及影響深遠的認知衝擊及內心掙扎。

其實就像自己在《飄零之島》作品中，所想試圖分享的一種個人想法，大家的「記憶」不同，除非是有人存心演戲欺騙，不然都是每個人依據「親身經歷」或「記憶傳承」，所形成的真實感受。所以當不同人的「記憶」出現不一致之時，也不必因此馬上對立或衝突。追根究柢，都和每個人的「記憶」有關，即便看似對立，如果沒有誤解或被誤導之處，還是能有同時並存的空間，或許真的不能單純以誰對誰錯加以斷定。

此外，在創作《飄零之島》後段期間，正好有前往秀威資訊拜訪，那時和伊庭經理有聊到我正在創作什麼作品。聽到我新作品內容有「高砂義勇隊」，伊庭經理毫不猶豫直接送給我一本，同樣是秀威資訊出版，由伊庭經理所編輯的《臺灣原住民口述史：泰雅族和夫與日本妻子綠》。

這本由日本菊池一隆教授所編撰的臺灣原住民口述史，包含了日本殖民時期、戰後、二二八事件、白色恐怖等的口述史，讀完後讓我有如獲至寶的感覺。這本歷史研究書籍，和我以往讀過的口述史大不相同，除了原住民觀點的特色以外，過往自己看過的口述史，大多是一篇一篇的口述記錄，或許礙於篇幅限制，也或許囿於訪談時間有限，大致上並沒有辦法從書中內容，更進一步去探究更細、更深的「記憶」形成原因。而這本菊池一隆教授的研究內容，是以同一家族為核心，經由非常多次的訪談，甚至是與受訪家族同住，從身家背景和各人物各時期的成長過程，都有詳實紀錄下來。這樣更能從書中的各項紀錄，去研究原住民觀點的「記憶」及「記憶傳承」所形成的整個脈絡。

其中有一段口述記載相當耐人尋味，一般看過的「高砂義勇隊」口述資料或學者分析，無論從許多原住民部落，戰後仍有很長一段時期通行日語，甚至老一輩的原住民前輩，對外溝通只會日語。還有從一些日本人的紀錄，均普遍認為「高砂義勇隊」，對於大日本帝國的忠誠度比起漢人高出許多，甚至日本人認為「高砂義勇隊」擁有「大和魂」，以他們能成為「皇民」為榮，也被認為是「皇民化」最為徹底的一群。

而一些「高砂義勇隊」的訪談也有類似的描述，但抱有此種想法的原住民前輩，有再特別解釋，當時覺得如果能夠因為從軍而成為忠實國民，就能從此和日本人平起平坐。看到這句話，真的會令人聯想到，過去漢人統治時期，對待原住民非常狡詐不公及惡意欺凌之事時有所聞，或許也是這樣的「記憶傳承」，讓原住民前輩更會對日本人有所期待。當然，也有研究分析，相較還會出現想和「故國」聯結的漢人，原住民前輩的語言及文化，原本就和所謂「故國」聯結不深，也因此會有更高程度的「皇民化」。

不過在《臺灣原住民口述史：泰雅族和夫與日本妻子綠》一書中，有一段「高砂義勇隊」黃新輝前輩的口述回憶。當時日本戰敗投降後，在新幾內亞戰地的「高砂義勇隊」，因為日本軍官無法相信投降訊息，以為只是盟軍擾亂作戰的勸降策略，故還持續率領部隊戰鬥一個多月。直到後來，這些日本軍官知道大日本帝國真的已經戰敗投降，因為無法接受戰敗事實，從師團長為首，後續還有許多軍曹，在高呼「天皇陛下萬歲」後，全都以槍枝或手榴彈一一自殺，而一些日本兵也跟在後頭切腹自殺。然而在場所有的「高砂義勇隊」隊員，全都沒有一人跟著自殺，因為他們很明確知道，自己沒有死的必要。

看到此處，真的覺得人心應該是相當複雜而變化莫測，恐怕不是三言兩語的訪談，或是各項事件的一隅或片段所能看透。或許需要更多時間的長期相處，也或許需要相關特殊事件突顯，才能看到同一事件更為完整的面貌。若日本人覺得「高砂義勇隊」皇民化最為徹底，其實在這些「高砂義勇隊」前輩們的心目中，是否真的打從心底認為自己是真正的「皇民」？或是所謂「皇民化」程度，在生死關頭下，還是有一定的底線，也就不得而知。更何況因為每個人的「記憶」不同，也許真的不該以「單一」或「多數」結果，來歸納同一性質的群體思想吧？

就自己所查閱到的臺籍日本兵口述史，實際征戰歸來的前輩們，就會與尚未出海征戰或仍在臺灣受訓，便宣告戰事結束的前輩們，對於日本人的「記憶」有明顯不同。自己反覆思考推敲，可能因為後者還未體驗到戰地中更為明顯，到了令人難以忍受的嚴重「內臺差異」，也可能前者在戰地的生死關頭下，對於自己身分認知還是會有不同程度的區別，更可能在戰場中親眼看過日軍對內、對外的諸多暴行，身而為人，就連日本人自己都可能出現，更何況是種族不同的臺灣人，心理上恐怕都會有難以認同的強大障礙，才會造成不同的「記憶」分歧。但其實究竟真相如何，除了人心不是三言兩語可以簡單界定外，這群前輩又曾經被迫消音，需要考量的顧忌並不算少，真的已經很難釐清。

常常在想，我們每個人只要看到二戰電影中，出現被日本人抓去蓋如死亡鐵路、桂河大橋的西方人，都還不用看到後面劇情安排的日軍暴行，我們第一眼看到這樣的畫面，就知道這些西方人好可憐。然後如果是英國殖民地電影，比如看到膚色明顯不同的印度人，在幫英國人蓋建物，這些印度人無論是領有明顯壓榨的低薪工資，或是被迫抓去勞動者，我們也一樣不用看到後面的英國人暴行，就都知道這些殖民地的次等印度人很可憐。

然而，當畫面中的勞動者，換成在戰地中幫日軍蓋建物的臺灣軍伕、軍屬，如果依據李喬老師《寒夜三部曲—孤燈》的劇情，等在臺籍軍伕、軍屬後面的，往往都是鞭子及棍棒，而依據不少臺籍軍伕、軍屬前輩的口述回憶，也是日本軍人的殘暴霸凌。當然這其中也有善待臺灣人及南洋原住民的良好日本軍官、士兵，雙方都能保有非常友善互助的戰友或夥伴關係。甚至也有日本兵因為受過幫助，而對擔任後勤的臺灣前輩心存感謝者，這些都是與前述霸凌遭遇的前輩們，同時並存而不相互矛盾的真實「記憶」。只能說以這些臺灣前輩們的口述經驗觀察，確實在當時的軍中，曾經出現不少臺灣前輩慘遭日本軍人霸凌的案例，那麼臺灣後代自己的想法又是如何？

其實還原戰爭時期，因為全體動員，所有民生百業都與非戰時期不同，很多物品會被強徵，部分職業技術人員也會被強召，簡而言之正常的工作機會大量減少。為了生計，薪資還不算低的軍伕、軍屬，也會成為找不到維生方式的年輕人工作選項。

但不可否認，林子大了，什麼鳥都有。什麼再好的組織、群體中，都會有壞人，再壞的組織、群體中，也會有好人。而在任何殖民地中，都有不服氣的被殖民者，想與帶有優越感的殖民者，在被允許的狹縫之中相互競爭，在不被允許的差別裡甚至抵抗；還有順應時局，謀求生存或發展，並追求和諧，但依舊謹言慎行，至少不會去作出欺侮他人之事。然而另一種希望藉由一味攀附統治者而想要獲取自身利益者，並不惜欺凌自己人，這才是所謂的「三腳仔」。後者的種種行為，看在其他被殖民者的眼裡，一定會非常刺眼，故也時常成為日治時期臺灣小說創作的諷刺對象，但這並不代表所有屬於真正自願投入「志願軍」或「軍伕、軍屬」行列的前輩，會是抱有這樣的動機與想法。不少「志願」投入軍伕、軍屬前輩的口述經驗，是為了家族難以維生的「家計」考量，而一些以臺灣人身分擠進「志願軍」窄門的前輩，當初動機則是想證明自己能與帶有強烈優越感的日本人平起平坐。

另外因為還有很多是誕生在「皇民化」之下的臺灣人，一出生及成長時期的所有接觸，都是日式教育及文化，即所謂的「天然日」，自然而然依循「記憶」，當然會認為自己是日本人，而理所當然選擇報效當時所屬的國家，對這些前輩們的認知而言，更是一種愛國情操的展現。雖然無法統計，而且人心也無法簡單計算，但以人性角度出發思考，在戰地中的臺灣軍伕、軍屬，無論當初是什麼方式加入後勤，對於善性的臺籍日本兵前輩來說，我想心情無奈及苦悶者，恐怕還不算少，而更多的臺籍日本兵前輩，前往南洋後，都是有去無回，也是相關家屬一輩子的沉痛。

如果我們基於人的理智及善性，是否會去訕笑或輕視類似被英國殖民壓榨的印度人？就連當年的盟軍，能在釐清這些在他們眼中，外表都很類似的東方面孔，如果發現屬於臺灣人及朝鮮人，也沒有反人類犯罪，都能明白這些人是被大日本帝國無端捲入戰爭的無辜者，也因此非常善待這些戰俘，戰後也積極處理戰俘的遣返。

反倒是當年在中國各省的臺灣人，戰後因為國民政府優先處理日本人的遣送，而使大批臺灣人留置原地無法返鄉。如前所述，因為戰時所產生極為複雜的「中日情結」及「臺日情結」交錯影響下，戰後滯留中國各省的臺灣人，因為國民政府對日本「以德報怨」的政策，長年飽受日軍暴行的中國人，確實會難以宣洩深仇大恨。而曾受日本殖民的臺灣人，此時在日本人眼中已是戰勝國的中國人，但因為當時臺灣人幾乎只會日、臺語，言行舉止對雙方語言難以溝通的中國人來說，怎麼看都像令人痛惡的「小日本人」。這群臺灣人即便不是「三腳仔」，也有人對日本殖民相當不滿或相當痛惡，更想趁著戰後痛扁殖民時期欺侮過他們的日本人，還是都成為部分中國人發洩及欺凌的對象，甚至因此客死他鄉者也不在少數。如果有讀者朋友覺得單看史料會較枯燥，李旺台老師以相關經驗訪談為基礎，所改編的經典作品《播磨丸》，即很生動描繪戰後在中國海南島，中國人、日本人及臺灣人的複雜情結，相信對於這段歷史有興趣的讀者朋友來說，會非常有幫助。

而如前所述，外國有類似被殖民經驗的後代，若看到臺灣或朝鮮軍伕、軍屬的勞動電影畫面，是否會有無法明辨的情形？或許有，或許沒有，但曾看到有人分享，自己家中長輩因為當過臺籍軍伕、軍屬，有一說在日本人的眼裡，即便軍伕、軍屬的薪資不比日本正規士兵低，但位階是在軍犬、軍馬之下，或許軍中對臺籍軍伕、軍屬的霸凌與此息息相關。也因此臺籍軍伕、軍屬的後人，被其他可能不是很明白時代背景的人訕笑、輕視，這樣對於屬於善性的臺籍軍伕、軍屬前輩是否有失公允？也許需要被撻伐及檢討的，應該是那個年代，無論在戰地或在臺灣所出現的「三腳仔」，而非屬於善性的臺籍軍伕、軍屬前輩。如果在理解當時歷史背景之後，若還是有人持續訕笑如故，或許只能說每個人的想法不同，僅能表示對於思想及言論自由的尊重。

對於已出社會工作的人來說，應該都非常明白賺錢養家的辛苦，身為殖民地被壓榨的一群，會想爭一口氣，卻也有生存及養家的經濟壓力。當年一大群臺灣前輩們，會成為戰地後勤支援，固然都有每個人不同因素。但在殖民地中，除了日本官方想極力拉攏的仕紳對象外，其餘大多還是蠻有可能被當成次等人。尤其在戰地之中的暴戾氛圍，可想而知，對臺籍日本兵前輩們來說，很多都是一段段的辛苦血淚。

不過因為耆老已然凋零，甚至更多都是一去不回，許多臺籍軍伕、軍屬的實情已經難以探詢，僅能就相關事證、留存資料及人性角度加以推測、試圖還原。但在試圖理解及想像前輩們的酸楚後，至少自己對於屬於善性的前人辛勞，是懷抱更多的感激之意。

奇幻的尋根之旅及轉折歷程

二〇二〇年，在因緣際會下，認識了中央研究院助理陳力航老師。當時力航老師正在準備即將出版的《零下六十八度：二戰後臺灣人的西伯利亞戰俘經驗》。我們聊著聊著，發現竟同樣都是臺籍日本兵的後代，同時也正巧都是孫子輩。更巧的是，力航老師的阿公，竟和自己阿公一樣，正好也曾去過滿洲國。

更特別之處，力航老師的阿公後來向北到了冰天雪地的西伯利亞，而自己的阿公則是往南到了悶熱潮濕的新幾內亞。當時見到力航老師的大作即將付梓，除了非常期待以外，也很欣慰又多了一本極為珍貴的臺籍日本兵歷史書籍，而且還是在臺灣極為少見的西伯利亞經驗。

當時聊得非常愉快，感受到力航老師即將出版的喜悅，我也忍不住向力航老師透露，自己手邊也有已經撰寫多年的阿公故事。不過不同於力航老師的寫實紀錄，自己則是參考真人真事經驗發想的改編小說。在機緣之下，認識了力航老師及雅玲老師，這對同時致力於臺灣文創發展及臺灣歷史研究的學者夫婦，及因為力航老師夫婦而認識的其他歷史學者朋友們，更能時常請教一些臺灣歷史的疑問，真的非常感謝這些歷史學者朋友們的強大支援。

在《飄零之島》這本書的後記初稿完成時，還特別向專攻日治臺灣史的力航老師請教，非常感謝力航老師很認真指導了一些原本寫得較為不精確的歷史名詞。在我們兩人一同討論之時，力航老師看到後記中阿祖是教授漢學的描述，向我要了阿祖的名字，竟非常奇幻般查出了阿祖在日治時期，先後刊載在〈臺灣日日新報〉不同期別的十五首漢詩，還有當時的其他報紙，也留有阿祖的漢詩發表，確實是當代的漢學文人。這是我們家族從來不知道之事，也讓家族的長輩們既驚奇又感動。

力航老師另外建議阿公的二戰經歷其實算非常特別，也沒有見不得人的事，當年有時代因素，才導致很多當事人不願對外正式分享，現在時代真的已經不同。這段珍貴的臺灣口述經歷，如果家族都能支持，應該可以考慮分享，也很有歷史價值。力航老師亦認為，當年我為阿公做下口述紀錄，其實是件很好的事。

在小說初稿完成後，也有先分享給旅美好友「吳志明」，同時也很感謝好友協助修正書中的英文對話。好友在翻閱小說後半段的「食人族」片段，一直認為只是奇幻虛構，看到我後記中的紀錄及分析後，才驚覺原來是架構在阿公的真實經歷，更增添《飄零之島》小說中的真實危機感。但好友此後時常「敲碗」表達，很想知道當年的真實過程，因為他分析這可能也會是這本小說讀者和其他學者所想知道的事。

另外請教過一些歷史學者，當年新幾內亞的食人族，一直都有口述傳聞，至今在臺灣及日本，就他們所知，尚無看過倖存者的口述經歷，更顯示阿公那段口述經驗的珍貴性。

而家中長輩，姑姑一直致力於尋找及書寫臺灣地方紀錄，也曾寫過不少關於阿嬤的相關故事，或許應該也很想撰寫分享阿公的部分。而叔叔也曾在〈臺灣人在滿洲國〉節目中分享過阿公的二戰經歷，其實也都早已不是什麼「機密」。從頭到尾，真正有「心魔」的人，以及造成家族長輩們想要分享及紀念父親之事，都會有所顧慮，似乎就是因為當年曾經答應過阿公的我。

然而十多年過去，家族長輩們，對父親的思念日益，這麼多年來，也一直關注各項有關滿洲國及二戰南洋的相關書籍或節目，並不時分享給我。其實家族成員，一直都知道阿公有特別的二戰經歷，卻因為阿公個性非常低調，或許歷經殘酷大戰的關係，思想帶給我的感覺，始終很接近老莊哲學的清心寡慾、豁達樂觀。故也很能理解，身為過往家中唯一經濟支柱的阿公，人生理念就是安靜生活、知足常樂，好好照顧家庭及家族手足，對他來說，這就是人生的最大幸福。這次後記完成後，再向更多長輩探詢及討論，其實阿公在生前的各種片段口述分享，除了家人以外，一直也還有諸多好友。和長輩討論下來，感覺阿公也不是不願意分享這些經驗，似乎就是單純不喜歡學者的正式訪談，明顯感覺就有那個年代的敏感考量，當初自己恐有誤解。這更也讓自己想起，當初幫阿公製作口述記錄時，阿公曾跟我說過，自己又不認識這些學者，為什麼要跟他們說，也因此覺得若有不認識的學者來訪會很困擾。故或許當年阿公僅是為避免公開而可能招致更多陌生學者來訪，才會有那樣的叮囑。但阿公如今已經離世十多年，似乎已無這樣的顧慮。

當年有如搶救稍縱即逝的口述記錄，自己也很清楚，那是一段非常特別的臺灣二戰經驗，原本就曾考慮分享給史學研究者，作為臺灣二戰史的參考之用。而家族長輩其實一直很希望有相關歷史書籍，也能載入阿公臺籍日本軍醫的二戰簡歷。驚覺長輩們始終並不反對讓阿公能夠載入臺灣口述史作為紀念，這才發現長輩們最在意的，其實一直都還是我的感受。

故當我主動向長輩們提問，雖然當年阿公因為我那份口述記錄，那時對我說裡頭有軍隊番號和路線，視為「軍事機密」不宜直接整份外傳。但十多年過去，撇去阿公當初在意的點，我是否可在後記攏上阿公真名、簡歷及相關照片。因為都是正正當當的救人及逃難經歷，要這樣好似遮遮掩掩也很奇怪。結果所有長輩們聽到我這樣主動提起，均顯得非常感動，馬上一致認為，當然可以作為臺灣口述經驗公開分享。他們也一直很想有書本，可以紀錄阿公的簡單經歷作為紀念。所以長輩們一下便決定，時代已經不同，會透過祭拜向阿公稟告，也要我無須掛意，這是他們全體長輩所共同決定的事。而我為了謹慎起見，也「擲筊」徵得阿公同意。

其實後來自己想想，因為原本那整份口述記錄，還包含很多關於家族內大大小小的有趣故事及成長點滴，換作是我要分享於外，也會覺得非常害羞，這可能也是當初阿公會有這樣叮囑的原因之一。

經過這十多年奇幻般的轉折歷程，還有因為這次撰寫後記的契機之下，伴隨家族長輩們全體一致的共同決議，及向阿公「請示」同意後，作為新幾內亞戰場「食人族」的極少數存活見證者，最後還是決定在出版《飄零之島》之際，透過後記分享阿公的二戰簡歷，以作為全體家族，對於最敬愛的阿公，滿懷感謝的珍貴紀念。

得來不易的巧妙緣分

在經過奇幻的尋根之旅，發現當年阿祖在《臺灣日日新報》所刊登的漢詩，經由力航老師介紹，才知道幾篇刊登的選詩者，是當時相當有名的「魏清德」。魏清德老師不但是日治時期非常有名的文人外，還是推理小說的翻譯者，就連自己也有幾部推理小說的創作。看到此處，不禁會心一笑，難不成當年因為文人們很可能都有認識，該不會阿祖以前也跟我一樣喜歡看推理小說，所以也會翻閱當時魏清德老師的創作吧？而且知道阿祖也時常創作投稿，除了倍感親切外，該不會阿祖也曾歷經過，像我早期在創作上的投稿「貢龜」之旅吧？在分享給其他朋友這個新發現後，有朋友也笑稱，怪不得我會有製造「山寨古文」的怪異能力，因為這就像是來自阿祖深厚「漢學」功力的「魔族大隔世」。

其實有時想想，人的緣分非常微妙。當年在剛得知阿公癌症末期時日不多，家族趁著阿公還有一些體力之時，最後一次帶著阿公前往北海岸出遊。當我們在某處稍作休息，看著大浪拍擊的北海岸沙灘，對著海岸凝視已久的阿公，突然對我脫口而出，這依山傍海的沙灘景象，好像新幾內亞。然後我赫然發現阿公說這句話的眼神非常複雜，彷彿就像回想起近七十年前，遠在南半球的戰地記憶。

我當時猛然想起二戰經典電影名作《搶救雷恩大兵》的開頭場景，也是白髮蒼蒼的主角，看著戰友墓地所勾起的戰場回憶。然後，自己身邊一直有著如此珍貴、殘酷二戰的痛苦見證者，卻也不知好好珍惜。反而只知道去觀賞二戰的美國電影，卻對自己在這片土地上發生過什麼事一無所知。在間歇不止的浪濤聲中，懷著慚愧之意，我當下便決定，要與阿公所剩不多的時間競賽，好好努力探詢及記錄阿公的故事。

後來在醫院病床旁照顧阿公期間，有次印象非常深刻，病床上的阿公睡得非常不安穩。等到阿公醒來以後，開口對我說的第一句話，便是略帶苦笑說著，又夢到了當年和新幾內亞食人族大戰的場景。阿公口中的大戰，我當然很清楚，就是逃難，也想起在和阿公記載這段口述經驗還有其他戰場經歷時，阿公的眼神複雜中帶有些許痛楚。可以想見，即便過了近七十年，都還是一輩子難以抹滅的血腥畫面。

當時作完阿公口述經歷初稿時，我還特別找了和阿公戰場經歷比較接近的電影《來自硫磺島的信》一同觀賞。其實那時自己也是非常猶豫，是否該拿這個對我們後人來說，比較接近瞭解歷史及帶有些許娛樂性質的電影，但對阿公來說，完全就是會勾起當年殘忍血腥及極度痛苦的真實記憶。更何況當時阿公因為病情關係，儘管尚有體力足以觀看，但是否還適合接受這種殘酷刺激，我也非常難以決定。

不過，在多次詢問阿公以後，最後阿公還是一直表達想要和我一起觀看這部電影。然後，這也是我和阿公所一起觀賞的最後一部電影。因為我原本就看過這部電影，在一同觀賞的過程中，我反而因為相當擔心阿公的身體狀況，不時將焦點放在阿公身上。結果在觀看過程中，阿公常常轉頭跟我解說，對對對，當時就是那樣，寫了一堆信回家，但根本就寄不出去。然後在日本軍官強逼士兵自盡殉國的劇情片段，雖然對從小接受不同教育的日本朋友來說，可能有些不敬，但阿公一如往常，語帶不解向我再次表示，當年也完全不懂日本人把天皇當成神的思維。另外由於阿公身為慘烈前線的執刀軍醫，需要不時搶救及醫治戰地中各種支離破碎的嚴重傷兵，再加上在戰場中親眼見識過太多悽慘亡者，甚至在逃難過程中，也常要與死屍相伴。這些一輩子難以抹滅的血腥畫面及痛苦回憶，也讓阿公因此帶有濃厚的反戰及反侵略思維。故阿公原本就對包含日本發動侵華戰爭在內的所有人類相殘，皆相當不以為然，又於觀賞影片之際，再次順帶向我闡述諸多人類戰爭有多麼愚蠢的諄諄告誡。

事後回想，藉由一同觀賞二戰電影，當然對於理解阿公當時的想法更有幫助，不過還是多少都會覺得此舉，以及那長達數十天的口述回憶過程，是否還是對於阿公來說有些殘忍。不過至少最後阿公看到我當年辛苦整理的口述回憶，是非常高興，或許我也只能這樣安慰自己。

在阿公後來病情較為嚴重時，儘管頭腦依舊清晰，但僅能透過點頭、搖頭回應，卻也難以言語表達。自己曾有一次，因為陪在病床邊，遇到阿公安裝醫療器材的整個過程。一位外表非常年輕斯文的臺大醫院醫師非常盡責，但因為阿公既已無法順利言語，也難以控制身體。雖然我很明白，阿公都聽得懂年輕醫師的指示，身體卻無法順利配合，但看在年輕醫師的眼裡，阿公好似已經失智又重聽的無知老人，所以完全聽不懂醫師的指示。

醫師一直反覆安裝卻有困難，儘管我有解釋阿公的狀況，不過醫師的耐心似乎還是快被磨光，指示阿公的語氣顯得愈來愈不耐煩，音量也愈來愈大聲，幾乎弄到快要發起脾氣。身為家屬，看了難過，卻又無法對一直非常努力的年輕醫師生氣。最後，我忍不住和年輕醫師說了一句話，阿公算是這位年輕醫師的老前輩，以前在日本時代也是在這裡受訓的醫師。

我並沒有說假話，因為阿公當時所處的病房，正是他近七十年前在「熱帶醫學研究所」受訓時的相對鄰近地點。然後，這名年輕醫師聽了以後瞬間沉默並馬上紅了眼眶，後來的安裝過程及指示語氣都變得極為輕柔，而後全程雙眼泛淚的年輕醫師，不久總算順利完成這項艱鉅任務。

對於這位年輕醫師，我一點責怪之意也沒有，反而覺得非常敬業、盡責。不過一想到，像阿公這樣的臺籍日本兵，其實從同為臺籍日本兵許昭榮前輩的回憶描述中可以得知，許昭榮前輩在戰後因為有感於自己當過臺籍日本兵，在國民政府發動「清鄉」之時，自己非常惶恐不安，深怕自己也成為被害對象，而後才又加入國軍藉以避禍。

我想，這可能也是大部分臺籍日本兵的共有焦慮，然後這群前輩在戒嚴時期，也因此幾乎全被消音。在過去國民教育完全不提這段歷史的情況下，就算身為後代子孫的我，也曾因為不瞭解時代背景及歷史，對於阿公過去究竟經歷過什麼事，儘管聽過很多片段，也常常有些無法理解。就像阿公臨終之前，雖然意識清晰，卻因為無法清楚言語，年輕醫師僅從表徵判斷，也對阿公的狀況有所誤解，以為只是聽不懂言語的失智老人。但或許年輕醫師會和我有著類似的感受，在我後來比較瞭解整個臺籍日本兵的歷史背景以及阿公的整個經歷後，反對於阿公所處年代的矛盾及辛苦非常不捨。就像那名年輕醫師一樣，在真正接受實情及與自己的關聯後，出於同理心會瞬間變得淚眼動容。

人的際遇就是如此巧妙，阿公最後的離世之處，正是他近七十年前「熱帶醫學研究所」的相對鄰近位置。不知道看到醫院窗外的景色，臺大醫院舊館及臺北賓館的建物依舊還在，阿公是否會想起七十年前受訓時的遙遠回憶？至少這段在「熱帶醫學研究所」，相較於之後殘酷的南洋戰場，會是對阿公來說，比較美好的回憶吧？

常常在想，如果當年自己沒有扛下素人上陣及與時間賽跑的極大壓力，下定決心幫阿公做好口述記錄，如果當年自己沒有在機緣巧合下，選擇日本語作為第二外國語學習，或許這段阿公的口述經歷，除了難以清楚釐清，恐怕也會隨著阿公一同塵封離去。然後我只會知道阿公曾經當過臺籍日本兵，然後就什麼都不知道了。

看過一些臺籍日本兵及臺灣人滿洲國經驗的講座，許多後代家屬也是對於家中長輩經歷過什麼事一無所知。有的前輩儘管也會和家人分享片段，但家人也難以理解整個前因後果，而有的前輩在大環境的驅使之下，選擇絕口不提，更還有一去不回的前輩們，家人始終不知道發生了什麼事。

我很感謝我的阿公，在臨終前帶給了我數十堂最後的人生分享課程，教導了我許多淡泊寧靜及知足常樂的人生哲理，也讓我有了很多反省及反思。儘管當年沒能更詳細補足第二階段的補充記錄，多少有些遺憾，但能在急就章的情況下，做到那樣的程度，至少自己已經無悔。而後更在創作《飄零之島》的十多年間，陸續搜尋查閱更多相關資料及思考更多相關細節，即便有些事情已經來不及確認，還是慢慢在創作期間的探索及構思中，解開當年留下一些疑惑的可能答案，這些都是相當得來不易的奇妙歷程及珍貴緣分。

願人類能永遠珍惜和平

雖然自己來自過往所謂「本省」家庭，但成長及求學歷程中，來自「外省」家庭的好友還不算少，也因此從以前就不排斥去理解「外省」的觀點。而且非常值得慶幸，就是兒時極為擔憂的「本省」與「外省」之分，如今隨著時間過去，衝突界線早已淡化消逝。在創作《飄零之島》期間，也曾特別訪問及探詢過一些所謂「外省」朋友的「記憶」。

在訪談外省第二代之時，有名較我年長許多的朋友，在轉述當年父執輩從四川重慶逃往臺灣的經過，全程紅著眼眶跟我描述當年家族不同成員瞬間決定去留的生離死別情景。儘管這名朋友，並沒有親眼看過這些離別場景，但來自父執輩的「記憶傳承」，不難想像當時父執輩向這名朋友轉述時的哀傷痛苦神情。雖然我已經算是第二手以後，所接觸到的「記憶傳承」，我還是能深深感染到這名朋友的酸楚，聽著聽著自己也不禁紅了眼眶。

在撰寫後記之時，因為尚未與長輩們討論及確認阿公當年叮囑的真實可能想法前，自己也曾時常參考其他臺籍日本兵口述資料加以思索。難道是因為即便進入民主社會，但過去被迫消音的陰影猶在？但阿公一直給我很勇敢的形象，就連最後抵抗病魔的微弱身影，還是非常堅定自立，盡可能不想帶給家人任何麻煩。難道是儘管阿公過去二戰經歷都是救人、助人及逃難為主，雖然沒有見不得人的事蹟，但這些救助對象都是包含許多臺灣人在內，所謂「敵國」軍人，心情恐怕始終非常矛盾？還是因為阿公個性原本就很低調，也喜歡安靜恬淡，單純就是不喜歡被陌生學者打擾。看他過往的一些經歷和反應，以及從小到大的相處經驗，個性確實也是如此。

但想來想去，總感覺或許還有什麼可能影響的外在原因。直到在創作《飄零之島》期間，為了蒐集更多臺籍日本兵的相關資料，偶然在 PTT 論壇找到了一個可能為大部分臺籍日本兵的共通答案。在一系列討論臺籍日本兵的文章中，一名臺籍日本兵後代網友，多次出面呼籲大家不要再亂傳閱臺籍日本兵的名冊，因為這些都是臺籍日本兵前輩們的家族或遺族個資，除了願意公開受訪者外，大部分都因為時代因素，而成為低調行事不願被公開者。而其後更明確指出，有的臺籍日本兵前輩曾親口向後代表示，擔心因為自己臺籍日本兵的經歷，會連累後代子孫被政府或其他人找麻煩，所以才會即便最後必須帶著秘密離世，也一直不願對外公開。

看到此處，不禁有些鼻酸，或許這可能也是阿公當初不願公開的其中一項顧慮。因為就我所知，阿公確實非常照顧家人及家族手足。即便後來病重之時，還是時常自己堅持苦撐，處理一些生活起居，就是不喜歡家人因為他而太過勞累，故也很能想像阿公絕不希望帶給家人任何麻煩的想法。在閱讀文章的當下，一想到若是如此，即便阿公已經離世多年，但我彷彿又再次深深感受到，來自包含阿公在內，所有抱有這種考量的臺籍日本兵前輩，為了守護後世子孫滿滿的愛。

在記載阿公的口述經歷之時，來自阿公的「記憶傳承」，以及創作《飄零之島》的十多年期間，閱讀更多的相關資料，真的讓自己反思了很多事情。我想我們過去因為諸多歷史因素，對於自己家中的長輩們曾經經歷過什麼事情，很多人恐怕也不是非常清楚瞭解，甚至更可能僅就表面所見產生誤解。而每個人如果不是對於歷史研究，抱有極為濃厚的興趣，除了歷史學者外，大概所有在求學期間獲得的歷史資訊，就會成為一般人的主要甚至是唯一來源。故國民教育的內容，才會如此重要。

過去臺灣的國民教育中，對於日本殖民時期的臺灣史，幾乎沒有太多著墨，而家中就算有走過兩個時代的長輩，或許也鮮少傳承完整的「記憶」，這也讓些許臺灣人，對於日治時期的日本統治者，直接以現代日本印象，或與現代日本人相處及互動經驗填補，而產生了「記憶」錯置。在《飄零之島》的創作中，帛琉故事中所出現的「慰安婦」議題，並非源於阿公的二戰經歷，而是依據相關參考資料及口述經驗，所編織而成的創作劇情。儘管所占篇幅不長，透過簡短的安排，雖然知道恐怕也沒多少效果，但還是希望我們臺灣後人，能更好好正視這個當年橫跨中、韓、臺等地的歷史傷痛。

當年在日本殖民的統治下，對待臺灣人確實是存有明顯的差別待遇，而在極權的恐怖統治中，也曾出現多次血腥屠殺，但因為作為大日本帝國南進的重要基地，也同時帶來臺灣的現代工業化與現代衛生等建設。除了一些明顯是經濟壓榨目的外，就史料研究，部分交通建設甚至比同期的日本內地更為先進，同時也有很多非常善待及照顧臺灣人的日本人，更還有許多認真作育臺灣英才的日本「先生」，這些都是曾經發生的事實。如果沒有盡可能通盤研讀、全面理解，確實很容易讓原本就是分歧並存的不同「記憶」，若再被後代片段解讀、片段強調，將會呈現更為混亂的情形。

然而對於這段歷史有好有壞的研讀及理解，還有過往那段中、日、臺之間的恩恩怨怨，至少對於個人來說，並不會影響自己與現代中國朋友及日本朋友的相處態度，因為這些已然都是過去的歷史。在世界各地的所有歷史傷口，或許有後人覺得並不相干，無須為毫無關連的前人暴行致意、致歉，不過無論如何，若要視為他人之事也並非不可，但是否至少仍需抱有同理及反思之意看待這些悲慟？因為這些都是全人類需要一起共同面對的諸多沉痛。如果在理解及確認傷口以後，仍選擇逃避或忽視，才會是影響他人評價的一大關鍵。「愛人者，人恆愛之；敬人者，人恆敬之。」，我想「相互尊重、相互同理」不僅是現代人們，也是從古到今人們對內、對外相互交流、交友的一項重要衡量依據。

但要說國民教育的歷史課程，即便能排除所有外在因素，就算再怎麼客觀公允，也不可能將所有歷史事件都能放入其中，而更多都是殘酷血腥的反人類歷史。如果說「惻隱之心、是非之心、善惡之心、羞惡之心」是身而為人的基本，在閱讀研究二戰歷史資料時，許多戰爭中的殘酷暴行，即便對成年人來說，都會看到極度反感與痛惡，根本不忍細睹，這恐怕也是國民教育的兒童或青少年難以承受的殘酷。不過出了校園以後，到底還有多少人願意自己去翻閱、去瞭解自己的歷史？

這時還算能引發社會大眾進一步探詢的相關歷史創作，諸如小說、影視、電玩等，可能就會成為相當重要的媒介。在世界各地中，許多人就像我們一樣，祖父母及曾祖父母們，都曾歷經殘酷戰亂及血腥屠殺，那一幕幕的恐怖畫面，都是永遠難以抹滅的傷痛，以及後續引發橫跨數代難以化解的仇恨。然後我們後世子孫，也未必能有機會接觸及試圖理解老一輩人的辛酸痛苦。

在翻閱很多相關資料後，總是不免讓人思索，一個同性質或類似的群體，一定有好人，也一定會有不好的人。這段歷史資料，因為不像現代民主社會的選舉制度，還有公正的選票記錄，可以作為推斷不同族群內多數人思維的參考。在日治時期雖也有當時日本官方的臺灣志願軍統計記錄，比如各時期開放多少臺籍志願軍名額，而「愛國」的臺灣青年報名極度踴躍。但翻到很多口述經歷，在「半強迫」及「強迫」的經驗中，都有被官方記載為「志願」者。

更有遺族指控，家人當年很明確是直接被抓去從軍，最後戰亡名冊卻被記載為「志願」，因而讓遺族更為氣憤難耐。當然，基於大日本帝國的宣傳目的，可以想像官方或地方的募兵執行者，可能會有如此操弄的動機，正如同臺灣戰後的威權時代，國民政府基於宣傳的政治動員活動。不過這樣的比例到底有多少，若前述這些案例真實成立，是否只是少數，如今也已經不可考。而在日本殖民時期的臺灣人，究竟「絕對派」、「超然派」、「妥協派」及後期「天然日」四種類型，各占多少比例，更也不得而知。現代人已經無法證明這四種類型的多寡，而這些類型也非絕對，更多理應是介於各種類型之間者。但這四種類型，外加世界各地任何時代、任何地點都會出現的「三腳仔」，無論從相關資料、當時的文學作品，以及眾多前輩們的口述經驗，都可以證明是同時存在。這也是臺灣人對於這段「記憶」分歧或混亂的可能根源，故我們或許應該不必緊抓著任一類型或「三腳仔」的實例，去以偏概全整個時代中，理應同時並存的不同「記憶」。

就如同在自身家族中，自己從小來自阿嬤對於日本人的「記憶」，因為阿嬤出身於接近地方仕紳的「國語家庭」，且家庭成員均改為和名，回憶是美好良善的。阿嬤更對於學生時期認真教導他們的幾位日本「先生」，始終非常感謝及尊敬，這其實就是源自於「親身經歷」及家庭「記憶傳承」，所形成的真實感受。但對於來自「漢學」家庭又曾經上過殘酷戰場的阿公，對於日本人的「記憶」相對非常持平，並對人類之間血腥戰爭的極度愚蠢時有批判，顯現同一時期大家的「記憶」都大不相同。至少在自身家族中，就是一個各種「記憶」同時並存的例子，或許就好比現在的臺灣社會中，每個人對於政治、政府及國家的想法，即便來自同一家庭，都還是有不盡相同的政治傾向。更何況是出自不同家庭、不同經歷者的感受，一定都會有所不同，這都是相當合情合理的真實狀況。故在自己的想法上，會覺得擁有不同「記憶」的不同族群，或許可以稍微思考，是否需要一聽到別人有不同「記憶」，就趕緊跳出來極力否定、捍衛及攻擊，或許彼此如能相互尊重、相互包容，各種同時並存而沒有相互矛盾的真實「記憶」，不同族群之間才能擁有更多相互理解及相互體諒的友善交流。

因為自己不是歷史大師，更不是專業史學研究者，僅是一個創作者在翻閱相關資料，所產生的諸多想法。很多查閱過的相關資料，就算也會搜尋更多類似研究加以比對及驗證，但確實無法像史學家那般，檢驗每筆資料的百分之百真實性。更何況也時常發現中文資料和日文資料，就有一些觀點及說法上的出入，因此這些閱讀後的想法及推論，絕對主觀、絕對武斷。只能說盡力以不同的相關資料逐步推敲、逐步推演，而架構成為《飄零之島》小說中，所試圖想像較為符合各個年代的部分歷史背景及部分人物思維，僅提供給讀者朋友及創作朋友，作為一種創作脈絡思路上的設計參考。詳細的可能史實狀況，尤其是各國尚有爭議之處，有興趣的讀者朋友，可以再去找尋更多國內外專家學者的嚴謹資料及分析交叉比對，並加以思考各種說法的合理性，才是更為準確、更為接近事實的歷史「真相」。

正如在自序中所提到，這世界上沒有哪一人種屬於絕對壞人，或絕對好人，這世上就只有好人、壞人及善行、惡行之分。查閱諸多資料，有看到令人慘不忍睹的血腥暴行，也有在黑暗殘酷之中的光明善行，這善惡之間的人心，也沒有人能夠以此證明或以此涵蓋哪個群體的絕對善惡。不可否認，任何時代、任何群體中，一定會有壞人，或許真正該被撻伐、痛批及檢討的，是存在世界各地、各群體之中的「三腳仔」及作出反人類行為的暴行者。而各時期各種慘痛的暴行，都是活生生、血淋淋的反人類慘案，並非可以拿來相互攻訐、相互比「爛」的利刃武器，因為那都是一道道我們後人必須面對及理解的慘痛歷史傷口。

我想，每一個案例都像是獨一無二的「個案」，但在觀看諸多類似「個案」以後，發現很多事情不是自己以前想像中那麼好，也有很多事情不是自己印象中那麼差。或許，這就是翻閱歷史，藉由相關佐證資料，並以常人角度加以思考前因後果，試圖找出當年較為接近真實的想像樣貌。也是在嘗試尋找真相的反覆推敲思索過程中，更帶給自己諸多反省與反思。若能透過理解及想像前人的經歷，無論是好是壞均坦然面對及反覆深思，都可讓人們去思考究竟該如何在未來之路上避免重蹈覆轍，這可能才是更大的收穫吧！

因為不是每個人都有歷經戰亂長輩臨終前，最後那反戰、反侵略而刻骨銘心的「記憶傳承」。但我想在世界各地，同為飽受戰亂的後代子孫，歷經傷痛的祖父母、曾祖父母若還在世，甚至若能顯靈，一定也不會希望後代子孫再次承受，他們所經歷過的悲傷及痛苦，因而可能也會諄諄告誡後世：「願人類能夠好好珍惜，這得來不易的和平！」

在本書完成以後，有和姑姑討論及確認諸多事項。一來時光荏苒，二來自己也沒有特別計算，直到姑姑提示，才發現成書出版之年，竟也剛好適逢阿公的特別日子。

最後，僅以《飄零之島》此書，紀念阿公的百歲冥誕，及獻給所有臺灣前輩們，並感謝阿公人生最後一段路途上，帶給我點點滴滴的諸多反思。還有，愈是理解這片土地曾經發生過什麼事，愈是能體會前輩們的心血、辛勞，甚至一些長期被誤解的心中苦悶，故也想向所有走過兩個時代的臺灣前輩們，表達深深的謝意。沒有前輩們的辛苦、前輩們的守護，也沒有現在的我們。

過去的紛爭不免痛楚，歷史的傷口令人悲慟，站在前人含辛茹苦、努力耕耘的既成事實之上，伴隨所有錯綜複雜也無法再回去的愛恨情仇，堆疊出了現在的我們。很多我們一出生就視為理所當然之事，在過去根本不是如此，或許我們在歷史回望的反省及反思之中，更該滿懷感念前人的心情，轉頭向前，攜手下一代，在未來之路上大步邁進。

願世界各地，所有同為曾經飽受戰亂、欺凌的後世子孫，都能一同守護前輩們犧牲奉獻，得來不易的珍貴和平！

飄洋零島惜福緣

口述記錄及史料整理：秀霖

※此後記因涉及小說劇情及部分謎底，建議閱畢本書故事內容後再行閱讀。

阿祖陳黃元生於清光緒十四年（西元一八八八年），居住臺北州海山郡土城庄，在日治時期教授漢文，漢學造詣非常高，在《臺灣日日新報》先後留有十五首漢詩，也曾在其他報紙發表作品，屬於當代漢學文人。阿祖會在每年元宵節舉辦猜燈謎活動，猜中者會贈送禮品，不過因為題目出得較深，也很少人答得出來。而阿祖同時是當地著名的風水師，在土城有間香火鼎盛的大廟「五穀先帝廟」，就是當初擔任風水師的阿祖所開光。

雖然如今「五穀先帝廟」廟中的沿革記載，主要從戰後才有詳述，但若拜訪廟裡高齡志工前輩，以及土城當地耆老，均知曉被他們稱作「元仙」的阿祖，是當年鄰近各地所有婚喪喜慶活動，必定尋求諮詢的知名命理師。從當地老前輩口中聽聞阿祖如此夙負盛名，更也提及每年由阿祖所舉辦的元宵節猜燈謎往事，也讓從未接觸過阿祖的子子孫孫們相當驚訝。

阿公陳纘述誕生於大正十二年（西元一九二三年），小時候在公學校的成績相當不錯，那時候分為「公學校」與「小學校」。在日本統治下的臺灣，臺灣人只能念「公學校」，而「小學校」則只有日本人可以就讀，不過「公學校」仍有許多日籍教師授課。阿公在公學校求學時，日文學習相當不錯，還曾經拿過「國語」作文比賽第一名而被表揚。

因為阿公從小就在阿祖的「漢學」家庭教育中成長，除了日語及臺語外，也同時學習「漢文」及「北京話」，一直希望有天能到中國遊歷。

一、滿洲醫科大學及臺北帝國大學熱帶醫學研究所

因為阿公的姊夫在滿洲經商，阿公又受阿祖漢學教育影響，對漢學及漢文化有所憧憬，因此在昭和十五年（西元一九四〇年）二月前往大連再轉到奉天居住，後入學滿洲醫科大學專門部。在學校中，有一同讀書的滿洲人和日本人，不過因為大家講的都是日語，有時候若沒有自己特別說明，也不是那麼容易分辨出來，當時遇到的學校老師和校長都是日本人。

而後於昭和十八年（西元一九四三年）六月，被徵派回臺灣現址臺大醫院新館附近的臺北帝國大學附屬「熱帶醫學研究所」的第一期醫務要員受訓，共為期四個月，主要學習及研究包括瘧疾等熱帶疾病。其實那時大日本帝國決定派遣這批醫學人員前往南洋作戰的意圖已有些明顯，不過還是不斷技巧性說要送去海南島協助研究。同期受訓的好友，有住在桃園的「吳炎榜」、後來的團長「林淵泉」及鶯歌的「吳金土」。

同年十月，阿公就以軍醫官身分，被抽徵到大日本帝國戰事已經吃緊的南太平洋戰線。十一月上旬，阿公先從臺北乘坐火車至高雄，一到高雄就馬上登上軍艦出發，該軍艦隸屬於十月底才剛提請成立的「南

海派遣軍第九艦隊」。上船前因為軍方怕有傳染疾病，還會在船的路口，替每個人噴上消毒水。整艘船的同行乘員都以為要去海南島，大概也只有最高階的軍官才知道真正的目的地。出海後這些「熱帶醫學研究所」的同學們，就被分發到不同的部隊，阿公派屬「南海九艦隊司令部付海軍陸戰隊病院」。

二、菲律賓—馬尼拉

船行海外的第一站是菲律賓馬尼拉，也就是在這個時候，同船的一行人才知道去的不是海南島，而是更南端的菲律賓。不過在馬尼拉只待了三天，阿公本想終於可以下船登陸，後來才發現完全禁止。

搭乘軍艦時，由於阿公屬於軍醫官，雖無實權，還是屬於官掛中尉的軍官階級，所以睡在甲板上方一人一間的套房。而一般普通兵則是在甲板之下的船艙，並需要全部睡在一起。軍官在待遇上，較一般普通兵好，吃飯時也是軍官們輪流在兩、三桌餐桌上用食，不用去一般士兵較多的大餐廳。

三、帛琉—柯羅

軍艦的第二站，到了位於菲律賓東南外海的帛琉柯羅。帛琉從第一次世界大戰後，就由日本接管統治，屬於南洋群島的統治機關，設有「南洋廳」，其實就是現在相當著名的觀光景點。這裡也是南太平洋戰爭後期，僅次於硫磺島戰爭，盟軍死傷第二慘重「貝里琉戰役（Battle of Peleliu；ペリリューの戦い）」所在地。

在軍艦航行至帛琉岸邊時，阿公第一次看到膚色較黑的當地人，由於以前從未見過這樣的人，頭髮又很捲，心理上總覺得有些疑惑。但等船一靠近岸邊，當地人就很熱情不斷揮手歡迎。後來和這些當地人相處之後，才發現他們其實個性相當善良溫和、很好相處，阿公也很喜歡這些當地人。

阿公在帛琉待了近兩個月，由於是軍醫官，所以在部隊內也沒有太多管制，但有時還是需要協助管理一些事務。整個柯羅的城市範圍並不大，幾條街一下就可以逛完。在柯羅的這段期間，阿公常常會吃現在市面上所能看到那種冰淇淋，還有用椰子油炸的蝦子。因為日幣價值高，當地東西相對便宜，阿公也因此很常買來吃。

不過以薪水來說，整個作戰過程，就只領過一次錢，後來新幾內亞的「郵便出張所」，因為當地與盟軍交戰後，很多勤務人員都不見了，根本不能領錢。不然以那時的本薪，加上海外及戰地加給，錢應該還算不少，但後來其實根本沒有領過。在那時的帛琉，還有棒球場，是一般日本普通兵的運動場所。

四、新幾內亞—韋瓦克

後來再次搭乘軍艦，來到了新幾內亞的韋瓦克軍港，是大日本帝國在一九四三到一九四五年太平洋戰爭中，新幾內亞最大的航空基地。因此在新幾內亞日軍及盟軍開戰後，會經常受到澳洲與美國軍機的聯合轟炸。

阿公從帛琉轉往新幾內亞，已是昭和十八年（西元一九四三年）十二月底，也在那邊度過日本新曆年，還在那次過節時，吃過日本人煮的湯圓和慶祝新年的牛肉。

五、新幾內亞─荷蘭迪亞

昭和十九年（西元一九四四年）三月，因為第九艦隊司令部移防，阿公也從原本的韋瓦克，轉調到更西邊的荷蘭迪亞，併入當地的部隊病院。也在此後，阿公遭遇到了史載的荷蘭迪亞戰役。

當初日軍在占領新幾內亞島時，由於荷蘭迪亞屬於荷屬東印度群島，大部分都只有零星的荷蘭軍隊駐守，日軍一下便佔領這些據點。

在與盟軍猛烈交戰前，阿公因為屬於部隊軍醫官，軍隊的普通兵只要遇到阿公時，都要敬禮並大喊「軍醫大人（軍医殿）」，這會讓阿公覺得非常不好意思。因為軍醫官不用跟著部隊，若部隊沒有醫療需要時，有時還可以自由活動。阿公的專長項目是熱帶疾病及外科，要幫士兵治療瘧疾，更也時常需要幫傷兵動手術，替血管止血，並作迅速縫合。因為阿公手術動作較快，才能勝任外科，而那時在當地的日本軍醫，大部分屬於內科，而其餘臺灣軍醫因為普遍動作俐落，則大部分都屬於外科。

而日本人向來覺得臺灣人來當什麼日本兵，對臺灣人非常輕視。其實從臺籍日本兵的口述歷史資料也不難發現，雖然未必會是每個人的經驗，不過日本人對於被徵派至海外戰地的臺灣人，還是普遍相當瞧不起。尤其對於前往戰場的臺籍後勤，這種情形更常出現。往往都要以自己的優異專業，如修理機械等技能，才能贏得日本人的敬重。不然就會常常聽到日本人極度不悅，罵起臺籍日本兵，到底是要當「清國奴」還是「皇民」。對於一些日本人對待臺籍日本兵的殘暴舉動，阿公也相當不以為然。

在阿公下部隊後，跟絕大部分的臺籍日本兵一樣，改了日本姓名。不過阿公因為不想和遠祖斷連，所改的姓名，取自於遠祖所在的地名。改為日本名後，由於阿公日語相當流利，日本人也分不清楚。因為又是配與軍刀的軍官，在那時的部隊中，較少有臺籍軍官，當地一般士兵一直以為阿公是日本人。當被其他日本兵問到出身地時，阿公半開玩笑回答來自東京，其他日本兵也深信不疑。

在營區中，阿公看到有人動作與行為神似臺灣人，跑去詢問後，才發現還真的是臺灣人，阿公也很不吝於照顧自己的臺灣同袍。因為軍官可以分到的資源較多，而一般日本士兵又始終以為阿公是日本人，阿公更可以藉此時常暗地將許多罐頭及各項物資，分給其他臺灣人。

昭和十九年（西元一九四四年）四月二十二日，盟軍展開全面反擊，日本史稱「ホーランジアの戦い」，盟軍方面則稱作「Operation Reckless」。從一九四四年三月，美軍已展開多次空襲，而在四月二十一日，更出動總計約六百架戰機輪番轟炸的最大規模空襲，讓日軍航空戰力幾乎全滅，四月二十二日再與澳洲部隊聯合登陸作戰。日軍戰力大約一萬四千六百人，而盟軍方面則出動了約四萬名軍力進行大規模攻擊，最後日軍戰死超過一萬名軍力。這些傷亡名單中，必然也包含臺籍日本兵。

當初在荷蘭迪亞戰役之時，經過盟軍的連日轟炸，部隊就已瀕臨潰敗。來自澳洲的盟軍戰機不斷掃射，經過一次又一次的攻擊，一整天下來，阿公原本所能目測到的四千多人，看起來一下就少了一大半。盟軍一次大約出動二、三十架戰機掃射，後來還有盟軍從岸邊登陸，用機槍不停掃射。因為當時南太平洋的海權已幾乎被盟軍掌控，日軍的補給線大部分都被封鎖，當地就算有戰機，也沒汽油可以啟動，故在戰場上，根本沒有幾架飛機可以升空。偶爾看到起飛的戰機，不久以後，被打落的幾乎都是日軍戰機，因為盟軍的武器實在精良太多。

盟軍持續每日轟炸，有一次阿公在岸邊，又突然出現幾十架盟軍戰機，直覺無路可逃，根本不知道該躲哪邊。情急之下跳進海裡躲避，戰機可能因此忽略或是迴轉不及，阿公就眼睜睜看著更遠方的其他同伴，被戰機掃射後一一倒下。

所有日本兵都在逃避戰機掃射，每天都會親眼看見被射中的人突然跳起，然後接著一直顫抖，是非常可怕的畫面。到後來阿公發現閃躲戰機有些訣竅，要朝著戰機飛來的方向前進，觀察左右翼的高低，來判斷戰機要往哪邊轉彎。接著必須朝戰機轉彎的相反方向躲去，否則人也跑不過戰機飛行速度，直線往前只會更容易被飛機追上掃射。

大戰相當殘酷可怕，人類間的相互殘殺是非常愚蠢之事，真的必須好好珍惜和平。在戰機轟炸之下，中彈的人都應聲飛起，大樹也被轟炸的威力直接連根拔起，而一排排房屋更是瞬間炸毀。在一次轟炸中，阿公突然什麼都看不清楚，直覺一定慘了，最後卻奇蹟存活，阿公覺得這一切都是神明保佑。

六、新幾內亞大逃亡

到了後期，日軍經過盟軍戰機每日轟炸，又有上萬名的盟軍登陸作戰，日軍早已潰不成軍，完全失去指揮，所有殘餘部隊開始撤退逃難，往新幾內亞的熱帶叢林躲去。

阿公所屬的殘餘部隊八十幾人，已經變成幾乎只能吃樹皮、植物來苦撐近四個月的苦難生活。到後來幾乎完全沒有體力，也因為缺乏營養而頭髮掉光，大腿也只剩下皮包骨。

有一次在逃難過程中，看到新幾內亞的香蕉，外型非常小，看起來很像玉米，當初看到很高興，不過剝皮後才發現根本就不能吃。

在逃難時只有一種類似地瓜葉的草可以吃，有時候生吃，有時候則跑去巴布亞人的村落，使用他們村莊內餘留下來的火，再用隨身攜帶的軍用鐵盒裝來煮食。在叢林中，有其他同伴會嘗試抓蛇，熱帶地區的蛇身有雙手合抱那般粗，還有人會抓大隻的老鼠來吃，不過阿公既不感興趣也不敢吃，幾乎都吃草、植物或撿拾地上的椰子。唯一一次在逃難中吃過最好的，是當地村落旁看起來像蓮霧樹的植物，一同逃難的同伴看到後，爭相拔光這樣的美食。逃難過程相當辛苦，所有人都過著不知道還有沒有明天的生活。

叢林逃難近四個月中，因為都只吃草和植物過活，戰後回去大家幾乎無法相信，也難以想像。不過阿公在這四個月的逃亡中，真的只吃這些植物，排泄也非常困難。在新幾內亞山區都是比人還高的草，阿公他們都會盡量藏在裡面躲避掃射，但是草堆中有很多蛇，不過大部分的蛇看到人就跑了。因為當地屬於熱帶，幾乎天天下雨。遇到下雨就穿雨衣，不過身上穿的雨衣也不知道是誰的，都是在逃難過程中所撿來。

熱帶雨林中都是樹木，晚上非常黑暗，也沒有照明器具，透過茂密叢林中相當細小的樹葉縫隙，幾乎看不到天空，也分不清楚東西南北，就只能跟著部隊一直撤退。有時候兩、三天都沒有進食，主要喝的是當地熱帶氣候，時常降下的雨水。因為河水上游都有很多屍體，會有各種傳染疾病，因此河邊的水也不能亂喝，否則很容易染病。而且一旦染上疾病，在逃難中幾乎就是無藥可救。

逃難過程中，陸續有人一直倒下死去，常常突然要叫某個同伴，久久沒有回應，也沒有其他動靜，再過去看時，原來早已死去。也有人為了喝水，把頭臉貼近水邊，卻再也沒有力氣爬起，因而溺斃。阿公不敢像他們那樣喝水，都是用手去盛來喝。

有次逃難時，晚上睡在當地原住民村落倒塌的房子下，看到身旁有顆石頭，就撿起來當枕頭睡，到天亮才發現，原來那是已經「白骨化」的頭骨。不過一點味道都沒有，之前還真的以為只是石頭。

由於叢林內土地潮濕，再加上還有各種蛇蟲或是夜行動物，到了晚上，阿公都會爬到樹上睡覺。雖然不是很好睡，但那還不算太高的距離，至少可以避開潮濕難耐的土壤，還有一些爬蟲，算是不得已之中的較好方式。

逃到後來，大家各走東西，阿公都跟著人多的地方走，想說要是萬一昏倒，也許還有同伴會救。不過事實上也不大可能，因為大家都已經自身難保，沿路上同伴雖然偶爾交談，但一整天下來，可能也講沒幾句，幾乎都在逃難。

因為新幾內亞島滿布河川，還好阿公本身就會游泳，要不然逃難過程中，每天都要渡河。會游泳的人把裝備綁在頭頂上游泳，不會游泳的人都要靠別人用浮木推著前進。阿公都把軍刀綁繞在頭頂上渡河，這個時候也沒有什麼官階問題，像阿公就算是軍官，也是會幫忙一同逃難、不會游泳的士兵推浮木渡河。有時候看到河面出現水波不對勁，部隊就要趕快掉頭，因為那個乍看像是浮木的東西，其實是生長在河川中的鱷魚。過河之後，因為當地天氣很熱，衣服一下就會乾了。

由於一個隊伍只有一名軍醫，軍醫如果身亡就沒了，可以說是部隊中相當珍貴的資產。阿公屬於軍醫，手臂上要掛戴紅十字的醫官臂章，常有受傷的士兵會大叫「軍醫大人（軍医殿）」，就要趕快過去處理。每個軍醫都有配發疫苗，阿公後來自己也染上瘧疾，還要自己幫自己注射。到逃難後期，有時候阿公自己逃命都來不及，也開始無法分身照料病患。又由於醫療藥品用罄，根本無能為力，到後來也只能很無奈把臂章拿掉。

在新幾內亞島上幾乎都是叢林，只有一次在逃難過程中，發現了可以避難的洞窟。不過等到其他人進去後，結果一堆原本在裡面的巴布亞婦女，一看到日本兵，因為非常害怕，就嚇到一直尖叫逃竄出來。阿公看了以後覺得躲在那洞窟非常不妥，因為本來就有巴布亞人居住，那可能是別人的住家，不該隨便入侵，這樣可能會有問題，就沒有躲進去，還是繼續睡在叢林。

在新幾內亞看過的原住民非常多種，其中還有最為恐怖的食人族，是在阿公逃難的最後兩、三週，才從深山中跑出來的恐怖部族。有些眼白看起來還紅紅的，臉上又一直露出奇怪的笑容。看到逃難軍隊中還有一群人時，臉上總是笑笑的，只在遠方靜靜觀望。一旦士兵落單，就會把人殺來吃，砍手砍腳，還會吃大腿的肉，非常殘忍。食人族的鼻子、耳朵都穿有很多骨頭作為裝飾，看起來相當可怕，更擅長投擲長矛射向敵人，被射中的人一下便動也不動，而傷口又直冒鮮血，幾乎就是當場死亡。另外這些食人族也擅長使用弓箭，射程又遠又準。

當初逃難部隊原本有八十多人，同伴卻一個個被食人族摸去。在一晚總攻擊中，食人族乘坐獨木舟從岸邊襲擊而來，一共九艘，一艘獨木舟就坐了大約十五人，算起來總共約有一百三十人。而自己的同伴卻只有八十多人，且大部分的人都早已沒有體力。阿公拚命逃跑，最後只好爬到樹上躲避，還好因此躲過一劫，但只能眼睜睜看到一堆其他同伴都被抓去吃掉。和食人族又重複遭遇幾回，部隊變得只剩五人。又經過一晚，變成只剩四人，阿公每次拚命逃跑，最後都是靠著爬到樹上才躲過一劫。

逃到後來原本的部隊全都散光，逃難隊伍變成不同部隊，陸海軍混在一起。因為各有所屬軍服，一看就能分辨，不過逃到最後只剩阿公自己一個人，繼續在叢林中逃難。因為有的人逃得快，有的人走得慢，走走停停，後來都散光了，過了幾天後，才又在叢林中遇到幾天前看過的人。

後來的逃難過程中，又變成只剩阿公一人躲在叢林，繼續靠著類似地瓜葉的葉子維生，經過一段時間，才又遇到兩個臺灣人。不過因為大家一開始都說日語，也不知道是臺灣人還是日本人，因為阿公又配有軍刀，對方不認為阿公是臺灣人，直到後來講出了臺語，才發現大家都是臺灣人。

常常有人問阿公的軍刀有沒有殺過人，不過阿公說他逃都來不及逃，自己又是文官軍醫，根本不會劍術，怎麼可能殺人。而且敵軍都是使用機槍掃射，老實說那把軍刀幾乎只是裝飾用的，只能拿來剖椰子，所以他這輩子沒殺過人。另外就是在逃難過程中，阿公的膝蓋曾經中彈，但也只能忍住疼痛，自己用軍刀將卡在膝部的子彈挖出來。日本軍隊都只配給軍醫官一把軍刀，又是榮譽象徵不能隨意丟失。在沒有其他短槍防身之下，軍刀真的只是配好看用，因為敵人都用槍，軍刀只有近距離才有效用，但在這之前就會先中彈。那把配給阿公的軍刀，阿公一直到最後被盟軍抓去才被沒收，不然都一直帶在身邊。即使中間一直逃難，不管是逃離戰機掃射，還是躲在叢林中，一直沒有離身。由於軍刀刀身很長，掛在腰間很容易碰撞到其他東西，在開戰前不管是起立或是坐下，要「練過」後才會習慣怎樣動作以避免碰撞。開戰後的逃難中，還是把軍刀揹在背上比較方便動作，而只有在還沒開戰前，才會掛在腰間。

逃到最後，本來在戰前還聽令於日軍的原住民巴布亞人，開始轉向幫助盟軍，在島上幫忙搜尋日軍蹤影。昭和十九年（西元一九四四年）七月底或八月初前後，阿公和後來一起逃亡的其他三人，就被巴布亞人捉去獻給盟軍。還好阿公向來就對巴布亞人非常好，也覺得以前時常幫忙的巴布亞小孩很可愛，所以也學會一些巴布亞語，可以跟他們做簡單的溝通。不過當時一同被抓的其中一人非常固執，抵死不從，巴布亞人怎麼拉都拉不動，就被當場殺死。包含阿公在內的剩下三人，看到後都嚇了一跳，阿公趕緊用巴布亞語跟巴布亞人溝通，請求巴布亞人帶他們去部落避難。因為阿公他們幾人，早已沒有力氣走路，全程都由巴布亞人揹著走。由於那時還在交戰，盟軍仍持續發動戰機掃射，巴布亞人揹著阿公他們走走停停，遇到掃射就躲在比人還高的草叢中。等到戰機飛過，才又繼續前進，最後才到海岸邊，搭乘巴布亞人的獨木舟，前往對岸小島。

七、澳洲—布里斯本

被巴布亞人獻給盟軍後，獨木舟划到了新幾內亞的對岸小島，事後從地圖來看，推測有可能是當時在荷蘭迪亞戰役後，被盟軍開始進攻的比亞克島（Biak）或亞彭島（Japen）。不過由於新幾內亞外海也還有其他小島，當時也真的不知道自己身在何處，故也不一定會是這兩座島。雖然不知道確切位置，但在小島上一開始遇到一名盟軍軍官，用英語威脅阿公他們，要保住性命就要把眼睛廢了，不然就是一槍斃命。阿公心想眼睛廢了，至少可以多活一個星期，打一槍下去後，一定就馬上完蛋，當然選擇廢掉眼睛。反正自己原本就清清白白，也沒有做過什麼犯罪行為，若盟軍不能分明，死了也沒辦法，所以也不用害怕各種威脅。後來經由一段長時間的嚴格審問及調查後，才發現那名盟軍軍官一直是在嚇人。在盟軍調查清白以後，阿公他們這才停止審問，完好無傷被捉去關了。

後來在島上的伙食，有看到久違的空心菜和白飯，阿公他們非常開心，因為已經很久沒有吃到那麼好的食物。後來又坐船重回已被盟軍占領的荷蘭迪亞港口，再乘坐盟軍飛機前往澳洲布里斯本俘虜營住院。這段期間開始吃得更好，阿公才慢慢從原本的皮包骨「胖」回人形。

在布里斯本俘虜營的第一個星期，那時候臺灣人和朝鮮人混在一起管理，又由朝鮮人做團長，個性非常惡霸。一直受到欺壓的臺灣人也不甘示弱，會和朝鮮人吵架，甚至打架。後來更是集體去跟當地的管理員抗議，才把臺灣人集中分到另外一營。不然朝鮮人個性非常強悍，因為他們又只說朝鮮話，不知道是不會或不願意說日語，在語言上完全無法溝通。

在俘虜營單獨抽出臺灣人到「福爾摩沙團」後，待遇變得比較好。其他日本人的俘虜們，就被送去沙漠地區做勞力。而在日本殖民地被迫從軍的臺灣人，因為盟軍似乎也知道臺灣人和朝鮮人，都是被大日本帝國無辜捲入的被殖民者，待遇上不大像是敵國俘虜。不過在一開始對於人種的分營時，還有一段小插曲。阿公有天被帶去俘虜營外的房間審問，盟軍軍官一直問阿公是不是日本人，因為阿公名冊上所登記的名字，是在軍中使用的日本名，又是配有軍刀的軍官，很容易被認定為日本人。由於盟軍軍官也無從依外表分辨臺灣人與日本人，當然更不可能聽得懂臺語，後來乾脆拿出看起來像是日本的照片給阿公看，但阿公當然不知道那些照片是在日本的哪個地方。不過等到拿出臺北州的照片，像是圓山或是總督府的空照圖，阿公一下子就可以認出。這下盟軍軍官才相信阿公是臺灣人，而後分到待遇很好的「福爾摩沙團」。

重回俘虜營後，臺灣人的「福爾摩沙團」共分為三營，其中的團長林淵泉，就是阿公當初在「熱帶醫學研究所」的同期受訓同學，在名單發現阿公時非常高興。當時只知道阿公被派去的那一路部隊，遭遇荷蘭迪亞激戰，大部分士兵又都逃入叢林躲避追擊，僥倖存活的人少之又少，以為阿公恐怕已經凶多吉少。想不到阿公還活著，就叫阿公去他那一營。不過在阿公印象中，林團長雖然是同學，但覺得和林團長其實並沒有很熟識，印象中只記得是臺北帝國大學畢業。不過林團長竟然還會記得阿公的名字，讓阿公還蠻驚訝，有可能因為以前阿公在臺灣受訓時的表現還算可以，有給其他人留下了一些印象。不過阿公因為個性本來就很低調，也不想出風頭當特例，就婉謝這個請求。團長為了繼續遊說阿公，說當年在臺灣同期受訓，和阿公非常要好的好朋友吳炎榜也在他那一營，要阿公再考慮一下。不過阿公還是不想成為特例，所以依舊沒有答應。但等到阿公回到原本被分到的營房，卻發現自己的棉被和毯子全都不見，原來已被熱情的林團長直接拿去他所屬的那一營，這下阿公真的不得不硬著頭皮轉移營房。

盟軍對待臺灣人非常好，和敵國俘虜還是有所區別。俘虜營每天都會發放香菸，阿公長期餓了太久，非常想吃肉，一點也不想抽菸，都拿去和別人交換，換到更多肉類食物。因為阿公在滿洲醫科大學時就學過英文，可以和外國人溝通，不久就升為管理人員。後來在俘虜營也結交了澳洲籍的盟軍好友，就是管理阿公那一營的「查理先生（Mr. Charlie）」。那位年紀相近的澳洲朋友，跟阿公非常要好，熟到阿公都可以不斷硬拗他，要他帶阿公他們走出俘虜營去大街上逛逛。不過因為查理先生只是個管理員，當然不敢做出這種違規行為。後來兩個來自敵對陣營的跨國交心友情，要好到阿公只是隨口說說想要口琴，查理先生還真的寫信請他家人寄來，再把全新的口琴直接送給阿公，是一支非常漂亮的口琴。不過後來在俘虜營中，被其他的朋友借來借去，每個人都說想吹吹看，傳來傳去，傳到後來口琴就不見了。阿公覺得極有可能是被誰故意暗藏起來，就現在的說法，就是被人「幹」走了。

阿公擔任管理幹部，是屬於福爾摩沙團的第一營，在同營中也有很兇悍的臺灣人。那時候在俘虜營裡，可以選擇做一些勞動工作，諸如搬運木頭等，可以領一些看起來像馬來幣的小工資當零用錢。有個管理俘虜營的美國人，對人很不尊重，對待正在做工的臺灣人，都會大叫「Come On! Come On!」，還常對人吹起輕蔑的口哨，讓人感受很差，很像在對待狗一樣。有個臺灣人很不爽，就直接跑去打了那位美國人一巴掌，不過那位美國人也不敢還手。但因為出現糾紛，擔任管理幹部的阿公，只好硬著頭皮跑過去調解，趕緊一直代表臺灣人對那位美國人重複說著：「I am sorry, sorry.」，還好那位美國人也不敢再講什麼。

八、澳洲—雪梨

在布里斯本俘虜營待了半年後，阿公他們又被轉送到雪梨的俘虜營。雪梨俘虜營的吃住，都比布里斯本還要好。在那邊早餐有提供牛奶和麵包，不過阿公因為沒有吃早餐的習慣，往往餐桌上都還會留下一份，大家就會說那是「陳」的，就是阿公的那一份早餐。阿公一般是中午和晚上，才會覺得比較餓。在雪梨俘虜營時，有一天突然施放煙火慶祝，原以為是什麼節日，後來才知道是大日本帝國宣告投降。

在雪梨俘虜營待了大約一年後，才離開前往新幾內亞拉包爾。在前往拉包爾的軍艦上，有人叫阿公去船艙底下拿東西，不過底下太暗，爬樓梯時沒看清楚，以為已經到達地面，一不小心，阿公直接掉到船艙底下，可能有超過兩層樓的高度，讓阿公當場昏迷。還好後來有人因為一直找不到阿公，才在船艙發現阿公。原以為因為這樣劇烈一震，全身的器官都會震壞，想說已經逃過那麼恐怖的戰爭跟食人族，竟然在這種地方出事。還好後來阿公竟然奇蹟似地沒事，只有腳腫起來。後來也是在同船臺灣人調配的草藥下，敷了以後才慢慢消腫。

九、新幾內亞—拉包爾

在新幾內亞拉包爾又待了約四個月，等待回去臺灣的船遙遙無期。在等待回臺灣時，因為要決定回去的順序，有分做九個梯次，團長林淵泉，經過長年相處，已經比較熟識。林團長說阿公身經大戰不死，很有福氣，拜託阿公代表整團抽籤，來決定回去臺灣的順序。結果阿公抽到最短的草，反而一整團變成最晚的班次。阿公雖然是最後一個梯次，還是先請住在樹林的人，幫阿公先把照片帶回去給在臺北土城的阿祖，在相片背面有寫上位於土城的地址。因為盟軍封鎖南太平洋海域後，阿祖那邊已與阿公完全失去聯絡。那人回到臺灣後，把相片帶去給派出所的人，派出所的人因為認識阿公，後來真的送到阿祖家，阿祖和阿公的三個弟弟們，才知道阿公還活著，全部都非常高興。

在阿公出發海外後，二叔公後來也被徵調去當兵，不過是在臺灣受訓。家中剩下三叔公和小叔公。當時因為戰爭後期，日本在臺灣兵力部署已經較為混亂，軍隊駐進當地的土城公學校。因為當時物資普遍非常缺乏，三叔公有一天帶著日本兵到家裡看阿公出海前配掛軍刀的照片，從此以後日本兵都會偷偷從軍營帶一些剩餘飯菜送到家中。時間一久，兵營的士官覺得很可疑，跟著這些士兵來到家中，發現竟然偷送物資給一般百姓，士官非常生氣。不過在看到阿公的軍官照片後，也不敢多說什麼，從此以後收到更多的剩餘飯菜。

這些事是在阿公回臺灣後才知道，也在阿公回臺灣後，才發現當初在海外作戰時，寫了一堆信件，通通都沒有寄回臺灣，而且每一封信都還付了郵資。就像二〇〇六年電影《來自硫磺島的信》一樣，日本在太平洋戰爭後期，海上補給都已經被盟軍封鎖，更別提郵件的運送。日本軍方會隱瞞海外作戰的士兵，即使已經沒有補給線，還是讓他們繼續寄信。而在臺灣的阿祖，還說他在報紙上看到新幾內亞的戰況，竟然一直都寫著打了大勝仗。

十、臺灣——基隆港

在等待回去臺灣的船隻時，時間一久，其實阿公他們都不太相信，盟軍怎麼可能會對俘虜那麼好，把送他們回臺灣。大家都懷疑搞不好會把他們載去哪裡賣掉，雖然心中滿腹疑惑，但也不可能一直留在拉包爾。等到終於輪到可以搭船時，大家還是半信半疑一一上船。

開往臺灣的船上，可能載有上千人，阿公他們那一團只是其中一小部分。船才行走了兩日，有同船的臺灣人可能因為心臟出了毛病，在重回故鄉前，還是先病逝了。歷經大戰的劫難，最後還是無緣重回故鄉，在同船乘員的敬禮下，遺體也只能歸於大海之中。

船走了大約十天，都是一望無際的大海，根本就不知道開到哪裡。最後總算有人看到很像龜山島的島嶼，才說有可能快到基隆，想不到後來真的就是大家久違的基隆港。

阿公的弟弟二叔公，雖然在戰爭後期，也被徵調入伍，不過還在臺灣受訓期間，大日本帝國就已經戰敗投降。戰後在得知阿公能回來臺灣的消息，雖然不知道哪天才能入港，為了能夠親自迎接哥哥平安歸來，有感於天天從土城跑到基隆港接船，卻一直沒有蹤影，真的非常不便。二叔公後來乾脆跑去基隆的糕餅店做學徒，在沒有薪資的情況下，糕餅店提供二叔公吃住，這樣才方便天天去港口探望阿公的消息。

經過大約十天的船上生活，阿公終於在民國三十五年（西元一九四六年）五月，重新踏上基隆港歸來，當年歷經生離死別的出海送行，兄弟倆總算在多年後再次感動相會。原本打算大學醫科畢業後，擔任執業醫師的阿公，卻在被派回臺灣受訓後，直接被徵調入伍，並被送往戰後日本倖存軍人口中的「人間煉獄」新幾內亞戰場。在歷經殘酷無情的二次世界大戰，以及長達數月的叢林逃難，更還有之後在澳洲俘虜營的歲月，阿公終於再次重回魂縈夢牽的故鄉臺灣。

戰後臺灣仍歷經諸多動盪與不安，對於二戰歷劫歸來的阿公來說，親眼見證過那麼多殘酷血腥的恐怖殺戮，以及人類之間就算雙方根本沒有個人冤仇，卻還是互相殘殺到底，更不用說侵略別人長居久安的家園樂土，都是人類極為愚蠢及絕不該再次發生的錯誤。秉持著淡泊寧靜及知足常樂的人生哲學，凡事要懂得珍緣惜福，不要處處與人爭鋒，好好照顧家庭及養育兒女，能夠平安生活及吃飽穿暖，就是人生的最大幸福。

上｜臺籍日本軍醫陳纘述於臺北帝國大學附屬「熱帶醫學研究所」受訓合照（阿公為前排中間者）。

下｜臺籍日本軍醫陳纘述被大日本帝國徵召為軍醫後，「出征」前的家族合照。

表彰狀

陳纘述

右南海派遣軍衛生機關ニ囑託軍醫トシテ服務シ終始熱心精勵奉公ノ至誠ヲ盡セリ依テ茲ニ表彰ス

昭和十九年六月十五日

南海派遣軍軍醫部長丸山磯松

上｜臺籍日本軍醫陳纘述身著軍服及佩戴軍刀照（註一、阿公當年指著照片表示，身為軍醫官根本不會劍術，是攝影師要求他擺出舉刀動作。註二、最右側照片中的阿公，為同期三人合照前排坐者）。

下｜大日本帝國頒發臺籍日本軍醫陳纘述表彰狀（表彰狀雖可能數月前就已開始簽發流程，但頒發時間點為荷蘭迪亞戰役後，駐守當地日軍近乎陣亡、餓病死及潰散逃難，當時阿公生死不明，原本的表彰，反成為帶有安撫遠在臺灣家族的意味）。

盟軍於新幾內亞荷蘭迪亞載運日軍戰俘至澳洲布里斯本（阿公離世十多年後，在美國國家檔案館查到的歷史資料，檔案上記載這些日軍戰俘，是從新幾內亞比亞克島送往荷蘭迪亞後，準備搭機前往澳洲布里斯本，時間為1944年7月20日，與阿公口述日期相當接近。當年阿公經過長達近四個月的叢林逃難，應也很難知道確切時日，就算當年阿公並非搭乘照片中的這架飛機，後面也會有其他同路線飛機，或同架飛機來回載運日軍戰俘。這兩張照片完全印證阿公口述推測自己曾被巴布亞人送往的比亞克島，還有從荷蘭迪亞搭機前往澳洲布里斯本的正確性。）

上｜(Japanese prisoners of war from Biak Island being loaded at Hollandia, Dutch New Guinea, for transfer to Brisbane, Australia.（U.S. Air Force Number A52994AC）7/20/1944, Record Group 342: Records of U.S. Air Force Commands, Activities, and Organizations, Photographs of Activities, Facilities and Personnel, ca. 1940–ca. 1983 [online version available through the Archival Research Catalog（ARC identifier 204956490） at www.archives.gov; April 21, 2023]）

下｜(Japanese prisoners of war from Biak Island being loaded at Hollandia, Dutch New Guinea, for transfer to Brisbane, Australia.（U.S. Air Force Number A52994AC）7/20/1944, Record Group 342: Records of U.S. Air Force Commands, Activities, and Organizations, Photographs of Activities, Facilities and Personnel, ca. 1940–ca. 1983 [online version available through the Archival Research Catalog（ARC identifier 204956493） at www.archives.gov; April 21, 2023]）

上｜澳大利亞俘虜營合影1（阿公為左一，正中央站立者為好友吳炎榜）。

下｜澳大利亞俘虜營合影2（註一、阿公離世多年後，家族長輩分享的老照片，應是在俘虜營的娛樂活動，阿公為右二。雖然已經沒機會聽阿公述說這張老照片的故事，也不知澳洲為何會有古裝戲服，不過曾在臺籍日本兵前輩經驗中，看過新幾內亞拉包爾，一直有著臺灣人所帶去的歌仔戲娛樂活動，不知道這些戲服是否來自拉包爾或新幾內亞其他地區。但大致上看得出來，與日本人有明顯差異，盟軍對於被捲入戰爭的日本殖民地臺灣人及朝鮮人非常友善，並不以敵國俘虜看待。註二、該張舊照背面有當年阿祖在土城住家地址，不過並非阿公的筆跡，但上頭還有阿公的中文名字及日文發音羅馬拼音，推測有可能為阿公當年口述經驗說到，戰後要從新幾內亞等待重返臺灣前，在拉包爾託人帶回臺灣向阿祖報平安的照片，或許這也是當年戰亂中時常使用的報平安方式）。

上｜臺籍日本軍醫陳纘述與澳大利亞俘虜營管理員查理先生合影（當年在澳大利亞俘虜營時，有對待戰俘極為輕蔑的盟軍管理員，更還引發雙方衝突，但也有極為照顧臺灣人的善良管理員。儘管雙方來自敵對陣營，而澳大利亞人因為日軍二戰時期的諸多暴行，更與當時的日本人結下深仇大恨，但明白臺灣人是被捲入戰爭的殖民地人民，雙方還是能夠成為跨越種族、陣營的至交密友。阿公為右一，中立者為阿公臨終前口述時，常常指著照片念念不忘的澳洲籍摯友，即阿公口中的俘虜營管理員「Mr. Charlie」）。

下｜臺籍日本軍醫陳纘述於戰時及戰後行醫所使用的聽診器（阿公戰後回臺，曾於臺北市大同區及松山區衛生所服務。左圖為日本昭和年代，當時普遍由象牙或水牛角所製成的雙耳聽診器，亦為二戰時期日本軍醫所使用的聽診工具，此聽診器曾伴隨阿公在新幾內亞出生入死，其中軟管因年代久遠已斷裂毀壞，僅剩下聽筒及耳竇；中圖為阿公二戰時期聽診器的電繪修復參考圖；右圖為阿公戰後看診所使用的新式聽診器）。

四、查該員陳纘述曾於日據時代在南方地方曾接受過瘧疾檢驗技術倘經此次講習期間內由貴所檢試合格請儘量給予早日歸局辦理該項業務。

五、隨文檢附送參加第四期瘧疾檢驗員名單乙份。

六、函請查照。

七、副本呈省衛生處、本局人事室、受訓者陳纘述。

局長 李悌元

瘧疾檢驗班講習側記

陳纘述於臺北市衛生局服務相關資料（阿公後服務於臺北市衛生局，從事瘧疾等衛生疾病防治相關工作直至退休。左為臺北市衛生局派阿公赴臺灣省瘧疾研究所受訓公文，上頭記載：「查該員陳纘述曾於日據時代在南方地方曾接受過瘧疾檢驗技術倘經此次講習期間內由貴所檢試合格請儘量給予早日歸局辦理該項業務。」右為1963年5月，臺灣省瘧疾研究所發行之第二卷第九期《臺灣撲瘧》，所刊登受訓學員「瘧疾檢驗班講習側記」，其中記載：「學員中來自臺北市的陳纘述先生從事檢驗工作歷十餘年，他原來已無需前來受訓，但為了複習鑑定，自請來所講習，在該班他不但是學員，遇實習指導先生臨時有事不在時，則兼任臨時指導工作，因其鑑別能力頗為正確，尤為同學所倚重。」由這兩份文件及臺灣戰後瘧疾防治歷史相關資料可以得知，阿公為臺灣戰後極為缺乏，少數擁有防瘧經驗的檢驗技術人員。因為阿公在日治時期除經由「熱帶醫學研究所」的熱帶疾病訓練外，更直接在戰場從事防瘧相關工作，又是在衛生環境相當險惡的新幾內亞，防瘧實戰經驗極為豐富。雖然名義上是派赴受訓，卻是相當於擔任教學助教角色。以前曾聽阿公簡略提起這段往事，也跟我說過因為防瘧經驗老到，受訓只是為了取得戰後的資格及證書，實際上阿公的經驗及技術比很多講師還要豐富。原以為有可能是阿公對兒孫的玩笑話，在阿公離世十多年後，長輩找出這兩份珍貴文件，證實阿公跟我說過之事，的確是真實事蹟。這同時也反應戰後臺灣在衛生防治工作上，真的非常欠缺擁有防瘧經驗的相關技術人員）。

上｜戰後陳纘述夫婦與同為滿洲醫科大學的「先輩」林秀梯醫師夫婦合影（左一、左二為阿公、阿嬤，前排小女孩為姑姑，右一、右二為林秀梯醫師夫婦。據家族長輩們回憶，阿公與同為滿洲醫科大學的學長林秀梯醫師為「換帖」至交，這對交情甚深的學長、學弟，之後各自的成家立業之處，步行距離僅有5分鐘，兩對「好鄰居」夫婦更時常一同家庭出遊。據姑姑們回憶，林秀梯醫師夫人經常笑眼瞇瞇，非常平易近人，幾位姑姑小時候也很常出入林秀梯伯伯位於三重的診所遊玩。而阿公與林秀梯醫師的「換帖」交情，一直到林秀梯醫師離世前，都和「先輩」維持真摯友情及密切聯繫）。

下｜1963年新幾內亞戰場倖存者的友誼聚會（由於戰後臺籍日本兵的身分，一直較為敏感及尷尬，這也是許多臺籍日本兵前輩們的共有顧慮。在當年的時代背景及氛圍影響下，即便解嚴以後，長年來很多前輩始終婉謝學者們的正式訪談及記錄。新幾內亞友誼會成員感覺較為低調，似乎沒有任何成員曾有接受學者正式訪談的紀錄。不過當年能從新幾內亞戰地歸來的倖存者們情同兄弟，長年均維持至交摯情及持續聚會直至逐漸凋零。照片中阿公為第一排右一，第一排左二為阿公的「換帖」學長林秀梯醫師。據長輩們的回憶，還有兒時曾被多次帶去參加例行聚會的長輩表示，友誼會成員皆為當年由新幾內亞戰場倖存歸來的臺籍日本軍醫，推測當年阿公好友吳炎榜、團長林淵泉及吳金土應也在照片之中，這些照片上的夥伴們，都是阿公臨終前始終念念不忘的一生摯友）。

1972年新幾內亞友誼聚會（上方照片中，阿公為最後一排左一，最後一排中間最高者，為阿公的「先輩」林秀梯，最後一排右一男士，家族長輩有認出為阿公也時常連絡的「熱帶醫學研究所」同期及澳洲俘虜營好友吳炎榜，其斜前方男士亦為阿公「熱帶醫學研究所」同期好友吳金土）。

於85 11.13 第五天 抵達
坎培拉參觀第二次世界大
戰塞班島戰爭作為歷史性
紀念陳列，該館陳列戰鬥
軍机，澳洲空軍兵團於[illegible]
南洋一帶群島對抗日本軍
作戰，同時於民国33年4月
至8月陸續針對新幾內亞
島及南洋各列群島大空襲
投下大顆炸彈威力很大軍机
不計其數約100架飛行投彈
所陳列軍机是GULABAN及
CONSOLIN二种澳洲空軍
兵團空襲日軍飛机場時重被
炸彈波及者碎骨分身不見屍
体威力驚嚇恐佈

右上｜1996年陳纘述與家族成員同遊澳洲雪梨（阿公闊別五十年後，特別重返當年的澳大利亞布里斯本及雪梨，或許阿公當時應該很希望能夠再次巧遇當年在俘虜營的澳洲籍摯友「Mr. Charlie」。據同行長輩回憶，阿公因為年輕時曾在澳洲「住」過一年半，旅遊之中時常以英語與澳洲當地人交談聊天）。

右下｜1996年陳纘述與家族成員參觀澳洲坎培拉「澳洲戰爭紀念館」（位於澳洲首都坎培拉的「澳洲戰爭紀念館」，涵蓋第一次世界大戰、第二次世界大戰及紐澳軍團等展區。其中第二次世界大戰展區中，對於一般後人來說，僅是歷史文物紀念展覽，但對於當年身處戰場中的阿公，卻是一段又一段的殘酷戰爭回憶）。

左圖｜1996年陳纘述關於「澳洲戰爭紀念館」與戰機合照的親筆解說（阿公自澳洲旅遊回臺後，在沖洗出來與戰機合照照片的相簿中，親自以慣用幾十年的「毛筆」記下，即便已超過五十餘年，依舊還是難以抹去的殘酷戰場回憶，「被炸彈波及者碎骨分身不見屍體，威力驚嚇恐怖」，是血腥二戰見證者的真實證言）。

上｜2011年陳纘述與家族同遊臺灣北海岸（最後一次與重病後的阿公同遊北海岸，也就是在這次旅途中，阿公看著沙灘海景，突然對自己脫口而出「好像新幾內亞」，跟在一旁的自己，對於從小生長的這片土地，過去到底發生過什麼事，可說是一無所知。當下滿懷慚愧之意，便決定要跟阿公生命倒數計時奮力賽跑，從零開始每天努力翻閱相關資料，與阿公一同逐字記下珍貴的二戰口述經驗）。

下｜2011年陳纘述的家族慶生聚會（阿公在家族兒女、媳婿及孫輩的陪伴下，最後一次的慶生聚會，如今家族中走過日本時代的直系長輩均已相繼離世，這張照片成為相當值得紀念的「永遠的畫面」）。

由衷感謝阿公臨終前數十堂寶貴的人生分享課程，讓自己得到很多的反省及反思，與上善若水的人生哲學「記憶傳承」。在理解臺灣前輩們過往在日治時期的諸多矛盾與辛苦，自己滿懷更多不捨與感念之意。

最後藉由《飄零之島》這本書，紀念家族最敬愛的阿公百歲冥誕，同時也很感謝自己的阿公、阿嬤、外公、外婆，以及所有走過日本時代的臺灣前輩們，沒有前輩們的辛勞、心血，以及前輩們的盡力守護，就沒有現在的我們。

「和平得來不易，人類必須好好珍惜」，也希望世界各地同樣曾經飽受戰亂或欺凌的後代子孫，都能一同守護人類得來不易的珍貴和平。

要推理112　PG2968

要有光
FIAT LUX

飄零之島

作　　者	秀　霖
責任編輯	鄭伊庭
圖文排版	黃莉珊
封面設計	吳咏潔

出版策劃	要有光
發 行 人	宋政坤
法律顧問	毛國樑　律師
印製發行	秀威資訊科技股份有限公司 114台北市內湖區瑞光路76巷65號1樓 電話：+886-2-2796-3638　傳真：+886-2-2796-1377 http://www.showwe.com.tw
劃撥帳號	19563868　戶名：秀威資訊科技股份有限公司 讀者服務信箱：service@showwe.com.tw
展售門市	國家書店（松江門市） 104台北市中山區松江路209號1樓 電話：+886-2-2518-0207　傳真：+886-2-2518-0778
網路訂購	秀威網路書店：https://store.showwe.tw 國家網路書店：https://www.govbooks.com.tw
總 經 銷	聯合發行股份有限公司 231新北市新店區寶橋路235巷6弄6號4F 電話：+886-2-2917-8022　傳真：+886-2-2915-6275

出版日期	2023年8月　BOD一版
定　　價	590元

Printed in Taiwan

讀者回函卡

國家圖書館出版品預行編目

飄零之島 / 秀霖著. -- 一版. -- 臺北市 : 要有光, 2023.08

面；　公分

BOD版

ISBN 978-626-7358-00-9 (平裝)

863.57　　112010962